OPERACIÓN FÉLIX

PETER HARRIS
OPERACIÓN FÉLIX

El destino de la Segunda Guerra Mundial
se jugaba en Gibraltar

Cualquier forma de reproducción, distribución, comunicación pública o transformación de esta obra solo puede ser realizada con la autorización de sus titulares, salvo excepción prevista por la ley.
Diríjase a CEDRO si necesita reproducir algún fragmento de esta obra.
www.conlicencia.com - Tels.: 91 702 19 70 / 93 272 04 47

Editado por HarperCollins Ibérica, S. A.
Avenida de Burgos, 8B - Planta 18
28036 Madrid

Operación Félix
© Peter Harris, 2014, 2023
Autor representado por Silvia Bastos, S.L. Agencia literaria
© 2023, para esta edición HarperCollins Ibérica, S. A.

Todos los derechos están reservados, incluidos los de reproducción total o parcial en cualquier formato o soporte.
Esta edición ha sido publicada con autorización de HarperCollins Ibérica, S. A.
Esta es una obra de ficción. Nombres, caracteres, lugares y situaciones son producto de la imaginación del autor o son utilizados ficticiamente, y cualquier parecido con personas, vivas o muertas, establecimientos comerciales, hechos o situaciones son pura coincidencia.

Diseño de cubierta: CalderónSTUDIO®
Imagen de cubierta: Shutterstock

ISBN: 978-84-18623-82-0
Depósito legal: M-25322-2022

1

Berlín, finales de agosto de 1940

Otto trataba de ganar algunos minutos. Iban con el tiempo demasiado justo. El general se había visto obligado a cambiar su uniforme por un frac, y a ello se añadía que su esposa no había terminado de arreglarse. Irma era cinco años mayor que Alfred Jodl y procuraba disimularlo por todos los medios. Le ayudaba no haber tenido hijos y su aire aristocrático, heredado de su pertenencia a una de las estirpes más nobles de Suabia: los Gräfin von Bullion. Se mantenía delgada y su figura era espléndida para una mujer que había cumplido sobradamente los cincuenta años. Tenía la piel blanca, los ojos claros, el pelo teñido de color caoba, y lucía un traje largo que la estilizaba aún más. Se maquillaba de forma discreta, como discreto era el carmín que usaba para resaltar el color de sus labios demasiado finos.

Alfred Jodl contaba cincuenta años. Tenía el rostro alargado rematado en una poderosa mandíbula, los labios delgados y los ojos ligeramente rasgados. Era un hombre atractivo, y en los círculos berlineses se decía que contaba con numerosas admiradoras, a pesar de la severa alopecia que padecía. En la Gran Guerra había combatido en el

Frente Oriental y en el Occidental, y había sido herido en dos ocasiones. Se mostraba orgulloso de su Cruz de Hierro, que siempre lucía en el vistoso uniforme de los altos jefes del ejército germano.

Irma, sentada en el asiento trasero del reluciente Mercedes, insistía a su esposo en que se mostrase cortés con Reinhard Heydrich. Sus diferencias no tenían que aflorar en ocasiones como aquella.

—Alfred, no olvides lo que decía mi padre…

—Lo cortés no quita lo valiente. —La voz del general sonaba cansina.

—Es una expresión acertada. La aprendió de los españoles cuando participaba en las monterías que organizaban sus amigos de Madrid. Sólo te pido que te muestres cortés. Si has considerado necesario asistir al homenaje, has de mantener la compostura.

—Tienes razón. Pero es que Heydrich…

—Lo sé. No tienes que repetírmelo. Es un arribista que se ha situado después de ser expulsado de la marina por comportamiento deshonroso. Pero la política puede llevar a las personas por los vericuetos más increíbles y encumbrarlas a lugares que jamás habrían soñado. Heydrich no es el único.

—Irma, por favor.

—No irás a negarme que eso es algo que está ocurriendo en nuestra Alemania.

Alfred Jodl, responsable del departamento de Mando y Operaciones del Oberkommando de la Wehrmacht, más conocido como el OKW, miró al conductor. Otto gozaba de su plena confianza, pero conocía historias de conductores que habían sido la perdición de algunos de sus compañeros. Eso había ocurrido unos años atrás con Von Blomberg y Von Fritsch. Los dos tuvieron que abandonar sus destinos. El primero por haber contraído matrimonio con una mujer de baja condición social y que había ejercido como prostituta. El segundo fue acusado de homosexual. En ambos casos, sus conductores habían sido piezas muy importantes en su caída en desgracia.

—Quédate tranquila. Una vez que he decidido asistir...

Otto giró suavemente para enfilar la calle en la que se alzaba el palacete donde iba a tener lugar la celebración. Al ojo experto de Jodl no escapó la presencia de una discreta vigilancia. El Mercedes se detuvo ante la verja que delimitaba el jardín del palacete. Había dos vehículos de los que bajaban otros invitados. Jodl resopló aliviado al comprobar que no se habían retrasado.

El palacete, el más elegante de la calle, relucía como un ascua. Confiscado a una familia de banqueros judíos que hacía años había abandonado Alemania, era utilizado por las SS para recepciones y celebraciones del más alto nivel.

Otto bajó rápidamente y se apresuró a abrir la puerta a *frau* Jodl. Un miembro de las SS, vestido con un impecable uniforme, se acercó para abrir la del general, pero este se adelantó. El saludo fue rotundo.

—*Heil Hitler!*
—*Heil Hitler!* —respondió Jodl.

Hubo de repetir el saludo cuando un oficial los recibió en la verja.

Cruzaron el pequeño jardín y en la puerta estaba Reinhard Heydrich, máximo responsable de la Oficina de Seguridad del Reich. Lo acompañaba Lina, su esposa.

Heydrich recibió a los Jodl de forma cordial. La diferencia en los atuendos de las damas era palpable. Lina von Osten estaba cargada de joyas y lucía un ostentoso vestido rojo, mientras que la esposa del general adornaba su cuello con un collar de gruesas perlas que resaltaban sobre el negro de su sencillo vestido.

—¡Querida Irma, estás impresionante! —Lina acercó su mejilla a la de Irma Jodl sin llegar a rozarla.

Alfred Jodl estrechaba la mano de Heydrich cuando se produjo un pequeño revuelo. Los integrantes de una escuadra de las SS aparecieron por un lateral del palacete y corrieron a alinearse en la entrada. La llegada de Himmler la confirmaron los taconazos y los gritos que atronaban la calle. El general y su esposa pasaron al vestíbulo sin detenerse, al igual que las otras dos parejas que acababan de llegar. Había que dejar todo el protagonismo al Reichsführer Himmler.

El vestíbulo resplandecía, iluminado por las arañas de cristal que colgaban del techo, estaba adornado con grandes banderas con la esvástica. Al fondo destacaban dos runas que identificaban a la policía militar del régimen.

La entrada de Himmler, que vestía el uniforme de las SS, fue triunfal. Recibido a los acordes de *Alte Kameraden* interpretada por una banda situada en la galería alta del vestíbulo y con la gran ovación que los invitados —más de un centenar— le tributaron. El Reichsführer respondió con una sonrisa y ligeras inclinaciones de cabeza, antes de saludar a varios de los presentes estrechándoles la mano. Un oficial de las SS, subido en un pequeño estrado, pidió silencio a través de un micrófono e invitó a Heydrich a tomar la palabra.

El lugarteniente de Himmler hizo un panegírico sobre la labor de su jefe al frente de la Ahnenerbe, poniendo énfasis en los esfuerzos que realizaban numerosos arqueólogos, historiadores y antropólogos en las diferentes misiones llevadas a cabo en los más apartados rincones del planeta. Los calificó de «resonantes éxitos» y ponderó un trabajo que había reportado inconmensurables beneficios para la grandeza del Reich. Terminó con unas frases grandilocuentes:

—… las lejanas cumbres del Tíbet y la ignota Antártida han sido objeto de estudio para encontrar los ancestros de nuestro pueblo. Todo gracias a nuestro amado Reichsführer, a quien tributamos este homenaje de reconocimiento y admiración.

Una cerrada ovación certificó la identificación del auditorio con lo que acababan de oír. Heydrich impuso a Himmler la insignia de oro de la Ahnenerbe y este respondió con unas breves palabras de agradecimiento. Inmediatamente apareció una legión de camareros con bandejas repletas de burbujeantes copas de champán y de canapés variados que ofrecían a los invitados. En los corrillos se ensalzaba la figura del Reichsführer y se comentaban los últimos éxitos del ejército. Hacía algunas semanas que la Wehrmacht había entrado en París.

En el grupo donde estaba Jodl, el general explicaba que toda la táctica militar moderna podía encontrarse en los textos de los historiadores antiguos.

—Basta con leer atentamente las obras de Jenofonte, Tucídides, Polibio o Tito Livio, incluso los relatos del propio Julio César, para comprender que la estrategia o la poliorcética eran ciencias que no tenían secretos para los antiguos. Eran verdaderos maestros en el movimiento de tropas o en la utilización de armas pesadas, contemplaban la preparación del terreno o la elección del momento para entablar el combate. Si en la actualidad pudiéramos ver en el campo de batalla a Alejandro de Macedonia, al romano Escipión o al cartaginés Aníbal, nos asombrarían con sus tácticas y recursos.

—Conozco, general, su devoción por el mundo antiguo, pero ¿quiere decir que cualquiera de ellos habría empleado tácticas propias de la guerra relámpago que tan buenos resultados nos está dando?

Quien había preguntado era el conde Max von Rostock. Tenía fama de arrogante y solía mostrarse con aires de superioridad. Usaba monóculo y lucía una perilla grisácea pulcramente recortada. Su tono, casi despectivo, había levantado cierta expectación. Todos estaban pendientes de la respuesta de Jodl, quien se llevó a la boca el pitillo y apuntó una sonrisa.

—¿Conoce el señor conde los fundamentos en que se basa la Blitzkrieg? —Utilizó intencionadamente el nombre técnico de lo que se había popularizado como «guerra relámpago».

—Bueno... —Max von Rostock vaciló y pareció perder parte de su arrogancia—. Creo que la Blitzkrieg es la nueva táctica militar que emplean nuestras unidades para evitar la guerra de trincheras y que los frentes queden estabilizados mucho tiempo. Se evitan penalidades como las vividas en las trincheras de Verdún durante la guerra del Catorce.

Jodl, que había participado en aquella batalla como oficial de artillería, sabía que Max von Rostock no había vestido el uniforme. Estuvo a punto de espetarle que conocería todo aquello porque lo habría leído en los libros, pero se limitó a decirle:

—Eso no son los fundamentos de la Blitzkrieg.

—¿Ah, no?

—No, ese es tan sólo uno de los objetivos que perseguimos con esa estrategia. El núcleo de funcionamiento de la Blitzkrieg está en lanzar al ataque masas de infantería protegidas por carros de combate. ¿Conoce los detalles de la campaña de Aníbal contra los romanos en la Segunda Guerra Púnica?

Max von Rostock carraspeó, visiblemente contrariado.

—La verdad es que no.

Jodl dio otra calada a su cigarrillo antes de apagarlo.

—Aníbal buscó la protección de su infantería, integrada principalmente por íberos reclutados en Hispania, con los carros de combate de la época…

—¡Los elefantes de Aníbal! —exclamó uno de los presentes.

—Exacto —corroboró Jodl—. Los elefantes servían de protección a sus infantes. Eran los carros de combate de la Antigüedad. Los arqueros que disparaban sus armas desde las plataformas que los animales llevaban sobre los lomos tenían una misión parecida al fuego de nuestros blindados. —Miró a Von Rostock y añadió—: Le recomiendo que, para acercarse a los estrategas más importantes de la Antigüedad, lea a algunos de nuestros grandes historiadores. Podría empezar por Theodor Mommsen, que dejó escrito un detallado relato sobre la batalla de Cannas en su *Historia de Roma*. También es muy ilustrativa la obra de Hans Delbrück *La estrategia de Pericles descrita a través de la estrategia de Federico el Grande*.

Von Rostock farfulló una excusa y abandonó el corrillo. Justo en aquel momento, una orquesta que había tomado asiento en un estrado situado en uno de los extremos del salón inició los acordes del *Danubio azul* y en el centro de la estancia se abrió un espacio para que quien lo deseara pudiera bailar. El general, que respondía a la pregunta de uno de los presentes, no oyó que Luise von Benda, una bella mujer admiradora del general y amiga de la familia, que había atendido, embelesada como siempre, a sus explicaciones, al sonar los primeros acordes de los violines comentó:

—Esta música hace volar a mis pies.

Irma se dirigió a su marido.

—Alfred, por favor…

—¿Sí, querida? —Jodl miró a su esposa.

—Creo que a Luise le gustaría que la sacaras a bailar.

—Perdón, Luise, ¿me concedes este vals?

—Si me lo pides así, estaré encantada.

Luise von Benda trabajaba como secretaria del general Franz Halder y se rumoreaba que podía ser trasladada a la embajada de Roma. Era con lo que siempre había soñado. También ella se sentía fascinada por la historia del grandioso Imperio romano. El conocimiento que Jodl tenía del mundo militar antiguo era una de las causas por las que se declaraba una de sus más ferviertes admiradoras.

—Me ha encantado ver cómo has doblegado a ese petulante de Von Rostock. Lo de los elefantes de Aníbal ha sido fantástico —comentó, dejándose llevar envuelta por el brazo derecho del general.

—El mundo romano es fascinante. Si hubiera podido opinar en la pila del bautismo, en lugar de Alfred, me habrían puesto un nombre... más romano.

Luise entrecerró los ojos y le preguntó:

—¿Cuál, por ejemplo?

—Emilio, Fabio, Julio... Félix.

—¡Félix! —exclamó Luise—. ¡Es un nombre hermoso!

—Se dice que es propio de personas diligentes y meticulosas, personas que no dudan en abordar tareas sin importarles las dificultades. En latín significaba «aquel que se considera feliz o afortunado».

Los acordes del *Danubio azul* sonaban majestuosos. Las parejas giraban al son de la música.

—¿En qué trabajas ahora, Alfred? —quiso saber Luise.

La pregunta lo había sorprendido. Sabía que podía confiar en aquella mujer, pero la discreción era su norma de conducta. Como le pareció grosero no darle una respuesta, meditó sus palabras.

—En una operación que desarrollaremos en España y que aún no hemos bautizado, pero que ha de estar diseñada en todos sus extremos en un plazo muy breve.

—¿Qué entiendes por un plazo muy breve?

—Poco tiempo.

Luise le sonrió.

—Eso no es decir mucho.

—Tres o cuatro semanas, un mes a lo sumo.

—¿Seguimos con la Blitzkrieg?

—No exactamente, pero el tiempo es esencial para trazar cualquier estrategia.

—Y ¿dices que todavía no le habéis puesto nombre?

—La verdad es que no.

La orquesta acometía con brío los compases finales del inmortal vals de Johann Strauss. Luise von Benda acercó sus labios a la mejilla del general y susurró unas palabras a su oído.

—¿Por qué se te ha ocurrido ese nombre?

Luise dedicó una sonrisa a Jodl.

—Te fascina la historia antigua, también a mí. Hace pocos días leí un artículo que se refería a la Legión VII Gémina Félix.

—¿Qué decía?

—Que estaba integrada por hispanos que lucharon en Germania en tiempo del emperador Vespasiano. Si, además de «Gémina», tenía el apelativo de «Félix» y ese nombre te gusta…

Jodl guardó silencio unos segundos.

—El nombre de Félix combinaría a las mil maravillas. Recordaría a una legión de hispanos que en la Antigüedad lucharon en Germania y serviría para denominar a una operación en la que participarán soldados germanos…, soldados de la Wehrmacht que lucharán en España. ¡Ese nombre es ideal, Luise!

La música cesó y los aplausos llenaron la sala. El general se quedó mirándola. Acababa de poner nombre a la operación militar en la que había empezado a trabajar. Apenas media docena de personas tenían conocimiento de ella y ni siquiera contaba todavía con la aprobación del Führer. Pero tal como estaba evolucionando el conflicto después de que los ingleses hubieran logrado reembarcar a su cuerpo expedicionario en las playas de Dunkerque, una operación como aquella, con la que se iba a tratar de cerrar a los británicos el acceso hasta el Mediterráneo desde el Atlántico, cobraba cada vez mayor entidad. Deberían superar muchas dificultades, porque arrebatarles Gibraltar no les resultaría fácil. Sin embargo, el general Jodl estaba convencido de que donde los españoles habían fracasado en diversas ocasiones la Wehrmacht se apuntaría un éxito. El plan para conquistar el Peñón se denominaría Operación Félix.

2

La recepción lo había agotado. Jodl trataba de evitar aquella clase de celebraciones. Había perdido la cuenta de las manos estrechadas, los saludos repartidos y la cantidad de comentarios banales que había hecho. No era amigo de ese tipo de festejos. Pero su esposa, mucho más cuidadosa que él con las formas y las relaciones sociales, había insistido en que debían ir. Como casi siempre, Irma había acertado. Todos recelaban de Himmler y del enorme poder que había acumulado en sus manos. A aquel homenaje había acudido el ministro de Asuntos Exteriores, Joachim von Ribbentrop, y también el de Propaganda, Joseph Goebbels, con su esposa, Magda. Jodl había conversado brevemente con Himmler, más que nada por hacer notar su presencia, y él e Irma se marcharon a la primera oportunidad que se les brindó, sin caer en la grosería.

Su vivienda era un amplio y elegante apartamento en un lujoso edificio en la confluencia de la Wilhelmstrasse y la Dorotheenstrasse. Otto aparcó el Mercedes con suavidad y se apresuró a ayudar a salir del coche a *frau* Jodl. Se sorprendió al ver a dos individuos que se acercaban. Se dirigieron al general, que ya se había bajado del vehículo.

—*Heil Hitler!* —Los dos hombres extendieron el brazo.

El general respondió al saludo con desgana y preguntó:
—¿Ocurre algo?
—Mi general, permítame presentarme. Soy el teniente Franz Singer. —Dio un taconazo—. Y este es el agente Daniel Lohse. —El aludido también se cuadró ante el general—. Hace unos minutos el portero de su casa llamó a la comisaría. Estaba diciéndonos que tiene la sospecha de que unos desconocidos han entrado en el domicilio de usted cuando hemos visto aparecer su coche.
—¿Unos desconocidos han entrado en mi casa?
—Eso dice el portero, mi general. ¿Le parece que vayamos a interrogarlo?

Jodl asintió y siguió a los dos policías, que vestían largos abrigos de cuero negro, exagerados para el final del verano. Sin embargo, era extraño ver a agentes de la Gestapo sin aquella indumentaria que, pese a no ser oficial, era uno de sus rasgos distintivos. La gente los identificaba rápidamente. El teniente rondaría los cuarenta años, quizá habría cumplido alguno más. Era alto y delgado, tenía el pelo muy negro y peinado hacia atrás con una raya en el medio, su rostro estaba picado de viruela, su boca era grande y tenía las mejillas tan hundidas que los pómulos resaltaban demasiado. El otro agente era mucho más joven, tendría poco más de veinte años. Sus ojos eran azules y el pelo, muy rubio, lo llevaba cortado casi al cero.

Jodl intercambió una mirada con su esposa, que había escuchado lo que el teniente explicaba a su marido. Sin decir una palabra, se acercaron a la puerta de la casa, donde aguardaba el portero. Era un hombre de mediana edad, bajito, con bigote y el pelo cortado a cepillo. Vestía un traje gris al que se le notaban en exceso los arreglos hechos para poder utilizarlo.

—Buenas noches, mi general —saludó, entre temeroso y obsequioso.

—Buenas noches, Hermann. ¿Por qué ha llamado a la policía?

—Mi general, sospecho que unos desconocidos han entrado en su apartamento.

—¿Por qué lo sospecha?

—Los he sorprendido saliendo a toda prisa de su vivienda. Hacía la última ronda para ver si todo estaba en orden. ¡No sé cómo han podido entrar en la casa!

—¿Y Martha? —preguntó la esposa del general—. ¿Dónde está Martha?

—No está, *frau* Jodl. No ha regresado.

Irma arrugó la frente.

—Eso es muy raro.

—¿Quién es Martha? —se interesó el teniente.

—Es nuestra… Es mi dama de compañía.

—¿Por qué le resulta extraño que no esté en el apartamento?

—Porque hoy es jueves y tiene la tarde libre, pero no suele volver después de las diez.

Singer torció el gesto acentuando su aspecto desagradable.

Miró al portero y le preguntó:

—¿Usted vio entrar a esos sujetos?

—No los vi. —El portero parecía abrumado—. No sé cómo ha podido ocurrirme esto.

—No se preocupe, Hermann. —El general le restaba importancia—. Posiblemente aprovecharon la circunstancia de que usted realizaba alguna tarea para entrar. Exactamente, ¿qué es lo que vio?

Hermann se secó el sudor de la frente y del cuello con un enorme pañuelo.

—Estaba haciendo la última ronda, como cada noche. Iba planta por planta apagando luces encendidas y comprobando que todo se hallaba en orden. Al salir del ascensor en la planta de su apartamento, los vi salir. Estaban cerrando la puerta. Como ustedes no habían regresado, me dio mala espina. La actitud de esos individuos me pareció sospechosa.

—¿Por qué dice eso? —le preguntó Singer.

—Tuve la impresión de haberlos sorprendido y de que trataban de escabullirse.

—Haga el favor de explicarse.

—Sin decir «Buenas noches», desaparecieron escalera abajo. Llamé a su puerta varias veces, mi general, pensando que quizá habían venido con ustedes ya que vestían trajes elegantes. Al no contestar nadie a mis llamadas, deduje que Martha tampoco estaba. También eso me extrañó. Entonces decidí avisar a la policía.

Frank Singer era un hombre ambicioso. Después de una primera etapa en la que soportó bromas a cuenta de su apellido —lo llamaban la Costurera—, se hizo con un sitio en la Gestapo, mostrando una dureza extrema en las detenciones y los interrogatorios tanto de judíos como de disidentes. Había logrado algunos éxitos de cierta repercusión y ya eran muy pocos los que se referían a él como la Costurera. Para alguien que apenas había cursado los estudios elementales, las posibilidades que le habían abierto el nazismo y el nuevo Reich no tenían límite. Era consciente de que, para apuntalar su carrera, necesitaba un éxito importante. Por eso cuando Hermann llamó a la comisaría de Unter den Linden para informar de sus sospechas, vio que había una oportunidad si la del portero se confirmaba.

Singer se dirigió de nuevo a Hermann, cuyo aspecto era cada vez más atribulado.

—¿Ha observado usted alguna otra cosa anormal?

—¿Qué…, qué quiere decir?

—Algo extraño. Como una puerta descerrajada o una ventana forzada.

—No, señor. Como le he dicho, al ver que se marchaban escalera abajo, llamé a la puerta del general para mirar si los señores Jodl se encontraban dentro y, mientras aguardaba, comprobé que la puerta no estaba forzada.

—¡Un momento, Hermann! ¿Usted no ha entrado en casa?

—No, *frau* Jodl.

—¿Cómo sabe entonces que Martha no ha vuelto? ¡Dios mío! —Irma Jodl se llevó las manos a la boca—. ¡Esos hombres han podido sorprenderla y…!

—Vayamos, mi general. Habíamos pensado… —Singer miró con desprecio a Hermann.

El general y los dos hombres de la Gestapo subieron por la escalera. Llegaron jadeando a la tercera planta. Jodl abrió la puerta y encendió la luz.

—¡Martha! ¡Martha!

Nadie contestó.

Corrió al dormitorio de Martha. Todo estaba en orden.

—¡Martha! ¡Martha! —Ahora era *frau* Jodl quien llamaba.

Recorrieron todas las dependencias. Martha no estaba.

—Me extraña que no haya regresado —insistió *frau* Jodl—. Me dijo que visitaría a una amiga que está hospitalizada.

—Necesitaré información sobre ella. Pero eso lo dejaremos para más adelante. ¿Quién tiene llave de su domicilio? —Singer se dirigió al general.

—Únicamente nosotros. Mi esposa y yo.

—Y Martha, por supuesto —añadió Irma.

—También yo tengo una copia de la llave. No es de la puerta principal, sino de la de servicio. Estoy autorizado a utilizarla sólo en caso de emergencia —puntualizó Hermann.

—¿Ha comprobado si la puerta de servicio ha sido violentada?

—En un primer momento no pensé en ello, mi general. Pero después de llamar a la comisaría, comprobé que no estaba forzada.

—Pero no entró.

—No, señor.

El teniente frunció el ceño.

—Deduzco que no ha considerado esta situación como una emergencia.

A Hermann apenas le salió la voz del cuerpo.

—Creí más oportuno llamarlos a ustedes.

—¿Tiene usted controlada esa llave?

El portero palideció.

—Con los nervios... y llamarlos a ustedes... La verdad es que no lo he comprobado. Supongo que estará en su sitio.

El teniente le gritó, sin la menor consideración:

—¡Déjese de suposiciones! ¡Necesito certezas!

—Discúlpenme un momento. Vuelvo enseguida.

El teniente aprovechó para preguntar a *frau* Jodl.

—La criada...

—Si no le importa, llámela por su nombre. Y sepa que no es la criada. Creo haberle dicho que es mi dama de compañía. Se llama Martha, Martha Steiner.

—Disculpe, *frau* Jodl, no pensé que...

—Martha lleva más de seis años con nosotros. Es..., es como de la familia.

—Bien..., *frau* Jodl. Me ha dicho que Martha también tiene llave de la casa.

—Así es, tanto de la puerta principal como de la de servicio.

—Y me ha informado de que libra los jueves por la tarde.

—En efecto.

—Supongo que hay más personal de servicio en la vivienda, además de su dama de compañía.

—Está Petra. Viene por las mañanas, y se marcha después de que almorcemos y de dejar recogida la cocina.

A Singer le pareció un servicio muy escaso, tratándose del hogar de un general de la Wehrmacht.

Frau Jodl debió de intuirlo porque añadió:

—Hasta hace poco teníamos a Rudolf. Era el mozo que se encargaba de las tareas más penosas. Pero fue movilizado hace cuatro meses.

Hermann regresó mostrando la llave del apartamento con gesto de alivio, aunque estaba visiblemente nervioso. Jamás había ocurrido algo parecido en el edificio.

—Me ha dicho que esa llave es de la puerta de servicio.

—Sí, señor.

—Los sujetos que vio salir de la vivienda de los señores Jodl lo hacían por la puerta principal, ¿no es así?

—Sí, señor. Por eso pensé que se trataba de una visita.

Singer se pasó la mano por el rostro con aire caviloso.

3

Segovia-Madrid

El autobús se detuvo al pie del Acueducto. El motor se apagó con una especie de estertor que anunciaba problemas, aunque la pericia de los conductores obraba verdaderos milagros. Era un armatoste desvencijado que había servido durante muchos años en Madrid, y que en ese momento rendía sus últimas prestaciones entre la capital de España y la histórica ciudad castellana de Segovia, recorriendo complicados itinerarios para pasar por el mayor número posible de lugares en el trayecto.

Leandro San Martín, antes de bajar, ayudó a una oronda señora que llevaba un cesto enorme donde se adivinaban, bajo un paño blanco, viandas de las que no era fácil encontrar en el mercado. Leandro San Martín era agente comercial de Benítez y Compañía, una firma con domicilio social en Madrid, en Abades número 4, una callecita que comunicaba Embajadores con Mesón de Paredes, junto a la parroquia de San Millán y San Cayetano, de la que sólo quedaba la fachada al haber sido incendiada en la llamada Jornada de las Latas, el 19 de julio de 1936. Benítez y Compañía distribuía lencería y ropa de hogar, y Leandro trabajaba, como los otros siete agentes comerciales de la firma, con un fijo, que era una miseria, más las comisiones. Estas últimas eran las que le permitían alguna ganancia cuando las cosas se daban bien. Había semanas en que lo mejor era no echar cuentas.

Una vez en tierra, se anudó la corbata y se puso la chaqueta sin importarle que el calor ya empezara a apretar. El señor Benítez insistía en que la impresión que se causaba en el cliente era la mitad del negocio. Consultó su reloj de bolsillo, único recuerdo material que tenía de su padre. Estaban a punto de dar las doce; tendría que apresurarse si quería visitar a toda la clientela habida cuenta que entre las dos y las cuatro no podría realizar su tarea. Eran cinco mercerías, pero tenía a su favor que no era la primera vez que recalaba por Segovia. Tras el preámbulo que, según el decálogo del buen vendedor que el señor Benítez le había recitado antes de dárselo por escrito en su primer día de trabajo en la empresa, incluía preguntar por la salud de la familia, por la marcha del negocio y hacer algún comentario sobre fútbol o toros, lo que resultara más conveniente, podría entrar en el meollo de la visita.

Leandro pensaba que era imprescindible para no cometer errores conocer el equipo del cliente. Si era del Real Madrid, no resultaba conveniente comentar el partido de la final de la Copa porque el Español de Barcelona lo había derrotado por 3 a 2. Si era del Atlético Aviación, era recomendable aludir a la Liga, que el equipo madrileño había ganado brillantemente. Además de esos comentarios, si se terciaba, mostraría al cliente alguna prenda que no estaba en el catálogo y que formaba parte de otra clase de lencería.

Se llevó las manos a la espalda, a la altura de los riñones, para evitar estirarse mientras aguardaba a que el ayudante del conductor bajara de la baca los equipajes. El suyo era un maletón, grande como un baúl, donde llevaba el muestrario y las otras cosillas. Pese a las advertencias que le había hecho, el ayudante puso poco esmero y a punto estuvo la gran maleta de acabar en el suelo, con las cerraduras abiertas y el género esparcido por todas partes. Al agarrarla vio a los dos guardias civiles que, mosquetón al hombro, observaban a distancia la llegada de los viajeros. Leandro notó que se le aceleraba el pulso. Lo último que deseaba era que le pidieran la documentación y que tuviera que dar explicaciones. Tratando de pasar lo más inadvertido posible, agarró la maleta y se encaminó hacia la cuesta que lo llevaría hasta la calle de San Agustín.

No lograba sacudirse la inquietud que lo acompañaba, y se desconcertaba cada vez que veía a un agente del Cuerpo de Vigilancia y Seguridad y, sobre todo, a la Guardia Civil. Sintió alivio al perder de vista a los números de la Benemérita. Muchas veces dudaba si fue una buena decisión permanecer en España después de regresar para encontrarse con que su madre había fallecido seis días antes de que él apareciera por La Bañeza. Quizá entonces tendría que haber cruzado la frontera portuguesa, tomado un barco en Oporto o en Lisboa y poner el Atlántico de por medio.

Estuvo en su pueblo el tiempo justo para enterarse de lo ocurrido y largarse, siguiendo el consejo de Ramiro, el viejo amigo de su padre, quien durante unas horas lo había acogido en su hogar, muerto de miedo. Le dijo que la Guardia Civil había merodeado el día del sepelio por los alrededores de su casa y que, si se enteraban de que estaba allí, tardarían lo justo en ir a detenerlo. En el pueblo podía identificarlo mucha gente, y la mayoría, aunque vecinos y hasta amigos de su familia en otro tiempo, ya no era de fiar.

En lugar de embarcarse hacia Venezuela y luego marcharse a México, Leandro decidió quedarse en España y viajar hasta Madrid pensando que en una gran ciudad le costaría menos trabajo camuflarse. También influyó su creencia de que adaptarse a una nueva identidad le resultaría mucho más fácil de lo que luego le había mostrado la realidad. Era cierto que no había tenido grandes problemas, pero no imaginó que ocultarse de los agentes franquistas, que estaban por todas partes, iba a ser algo tan angustioso.

Con el paso de los meses las cosas se habían complicado poco a poco, y ahora marcharse y olvidarse de Amalia se le hacía cuesta arriba. No habían formalizado ningún tipo de relación, y Leandro tampoco tenía muy claro que ella no fuera a darle calabazas. Ni siquiera se le había insinuado, pero cada vez se sentía más atraído por esa mujer.

Notó que la camisa se le pegaba al cuerpo. La tenía empapada en sudor y no era por causa de la empinada cuesta, ni por el peso de la maleta ni por el calor, que ya apretaba. No había sentido aquel desasosiego ni en los momentos más difíciles de la guerra, cuando las cosas se torcieron, definitivamente, después de la derrota del Ebro.

Llegó, acalorado, a la primera de las cinco mercerías de su lista. Tendría que darse prisa para no perder el autobús en que regresaba a Madrid a las seis de la tarde. El señor Benítez no admitía gastos extras, y quedarse a dormir en Segovia, aunque fuera en una fonda económica, supondría un dispendio que sus magras finanzas soportarían con dificultad.

Terminó con el tiempo justo y llegó al pie del Acueducto temeroso de que los agentes de la Benemérita estuvieran por allí. Solían controlar los lugares de tránsito. Resopló aliviado al comprobar que no estaban. Sólo vio a un municipal que, indolente, fumaba un cigarrillo pegado a la pared de una casa que parecía deshabitada. Después de haberse recorrido media ciudad tirando del maletón, se sentía contento. No se le había dado mal el día. Salvo en el de doña Elvira, la mercera de la plaza del Teatro, que estaba en cama y la dependienta no se había atrevido a hacer ningún pedido, en los otros cuatro establecimientos había colocado otros tantos lotes de género, además de media docena de medias y un par de sujetadores de encaje que el dueño de La Moderna le había encargado en su anterior visita. Se llevaba en cartera dos corsés negros de satén y otra media docena de sostenes de encaje, negros y de talla grande.

Sonrió al recordar a don Modesto, el dueño de La Moderna, llevándose las manos ahuecadas al pecho para dejar claro el volumen de lo que habían de sujetar. Cuando, en la trastienda, ofrecía aquellas prendas no podía evitar acordarse de las aulas santiaguesas, donde explicaba la llegada de los romanos a la península ibérica, la resistencia de los galaicos, los cántabros y los astures a las legiones, la batalla del monte Medulio o sus visitas a los castros celtas que abundaban en Galicia.

El autobús tardó en arrancar más de media hora. Colocar los equipajes en la baca llevó su tiempo, y el ayudante no tenía prisa. Como tampoco parecía tenerla el chófer, que tomaba café y fumaba con parsimonia en el bar donde recalaban los viajeros, que era también oficina para el despacho de billetes. A las seis y media, con el sol todavía alto, Leandro dejó escapar un suspiro al sentir el tirón del autobús. Había conseguido asiento de ventanilla y estaba en mangas de camisa, después de haber doblado cuidadosamente y colocado su chaqueta en el altillo. Con suerte, si no surgía alguno de los muchos problemas que amenazaban a quien se ponía en carretera, estaría en su casa antes de las diez de la noche. Tenía de tres a cuatro horas para recuperarse de una jornada en la que el calor lo había agotado tanto como el trabajo. Se relajó pensando en Amalia y dudando, una vez más, si debía hacerle aquel regalo para su cumpleaños. Todavía faltaba casi un mes y llevaba dándole vueltas varias semanas. No acababa de verlo claro. Amalia podía enfadarse y romper la relación que se había establecido entre ellos.

Con la mirada perdida en el paisaje que veía a través de la ventanilla se dijo a sí mismo, para no deprimirse, que aquellos meses, desde finales del año anterior cuando apareció por La Bañeza, no habían sido tan malos. Tenía un trabajo que, aunque malviviendo, le permitía llenar el estómago todos los días, lo que no era poca cosa. También se alegraba de no ser un desocupado que, antes o después, habría llevado a la policía a fijarse en él, a aplicarle la Ley de Vagos y Maleantes y, posiblemente, a descubrir quién estaba detrás de Leandro San Martín. Habría sido el final.

No echó mal sus cálculos. A las nueve y media el autobús entraba en un cocherón en la calle León, muy cerca de la plaza de Antón Martín. Aguardó pacientemente a que le entregaran su maleta y echó a andar. El verano se despedía, pero eran muchos los vecinos que estaban sentados a las puertas de sus casas y en los patios interiores de las corralas, temiendo todavía al calor de las viviendas. Las primeras lluvias del otoño aún no habían llegado y refrescado el ambiente. Faltaban cinco minutos para las diez cuando saludaba en la esquina de la calle Zurita al sereno que se encargaba de los portales de bloques elegantes de esa zona así como de la de San Cosme y San Damián. Al lado, en la calle del Salitre, se hallaba la buhardilla de dos habitaciones, cocina y retrete, con derecho a usar el aseo de la tercera planta dos veces por semana. La había alquilado por catorce duros al mes, después de que el señor Benítez lo contratara como agente comercial.

Entró hasta el fondo del portal donde estaba el cuarto en el que guardaba la maleta. Los vecinos lo llamaban «el cuarto de los trastos». Una habitacioncilla, poco más que una covacha, perteneciente a una de las viviendas de la planta baja. Su dueño, el señor Morales, alquilaba su uso a varios vecinos del inmueble. Le pagaban una peseta a la semana. Era una forma de tener recogidas algunas pertenencias; subirlas hasta las plantas de arriba habría supuesto un engorro. Allí guardaba el vecino del primero una motocicleta que en otro tiempo había formado parte de un sidecar; otros dos, las bicicletas; doña Concha, un carrillo de reparto, y Leandro, su maleta. La aseguraba con candado y cadena, siguiendo los consejos del señor Morales, quien le soltaba una perorata, cada vez que veía ocasión, sobre la responsabilidad que tenía cada uno de los usuarios. Él no respondía de pérdidas, daños ni desperfectos de los objetos que allí se atesoraban.

Leandro se llevó consigo la carpeta con las fichas de los clientes, la correspondencia y los albaranes con los pedidos. Al día siguiente se los pasaría a Mateos, el encargado del almacén y un factótum de Benítez y Compañía. Cenó poco, no sólo porque la frugalidad era norma obligada para la mayor parte de la gente, sino porque consideraba que era saludable. Todo el condumio se redujo a medio chusco y una lata de sardinas, que acompañó de una manzana de las cuatro que había conseguido a precio de oro dos días atrás en el colmado de Miguelito, quien se las había ofrecido como cosa extraordinaria y «por ser cliente».

Además de echar la llave, atrancó la puerta para evitar sorpresas. Se desnudó, dobló la ropa cuidadosamente y, como hacía siempre antes de acostarse, dio cuerda al reloj. Lo atrasó los tres minutos que se adelantaba cada día y lo puso en la mesilla de noche. Se metió en la cama sin pijama —sólo lo usaba en los meses más crudos del invierno— y al poco rato, dudando aún si hacer a Amalia aquel regalo, estaba profundamente dormido.

Como la mayor parte de los días lo despertó el ruido de los carros que, cargados de barriles de cerveza El Águila, salían al rayar el alba de la fábrica contigua a los antiguos cementerios de San Sebastián y San Nicolás. Se desperezó, miró el reloj y, al ver que las manecillas marcaban las siete menos cuarto, se acordó de que tenía turno en el aseo. Saltó de la cama, se anudó una toalla grande a la cintura y se echó otra más pequeña sobre los hombros. Toallas y servilletas eran las prendas de que estaba mejor surtido. Cogió la bacinilla, la brocha, el jaboncillo, la maquinilla de afeitar y una pastilla de Heno de Pravia —era uno de sus tesoros—, y salió de la buhardilla sin hacer ruido. Bajó con sigilo, pero se le habían adelantado. El aseo estaba ocupado. Bruno, el cartero que vivía en uno de los dos pisos de aquella planta, respondió con un gruñido cuando crujió la puerta al empujarla. Leandro se disculpó y subió los peldaños con aire cansino y con menos cuidado del que había puesto al bajarlos. Hizo espuma, se enjabonó la cara y se rasuró cuidadosamente; luego se lavó con el agua que tenía en la jofaina y que Águeda, la esposa del señor Morales, se encargaba de reponerle diariamente, además de ocuparse de hacerle la cama, limpiar la buhardilla, y lavarle y plancharle la ropa. Le cobraba veintiún reales a la semana, a razón de tres diarios, que Leandro le pagaba los domingos cuando salía a tomar churros con chocolate —uno de los pocos lujos que podía darse—, antes de irse a pasear por el Retiro.

Se puso la misma ropa del día anterior, salvo la camisa, y salía por el portal antes de que dieran las ocho con la carpeta bajo el brazo. El camino hasta la oficina era un paseo de poco más de un cuarto de hora, sin necesidad de apretar el paso. Incluso disponía de tiempo para tomar un café en Casa Remigio. La buena jornada de la víspera en Segovia le permitía hacerlo.

Fue el primero en entrar a la oficina, pero no se había sentado cuando llegó Perico Montoya, otro de los agentes comerciales, que tenía asignadas las provincias de Cuenca, parte de Guadalajara, Albacete y Murcia, así como las tres de Valencia.

—Buenos días, Leandro, ¿qué tal ayer?
—No puedo quejarme.
—¡Dichoso tú! Estuve por Guadalajara y la cosa no pudo ir peor. Menos mal que coloqué un par de *négligées*. ¡Me salvaron el día!
—¿Tiene Mateos *négligées*?
—A mí me los proporcionó anteayer.
—Es bueno saberlo.

En poco rato se había formado un corrillo al que se incorporaban los que iban llegando. Pasaban unos minutos de las nueve cuando cada cual se sentó a su mesa y acometió sus tareas. Leandro tenía que rellenar las fichas de los clientes, copiar los albaranes, pasarlos al almacén y hacer la cuantificación económica del pedido. Si el cliente había solicitado que se le girasen varios efectos bancarios, también era él quien tenía que preparar los datos, aunque del final del proceso se encargaba Amalia.

Ella llegó dadas las diez, como todas las mañanas, después de acudir al banco para comprobar el estado de las cuentas, y llevarse las entradas y las salidas para pasarlas al libro de contabilidad. El señor Benítez era muy puntilloso con la contabilidad y exigía que estuviera al día.

Amalia tenía veinticinco años. Leandro conocía la fecha de su cumpleaños porque la había visto en su cédula personal. Era de estatura más elevada que la media y, a pesar de la modestia con que vestía, se adivinaba un cuerpo de formas tentadoras. Lucía media melena ondulada de color castaño. No era una mujer que llamara la atención por su belleza, pero resultaba atractiva. Su boca era pequeña y carnosa, y sus ojos, grandes y negros. Leandro había estado tentado en más de una ocasión de hacerle algún comentario, pero no se había atrevido.

En la mirada de Amalia se adivinaba un fondo de melancolía. En Benítez y Compañía se sabía muy poco de su vida privada. Sólo corrían rumores que nadie se atrevía a confirmar o a desmentir y, desde luego, nadie le preguntaba a ella. Se decía en voz baja que era hija de un destacado republicano, que había muerto en los meses finales de la guerra, y que su madre había fallecido poco después de que las tropas franquistas entraran en Madrid, la víspera del espectacular desfile de la Victoria. El desfile, que se había celebrado en la capital el 19 de mayo del año anterior, resultó ser toda una exhibición de poder en la que, según se contaba, participó un millón de hombres.

En la prensa se daban noticias de gentes que trataban de ocultar su pasado, y por tabernas y bares de Madrid circulaban toda clase de rumores sobre ello. En la España de Franco bastaba haber tenido simpatías por la República para ser tildado de rojo, y eso encerraba peligros de índole muy variada. Leandro vivía en carne propia una de aquellas situaciones. Era mucha la gente que ocultaba aspectos de su vida y que trataba de pasar inadvertida, llevando una existencia lo más gris y discreta posible. Era lo que hacía Leandro desde que había llegado a Madrid. Llevaba una existencia tan solitaria que su relación con Amalia era como un bálsamo.

Ella era amable con todos, lo que no le impedía imponer una distancia que, a veces, la hacía parecer una mujer fría. La única persona de Benítez y Compañía con quien hablaba de algo más que de albaranes, pagos, entradas, salidas o saldos de clientes era con Leandro. Habían transcurrido cuatro meses desde que entró a formar parte de la plantilla de Benítez y Compañía cuando Leandro se atrevió a invitarla a un café a la salida de la oficina, pero se encontró con un rechazo tan frontal que tuvo la impresión de que en lugar de invitarla le había lanzado un insulto. Le sorprendió porque Amalia no le parecía una mujer mojigata. Ella también debió de considerar que había tenido una reacción desmedida y, unos días después —Leandro había estado fuera visitando clientes en la provincia de Madrid—, le pidió disculpas diciéndole que en aquella ocasión estaba agobiada por un problema, que no le especificó, y que se había mostrado maleducada. Leandro se dio por satisfecho; aun así, no fue capaz de invitarla otra vez. Pero pasada una semana ocurrió algo que Leandro, ni en sus mayores fantasías, podría haber imaginado. El calor había hecho acto de presencia en Madrid con la llegada del mes de mayo, y el buen tiempo había animado a la gente a echarse a la calle después de los fríos del invierno. La oficina se había vaciado en cuestión de segundos cuando la voz del locutor anunció en Radio Nacional de España que en el reloj del Palacio de Telecomunicaciones eran las siete de la tarde y que daba comienzo el boletín informativo, que todo el mundo denominaba «el parte». La voz del locutor ensalzaba los éxitos militares de los nazis con tanta fruición que parecían propios. Era la nueva Europa —señalaba el locutor—, donde la España de Franco tenía un papel importante. Era el fin de las corruptas y decadentes democracias. Su voz, perfectamente modulada, se sobreponía al crepitar del aparato de radio cuando afirmaba: «Comandos de paracaidistas alemanes se han apoderado de la fortaleza de Eben-Emael. Esta fortaleza, eje del sistema defensivo belga, estaba considerada como inexpugnable. La misma consideración que, hace trescientos años, tenía la plaza de Breda. También entonces se la consideraba inexpugnable, pero fue tomada por los tercios de aquella infantería española que fue terror de Europa y cuyos laureles han reverdecido bajo la égida de nuestro invicto Caudillo, en los feroces combates librados contra el comunismo ateo durante nuestra gloriosa cruzada…».

Sólo quedaban él y Amalia, que cerraba las cuentas del día con Mateos. Leandro se había hecho el remolón seleccionando las fichas de los clientes de cuatro pueblos de Toledo a quienes tenía que visitar al día siguiente. Cuando Mateos se perdió por la escalera que conducía al almacén, fue Amalia —vestía una blusa camisera de color hueso y una falda de tubo negra que marcaba la curva de sus caderas— quien se acercó a Leandro y lo sorprendió al decirle: «Me encantan los helados, y con este calor…».

El helado había sido la excusa para tomar con él el café que había rechazado. No encontraron una heladería y Amalia acabó por confesarle que su intención era reparar la desconsideración mostrada ante su invitación y que un café con leche sería tan satisfactorio como el helado. Aquella tarde su relación había entrado en una fase que estaba dando mucho que hablar entre los empleados. Habían establecido una estrecha complicidad y se habían hecho algunas confidencias.

Hacía pocos días Leandro le había revelado el gran secreto que acompañaba su vida desde que regresó a España cuando, poco antes de la última Navidad, cruzó la frontera pirenaica esperando encontrar a su madre con vida. También Amalia le había contado alguna cosa que, en cierto modo, tenía que ver con los rumores que circulaban por la oficina. Los paseos vespertinos de ambos al terminar el horario laboral, los días que Leandro no estaba fuera de Madrid, se habían hecho habituales. Pero ella sólo había traspasado la barrera de degustar un helado o tomar un café una tarde en la que cruzaron por delante de un estudio fotográfico y decidieron hacerse unos retratos, y Amalia consintió en que Leandro se quedara con uno de ella.

La relación estaba deslizándose por un terreno sentimental, si bien Leandro no sabía lo que pensaba Amalia. A él correspondía dar el primer paso y no se atrevía a hacerlo. Tenía sobradas razones para ello; entre otras, que su empleo apenas le daba para sobrevivir. Las ciento cincuenta pesetas mensuales que tenía asignadas como fijo no eran suficientes para mantener a una familia con el decoro necesario, y los pluses por ventas oscilaban tanto que nada estaba seguro. Había meses en los que cuadruplicaba aquella cantidad, pero había otros menos lucrativos, y todavía no tenía un recorrido en el trabajo que le permitiera saber cómo marcharían las cosas, al menos en un futuro inmediato.

Se encontraba terminando las tareas de oficina cuando Amalia se acercó a su mesa.

—Esta carta es para ti.

Leandro la miró sorprendido. Nadie fuera de Benítez y Compañía, al menos que él supiera, tenía conocimiento de que trabajaba allí.

—¿Quién me escribe?
—No tiene remite.

Leandro cogió el sobre con la carta como si fuera a explotarle en las manos. No tenía remite ni matasellos porque no estaba franqueada.

—¿Cómo ha llegado?

—La ha subido Ramón, el portero. Si quieres hablar con él…

—Primero quiero ver qué es esto.

Leandro abrió con cuidado el sobre mientras escuchaba los tacones de Amalia alejándose. El rostro se le demudó al leer las pocas líneas escritas en aquella cuartilla.

4

Berlín

El teniente Singer hizo una advertencia.
—No toquen nada. Limítense a mirar, por favor.
El apartamento de los Jodl era cómodo y acogedor, pero muy alejado del lujo que marcaba la vida de los altos dignatarios nazis. El matrimonio no había tenido hijos y hacía una vida sencilla; sólo tenían a su servicio a Martha Steiner, que ejercía de ama de llaves y de doncella de *frau* Jodl, y a Petra, que atendía las demás tareas de la casa. Sin embargo, el nivel social de sus dueños podía observarse en la elegancia de los detalles. Los muebles denotaban un gusto exquisito, las escogidas pinturas que colgaban de las paredes revelaban el elevado nivel de vida de sus propietarios y en cuanto a las alfombras, con sólo que se pisaran se percibía su calidad. A simple vista todo parecía estar en orden. En el salón no había rastro de que por allí hubiera estado un extraño.

—¿Ven ustedes algo anormal? —preguntó Singer, sabiendo que las mujeres eran más observadoras que los hombres y que solían estar pendientes de los detalles del hogar.

—Nada, teniente. Al menos nada que me resulte llamativo. —Irma Jodl paseaba la mirada por el salón—. Cada cosa parece estar en su sitio. ¿Ves algo que te llame la atención? —preguntó a su marido, que miraba a su alrededor sin moverse del sitio donde estaba.

—Parece que no han tocado nada.

—*Frau* Jodl, ¿le importaría que el agente Lohse inspeccionara las ventanas y la puerta de servicio? Hay que comprobar si esos hombres dejaron algún rastro al acceder al interior.

En otras circunstancias Singer no habría pedido permiso. Habría actuado sin importarle la intimidad de las personas. Pero no deseaba encontrarse otra vez con el rechazo de la esposa del general.

—Yo misma lo acompañaré.

Singer preguntó al portero, que era su única fuente de información.

—Ha dicho que vio a unos individuos, pero ¿cuántos eran?

—Dos. Eran dos, señor.

—¿Está seguro?

—Completamente, señor.

—También está seguro de que salían de la vivienda y cerraban la puerta, ¿es así?

—Sí, señor. Justo cuando aparecí, salían de la vivienda.

—¿Podría identificarlos si volviera a verlos?

El portero meditó sus palabras. Singer no lo miraba con buenos ojos, y una respuesta equivocada podía acarrearle graves problemas.

—Creo que sí, aunque apenas tuve tiempo de verles la cara.

—No me importa lo que crea o deje de creer. ¿Podría identificarlos?

—Lamento no poder responderle de otra forma. Tendría que volver a verlos.

—¡Descríbamelos!

—Iban bien vestidos. Los dos llevaban traje oscuro y eran altos...

—¿Qué es para usted un individuo alto? —lo interrumpió Singer sin miramientos.

Su actitud no ayudaba a Hermann a sosegarse.

—Medirían un metro ochenta. Quizá un metro ochenta y cinco.

El portero se quedó callado, y Singer lo requirió con tono autoritario.

—¡Prosiga! No tenemos toda la noche.

El general Jodl miró con cara de pocos amigos al teniente.

—Si se mostrara más amable, sería mucho mejor... para todos. ¿No le parece?

La esperanza de medrar que Singer tenía se desvanecía por momentos. No estaba acostumbrado a amabilidades. Trató de remediarlo adoptando un tono conciliador.

—Disculpe, mi general. Compréndalo... Sólo tratamos de hacer nuestro trabajo.

—No me cabe duda. Pero su trabajo no ha de estar reñido con las buenas maneras.

Singer se maldijo internamente. No se explicaba por qué *frau* Jodl era tan considerada con una simple criada ni por qué un general del Alto Estado Mayor se molestaba porque él se había dirigido al portero con... cierta energía. Era su forma habitual de conducirse en los interrogatorios, y siempre le había proporcionado ventajas. Hacía mucho tiempo que la gente se amedrentaba ante su sola presencia y que prestaba su colaboración sin necesidad de exigírsela. Bastaba con mirar al portero. A la Gestapo nadie se atrevía a recriminarle procedimientos, pero si el teniente deseaba beneficiarse del caso, no podía enojar al general Jodl.

Singer optó por callarse, y fue el general quien preguntó al portero:

—Hermann, describa lo mejor posible a esos dos sujetos. Diga al teniente todo lo que recuerde. Tenga en cuenta que su testimonio es muy importante.

El portero sintió cierto alivio, pero el miedo lo atenazaba.

—Como ya he dicho, me parecieron de elevada estatura, y su edad estaría entre los treinta y los cuarenta años. No recuerdo nada que llamara especialmente la atención.

—¿Tenían barba? —preguntó Singer utilizando un tono mucho más cordial.

—No, señor.

—Hábleme del cabello de ambos. ¿Cómo era? ¿De qué color?

—Uno tenía una calvicie pronunciada, aunque al verme se cubrió rápidamente con un sombrero de fieltro. El pelo del otro era abundante y canoso.

—¿El color de los ojos?

Hermann se encogió de hombros en señal de impotencia.

—No…, no sabría decirle. Lo lamento.

Frau Jodl y Lohse aparecieron en el salón.

—¿Alguna novedad?

—Ninguna, teniente. Las ventanas no han sido forzadas. Tampoco la puerta de servicio. Todo parece estar en orden.

Singer se quedó un momento pensativo antes de dirigirse al general.

—En mi opinión, esa circunstancia nos lleva a pensar que han conseguido una llave. Incluso me atrevería a afirmar que debían de estar al tanto de que ustedes se encontraban ausentes. *Frau* Jodl, ¿podría darme algunos datos de Martha Steiner? Por lo que me ha dicho, es persona de su confianza.

—No se equivoca: Martha es como de la familia. Pregúnteme.

—Cuénteme todo lo que se le ocurra. Cualquier detalle, por nimio que sea, puede sernos de mucha utilidad.

—Jamás he tenido que hacer a Martha un reproche por su conducta. Es persona educada y laboriosa. Nunca se queja, y su disposición es excelente. Muestra gran pulcritud en su trabajo. Está pendiente de mis deseos y siempre se manifiesta pronta a satisfacerlos.

—A veces las cosas no son lo que parecen.

Irma Jodl se quedó mirando al teniente sin disimular su enfado. Lo que Singer acababa de decir parecía poner en duda sus afirmaciones sobre Martha.

—¿Qué pretende insinuar con eso?

—*Frau* Jodl, podría contarle casos que la sorprenderían. En muchos de ellos ciertas apariencias estaban ocultando la verdad de lo ocurrido.

—No voy a cuestionar su capacidad profesional. Pero no conoce a Martha. Yo sí.

La respuesta fue tan tajante que Singer la recibió como un agravio. No estaba acostumbrado a aquella clase de respuestas. Si Irma Jodl no fuera la esposa de un general, le habría dado una bofetada. Era el antídoto que empleaba con quienes se atrevían a contradecirle. Carraspeó como si necesitara aclararse la garganta, pero era una forma de disimular su contrariedad.

—Me ha dicho que Martha Steiner presta sus servicios como interna y que tiene libre la tarde de los jueves. —*Frau* Jodl se limitó a asentir—. También me ha dicho que suele regresar antes de las diez. —Singer consultó su reloj con cierta ostentación—. Pasan veinticinco minutos de la medianoche.

—Me extraña que no esté de vuelta. Nunca había ocurrido. Estoy preocupada.

—Supongo que nunca habían entrado en su vivienda.

—Jamás. —Irma Jodl cogió un cigarrillo de una caja de tabaco y Singer le ofreció fuego—. Muchas gracias, teniente. —Expulsó el humo y añadió—: Observo que es usted persona de gustos exquisitos.

—¿Por qué lo dice?

—Su reloj es un Patek Philippe y su encendedor parece de oro macizo.

—Son… regalos.

La forma en que Singer pronunció aquellas dos palabras hizo pensar al general en los desmanes que se rumoreaba estaba cometiendo la Gestapo, pero había un pacto de silencio entre los altos mandos de la Wehrmacht que tácitamente los hacía cómplices. El sueldo de un teniente de la Gestapo no daba para aquellos lujos. Si Singer no había nacido en el seno de un hogar acomodado, cosa poco probable, a buen seguro que el reloj y el mechero tenían un origen oscuro. Las incautaciones de bienes a las familias judías habían sido numerosas, y muchos judíos habían salido de Alemania sobornando a funcionarios y policías.

—Debe de tener muy buenos amigos. Regalos como esos no los hace cualquiera.

—Tiene razón, pero no estoy aquí para hablar de mis amistades. ¿Sería tan amable de decirme cómo entró Martha Steiner a su servicio?

Irma Jodl dio una calada a su cigarrillo y expulsó el humo lentamente.

—Fue Hermann quien me ayudó. Necesitaba quien sustituyera a Dagmar, mi vieja ama de llaves, que acababa de fallecer. Dagmar había estado siempre al servicio de mi familia. Vino a mi casa como… una herencia familiar.

Ella se encargaba de todo. Era quien organizaba las tareas domésticas, indicaba a Petra el trabajo que debía realizar. Yo estaba desolada tras su muerte. Cuando volvíamos de su funeral, Hermann me dijo que conocía a una joven que podía, al menos de forma temporal, entrar a mi servicio. Se trataba de Martha. Al día siguiente hablé con ella y me causó una magnífica impresión, si bien me pareció demasiado joven. Le comuniqué que estaría un mes de prueba. Venía a las siete de la mañana y se marchaba a las siete de la tarde. Al cabo de una semana le anuncié que el puesto era suyo, pero añadí que deseaba que prestara sus servicios como interna y que se encargara de todo lo concerniente a la buena marcha de la casa. Se mostró encantada.

—¿Significa eso que no le solicitó referencias?

Irma Jodl aplastó el cigarrillo en el cenicero.

—¿Le parecen pocas referencias seis años sin haber tenido que reprenderla ni una sola vez?

—Unas magníficas referencias. Pero son las que usted podría dar de ella. Lo que yo deseo saber son sus antecedentes. Dadas las circunstancias, considero necesario hacer algunas pesquisas sobre esa joven.

—Haga lo que crea conveniente. Es su trabajo.

A la esposa del general se la notaba cada vez más molesta. Irma Jodl tenía la impresión de que el teniente se inmiscuía en asuntos que ella consideraba privados.

—¿Suele decirle Martha Steiner en qué emplea sus horas libres? Me refiero a cómo dispone de su tiempo los jueves por la tarde.

—Hay veces que va al cine, otras pasea por el Tiergarten. Es muy aficionada a la lectura. También suele aprovechar algún rato para hacer sus compras personales.

—¿Tiene amigas?

—En alguna ocasión me ha comentado que ha conocido a otras jóvenes.

—¿Usted sabe quiénes son?

—No.

—Disculpe, *frau* Jodl, pero sus respuestas indican que sólo conoce de Martha Steiner lo que ella le cuenta. ¿Me equivoco?

—Así es. Por cierto, me dijo que visitaría a una amiga que estaba en el hospital.

—¿Qué hospital?

—El Saint Paul.

—¿Podría darme algunos datos personales de Martha? Ya sabe a qué me refiero: edad, estado civil, lugar de nacimiento…

—Martha tiene veintitrés años y está soltera. Tiene los ojos azules, su pelo es rubio y es más bien alta. Su familia es de Altenholz, una localidad cercana a Kiel. Su padre trabajaba como tipógrafo en una imprenta. Murió en un accidente junto a su esposa, y entonces Martha se vino a Berlín en busca de trabajo.

—Usted, ¿cómo la conoció? —preguntó repentinamente al portero.

—Se encargaba de cuidar a los niños de una familia que vivía en el bloque vecino. Observé que era muy amable con ellos y que estaba pendiente de que no hicieran travesuras. Hablábamos en algunas ocasiones. Me pareció una joven educada y servicial. Cuando *frau* Jodl perdió a su ama de llaves y me preguntó, pensé que Martha podría prestarle un buen servicio.

—En resumidas cuentas, que no saben, realmente, quién es Martha Steiner.

Irma Jodl lo miró con cara de pocos amigos.

—¡¿Cómo se atreve a afirmar eso de una persona que lleva seis años en mi casa?!

La vena que el teniente tenía en la sien se hinchó visiblemente.

—Ha dicho que Martha Steiner está soltera. ¿Tiene novio o sale con algún joven?

—Alguna vez me ha explicado que se le ha acercado algún joven. Pero no tiene novio.

—¿Está segura?

—Completamente. Si así fuera, me lo habría contado. No sé qué pretende usted insistiendo con esa pregunta.

Singer se dirigió a Hermann.

—Dígame, ¿los individuos que vio llevaban algo consigo?

—Creo que no, aunque no podría asegurarlo. Fue todo tan rápido... Por su aspecto no parece que hubieran entrado para robar en el domicilio del general.

—¿Por qué dice eso?

—Porque..., porque su imagen distaba mucho de la de unos rateros.

—Eso no significa nada. Le recuerdo que las apariencias engañan muchas veces. ¿Le parece bien, mi general, que inspeccionemos su despacho?

—Desde luego.

La señora Jodl aprovechó para abandonar el salón y revisar otras dependencias. En ninguna había el menor rastro de la presencia de aquellos dos individuos. Tampoco faltaba ninguno de los objetos de valor que los Jodl guardaban en una vitrina de la salita de recibir.

Alfred Jodl mostraba a Singer su despacho.

—¿Observa alguna cosa extraña, mi general?

Jodl paseó su mirada con detenimiento y negó con la cabeza. La cartera estaba donde él la había dejado cuando llegó del OKW. La abrió, comprobó su contenido y no echó nada en falta. Luego examinó los cajones de la mesa y tampoco echó nada de menos. Sin embargo, algo le decía que allí habían estado husmeando. Paseó de nuevo la mirada. Estaba seguro de que no habían tocado su cartera. La abrió otra vez y revisó de nuevo la documentación. Allí guardaba el esquema inicial de lo que Luise von Benda le había sugerido denominar Operación Félix.

—¿Busca algo que no encuentra? —preguntó Singer—. ¿Echa de menos alguna cosa?

—Me parece que no. Sólo quería cerciorarme de que no falta nada.

Jodl se acarició el mentón y dio una última ojeada. Fue entonces cuando vio la evidencia de que los desconocidos habían estado allí. Se trataba de un detalle insignificante: un objeto que no se encontraba en su sitio. Paseó una vez más la mirada por el despacho sin que, salvo aquel leve detalle, nada más llamase su atención. Era tan nimio que quizá estaba excediéndose y presuponiendo algo que no había ocurrido.

Martha, a la que su esposa había inculcado la obsesión por el orden del general en todo lo referente a sus papeles y cosas, podría haber sido la causante. Le preguntaría cuando regresase.

Volvieron al salón, donde el portero charlaba con Lohse. Hasta allí llegó la voz de *frau* Jodl:

—¡Alfred, ven! ¡Ven rápido!

La voz procedía del dormitorio del matrimonio. El general entró, seguido de Singer y Lohse. Hermann, respetuosamente, permaneció en la puerta.

—¡No está la pulsera que me regalaste en nuestro primer aniversario! ¡Tampoco el aderezo de mi abuela, ni el collar con el que tus padres me obsequiaron el día que nos casamos! ¡Eso es lo que se han llevado los ladrones!

Frau Jodl, alterada, mostraba el joyero vacío.

—¿Era todo lo que guardaba ahí? —preguntó Singer.

Ella lo miró ofendida.

—¿Le parece poco?

—Discúlpeme, *frau* Jodl. Sólo trataba de saber si los ladrones habían..., habían limpiado el joyero.

—Puede ver que sí —respondió Irma poniéndolo boca abajo.

—¿Le importaría describirme esas joyas? Lohse, toma nota.

El agente abrió el cuaderno y mientras anotaba la detallada explicación de *frau* Jodl, Singer pensaba que sin duda debería haber más joyas en aquella casa. La esposa del general se había referido a tres piezas muy concretas. Comprobar ese detalle le parecía importante. Cuando ella concluyó, comentó:

—Supongo que tiene otras joyas que no estaban en ese estuche.

—Sí, las tengo.

—Dígame, ¿quién sabe dónde guarda usted el joyero?

—Nadie. Quiero decir que nadie aparte de mi esposo y de mí. Y, bueno, también... —*Frau* Jodl vaciló un momento antes de añadir—: También Martha.

Un silencio momentáneo dejó flotando la duda.

—Mi general, los primeros indicios apuntan a que se trata de ladrones con experiencia. Han robado sin que apenas se note su paso por la casa. Si usted —añadió mirando al portero— no los hubiera sorprendido, quizá no se habrían percatado de su presencia. —Singer se volvió hacia *frau* Jodl—. Entiendo que el servicio de Martha Steiner sea de su plena satisfacción, pero todos los datos la convierten en sospechosa.

—¿Por qué dice eso?

—Los ladrones han entrado en la vivienda sin problemas. No hay cerraduras forzadas. Todo apunta a que han contado con algún tipo de colaboración.

El teniente miró a Hermann, quien pareció encogerse.

—Puedo asegurarle que… —balbució el portero.

—No se excuse. Todavía no lo he acusado. General, haremos todo lo posible por localizar a esa gentuza y por recuperar lo que se han llevado.

—Muchas gracias.

Antes de marcharse, Singer sorprendió a *frau* Jodl con una petición:

—¿Le importaría mostrarme el dormitorio de Martha Steiner?

La esposa del general dudó. Era como violar su intimidad. Pero negarse era dar armas al teniente, quien desconfiaba del hecho de que Martha estuviera fuera en el momento en el que se había producido la entrada de los ladrones en la vivienda, que tuviera llave y que conociera dónde estaba el joyero.

—No se le ocurra tocar ninguna cosa, teniente. ¿Lo he expresado con suficiente claridad? —preguntó la señora Jodl.

Singer asintió con una sonrisa impostada. Tenía la impresión de haber cobrado la pieza. Todo señalaba a dos personas como posibles implicados. No creía que fuera Hermann.

Lo investigaría porque nunca descartaba una posibilidad. Quien concentraba todas las sospechas era Martha Steiner… y, en segundo lugar, Petra.

Mientras el teniente inspeccionaba la alcoba de la joven, Jodl fue a su despacho. Era un detalle nimio, pero lo inquietaba porque podía apuntar a algo mucho más importante. Revisó de nuevo su cartera; estaban todos los documentos, y eso lo tranquilizó.

En la habitación de Martha todo permanecía en su sitio. Los vestidos alineados en el armario —a Singer le parecieron demasiados—, varias prendas de punto cuidadosamente dobladas, y la ropa interior guardada en los cajones de una cómoda sobre la que podía verse una fotografía enmarcada donde aparecían cuatro personas.

—Supongo que la más joven de las dos mujeres es Martha —señaló el teniente.

—Así es. El hombre y la mujer de más edad son sus padres, y el joven es su hermano. Su padre se llamaba Heinrich y su madre Katharina.

—¿Y el hermano…?

—Gerhart.

Singer memorizó los tres nombres y pidió permiso para coger la fotografía.

—¿Puedo?

Frau Jodl asintió, y Singer observó con detenimiento el retrato de la familia de Martha antes de ponerlo otra vez en su sitio.

—¿Sabe cuándo se tomó esta foto?

—Creo que se la hicieron poco antes del accidente que costó la vida a sus padres.

—¿Sabe qué ha sido del hermano?

—También murió en el accidente.

—¿Sabe qué ocurrió, exactamente?

—Fue en un choque de trenes. El vagón en que viajaba la familia de Martha ardió.

—¿Ella no iba en el tren?

—No, esa es la razón por la que sobrevivió.

—Muchas gracias, *frau* Jodl.

En el salón, el teniente y su ayudante se despidieron.

—Mi general, *frau* Jodl, los mantendremos informados de nuestra investigación. Sospecho que Martha no va a volver por su propio pie. En fin…, haremos todo lo que esté al alcance de nuestra mano. ¿Le importa, *frau* Jodl, que nos acerquemos por aquí en otro momento para hacer unas preguntas a Petra? Se trata de cubrir un formulismo para no dejar ninguna posibilidad sin aclarar.

—Pueden volver cuando gusten.

—Muchas gracias. *Heil Hitler!* —exclamó Singer con el brazo en alto a modo de despedida.

Los demás respondieron a su saludo.

Fue Hermann quien los acompañó hasta la calle.

Un vez que los Jodl estuvieron solos, Irma encendió con mano temblorosa otro cigarrillo.

—No me gusta nada ese Singer. ¿Has visto el reloj que tenía y el mechero con el que me ha dado fuego? ¡Es repulsivo, Alfred! ¡Considera a Martha culpable! —Remedó la voz gutural del teniente para repetir—: «Sospecho que Martha no va a volver por su propio pie».

—No la conoce y baraja la posibilidad de que tenga un cómplice. No te sulfures, querida. Es muy probable que recuperemos tus joyas. La Gestapo es muy… efectiva.

—¿No crees que deberíamos llamar al hospital? Tal vez en el Saint Paul nos den alguna noticia de Martha.

—Si eso te tranquiliza, llamaré por teléfono.

Jodl no consiguió contactar con el hospital. La línea siempre estaba ocupada.

—¿Dónde estará? Me temo que haya podido ocurrirle algo grave. Me niego a aceptar que esté implicada en el robo.

—Mi confianza en Martha también es plena. Tengo la impresión de que quienes han estado aquí buscaban algo más que las joyas que se han llevado.

—¿Qué quieres decir?

—Me parece que esa gente ha estado husmeando en mi despacho.

—¿Se lo has dicho al teniente Singer?

—No.

—¿Has echado algo de menos?

—No, pero había una cosa que no estaba donde debía, y Martha sabe que cada cosa debe estar en su sitio.

—El general miró a su esposa. Irma Jodl conocía mejor que nadie la obsesión de su marido por el orden. En sus primeros años de matrimonio, habían tenido alguna desavenencia por esa causa—. Opino que el robo de tus joyas es una tapadera que oculta la verdadera razón por la que han entrado a nuestra casa.

5

La orden no había podido llegar en peor momento. Había previsto dedicarse por entero al caso Jodl, esperanzado en recuperar las simpatías del general y de su esposa, pero las órdenes del comandante Reber eran tajantes. Con los datos obtenidos sobre los agitadores que alteraban desde hacía semanas el barrio de Schöneberg, había que centrarse en su detención. Pese a ser consciente de la importancia de un asunto que había llamado la atención del Führer, Singer estaba de un humor de perros. Había dedicado dos días a aquella delicada cuestion que los traía de cabeza desde hacía un mes, y ni había podido ir al Saint Paul ni visitar la casa del general Jodl para interrogar a Petra. Martha Steiner seguía sin aparecer.

Lohse y él, junto con media docena de sus hombres, habían estado todo el día interrogando y amenazando a personas. Ya caía la tarde, y aún no habían probado bocado. Mientras sus subordinados seguían trabajando, subieron en el coche y recorrieron un kilómetro hasta la puerta de la cervecería donde, según el teniente, tiraban las mejores jarras de cerveza de Berlín y servían las salchichas más jugosas que era posible encontrar en aquella parte de la ciudad. Apenas se sentaron, una joven y bella camarera los atendió pese a que la concurrencia era numerosa.

—¿Qué vas a servirnos? —preguntó el teniente mirando a la joven a los ojos.

—No hay mucho donde elegir. ¿Quieren, además de las salchichas, un poco de queso?

—¿No sería posible algo más? —Singer miraba descaradamente los pechos de la muchacha, que negó con la cabeza.

—¿Las jarras de cerveza grandes?

—Por supuesto.

En cuanto la joven se retiró unos pasos, Singer soltó una obscenidad.

Llegaron las espumosas jarras de cerveza y un cuenco con queso.

—Las salchichas vendrán enseguida. Ya están puestas a la brasa.

—Salchicha es lo que yo te daría a ti.

Singer siguió a la chica con la mirada hasta que esta se perdió.

Dio un trago a su cerveza y se limpió la espuma de los labios con el dorso de la mano.

—Esto se está prolongando más de lo que habíamos previsto. Cuando nos comamos las salchichas te marchas al Saint Paul y compruebas que la criada del general estuvo en ese hospital la tarde del pasado jueves. Supongo que será una pérdida de tiempo porque es la coartada que esa ladrona se inventó. Yo iré a la comisaría y prepararé el informe para el comandante.

—Como usted mande —respondió Lohse.

Singer dio otro trago a su cerveza.

—Llevamos demasiados días con este maldito asunto, y aunque es verdad que estamos pisándoles los talones a esos criminales, no acabamos de resolverlo. El comandante está muy nervioso. En las alturas le exigen resultados.

—Será cuestión de poco, mi teniente. Quien nos ha dado la información no ha fallado jamás.

—Hasta ahora —replicó Singer, y se llevó un trozo de queso a la boca.

Las salchichas tardaron un poco más de lo que la joven había prometido. Pero la espera mereció la pena. Comieron con ganas, y la muchacha se mostró melindrosa, por lo que transcurrió casi una hora antes de que salieran de la taberna. Había anochecido por completo y la mortecina luz de las farolas —habían reducido la luminosidad desde hacía unas semanas, cuando los ingleses bombardearon Berlín inesperadamente— ponía una nota de melancolía en el ambiente. Lohse condujo hasta la comisaría, donde dejó al teniente, y él continuó hacia el hospital. Apenas Singer había cruzado la puerta cuando un agente de los que habían trabajado todo el día a sus órdenes le salió al encuentro.

—Mi teniente, abajo tenemos a unos detenidos.

—¿Cuándo ha ocurrido?

—Acaban de traerlos.

Singer no había necesitado preguntar de quiénes se trataba. Él y el agente hablaban de los agitadores que lo habían traído de cabeza durante semanas. Por el distrito de Schöneberg aparecían pintadas y pasquines con propaganda subversiva.

—¿Cuántos son?

—Por el momento, dos. Pero sabemos que son más. Como mínimo, tres.

—Vamos a verlos —dijo Singer frotándose las manos.

La comisaría de Unter den Linden estaba en un edificio requisado a una familia judía. La antigua carbonera de la casa había sido tabicada para convertirla en varias celdas. Se hizo tan rápidamente que daba la impresión de ser una obra inacabada. Las celdas parecían mazmorras propias de la Edad Media. Aunque el teniente pensaba sacar más rentabilidad personal del caso Jodl, para él y sus hombres era muy importante detener a aquellos agitadores que, desde hacía semanas, realizaban pintadas en lugares insólitos y llenaban de pasquines el pavimento de cualquier calle del populoso barrio de Schöneberg. Aquella canalla subversiva, como él los llamaba, tenía en jaque a media docena de sus agentes e irritado al comandante Reber.

—¿Dónde han practicado las detenciones? —preguntó al agente cuando bajaban hacia las celdas.

—En un piso de la Tauentzienstrasse, cerca de la Wittenbergplatz. Ha sido un golpe de suerte, mi teniente. Dos de nuestros hombres que estaban libres de servicio e iban a…, a pasar un rato en el Romanisches observaron algo raro. Un tipo subido en una moto entregó un paquete a una mujer que lo aguardaba en la puerta de la casa de enfrente. El motorista no se detuvo ni intercambió con la mujer una sola palabra. La mujer se perdió en el interior de la vivienda. Nuestros hombres cruzaron la calle y lograron detenerla cuando entraba en el piso. El paquete contenía propaganda de la que los subversivos han estado repartiendo todo este tiempo.

La escalera estaba mal iluminada por una bombilla que colgaba de un cable. Conforme se descendía, el olor a humedad era más penetrante. Singer llegó a un pequeño distribuidor al que daban las puertas de varias celdas que tenían empotradas unas ventanillas. El vigilante, que leía un folleto, se puso en pie al llegar el teniente.

—*Heil Hitler!*

—*Heil!* ¿En qué celda están los detenidos?

—En la número tres, mi teniente.

—¡Ábrela!

El agente abrió la celda, que era de dimensiones muy reducidas y estaba sumida prácticamente en la oscuridad. La única luz que recibía le llegaba a través de un ventanuco enrejado que daba a la calle y que había sido respiradero antes de que aquel lugar se convirtiera en mazmorra. Los detenidos eran dos jóvenes: un hombre y una mujer. Al abrirse la puerta habían retrocedido e instintivamente se habían aproximado entre sí. La luz que entró por la puerta convirtió la oscuridad en penumbra. Singer se quedó mirándolos un buen rato en silencio. Sabía que eso amedrentaba a los detenidos.

—¡Fuera! —les gritó.

El hombre y la mujer no se movieron. Estaban paralizados.

—¡Fuera, he dicho!

Vacilantes y sin separarse salieron de la celda, y la escasa luz del distribuidor les hizo llevarse la mano a los ojos. Singer los miró fijamente de nuevo. La mujer era de elevada estatura, tan alta como su compañero. Tenía los ojos verdes, el pelo castaño recogido en una coleta y un desgarro en el cuello del vestido. El hombre tenía el pelo negro, como también los ojos, y presentaba un corte con sangre reseca en la mejilla; mantenía el brazo izquierdo pegado al cuerpo, como si de esa forma mitigase el dolor que le producía tenerlo roto.

—Llévalos a la celda de interrogatorios.

El carcelero empujó al hombre en el brazo lastimado, y este se encogió de dolor, pero no se quejó. A empellones, hizo caminar a los detenidos por un pasillo hasta una celda de mayores dimensiones y de cuyo techo colgaba una bombilla como la que alumbraba la escalera. Había dos sillas, una mesa desvencijada sobre la que podían verse unos electrodos, dos baterías, cable eléctrico, cuerdas, dos pequeños cuchillos de hoja ancha, unos alicates y un flagelo. En la pared había manchas de humedad y otras cuyo origen era difícil de determinar. El carcelero los obligó a colocarse bajo la luz. El teniente Singer se sentó en una de las sillas y encendió, parsimoniosamente, un cigarrillo.

—Me parece que tenéis muchas cosas que contarme —comentó, expulsando el humo del pitillo—. ¿Estoy en lo cierto?

Los detenidos permanecieron en silencio. Singer no dejaba de dar chupadas a su cigarrillo. Al cabo de un par de minutos se levantó y se acercó lentamente a la pareja.

—¿No tenéis ninguna cosa que decirme?

Otra vez el silencio fue la respuesta. Entonces, mirando al hombre a los ojos, Singer acercó la punta del cigarrillo a la herida que el detenido tenía en la mejilla. Instintivamente, él echó la cabeza hacia atrás. El teniente miró a la mujer, que transpiraba miedo por todos los poros de su cuerpo. Dio una calada a su cigarrillo y le expulsó el humo en el rostro. Ella no pudo evitar un golpe de tos.

—¿Tampoco tú vas a responderme?

La mujer guardó silencio, y Singer se volvió hacia el agente que lo había informado de la detención.

—¿Qué sabemos de ellos?

—Sólo los datos de su tarjeta de identificación. Son matrimonio, se llaman Hans y Helga Tausch. Lo único que se ha encontrado en su domicilio ha sido el paquete que el sujeto de la moto le entregó a ella, pero dicen que ese paquete se lo dio el motorista por error y, como todos, afirman que son inocentes. El sujeto se resistió a ser detenido.

Singer se fijó en el brazo roto del detenido y asintió con leves movimientos de cabeza.

—Tal vez tienes que decirme tantas cosas que no sabes por dónde empezar. Voy a ayudarte. ¿Quién era el tipo de la moto?

Hans no respondió. Unos segundos después soltó un grito de dolor que resonó en toda la celda. Singer, con disimulo, le había aplicado la punta del cigarro al dorso de la mano del brazo lastimado. La mujer intentó abalanzarse sobre el teniente, pero la bofetada que le propinó el carcelero la hizo rodar por el suelo. Su marido trató de acercarse a ella, pero Singer, de una patada, lo lanzó contra la pared y lo dejó aturdido. Luego todo ocurrió muy deprisa.

Fueron desnudados y atados a las sillas. Singer repitió la pregunta al hombre, quien mantuvo su silencio. Entonces, con calculada parsimonia, cogió el flagelo y, sin decir palabra, comenzó a golpearlo con saña. La lluvia de azotes que cayó sobre aquel desgraciado se tradujo en agudos gritos de dolor que, conforme el castigo aumentaba, se fueron apagando hasta ser poco más que gemidos que se confundían con las súplicas de Helga, implorando piedad. Cuando el teniente, cuyo rostro expresaba una mezcla de ira y placer, se detuvo, tenía la respiración entrecortada y se mostraba excitado.

Hans Tausch ofrecía un aspecto lamentable. Las pequeñas bolas con afiladas púas en que remataban las colas del flagelo habían lacerado su cuerpo. Su esposa, fuera de sí, gritaba al teniente que se detuviera, sin darse cuenta de que sus palabras no tenían sentido. Cuando su voz se apagó y su cuerpo se agitaba por el llanto, Singer le preguntó:

—¿Qué tienes que decirme?

La mujer lo miró con los ojos enrojecidos y, sin dejar de llorar, le espetó:

—Que es usted un canalla de la peor especie.

Después le lanzó un escupitajo al rostro.

Singer no dudó. Comenzó a azotarla con el mismo ensañamiento empleado con el hombre. Los gritos de Helga llenaron la celda. El castigo no se detuvo ni cuando Hans Tausch, haciendo un esfuerzo, gritó que estaba dispuesto a declarar todo lo que sabía. El teniente continuó hasta que sació su sadismo. Cuando lo hizo, el cuerpo de Helga ofrecía un aspecto incluso peor que el de su marido.

Dos horas después varios agentes de la Gestapo entraban en el lugar donde se hallaba la prensa que imprimía las hojas que los habían traído de cabeza. Allí encontraron a los otros tres miembros de la célula. Detuvieron a dos ellos, y un tercero se arrojó por una ventana y se estrelló contra el suelo de un patio donde había aparcada una motocicleta, que fue identificada como la que conducía el sujeto que entregó el paquete frente al Romanisches. Fueron conducidos a la comisaría, y Singer se empleó a fondo para que le revelasen si tenían ramificaciones. No logró sacarles información pese a flagelarlos con el mismo salvajismo que había ejercido con los Tausch y aplicarles descargas eléctricas en las partes más sensibles del cuerpo. En la misma celda les descerrajó un disparo en la cabeza.

Eran las dos de la madrugada cuando los cuatro cadáveres fueron llevados en un furgón hasta una fosa común que, para ocultar aquellas muertes, la Gestapo había abierto en unas instalaciones policiales cercanas al aeródromo de Tempelhof. La desaparición de personas era, desde hacía tiempo, algo habitual. Los vecinos nunca preguntaban qué podía haberles ocurrido a quienes dejaban de ver de un día para otro.

Media hora más tarde, Singer, que se había cambiado de ropa, decidió celebrar en el Romanisches el éxito de la operación. Allí trabajaban algunas de las chicas más atractivas de Berlín. Con él siempre se mostraban generosas, y algunas de ellas no se negaban a hacerle trabajos muy especiales.

Poco después de que se marchara a aquel cabaré con aspecto de café, Lohse apareció por la comisaría. Tras muchas dificultades, pues en el Saint Paul no habían dejado de entrar soldados heridos, había averiguado algo que iba a sorprender al teniente.

6

Madrid

Aquellos cuatro días la duda había sido la compañera de Leandro San Martín. Un tormento permanente. No se explicaba cómo había podido llegarle aquella carta ni cómo el comandante había dado con su paradero, menos aún que supiera el nombre bajo el que ocultaba su verdadera identidad. Llegó a pensar que Amalia se había ido de la lengua. Era la única persona a la que había confesado su secreto. En un primer momento, dudó si ella le habría mentido al decirle que un desconocido se la había dejado a Ramón, pero el portero confirmó la versión que Amalia le había dado. A Leandro incluso se le pasó por la cabeza abandonar Madrid temiendo que todo fuera una trampa. En los meses que llevaba en España, había oído contar alguna historia acerca de que la policía se había valido de ese método para detener a sospechosos que escondían su identidad bajo un nombre falso.

En una ocasión Amalia quiso saber si le ocurría algo, pero él no aprovechó para preguntarle si había tenido algo que ver en todo aquello. Había momentos en que Leandro daba por zanjado el asunto: se olvidaría de todo y rompería la carta. Aun así, poco después la duda volvía a asaltarlo. Si no acudía a aquella cita, se quedaría sin saber si era una trampa de la policía y tendría que soportar semanas de angustia. Al final el deseo de volver a ver al hombre al que debía la vida había hecho que dejara a un lado los recelos.

Aquel era el quinto cigarrillo que Leandro San Martín consumía. Si seguía fumando de aquella forma, iba a quedarse sin tabaco durante varios días —faltaba una semana para poder usar los cupones de racionamiento que le daban derecho a sus tres cajetillas de picadura mensuales, y siempre le resultaban escasas—. Pero estaba tan tenso que era la única forma de calmar sus nervios.

Iba a encontrarse con Santiago Ares, el jefe del batallón de infantería a cuyas órdenes luchó durante la guerra con el grado de teniente. El comandante Ares era un ferviente republicano que había militado en las filas de la ORGA, el partido de Casares Quiroga, donde militaban muchos galleguistas que defendían una república federal y la autonomía para Galicia. Leandro había compartido con él la guerra y las penurias que siguieron al hundimiento del frente del Ebro en los primeros días del mes de noviembre de 1938 cuando, como tantos otros, buscaron el camino de la frontera francesa. No había vuelto a saber de él desde el día que los franquistas entraron en Gerona y el comandante le salvó la vida. Era la razón principal por la que acudía a la cita que Ares le proponía en la carta que cuatro días atrás Amalia le había entregado. Una carta muy escueta:

Me gustaría que nos encontráramos el viernes a las seis de la tarde.
Acude a la calle Montera y déjate ver ante la sombrerería que hay en el número ocho.
Un abrazo,
SANTIAGO ARES

Había tomado precauciones y observado atentamente la zona desde veinte minutos antes de la hora fijada. Había disimulado su espera tratando de que nadie reparara en el tiempo que llevaba remoloneando por allí. No le resultaba demasiado difícil porque la calle Montera se hallaba muy concurrida y en la acera de enfrente, junto a una farmacia famosa por sus fórmulas magistrales para combatir la gonorrea y otras enfermedades venéreas, estaba el café Barceló. No eran pocos los que merodeaban antes de decidirse a entrar en el establecimiento donde, según se decía, había chicas de alterne. Durante unos minutos se entretuvo mirando el muestrario de sombreros del escaparate cuyo dueño, para estimular las ventas, había colocado en lugar bien visible un anuncio que rezaba: *Los rojos no usaban sombrero*. Comprobó la hora por enésima vez. Iban a dar las siete menos cuarto. Tanto retraso, incluso para el comandante Ares que nunca había sido persona puntual, era demasiado. Aguardaría otro cigarrillo y, si no aparecía, se marcharía y se olvidaría de todo.

Durante la larga espera había recordado el episodio vivido la noche del 9 al 10 de noviembre de 1938 cuando aguantó la voladura del puente de Flix. No dio la orden de volarlo hasta que lo cruzó el último contingente de soldados republicanos, justo a tiempo para obstaculizar el avance de los franquistas.

Casi se había fumado el cigarro cuando miró por última vez el escaparate y volvió a leer *Los rojos no usaban sombrero*. El dueño debía de ser un lameculos. Masculló algo entre dientes. Dio la última calada al cigarrillo antes de arrojar la colilla al suelo y aplastarla con la suela del zapato. Echó a andar Montera arriba alejándose de la Puerta del Sol, cuando notó que alguien a su espalda le susurraba:

—No se detenga y camine.

Al oírlo, Leandro hizo ademán de volverse, pero notó que algo le presionaba a la altura de los riñones.

—Siga andando. Le estoy apuntando con una pistola que llevo en el bolsillo de la chaqueta.

La carta había sido un cebo para conducirlo a una trampa.

Siguió caminando negándose a admitir que Amalia había colaborado en aquella encerrona. Notó la boca cada vez más seca. Conforme se alejaban de la Puerta del Sol, una duda crecía en su interior. La policía no se andaba con contemplaciones a la hora de echar el guante a los rojos. Lo habitual era que varios agentes se abalanzaran sobre la persona a la que iban a detener y que alguno indicara a la gente que no se parara y que circulara como si lo que hacían fuera normal. Algo no encajaba.

—¿Adónde…, adónde vamos?

—Siga caminado con naturalidad y no haga preguntas.

Leandro obedeció sin rechistar. No tenía muchas alternativas, aunque con el gran gentío que transitaba por las aceras podía intentar huir echando a correr. Pero si no era un policía quien caminaba a su espalda, llamaría la atención y le interesaba pasar inadvertido. En el primer cruce de calles recibió una nueva instrucción:

—Gire a la derecha, sin detenerse.

—¿Por la calle de la Aduana?

—Sí.

Por allí el flujo de gente era mucho menor que por Montera. Conforme pasaban los minutos se convencía de que quien lo encañonaba no era un agente de la policía franquista. Esta no se valía de tales sutilezas. Si hubieran descubierto su verdadera identidad, lo habrían detenido a la salida del trabajo o lo habrían seguido hasta su vivienda.

Llegaron al cruce con Virgen de los Peligros, y allí Leandro recibió una nueva orden:
—Vaya a la derecha.
—¿En dirección a Alcalá?
—Sí.
Convencido ya de que no se trataba de la policía, Leandro pensó en no seguir. Instintivamente aflojó el paso, pero lo disuadió notar de nuevo la presión de la pistola contra sus riñones.

Caminaron alrededor de cien metros, y estaba a punto de plantarse cuando aquel sujeto le indicó:
—Hay una librería en esta misma acera, un poco más adelante. Deténgase ante el escaparate como si estuviera interesado en alguno de los títulos.

Leandro obedeció. Encima del escaparate podía leerse un rótulo —un tablón de madera anclado a la pared— donde ponía: *LIBRERÍA SANTISTEBAN* y, en un cuerpo menor: *LIBROS NUEVOS Y DE OCASIÓN*. Los ejemplares eran casi todos de segunda mano. A través del cristal observó cómo el librero se afanaba en colocar libros en un estante. Los segundos pasaban lentamente sin que sucediera nada. Habían transcurrido un par de minutos, que a Leandro le parecieron muchos más, cuando otro individuo se acercó al escaparate y, tras una rápida ojeada, entró en la librería. La puerta al abrirse hizo sonar una campanita. Aquel sujeto comentó algo con el librero y salió poco después. Leandro decidió entonces mirar hacia atrás y comprobó que estaba solo. Desconcertado, iba a marcharse cuando oyó otra vez el tintineo de la campanita. Era el librero. Vestía un guardapolvo que sólo dejaba ver una corbata deslustrada que se ajustaba al cuello arrugado de su camisa. Leandro se fijó en sus zapatos —siempre lo hacía porque de pequeño su madre le repetía que desvelaban muchas cosas de su propietario—; los tenía bien lustrados, pero el paso del tiempo se había mostrado inmisericorde con ellos. Era un hombre de mediana edad, cargado de hombros y más bien bajo. Lucía una pronunciada calvicie y sobre su nariz aquilina se asentaban unas lentes redondas que le daban aire de ratón de biblioteca.

—¿Es usted el señor San Martín?

Leandro vaciló. Para la gente como él no era lo mejor responder a las preguntas de un desconocido, menos aún cuando lo habían conducido hasta allí de una forma tan inquietante. El librero lo miraba a la cara, sin pestañear. Le pareció una mirada limpia.

—¿Quién es usted?

—Mi nombre es Emiliano Santisteban.

Aquel apellido coincidía con el nombre de la librería, se dijo Leandro.

—Y ahora respóndame, por favor, ¿es usted el señor San Martín?

Reparó en que le preguntaba con mucha educación. Decidió arriesgarse.

—Ese…, ese es mi nombre.

El librero le ofreció la mano, y Leandro se la estrechó por compromiso.

—¿Tendría la bondad de entrar?

Comprobó que en la calle había poca gente. Nada que ver con el bullicio de Montera. Ahora nadie lo amenazaba, y nada le impedía largarse y olvidarse de todo aquello, pero se limitó a preguntar al librero:

—¿Por qué?

—Porque si usted es Leandro San Martín, una persona lo está esperando dentro.

—¿Quién?

Emiliano Santisteban miró a ambos lados para asegurarse de que nadie más oiría el nombre que iba a pronunciar.

—El comandante Ares.

Era la forma en que lo llamaban sus hombres durante la guerra.

—¿Está…, está él ahí?

El librero asintió y se hizo a un lado, cediéndole el paso. Leandro oyó por tercera vez el tintineo de la campanita. Lo recibió un olor a papel viejo y a madera seca, y percibió un polvillo que flotaba en el aire y que se hacía visible en el rayo de sol que se colaba por el escaparate batiéndose ya en retirada.

—Disculpe un momento.

Santisteban cogió una pértiga rematada en un garfio y, con la habilidad de quien lo hacía a diario, enganchó el pestillo de una persiana metálica que apenas asomaba bajo el dintel y tiró con fuerza, dejándola a media altura. Luego dio la vuelta a un pequeño cartel que colgaba de una cadenilla donde podía leerse, según se colocase, ABIERTO o CERRADO. Aseguró la puerta corriendo un pestillo que no resistiría ni una leve embestida. Aunque eran poco más de las siete, Emiliano Santisteban había dado por terminada su jornada laboral.

La librería era más amplia de lo que podía adivinarse desde la calle y reinaba en ella cierta sensación de desorden transmitida por las dos montañas de libros que había en el suelo, medio tapadas por un bufetillo con muchos años encima. Las paredes estaban cubiertas por estanterías atestadas de libros que iban del suelo al techo. Daba la impresión de que, sin la ayuda del librero, resultaría complicado localizar un ejemplar.

Santisteban descorrió una cortina de ajado terciopelo de un rojo desvaído y accedieron a un pasillo sumido en la penumbra; tan corto que era poco más que un distribuidor. En él se recortaba una puerta, y el librero dio en ella unos golpecitos de advertencia antes de hacerse a un lado para ceder el paso a Leandro. La única luz de la habitación la proyectaba una lámpara colgada del techo. Era de pantalla, adornada por un fleco de borlas de algodón encarnado.

En torno a la mesa había tres hombres que se pusieron de pie al verlos entrar. Leandro identificó al comandante Ares, que se encontraba de espaldas, antes de que este se diera la vuelta. Era enjuto, y su rostro alargado estaba pulcramente afeitado. Sus ojos, muy negros, mantenían la vivacidad de la mirada. El pelo se le había puesto canoso en el año y medio transcurrido desde que se vieron por última vez.

Se fundieron en un prolongado abrazo sin pronunciar una sola palabra. Era el reencuentro de dos hombres que habían compartido muchos momentos; algunos buenos y la mayor parte de ellos lo suficientemente malos para que se hubiera forjado una amistad que casi nada podía destruir. Deshicieron el abrazo, pero se mantuvieron unos segundos más con las manos cogidas hasta que el comandante indicó a Leandro una silla que había a su lado. El librero le ofreció café.

—Tengo que advertirle que es de cebada tostada. Puedo hacérselo mezclándola con achicoria, si lo prefiere.

—Muchas gracias, pero ya es un poco tarde.

—Entonces ¿una palomita de aguardiente?

Leandro aceptó. Las copas —pequeñas y de cristal muy grueso—, la jarra con el agua y la botella de Machaquito, anís de Rute, estaban sobre la mesa.

El comandante iba a hacer las presentaciones, pero Leandro lo cortó. No quería que la situación fuera avanzando antes de aclarar algunas cuestiones.

—Un momento, mi comandante. Primero, tienes que responderme unas preguntas.

—Tú dirás.

—¿Por qué en la nota no se me indicó que viniera a esta dirección y por qué se me ha traído encañonado? También me gustaría saber cómo me has localizado.

El comandante Ares se acarició el mentón.

—¿Pretendías que te reveláramos en una carta el verdadero lugar de un encuentro? Supongo que estás al tanto de que la correspondencia es violada sistemáticamente. Correos no es un canal seguro; por eso la nota se te entregó en mano. Luego, como es lógico, hemos tomado las precauciones a nuestro alcance. No sé si sabes que la policía no detiene a algunas personas que tiene localizadas con el propósito de que si mantienen contactos puedan conducirla hasta ellos. Si pasado un tiempo esos sujetos no se relacionan con otros camaradas que se mueven en la clandestinidad, son detenidos. Tenemos que tomar precauciones, y no hay excepciones. Sabíamos que habías regresado a España porque nos lo dijeron quienes te proporcionaron tu nueva identidad, pero durante meses no hemos sabido de ti, hasta que hace unas semanas nos llegó la noticia de que estabas en Madrid. El punto de encuentro que se te indicaba en la carta es un lugar público donde hemos podido vigilarte para saber si te habían seguido. El rato que has aguardado en la calle Montera estabas siendo observado. Cuando hemos estado seguros, uno de los nuestros te ha indicado que caminaras.

—¡Amenazándome con una pistola!

El comandante esbozó una sonrisa y apuró el aguardiente de su copa.

—¿Has visto la pistola?

Leandro recordó que había sentido una presión a la altura de los riñones y que una voz autoritaria lo conminaba a caminar sin hacer preguntas. Supo entonces que quien lo había conducido hasta la puerta de la librería había jugado con sus temores. Molesto consigo mismo, respondió con sequedad:

—No.

—Entonces, ¿cómo sabes que te encañonaba en plena calle Montera a la luz del día? Te han conducido hasta aquí sin llamar la atención. ¿Satisfecha tu curiosidad? ¿Puedo hacer ya las presentaciones?

—Me gustaría saber una cosa más.

—¿Qué?

—¿Cómo te llegó la noticia de que estaba en Madrid?

—Eso es algo que no puedo decirte. Es una norma. Cuanto menos sepamos unos de otros, mejor. Lo que se ignora no se puede contar.

—Para mí sería muy importante saberlo.

El comandante lo miró a los ojos. No dudaba de la fidelidad de aquel hombre con quien había vivido los momentos más intensos de la guerra. Quien le estaba pidiendo aquella información era alguien muy especial para él, pero se hallaba en juego la seguridad de mucha gente.

—¿Tan importante es?

—Mucho.

Al comandante le habría gustado acceder a lo que le pedía el hombre que ahora se hacía llamar Leandro San Martín. Pero no debía claudicar.

—Lo siento, pero no puedo decírtelo. Faltaría a mi palabra, y no se trata sólo de eso. Si te lo digo, pondría en riesgo la vida de otras personas. ¡Maldita sea! —gritó golpeando con el puño sobre la mesa.

Leandro dio un trago a su palomita.

—Supongo que no me has llamado para saludarme —dijo sin ocultar su malestar—. La presencia de estos caballeros ¿tiene algún significado?

—Te necesitamos para que hagas… un trabajo. ¿Estarías dispuesto?

Por un instante Leandro sintió la tentación de marcharse. Intuía que su vida iba a complicarse, y mucho. Sin embargo, se quedó sentado y preguntó:
—¿Qué clase de trabajo?
—Es un asunto muy delicado.
—Sabes que tengo un empleo y que no es fácil encontrar uno hoy día, menos aún en mis circunstancias.
—Creo que eso podrá solucionarse.

7

Berlín

Los días pasaban y Martha seguía sin dar señales de vida. *Frau* Jodl se negaba a admitir que fuera una ladrona y que se hubiera puesto de acuerdo con aquellos desconocidos. La secretaria de su esposo, Margarethe, había podido hablar con el Saint Paul —algo bastante más complicado de lo que pudiera imaginarse— y le habían confirmado que Martha, efectivamente, había estado la tarde del jueves en el hospital. Pero su desaparición alumbraba toda clase de sospechas. Por su parte el general trabajaba sin descanso en la Operación Félix, sin dejar de pensar en la posibilidad de que los ladrones hubieran husmeado en su despacho. Necesitaba estar seguro de que aquella alteración en el orden que imperaba en él había sido casual.

En el ala principal de la sede del OKW, al final de una luminosa galería que recibía la luz de un patio interior, donde una suave brisa movía las hojas de los árboles que se alzaban en el centro de los parterres, se encontraba el Centro de Operaciones Estratégicas, y allí se ubicaba el despacho del general Jodl. Las paredes estaban forradas de madera, y la única decoración era un enorme cuadro de Hitler vestido de uniforme y saludando, con el brazo extendido, a los soldados que desfilaban ante él. La pared más grande quedaba cubierta por un enorme mapa de la costa occidental de Europa y la costa sur y este de Gran Bretaña. Numerosas banderitas de diferentes colores señalaban posiciones militares, objetivos o lugares considerados de valor estratégico por diferentes motivos.

En las dos mesas que había en el despacho —la del bufete del general y una más amplia alrededor de la cual este se sentaba con sus colaboradores— todo se veía perfectamente ordenado. Desde pequeño, Alfred Jodl había llamado la atención de los profesores y los regentes del internado donde estudió por la pulcritud de sus trabajos, el orden de sus pertenencias y su puntualidad. Durante los años de academia militar en Múnich, cuando era un joven cadete, la disciplina castrense hizo que esas virtudes escolares se convirtieran en una norma de conducta que, con los años, había derivado en una obsesión. Estaba reunido con sus tres colaboradores más cercanos —los coroneles Warlimont y Schäffer y el capitán Liebermann— y con un capitán de la marina que les facilitaba cierta información.

—Mi general, estamos diseñando una estrategia que rompe nuestros esquemas. Me gustaría saber si todo esto tiene… un sentido práctico. —Quien preguntaba era el coronel Walter Warlimont, que había participado en la Guerra Civil española formando parte de la Legión Cóndor.

El general Jodl alzó la cabeza sin despegar las manos de la mesa y miró al coronel. Acto seguido preguntó al oficial que tenía a su derecha, que vestía el uniforme azul de la Kriegsmarine.

—Capitán Haas, ¿sería tan amable de explicar al coronel los pormenores del trabajo que han realizado?

—Por supuesto, mi general. —Haas se dirigió a Warlimont—. Las dificultades para cruzar el canal de la Mancha y llevar a cabo un desembarco en las costas de Gran Bretaña son cada vez mayores. El Plan Norte-Oeste, al que desde hace unas semanas se lo ha bautizado como Operación León Marino, presenta numerosas deficiencias…

—¿Qué clase de deficiencias? —se adelantó a preguntar Warlimont.

—Nuestra marina no está en condiciones de asegurar la protección que necesitan los transportes que llevarían a la Wehrmacht a las costas de Inglaterra. La Royal Navy es muy superior a nuestra armada.

—Pero nuestros submarinos…

—En ese terreno somos superiores, pero no nos proporcionarían seguridad suficiente. Aunque son un arma excelente para combatir a los buques enemigos, no nos garantizan la necesaria protección. Un desembarco en las costas inglesas se presenta muy problemático —insistió Haas.

—La superioridad aérea de la que el mariscal Göring hace continuo alarde no es tan evidente como nos gustaría… —añadió Jodl—. La prueba la tenemos en el bombardeo que sufrimos hace unos días aquí, en Berlín. En esas condiciones, la Operación León Marino puede convertirse en un desastre para nuestro ejército.

—El bombardeo de Berlín fue una acción de propaganda —protestó Warlimont—. Los británicos sabían que ese día nos visitaba el ministro de Asuntos Exteriores soviético. Fue la presencia del señor Molotov lo que los indujo a efectuar su ataque.

—Estoy de acuerdo con esa apreciación, coronel —respondió Haas—. Aun así, coincidirá conmigo en que si nuestra superioridad aérea fuera tan grande como afirma el mariscal Göring, el enemigo habría tenido graves problemas para sobrevolar Berlín. Pero cuando se habla del desembarco de nuestras tropas, se olvida un detalle sumamente importante.

—¿Cuál? —preguntó Warlimont.

—Hay que llevar a esas tropas hasta las costas británicas. —El general se adelantó al oficial de la Kriegsmarine—. Como le ha dicho el capitán, la superioridad naval del enemigo es un obstáculo muy grave, y si a eso sumamos que nuestra superioridad aérea no es tan patente como el mariscal Göring sostiene, la operación podría convertirse en una catástrofe. Precisamente, este proyecto pretende golpear a nuestro enemigo donde más daño podemos hacerle, y sobre todo sorprenderlo. Por eso todo se está llevando a cabo con el máximo secreto. ¿Satisfecho?

—A medias, mi general. No ha dado respuesta a mi deseo de conocer el sentido práctico de lo que hacemos.

Jodl se irguió y se estiró el uniforme, como si se dispusiera a echar un discurso.

—Coronel Warlimont, nuestro trabajo consiste en diseñar las estrategias en función de las necesidades del momento y de los efectivos con que se cuenta para poder llevarlas a cabo. Eso es algo que usted debió aprender, como todos nosotros, en sus años de academia.

—En ese caso, supongo que se habrán realizado las gestiones pertinentes ante el gobierno español. El ataque terrestre ha de lanzarse desde su territorio.

—Olvida usted un detalle sumamente importante. Para que la operación tenga éxito, hemos de sorprender a los ingleses, y eso sólo lo conseguiremos actuando con la máxima cautela. El secreto es uno de los ingredientes fundamentales que han de presidir la operación. Caballeros, olvidémonos de otras consideraciones. Nuestro Führer, a su debido tiempo, dará los pasos necesarios para que el general Franco, que tiene contraída una gran deuda con nosotros, abandone la neutralidad. No olviden que para los españoles se trata de un asunto fundamental. Es una espina que tienen clavada desde hace más de dos siglos.

Los cinco hombres se centraron en el análisis del informe que los agentes de la Abwehr, el servicio secreto del ejército, habían elaborado y que acompañaban con dos planos de la zona y una serie de fotografías aéreas que habían sido tomadas por la Luftwaffe. En ese preciso instante sonó el teléfono. Jodl indicó a Liebermann que respondiera.

—Por supuesto…, por supuesto. Desde luego, pero creo que es mejor que se lo diga usted. —Liebermann tapó el auricular—. Mi general, es Margarethe. Llaman de la Cancillería.

Jodl escuchó en silencio al tiempo que se acentuaban las arrugas de su frente.

—Está bien. Allí estaré. —Colgó el teléfono y miró a los hombres, que esperaban a que dijera algo—. El Führer quiere conocer esta misma tarde los detalles de lo que estamos haciendo.

—Pero, mi general, la información que poseemos es incompleta…

—No se preocupe, Warlimont. Le haré ver que aunque la Luftwaffe es un arma poderosa, fue incapaz de aniquilar a los ingleses en Dunkerque. Si en lugar de haberle dado todo el protagonismo a Göring se hubiera tomado la decisión de que nuestra infantería avanzara sobre las playas, los ingleses no habrían reembarcado a su cuerpo expedicionario. Inglaterra habría hincado la rodilla y solicitado la paz. Si se hubiera permitido a las divisiones de infantería lanzarse sobre Dunkerque, no habría servido para mucho la decisión de Churchill de requisar todo lo que flotara y fuera capaz de cruzar el canal de la Mancha para sacar de las playas francesas al mayor número posible de soldados, trasladarlos a Gran Bretaña y defenderse palmo a palmo de nuestra invasión.

—El Führer querrá saber algo acerca de cómo podemos plantearnos el asalto a Gibraltar —opinó Schäffer.

—La operación tendrá que hacerse al modo tradicional.

—¿Quiere decir que someteremos a Gibraltar a un asedio prolongado, como han hecho los españoles en varias oportunidades?

—Eso es una insensatez. Los españoles utilizaron ese viejo procedimiento en tres ocasiones a lo largo del siglo XVIII. Los tres intentos fracasaron. Cuando he dicho que la operación ha de hacerse al modo tradicional, me refería a hacernos con el objetivo al asalto. —Jodl sacó de su cartera una carpeta con los folios en los que llevaba varios días trabajando en secreto—. Aquí están explicadas, sin entrar en detalle, las líneas básicas de cómo puede llevarse a cabo la operación. —Los dos coroneles, el capitán Haas y el capitán Liebermann hojearon los folios—. Lanzaremos el asalto desde el istmo y lo apoyaremos con un despliegue artillero que no permita a los británicos replicar. Para que Göring no se sienta postergado, se pedirá la colaboración de la Luftwaffe. Cuando el enemigo pueda sacar la cabeza estaremos entrando en su madriguera —aseguró el general guardando de nuevo los papeles en su cartera—. La información que nos ha proporcionado la Abwehr es valiosa, pero no suficiente para concretar los últimos detalles. ¿Estos son los mejores planos de que podemos disponer?

—Sí, mi general —respondió Hass—. En el ejército español no tienen otra cosa mejor.

—Sólo permiten dar una idea aproximada de la zona. Necesitamos una cartografía donde estén reflejados hasta los detalles más insignificantes.

—Harán falta fotógrafos, geólogos, geógrafos y topógrafos —respondió Schäffer.

—En ese caso, habrá que enviar un equipo a Gibraltar —señaló Jodl y mirando a Shäffer le indicó—: Usted coordinará ese equipo técnico que levantará la cartografía del Peñón y de las zonas próximas. Llévese también hombres que puedan informarnos de las defensas de Gibraltar y de lo que los ingleses están haciendo allí. No debemos perder un solo día. Encárguese de que todo se lleve a cabo con la mayor discreción posible.

—¿Podría decirme de cuánto tiempo dispongo?

—Ha de estar de regreso en Berlín en diez días.

—Disculpe, mi general. Hay que ir al extremo sur de España y regresar. Las cosas allí no son fáciles —señaló Warlimont—. Los desplazamientos son complicados. Hay mucha desorganización y surgen problemas donde no podemos siquiera sospechar.

—Es cierto, mi general —corroboró Haas—. Imagínese que tuvimos dificultades para encontrar papel cebolla suficiente para ciertos trabajos. Incluso hubo problemas para conseguir carretes fotográficos. Allí no se encuentran fácilmente. Uno de los dos vehículos en que viajaban nuestros hombres sufrió una avería cuando circulábamos por tierras de Jaén, en el viaje de Madrid a Algeciras. Se había fundido una biela y no había forma de encontrar un recambio. Sustituir la pieza los retrasó más de veinticuatro horas porque nuestros hombres no deseaban dejar el vehículo, que pertenecía al servicio de nuestra embajada, y viajar en un coche que los españoles ofrecieron. Si ahora queremos actuar de forma más discreta, los problemas serán mayores.

—¿Usted qué opina, Schäffer?

—Que lo haremos en el plazo que usted ha marcado, mi general.

***

Rechazó dos veces la sugerencia de aguardar donde esperaban las visitas que el Führer recibía. Había llegado unos minutos antes de las cinco, la hora fijada, y pasaban ya veinte minutos. Se había distraído mirando un cuadro de enormes dimensiones que representaba una escena medieval donde unos caballeros teutónicos se enfrentaban a una horda de mongoles, y había estado recordando que en el homenaje a Himmler oyó comentarios acerca de que el Führer estaba de un humor de perros al haber visto cómo se esfumaban sus planteamientos de paz que, de forma secreta, habían hecho llegar a los británicos. El nuevo inquilino del número 10 de Downing Street, Winston Churchill, había echado por tierra aquella posibilidad. El nuevo premier tenía una personalidad que lo situaba en las antípodas de su antecesor. Hitler contaba con que un poco de presión sobre Chamberlain daría el resultado que ambicionaba puesto que su capacidad de resistencia era muy limitada, como había comprobado en Múnich dos años atrás. Le habían asegurado que en la cabeza de Hitler resonaban con fuerza las palabras de Churchill afirmando que los ingleses pelearían en los campos y en las ciudades, y que lo harían en cada granja, en cada calle y en cada casa. Esa era la razón por la que el Führer llevaba días malhumorado.

La espera se prolongaba casi otra media hora cuando Christa Schroeder, una de las secretarias del Führer, apareció en el antedespacho y se acercó a Jodl.

—General, el Führer lo aguarda.

Alfred Jodl se estiró la chaqueta del uniforme y se llevó la mano a la Cruz de Hierro que ajustaba el cuello de la misma.

Luego siguió a la secretaria, quien lo introdujo en el despacho sin llamar.

Tras los saludos protocolarios, Jodl expuso a grandes

rasgos la Operación Félix, centrándose en descartar las opciones que consideraba inviables y sin ofrecer detalles concretos del plan que estaba gestando.

—En definitiva, mi Führer, en las presentes circunstancias considero que apoderarnos de Gibraltar y cerrar esa puerta del Mediterráneo causaría graves problemas a los británicos. Si nuestro objetivo es doblegar su voluntad, esta operación me parece más adecuada y, desde luego, tiene menores riesgos que poner en marcha la Operación León Marino.

—¿Significa que está usted de acuerdo con Raeder? —Hitler lo miró a los ojos.

Jodl calibró la pregunta. Alinearse con el máximo responsable de la Kriegsmarine suponía un riesgo. El almirante Raeder era uno de los pocos jefes del ejército alemán que se atrevía a discutir las decisiones del Führer. Había señalado que el desembarco sería un fracaso si no se contaba con el dominio del aire, y eso no estaba claro, pese a las bravatas de Göring, quien había prometido que en unos días la Luftwaffe acabaría con las fuerzas aéreas británicas. Sin embargo, la resistencia de los ingleses había sido mucho más enconada de lo que se esperaba. La aparición de bombarderos británicos en el cielo de Berlín arrojando su carga mortífera había sido un duro golpe, y Hitler consideraba más seriamente opciones alternativas.

—El almirante Raeder tiene razón cuando opina que el apoyo aéreo es imprescindible para llevar a cabo esa operación. Los últimos acontecimientos señalan que la Luftwaffe no puede garantizar la seguridad que requiere cruzar el canal de la Mancha con la Royal Navy dispuesta a ofrecer resistencia. Si lo que pretendemos es colocar un dogal en el cuello de los ingleses que acabe por estrangularlos, la opción de Gibraltar me parece más adecuada. Sin esa plaza tendrán problemas en el Mediterráneo y nos resultará mucho más fácil cortarles el tránsito por el canal de Suez. Eso los obligaría a utilizar la ruta del Cabo y a navegar por el Atlántico. En esas aguas nuestros submarinos pueden actuar con mucha más eficacia.

Hitler había escuchado sin pestañear y se concentró en el plano que el general había desplegado sobre la mesa. Allí estaban señaladas las líneas de avituallamiento de los británicos y los puntos vitales para mantener esas líneas. Luego miró a Jodl y le espetó:

—Se ha limitado a apoyar la posición de Raeder y a exponerme las opciones que no ve viables para apoderarse de este enclave. —Hitler señaló en el mapa la posición de Gibraltar—. ¿Ha pensado cómo podemos apoderarnos de este peñasco?

—Sí, mi Führer.

Jodl sacó de su cartera la carpeta que había mostrado a sus colaboradores y se la entregó a Hitler. Dejó otra copia en la cartera.

—Ahí tiene las líneas básicas de la Operación Félix.

—¿Qué operación es esa?

—La que nos permitirá apoderarnos de Gibraltar. No está desarrollada y los planos requieren mayor detalle, así como un mejor conocimiento de ciertos aspectos para poner en marcha el operativo. Pero las líneas maestras de la operación están recogidas en ese documento.

—Operación Félix... —Hitler se mostraba pensativo—. ¿Por qué ese nombre? —Jodl le explicó la razón por la que había bautizado así la operación.

—Me gusta ese nombre —balbució mientras hojeaba los folios.

Jodl desplegó otro plano encima del que ya había extendido sobre la mesa y permaneció expectante, pendiente de Hitler.

—Dígame, Alfred... —dijo Hitler, y al general le encantó que lo llamara por su nombre, pues, salvo en el caso de sus colaboradores más cercanos, el Führer utilizaba el apellido para dirigirse a todo el mundo—. ¿Qué quiere decir con afinar la operación?

—Mi Führer, ese plan está diseñado a partir de la información que nos ha facilitado la Abwehr. Si usted le da el visto bueno, lo concretaremos y lo desarrollaremos de forma que podamos dejar establecida la operación hasta en sus más pequeños detalles.

—Necesitaremos que la colaboración de Franco se materialice.

—Eso es algo imprescindible. Nuestras unidades tendrían que cruzar la península ibérica de norte a sur. Para que la Luftwaffe preste el apoyo aéreo que se requiere, necesitará alguna base en territorio español que le permita actuar sin problemas.

Hitler asintió con ligeros movimientos de cabeza.

—España tiene que involucrarse en la guerra y abandonar la no beligerancia. Franco está en deuda con nosotros, y su deseo de expulsar a los británicos de Gibraltar es una baza a nuestro favor.

—Completamente de acuerdo, señor.

Hitler permaneció en silencio unos segundos con la mirada fija en el nuevo mapa que Jodl había desplegado sobre la mesa.

—El principal problema es que el general…, el general… —Hitler no recordaba su nombre—. El general español que me visitó en Bélgica… ¿Cómo se llamaba ese general?

—Vigón, mi Führer. Era el jefe del Alto Estado Mayor del ejército español. Ahora es el ministro del Aire.

—El general Vigón me habló del deseo de Franco de expulsar a los británicos de Gibraltar, y aprovechó para dejar caer sus pretensiones de participar en la guerra. Quieren un papel más relevante en África, víveres, vehículos, suministros y armamento.

—La situación de España es muy precaria. Hay cosas que resulta complicado encontrar. Los artículos de primera necesidad están racionados y mucha gente pasa hambre. Para Franco entrar en la guerra no debe de ser una decisión fácil.

—¡También nosotros tenemos importantes limitaciones! Franco no puede negarse a colaborar, después de todo lo que hemos hecho por él.

Hitler había elevado el tono de voz. Parecía enfadado, y Jodl temió que no era sólo por las exigencias que el general Vigón había insinuado.

—La entrada de España en la guerra sería la forma más adecuada de devolvernos una parte de la ayuda que facilitamos a Franco —apostilló Jodl.

Hitler volvió a concentrarse en el mapa.

—¿Qué sabemos acerca de las defensas que los británicos tienen en Gibraltar?

—Muy poco, mi Führer, pero estamos recabando información.

—Por lo que veo, usted es partidario de un asalto por tierra y descarta una operación anfibia o hacerse con el objetivo utilizando tropas aerotransportadas, que tan buenos resultados nos dieron en Eben-Emael. ¿No merecería la pena considerar una acción similar, adaptada a las condiciones de Gibraltar?

—La meteorología no lo aconseja, mi Führer.

—Dígame, ¿cuánto tiempo necesita para tener todos los detalles de Félix?

El general apenas meditó la respuesta.

—Tres semanas…, cuatro a lo sumo.

Hitler lo miró con un amago de sonrisa. Parecía complacido con la respuesta.

—¿Está seguro?

—Completamente, mi Führer.

—Muy bien, Alfred, no repare en medios. En las actuales circunstancias, Gibraltar tiene prioridad absoluta. Churchill tendrá que hincar la rodilla. Puede usted retirarse.

Hitler estaba exultante y había vuelto a llamarlo por su nombre; en cuestión de segundos había pasado de la ira a la amabilidad. El general Jodl se despidió de él con un sonoro taconazo y el saludo de rigor gritado con el brazo extendido.

Cuando subió al Mercedes también él estaba exultante. Tenía vía libre para convertir en realidad lo que estaba esbozado en los papeles que guardaba en su cartera. Conforme Otto lo acercaba a su casa, volvió a pensar en los desconocidos que habían husmeado en su despacho. De repente, su semblante se transformó. Había encontrado la forma de confirmar o descartar las sospechas que lo torturaban.

8

Madrid

Leandro había pedido permiso para rellenar su copa.
—¿Otra palomita? —le preguntó el librero.
—Sólo aguardiente.
—Sírvase usted mismo.
Leandro llenó la copa hasta el borde y le dio un trago. Trataba de calibrar la situación. Para él la derrota de la República supuso un duro golpe. Había depositado grandes ilusiones en aquel lejano 14 de abril de 1931 en que, como tantos otros, se echó a la calle para proclamar su fe en el nuevo Estado. Luego, aunque no había compartido muchas de las cosas que se hicieron y rechazaba los planteamientos del Frente Popular, no vaciló en alistarse para luchar contra los militares que se habían sublevado contra la República. Luchó hasta el final, pero con la ilusión quebrantada al ver cómo poco a poco, otra clase de totalitarismo se adueñaba de los ideales republicanos. A sus ojos, Stalin era un individuo tan peligroso como Hitler. Había visto actuar a los comisarios políticos soviéticos y a los comunistas apoderarse de los resortes del poder, cada vez más reducidos, de la República. Había sido testigo de cómo ahogaban las libertades por las que había luchado con tanto

denuedo. Esa era una de las razones por las que llevaba tratando de pasar inadvertido desde que había regresado a España. No había vuelto para luchar desde la clandestinidad contra el franquismo; más bien esperaba que el desarrollo de la guerra en Europa les deparase una oportunidad. Su pretensión al cruzar la frontera, poco antes de Navidad, fue ver a su madre con vida. Luego los acontecimientos se precipitaron: el ejército francés fue arrollado y en pocos meses las tropas de Hitler desfilaban victoriosas por los Campos Elíseos. Francia no era un buen sitio para volver y decidió probar suerte con su nueva identidad. Empezaba a ver claro que Santiago Ares había formado un grupo urbano de resistencia al franquismo del que la prensa no decía nada, si bien corrían algunos rumores. Si aceptaba aquella misión, de la que no tenía idea, su vida iba a cambiar radicalmente y todos sus esfuerzos de aquellos meses habrían sido vanos.

—Tengo la impresión de que no te ha gustado mi propuesta, ¿me equivoco? —Leandro no respondió, y el comandante aprovechó para hacer las presentaciones—. Me parece que ya va siendo hora de que te presente a quienes me acompañan. A Santisteban ya lo conoces. —Leandro asintió—. Este caballero es *mister* John Walton.

El comandante señaló a un hombre de unos cincuenta años, con el pelo cortado a cepillo, que se limitó a hacer una inclinación de cabeza. Era rubio, casi pelirrojo, y tenía los ojos claros. Aunque estaba sentado, parecía muy alto y vestía chaqueta de hilo, apenas arrugada, y pajarita. Leandro estrechó su mano mirándolo a los ojos. Parecía inglés, pero en la España de 1940 muchas cosas sólo eran apariencia, como el café que le había ofrecido el librero —Santisteban había abandonado por un momento la trastienda para cerrar la librería y acabar de echar la persiana a medio bajar— y lo mismo ocurría con las tortillas, que en muchas ocasiones no eran de huevo, o con el pan que comían innumerables personas, que se elaboraba con cualquier harina menos con la de trigo. Se preguntó qué podía hacer un inglés en la trastienda de aquella librería. El comandante señaló al individuo que estaba sentado junto a Leandro.

—Este es Tomás Ibáñez, pero todo el mundo lo conoce por Seisdedos.

No habría cumplido los cuarenta años. Era de mediana estatura y en el rostro mostraba las marcas que le había dejado la viruela, lo que no le restaba atractivo, quizá porque sus ojos eran grandes y vivaces, su nariz correcta y su pelo grisáceo le daba un aire de respetabilidad. Leandro también estrechó su mano, notando que a diferencia de la del inglés era recia, propia de un trabajador manual. Fue mucho más elocuente que *mister* Walton.

—Me alegro mucho de conocerle. El comandante me ha hablado mucho de usted y siempre elogiosamente. No sé cuántas veces me ha contado que usted lo salvó el día que voló el puente de Flix. —Leandro detectó su acento andaluz.

—Exagera. Gracias a él, soy yo quien todavía respira. Encantado, Tomás.

—Mejor Seisdedos..., si no le importa.

—Encantado, Seisdedos.

—Bien, ahora que nos conocemos todos, y puesto que no disponemos de mucho tiempo, no me andaré por las ramas. —Ares clavó su mirada en Leandro—. ¿Cuál es tu respuesta?

Leandro dio otro trago a su aguardiente y se encogió de hombros, como si quisiera quitar importancia a sus palabras, pero sabía que no era así.

—Ya que estoy aquí... Te escucharé.

—Se trata de un trabajo... especial, y tú eres el único

a quien podemos recurrir. Sin embargo, no quiero que te sientas comprometido.

Leandro miró a los ojos al comandante y vio en ellos al mismo hombre que seguía luchando en las últimas semanas de guerra, cuando todo se había hundido. Era uno de los pocos jefes que no se habían entregado a los planteamientos bolcheviques. Otra razón por la que había acudido a la cita. Por eso, porque le debía la vida y ahora acababa de demostrarle una vez más su integridad, que le impedía pedirle algo como pago de la deuda que tenía contraída desde aquella tarde en Gerona.

—¿Podrías ser más preciso?

El ruido de la puerta al abrirse hizo que el comandante hiciera un amago de levantarse y mirara a *mister* Walton y a Seisdedos. Cuando vio al librero, resopló.

—¡Coño, Santisteban, podrías avisar!

—Lo siento, Santiago, no creía que...

—Necesito tu colaboración en una operación que vamos a poner en marcha.

—¿Qué operación es esa?

—Supongo que habrás leído la noticia en los periódicos.

—No leo los periódicos. Lo que se escribe es una sarta de mentiras.

—Me refiero a la visita de Himmler.

Leandro contuvo la respiración al oír aquel nombre. Antes de abandonar Francia había tenido noticias de la «limpieza étnica» que los nazis estaban llevando a cabo. En Cahors, la ciudad en la que residió después de fugarse del campo donde los franceses lo condujeron al cruzar la frontera, había conocido a algunas familias de judíos que habían logrado salir de Alemania. Hablaban de matanzas y de persecución sistemática. No le sorprendió, después de haber leído hacía algunos años *Mein Kampf*.

—¿Cómo has dicho?

—Me refiero a Heinrich Himmler, el jefe de la policía nazi. Supongo que oíste hablar de él cuando estuviste en Alemania.

El comandante aludía con aquel comentario a que Leandro San Martín había realizado sus estudios de doctorado en Alemania. Estudió Filosofía y Letras en la Universidad Central durante los años de la dictadura de Primo de Rivera. En septiembre de 1931 se marchó a Alemania que, si bien estaba sumida en graves dificultades sociales y económicas como consecuencia de la derrota que había sufrido en la guerra del Catorce, mantenía el prestigio de sus universidades. Allí completó su formación académica con un discípulo de Emil Hübner, en el Instituto de Arqueología de Berlín. Leandro, entonces un joven de veinticuatro años, aprovechó bien una oferta como ayudante del agregado cultural de la embajada española en Berlín gracias a las gestiones que había realizado el profesor Gómez Moreno, de quien Leandro había sido discípulo. Recordaba con nostalgia aquel tiempo de la decadencia política de la República de Weimar, de los cabarés berlineses y de los grandes movimientos culturales como la Bauhaus. Regresó a España tres años más tarde, en 1934, con su doctorado en Historia Antigua en el bolsillo. Doctorarse en Alemania le permitió encontrar trabajo rápidamente. Le ofrecieron una plaza de profesor ayudante en Santiago de Compostela. Allí, en la vieja ciudad universitaria gallega, ejerció como profesor de Historia Antigua dos cursos académicos hasta que se produjo la rebelión militar de julio de 1936. Había vivido en Berlín el nacimiento del nazismo y el encumbramiento de Hitler y, aunque había regresado a España antes de que los nazis llevaran a cabo las acciones que marcaban su gobierno, sabía de sus planteamientos teóricos.

—Sé quién es. Llegué a conocerlo personalmente, aunque no hablé con él. Le gustaba frecuentar los ambientes académicos y mantener contactos con los catedráticos de ciertas disciplinas. Recuerdo que era un apasionado de la teoría de las Cuatro Lunas de Hörbiger. Se interesaba por cosas esotéricas, como muchos alemanes, incluso de los círculos académicos.

—¡Es gente contradictoria! —exclamó Santisteban—. Llama la atención que suceda en un país cuyos científicos consiguen frecuentemente el premio Nobel.

—Bueno, ya está bien —cortó el comandante—. Estamos aquí para otra cosa.

Leandro barruntó algo grave.

—¡Estás completamente loco si planificas un atentado contra Himmler! Eso explicaría la presencia de este inglés. Es una cosa tan gorda que necesitas su ayuda.

El comandante le dedicó una sonrisa.

—Compruebo que tu imaginación no ha perdido vigor. Siempre me llamó la atención, siendo como eres un historiador riguroso. ¡Ya me gustaría contar con medios para poder hacerlo! Si me he referido a su visita es porque en Madrid no va a moverse una mosca sin que la policía lo sepa. Los controles serán mucho más rigurosos e incluso detendrán a personas con cualquier pretexto. Necesitamos estar fuera de Madrid antes de que empiecen las redadas y las detenciones. La ciudad se convertirá en una jaula, y esta reunión sería mucho más peligrosa.

Leandro notó cómo palpitaba su corazón. Si la policía redoblaba la vigilancia su situación iba a complicarse.

—¿Qué planeas, entonces?

—Quien va a contarte lo que queremos de ti es *mister* Walton.

Con un gesto el comandante invitó al inglés a que se explicara. Su español sonó con fuerte acento extranjero, y a Leandro le pareció que, como en el caso de Seisdedos, había un deje andaluz en su pronunciación.

—¿Puedo hacerle antes unas preguntas? ¿Tiene inconveniente?

—Dependerá de lo que usted pregunte.

Mister Walton asintió.

—Tengo entendido que se gana la vida como vendedor ambulante. ¿Es cierto?

A Leandro no le gustó que el inglés lo llamara «vendedor ambulante».

—No soy un vendedor ambulante, sino agente de una firma comercial dedicada a la venta de tejidos. Llevo muestrarios y catálogos para que los clientes hagan sus pedidos, que más adelante les son servidos.

—Discúlpeme. No entendí bien su actividad cuando me la explicaron. Pero lo importante es que usted, por su trabajo, puede moverse por todo el país libremente y sin levantar sospechas. ¿Me equivoco, señor San Martín?

A Leandro le habría gustado compartir el optimismo que había detrás de tales apreciaciones. Pero no se molestó en comentar que la palabra «libremente» no era la más adecuada, ni que la inquietud era su compañera de viaje ante la posibilidad de que la policía descubriera que detrás de Leandro San Martín se escondía Julio Torres. Se había construido su propia historia —el comandante no había exagerado al aludir a su fértil imaginación—, que, por el momento, le había evitado comparecer ante un tribunal militar donde le habrían caído un montón de años, eso si el proceso no se complicaba y terminaba ante un pelotón de fusilamiento. No tenía delitos de sangre, pero había luchado en las filas del ejército republicano y había sido miembro del partido de Manuel Azaña, tras fusionarse con el ala izquierdista del Partido Radical y los galleguistas de la ORGA, después de regresar de Berlín.

Esa militancia política lo había llevado a conocer a Santiago Ares —profesor de la facultad de Farmacia— en el otoño de 1934. Decantada Galicia por el bando de los rebeldes al comienzo de la guerra, Santiago y él, significados republicanos, se vieron obligados a huir para salvar la vida. Lograron llegar a la cuenca minera del Nalón y allí se alistaron en las milicias populares. Ser universitarios los convirtió, después de superar las reticencias que despertaba esa condición entre los milicianos, en oficiales. Lucharon contra los franquistas en la Campaña del Norte y después de la caída de Bilbao pasaron a Cataluña, donde vivieron las duras jornadas en las que anarquistas y comunistas resolvieron sus diferencias a tiros en las calles de Barcelona, antes de participar en la batalla del Ebro.

—Viajar para visitar a los clientes es lo que mi profesión requiere. Como le he dicho, hay que enseñarles los catálogos con las pocas novedades que van apareciendo. Para evitar malos entendidos, sepa que no me desplazo por todo el país. Tengo asignada una zona de trabajo.

Walton miró al comandante como si algo de lo dicho por Leandro no encajara.

—Pero... tengo entendido que puede moverse sin problemas. —El inglés dio un sorbo a su copa de aguardiente. Hasta ese momento no lo había probado—. Su profesión le permite moverse por el país.

—No puedo moverme por todo el país y, además, nunca me han gustado los ingleses. Se les llena la boca de palabrería, pero a la hora de la verdad...

—Estamos luchando por la democracia y por la libertad en Europa —protestó Walton sin alterarse.

—¡No me venga con las mismas monsergas de siempre! Ustedes han entrado en guerra porque no les quedaba otra opción. ¡Jamás han movido un dedo en defensa de algo que no sean sus intereses! Hitler y los nazis se pasaron por la entrepierna el Tratado de Versalles y estaban quedándose con Europa. Se anexionaron Austria, luego se zamparon los Sudetes, y sólo cuando fueron a por Polonia y las costas del Báltico, lo que les creaba un problema porque los alemanes ampliaban así la salida al mar de sus barcos, decidieron ustedes intervenir. Si de verdad hubieran estado empeñados en la lucha contra el fascismo, tuvieron ocasión de hacerlo en España... Pero ¿qué hicieron? ¡Quedarse cruzados de brazos! ¡Incluso mantuvieron relaciones diplomáticas con Franco!

En la trastienda se hizo un silencio incómodo que rompió el inglés después de darle un trago al aguardiente que quedaba en su copa. Luego, con un tono medido, dijo:

—Es un punto de vista que, evidentemente, no comparto.

—No pretendo convencerlo. Pero los hechos están ahí. Las interpretaciones cada uno las hace a su gusto. Y ahora... —Leandro se dirigió al comandante—. ¿Puedo saber de una puñetera vez qué clase de misión es esa?

—Necesitamos que nos facilites cierta información. —La respuesta fue tajante.

—¿Yo? Me parece que te has equivocado de hombre. No poseo información alguna. Soy... un vendedor ambulante.

—Que tiene cierta libertad de movimientos —añadió Santisteban—. Puede usted moverse, lo que no es poca cosa en esta España de nuestros pecados.

—Julio...

—¡Ese no es mi nombre!

El comandante se dio cuenta demasiado tarde de su error. No le resultaba fácil llamar Leandro a un antiguo camarada con el que se había jugado la vida.

—Leandro, no se trata de que nos facilites una información que poseas. Se trata de que sólo puede proporcionárnosla alguien que hable alemán…

—¡Vamos, comandante! ¡No pretenderás que me crea que, con los ingleses de por medio —dijo San Martín, mirando a Walton de soslayo—, no podéis llegar hasta alguien que hable alemán!

—No, Leandro, no podemos llegar. Necesitamos a alguien que, además de hablar alemán, sea español y lo que es más importante…, que podamos confiar en él. —El comandante Ares había utilizado un tono de solemnidad que descolocó a Leandro—. Cuando digo «podamos» me refiero a nosotros. —Señaló a Seisdedos y a Santisteban—. No a los ingleses. Ellos están en esto porque les interesa militarmente. Nosotros, porque queremos acabar con Franco y su régimen.

Leandro meneó la cabeza dubitativo.

—Si lo que tramáis no tiene relación con la visita de Himmler, ¿puede saberse qué coño es?

—Vamos a colaborar con los ingleses, aunque receles de ellos.

—¿Qué quiere decir eso de que «vamos a colaborar»? Yo no he aceptado colaborar en nada. Ni siquiera sé lo que vas a plantearme.

—Está bien… Lo que me ha hecho llamarte es una operación que se está fraguando en Berlín. Los alemanes han decidido apoderarse de Gibraltar.

Leandro se quedó callado y el comandante respetó su silencio.

Sabía que necesitaba tiempo para digerir lo que acababa de revelarle.

—Supongo que eso explica la presencia de este inglés. Pero… ¿qué tengo que ver yo con eso? No creas que me repugna que los ingleses tengan que salir del Peñón por piernas. Hace tiempo que deberíamos haberlos echado nosotros.

—¡En eso estoy de acuerdo! —proclamó Seisdedos—. Los ingleses no han hecho más que darnos por el culo a cuenta de Gibraltar.

—Entiendo que no se encuentren cómodos con nuestra presencia en la Roca...

—Perdone, cuando dice «la Roca», ¿a qué se refiere? —lo interrumpió Leandro.

—A Gibraltar, por supuesto.

—¿Con ese nombre se refiere al Peñón? Es notoria impropiedad llamarlo «la Roca».

El comandante dejó escapar un suspiro. Lo que estaba ocurriendo en torno a la mesa le recordaba las discusiones en la plana mayor del regimiento durante la guerra. Eran horas y horas de debate para pronunciarse sobre cuestiones menores que posponían decisiones urgentes. Más de una vez, fracasos en el frente se debieron a la pérdida de tiempo en discusiones estériles.

—Tengo la impresión de que lo que aprendimos a base de derrotas no sirvió para mucho. Seguimos cometiendo los mismos errores.

—¿A qué te refieres?

—A las discusiones pueriles. ¡Qué más da Peñón o Roca!

—No es lo mismo, comandante. Leandro tiene razón —apostilló el librero—. Peñón es el nombre. A los ingleses les gusta imponer su vocabulario como forma de dominio.

Al inglés tampoco le interesaba que la conversación derivara por esos derroteros. El español le pareció persona instruida.

Bastaba con oírlo hablar. También le pareció orgulloso y tozudo.

—Si prefiere llamarlo Peñón, no hay inconveniente alguno por mi parte.

—Es lo más conveniente. Me gusta llamar a las cosas por su verdadero nombre.

—Está bien. Si usted se siente más cómodo... —concedió Walton.

Leandro recordó que en más de una ocasión había discutido durante la guerra con algún brigadista británico acerca de aquella denominación. Por primera vez se sintió a gusto sentado a aquella mesa. No perdonaría jamás a los ingleses la actitud que habían mantenido durante la guerra y que encima pretendieran aparecer como los grandes defensores de la democracia y la libertad. Todavía seguía sin comprender qué hacía en aquel cuchitril. Al margen de reencontrarse con el comandante Ares. Era cierto que no había abjurado del credo republicano y que siempre, hasta en las horas más bajas, había sido un decidido partidario del pensamiento político de Azaña. En todo momento se había mostrado defensor de lo que llamaban despectivamente «una República burguesa» tanto los socialistas de Largo Caballero como los comunistas. A pesar del desencanto, había luchado hasta el final y en lugar de cruzar la frontera con Francia cuando todo el frente del Ebro se vino abajo, como hicieron muchos otros, peleó hasta que toda resistencia se reveló inútil ante la aplastante superioridad militar de los franquistas. Había visto cosas en Cataluña que helaban la sangre. Los comunistas actuaban de forma tan totalitaria como los fascistas. Para Leandro, Stalin era tan perverso como Hitler. Eran los dos extremos de una misma soga, como había revelado el acuerdo entre los dos déspotas —Stalin y Hitler— para destrozar Polonia y repartírsela como despojos de un botín. Leandro intuía que esos dos personajes terminarían chocando. En Europa no había sitio para dos dictadores como ellos.

Recordaba también las discusiones con comunistas españoles, fervorosos partidarios de Stalin, en las últimas semanas de la Guerra Civil cuando, hundido el frente del Ebro, el ejército de la República hacía aguas por todas partes.

Las referencias a Gibraltar habían hecho recordar a Leandro que unos días antes, cuando visitaba a un cliente en Almagro, había visto la portada del *ABC*. Recogía la noticia de una importante manifestación protagonizada por grupos de falangistas ante la embajada británica en Madrid. La calle Fernando el Santo se había llenado de jóvenes ataviados con camisas azules y boinas rojas que gritaban una y otra vez:

—¡Gibraltar, español! ¡Gibraltar, español!

Movilizados por Serrano Súñer, reivindicaban el Peñón como territorio patrio. La policía había mantenido una pasividad absoluta, y la embajada británica elevó una protesta ante las autoridades españolas.

—¿Quieres explicarme de una vez de qué se trata?

—Tenemos que entorpecer en la medida de nuestras posibilidades ese ataque alemán a Gibraltar. No nos conviene en absoluto, Leandro.

—Cuando dices «no nos conviene», ¿a quién te refieres, comandante?

—A nosotros.

—Sigo sin verlo. Echar a los ingleses de allí es una vieja aspiración.

—Si dejaras que *mister* Walton te explicara…

Leandro asintió mirando al inglés.

—Señor San Martín, mi presencia aquí se explica porque el comandante Ares no desea que Franco refuerce la posición de Hitler. Algo que ocurriría, pese a los problemas internos que España tiene, en el caso de que decidiera entrar en la guerra. Las consecuencias de esa decisión podrían ser muy graves.

—¿Muy graves para quién, *mister* Walton?

—Muy graves para ustedes. —El inglés dio la impresión de haber perdido la flema—. Para España entrar en el conflicto sería lo más parecido a un suicidio.

—Pero usted no está aquí para evitar que nosotros nos suicidemos, sino porque la entrada de España en la guerra tendría para ustedes repercusiones gravísimas.

—También eso es cierto —admitió el inglés con cierta condescendencia.

—Pues deberá usted saber que esa es la última de mis preocupaciones, y respecto a que ustedes salgan de Gibraltar con el rabo entre las piernas, sepa que me alegraría mucho. Se quedaron con el Peñón en uno de esos actos de piratería que jalonan su historia.

—¡Gibraltar fue conquistado por una flota inglesa al mando del almirante Rooke! —protestó el inglés, que definitivamente se había olvidado de la flema.

—La plaza fue ocupada en nombre del archiduque Carlos de Austria. Ustedes se apropiaron de ella de forma artera. Aunque en la Paz de Utrecht, a cambio de que el Borbón sentara sus posaderas en el trono de España, su abuelo lo obligó a cederles a ustedes su soberanía.

Santiago Ares, que ya había reconducido un par de veces la conversación, se vio obligado a intervenir de nuevo. Sabía que Leandro San Martín tenía mal concepto de los ingleses y de los franceses después de haber abandonado a la República a su suerte y de haberse lavado las manos escudándose en el llamado Comité de No Intervención, que para los regímenes totalitarios fue papel mojado. Hitler y Mussolini ayudaron a los franquistas y Stalin a los republicanos. Pero no pensaba que el rechazo fuera tan visceral. Si no reconducía la situación otra vez, aquello podía írsele de las manos.

—Será mejor que nos dejemos de historias, Leandro.

No seremos nosotros quienes vayamos a arreglar desencuentros de siglos entre nuestros países respectivos. Estamos aquí para otra cosa. ¿Por qué no dejas a *mister* Walton que se explique de una vez por todas?

Leandro refunfuñó algo ininteligible mientras el inglés se rellenaba de aguardiente la copa y le daba un sorbo.

9

Berlín

La mañana en Berlín era gris y fresca. El general Jodl, puntual como siempre, se acercó al coche. Otto, perfectamente uniformado, mantenía abierta la puerta. Saludó al general, quien le devolvió el saludo y se acomodó en el asiento posterior del vehículo. Le indicó adónde tenía que dirigirse.

—Vamos a la Galería Nacional Antigua, a la Isla de los Museos.

—A la orden, mi general.

Otto arrancó suavemente y se incorporó al tráfico de la Friedrichstrasse en dirección a Unter den Linden.

—¿Alguna noticia de Martha, mi general?

—Ninguna, Otto. Sólo sabemos que estuvo en el Saint Paul. Pero es como si se la hubiera tragado la tierra.

El coche avanzó por la Unter den Linden y cruzó el puente sobre el Kupfergraben. Entró en la isla que el canal formaba con el curso del Spree y que Federico IV de Prusia destinó, hacía ahora un siglo, a un espacio dedicado al arte y la ciencia. Esa decisión había supuesto una concentración de museos que acabó dando nombre a la isla. Fueron hacia la parte norte hasta detenerse a la entrada del edificio donde se guardaba la antigua colección prusiana de antigüedades.

El general descendió del coche sin dar tiempo a que Otto le abriera la puerta. Subió la amplia escalinata con paso decidido, llevando su cartera consigo. Se dirigió hacia una puerta pequeña que se abría en un extremo del edificio, muy alejada de la entrada principal. No tuvo necesidad de llamar porque le aguardaba un conserje que lo saludó con actitud reverencial.

—Buenos días, general, tengo órdenes de llevarlo al despacho del director. El doctor Kessler ha llegado hace unos minutos.

El director de la Galería Nacional Antigua era Hans Kessler, uno de los más prestigiosos arqueólogos del Reich. Desde principios de siglo había participado en numerosas excavaciones en Egipto y en Mesopotamia, cuyos yacimientos habían proporcionado algunas de las piezas más importantes que en ese momento enriquecían las colecciones que los museos de la zona albergaban. Hasta hacía dos años había impartido clases de Arqueología en la Universidad de Berlín y, ahora, alejado del trabajo de campo, dirigía algunas investigaciones.

Las botas del general resonaban con fuerza en las galerías solitarias del edificio. Al llegar ante el despacho de Kessler el conserje llamó a la puerta con suavidad.

—¡Adelante! —respondió una voz.

El conserje abrió la puerta y cedió el paso al general. El arqueólogo ya se había levantado y caminaba a su encuentro. Los dos hombres se estrecharon la mano de forma efusiva, y el conserje salió del despacho.

—¡Está cada día más joven, mi querido profesor!

—No me adule, Alfred. Los años no pasan en balde.

Hans Kessler, que ya transitaba por el final de la sexta década de su vida, ofrecía un aspecto inmejorable; canoso y con una barba nívea perfectamente recortada, que se tornaba amarillenta en el bigote por causa de la nicotina. Kessler era un empedernido fumador. Era alto, enjuto. Sus ojos grises parecían taladrar, pese a la miopía que lo obligaba a usar gafas. Eran muchas las excavaciones que tenía a sus espaldas, y el sol, la lluvia y el viento habían tallado un rostro que dejaba entrever a un hombre afable. No había criticado a los nazis, pero tampoco se había afiliado al partido, por lo que muchos se extrañaban de que desempeñara un cargo de tanta relevancia como el de director de la Galería Nacional Antigua.

El general Jodl lo había conocido en un viaje a Oriente Próximo que realizó a principios de los años veinte para visitar algunos de los lugares donde Alejandro Magno había librado sus míticas batallas contra el imperio de los persas. Kessler dirigía en aquel tiempo una excavación en Gránico, muy cerca de donde Heinrich Schliemann localizó Troya y lugar donde el macedonio alcanzó una de sus más célebres victorias. Habían transcurrido casi veinte años desde entonces y no habían perdido el contacto. Ahora el general necesitaba la ayuda del arqueólogo.

—Por favor, tome asiento. Desde que anoche me llamó estoy sobre ascuas.

—Quizá levanté demasiadas expectativas. En realidad, no se trata de un asunto que tenga que ver con la arqueología.

—Veamos de qué se trata.

—Verá, antes de explicarle la razón de esta visita tan precipitada, por la que le reitero mis disculpas...

—Por favor, general...

—Gracias, *Herr Doktor*. He de hacerle una advertencia muy importante. Es necesario que antes de confiarle lo que voy a decirle, me asegure su discreción.

Kessler, incómodo, se quitó sus gafas de montura gruesa. No había atendido una llamada telefónica cerca de las once de la noche ni había madrugado para que ahora le vinieran con dudas y desconfianzas. Se removió inquieto, temiendo que el general fuera a implicarlo en un asunto comprometido. Se había mantenido al margen de la política y deseaba seguir en esa situación. Si había accedido a recibirlo, era porque se trataba de un prestigioso militar de la Wehrmacht y porque su pasión por la historia antigua los había llevado a establecer una sólida relación.

Jodl se dio cuenta de su falta de tacto y decidió corregir su error.

—Sé que la política no le interesa. No se preocupe, no voy a proponerle nada relacionado con ella. Lo que voy a pedirle es algo tan nimio que si no le explicara lo que hay detrás me tomaría por loco. Quiero ser sincero con usted y confiarle ciertos detalles de un asunto que podría resultar... —El general buscó las palabras adecuadas—. Podría resultar sumamente delicado. Temo no haberme explicado suficientemente.

—La verdad es que no. Su llamada de anoche me dejó intrigado y sus palabras de ahora no hacen sino aumentar el misterio. En cualquier caso, debe saber que cuenta con mi más absoluta discreción. Lo que hablemos no tiene por qué salir de estas cuatro paredes. Añadiré que ese compromiso le afecta a usted tanto como a mí. ¿Está de acuerdo?

—Desde luego, *Herr Doktor*.

—Entonces, cuénteme eso que requiere tanta confidencialidad.

Jodl abrió la cartera, sacó cuidadosamente un objeto envuelto en un paño y lo colocó encima de la mesa con idéntico cuidado. Kessler pensó que se trataba de una pieza frágil y valiosa que era necesario tratar con delicadeza. Jodl retiró el paño que la cubría.

—Quiero que examine esto.

Kessler lo miró sin pestañear y después clavó sus aceradas pupilas en los ojos del general. El semblante del director de la Galería Nacional Antigua se había contraído y el desconcierto brillaba en sus ojos. El rictus de su boca mostraba indignación.

—¿Le importaría decirme qué clase de broma es esta?

Jodl lo miró muy serio.

—¿Tengo cara de bromista?

—¡Eso…! —Kessler señalaba con un dedo acusador—. ¡Eso es una grapadora! ¡Una vulgar y simple grapadora!

—Necesito que descubra las huellas que hay en su superficie y que me facilite una reproducción del resultado. Usted tiene los medios necesarios para hacerlo en su gabinete de Arqueología. ¿Me equivoco?

—Pero…, pero yo no puedo identificar las huellas. No dispongo de ficheros. ¡Ese trabajo corresponde a la policía! —exclamó Kessler sin disimular su indignación—. No comprendo cómo no ha acudido usted a ella. Es la Gestapo la que se encarga de estas cosas.

Jodl aspiró profundamente para llenar de aire sus pulmones y Kessler sacó un cigarrillo y lo encendió sin molestarse en ofrecer otro al general.

—*Herr Doktor*, no le he pedido que identifique las huellas que encuentre, sino sólo que me proporcione una reproducción de las mismas. No necesito identificar a quienes han tocado este objeto, pero es muy importante para mí saber si algún extraño lo ha tenido en sus manos. —Jodl lo miró a los ojos—. Es muy importante, doctor.

Kessler dio una calada al cigarrillo.

No encontraba sentido a que el general le hubiera pedido verlo con tanta urgencia para descubrir si había huellas en una grapadora. Miró a Jodl y le habló con un tono más sosegado.

—No sé lo que pretende, general. Pero le aseguro que ha logrado sorprenderme.

—Sabía que iba a ocurrir. Por eso le he pedido discreción absoluta.

—Sigo sin entender nada.

—Escuche lo que voy a decirle.

Jodl le contó lo ocurrido en su domicilio y le refirió la presencia de la policía. Luego, sin entrar en detalles, le explicó que en su cartera tenía los datos de una operación militar decisiva que ya contaba con el visto bueno del Führer.

—Necesito tener la certeza, al menos hasta donde sea posible, de que en esa grapadora no hay huellas de desconocidos. Pueden aparecer las mías, las del personal que nos presta servicio, incluso las de mi esposa. Pero si aparecen algunas que no se corresponden con nadie de la casa... He de saber si esos ladrones sólo buscaban las joyas de Irma. ¿Entiende ahora la relevancia de lo que le estoy pidiendo? Se trata de una operación sumamente importante.

La explicación había disipado el mal humor de Kessler.

—Los ladrones pudieron utilizar guantes.

—Ya he contemplado esa posibilidad. Si no aparecieran huellas extrañas, quedaría esa duda. Pero si las encuentra, yo tendría que seguir dando pasos.

—No comprendo muy bien adónde quiere ir a parar con todo esto de la grapadora. —Kessler dio una última calada a su cigarrillo y lo aplastó en el cenicero—. ¿Cree que los individuos que entraron en su domicilio buscaban los papeles de esa cartera?

—Necesito descartar esa posibilidad, al menos hasta donde me sea posible.

—¿Por qué no ha acudido a la policía? Ellos tienen muchos más medios.

—Esta operación es, por el momento, alto secreto. Son contadas las personas que están al tanto de ella. Si quienes entraron en mi casa tenían conocimiento del contenido que se guarda en esta cartera, significa que hay una filtración que tenemos que cerrar. Le aseguro que la existencia de huellas desconocidas sería un dato fundamental.

—¿Por qué busca huellas en la grapadora y no en otros objetos de su despacho?

—Porque soy extremadamente meticuloso y la grapadora era el único objeto que no estaba en su sitio.

—Pero si no puede identificar las huellas, descubrirlas no le servirá de gran cosa.

—Me darán una pista. ¿Le importaría hacerme ese favor?

—Claro que no.

—¿Le llevará mucho tiempo?

—Descubrir las huellas sólo unos minutos. Si quiere su impresión, precisaré algo más de tiempo. ¿Quiere acompañarme?

—Por supuesto.

Alfred Jodl siguió al doctor a un pequeño laboratorio donde Kessler, tras enfundarse unos finos guantes de algodón, obtuvo las huellas en unos minutos.

—General, hay huellas al menos de tres personas. Posiblemente el número sea mayor. —El viejo arqueólogo se quedó observando la grapadora—. Me atrevería a añadir que, por su tamaño y sus dibujos papilares, al menos dos de ellas pertenecen a varones.

—¿Está seguro?

—Bueno…, sería necesario un estudio más detenido, pero yo apostaría a que corresponden a dos hombres y a una mujer.

—En ese caso tendrá que hacerme otro favor.

Kessler observó al general mientras este abría su cartera y sacaba los folios donde estaba pergeñado el plan de la operación para expulsar a los ingleses de Gibraltar.

—¿Podría repetir la misma operación que ha hecho para detectar las huellas en la grapadora?

Kessler miró los folios.

—¿Se trata de la operación militar que antes me ha comentado?

—En efecto. ¿Puede hacer lo que le pido?

En los ojos del arqueólogo brilló un destello de admiración.

—Ahora comprendo. ¡Bastará con que las coteje!

—Exacto. Sé con toda seguridad que las personas que han tocado esos papeles no son muchas y podemos determinarlas. Si hay alguna otra huella y coincide con las encontradas en la grapadora...

Kessler no perdió un instante. Ahora el proceso fue más lento, al examinar cada folio a través de sus lupas y microscopios después de empolvar los documentos suavemente. El arqueólogo iba anotando en un cuaderno las huellas que aparecían en cada uno de ellos. Cuando terminó se los devolvió al general, quien los guardó. El doctor observó los datos que había recogido y comentó:

—El resultado es aquí mucho más complejo.

—¿Qué quiere decir?

—Que hay cierta variedad de huellas. Discúlpeme un momento, por favor.

Kessler necesitó algunos minutos para obtener la información que buscaba.

—En todos los folios aparecen como mínimo huellas de tres personas diferentes. Quizá haya alguna más, pero no estoy en condiciones de afirmarlo. Haría falta un análisis más minucioso. Puedo asegurarle que al menos tres se repiten en todos los documentos. Hay una cuarta huella que puede verse en varios de ellos, concretamente en los que están señalados… —El arqueólogo consultó sus notas—. Señalados con los números ocho, nueve, diez, once y doce. En el folio número uno se aprecia una huella que no está en ningún otro papel. Hay otro folio, el número cinco, donde también hay una impresión digital que no he encontrado en los demás documentos. Es posible que las huellas halladas en los folios uno y cinco puedan aparecer en alguno más, pero no estoy en condiciones de asegurarlo. Como verá, es un verdadero galimatías.

—Me temo que sí, *Herr Doktor*. No obstante, acaba de prestarme un gran servicio. Por lo que me ha dicho, ha localizado al menos cinco huellas diferentes…

—Puede estar seguro. Y quizá haya alguna más.

Jodl tenía muchas dudas. Estaba seguro de que allí debían aparecer las impresiones digitales de Margarethe, su secretaria, que había mecanografiado el informe; quizá las de los coroneles Warlimont y Schäffer y las del capitán Liebermann, con quienes había analizado la propuesta que presentó al Führer, y las suyas. Demasiada gente para mantener en secreto un posible robo del contenido de aquellos documentos. No sabía cómo iba a proceder cuando Kessler le planteó:

—Supongo que, después de lo que me ha comentado acerca de la discreción con que quiere llevar a cabo esta…, esta investigación, no desea que los posibles dueños de esas huellas le proporcionen una muestra de sus impresiones digitales, ¿me equivoco?

—No, no se equivoca.

—Pero le gustaría saber si entre las huellas encontradas están las de una mano desconocida. Quiero decir, la de algún extraño que haya tocado esos papeles.

—Esa es la razón por la que le estoy causando todas estas molestias, ya se lo he dicho.

Kessler midió sus palabras.

—Hay una forma de comprobarlo, coincido con usted.

—¿Manteniendo la confidencialidad?

El arqueólogo sacó el paquete de cigarrillos y esta vez le ofreció uno al general, que lo rechazó. Kessler encendió el pitillo con cierta parsimonia y respondió:

—Manteniendo la confidencialidad.

—¿Le importaría decirme cómo?

—Bastará, como usted decía, con que comparemos las huellas que han aparecido en la grapadora con las que aparecen en los folios. Podríamos sacar conclusiones valiosas. ¿Tiene prisa?

—Ninguna.

Kessler hizo todas las comparaciones posibles. Necesitó tiempo, pero al final llegó a una conclusión.

—Hay dos huellas que se repiten en todos los folios y que coinciden con las que aparecen en la grapadora y que, en mi opinión, pertenecen a varones. Supongo que una de esas huellas es la suya. ¿Le importa que lo comprobemos?

—En absoluto, todo lo contrario.

Alfred Jodl manchó su pulgar y su índice en un tampón y dejó su huella impresa en un papel. Kessler hizo las comprobaciones.

—General, sus huellas están en la grapadora y en todos los folios. Pero lo más importante para lo que desea saber no es eso, sino que la huella que aparece en la grapadora es la misma que una de las que se aprecian en todos los folios.

—¿Eso significa…?

—Eso significa que alguien, además de usted, ha tocado los folios y la grapadora. Añadiré algo más: esa persona es un hombre.

Jodl se quedó un momento pensativo. No se había equivocado al acudir a solicitar ayuda al doctor Kessler.

El arqueólogo acababa de prestarle un servicio inestimable al confirmar lo que él mismo sospechó al ver que la grapadora de su despacho no se hallaba en su sitio. Eso significaba algo extremadamente grave: en su entorno más próximo había alguien que estaba pasando información al enemigo. Sin duda alguien había fotografiado aquellos documentos. Lo que le sorprendía era que los agentes que habían llevado a cabo aquella operación hubieran robado las joyas de su mujer. El robo delataba su presencia en el apartamento, más allá de que Hermann los hubiera sorprendido. Aquello no encajaba. Tal vez las pesquisas de la Gestapo arrojaran luz acerca de lo relacionado con el robo de las joyas.

Tenía la certeza de que el secreto que había impuesto como una de las principales bazas del ataque a Gibraltar ya no sería posible. A aquella hora los ingleses ya sabían que Gibraltar se había convertido en uno de sus objetivos y reforzarían sus defensas. Aunque la operación apenas se encontraba esbozada, poseían datos de gran importancia, como que el ataque se produciría por tierra y que estaban descartadas acciones anfibias y aerotransportadas. Con aquella información en poder del enemigo, la mejor baza era actuar con la máxima celeridad. Todo debería estar a punto incluso antes de los plazos que se habían fijado. Aunque uno de los elementos clave no se hallaba en sus manos. La entrada de España en la guerra, como paso imprescindible para poner en marcha el operativo, era algo que tendría que resolverse en otras instancias.

—No sé cómo podré pagarle lo que acaba de hacer.

—Ha sido un placer ayudarle, aunque tengo que confesarle que al principio, cuando vi la grapadora, me desconcertó, general.

—Incluso se irritó.

—Cierto. Antes de marcharse, creo que debería llevarse

una impresión de esa huella que aparece en la grapadora y en los folios. Puede que le sea de utilidad. ¿Le importa esperar unos minutos más?

—El tiempo que haga falta, *Herr Doktor*.

—También le proporcionaré la tercera de las impresiones que están en la grapadora. Sepa que esa no la he localizado en los folios.

—Con toda seguridad pertenece a Martha. Ella ha tenido que tocarla para limpiar la mesa de mi despacho. Su huella no aparece en los folios porque no los ha tocado. Ahora todo encaja, amigo Kessler.

El arqueólogo dio una calada a su cigarrillo y pareció meditar un momento.

—Todo no encaja. En este asunto hay algo que no parece lógico.

—Supongo que se refiere al robo de las joyas de mi esposa. Quienes entraron en mi casa no iban a por eso.

—Exacto. No sé mucho de espionaje ni de agentes secretos, pero quienes han registrado en su cartera los documentos pertenecen a esa clase de gente. La cuestión es que con el robo de las joyas delataban su presencia. ¿No se le antoja extraño?

—Muy extraño, amigo mío. Posiblemente ahí se encuentra la clave de muchas cuestiones que todavía quedan en el aire.

Cuando Jodl salió a la calle la brisa había arrastrado las nubes y dado paso a una mañana radiante. Se cruzó con los numerosos visitantes que hacían cola delante de las taquillas y se dirigió hacia el coche, donde lo esperaba Otto.

El doctor Kessler había despejado incertidumbres, pero el descubrimiento de las huellas había hecho que nuevas inquietudes sustituyeran a las primeras. Su principal preocupación ahora era descubrir quién había dado la información a quienes entraron en su casa, que, con toda seguridad, eran agentes del servicio secreto británico.

Subió a su coche y, retrepado en el asiento posterior, ordenó a Otto:

—Al cuartel general.

10

Londres, Foreign Office

Los dos cables cifrados de *sir* Samuel Hoare, el hombre que Churchill había enviado a Madrid como embajador de Su Graciosa Majestad ante el gobierno de Franco, habían surtido efectos inmediatos. El primero había causado cierta sorpresa; el segundo, tal interés que el mismísimo primer ministro tomó cartas en el asunto y *sir* Samuel recibió instrucciones de viajar a Londres con la máxima celeridad. Todo había ocurrido en menos de una semana. Al embajador no se le había comunicado la razón del viaje, pero un político avezado como él no lo necesitaba. Sin embargo, a quien lo conocía le bastaba con mirarlo para saber que se sentía molesto, pese a que su larga experiencia política y su educación en Oxford le permitían ocultar sus sentimientos.

En el aeródromo de Gatwick aguardaba un coche que lo condujo directamente al Foreign Office, cuya fachada estaba protegida, como muchos otros lugares públicos de Londres, por un parapeto de sacos terreros para amortiguar los efectos de las bombas que la Luftwaffe arrojaba sobre la ciudad desde hacía varios días al anochecer. Uno de los dos soldados que montaban guardia con el fusil al hombro y el casco de combate puesto le pidió que se identificara. *Sir* Samuel comentó al entregarle la documentación:

—El señor ministro me espera para una reunión.

El soldado miró detenidamente el pasaporte y no pareció impresionado.

—Aguarde un momento, señor. ¡Davis, avisa al sargento! —indicó a su compañero.

La desconfianza ante la presencia de espías alemanes, sobre la que advertían carteles en cualquier esquina de Londres, había llevado a tomar medidas tan extremas. Una visita como aquella, cercanas ya las nueve de la noche, despertaba sospechas, sobre todo si no se había advertido de la misma.

El suboficial no tardó en aparecer y se mostró tan riguroso como el soldado. *Sir* Samuel acabó por impacientarse.

—¿Le han dicho que el ministro me está esperando?

El sargento enarcó las cejas.

—Disculpe, señor. Pero resulta extraño que no tengamos consignada su visita. Más aún si lo está esperando *sir* Anthony.

El embajador dejó escapar un suspiro.

—Haga las comprobaciones oportunas, sargento. Supongo que la explicación estará en la urgencia de la reunión.

—Es posible, señor, pero la situación nos obliga a tomar toda clase de precauciones.

Sir Samuel miró al suboficial.

—No llevo los aviones de la Luftwaffe escondidos en mi maletín.

—Pase al vestíbulo y aguarde, por favor. No tenemos aviso de su visita y las instrucciones son rigurosas.

—Cumpla con su obligación. Pero no pierda ni un minuto. Tengo mucha prisa. —*Sir* Samuel insinuó una sonrisa—. Bueno..., en realidad, quien tiene prisa es *sir* Anthony.

El sargento se dirigía al cuerpo de guardia cuando en el vestíbulo apareció un caballero con varios cartapacios. Al ver al embajador, exclamó:

—¡Samuel! ¿Qué demonios haces ahí? Arriba te aguardan desde hace rato.

—Robert, me alegro de verte —respondió *sir* Samuel estrechándole la mano.

—Nos informaron de tu llegada al aeropuerto hace más de dos horas.

—El tráfico no es muy... fluido. En cuanto a mi espera, pregunta al sargento.

Robert Steel era un alto funcionario del Foreign Office y viejo conocido de *sir* Samuel. El suboficial asistía impertérrito al encuentro.

—¡*Sir* Samuel no puede entretenerse! —indicó al sargento—. ¡Arriba lo aguardan!

—Señor, cumplimos órdenes. —El sargento miraba el maletín que llevaba el embajador.

—En esta ocasión, olvídese del protocolo, sargento. A *sir* Samuel lo espera el ministro. ¿Es suficiente garantía mi palabra?

—Desde luego, señor.

—En ese caso no perdamos un minuto.

Se dirigieron hacia el ascensor que había al fondo del amplio vestíbulo, donde otro soldado montaba guardia.

—¡Arriba la cosa está que arde! ¿La información está contrastada?

—Totalmente. Dime, ¿lo del ataque alemán está confirmado?

—Los documentos estaban en la cartera del responsable de Operaciones Estratégicas de la Wehrmacht, el general Alfred Jodl.

—¿Ha llegado nuestra…, nuestra gente hasta la cartera de Jodl?

—¡No irás a decirme que eso te sorprende!

—Desde luego que no. Pero… ¡vaya! Los muchachos del MI6 han prosperado mucho.

—Es probable que Jodl no sepa que hemos sacado esa información de su propia cartera. Por cierto, su proyecto no contempla si atacarán ellos o ayudarán a Franco a hacerse con Gibraltar. En cualquier caso, supondría la entrada de España en la guerra.

El ascensor los dejó en la planta del despacho del flamante responsable del Foreign Office, *sir* Anthony Eden, quien había mostrado su rechazo a la política contemporizadora de Chamberlain. Entraron en una pequeña sala de reuniones donde estaba el ministro acompañado de dos militares —un coronel del ejército y un representante de la Royal Navy— y de dos civiles. Uno era Stephen Peel, con quien *sir* Samuel había coincidido en San Petersburgo en los complicados días que precedieron a la revolución bolchevique de octubre de 1917. Hoare había colaborado con algunos agentes del servicio secreto, según se decía, en los entresijos de la muerte de Grigori Yefímovich, más conocido como Rasputín. El otro civil era un hombre joven. No habría cumplido los treinta años.

El ministro se acercó para estrechar la mano a *sir* Samuel. El saludo fue correcto, pero frío. Sus relaciones habían estado marcadas por frecuentes desencuentros en la línea política del Foreign Office. Eden había criticado severamente su actuación en todo lo referente a la invasión de Abisinia por Mussolini, una operación que *sir* Samuel había considerado un mal menor.

El ministro vestía un impecable terno oscuro. Era un dandi por el que suspiraban numerosas mujeres, algo que su esposa llevaba muy mal, y según se decía en algunos círculos de la aristocracia londinense, se trataba de algo más que suspiros lo que el apuesto ministro había arrancado de algunas damas. Su corte de pelo era perfecto, igual que el de su bigote. Acababa de cumplir cuarenta y tres años, y a su edad había protagonizado una de las carreras políticas más brillantes de su generación. *Sir* Samuel rondaría los sesenta años, pero se mantenía en una forma envidiable. Su carrera, siendo importante, era mucho menos brillante que la de quien ahora era su jefe. Después de su paso por el Foreign Office había sido Primer Lord del Almirantazgo y secretario del Ministerio del Interior quedando a su cargo el MI5, el servicio secreto que hacía su trabajo en territorio inglés. Winston Churchill lo había mandado como embajador a Madrid porque necesitaba un hombre con su experiencia en la capital de la España franquista, donde los nazis se movían como peces en el agua.

—¿Qué tal el viaje, *sir* Samuel?

—Tal como están las cosas, me conformo con haber llegado. Pido excusas por mi retraso. Moverse por Londres no es fácil. Ustedes lo saben mejor que yo.

Hoare saludó a Peel con más efusión que a *sir* Anthony y después el ministro le presentó al coronel Harold Candel y al capitán de la Royal Navy Donald Campbell. Por último le presentó al joven Lewis Harrison, agente del servicio secreto.

—Caballeros —indicó *sir* Anthony—, tomen asiento. El motivo de esta reunión es, en palabras del primer ministro, el asunto más grave al que hemos de hacer frente en estos momentos. —Hubo intercambio de miradas, el coronel Candel se atusó las guías de su mostacho y *sir* Anthony invitó a Steel a hablar—. Robert, por favor.

—Los últimos datos apuntan a que el curso de la guerra puede sufrir un cambio radical. *Sir* Winston Churchill, como acaba de decir *sir* Anthony, ha dado prioridad absoluta a esta posibilidad. —Steel se levantó, cogió un puntero, tiró de un cordón y se desplegó sobre la pared un mapa del sur de Europa y el norte de África—. Esta es la situación que tenemos en estos momentos en el Mediterráneo. Observarán que no es muy halagüeña. Existe el peligro de que los alemanes y sus aliados, me refiero a Mussolini y al gobierno de Vichy —aclaró Steel—, puedan estrangularnos en el Mediterráneo. Si eso ocurriera, la situación pasaría de poco halagüeña a extremadamente grave. La Operación Catapulta ha evitado que la flota francesa anclada en Mers-el-Kebir —añadió, y señaló con un puntero un punto de la costa del norte de África— engrosase la marina alemana. Si el enemigo hubiera sumado esos buques a su flota, el peligro que suponen los submarinos alemanes se habría incrementado de forma notable, ¿no lo cree así, capitán?

—Sin duda alguna —ratificó Campbell.

—He de indicarles que el primer ministro no pudo evitar la destrucción de la flota de un país que, si bien se ha rendido a Hitler, muestra también voluntad de resistir. Puedo asegurarles, caballeros, que fue una decisión muy difícil. Alguno de ustedes se estará preguntando a qué viene este comentario acerca de la operación de Mers-el-Kebir.

—Así es. —Candel se atusaba de nuevo el mostacho.

—Coronel, esa operación pudo llevarse a cabo porque la flota del almirante Somerville contaba con la base de Gibraltar. Sin ese punto estratégico… —El puntero de Steel señalaba el Peñón—. La Operación Catapulta habría sido mucho más complicada en todos los sentidos. El coronel De Gaulle, que ha asumido la dirección de la resistencia francesa a los alemanes, ha montado en cólera, y no necesito explicarles lo que ese coronel De Gaulle representa para nosotros. Una parte de las colonias francesas, sobre todo en el norte de África, han rechazado seguir los dictados del gobierno de Vichy...

—Robert —lo interrumpió *sir* Anthony—, no se pierda en disquisiciones, por favor.

—En resumen, caballeros, sepan que los alemanes, ante nuestra decidida voluntad de seguir luchando, han tomado conciencia de que la guerra no va a ser tan rápida como hasta ahora. Han comprendido que en el Mediterráneo se librará una batalla decisiva y han diseñado una operación que tiene como objetivo apoderarse de Gibraltar.

—Eso significa la entrada de España en la guerra.

—Así es, coronel.

—Salvo que los alemanes atacaran Gibraltar desde el mar. En ese caso, Franco podría aducir que son aguas de soberanía británica —dejó caer Campbell.

—Franco considera españolas las aguas que rodean al Peñón —aseveró *sir* Samuel.

—Otra posibilidad es atacar desde el aire utilizando una fuerza aerotransportada. Los alemanes han empleado paracaidistas con éxito en Eben-Emael —señaló Candel.

—Caballeros, los preliminares de la operación están en marcha. El ataque a Gibraltar será por tierra —señaló Steel con rotundidad, acabando con las especulaciones.

Durante varios segundos podría haberse oído el vuelo de una mosca, tal era el silencio.

—¿Puede darnos detalles acerca de esa información? —preguntó Candel.

—Harrison, por favor. —Steel miró al agente del servicio secreto.

—Tenemos los datos básicos de esa operación, aunque están sin desarrollar. Ignoramos los detalles de la misma, pero sabemos que será terrestre.

—¿Sólo eso?

—¿Le parece poco, coronel?

Pese a su juventud, Harrison no se había amilanado.

—Los alemanes disponen de información sobre la Roca —argumentó *sir* Samuel—. Agentes de la Abwehr han estado recabando datos en la zona. Sabemos que el Alto Estado Mayor español tiene elaborado un plan para, llegado el caso, atacar la Roca, pero el armamento del ejército español es anticuado y no supone una seria amenaza. Ahora bien, la presencia de los alemanes…

Sir Anthony consideró que el tema estaba suficientemente expuesto y que convenía pasar a la siguiente fase de aquella reunión ya que en la tercera, la que explicaba la presencia del embajador en Madrid, sólo participarían *sir* Samuel, Steel y él. Era algo tan sumamente delicado…

11

Robert Steel señalaba que, ante la amenaza alemana y dado el valor estratégico de Gibraltar, era imprescindible tomar una serie de medidas. El impaciente coronel Candel lo interrumpió.

—Gibraltar es tan importante, con amenaza alemana o sin ella, que desde hace meses se mejoran sus defensas. —Otra vez se atusó el mostacho.

—Estamos al tanto del trabajo de nuestros zapadores.

—También hay un contingente de ingenieros canadienses —añadió el coronel.

—Y sabemos que se ha incrementado el número de hombres de la guarnición y el número de piezas de artillería y los pertrechos... —enumeró Steel como si fuera una retahíla—. Sin embargo, hay una operación cuya logística habrán de llevar a cabo ustedes —afirmó mirando al coronel— y cuya ejecución correrá a cargo de la Navy. —Miró al capitán—. Esa es la razón por la que están ustedes dos aquí.

—¿A qué se refiere?

—Coronel, la población civil de Gibraltar constituye

un problema —señaló *sir* Anthony—. En caso de ataque no podría buscar acomodo en las poblaciones próximas a Gibraltar. Prosiga, Steel.

—En una semana, como máximo en dos, hemos de concluir una operación de evacuación que comenzó en mayo. Todavía tenemos que trasladar una parte importante de la población civil gibraltareña. Estamos hablando de mujeres, de niños y de hombres de cierta edad. Hay que organizar su embarque y el traslado.

—¿Cuál será su destino?

—Quienes tengan familia aquí, siempre que no sea en Londres, para evitar los problemas que estamos teniendo con los bombardeos de la Luftwaffe, pueden instalarse con ellos. El destino para quienes no tengan familiares aquí será algunas islas del Caribe.

—Ha dicho que esa evacuación habrá de hacerse en dos semanas…

—Como máximo, coronel —insistió Steel.

—¿Se espera un ataque tan inminente?

—Los alemanes son conscientes de que el nuevo gobierno va a hacerles frente y que un desembarco en nuestras costas no será una operación tan fácil como las que han llevado a cabo en el continente. Saben que sus recursos son más limitados que los nuestros y tienen serios problemas para abastecerse de combustible. No demorarán el ataque a Gibraltar. Están convencidos de que esa operación eliminará las reticencias de Franco a entrar en el conflicto y han decidido apostar por ella. Matarían dos pájaros de un tiro. A nosotros nos crearían un serio quebranto e involucrarían a España en una guerra que ya no presumen tan corta como creían hasta hace sólo unas semanas.

—¿Cuántas personas quedan por evacuar? —preguntó Campbell.

Steel meditó su respuesta.

—La población civil de la Roca son unas diecisiete mil personas. La evacuación afectará a más de la mitad. Calcule en torno a diez mil, tal vez doce mil. Ya hemos evacuado —miró una nota y dio la cifra exacta— seis mil ochocientas veintidós.

—¡Necesitaremos una flota!

—Ese es su trabajo, Campbell.

Sir Samuel se dio cuenta de que la situación, tal como estaba pintándola Steel, era mucho más grave de lo que imaginaba. En las pocas semanas que llevaba en Madrid había trabajado en un ambiente hostil, pese a lo cual había establecido importantes contactos. Los diplomáticos nazis tenían todas las ventajas y contaban con un hombre de la experiencia de Von Stohrer, que había estado al lado de los franquistas durante la guerra. La situación que Steel estaba describiendo convertía la información que había proporcionado en los cables cifrados en auténticos diamantes que explicaban la urgencia de su llamada. Los diamantes todavía estaban en bruto, pero ya sabía que iba a pulirlos.

—Ha dicho antes que un ataque a Gibraltar eliminará las reticencias de Franco a entrar en el conflicto. ¿Eso es seguro?

—Coronel, Gibraltar es una tentación para Franco. Como he comentado ya, los españoles tienen su plan de ataque. Sin embargo, carecen de recursos para ponerlo en marcha. Lo que los alemanes están planificando es servirles en bandeja algo por lo que suspiran desde hace siglos. Ese es el mayor peligro.

—¿No puede presionarse a Franco diplomáticamente? —Candel miró a *sir* Samuel.

—Hacemos todo lo que podemos.

Candel sorprendió a todos con una pregunta.

—¿No estaremos ante una añagaza que nos obligue a

utilizar para llevar a cabo esa evacuación recursos que serían muy necesarios en caso de que cruzaran el Canal?

—Tenemos la certeza de que preparan un ataque a Gibraltar —respondió el ministro.

—Disculpe, señor. Pero... ¿por qué está tan seguro?

—La información nos la han proporcionado agentes del MI6 que operan en Berlín. No necesito decirles que se trata de información estrictamente confidencial. Harrison, explique a estos caballeros la forma en que la hemos conseguido.

—Como ha dicho el señor ministro, esa información la obtuvieron dos agentes en el domicilio particular del general Alfred Jodl, el jefe de Operaciones del Alto Estado Mayor de la Wehrmacht. Fotografiaron la documentación que el general guardaba en su cartera. También nos han informado de que esa documentación cuenta con el visto bueno de Hitler, aunque no lo han confirmado.

—¿Me está diciendo que agentes de nuestro servicio secreto han entrado en el domicilio del general Jodl? —Candel se mostraba incrédulo.

—Exactamente, coronel.

—¡Extraordinario! —exclamó Candel—. ¡Es sencillamente extraordinario! ¿Existe alguna posibilidad de que el general Jodl sepa que tenemos esos datos?

—No es probable, aunque admito la posibilidad. Sepan que nuestros hombres fueron previsores y se cubrieron las espaldas llevándose algunas joyas de la esposa del general.

—Eso fue un grave error —protestó Campbell—. Ese robo suponía dejar constancia de su presencia en el domicilio.

—Precisamente eso pretendían nuestros hombres. Lanzar una cortina de humo para el caso de que hubiera algún percance.

—Coincido con el capitán. Apoderarse de esas joyas fue un grave error —señaló el coronel—. ¿Desde cuándo nuestro servicio secreto se dedica al robo de joyas?

—Desde que nuestros agentes dejan pistas falsas —replicó *sir* Anthony, molesto con las observaciones de los militares y adelantándose a la respuesta de Harrison.

Candel negó con la cabeza y se atusó nuevamente las guías de su mostacho.

—Aprecio su efectividad, pero ese tipo de acciones me parece algo detestable.

—Coronel, entiendo su posición, pero usted no forma parte del servicio secreto, por lo que no sabe que trabaja en condiciones muy difíciles. —Harrison no se achantaba fácilmente.

—Me parece muy poco honorable —gruñó Candel.

Sir Samuel, que no había olvidado sus actividades en la Rusia que vivía los últimos tiempos del zarismo, acudió en auxilio de Harrison, aunque el joven agente no necesitaba de ayudas.

—Los trabajos del servicio secreto se hacen en unas condiciones que no pueden evaluarse con la medida de otra clase de operaciones. Los muchachos que consiguieron esos documentos tuvieron que introducirse como si fueran ladrones en el domicilio del general Jodl, y todos los que estamos en torno a la mesa sabemos que el precio a pagar, en caso de ser descubiertos, será su propia vida. No debemos juzgarlos. Se les piden resultados, no que su actuación sea impecable.

Sir Anthony Eden decidió cortar. La conversación podía derivar hacia la ética de las acciones de los agentes del MI6.

—Caballeros, no nos hemos reunido para enjuiciar ciertos procedimientos. Estamos en guerra y nuestro objetivo es ganarla. No podemos permitir que los alemanes echen un candado a nuestras comunicaciones navales en el Mediterráneo. Si se apoderan de Gibraltar, el canal de Suez nos servirá de muy poco. Nuestra base en Alejandría sería una ratonera, y nuestras conexiones con la India y Extremo Oriente sólo podrían hacerse por el sur de África y por las aguas del Atlántico, donde sus submarinos se mueven a sus anchas. En definitiva, hemos de utilizar todos los medios a nuestro alcance… Y cuando digo «todos los medios» no excluyo ninguno. En cualquier caso, que los alemanes sepan que esta documentación obra en nuestro poder no tiene mayor importancia. Lo fundamental es que nosotros sabemos que están preparando un ataque a Gibraltar. Ustedes… —Se dirigió a los dos militares—. Ustedes tendrán que coordinarse para la evacuación de la población civil. El servicio secreto nos ha proporcionado una valiosa información, y a *sir* Samuel le corresponde hacer todas las… gestiones que estén a su alcance para que España no entre en guerra. ¿Alguna duda? —*Sir* Anthony miró a los militares y estos negaron con la cabeza—. En ese caso…, manos a la obra.

El ministro se puso en pie, y Candel y Campbell se despidieron estrechando la mano a los presentes. También se despidió el agente del MI6. Peel los acompañó a la salida.

En el despacho habían quedado *sir* Anthony, *sir* Samuel y Robert Steel. El ministro no se anduvo con rodeos. Si ante los militares las formas habían sido casi exquisitas, ahora el antagonismo que mantenía con el embajador afloró sin contemplaciones.

—Bien, ¿ha traído el informe que le pedí?

Sir Samuel se sacó la funda de las gafas del bolsillo interior de la americana, se puso las lentes y extrajo unas cuartillas de su cartera. Lo hizo con parsimonia, indicando al ministro que aquellas prisas no encajaban en sus modos. *Sir* Samuel participó en el gobierno que Chamberlain nombró tras la declaración de guerra a Alemania. Había sido el Lord del Sello Privado. La llegada de Churchill había significado su salida y, días después de que *sir* Winston dijera a los británicos que sólo podía ofrecer sangre, sudor y lágrimas, fue nombrado embajador en Madrid lo que, dadas las circunstancias, era una importante responsabilidad, pero no dejaba de ser una degradación en su trayectoria política. Antes de hablar, Hoare dio un sorbo a su vaso de agua.

—Los datos que poseemos señalan que, efectivamente, algo se está moviendo. Hace unas semanas estuvo en Madrid el almirante Canaris y sostuvo entrevistas decisivas de las que no hemos podido conocer su contenido, salvo por lo que publicó la prensa española que, como comprenderán, no aportó ninguna novedad interesante. Tenemos confirmado que agentes alemanes estuvieron en el Campo de Gibraltar. El dato está en línea con lo que han descubierto nuestros hombres en Berlín. Posiblemente los datos de que dispone el general Jodl para elaborar su plan de ataque proceden de la información que han recogido esos agentes. Hemos reforzado nuestra presencia en la zona, que es lugar de encuentro para intercambiar información confidencial y otros trabajos propios de los servicios secretos. Les diré también que Franco pretende sustituir el papel que los franceses desempeñan en el norte de África, y que desea ampliar su área de influencia en el golfo de Guinea. Franco, ante las dudas de Hitler de cruzar el Canal y barajar la posibilidad de estrangularnos en el Mediterráneo, busca sacar provecho. La clave está en Gibraltar. Nuestra situación es muy grave, pero Hitler tiene el panorama mucho más complicado de lo que parece.

—¿Por qué dice eso?

Antes de responder, *sir* Samuel bebió de nuevo.

—Para satisfacer las apetencias territoriales de Franco, Hitler tiene que hacerlo a costa de los franceses y, aunque el mariscal Pétain sea un títere en manos de los nazis, no está claro que se deje arrebatar sus colonias del norte de África. A Hitler no va a resultarle fácil satisfacer a Franco, quien, sin embargo, se siente tentado con Gibraltar.

—Me temo que Gibraltar es la gota que colma las aspiraciones de Franco, que es un aliado natural de Hitler —señaló *sir* Anthony—. Su concepto de Estado es muy similar. Partido único, concentración de poderes en sus manos… Uno se proclama Führer y otro se hace llamar Caudillo. No hay espacio para quienes tienen puntos de vista que difieren de los suyos. Además, Franco está en deuda con Hitler. ¡Será cuestión de tiempo que España entre en guerra!

—No olvide que la situación en España es extremadamente difícil. La Guerra Civil ha causado destrozos gravísimos. Muchos españoles pasan hambre, pese al sistema de racionamiento establecido que sólo permite comprar ciertos productos en las cantidades que se señalan. En las tiendas donde se venden los artículos de primera necesidad se forman todos los días largas filas de personas que han de esperar su turno para adquirir lo más necesario. La situación no es más catastrófica porque reciben suministros del otro lado del Atlántico. El trigo, siendo insuficiente, les viene de Argentina y de Canadá. Franco es consciente de que si entra en guerra sufrirá problemas para recibir esos suministros. Sabe que cortaremos las líneas de abastecimiento y que las dificultades que hoy tiene se multiplicarían. Tampoco le llegaría petróleo desde Estados Unidos. A esos problemas materiales se añadirían los de tipo político.

—¿Problemas políticos?

—Aunque los republicanos han perdido la guerra,

hay focos de resistencia en ciertas zonas, sobre todo en las más montañosas. La prensa, controlada por el gobierno, se refiere a ellos como «bandidos y salteadores de caminos». Son antifranquistas que luchan en el interior de España con los mismos criterios de los exiliados republicanos que se han enrolado en el ejército francés para luchar contra los nazis. Sabemos que hoy forman parte importante de la resistencia que se está organizando en Francia. Si Franco se decide a entrar en guerra, nosotros no permaneceremos con los brazos cruzados. En realidad hemos establecido ya contacto con esos grupos. Supongo que los apoyaríamos con todos los medios a nuestro alcance. Esos republicanos luchan con la esperanza de que, si Hitler es vencido, Franco también caerá.

—Para nosotros sería muy grave, pese a esas dificultades, que Franco se decidiera a intervenir en la guerra, y Gibraltar es un señuelo muy atractivo.

—Cierto, *sir* Anthony. Los españoles consideran nuestra posesión una afrenta. Franco afirma que Gibraltar es una espina clavada en el corazón de los españoles. En resumen —concluyó *sir* Samuel—, Franco se siente identificado ideológicamente con Hitler y con Mussolini. El Führer y el Duce lo ayudaron a vencer a los republicanos. Pero he de añadir que también es consciente de que la entrada en la guerra significaría una nueva tragedia para los españoles. Es un tipo astuto y, en mi opinión, tratará de ganar tiempo con Hitler... y el tiempo corre a nuestro favor. Por diferentes conductos he hecho llegar a las altas esferas gubernamentales españolas que su entrada en el conflicto supondría inmediatamente problemas y dificultades para el aprovisionamiento del trigo y el petróleo, y para Franco esos suministros son vitales. La situación, no obstante, es muy complicada. La clave está en Gibraltar.

—¿Los alemanes conquistarían Gibraltar para entregárselo a Franco?

—Sí. No tengo dudas.

—Bien. Entonces analicemos la principal cuestión por la que está usted en Londres.

A *sir* Anthony le extrañó que el embajador ni siquiera preguntase a qué se estaba refiriendo. Era evidente que la larga experiencia de *sir* Samuel le permitía controlarse hasta extremos insospechados.

12

Berlín

Después de afeitarse, darse una rápida ducha, ponerse ropa limpia y tomar el copioso desayuno que su esposa le había preparado, y a la que había gritado por recriminarle que hubiera pasado toda la noche fuera sin haberla llamado, Singer tomó la Nord-Süd Bahn del metro que lo llevaba casi hasta la misma puerta de la comisaría. Pese a no haberse acostado, llegó sólo unos minutos después de las ocho. Preguntó por Lohse, pero este aún no había aparecido por allí y eso lo irritó. Lohse ni siquiera había estado con las chicas del Romaniches y, además, si él estaba en su puesto a su hora, tenía que estar todo el mundo.

El despacho de Singer era poco más que un habitáculo presidido por un enorme retrato del Führer con camisa parda y el brazo extendido luciendo brazalete con la esvástica. Además de su mesa de trabajo, su sillón y una silla para las visitas, podía verse una estantería donde se alineaban docenas de archivadores en cuyo lomo estaban consignadas dos fechas. Pidió a la centralita que lo pusieran con la comisaría de Kiel, y pocos minutos después solicitaba informes de la familia Steiner. Ahora quería dedicarse de lleno al caso Jodl y lo primero era conocer los antecedentes de Martha. Saber quiénes eran sus padres, si tenía más hermanos y por qué causa ella había ido a parar a casa del general Jodl. Los tipógrafos y los cajistas eran un gremio donde abundaban los comunistas; se trataba de gente ideológicamente ligada a los bolcheviques, a pesar de que eran trabajadores que estaban bien remunerados. Por eso le extrañaba que Martha Steiner se ganara la vida como sirvienta, aunque *frau* Jodl la denominara «dama de compañía». Le extrañaba tanto como que la joven dedicara toda una noche a atender a una amiga hospitalizada. Al pedir información había puesto por delante el nombre del general Jodl, indicando que su petición era muy importante para desentrañar un robo que se había cometido en el domicilio del jefe del departamento de Mando y Operaciones de la Wehrmacht. Ese detalle había hecho que todo fueran facilidades. Le habían prometido información aquella misma mañana. Si lograba esclarecer lo ocurrido, su carrera daría el salto definitivo con el que siempre había soñado; estaba convencido de que todo era cuestión de localizar a Martha Steiner. No tenía dudas acerca de que estaba involucrada en el robo perpetrado en la casa de sus señores. Ignoraba hasta dónde llegaba su complicidad con los ladrones, pero su ausencia del domicilio con el pretexto de atender a una amiga enferma en el hospital le parecía una burda excusa, sobre todo después de que llevara tantos días sin dar señales de vida. No había encontrado una pista sólida en el dormitorio de Martha, donde la presencia de *frau* Jodl lo había limitado a observar que todo estaba pulcramente colocado. Pero ese orden le reveló que Martha Steiner era persona meticulosa, y que el robo de las joyas había estado minuciosamente planificado. Le habría gustado abrir la cómoda y hurgar en su armario, pero la esposa del general no le quitó ojo de encima y le fue imposible traspasar los límites que ella le había marcado.

Redactaba el informe sobre la desarticulación de la banda de agitadores de Schöneberg cuando unos golpecitos en la puerta interrumpieron su trabajo.

—*Heil Hitler!* ¡A sus órdenes, mi teniente!

—*Heil!* ¿Puede saberse dónde demonios te has metido?

—Disculpe el retraso, mi teniente, pero he estado haciendo unas comprobaciones. Para completar la misión que me encargó al ir al Saint Paul. Cuando anoche regresé a la comisaría era muy tarde y usted ya se había marchado. Por cierto, me han dicho que lo de Schöneberg está resuelto...

—Al grano, Lohse. ¿Qué comprobaciones son esas?

—Martha Steiner estuvo en el hospital.

—¿Para averiguar eso necesitaste tanto tiempo?

—No se imagina el caos que había allí. Tuve que esperar mucho rato para que me atendieran. Los heridos entraban por docenas. Acababan de llegar varias ambulancias repletas. El Saint Paul era un hervidero y todo se hallaba colapsado. ¿No tiene noticia de la explosión que se produjo en la fábrica de Siemens?

—Algo he oído, pero eso no está en nuestro distrito. Prosigue con lo del hospital.

—Martha Steiner había ido a visitar a una tal Angela Baum. Pedí verla, pero me dijeron que a aquellas horas no estaban autorizadas las visitas.

—¿No dijiste quién eres? ¡Podías haber hecho valer tu condición!

—Sí, señor. Me acredité, pero entonces llamaron a la persona que me atendía. Me pidió disculpas y se marchó. Algo me dijo que aquello no era normal. Salí del hospital dispuesto a volver hoy, pero antes he indagado sobre esa Angela Baum.

—¿Qué has averiguado, Loshe?

—Nada, mi teniente.

—O sea..., que has perdido miserablemente el tiempo.

—No lo creo, mi teniente. No he averiguado nada porque no hay rastro de Angela Baum. Su nombre no figura en ningún registro oficial. ¿No le resulta extraño?

Singer se acarició el mentón.

—Tienes razón —admitió a regañadientes—. Pon en limpio todas las notas que has tomado y me las entregas. Después iremos juntos al Saint Paul, y te aseguro que veremos a esa Angela Baum. ¡Ah! Mira si hay algo que nos pueda interesar del portero.

—A la orden, mi teniente.

Había indicado a la centralita que sólo le pasasen la llamada que esperaba de Kiel. Por eso el sonido del teléfono lo sobresaltó; aún no había terminado el informe para el comandante Reber. Reprimiéndose, aguardó a que sonara tres veces. Era una costumbre de la época, y descolgarlo precipitadamente llevaba con frecuencia a que se cortase la comunicación. Eso ocurría todavía con las llamadas de larga distancia.

—¡Teniente Singer al aparato!

Durante varios minutos escuchó atentamente. Sólo abrió la boca para que le repitieran algún detalle o para pedir ciertas aclaraciones. Se limitaba a asentir con la cabeza y a tomar nota para que no se le escapara ningún dato. Se trataba de información valiosísima. Estuvo con el auricular pegado al oído casi un cuarto de hora. Nunca imaginó que los Steiner pudieran generar tanta información. Con los datos que ahora obraban en su poder no había tiempo de tomarse un respiro. No se había apagado el chasquido de la horquilla al colgar el teléfono cuando nuevamente Lohse llamaba al cristal esmerilado de la puerta de su despacho.

—¡Adelante! —En cuanto vio entrar al agente, Singer le preguntó—: ¿Has averiguado algo?

—Sí, señor. Ese tal Hermann, el portero del inmueble, está completamente limpio. Ningún antecedente, y además es miembro del partido desde hace algo más de tres años, aunque su actividad ha sido mínima. Tiene esa portería porque es persona de confianza. Lo que me extraña es que no nos lo dijera.

—Estaba desconcertado. Un robo en casa de un general de la Wehrmacht es algo de tal gravedad... Dime, ¿has podido conseguir algún dato acerca de esa..., esa Angela Baum?

—Ninguno, mi teniente. Tampoco hay información en nuestros archivos.

—Bien, lo que ya tenemos es la información de Kiel, y por lo que he averiguado esa Martha Steiner es un pájaro de mucho cuidado. No me explico cómo el general no había recabado más información sobre ella y los suyos. ¡Menuda familia los Steiner!

—¿Algo importante? —Lohse sabía que al teniente le encantaría aquella pregunta.

—Los Steiner son gente extremadamente peligrosa. El padre fue un espartaquista, partidario de Rosa Luxemburgo. Participó en la revuelta que sumió en el caos a Berlín.

—Disculpe, mi teniente, ¿quiénes eran esa gente?

Singer frunció el ceño.

—¿No sabes quiénes fueron los espartaquistas?

—No, mi teniente.

—Entonces eras un chiquillo, pero deberías saber que esa gentuza no vaciló en traicionar a nuestra patria. ¿No te lo enseñaron en la escuela?

—No, mi teniente.

—Los espartaquistas eran unos peligrosos bolcheviques. Tomaron su nombre de Espartaco, ¿sabes quién era?

—Sí, un esclavo que se rebeló contra el Imperio romano.

—Con su revuelta trataron de hacerse con el poder. Fue en el año 19, y quisieron imitar lo que los bolcheviques acababan de hacer en Rusia. Pero les paramos los pies. Yo formé parte de los Freikorps que se enfrentaron a ellos. ¡Fueron días gloriosos en los que salvamos la patria! —proclamó con vehemencia Singer—. La mayor parte de aquella canalla pereció, muchos fueron a parar al Spree, pero... —Singer consultó su cuaderno—. Heinrich Steiner, el padre de Martha, logró salvar el pellejo.

—Sí, *frau* Jodl dijo que había muerto en un accidente.

—¡No está muerto, Lohse! ¡Esa bolchevique mintió a *frau* Jodl! Si logramos echar mano a esa zorrita, posiblemente nos lleve al escondrijo del zorro. Vámonos al Saint Paul. Después visitaremos a Petra, aunque quien me da mala espina es esa Martha. ¡Fíjate qué clase de antecedentes familiares tiene! ¡Estoy seguro de que el general y su esposa ignoran a qué clase de familia pertenece esa..., esa dama de compañía!

A Singer le sorprendió que la enfermera de recepción del Saint Paul, ante la que se había identificado como teniente de la Gestapo, no se pusiera nerviosa. Incluso estaba haciéndolo esperar, algo poco habitual. Seguía colgada al teléfono impartiendo órdenes con una autoridad que no se correspondía con su delicado aspecto físico.

Singer terminó por impacientarse.

—¿Le queda mucho, *fräulein*?

La enfermera apartó el teléfono de su mejilla, tapó el auricular y, dedicándole una mirada poco amistosa, le soltó:

—¿Le importaría aguardar más lejos? Me está molestando.

Singer enmudeció, se retiró unos pasos y encendió

un cigarrillo. La conversación se prolongó unos minutos más.

Lohse, que no había asistido a una cosa parecida en los nueve meses que llevaba a las órdenes del teniente, no sabía dónde posar su vista. Singer, por su parte, no dejó de mirar fijamente a la enfermera con el propósito de intimidarla, pero su mirada no parecía turbarla. Cuando colgó el teléfono, la mujer le dedicó una sonrisa y le preguntó:

—¿En qué puedo serle de utilidad?

—Mi nombre es Franz Singer. —Y añadió remarcando las sílabas—: Teniente Franz Singer de la Geheime Staatspolizei.

—El mío es Hertha Holbein —respondió la enfermera poniéndose en pie.

—Muy bien, *fräulein* Holbein, necesitamos los datos de cierta persona que vino a ver a una enferma y también queremos visitar a esa paciente.

—¿Me dice el nombre de la paciente?

—Angela Baum.

La enfermera colocó sobre el mostrador un libro grueso y apaisado con las tapas deslustradas. Lo abrió por donde marcaba un papel secante que hacía las funciones de señalador. Era la última que estaba escrita y fue bisbiseando el apellido Baum al tiempo que desplazaba su dedo índice por las líneas. Tuvo que pasar muchas páginas.

—Baum... Baum... Baum... ¡Aquí está! Angela Baum.

El tono de su voz había cambiado. Singer se percató de que algo extraño ocurría.

—¿En qué pabellón se encuentra? Necesitamos hacerle unas preguntas. Hace días la visitó una tal Martha Steiner. Supongo que constará ahí.

La enfermera sacó otro libro de debajo del mostrador y buscó.

—En efecto, Martha Steiner la visitó el jueves pasado. Exactamente a las veinte cuarenta y cinco.

—¿A qué hora se marchó?

La enfermera había palidecido y, sin mirar el libro, lo había cerrado rápidamente.

—Lo lamento, pero la hora de salida no está consignada.

—¿Es eso normal?

—No, en absoluto. Es…, es, ¿cómo le diría? Es… casi imposible. A las visitas se les advierte que pasen por aquí cuando se marchan. No sé cómo ha podido ocurrir.

—¿En qué pabellón se encuentra Angela Baum? —preguntó de nuevo Singer.

—Aguarde un momento, por favor.

La enfermera se perdió por una puerta y el teniente miró a Lohse dando una última calada a su cigarrillo y aplastándolo en el cenicero que había sobre el mostrador.

—¿Has observado cómo ha cambiado de actitud?

—Parece que algo la ha puesto muy nerviosa, mi teniente. Su cara estaba blanca como la cera.

—Aquí hay gato encerrado, Lohse. Esa Martha Steiner no es trigo limpio.

Singer encendió otro cigarrillo. La espera se prolongaba más de lo anunciado por la enfermera. Le dio tiempo a consumirlo y a encender otro más. Acababa de hacerlo cuando la enfermera apareció acompañada por un médico de estatura considerable, con el pelo gris y una barba perfectamente recortada. Llevaba un estetoscopio en una mano y un cartulina en la otra. Su aspecto denotaba seguridad.

—Doctor… —La enfermera señaló a Singer y a Loshe—. Estos son los policías que desean visitar a Angela Baum.

—Soy el doctor Obermaier, responsable clínico del hospital. —Su voz, rotunda, se correspondía con su aspecto físico.

El médico estrechó la mano de Singer.

—Soy Franz Singer, teniente de la Geheime Staatspolizei. Este es el agente Lohse.

Obermaier le estrechó la mano.

—Lamento comunicarles que no les será posible visitar a esa paciente. —El médico se había adelantado a una posible pregunta.

—Habrá una razón muy importante para eso —respondió Singer sin inmutarse.

—La hay. Angela Baum está muerta.

Singer intercambió una mirada con Lohse.

—¿Muerta? ¿Cuándo falleció?

El médico consultó la cartulina que llevaba en la mano.

—Su óbito está registrado a las veinte cincuenta y cinco del pasado jueves. La causa, un paro cardíaco.

El teniente dio una calada a su cigarrillo con una lentitud calculada y después, muy despacio, lo aplastó contra el cenicero. Singer parecía no tener prisa.

—Doctor, aquí..., aquí se da una extraña coincidencia.

—No sé a qué se refiere.

—Según la información que nos ha facilitado *fräulein* Holbein —dijo Singer, quien miró a la enfermera y esta bajó la vista—, diez minutos antes de su muerte, según el registro, Angela Baum recibió la visita de una joven llamada Martha Steiner, cuya salida del hospital no está registrada. ¿No le resulta extraño?

Obermaier miró también a la enfermera.

—Si se extraña por la muerte de una paciente, le diré que en este hospital, donde se atienden centenares de enfermos a diario, mueren varias personas todos los días.

—Supongo que no es frecuente que fallezcan a la misma hora que reciben una visita cuya salida del hospital, además, no está consignada.

—¿Qué…, qué quiere decir?

—Que la muerte de Angela Baum se produjo diez minutos después de que se registrara la visita de Martha Steiner, cuya salida del hospital no aparece anotada —repitió Singer.

—Sólo… —El médico titubeó—. Sólo puedo decirle que se ha producido una coincidencia.

Al doctor Obermaier le estaba ocurriendo lo mismo que a la enfermera Holbein. Había perdido la seguridad de que hacía gala cuando, poco antes, había saludado a los agentes de la Gestapo.

—¡Jamás he creído en las coincidencias! Además, Martha Steiner se volatilizó.

—Hay ocasiones en que se producen coincidencias —replicó sin convicción el médico—. Es cuestión de opiniones. ¿Puedo serle útil en algo más?

—¿Dónde está el cadáver de Angela Baum? Obermaier volvió a mirar la ficha.

—En la morgue.

—¿Podríamos verlo?

La petición de Singer turbó aún más al médico.

—¿Tienen ustedes alguna… autorización para…?

—¿Lo considera necesario, doctor?

Obermaier sabía que la legislación no permitía mostrar los cadáveres fuera del ámbito de los familiares o a personas autorizadas expresamente por una orden del juez. Pero era consciente de que en Alemania hacía años que muchas leyes habían dejado de cumplirse, sobre todo si quienes no las respetaban eran agentes de la Gestapo. No se atrevió a asumir las graves consecuencias que se derivarían de una negativa, pero tampoco quiso autorizar el acceso a la morgue. Le extrañaba que, después de tantos días, los familiares de Angela Baum no hubieran resuelto las formalidades para llevarse el cadáver.

—¿Serían tan amables de acompañarme? Será mejor que hablen con el director del hospital. Es el doctor Kaufmann quien debe autorizarlos. Creo que está en su despacho.

13

Londres

Sir Anthony llenó su vaso con agua y le dio un largo trago. Tenía la boca seca y ahora iban a entrar en el asunto de mayor enjundia. Habían dejado claro que era necesario evacuar a la población civil gibraltareña, despejadas las dudas de Candel y de Trump de que el ataque alemán era inminente y aclarado que se produciría por tierra, pero no habían abordado lo más importante. El ministro no había puesto sobre la mesa lo que sólo sabía un contado número de personas, y era conveniente que se mantuviera dentro de ese reducido círculo. Si llegaba a oídos inadecuados algún dato de la operación que el primer ministro le había encargado, como máximo responsable del Foreign Office, era posible que todo se fuera al traste, pero esa norma no podía aplicarse al embajador en Madrid.

—*Sir* Samuel, después de todo lo comentado, usted y yo sabemos que la clave de este asunto no está en los cañones que tenemos en Gibraltar, sino en lo que se pueda hacer en Madrid. Necesito saber de cuánto tiempo disponemos para movernos en los entresijos del poder en la capital de España.

—¿A qué se refiere?

—Siéntese, *sir* Samuel. —Miró a Steel y le indicó—: Robert, tráigame la carpeta que está en el primer cajón de mi mesa, por favor.

—Sí, señor.

Sir Anthony quiso poner al embajador en antecedentes antes de abrir la carpeta.

—Ayer despaché con el primer ministro. Analizamos la documentación que los agentes de MI6 nos habían hecho llegar y que él ya conocía. Su opinión es no dejar de fortificar Gibraltar y mejorar sus defensas. En ello se trabaja desde hace semanas. La guarnición que se ha concentrado en Gibraltar gira en torno a los quince mil hombres. Se están ampliando las galerías subterráneas e introduciendo pertrechos en grandes cantidades. Pero usted y yo hemos de trabajar en otro terreno. Tenemos que evitar por todos los medios que los alemanes lancen un ataque sobre Gibraltar. No voy a repetirle lo que se ha comentado en la reunión. Si la Roca cayera en manos del enemigo, las consecuencias serían catastróficas. Por eso, Churchill también me recalcó que se utilizaran todos los medios a nuestro alcance... y no descartaba ninguno.

—¿Adónde quiere llegar?

—Hoare... —El ministro prescindió del tratamiento—. Se lo diré de una forma más concreta: Churchill me ha encomendado una misión muy especial que a usted le toca llevar a cabo. Se trata de un asunto sumamente delicado, pero que usted, con su experiencia, sabrá tratar de la forma más adecuada.

El tono empleado por el ministro hizo que el embajador arqueara las cejas.

—Me tiene sobre ascuas, Eden. —El embajador también se olvidó del protocolo.

Sir Anthony sacó de la carpeta un papel pulcramente mecanografiado.

—Tómese todo el tiempo que necesite para empaparse bien de su contenido.

El embajador se recolocó las gafas, que le habían resbalado hasta la punta de la nariz, y se aplicó en la lectura. Debió de leer el contenido de aquel papel varias veces a tenor del tiempo empleado. El ministro y Steel estaban pendientes de cualquier gesto, pero el rostro del embajador era una máscara. Cuando alzó la cabeza se quitó las gafas, pero no tuvo tiempo de hacer comentario alguno porque *sir* Anthony se adelantó.

—Esta misma mañana se han cursado las instrucciones correspondientes para que se abra una cuenta en un banco de Nueva York en la que se ha depositado el dinero en libras esterlinas…

—¿Por qué en un banco de Nueva York?

—Para no dar pistas. Cuanto menos se sepa de esto, mejor. Como comprenderá, el Foreign Office negará cualquier intervención en el asunto. Ya le he dicho que se trata de algo sumamente delicado. ¿Cree que es posible moverse en ese terreno?

—¿Está seguro *sir* Winston de que es viable esta iniciativa? —preguntó *sir* Samuel golpeando con la punta de su índice el papel.

—No albergaba dudas.

—Me parece muy arriesgado. El primer ministro no conoce a los generales españoles. Son…, son de una pasta especial.

El ministro frunció el ceño y se recolocó un mechón del cabello que había caído sobre su frente.

—Supongo que usted está al tanto de que *sir* Winston ha conocido a numerosos oficiales y jefes del ejército español.

El embajador arrugó la frente.

—No tenía noticia. ¿Cuándo fue eso?

—Hace ya algunos años. Cuando la guerra de Independencia de Cuba. Usted..., usted debe de recordar ese conflicto. —En las palabras del ministro podía adivinarse una malévola intención—. ¿Sabía que *sir* Winston estuvo allí como corresponsal de guerra y que fue en esa isla donde recibió su bautismo de fuego?

—Es cierto... Creo recordar que estuvo en La Habana como corresponsal del desaparecido *The Daily Graphic*.

—Observo que tiene buena memoria, aunque le ha sorprendido un poco lo del conocimiento de *sir* Winston sobre los españoles.

—Hace algunos años de aquello. Imagínese..., yo era un joven estudiante en Oxford. Han pasado tantos años que ese conocimiento de *sir* Winston puede estar muy obsoleto. ¿No le parece? Podríamos estar cometiendo un gravísimo error.

—*Sir* Winston está convencido del resultado, y la operación ya está en marcha.

El embajador hizo un gesto de resignación.

—En tal caso...

El ministro sacó de la carpeta dos pliegos sujetos por una grapa.

—Tome.

El embajador, sin leerlos, preguntó:

—¿Qué son estos papeles?

—En uno tiene la autorización para disponer de los fondos de esa cuenta. Podrá sacar dinero en efectivo u ordenar transferencias. En el otro constan las cantidades que se han ingresado. Se ha hecho en diferentes remesas. Comprobará que la suma es considerable.

Sir Samuel echó una ojeada al papel y negó con la cabeza.

—Pero este banco..., este banco no tiene sucursal en España. Conseguir dinero en efectivo va a convertirse en un problema. Habrá que hacer algunas transacciones internacionales. Además, la cuenta..., la cuenta sólo es liquidable en dólares o en libras.

—No tener sucursal en España es, precisamente, la razón por la que se ha escogido.

—No..., no lo entiendo.

—Las transacciones harán mucho más complicado, en caso de que hubiera una investigación, encontrar la procedencia del dinero. En cuanto a los dólares o las libras... Le aseguro que nadie les hará ascos. Mucho mejor que si se tratara de pesetas.

—No será fácil establecer los contactos. No sé a quién tengo que tentar.

—Ese es su trabajo, Hoare —respondió el ministro con sequedad, revelando las grandes diferencias que separaban a aquellos dos hombres, antes de entregarle un sobre de recio papel marrón—. Ahí encontrará algunas de las... teclas que tendrá que tocar y que, con un poco de suerte, le conducirán hasta el nombre de la persona que le permitirá establecer los contactos para llevar a buen puerto su misión.

—Observo que todo está previsto. Hasta los detalles más pequeños.

El tono empleado por el embajador no aclaraba si se trataba de un reconocimiento o era una crítica.

—El tiempo apremia. A los representantes del ejército y de la armada se les ha dado un plazo de una semana, diez días a lo sumo, para evacuar a la población civil. Posiblemente, sólo dispongamos de menos de un mes para evitar que los alemanes se lancen sobre Gibraltar. Por otro lado, no comparto su opinión de que todo esté previsto. La tarea más importante está por hacer, y esa es la que usted ha de acometer con prontitud. Debe regresar lo antes posible a Madrid, aunque me temo que tendrá que permanecer un día o dos en Londres para resolver todo el papeleo concerniente a la disposición y uso de los fondos. Los americanos son muy puntillosos, y necesitamos atar bien todos los cabos. Steel le ayudará en todo lo que necesite.

Sir Anthony se puso en pie y ofreció su mano al embajador, quien la estrechó con cortesía. *Sir* Samuel guardó los papeles y el sobre en su cartera, y *sir* Anthony y Steel lo acompañaron hasta la puerta. Allí el ministro lo zahirió con un último comentario.

—Tenga mucho cuidado con esos documentos...

—No se preocupe, Eden, no se preocupe. —Dio unos golpecitos en su cartera—. Todo viajará conmigo, como si fuera trasportado en la valija diplomática.

—Sabía que no era necesario decírselo. Pero nunca está de más recordarlo. Por cierto, se me ha olvidado comentarle que hemos bautizado a esta operación como Caballeros de San Jorge.

—¡Caballeros de San Jorge! —El tono del embajador era de aprobación—. ¿Por alguna razón?

—Bueno..., nuestras guineas han servido para pagar importantes servicios en numerosas guerras. ¿No le parece un nombre adecuado?

—Me parece perfecto.

—Steel, acompañe el embajador a la salida.

Decidieron no utilizar el ascensor. Fue mientras descendían por los blancos peldaños de mármol cuando *sir* Samuel comentó en voz baja:

—Robert, he de admitir que el zorro de Churchill se mantiene en plena forma.

Steel miró con cara de sorpresa a su viejo amigo.

—¿Por qué lo dices?

—Porque he sido yo quien le ha sugerido la Operación Caballeros de San Jorge.

—¡No puedo creerlo!

La exclamación de Steel había sido un tono más elevada de lo que la discreción recomendaba. El embajador se llevó un dedo a los labios.

—Chis…

—¿Cómo se lo planteaste al primer ministro?

—Puse un telegrama a su gabinete, cifrado y confidencial. En él le indicaba que existía la posibilidad de jugar una baza arriesgada… Esa fue la palabra que utilicé, sabiendo que a *sir* Winston le apasionan los retos complicados. Hace cuatro días vine a Londres en un viaje secreto y fugaz en el que le expuse mi plan. Le dije que si daba su visto bueno, se lo trasladara a *sir* Anthony. Me escuchó sin dejar de fumar.

—¿Qué le dijiste a Churchill?

—Sencillamente que Franco está aterrorizado con la posibilidad de entrar en guerra. Se juega su propia posición y el poder omnímodo de que goza en España. Le dije que Serrano Súñer y el general Yagüe, apoyados por lo que podríamos denominar el ala más intransigente de la Falange, insisten en la necesidad de entrar en la guerra y presionan a Franco en ese sentido. Por el contrario, los requetés…

—¿Quiénes son esos?

—Monárquicos muy tradicionales. Le dije a *sir* Winston, pues, que los requetés, los grandes latifundistas, lo poco que ha quedado del empresariado y una parte importante del generalato se muestran contrarios a la intervención y defienden el mantenimiento de la neutralidad. Franco se ha movido desde el comienzo de la guerra entre dos aguas. Pero los éxitos del nazismo han dado alas a los intervencionistas. Están convencidos de la victoria alemana y opinan que si no entraran en el conflicto, desaprovecharían una oportunidad histórica. Presionan cada vez con más fuerza. Cuando tuve noticia del interés alemán por apoderarse de Gibraltar supe que la balanza podía inclinarse definitivamente...

—¿Tenías noticia de la operación que los alemanes están preparando?

—No poseía datos, pero uní dos noticias importantes. La primera, que el almirante Canaris había estado en Madrid. La segunda, unos informes que llegaban a nuestra embajada señalando que agentes alemanes merodeaban por el Campo de Gibraltar. Las uní y..., bueno, he tocado algunas teclas en el servicio secreto. Todavía conservo viejos amigos en el MI6. Pedí información sin que rompieran la confidencialidad a que están obligados y me facilitaron la pieza que me faltaba para terminar de construir el puzle. Como te estaba diciendo, con Gibraltar en la balanza Franco podría decidirse a romper la neutralidad. Es astuto, de modo que tratará de que Hitler colme sus exigencias, pero recuperar Gibraltar supone para él una tentación demasiado irresistible. Así se lo hice ver a *sir* Winston y le planteé una posible solución: poner en marcha la Operación Caballeros de San Jorge.

—¿Me estás diciendo que todo esto lo has orquestado tú?

—*Sir* Winston ha sido quien le ha dado el visto bueno, y como es un zorro y conoce las diferencias que existen entre *sir* Anthony y yo, comprendió que si la operación aparecía como algo que se había cocido en mi cabeza...
—El embajador se llevó varias veces la punta de su dedo índice a la sien—. En tal caso el Foreign Office pondría toda clase de trabas. Ya sabes cómo son estas cosas. ¡Qué te voy a contar! Decidió, y yo estuve de acuerdo, en que Caballeros de San Jorge sería presentada como una iniciativa suya y que a mí se me llamaría a toda prisa para ponérseme al tanto de la operación.

—He de confesarte que tu interpretación ha sido magnífica.

—Hice teatro, Robert. Hice teatro en mis años de estancia en Oxford. Me alegra saber que no fue un tiempo dedicado sólo al entretenimiento. Esos pinitos en la universidad y una larga experiencia en el mundo de la diplomacia me han ayudado mucho. Esperemos que todo esto sirva para algo.

Habían llegado al vestíbulo, y Robert sujetó por el brazo al embajador.

—¿Responderías a una pregunta… indiscreta?

Sir Samuel lo miró a los ojos y con media sonrisa en los labios comentó:

—Robert, no hay preguntas indiscretas. Las que pueden ser indiscretas son las respuestas. Pregunta. Es posible que incluso te encuentres con una respuesta.

—¿Crees que el soborno a los generales de Franco puede dar resultado?

Samuel Hoare meditó unos segundos.

—¿Me prometes no explicar a *sir* Anthony lo que voy a decirte ahora?

—Te doy mi palabra.

—No tengo certeza, pero cuento con el intermediario adecuado para que… los Caballeros de San Jorge se rindan al brillo de nuestras guineas.

Habían llegado a la puerta donde los centinelas montaban guardia.

Se estrecharon la mano, pero antes de soltar la de su amigo, Steel le formuló una última pregunta:

—Si me has pedido que guarde en secreto tu última respuesta, ¿quiere eso decir que todo lo demás puedo ponerlo en conocimiento del ministro?

—¡Robert, por el amor de Dios! ¿Para qué crees que te lo he contado?

Hacía rato que había oscurecido. En aquel momento una sirena rompió el silencio de la noche londinense.

—La Luftwaffe nos hace su visita cotidiana. Creo que lo mejor será que nos acompañes al refugio hasta que pase el bombardeo.

Una voz los advirtió del peligro.

—¡Rápido, los tenemos encima! ¡Hay que bajar al refugio a toda prisa!

Un ruido ensordecedor, seguido de una sacudida, hizo temblar todo lo que había alrededor. Corrieron a toda prisa y bajaron rápidamente la escalera que conducía al sótano del inmueble que se había habilitado como refugio para los bombardeos. Mientras se sucedían las sacudidas, *sir* Samuel Hoare pensaba en la empresa en que se había embarcado. Había dado por cerradas a *sir* Winston algunas gestiones que, en realidad, pendían de un hilo.

14

Madrid

John Walton comenzó a explicar a Leandro lo que deseaban de él. Lo hizo en un tono tan sosegado que la disputa parecía definitivamente olvidada.

—Como le he dicho, sabemos que los alemanes tienen entre sus objetivos apoderarse de Gibraltar. Están planificando el ataque de forma minuciosa y emplearán recursos muy importantes, pero sus planes resultarían inviables sin la colaboración de España. En resumidas cuentas, para llevarlos a cabo necesitan que Franco se declare beligerante. Eso significaría que ustedes estarían en guerra contra mi país y supondría que la Royal Navy impediría la llegada a los puertos españoles de los suministros que vienen del otro lado del Atlántico. El trigo y el petróleo, que tanto necesitan y tanto escasea, apenas podría serles suministrado. Por otro lado, si bien tienen hombres experimentados, después de la larga guerra que han padecido el armamento de que disponen está obsoleto, casi inservible para pelear con un mínimo de eficacia en el conflicto que se está desarrollado en Europa. En definitiva, la entrada en la guerra sería una catástrofe para España.

—Tiene razón, pero también lo sería para Franco —lo interrumpió Leandro.

—Desde luego que para Franco constituiría un mal paso. Pero la población no se libraría de las consecuencias, las dificultades que ahora sufre serían poca cosa en comparación con lo que tendría que soportar. Usted conoce sobradamente las penalidades de las que estoy hablando, por lo que no tengo necesidad de explicárselas.

—Todo lo que ha dicho está muy bien. Pero ¿pretende convencerme de que los ingleses están preocupados por las penalidades del pueblo español? Esas penalidades les importaron un bledo durante los años de la guerra.

—Tendrá que admitir que las circunstancias han cambiado.

—Por supuesto que han cambiado. La aviación alemana no bombardea ciudades españolas. Ahora arroja cada noche toneladas de bombas sobre Londres, por eso les inquieta tanto la entrada de España en la guerra. ¡Vamos, *mister* Walton! A mí no va a convencerme de otra cosa que no sea que lo suyo es la defensa exclusiva de sus intereses. Es detestable que quieran vestir con un ropaje de altruismo lo que es simple y llanamente su lucha por la supervivencia. ¿Por qué no suelta de una vez el motivo de todas estas explicaciones? Supongo que no me has traído hasta aquí para que este inglés me cuente esas preocupaciones —ironizó mirando al comandante—. Como comprenderá, no soy tan incauto para creer que su deseo de que España no se declare beligerante es para ahorrarnos penalidades a los españoles.

Walton no se inmutó, pero las duras palabras de Leandro le hicieron efecto. No se anduvo con rodeos.

—Muy bien, señor San Martín, sepa que para nosotros es fundamental mantener abierta la entrada al Mediterráneo para nuestra flota. Si Gibraltar cayera en manos de los alemanes, resultaría imposible. Nuestro gobierno está tratando por todos los medios a su alcance de evitar que eso ocurra. Como le he dicho, la operación que el Alto Mando alemán está preparando supone la entrada de tropas del Führer en territorio español. Eso no sería posible sin que Franco, que no se oculta en mostrar sus simpatías por Hitler, decidiese romper su neutralidad y entrase en la guerra al lado de Alemania.

—Ahora entiendo mejor su interés por... nuestras penalidades. Lo que no comprendo es qué pinto yo en todo esto. —Leandro miró fijamente al comandante.

—Los alemanes enviaron a finales de julio un grupo de técnicos que estudiaron la Roca..., disculpe, el Peñón. ¿Recuerdan que hace unas semanas estuvo en Madrid el almirante Canaris? —Los presentes asintieron—. Su visita, a la que la prensa dio poca cobertura, no estaba relacionada con sus responsabilidades en la marina del Reich, sino como responsable de la Abwehr.

—¿Qué es eso? —preguntó Seisdedos.

—El servicio secreto alemán —aclaró Walton—. Su visita tenía que ver con los primeros tanteos de los alemanes con vistas a la ocupación de Gibraltar. Según hemos sabido, la idea que más atraía a Canaris era apoderarse de Gibraltar dando un golpe de mano. Justo lo contrario del llamado Plan Jevenois.

—¿El Plan Jevenois? —preguntó Leandro, aun a sabiendas de que cuanto más interés mostrara por la explicación del inglés más crecía su implicación en lo que se estuviera trayendo entre manos con el comandante.

—Se llama así a un plan elaborado el verano del año pasado. Recibe ese nombre del máximo responsable del trabajo, el coronel Pedro Jevenois Lavernade. Fundamentalmente está basado en un asedio de larga duración. Digamos que se trataría de un sitio al viejo estilo. Los alemanes lo han descartado. La labor que realizaron les permitió sacar conclusiones, pero precisan confirmar ciertos datos y van a dejarse caer de nuevo por la zona. Lo que sabemos es que está a punto de llegar al Campo de Gibraltar un equipo de técnicos y militares. Quieren hacerlo todo con mucha discreción y tienen que moverse por los alrededores del Peñón. Necesitamos que una persona, cuya identidad pueda camuflarse, esté en Algeciras y que se mueva por el Campo de Gibraltar durante los próximos días.

—¿Para eso has pensado en mí? —preguntó Leandro al comandante.

—¡En quién mejor! Reúnes todas las condiciones: eres español, lo que no despertará las sospechas de un inglés; sabes alemán, algo que en estas circunstancias resulta imprescindible; eres de confianza y, además, has sido capaz de mantener oculta tu identidad, burlando a la policía franquista. Estarás de acuerdo conmigo en que no hay mucha gente que reúna esas características.

—Necesitamos conocer toda la información posible acerca de los datos que obtengan los alemanes —señaló Walton—. Usted prestaría un gran servicio, tanto a nosotros como a la causa de la libertad.

Por fin Leandro sabía por qué estaba en la trastienda de la librería Santisteban. Ahora fue él quien se rellenó la copa de aguardiente, y tampoco en esta ocasión lo rebajó con agua. Después de darle un trago, dijo al comandante:

—Hay algo que no acabo de comprender.

—Suéltalo —dijo el comandante.

—Si ya saben que van a atacar Gibraltar, sólo tienen que defenderlo.

—Si Hitler bloquea el Mediterráneo —explicó Walton—, sus tropas tendrán el camino libre para llegar al mar Rojo. Eso garantizaría al Führer el abastecimiento de petróleo que, hoy por hoy, es el principal problema del ejército alemán. Con el control de los pozos petrolíferos, resultará muy complicado vencerlos. Su ejército quizá no se atreva a cruzar el canal de la Mancha e invadirnos, pero nosotros no tendríamos posibilidad alguna de vencerlos. Dicho de otra manera: resistir los bombardeos que estamos soportando sobre Londres carecería de sentido, y no nos quedaría más remedio que aceptar una paz que significaría el triunfo del totalitarismo en Europa.

Por primera vez, las palabras del inglés parecían haber hecho algún efecto en Leandro. Lo que acababa de decir respondía a una lógica elemental. El comandante decidió que había llegado el momento de rematar el argumento.

—Quienes nos negamos a admitir que nuestra derrota es definitiva mantenemos alguna esperanza, siempre que Hitler sea derrotado. Si eso ocurre, también caerá Mussolini, que ya ha decidido entrar en la guerra. Y, por último, le tocará el turno a Franco. Por el contrario, si Hitler gana la guerra, la posición de Franco quedará reforzada y nuestras ilusiones se habrán volatilizado. —El comandante dio un trago a su aguardiente y al alzar la cabeza vio un destello de duda en la mirada de su viejo compañero de armas—. Si queda algo del hombre con el que compartí una ilusión...

—¿Cuál es tu grado de compromiso con todo esto?

—Pienso seguir luchando contra el totalitarismo en todas sus formas y manifestaciones, eso también incluye, y tú lo sabes, el comunismo. Lucharé mientras respire y lo haré con los medios que tenga a mi alcance. También quiero decirte que me importan un carajo los ingleses y todavía menos que puedan mantener Gibraltar en su poder. —Al comandante no parecía incomodarle la presencia de Walton—. Pero si los alemanes llegaran a apoderarse del Peñón, les cerrarían el paso del Mediterráneo, y entonces es seguro que Hitler ganaría la guerra. Por eso hemos acudido a ti. Porque eres de las pocas personas en quien todavía confío y, como te he dicho antes, porque no conozco mucha gente que sepa hablar alemán. Puedes pasar inadvertido y obtener información que sirva para entorpecer los planes de los alemanes.

—No sé cómo podría hacer lo que me pides. Tengo que cumplir con mi trabajo... Allí no conozco a nadie. Jamás he estado en la zona.

—Por eso no tienes que preocuparte. Seisdedos es de La Línea de la Concepción y se mueve por todo el Campo de Gibraltar como pez en el agua. En cuanto a que no conoces a ninguna persona por la zona, me parece que es mucho decir.

—No te comprendo.

—¿Te acuerdas de Antonio Tavera?

Oír aquel nombre hizo que su mente se poblara de recuerdos.

Antonio Tavera, que era vecino suyo en Santiago y daba clases de Ciencias Naturales en el Instituto de Enseñanza Media, mandaba otra de las compañías del batallón de Ares.

—¡Cómo no voy a acordarme! No olvidaré jamás el día en que me dieron la noticia de su muerte. Fue de los que se quedaron en los altos de La Picosa y se sacrificaron para proteger la retirada del grueso del batallón.

—¿Recuerdas a su mujer?

—Mercedes... —Pronunció aquel nombre casi con devoción—. Mercedes de la Cruz.

—Una mujer de bandera —añadió el comandante—. Sus visitas a Tavera en el frente subían la moral de la tropa. Supongo que sabes que era de Algeciras.

—Es verdad, ahora que lo dices... ¿Has tenido noticias de ella?

—Sé que vive en Algeciras. Seisdedos, ¿será difícil localizarla?

—Creo que no, mi comandante. Déjelo de mi cuenta.

Leandro recordó que Mercedes de la Cruz era una de las mujeres más elegantes y atractivas que había conocido. A Tavera lo envidiaba medio Santiago por tener una esposa como aquella y porque Mercedes estaba profundamente enamorada de su marido. Los hombres se volvían para mirarla cuando se la cruzaban por la calle.

—Está lo del trabajo. No puedo irme así como así. —El tono de Leandro era menos firme—. No resulta fácil encontrar un empleo, y menos en mi situación.

—¿Cómo conseguiste la tarjeta de trabajo?

—Me la selló el jefe del distrito. Los papeles me los preparó un falangista que era el jefe de barrio, ahí en la calle de la Aduana. Cuando llegué a Madrid tomaba café todas las mañanas en el mismo sitio que él.

—Ese es Fabián Retuerto —señaló Santisteban—. Un falangista medio analfabeto que ahora es el amo de la manzana.

—Ese —confirmó Leandro—. Pegó la hebra conmigo, y debí de caerle en gracia porque, además de invitarlo todos los días, le seguí la corriente como si yo fuera hincha del Real Madrid que es, después de Franco, el principal objeto de su devoción. ¡No sabes cuántas relaciones te abre pertenecer a la misma hinchada! He tenido que ir más de un día y más de dos al Chamartín. El último partido fue la final de la Copa que ganó el Español de Barcelona al Real Madrid en el campo de Vallecas.

—No te imagino gritando como un energúmeno.

—Ni yo tampoco. Pero el día en que el Madrid perdió la final, además de insultar al árbitro, tuve que mostrarme abatido. ¡Cómo si me hubiera ocurrido una desgracia terrible! Toda una farsa para poder trabajar. Ahora, como me trasladé de vivienda, no tengo a Retuerto tan encima, pero nos vemos de vez en cuando y he de mantener la ficción. Comprenderás que no puedo arriesgarme a perder el trabajo.

—Eso no es un problema, señor San Martín.

Walton no había dudado. Leandro lo miró con una mezcla de sorpresa y rechazo.

—¿Cómo que no es un problema? Comandante, este tío no se entera de la misa la mitad. Se nota que no tiene que lidiar con las dificultades a que los españoles nos enfrentamos cada día. —Miró al inglés a los ojos—. Usted no tiene que buscarse unos céntimos vendiendo una hogaza en la boca del metro como hacen docenas de mujeres, arriesgándose a que la policía se las lleve a la comisaría. Ni tiene que aguardar junto a las vías del ferrocarril durante horas, porque nunca se sabe a qué hora pasará el tren, esperando recoger el fardo que van a arrojarle con género para vender en el mercado negro. Tampoco tiene que dormir en un nicho vacío, como ocurre en algunos cementerios abandonados aquí, en Madrid, puede comprobarlo en el de San Sebastián o en el de San Nicolás. Es muy fácil decir que no es un problema quedarse sin trabajo cuando uno viste buena ropa, come todos los días y tiene un lugar confortable donde dormir. ¡Entérese de una vez de que las cosas en este país no son fáciles! Para la mayor parte de la población resulta complicado comer. Y la mitad de la gente tiene miedo; la otra mitad se encarga de recordárselo a diario. Esas personas tienen tanto miedo que ni pueden manifestar el dolor por sus muertos.

—Sería posible conseguir que su jefe lo enviara a Algeciras para satisfacer la demanda de un cliente importante. —Walton parecía un oráculo.

—¿Está hablando en serio?

—Completamente —respondió el comandante.

—Pero yo no soy el representante de la firma en esa zona...

—Hablas alemán y tienes conocimientos militares suficientes para evaluar la información que consigas. No tengo dónde elegir, y si tuviera dónde hacerlo... Si tuviera dónde hacerlo, también te lo pediría. Porque, después de lo vivido juntos, hay poca gente en la que tenga tanta confianza. Entiendo tus recelos. Has decidido cortar con el pasado e iniciar otra vida como Leandro San Martín, pero si crees que puede hacerse borrón y cuenta nueva, te aseguro que no es fácil. Una parte de nosotros es el resultado de lo que hemos vivido. No creas que puedes hacer desaparecer a Julio Torres de un plumazo.

—Yo creo que sí.

—Te equivocas.

—Dame una razón.

—Julio Torres era mucho hombre para que Leandro San Martín acabe con él.

Leandro se bebió el resto del aguardiente y luego preguntó al inglés:

—¿Cómo va a conseguir que mi jefe me envíe a Algeciras?

—Deje eso de mi cuenta. Le aseguro que si acepta colaborar con nosotros, el señor Benítez le encomendará la gestión de las ventas no sólo en Algeciras sino también en todas las localidades de la zona. Eso le obligará a permanecer algunos días en el Campo de Gibraltar. Ese tiempo podría ampliarse en caso de que fuera necesario.

Leandro prefirió no hacerse más preguntas acerca de cómo era posible que el inglés supiera dónde trabajaba, cómo se llamaba su jefe o hablara con aquella seguridad de cuestiones que afectaban a su vida. Miró al comandante, que lo miraba a su vez en silencio y con los labios apretados, casi desafiándolo a que tomara la decisión. Leandro miró al inglés y le espetó:

—Si tiene capacidad para conseguir que mi empresa me envíe a Algeciras, ¿cómo no la tiene para conseguir un informador de lo que allí se esté cociendo?

Fue el comandante quien le respondió.

—No le des más vueltas. Te lo voy a repetir por última vez: necesitamos a alguien de mucha confianza. No es cuestión de dinero, sino de tener el hombre adecuado. He sido yo quien ha dado tu nombre a los ingleses y por eso poseen algunos detalles de tu vida en estos momentos. Te diré algo más: aunque trates de aparentar que has iniciado una vida como agente comercial y que quieres cortar con el pasado, sé que estás jodido y que tu verdadera vocación es la docencia, que no puedes ejercer en esta España.

—Los hombres pueden cambiar.

—Es cierto. Muchos lo han hecho. Pero tú no eres de esos. Yo lo sé, y conmigo no valen disimulos. Si te he buscado, es porque estoy convencido de que harás todo lo que esté en tu mano para culminar la misión que se te encomiende. No me he olvidado del puente de Flix. Te la jugaste para que pudiéramos cruzarlo mis hombres y yo antes de volarlo.

—Para bien poco sirvió.

—¡No digas tonterías! —El comandante dio un golpe fuerte en la mesa y las copas bailaron—. Si ahora estoy sentado aquí, es gracias a la decisión que tomaste en aquel momento, y también gracias a que hiciste un buen trabajo aquel puente quedó destruido. Eso supuso para muchos de los nuestros salvar el pellejo. Te diré algo más. —Se quedó mirándolo fijamente a los ojos—. No debes tener duda alguna de que las ideas de un hombre cabal como tú no se transforman tan fácilmente. Por lo que a mí respecta, aunque rechaces la propuesta, seguiré estando en deuda contigo.

—Bueno..., tuviste ocasión de devolverme el favor en Gerona.

El comandante llenó su copa y la de Leandro hasta el borde.

—En Gerona cumplí con mi deber.

—Como yo en aquel maldito puente —replicó Leandro.

El comandante cogió su copa y esperó a que su antiguo camarada hiciera lo mismo. Las chocaron suavemente y apuraron hasta la última gota de aguardiente.

15

Berlín

Singer y Lohse siguieron al doctor Obermaier, quien los condujo hasta una puerta de un blanco reluciente con un rótulo donde podía leerse: DOCTOR HERBERT KAUFMANN. DIRECTOR.

Obermaier golpeó suavemente con los nudillos, pero no obtuvo respuesta. Un segundo intento tampoco tuvo éxito. Miró a Singer y llamó por tercera vez.

—Parece que el doctor Kaufmann no está en su despacho.

Singer agarró el picaporte y, ante la asombrada mirada de Obermaier, abrió la puerta de un tirón.

—No debería…

—¡Apártese!

Singer entró en el despacho. Kaufmann no estaba. Con gesto irritado, preguntó al médico:

—¿Tiene que ser él quien me autorice a ver el cadáver de Angela Baum? Tengo la impresión de que, con todas estas formalidades, usted pretende obstaculizar una investigación oficial. Le advierto que mi paciencia tiene un límite, *Herr Doktor*.

—Bueno… —Obermaier balbució una excusa—. Él

es el director. Como ya le he comentado, el funcionamiento de la morgue queda fuera de mis competencias.

—Doctor, parece que trate de ocultarme algo. No me explico tanta traba para algo tan simple como es ver un cadáver. ¿Es consciente de los problemas que su actitud puede acarrearle?

La amenaza de Singer surtió efecto. Obermaier se sintió intimidado.

—Tal vez el doctor Kaufmann esté… Acompáñenme, por favor.

Regresaban al vestíbulo cuando Singer reparó en un médico —lo dedujo por su bata blanca— que daba instrucciones a dos individuos que vestían monos oscuros.

—¿Podría ser el doctor Kaufmann? —Señaló hacia donde estaba.

—¡Sí, es aquel! —exclamó Obermaier como si se quitara un peso de encima.

Se acercaron hasta donde estaba el director, quien, al ver el inconfundible abrigo de cuero que vestía Singer, despidió a los operarios. Kaufmann rondaría los sesenta años. Tenía el cabello blanco, peinado hacia atrás, usaba gafas y su aspecto denotaba una pulcritud extrema en todos los detalles, desde el perfecto nudo de la corbata hasta el impoluto brillo de sus lustrosos zapatos.

—Doctor Kaufmann —se adelantó el teniente, ignorando a Obermaier y sin molestarse en saludar—, soy el teniente Singer de la Geheime Staatspolizei. Necesito que me dedique unos minutos.

Kaufmann miró a su colega con inquietud.

—¿Ha ocurrido algo?

—El agente desea…

—Teniente, doctor. Soy teniente —lo corrigió Singer, consciente de que aquellos detalles lo ayudaban a amedrentar a la gente.

Visiblemente azorado, Obermaier se excusó.

—Le pido mil perdones. El teniente Singer desea ver el cadáver de una paciente llamada Angela Baum.

—¿Por algún motivo especial?

—Doctor Kaufmann, esto es un caso de competencia policial del que no tengo por qué darle explicaciones. Sin embargo, le diré que estamos investigando a una mujer que visitó a Angela Baum. Su visita coincide con el fallecimiento de esta última. Al menos, así lo señalan la hora en que están consignadas la visita y la defunción en los correspondientes registros. —El teniente miró a Obermaier.

—Es cierto —confirmó el médico—. Al teniente le ha extrañado esa coincidencia.

—Esa... coincidencia es la que nos induce a querer ver el cadáver de Angela Baum.

Kaufmann miró a Obermaier y este le entregó la cartulina para que comprobara los pormenores de la defunción. El director dedicó un momento a la ficha.

—Esta paciente murió el jueves por la noche. ¿Todavía no han retirado el cuerpo sus familiares?

—En la ficha no consta que tenga familiares. Supongo que estará en la morgue.

Kaufmann miró de nuevo la ficha.

—Falleció a causa de una complicación respiratoria y un fallo cardíaco.

—¿Tenía Angela Baum alguna dolencia cardíaca? —preguntó Singer.

—En su ficha no consta. Estaba ingresada a causa de una anemia muy severa. Si ese cadáver está en la morgue y usted desea verlo, no tengo ningún inconveniente, a pesar de que supongo que no cuentan con una orden del juez.

—Supone bien, no la tenemos. Y yo supongo que usted es consciente de que conseguir esa orden no representa problema alguno. Sólo retrasaría la investigación que llevamos a cabo. Por eso, le agradecemos la colaboración que está mostrando.

—Doctor Obermaier, ¿le importaría acompañar a estos caballeros a comprobar si el cadáver está todavía en la morgue?

—No me importa.

El director devolvió la cartulina a su colega.

—¿Puedo serle útil en alguna otra cosa?

—Eso es todo lo que necesitamos. Agradecido por su colaboración. —Unió los tacones y alzando el brazo exclamó—: *Heil Hitler!*

—*Heil Hitler!* —respondió Kaufmann.

La morgue del Saint Paul era un lugar frío y desangelado, a lo que colaboraba la escasa altura del techo para un lugar de tan amplias dimensiones. Los recibió un individuo que ofrecía un aspecto ruin. Después de consultar un libro, les indicó que el cadáver de Angela Baum estaba allí.

Había al menos veinte cadáveres. Reposaban sobre losas de piedra y estaban cubiertos por sábanas blancas. Fue mirando las etiquetas que los difuntos tenían anudadas al dedo pulgar —la única parte visible de su anatomía eran los pies—, pero no identificó a Angela Baum. Se rascó la cabeza.

—¿Qué pasa? —Singer estaba escamado—. ¿Dónde está ese cadáver?

—¿Esa Angela Baum no es de los de la Siemens?

Lohse recordó el caos imperante cuando los heridos entraban por docenas a causa de la explosión en la planta de Siemens.

—No —respondió secamente el teniente.

—Tal vez sus familiares ya lo hayan retirado —insinuó Obermaier desvelando lo que era un deseo.

—No es posible. Aguarden un momento.

Y sólo un momento tardó el encargado en aparecer con una sonrisa triunfal.

—¡Qué cabeza! ¡Esa Angela está en la cámara! Síganme, por favor. Está en la número tres.

Al fondo de la morgue se abría una puerta que daba acceso a un cubículo en una de cuyas paredes podían verse las puertecillas de unas cámaras de conservación. La temperatura era allí mucho más baja. El encargado les mostró el cadáver apartando un poco la sábana y dejando al descubierto sólo su cabeza. Se trataba de una mujer que en vida debió de ser muy bella. Incluso muerta resultaba atractiva. Tenía media melena castaña, los ojos cerrados y los labios azulados.

—¿Qué edad tenía? —preguntó Singer.

—Veintiocho años —respondió Obermaier después de consultar la ficha.

—¿Dice que murió de un paro cardíaco?

—Problemas respiratorios y fallo cardíaco.

El teniente preguntaba con las manos en la espalda y la mirada clavada en el rostro de la difunta. Después se dirigió al encargado:

—¿Ha preguntado alguien por el cadáver?

—No, señor. Por aquí no ha aparecido nadie.

—En el caso de que nadie lo reclame, ¿cómo se actúa?

—Pasadas las primeras cuarenta y ocho horas, se traslada el cuerpo del difunto a una cámara de conservación y permanece aquí hasta que un familiar se hace cargo de él o la autoridad dispone su inhumación.

—¿Cuánto tiempo suele transcurrir hasta que la autoridad ordena inhumarlo?

—Eso depende del juez. Hay ocasiones en que todo el papeleo se resuelve en una semana. Otras veces se tardan dos e incluso hasta tres.

Singer seguía observando el rostro de Angela Baum, como si la difunta pudiera decirle algo. Lohse se había abrochado la chaqueta y Singer alzado el cuello del abrigo.

Con el frío, el silencio se hizo cada vez más tenso. Lo rompió un comentario del encargado.

—Parece que el ataque al corazón fue doloroso.

Singer se quedó mirándolo.

—¿Por qué lo dice?

—Por la expresión de su cara. Está crispada.

Tenía razón. La mueca de la boca de Angela Baum hacía patente el dolor. Singer lamentó que tuviera los ojos cerrados. Su última mirada podría haber sido reveladora.

—Dígame, doctor, ¿esa mueca es normal en las muertes por paro cardíaco?

Obermaier se encogió de hombros.

—No hay una regla general. A veces la muerte llega como el aleteo de una mariposa y otras produce un desgarro doloroso…

—Supongo que el fallo de su corazón fue algo inesperado. Angela Baum estaba ingresada porque padecía una anemia severa.

Obermaier se quedó callado.

—Una pregunta más, doctor: ¿los labios azulados indicarían algo?

—Problemas cardíacos, también anemia…

Iba a añadir algo cuando el teniente lo sorprendió tirando de la sábana y dejando el cadáver al descubierto. Singer observó el cuerpo desnudo con detenimiento. Angela Baum, efectivamente, había sido en vida una mujer muy hermosa. No se privó de hacer un comentario señalando sus partes más íntimas que habría resultado procaz en otras circunstancias, pero que en aquel momento era más que una obscenidad. El doctor no se atrevió a protestar. Reparó en un moretón del tamaño de una moneda de un *reichspfennig* en el brazo izquierdo. Una mirada más detenida le reveló la existencia de un orificio que era casi una desgarradura.

—Parece que quien le puso esa inyección lo hizo con muy poco cuidado. Fíjese, doctor, ¿no le llama la atención ese desgarro? —Singer señaló el moretón—. Es como si la difunta se hubiese resistido a que le clavaran la aguja. ¿No le parece?

Obermaier estaba pasando un mal trago. Si la observación del cadáver desnudo le parecía una provocación, la pregunta se le antojó una velada acusación.

—No sabría decirle. Posiblemente esa laceración se produciría al inyectarle una de las dosis de hierro.

—¿Dosis de hierro?

—Es el tratamiento más eficaz contra la anemia.

—¿Cuánto tiempo estuvo esta mujer internada en el hospital? El doctor consultó la ficha una vez más.

—Una semana... Bueno, ocho días.

—En ese caso habrían empezado a suministrarle las dosis de hierro desde su internamiento, ¿me equivoco?

—No, no se equivoca.

—Sin embargo, no veo señales de otros pinchazos.

—Tal vez..., se le suministraron píldoras y... —Obermaier balbucía nervioso.

—¡Y repentinamente se cambió el tratamiento! Vamos, doctor... Además, ¿cómo explica que la muerte de esta mujer se produjera por un fallo cardíaco? Era una mujer joven; su cuerpo indica que, pese a la anemia, no tenía mala salud. —Singer había elevado el tono de voz.

El médico estaba descompuesto.

Singer se percató de que la cartulina se agitaba de forma casi imperceptible en su mano. Obermaier temblaba. Como había sospechado, aquel médico le había estado ocultando algo desde el primer momento. La muerte de

Angela Baun encerraba un secreto, y su instinto le decía que la visita de Martha Steiner tenía algo que ver con aquella historia que cada vez se le revelaba más compleja. Singer necesitaba saber quién era Angela Baum y cuáles habían sido las circunstancias en que se había producido su muerte.

—La verdad es… La verdad es que no acierto a comprender lo que ha ocurrido. Es todo muy confuso.

—En ese caso habrá que practicar la autopsia al cadáver.

Las palabras de Singer sonaron como una sentencia inapelable.

—Le advierto que el papeleo es… muy complicado.

—No se preocupe por eso, doctor. Veníamos buscando a la persona que visitó a esta mujer y puede que nos encontremos con algo más.

16

Singer empezaba a notar los efectos de una noche de juerga, pero aún quedaban cosas por hacer. Decidió distribuir el trabajo. Lohse se encargaría de los trámites administrativos para realizar la autopsia al cadáver de Angela Baum y él visitaría el domicilio del general para interrogar a la asistenta, aunque estaba convencido de que se trataba de un simple trámite. La culpabilidad de Martha Steiner era cada vez más evidente. Además de una bolchevique y una ladrona, ahora todo apuntaba a que era una asesina.

Cuando llegó a la confluencia de Dorotheenstrasse con Friedrichstrasse comprobó que la hora era poco adecuada para hacer una visita. Acababan de dar la una. No podía presentarse a esa hora en casa del general. Decidió decir al portero que avisase a *frau* Jodl que la visitaría a las tres y media para interrogar a Petra. Le vendría bien reponer fuerzas y tenía muy cerca el restaurante del hotel Splendid. Le iba a costar un pico, pero era un lugar donde podría descansar cómodamente.

A las tres y media en punto estaba entrando en el inmueble. Hermann lo acompañó hasta la puerta del apartamento de los señores Jodl. Singer pensó que podía ser una buena fuente de información y trató de ganárselo.

—¿Por qué no me dijo que es miembro del partido? —El tono era de amabilidad y sorprendió al portero, que se encogió de hombros—. Está bien, Hermann —dijo, llamándolo por su nombre—. ¿Hay alguna novedad?

—*Frau* Jodl está muy nerviosa. Sigue sin haber noticias del paradero de Martha.

—¡Esa zorra se ha largado con su parte del botín! ¡No me cabe la menor duda! Lo que me extraña es la consideración que *frau* Jodl tiene con ella.

Hermann, para ganarse la confianza del teniente, hizo un comentario:

—Como no han tenido descendencia, Martha es como una hija para *frau* Jodl.

Aquella información iba un poco más allá de lo que Singer había observado. No había calibrado la importancia de ese afecto, y ese había sido su error. Decidió reservarse la información que poseía hasta que los datos fueran inapelables. Antes de que Hermann pulsara el timbre le hizo una advertencia:

—No diga a *frau* Jodl que Martha me parece una zorra.

El portero asintió y llamó. Poco después les abrió la puerta una mujer entrada en carnes y en años. Estaría próxima a los sesenta, si es que no los había cumplido. Al ver a un miembro de la Gestapo —el abrigo que a Singer le gustaba lucir era su placa de identificación—, el temor se dibujó en su cara. No dijo una palabra, pero bastaba con mirarla.

—Petra, ¿está *frau* Jodl? El teniente Singer quiere hablar con ella.

—Pasen.

—Yo me marcho. Tengo trabajo que hacer.

El teniente pasó al vestíbulo y Petra fue a dar aviso a

frau Jodl, que estaba en el salón fumando un cigarrillo y sostenía un libro en la mano.

—Señora, hay un policía que pregunta por usted.

—Pásalo a la salita de recibir. No le vendrá mal esperar unos minutos.

Frau Jodl terminó su cigarro.

—Ven, acompáñame. Es a ti a quien quiere hacer unas preguntas. ¿Estás asustada?

—Un poco, señora. —Petra bajó el tono y añadió—: Se oyen unas cosas...

—Tranquilízate. Sólo tienes que responder a lo que te pregunten. Procura no extenderte demasiado en tus respuestas. Yo estaré a tu lado.

Singer saludó con marcialidad. El teniente hizo un par de preguntas a Irma Jodl. Ella se mostró fría en sus respuestas, poco más que monosílabos. El interrogatorio a Petra fue breve; se trataba de cumplir el expediente. Le preguntó su nombre completo y le pidió que le explicara algunos detalles de su presencia en la casa. El teniente supo que *frau* Jodl la había contratado poco después de contraer matrimonio con el general. Eso había sido en el año 1913, y Petra había permanecido al lado de la señora cuando el marido de esta estuvo luchando en el frente. Llevaba media vida al servicio de Irma Jodl. El teniente Singer también tuvo conocimiento de que era viuda y tenía dos hijos que estaban en el ejército, y que vivía en un piso en el distrito de Treptow. Y supo, además, que Petra no poseía llave de la vivienda de los Jodl.

A Singer le pareció una mujer simple.

En el momento que le preguntaba acerca de dónde se encontraba y qué hacía la noche del jueves anterior, sonó el teléfono en el salón.

—Yo atenderé la llamada —indicó la esposa del general. Singer aprovechó su ausencia para preguntar a Petra:

—¿Qué puede decirme de la otra criada? Me refiero a Martha.

—Yo no la llamaría criada. Para *frau* Jodl es…, es… Bueno, no sé cómo podría llamarla. Pero Martha en esta casa no es una criada. Es una joven linda. Muy guapa y muy educada. Siempre pide las cosas por favor.

—¿No hay noticia de ella?

—No. *Frau* Jodl está muy preocupada. No encuentra ninguna explicación.

—¿Le ha hablado Martha alguna vez de sus amistades?

—No.

La aparición de la esposa del general conllevó que Singer hiciera a Petra un par de preguntas más acerca de su trabajo.

—*Frau* Jodl, ¿tiene usted alguna información nueva sobre Martha Steiner? —dijo a continuación.

—Ninguna, teniente.

—¿Qué piensa de su desaparición? ¿No le parece extraño?

—Muy extraño. ¿Usted ha conseguido averiguar algo en estos días?

—Nada, *frau* Jodl.

—Supongo que están haciendo todo lo posible…

—Hemos tenido que solventar un asunto de extrema urgencia. Pero no dude que estamos en ello. A nosotros nos interesa tanto como a usted que Martha Steiner aparezca.

Se reservó toda la información que había obtenido en el Saint Paul. No quería adelantar acontecimientos hasta que tuviera los resultados de la autopsia de Angela Baum.

—¿Ha terminado con Petra?

Irma Jodl sabía que la mujer estaba pasando un mal trago y deseaba aliviárselo.

—Sí, he terminado.

—Petra, puedes retirarte y seguir con tus tareas.

—*Frau* Jodl, me gustaría hacerle una pregunta antes de marcharme.

—Hágala, teniente.

—¿Le suena de algo el nombre de Angela Baum?

Irma Jodl se quedó en suspenso unos segundos. Trataba de recordar.

—No, no me suena. ¿Por qué me lo pregunta?

—Es el nombre de la amiga que Martha visitó en el Saint Paul.

—Estoy segura de no haberlo oído en mi vida. ¿Qué le ha dicho esa mujer de la visita de Martha?

—Desgraciadamente, nada. Angela Baum está muerta.

Singer sólo observó desilusión en la mirada de la esposa del general. Se despidió rápidamente para evitar alguna pregunta que no deseara contestar y se marchó caminando hacia Unter den Linden dando un agradable paseo. Llegó a la comisaría cerca de las seis. Tenía que terminar el informe para el comandante Reber. Apenas habían transcurrido cinco minutos desde que había llegado a su despacho cuando lo interrumpieron. Pensó que quien llamaba a la puerta era Lohse.

—Adelante.

—*Heil Hitler!*

El agente no era Lohse.

—¿Ocurre algo?

—Mi teniente, el comandante quiere verlo en su despacho. Debe de ser algo muy urgente. En poco más de una hora ha preguntado tres veces por usted.

Singer no perdió un minuto.

No era conveniente que volviera a preguntar otra vez por él. El despacho del comandante estaba en la planta superior. Singer subió los escalones de dos en dos. El almuerzo en el Splendid lo había reanimado. Al llegar ante la puerta se detuvo un momento, se ajustó el nudo de la corbata y resopló con fuerza antes de llamar con los nudillos.

—¡Pase!

—*Heil Hitler!* —saludó, con el brazo extendido.

—*Heil!* ¡Por fin, Singer! ¿Puede saberse dónde se había metido?

—Mi comandante, he estado haciendo pesquisas relacionadas con el robo en la casa del general Jodl… Con la desarticulación de la célula bolchevique que repartía propaganda subversiva en Schöneberg, tenía muy abandonado el caso Jodl. ¡Menos mal que esa gentuza ha caído por fin en nuestras manos!

—No quiero excusas, teniente. He preguntado tres veces por usted. ¿Sabe qué hora es? —Reber señaló un reloj de cuco que había en la pared—. ¡Van a dar las seis y media! ¡Llevo todo el día tratando de localizarlo!

—Ahora estaba terminando de redactar el informe de la operación, mi comandante. Como le he dicho…

—Le repito que no quiero excusas. ¡Redacte ese informe! Pero a estas horas me importa un bledo. Tengo todos los datos de lo ocurrido y… —Al comandante le costaba trabajo acabar la frase; aun así, añadió—: Y le felicito por ello. Pero mi llamada está relacionada, precisamente, con el robo perpetrado en el domicilio del general Jodl. ¿Tengo que recordarle que es jefe de Mando y Operaciones del OKW?

—No, mi comandante. Como le decía, he hecho algunas pesquisas. He estado en el Saint Paul.

—¿Puede saberse qué hacía usted en ese hospital?

—Trataba de esclarecer aspectos relacionados con el robo.

—¿Quiere explicarse?

—La... asistenta de *frau* Jodl, una tal Martha Steiner, que es nuestra principal sospechosa...

Reber frunció el ceño.

—¿Por qué dice que es la principal sospechosa?

—Porque el día que se perpetró el robo coincidía con la tarde en que ella libraba. Le dijo a *frau* Jodl que la pasaría en el hospital visitando a una amiga. Todo apunta a que se estaba fabricando una coartada para poder justificar su ausencia del lugar del delito. Las declaraciones del portero del inmueble señalan que quienes salían del domicilio del general lo hacían por la puerta, y todo apunta a que también entraron por ella. No hay signos de violencia ni en las puertas ni en las ventanas.

—¿Quiere decir que los ladrones contaron con algún tipo de colaboración?

—Hemos trabajado con esa hipótesis, mi comandante. Si no contaron con la colaboración de alguien de la casa, lograron hacerse con una llave. Aparte del general y de su esposa, sólo el portero y esa Martha Steiner tienen llave.

—Pues voy a proporcionarle un dato de gran importancia: *fräulein* Steiner ha desaparecido. No parece que la coartada tenga mucho sentido.

Singer, a quien el comandante no había invitado a sentarse, se preguntó cómo estaba al corriente de que Martha Steiner no había regresado al domicilio del general.

—Mi comandante, desgraciadamente no hemos podido prestar a ese asunto toda la dedicación que yo habría deseado. —Remarcó esas palabras para dejar claro que había tenido que centrarse en el asunto de Schöneberg cumpliendo órdenes—. Pero no nos hemos olvidado.

—Pues sepa, teniente, que *frau* Jodl ha presentado una denuncia por la desaparición de Martha Steiner. ¡Ella en persona ha venido a la comisaría! —gritó al tiempo que golpeaba la mesa con el puño—. ¡Apenas he podido darle información porque usted no me ha informado! Singer, ¡espero que entienda usted la gravedad de este asunto! Además, ¡la esposa de uno de nuestros más importantes generales ha venido a la comisaría!

Singer palideció al tiempo que se preguntaba por qué *frau* Jodl no le había hecho alusión a la denuncia. Tenía que dar un golpe de efecto para impresionar al comandante.

—He solicitado información sobre Martha Steiner a nuestra comisaría en Kiel. Según me dijo *frau* Jodl, la familia era de Altenholz, una localidad que está cerca de allí. Desde Kiel nos han proporcionado un informe en el que se señala que los Steiner son gente peligrosa.

—¿Qué quiere decir con «gente peligrosa»?

—Desafectos a nuestro Führer. El padre de esa Martha, Heinrich Steiner, era un bolchevique y durante los años de la República de Weimar fue un ferviente seguidor de Rosa Luxemburgo. Formó parte del movimiento espartaquista. Usted lo recordará…

—Siéntese, Singer —le ordenó el comandante señalándole una silla—, y explíqueme eso con detalle.

—Gracias, mi comandante.

Singer le explicó pormenorizadamente la información recibida de Kiel. Cuando terminó, el comandante le preguntó:

—¿La esposa del general no pidió referencias de esa joven cuando la admitió a su servicio?

—Le bastaron las que le facilitó el portero del inmueble. Lo que puedo decirle es que en estos años Martha Steiner se ha ganado la confianza de la esposa del general.

—Buen trabajo, Singer.

—Gracias, mi comandante. —Singer estaba tenso, pero satisfecho de haber contrarrestado el efecto negativo que en el comandante Reber había tenido la denuncia de *frau* Jodl. Decidió adelantarle lo que iba a exponerle en el informe—. Hemos averiguado algo más.

—Cuéntemelo y no ahorre detalles.

—Martha Steiner estuvo, efectivamente, en el hospital Saint Paul. Fue a ver a una paciente llamada Angela Baum, que murió en circunstancias extrañas justo en el momento que recibía la visita. Estaba internada por sufrir anemia. Pero en la ficha de su defunción se registra como causa de la muerte un fallo cardíaco. El agente Lohse está resolviendo los trámites administrativos para practicarle la autopsia.

—¿Insinúa que Martha Steiner asesinó a...? ¿Cómo ha dicho que se llamaba esa mujer?

—Angela Baum, mi comandante.

Reber anotó su nombre.

—¿Insinúa que Angela Baum fue asesinada?

—Es algo más que una sospecha.

Reber permaneció en silencio. Digería la información.

—Singer, ha hecho usted un excelente trabajo. Debe saber que he ordenado que un hombre esté vigilando la vivienda del general. Es conveniente que *frau* Jodl no piense que no se le presta la debida atención. He dado órdenes de que se me informe de cualquier novedad. Encárguese de organizar los turnos. Esa vigilancia debe mantenerse las veinticuatro horas.

—Como usted ordene, mi comandante.

—Posiblemente la autopsia nos revele que Angela Baum fue asesinada. Sin embargo, aquí hay algo que no encaja. Si los Steiner son unos peligrosos comunistas, ¿cómo es que Martha Steiner ha estado al servicio de la familia Jodl? ¿Cómo, en todo este tiempo, no ha ocurrido nada que la señale como una mujer peligrosa?

—Es…, es, si se me permite decirlo, un misterio.

—Está bien, Singer. Manténgame puntualmente informado de cualquier novedad.

—A la orden, mi comandante. —Singer se había puesto en pie.

Antes de que se retirara, Reber le hizo otra pregunta.

—¿Qué sabe de Angela Baum?

—Nada, mi comandante. Ese es otro misterio.

17

Madrid

Leandro no había dispuesto de un minuto de respiro. Todo había sido ir de un pueblo a otro para visitar a media docena de clientes en la provincia de Toledo. Le producía mucha tensión saber que si la charla con el cliente se prolongaba perdía el autobús que lo llevaba a su siguiente destino. El señor Benítez tenía planificados de forma estricta los itinerarios de sus agentes comerciales, que denominaba *tournées*, dando a la palabra lo que se suponía que era una entonación francesa.

Leandro estaba tenso por la duración de las visitas y por haber aceptado la misión del comandante Ares. También lo corroía la duda acerca del papel que Amalia podía desempeñar en lo que iba a convertirse, sin duda, en una arriesgada aventura. Era la única persona a la que había revelado algo sobre su pasado. Sabía que su verdadero nombre no era Leandro San Martín y que había sido profesor de Historia Antigua en la Universidad de Santiago de Compostela. Una tarde de confidencias Amalia le había contado que vivía sola, que su familia había estado al lado de la República y que trabajaba en Benítez y Compañía porque don Cosme Torrontegui, persona de alta consideración entre los gerifaltes del nuevo régimen y dueño de Hilaturas y Confecciones Torrontegui, una de las más importantes empresas textiles de Cataluña y que abastecían al señor Benítez, la había avalado para que ni ella ni su madre fueran represaliadas. Luego su madre falleció a las pocas semanas de terminada la guerra.

Amalia decía que su madre no había soportado que la señalaran con el dedo y murmuraran a su paso cada vez que salía a la calle. Se encerró en casa, pero aguantó aquel retiro sólo durante unas semanas porque el ambiente le resultaba irrespirable. Don Cosme había indicado al señor Benítez que proporcionara trabajo a la joven para compensar de algún modo lo que su padre, don Román Asín, catedrático de Matemáticas en la Universidad Central y convencido republicano que había muerto en el último bombardeo de la aviación franquista sobre Madrid pocos días antes de acabar la contienda, había hecho por su hermano, Jaime Torrontegui, a quien el comienzo de la Guerra Civil lo sorprendió en la capital. El padre de Amalia dio cobijo a Jaime en su propio domicilio durante varias semanas. Después, cuando los registros, practicados por los milicianos en las viviendas, hicieron su situación peligrosa, logró que lo acogieran como refugiado en la embajada de Panamá. A comienzos de 1937, gracias a algunos de sus contactos, don Román pudo sacar a Jaime de la legación diplomática y lo acompañó hasta el puerto de Valencia, donde embarcó con rumbo a Marsella. Allí lo esperaba su familia, que se había marchado de Barcelona y recalado en Francia. Los Torrontegui regresaron a España finalizada la guerra y pusieron de nuevo en funcionamiento su fábrica. No olvidaron lo que don Román Asín había hecho por uno de ellos.

Leandro, por su parte, alguna vez se había referido a Santiago Ares, pero Amalia no había hecho el menor comentario y, por supuesto, no había aludido a que mantuviera contactos con militares republicanos dispuestos a seguir luchando desde la clandestinidad. Sólo conservaba un secreto con Amalia: no le había hecho mención alguna sobre sus trapicheos. Estaba seguro de que su imagen ante la joven se habría deteriorado si hubiera sabido que se dedicaba a vender bajo cuerda bragas, sujetadores, corsés o medias. El propio Leandro se avergonzaba de aquello, pero no le quedaba más remedio que hacerlo para llegar a fin de mes. Le habría gustado no tener que ir aquel día de pueblo en pueblo, enseñando muestrarios y cerrando algunos pedidos. Su deseo habría sido quedarse trabajando en la oficina para intentar saber si Amalia había tenido algo que ver con la carta que lo había llevado a reencontrarse con el comandante Ares.

Cuando llegó a su casa era de noche. Estaba tan cansado que se acostó sin cenar; sin embargo, tardó mucho rato en dormirse, y sólo lo hizo a ratos, con sobresaltos, como la noche anterior después de regresar de la librería Santisteban. Oyó sonar las campanas de la iglesia de San Millán y San Cayetano dando el primer toque de la misa de siete. Eso significaba que eran las seis y media. Aburrido de dar vueltas en la cama, buscó con la mano la perilla de baquelita que colgaba de la cabecera y encendió la luz para comprobar en su reloj que no se equivocaba. Se levantó pensando en cómo iba a abordar el asunto de la carta con Amalia. Se acercó al ventanuco, poco más que un tragaluz, y vio que por las rendijas entraba ya una tenue claridad que indicaba que el nuevo día estaba despuntando.

Afiló su hoja de afeitar, una Palmera Oro que conservaba como un pequeño tesoro, frotándola con energía en la cara interior de un vaso y se rasuró antes de lavarse el torso, dedicando especial atención a las axilas. Se peinó, se vistió con parsimonia sabiendo que disponía de tiempo y salió a la calle. Tomó un café en Casa Manolo, un cafetín que abría antes del amanecer, en donde se daban cita los cargadores y los camioneros de El Águila antes de iniciar la jornada. Luego se fue directamente a la oficina. Estaba sentado a su mesa veinte minutos antes de las nueve y se puso a anotar en las casillas correspondientes del estadillo las minutas de los encargos que había colocado la víspera. Rompió dos estadillos. No podía pasarlos al almacén con tanto tachón y tanta enmienda. El señor Benítez tenía como norma que las pérdidas generadas por errores corrían de cuenta de quien los cometía.

Poco a poco fueron llegando sus compañeros de trabajo. Benítez y Compañía tenía ocho agentes comerciales cuyo trabajo consistía en visitar a los clientes según la zona que tenían adjudicada, notificar los pedidos al almacén, encargarse de supervisar que la mercancía coincidiera exactamente con lo que el cliente había comprado, comprobar que el pedido llegara a su destino y que se cumplían escrupulosamente los plazos de pago establecidos con los clientes, que en muchos casos contemplaban la emisión de letras de cambio con vencimientos concretos. Para hacer esas gestiones, los agentes solían dedicar dos días a la semana a labores de oficina.

Leandro dejó de emborronar estadillos porque no era capaz de concentrarse y se notaba más nervioso conforme se acercaba la hora en que Amalia solía llegar, casi siempre unos minutos antes de las nueve y media. Ella comenzaba su jornada laboral en la sucursal del Banco del Comercio, donde cada mañana recogía los datos bancarios de la jornada anterior y tenía que pasarse por la oficina de Correos para retirar la correspondencia del apartado de Benítez y Compañía, cuya llave ella custodiaba. El sitio donde Amalia trabajaba, a diferencia de los demás, estaba protegido por una pequeña mampara de cristal que se alzaba un par de cuartas por encima de un mostradorcillo y que le proporcionaba cierta intimidad.

A las diez Leandro estaba tan nervioso como no recordaba haberlo estado desde los momentos más difíciles de la batalla del Ebro. Por alguna circunstancia, Amalia se retrasaba aquel día mucho más de lo habitual. Trató de concentrarse en el trabajo, y ya cerca de las diez y media había logrado confeccionar el estadillo. A esa hora vio aparecer a Amalia, pero ella no llegó a sentarse. El teléfono de la joven, que había sonado varias veces, volvió a hacerlo. Amalia lo cogió y, tras cruzar con su interlocutor sólo unas palabras, colgó enseguida. Dejó sobre la mesa su bolso y la correspondencia, y rápidamente desapareció por el pasillo que llevaba al despacho del señor Benítez, que tenía otra entrada desde la calle.

Leandro aguardó más de media hora. El señor Benítez debía de estar tratando con Amalia algo muy importante. Cuando ella apareció de nuevo por la oficina fue directamente a la mesa de Leandro.

—Buenos días, Leandro. El señor Benítez quiere hablar contigo. —Hacía algún tiempo que se tuteaban.

—Buenos días, Amalia. ¿Puede saberse qué quiere?

Ella le dedicó una sonrisa.

—Algo me ha contado, pero quiere ser él quien te dé la noticia. Está de un humor excelente —añadió la joven como si fuera un hecho extraordinario—. Quiere verte inmediatamente. ¿Te ocurre algo?

—¿Por qué lo dices?

—Porque tienes mala cara.

—He dormido mal... Bueno, en realidad apenas he dormido.

—Lo siento. ¿Te preocupa algo, Leandro?

—Es que llevo un par de días...

Comprobó que Amalia se mostraba tan amable como

siempre. Si había tenido algo que ver con lo de la librería Santisteban, no lo dejaba traslucir. Supo que no era momento de preguntarle. Se levantó, se ajustó el nudo de la corbata y se abrochó la americana. Por el pasillo hacia el despacho del señor Benítez se preguntó qué podía querer. Entrar en su despacho era algo excepcional. Leandro sólo había pasado por allí cuando el señor Benítez lo contrató. Se miró en el espejo de la consola que había junto a la puerta y se apretó un poco más el nudo de la corbata. Dio unos golpecitos.

—¡Adelante!

Leandro abrió la puerta y lo recibió un fuerte olor a tabaco.

El señor Benítez era un cincuentón de mediana estatura y figura oronda. Tenía el cabello negro peinado hacia atrás y un bigotito recortado. Siempre vestía trajes de chaqueta cruzada. Su familia había estado en el bando de Franco, pero no era un fanático del régimen. Tenía buenas relaciones con el poder y una de sus máximas era que no había que complicarse la vida. Era muy circunspecto y su contacto con el personal —unos veinte empleados, contando los trabajadores del almacén— lo hacía a través de Mateos o de Amalia, quien no había exagerado, más bien se había mostrado parca, al decir a Leandro que el jefe exhibía un humor excelente. Le pareció que estaba exultante, casi eufórico. Y le extrañó que se levantara del sillón, se acercara a él y le pasara la mano por el hombro con familiaridad.

—¡Siéntese, San Martín! ¡Póngase cómodo! ¿Fuma usted?

Sacó del bolsillo superior de la chaqueta un grueso veguero y se lo ofreció sin esperar la respuesta de Leandro.

—Muchas gracias, señor Benítez. Pero nunca fumo por las mañanas.

—¡Vaya por Dios! —exclamó, un tanto decepcionado, guardando de nuevo el puro—. ¿Qué tal ayer por tierras toledanas?

—Bien, señor Benítez. Hubo un par de pedidos interesantes. Estaba preparando el estadillo para el almacén cuando Amalia me ha dicho que quería usted verme.

—Dígame una cosa, San Martín, ¿usted es hombre de fe? Quiero decir que si cree en los milagros...

A Leandro la pregunta lo desconcertó. No sabía qué responder. Ignoraba si el señor Benítez era un ferviente católico, aunque en la España del victorioso Franco no había sitio para los ateos ni para los descreídos. La Iglesia, después de haber considerado la guerra como una cruzada, gozaba de un poder excepcional.

—¿Por qué me lo pregunta?

—Porque ayer se produjo un milagro. Eso es lo que ocurrió ayer. Exactamente a primera hora de la tarde.

Leandro dudó si su jefe se había tomado una copa de aguardiente de más.

—No..., no comprendo... ¿Qué quiere usted decir?

—Que ayer se produjo un milagro, San Martín. ¡Un auténtico milagro del que usted y yo somos protagonistas principales! —El señor Benítez frunció el ceño repentinamente y añadió en un tono menos efusivo—: Lo del milagro, como usted comprenderá, lo digo dentro del mayor respeto, ya me entiende.

—Desde luego, usted se refiere a un milagro metafóricamente hablando.

El señor Benítez apretó aún más el ceño. No sabía muy bien lo que San Martín había querido decir con aquella palabreja y decidió dar por zanjado el asunto.

—Lo del milagro es sólo para que se haga una idea del carácter tan extraordinario de lo que ha ocurrido.

—Comprendo, señor Benítez. Estoy deseando saber qué papel desempeño yo.

—Hay un nuevo cliente que ha hecho un pedido importante. Supongo que eso le parecerá a usted una simpleza...

—No, señor. Un nuevo cliente me parece siempre interesante, pero la verdad sea dicha, señor Benítez, tanto..., tanto como un milagro...

—Quizá me he excedido. —El señor Benítez estaba arrepentido de haberse referido a aquel asunto como un milagro y de parecer irrespetuoso con las cosas de la Iglesia—. Pero imagínese usted, San Martín, que para hablar con ese cliente he tenido que pasar por el filtro de dos secretarias. ¡Puede figurarse la categoría del cliente! Una me pasó a la otra, antes de poder hablar con él. Pero, aun siendo una cuestión muy importante, eso sólo fue el anticipo de lo que vino a continuación.

—Me tiene usted en ascuas, señor Benítez.

—Ese cliente ha hecho un pedido de ropa de cama y de mantas que va a tener a la fábrica de Torrontegui trabajando varias semanas en exclusiva para nosotros.

—¿Tan importante es el pedido?

—¡Se hará una idea de la sorpresa que me llevé cuando me comunicó que necesita la friolera de diez mil juegos de cama con sus mantas correspondientes! ¿Se lo imagina?

—¿Ha dicho diez mil juegos de cama?

—Diez mil juegos de cama con sus respectivas bajeras. San Martín, eso son veinte mil sábanas, diez mil fundas de almohada y otras tantas mantas —desglosó el señor Benítez para que no quedasen dudas. Con un tono un tanto engolado añadió—: Como comprenderá, se trata de una compañía que se mueve en las alturas... Para hacer un pedido como ese hay que picar muy alto.

Leandro tenía ya la explicación de la alegría que rebosaba de la generosa anatomía del señor Benítez. Lo que no acababa de ver era por qué lo había llamado a él.

—¿Dice que le hicieron el pedido ayer por la tarde? —preguntó por no quedarse callado.

—Ayer por la tarde, San Martín. Recibí la llamada de un señor..., supongo que sería el encargado de la centralita. Me pasó con una secretaria. Esta a su vez me pasó con una segunda. Imagínese, ¡dos secretarias! ¿Le había dicho ya que eran dos las secretarias?

Era evidente que lo de tener dos secretarias era algo muy importante en la escala de valores del señor Benítez, fundamental para calibrar la importancia de una persona.

—Sí, señor Benítez, ya me lo había comentado. —Leandro carraspeó antes de añadir—: Me alegro mucho de que nos hayan formulado un pedido como ese. Pero..., discúlpeme, lo que no alcanzo a comprender es qué papel desempeño yo en todo esto.

El señor Benítez dio una larga chupada a su puro, que estaba tan consumido que casi se perdía entre sus regordetes dedos adornados con un grueso anillo en el que lucía una voluminosa piedra. Expulsó el humo sobre la punta del cigarro.

—Ese cliente quiere que sea usted quien lo visite.

Leandro se quedó perplejo.

—¿Yo, señor Benítez?

—Sí, San Martín. El cliente ha sido muy explícito en lo tocante a ese punto. Significa que ha de hacer usted una visita a Algeciras, que es la localidad donde tiene establecida su razón social Távora y Canales, Sociedad Limitada.

Leandro comprendió de repente. Se preguntó de qué medio se habría valido *mister* Walton para poner aquello en marcha tan rápidamente. Lo había visto muy seguro cuando afirmaba que no tenía de qué preocuparse por lo que se refería a su trabajo. Pero había creído que el inglés se estaba marcando un farol.

—¿Está seguro de que no se trata de una equivocación?

—Tengo que decirle, en honor a la verdad, que en un primer momento me extrañó. Pero don Serafín Távora, uno de los dueños de la firma, se mostró muy explícito en esa cuestión, como le he comentado. Preguntó si don Leandro San Martín trabajaba para la empresa y, cuando le respondí que era uno de nuestros agentes comerciales, mostró su interés porque usted lo visitara para formalizar los detalles del pedido. Me dijo más… —El señor Benítez dio una última calada a su puro antes de aplastarlo en el cenicero—. Me comentó que iba a presentarle otras firmas de la zona. ¿Sabe lo que eso significa?

—Prefiero que usted me lo diga.

Leandro se andaba con pies de plomo. No podía saber si todo aquello era una monumental estafa. Quizá lo pusieran de patitas en la calle al final; incluso podría ser que el señor Benítez lo denunciara a las autoridades, que estas husmearan en su pasado y que le complicaran la existencia.

—¡Nos han abierto las puertas del Campo de Gibraltar! Ese es un territorio que para Benítez y Compañía estaba virgen. Así que, como comprenderá, es usted quien tiene que desplazarse a Algeciras.

—¿No se tratará de un error? Estoy tan sorprendido… —Leandro deseaba dejar clara su posición—. He de confesarle que no conozco a nadie en Algeciras y que no he estado en esa ciudad en mi vida. No sé… Un pedido como ese, señor Benítez… ¡Se trata de diez mil juegos de cama!

—Y diez mil mantas —añadió el señor Benítez.

—Y diez mil mantas —corroboró Leandro—. No sé… Todo eso solicitado mediante una llamada telefónica… ¿No le resulta extraño?

—Observo que es usted persona precavida, y eso me gusta.

—No sé, señor Benítez. Estas cosas por teléfono...

—Yo pensé lo mismo, pese a lo de las dos secretarias. Hay mucho pícaro suelto. Si yo le contara... —Sacudió la mano haciendo gala de una notable flexibilidad de muñeca—. Por eso expliqué a don Serafín que, dada la envergadura del pedido, necesitaba algunas referencias. Me respondió diciéndome que ya había previsto esa contingencia. Me pidió que le diera el nombre del banco con que trabajamos y la sucursal donde realizamos nuestras operaciones. —El señor Benítez palmeó con fuerza sobre la mesa—. ¡Entonces ocurrió otra cosa verdaderamente increíble!

—¿Qué pasó? —A Leandro le había picado la curiosidad con aquel asunto.

—Don Serafín me dijo que estuviera pendiente del teléfono y nos despedimos. Una hora más tarde me llamaba don Manuel Illescas. ¿Sabe usted quién es?

Leandro se encogió de hombros.

—Si usted no me lo dice...

—Es el director del Banco del Comercio, pero el director general. ¡El mismísimo director general me llamaba por teléfono! —Benítez volvió a palmear la mesa—. ¿Se imagina, San Martín? ¡El mismísimo director del banco llamándome a mí! —Se autoseñaló rebosando satisfacción—. Tuvimos una conversación breve y me dio referencias inmejorables. Me dijo que el director de la sucursal con la que trabajamos estaba a mi entera disposición. —Encendió otro puro y añadió—: Apenas había transcurrido otro par de minutos desde que colgué, cuando el teléfono sonó de nuevo. Era el director de la sucursal, diciéndome que estaría encantado de tomar un café conmigo. Lo primero que he hecho esta mañana ha sido pasarme por la sucursal del banco. He pedido hablar con el director, y apenas le han avisado de mi presencia ha salido inmediatamente al patio. ¡Si hubiera visto la cara de los clientes cuando don Francisco Copete me ha saludado como a un amigo y me ha pedido que lo acompañe a su despacho! Ordenó al botones que nos llevara unos cafés… Por cierto, era café, café, café. Don Francisco me ha confirmado punto por punto lo que su jefazo me dijo ayer tarde por teléfono.

—Magnífico, eso despeja cualquier duda sobre la solvencia de la empresa.

El señor Benítez dio otra calada a su puro. La atmósfera del despacho empezaba a resultarle a Leandro cada vez más espesa.

—No es que dudara, pero no está de más en un negocio donde el montante está en torno a los ochenta mil duros que uno se ande con pies de plomo, ¿no le parece?

—Desde luego, señor Benítez.

—Por lo que don Francisco me ha dicho, esa firma se ha quedado con un concurso para abastecer al ejército. No conoce los detalles concretos, pero eso explica ese número de almohadas, sábanas y mantas. Lo único que me escama es que usted no conozca a nadie en Távora y Canales.

—No, señor. No conozco a nadie y además, como le he dicho, jamás he estado en Algeciras.

—¡Pues el señor Távora hablaba de usted como de un viejo conocido! Como comprenderá tiene que ir a Algeciras. ¡Así que dispóngalo todo para ponerse en camino!

18

Berlín

A primera hora de la mañana Lohse comunicó al teniente que le quedaba por resolver un último trámite para que la autopsia a Angela Baum pudiese llevarse a cabo. Singer le dijo que acompañara a la ambulancia que había de recoger el cadáver del hospital y trasladarlo al Centro de Anatomía Forense, a fin de que no surgieran inconvenientes de última hora. Mientras, él redactaría los informes que tenía pendientes. Luego irían a casa del general Jodl.

El trámite que hubo de resolver Lohse fue más lento de lo que Singer pensaba. No apareció por la comisaría hasta pasadas las dos de la tarde. No era hora de hacer visititas. Almorzaron y poco antes de las cuatro se dirigieron a casa del general.

El hombre que estaba de vigilancia se acercó a saludar al teniente.

—¿Alguna novedad?

—Ninguna, mi teniente.

—Muy bien. Siga al tanto de todo lo que ocurra.

—A la orden, mi teniente.

Hermann los saludó con cordialidad y los acompañó hasta la puerta del apartamento de los Jodl.

—¿Alguna novedad, Hermann?

A Lohse lo sorprendió que llamara al portero por su nombre.

—Ninguna. Martha sigue sin dar señales de vida.

—No creo que vuelva. Ya sabe lo que pienso al respecto.

El general Jodl había dormido mal. La imagen que le devolvía el espejo, mientras se afeitaba, era la de un hombre cansado y preocupado. La víspera había concertado finalmente una cita con el almirante Canaris después de dos días ilocalizable. Se dijo a sí mismo que, dadas las circunstancias, confiar en el máximo responsable de la Abwehr era la mejor opción que tenía. Canaris le había indicado que lo esperaba en su despacho a las ocho y cuarto. Alfred Jodl se quitó los restos de espuma del rostro y se aplicó una loción vigorizante, palmeándose la cara y frotándose el cuello. Luego se vistió rápidamente. Besó a Irma que, en bata, estaba tomándose un café en la cocina. Tampoco ella presentaba su mejor aspecto. El día anterior habían charlado sobre lo que significaba para ellos la desaparición de Martha. También de la vigilancia que los agentes de la Gestapo habían establecido por las inmediaciones de su vivienda. Sobre ello les había informado Hermann, extrañado al comprobar que, permanentemente, había un individuo deambulando por los alrededores. Había llamado a la comisaría para dar aviso y le habían dicho que era un policía. Informó puntualmente a la esposa del general. El matrimonio Jodl había vuelto a hablar asimismo de los datos que el doctor Kessler había proporcionado al general y de la preocupación de que alguien del círculo más próximo a él en el OKW estuviera facilitando alguna clase de información al enemigo.

En los medios de comunicación —periódicos y emisoras de radio— las autoridades alertaban continuamente a la población de la existencia de espías y agentes enemigos infiltrados, solicitando su colaboración para desenmascararlos.

El general salió de su casa y encontró a Otto fumando un cigarrillo. Al verlo aparecer por la puerta repitió lo que era casi un ritual: tiró al suelo la colilla y la aplastó con la suela de su bota, le abrió la puerta del vehículo y se cuadró militarmente, manteniéndose en el primer tiempo del saludo hasta que el general quedaba acomodado en el asiento trasero. Luego, como era habitual también, Otto se puso al volante y preguntó:

—¿Al despacho, mi general?

—Sí, pero primero pasaremos por las oficinas de la Abwehr.

El recorrido era prácticamente el mismo. La sede central del servicio secreto estaba junto al edificio del OKW en la Tirpitzufer. En la puerta de la Abwehr, un oficial de la Kriegsmarine aguardaba. Al verlo, Jodl pensó que a Canaris no se le olvidaba su condición de marino.

A las ocho y cuarto el oficial que lo había acompañado llamaba a la puerta del despacho de Canaris, quien recibió afectuosamente al general. Había una corriente de simpatía entre los dos hombres derivada de su no pertenencia al círculo de los prusianos que predominaba en la élite militar germana desde la época del canciller Bismarck.

—¿Café, té...?

—Nada, almirante. Muchas gracias.

Un gesto de Canaris bastó para que el oficial los dejase solos.

Tomaron asiento y no se entretuvieron en preámbulos.

—Permítame agradecerle que me haya recibido de

forma tan inmediata. Soy consciente de que los compromisos…

—No tiene la menor importancia. Además, con lo que me anticipó ayer me dejó intrigado. Aunque si pudiera contarle algunas cosas… vería que su situación ni es excepcional ni tan infrecuente como imagina.

El almirante, que jamás fumaba, abrió la caja de tabaco que había sobre una mesita auxiliar y le ofreció a Jodl.

—¿Un cigarrillo?

Jodl era riguroso incluso con el tabaco, pero no pudo resistir la tentación.

—Muchas gracias.

Canaris le dio fuego y Jodl explicó lo ocurrido, la presencia de la Gestapo y su visita al doctor Kessler.

—¿Son documentos importantes?

—En ellos está descrita la Operación Félix.

—¿Qué operación es esa?

—Es como se ha denominado la operación para la conquista de Gibraltar.

—¿Hay alguna razón para haberla bautizado así?

—Digamos que fue la sugerencia adecuada de alguien, hecha en el momento oportuno.

—Comprendo. ¿Por qué sospecha que hay un topo en su círculo más próximo?

—Porque quienes fotografiaron la documentación sólo podían saber que estaba en mi cartera si alguien se lo había dicho.

—No necesariamente —replicó Canaris.

—¿Qué…, qué quiere decir?

—No olvide, general, que usted es el jefe del departamento de Mando y Operaciones del OKW. La documentación que guarda en su cartera es una tentación para cualquier agente enemigo. ¿Esas huellas que ha encontrado sólo estaban en los papeles referidos a la Operación Félix?

—Sí.

—¿Tiene la certeza de que quienes entraron en su domicilio iban a por esa documentación en concreto?

—No estoy seguro.

—Dígame, general, ¿guardaba otra documentación en su cartera?

—No. La de la Operación Félix era la única documentación que esa noche tuvieron en sus manos esos desconocidos...

—Esos desconocidos, como usted los llama, son agentes británicos del MI6. Sabemos que tienen a varios de ellos operando en Berlín.

—Esa documentación está guardada en un sobre. Consideré que nadie más debía tocarla.

—Hizo muy bien. Si se hubiera contaminado, resultaría inútil para nuestro propósito. Entrégueme ese sobre. Creo que podremos hacer un buen trabajo.

Jodl entregó el sobre a Canaris, quien se puso en pie. Jodl también se levantó.

—General, quédese tranquilo. Toda la investigación se llevará a cabo con la máxima discreción. Olvídese de esos espectáculos que suele montar la Gestapo. El nuestro es un servicio secreto. Le aseguro que si entre sus colaboradores existe un topo lo cazaremos. Será mucho antes de lo que usted se imagina.

—Lo veo muy optimista.

—No hay mejor pista para localizar a ese topo que conocer su existencia y tenerlo situado en un ámbito concreto. Una última cuestión, Alfred... —Por primera vez el almirante lo llamaba por su nombre de pila—. Debe actuar con absoluta normalidad. No puede dar ninguna pista al traidor, si es que existe. Supongo que en su entorno saben que se produjo el robo de las joyas de su esposa.

—Supone bien.

—Cada hora que pase hará que el topo se sienta más seguro. Llegará al convencimiento de que usted no sospecha que han hurgado en su cartera.

Canaris y Jodl se estrecharon la mano, olvidándose de los protocolarios saludos a voz en cuello que los nazis habían establecido como obligatorios. El almirante pareció recordar entonces algo.

—Hay…, hay una cosa que deberíamos revisar. Es una simple precaución.

—¿Revisar? ¿A qué se refiere?

—Al teléfono que supongo tendrá en su despacho. Me refiero al de su casa. Los agentes del MI6 pudieron dejarlo «pinchado».

—Entonces, ¿podrían haber escuchado mis conversaciones? —preguntó Jodl, alarmado.

—Es una posibilidad. Controlar un teléfono es mucho más fácil de lo que usted se imagina. Hoy se dispone de una tecnología que permite llevar a cabo cosas que hace sólo unos años se tenían por imposibles. Debemos revisarlo.

—¿Dispone de técnicos para ello?

—Jodl, la pregunta me ofende.

—Me gustaría estar presente.

—Es lógico. ¿Cuándo quiere que vayan? Sólo necesitan revisar su aparato. Aunque… Se me está ocurriendo… —Canaris consultó el reloj—. ¿Puede quedarse aquí un momento más?

—Desde luego.

—Entonces, tome asiento, general. Seré breve.

En cinco minutos Canaris explicó a Jodl lo que acababa de ocurrírsele.

El general no lo dudó.

—Me parece una buena idea.

Jodl abandonó la sede de la Abwehr sin la certeza con que había entrado. Ahora tenía dudas de que uno de sus más íntimos colaboradores fuera un traidor. La traición era algo que le resultaba difícil soportar. El armisticio que puso fin a las hostilidades en la Gran Guerra fue considerado por él, como por muchos jefes y oficiales de la Wehrmacht, una traición. Entonces le costó trabajo admitir que los sacrificios de sus hombres y la vida de tantos valientes en las trincheras no había servido para nada. La diferencia era que hacía más de veinte años la idea de traición fue un sentimiento compartido por muchos hombres. Ahora se había encontrado solo. Sentía esa traición como algo estrictamente personal, y eso la hacía mucho más dolorosa. Irma, la única persona con quien había compartido su preocupación, estaba angustiada con la desaparición de Martha. Haberse desahogado con el máximo responsable de la Abwehr había tenido un efecto balsámico y había abierto una luz a la esperanza.

Pasó el resto de la jornada trabajando con sus colaboradores. Una vez que el Führer había dado su visto bueno a que la Operación Félix se basara en un ataque terrestre que contaría previamente con un importante apoyo aéreo, estudiaron diferentes zonas donde las tropas que protagonizarían el asalto a Gibraltar podrían entrenarse. Buscaron un territorio de características parecidas al Peñón. Habían consultado a dos geólogos, sin darles detalles sobre la operación, para completar datos de interés sobre el relieve de la zona. La jornada de trabajo se había cerrado con una buena noticia. El capitán Liebermann le había informado de que el coronel Schäffer y su equipo de expertos que recogerían los datos de Gibraltar ya estaban en Madrid y al día siguiente saldrían para Algeciras.

Eran las cinco de la tarde cuando el general Jodl abandonó su despacho. Margarethe, su secretaria, avisó a Otto. Cuando salió estaba esperándolo en la pequeña zona reservada para aparcamiento junto a la puerta de la sede del OKW.

—A casa, Otto —indicó al chófer antes de que este preguntara.

El trayecto fue rápido. Quince minutos después Hermann se acercaba a saludarlo.

—Buenas tardes, mi general.

—Buenas tardes, Hermann. ¿Qué tal el día?

El portero ignoró la pregunta.

—¿Sabe que el teniente Singer y el agente Lohse se encuentran en su apartamento?

—¿Hace mucho que llegaron?

—Cerca de una hora, mi general.

Jodl entró sin detenerse, preguntándose si habría noticias de Martha. No utilizó el ascensor. Cuando subía solo a su apartamento lo hacía generalmente por la escalera. Lo consideraba un buen ejercicio en una vida demasiado sedentaria. Estaba encantado con su trabajo en el OKW, pero echaba de menos el mando directo sobre las unidades.

El ruido de la llave en la cerradura fue suficiente para que Irma acudiera a su encuentro. Le bastó ver la expresión de su rostro para saber que había ocurrido algo importante.

Su esposa se abrazó a él y le susurró al oído:

—La policía está aquí, Alfred.

—Lo sé, querida. Me lo ha dicho Hermann antes de que pusiera los pies en el suelo. ¿Qué ha ocurrido?

—El teniente Singer me ha contado una historia horrible. No puede ser cierta. Estoy…, estoy desconcertada. ¡No sé qué ha podido suceder!

—Tranquilízate, Irma. —Jodl acariciaba suavemente la espalda de su esposa—. ¿Qué te ha contado el teniente?

—Algo horrible, Alfred —repitió sin deshacer el abrazo—. No puedo darle crédito.

—Irma, responde a mi pregunta, por favor.

—Afirma que Martha ha cometido un asesinato. ¡Imagínate, Martha una asesina! ¡Eso es imposible! ¡No puedo creerlo! Singer asegura que todas las piezas encajan.

Con mucha suavidad el general deshizo el abrazo.

—Creo que será mejor que sea él quien me lo explique.

El general miró a su esposa y se dio cuenta de que estaba a punto de romper a llorar. Irma apenas tuvo resuello para decirle:

—Pasa al salón. ¡Esto parece una pesadilla!

—A veces las cosas no son lo que parecen, querida. Ya sabes... Las apariencias engañan.

—¡Alfred no sé cómo puedes decir eso! ¡Han sido seis años! ¡No se guardan las apariencias tanto tiempo!

—Vamos al salón, querida.

Singer y Lohse se pusieron en pie al ver asomar por la puerta al general.

—*Heil Hitler!* —lo saludó el teniente.

Su voz sonó extravagante en aquel ambiente. Jodl los invitó a sentarse.

—Supongo que su presencia tiene una explicación.

El teniente Singer lo puso al corriente. Le explicó la coincidencia de Martha en el hospital con la hora de la muerte de Angela Baum. Su marcha sin dejar constancia de su salida del centro hospitalario. La conversación con el doctor Obermaier, la visita a la morgue, el descubrimiento del extraño pinchazo que aparecía en el cadáver de Angela Baum y la decisión de hacerle la autopsia. Se reservó la información, como había hecho cuando contó todo aquello a *frau* Jodl, que sobre la familia Steiner le había facilitado la policía de Kiel. Quería asestar a la esposa del general el golpe definitivo, pero en su momento. Singer estaba muy molesto, y que *frau* Jodl hubiera presentado una denuncia por la desaparición de Martha había sido para él la gota que colmaba el vaso.

El general lo escuchó en silencio, sin interrumpirlo una sola vez. Para Jodl las formas eran importantes. Cuando Singer concluyó, se limitó a formularle una pregunta:

—¿Tienen los resultados de la autopsia?

Con una mirada, Singer invitó a Lohse a responder.

—Hemos resuelto los trámites administrativos, mi general. Esta mañana, el cadáver de Angela Baum ha sido trasladado al Centro de Anatomía Forense. En pocas horas tendremos los resultados. Dadas las circunstancias..., hemos pedido prioridad.

Jodl asintió con ligeros movimientos de cabeza.

—Eso significa que el asesinato de Angela Baum es una suposición...

En aquel momento sonó insistentemente el timbre de la puerta. Quien llamaba debía de tener mucha prisa. Irma Jodl acudió a abrir y se encontró con Hermann acompañado de dos hombres que identificó como de la Gestapo. Uno de ellos llevaba en la mano un sobre.

—Disculpe, *frau* Jodl... —El portero parecía muy nervioso—. Estos señores preguntan por el teniente Singer. Al parecer, tienen que comunicarle algo muy urgente.

—El teniente Singer dejó instrucciones de que si se recibía en la comisaría un sobre del Centro de Anatomía Forense se le trajera inmediatamente. —El agente mostró el sobre.

Irma Jodl los invitó a pasar al pequeño recibidor.

—Entre usted también, Hermann. Aguarden un momento. Singer acudió al vestíbulo e intercambió con los agentes los saludos rituales.

—Mi teniente, aquí tiene la documentación que esperaba.

Singer cogió el sobre.

En el membrete aparecía la dirección del Centro de Anatomía Forense, un sello en tinta negra donde podía verse: *DRINGEND* —*URGENTE*— y otro en tinta roja, muy llamativo, en el que se leía: *VERTRAULICH* —*CONFIDENCIAL*—. Frunció el ceño al percatarse de que había sido abierto.

—¿Quién lo ha manipulado?

—Habrá sido el comandante Reber, mi teniente. Él es quien nos lo ha entregado.

Singer se limitó a extraer dos folios, que leyó apresuradamente y, sin decir palabra, volvió al salón haciendo caso omiso del comentario del agente que le había entregado el sobre.

—Mi teniente, también tengo que informarle...

La expresión de Singer era triunfal.

—El resultado de la autopsia. —Dejó transcurrir un par de segundos—. Angela Baum fue asesinada. La muerte se la causó un potente veneno que le fue administrado por vía intravenosa. —No podía disimular su satisfacción—. ¡La marca que tenía en el brazo se la causó esa inyección letal!

—¿Considera que Martha Steiner es la asesina?

—No tengo la menor duda, mi general. Todos los datos apuntan hacia ella.

—Si lo último que ha afirmado fuera cierto, tendría usted un serio problema, teniente.

—¿Qué problema, *frau* Jodl?

—Que para que se cometa un asesinato tiene que haber un motivo, ¿no le parece?

La esposa del general se había convertido en el ángel guardián de Martha.

—Simplemente, no conocemos el motivo. Cuando atrapemos a Martha Steiner, lo sabremos.

—Disculpe, mi general. —Era la voz de Hermann desde la puerta del salón.

—¿Qué ocurre?

—*Frau* Jodl, uno de los agentes que aguarda en el vestíbulo tiene que dar una información al teniente Singer. Dice que se trata de algo muy importante.

—Ya me ha entregado el sobre.

—Creo..., creo que también tiene que comunicarle algo.

—Discúlpenme.

El teniente abandonó contrariado el salón.

Cuando regresó al cabo de un par de minutos era otro hombre. Estaba exultante.

—¡Angela Baum era una agente del servicio secreto!

—¿Una espía inglesa? —preguntó alarmada Irma Jodl.

—No, *frau* Jodl. Angela Baum era agente de la Abwehr. Había regresado de Londres hacía pocas semanas. Los británicos la habían descubierto, pero logró salir de Gran Bretaña. Sospecho que tenemos el motivo de su asesinato.

En el salón se impuso durante unos segundos un silencio cortante. El general y su esposa intercambiaron una mirada. Aquella noticia encajaba con algo que la policía ignoraba: quienes habían entrado en su domicilio eran agentes del MI6.

—¿Piensa que Martha Steiner estaba al servicio de los británicos?

Singer se abrió de brazos.

—No lo afirmaría con rotundidad, *frau* Jodl... Pero los hechos están ahí. Para su conocimiento —añadió con cierto retintín—, la informaré de que en todos los servicios de espionaje existe lo que se llama «durmientes». No responden al perfil que comúnmente se tiene de los espías.

Estrictamente no lo son; en realidad, se trata de personas que por alguna razón están dispuestas a colaborar en un momento determinado. Su vida transcurre de forma rutinaria... hasta que llega ese momento en que se los necesita y entonces reciben instrucciones. Por lo general, desaparecen después de actuar.

—¿Insinúa que Martha ha sido una espía «durmiente» de los británicos?

—Me he limitado a proporcionarle ciertos detalles que en mi opinión son esclarecedores. Le diré que un espía «durmiente» es un enemigo público y que sus acciones están condenadas con la pena de muerte.

Irma Jodl, visiblemente nerviosa, encendió un cigarrillo.

—Me cuesta trabajo creer que Martha sea una ladrona o una asesina, y menos aún una espía.

—La comprendo, *frau* Jodl. —Singer parecía condescendiente; en realidad, estaba preparándose para asestar el golpe definitivo—. Aun así, este caso es muy simple. Martha Steiner es una peligrosa activista. Según nuestros informes, es una enemiga del Reich. Usted no estaba al tanto porque desconocía sus antecedentes.

—¿Qué..., qué quiere decir?

—Martha Steiner es la hija de un tipógrafo revolucionario, un seguidor de Rosa Luxemburgo, que más tarde fue militante del KPD y llegó a presentarse a las elecciones de 1932. Después del incendio del Reichstag la familia de Heinrich Steiner desapareció de Kiel. Usted, *frau* Jodl, me dijo que Martha Steiner llevaba seis años trabajando en su hogar.

—Así es, en efecto.

—Estamos ante una enemiga del Reich que ha colaborado con agentes del servicio secreto británico. Posiblemente aceptó su oferta, *frau* Jodl, para prestar ayuda a los ingleses cuando llegara el caso. No ha actuado por dinero, sino por ideología. Esa es la gente más peligrosa. La desaparición de la familia Steiner de Kiel se produjo en 1933. Probablemente por entonces se hicieron la fotografía que ella ha conservado en su dormitorio.

Irma Jodl estaba abatida. Las afirmaciones del teniente eran de una lógica aplastante. Pese a todo se negaba a creer que Martha hubiera aguardado seis años para asestarles un golpe como aquel. En la casa había ido mucho más allá del cumplimiento de sus obligaciones. Recordó la dulzura con que Martha la había atendido en las dos ocasiones en que había estado gravemente enferma.

—Cuando dice que la familia Steiner desapareció en 1933, ¿a qué se refiere? Como yo misma le expliqué, murieron en un accidente.

—No existen pruebas de su muerte, *frau* Jodl. La policía de Kiel no tiene constancia del fallecimiento de los padres de Martha ni tampoco de su hermano. No descartamos la posibilidad de que estén camuflados y se dediquen a cometer acciones subversivas.

—Me cuesta trabajo creerlo. No puedo imaginarme a Martha…

La ceniza del cigarrillo que Irma Jodl tenía entre los dedos cayó en su regazo. Casi se había consumido sin que se lo fumara.

—Como usted sabe, las apariencias engañan. —Singer dio una vuelta de tuerca más a su particular duelo con *frau* Jodl—. Me temo que la historia del accidente de tren fue una burda mentira de la que Martha se sirvió para explicarles que era una…, una huérfana desvalida. Esa es una imagen que suele dar resultados muy favorables para quienes la utilizan con fines poco confesables. En cualquier caso, la fecha de la desaparición de los Steiner encaja con la aparición de esa mujer en sus vidas. Antes o después la encontraremos, y les aseguro que nos aclarará algunas cosas. Por cierto, *frau* Jodl, nos sería de gran ayuda para la investigación contar con la fotografía de Martha Steiner. ¿Le importaría dárnosla?

—Se la traigo ahora mismo —accedió de mala gana Irma Jodl.

19

El teniente Singer, que no había disimulado su satisfacción viendo a la esposa del general abrumada a causa de la información que él le había revelado, no pudo contener una exclamación de euforia mientras esperaba el ascensor. No se atrevió a hacerla en voz alta por temor a que alguien más que no fuera el agente Lohse pudiera oír sus palabras.

—¡Estas aristócratas que creen seguir viviendo en los tiempos del káiser...!

—¿La esposa del general Jodl es aristócrata? —preguntó Lohse.

—¿No se le nota? —exclamó Singer. Lohse se encogió de hombros—. Es altiva, orgullosa, no da su brazo a torcer, aunque se le muestren evidencias. Su nombre de soltera era Irma Gräfin von Bullion. La familia Von Bullion pertenece a la aristocracia de Suabia. Nunca han sido entusiastas de nuestro Führer ni de nuestro glorioso Reich. Es una mujer muy extraña.

—¿Por qué lo dice, mi teniente?

—¿Acaso no te has percatado de que se toma como algo personal la defensa de esa bolchevique? ¿Has visto la cara que se le ha quedado cuando le he explicado qué clase de gente son los Steiner?

—La verdad es que se ha quedado muy sorprendida.

—Yo diría que pasmada. No se lo esperaba.

Entraron en el ascensor y, una vez cerradas las puertecillas, Lohse comentó:

—Ella vive una situación dolorosa. Se resiste a aceptar que Martha Steiner la haya traicionado de esa forma.

Iba a decir algo más, pero Singer, que no había prestado atención al comentario de Lohse, exclamó exultante:

—¡Lo supe desde el primer momento! Una vez más, mi olfato no me ha fallado. ¡Es una zorra comunista que ha estado disimulando todos estos años! ¡Cuando caiga en nuestras manos, porque antes o después caerá, vamos a enseñarle algunas cosas!

El ascensor descendía lentamente. Lohse escuchaba en silencio a su jefe, sin discrepar, pero sin asentir. Hermann no estaba en la portería, y cuando salieron a la calle Lohse vio al agente que prestaba servicio de vigilancia.

—Mi teniente, ¿mantenemos nuestra guardia ante la casa del general?

—Su presencia es poco práctica. Los ladrones no van a volver y la criada tampoco. Pero es una orden del comandante.

—¿Está seguro de que Martha Steiner no regresará, mi teniente?

—Por supuesto, ¿tú no?

Lohse solía encogerse de hombros cuando tenía dudas sobre lo que su jefe decía. Así evitaba formularlas de forma explícita. Sabía que a Singer no le gustaba. Sin embargo, en esa ocasión, sin saber muy bien por qué, decidió ir un poco más allá.

—No sé, mi teniente. En todo este asunto hay algo que no acaba de cuadrarme.

Singer se detuvo y miró a su subordinado con aire displicente.

—¿Te importaría explicarte?

—¿No le parece extraño que si Martha Steiner es una espía haya esperado seis años para actuar?

—¿No me has oído cuando me he referido a los espías durmientes? Ha actuado cuando se lo han pedido. Por eso no ha mostrado su verdadera cara en todos estos años.

—Mi teniente, podría haber robado las joyas sin necesidad de tener cómplices.

—Eso la habría delatado.

—Si los cómplices eran la pantalla, ¿por qué no ha regresado? A Singer le incomodó la última pregunta. Lohse era un imberbe que se atrevía a cuestionar sus planteamientos, algo que nunca había ocurrido hasta entonces. Decidió darle un escarmiento.

—Veo que tienes dudas sobre la culpabilidad de Martha Steiner…

—Mi teniente, yo…

—No me interrumpas y déjame hacerte una pregunta. ¿Por qué la noche del robo Martha Steiner no regresó a casa del general? Dame una razón, sólo una.

—Pudo tener alguna complicación.

Singer se detuvo y miró fijamente a Lohse.

—¿Una complicación que dura ya una semana? ¡No digas tonterías! ¡Te queda todavía mucho por aprender!

—Tampoco encuentro relación entre el robo de las joyas y la muerte de Angela Baum. ¿Qué tiene que ver un hecho con el otro? Relacionar esas dos cosas me parece una especulación arriesgada.

—¡Cómo te atreves a decir eso! ¿Insinúas que cuando he acusado a esa bolchevique estaba especulando sin sentido? No he sostenido que la muerte de Angela Baum tenga relación con el robo, sino que la presencia en el hospital de Martha Steiner justo en ese momento hace pensar que está involucrada. ¡Cuánto te queda por aprender, Lohse! ¡Cuánto te queda por aprender!

Irma Jodl se dejó caer en uno de los dos sillones tapizados en cuero que había junto a la ventana del salón, mientras su marido permanecía de pie con la mirada perdida a través del cristal. Todo el empaque que la esposa del general había mostrado en el duelo dialéctico mantenido con Singer se vino abajo de golpe. Estaba abrumada. Martha, como Hermann había dicho al teniente, era para ella como la hija que no había tenido. Era incluso su confidente para las desavenencias conyugales que a veces tenía con Alfred, casi siempre a cuenta de su rechazo a muchas de las cosas que se rumoreaban acerca de sucesos oscuros y a las que su marido no prestaba crédito.

Sacó el pañuelo que siempre llevaba en la manga y se enjugó los lagrimones que corrían ya por sus mejillas. Mientras Singer y su ayudante habían permanecido allí, había realizado un verdadero esfuerzo para no llorar. Era algo que de pequeña le habían enseñado en su familia. Había respondido de una forma que su madre, si la hubiera visto, se habría sentido orgullosa. Pero ahora, cuando ya no necesitaba mantener la imagen de dignidad a la que se consideraba obligada, se permitió dar rienda suelta a sus sentimientos. La embargaba tal mezcla de indignación y tristeza que hubo de esforzarse para poder hablar.

—Alfred, me cuesta trabajo creer lo que Singer nos ha contado. ¡Es tan…, tan horrible! ¡Martha una espía! ¡Una espía que no ha vacilado en matar! Tú… ¿Tú qué piensas de todo esto? Has estado todo el tiempo muy callado. ¿Por qué no has hecho ninguna mención a lo que te dijo Kessler?

—Porque no acabo de ver las cosas tan claras como el teniente. No las veo claras porque, como a ti, me resulta extraño ese comportamiento en Martha. Si fuera una espía, la actitud que ha tenido con nosotros durante todos estos años habría sido otra. Podría haberse limitado a cumplir con su obligación. Podría haberse mostrado mucho más distante. Por otro lado, hay algunos detalles que no encajan.

—¿A qué te refieres?

—Fíjate bien, Irma… De haber sido Martha una espía y haber facilitado el acceso a esos agentes al contenido de mi cartera, ¿por qué no se quedó en casa para ayudarlos?

Irma Jodl decidió hacer de abogado del diablo.

—¿Y si Martha actuó así para tener una coartada? Quizá sólo les proporcionó la llave.

—Eso sería lógico en caso de que hubiera tenido el propósito de volver aquí. Pero Martha ha desaparecido. Otra cuestión es que no encaja que dijera que iba al Saint Paul.

—¿Por qué?

—Porque se habría delatado, si su pretensión era acabar con la vida de Angela Baum. Ella dispone de su tiempo libre. Bastaba con que te hubiera dicho que iba al cine o a pasear. Explicar que acudía a ese hospital era dejar una pista demasiado evidente.

—Sin embargo, es muy probable que la policía hubiera sabido que estuvo allí, al comprobar que fue a verla. Según el teniente, su presencia en el Saint Paul está anotada en el registro de visitas del hospital. Precisamente a la misma hora en que se produjo la muerte de esa mujer.

—Es cierto, pero posiblemente la Gestapo no lo habría sabido jamás. El teniente ha dicho que el médico que atendía a esa tal Angela Baum había consignado que su muerte se había producido a causa de un fallo cardíaco.

En el mejor de los casos, la policía habría necesitado algún tiempo para atar esos cabos, y para alguien que pretende huir el tiempo de que disponga es fundamental. También está la desaparición de tus joyas. ¿No te parece extraño? Si entraron a por unos documentos, ¿por qué se las llevaron? Ese robo sólo podría delatarlos. Es cierto, aunque también era la forma de despistar en caso de que los descubrieran, como ocurrió con la inesperada presencia de Hermann. Era la mejor forma de ocultar su verdadero objetivo. Si no hubiera sido por el pequeño desliz de no colocar la grapadora en su sitio... Debió de estorbarles en un momento determinado para realizar las fotografías que hicieron a los documentos. Si Martha hubiera sido su cómplice les habría advertido del cuidado que ella misma debe tener cuando limpia mi despacho. Sabe que no soporto que las cosas no estén en su sitio. Esos tipos son profesionales. No suelen cometer errores. Si hubieran estado advertidos...

—Si no fueron capaces de evitar que Hermann los descubriera, ¿por qué no admitir que tuvieron ese pequeño desliz? Es probable que para hacer esas supuestas fotografías necesitaran desplazar algunos objetos más y que luego los colocaran en su sitio..., todos salvo la grapadora.

—La desaparición de Martha, que la convierte, por otra parte, en la principal sospechosa, es lo más preocupante. Eso... y que la muerte de Angela Baum coincidiera con la hora en que ella la visitó.

20

Madrid

Leandro se preguntaba de qué medios se habría valido Walton para conseguir aquel pedido que había hecho tocar al señor Benítez el cielo con las manos.

—Así que… tiene que ponerse en camino.
—¿Ha previsto ya la fecha para esa visita?
—Debe partir hoy mismo, San Martín.
—¿Hoy mismo? Mañana tengo que ir a Talavera de la Reina…
—¡Olvídese de esas minucias! Esta oportunidad hay que agarrarla bien. Imagínese…, ¡ochenta mil duros! —Pronunció por tercera vez la cifra y lo hizo casi con devoción—. ¡Es la facturación de más de medio año! Hoy mismo toma usted el tren a Algeciras.
—¿Habrá billetes?

Leandro se agarraba a cualquier posibilidad. Necesitaba hablar con Amalia y saber qué papel había desempeñado en todo aquello que se le venía encima.

—Eso estará resuelto. Ya conoce la eficiencia de Amalia. Disculpe un momento.

Descolgó el teléfono. La voz de Amalia sonó en el auricular.

—¿Dígame, señor Benítez?

—¿Ha resuelto lo de los billetes de San Martín?

—Sí, señor. Tiene que coger un expreso que sale a las dos menos cuarto de Atocha.

—Muchas gracias, Amalia. —Benítez colgó el teléfono—. Sale dentro de poco más de dos horas y media.

—Pero..., pero no tengo tiempo, señor Benítez —protestó Leandro.

—Sólo debe preocuparse de hacer su equipaje y de ponerse en camino, amigo San Martín. —Era la primera vez que lo llamaba «amigo» desde que lo conocía—. Amalia le dará más información sobre el viaje. ¡Ah! No repare en gastos, tenemos que dar la mejor imagen. —Se arrepintió al instante de aquella prodigalidad—. Aunque evite los excesos... que siempre resultan perjudiciales. En cualquier caso, alójese en un sitio que nos deje a la altura que ese cliente espera de nosotros. Así pues..., ¡no pierda un minuto! Negocios como este no se tienen todos los días. ¿Alguna pregunta?

—Ninguna, señor Benítez. Sólo..., sólo reiterar que estoy verdaderamente sorprendido.

Leandro temía que todo fuera una farsa que acabara costándole un serio disgusto. Aunque el mayor de los peligros no era de carácter laboral. En realidad, lo que se estaba jugando era la vida. El comandante Ares tenía mucha razón cuando había dicho que uno no puede dejar de ser quien es, por mucho que quiera transformarse.

—¡Amigo mío, eso no sólo le ocurre a usted! Todos estamos sorprendidos. ¡No se imagina la cara de perplejidad que ha puesto Amalia cuando se lo he contado! Si le digo la verdad, esto tiene algo de... —Iba a decir milagroso, pero se corrigió—. Tiene algo de prodigioso.

Benítez cogió un sobre que había encima de la mesa y se lo entregó a Leandro.

—Aquí lleva todos los datos que pueden serle necesarios: la dirección de la razón social de nuestro cliente, un número de teléfono y el nombre de una de las secretarias de don Serafín Távora. Además he incluido varias cartas de presentación para posibles clientes y copias del modelo de contrato. También consta el número del teléfono de mi casa, por si tuviera necesidad de ponerse en contacto conmigo fuera del horario de oficina. Espero que saque todo el provecho que el viaje promete.

—Lo intentaré.

—Y esto es un regalo muy especial. ¡Un portafolio!

—Muchas gracias, señor Benítez. Me…, me parece excesivo.

Leandro cogió la elegante cartera de mano en piel negra. Con ella parecería un alto cargo de una empresa de primer nivel

—¡No puede ir de cualquier forma! ¡Usted es la imagen de esta firma, San Martín!

Se levantó y le estrechó la mano, dando por terminada la reunión.

—Amalia también le facilitará dinero para los gastos. Infórmeme a diario. Y ahora…, ¡no pierda un minuto! ¡Ah! Se me olvidaba algo muy importante. Una vez que el pedido quede formalizado, don Serafín me ha indicado que ingresarán el veinte por ciento del importe. Usted será mis ojos y mis oídos. Compruébelo todo. Por eso he añadido a la comisión habitual una prima de cuatrocientos duros. ¿Qué le parece?

Con sus estrecheces, cuatrocientos duros se le antojaron una fortuna a Leandro.

—Me parece…, me parece increíble.

Benítez lo acompañó hasta la puerta y le estrechó la mano.

—¡No deje de informarme! ¡Ni un solo día!

—Quédese tranquilo.

Leandro cerró la puerta y resopló con fuerza sin darse cuenta de que Mateos aguardaba en el pasillo. Andaría por los treinta y cinco años, tenía cara de boxeador y el pelo grisáceo cortado a cepillo. Su voz era ronca, demasiado cascada para su edad. Fumaba un pitillo.

—Por lo que veo, el señor Benítez está muy locuaz esta mañana —gruñó—. Locuaz y generoso —añadió mirando el portafolio.

Leandro vio dos colillas en el cenicero que había sobre la consola. Mateos llevaba un buen rato esperando.

—Eso parece, Mateos.

Para aprovechar alguna calada cuando saliera, apagó cuidadosamente el cigarrillo y dejó la colilla en el cenicero que estaba junto a una foto del señor Benítez y un sacerdote con estola e hisopo.

Era del día en que bendijeron las instalaciones de la empresa, a las pocas semanas de finalizar la guerra.

—Pásate luego por el almacén. —Bajó la voz hasta quedar en poco más que un susurro—. Te tengo preparadas las medias y los sostenes.

Leandro iba a decirle algo, pero se limitó a asentir y se alejó por el pasillo pensando en cómo Walton podía haber movido los hilos con tanta rapidez. Se preguntaba quién sería aquel cliente y para qué querría tanta ropa de cama, porque dudaba que hubiera sido el ejército el que estuviera detrás del encargo. Eso era algo que no se podía improvisar. Llegó a la mesa de Amalia, que estaba cotejando documentos contables. Ella lo había visto acercarse a través de la mampara.

—¿Qué tal con el señor Benítez? —le preguntó sin darle tiempo a abrir la boca. Miró el portafolio—. Por lo que veo, te ha equipado con esmero.

Leandro alzó la cartera y esbozó una sonrisa.

—Me cuesta trabajo creerlo, Amalia. ¿No te parece que todo esto es muy extraño?

—La verdad…, sí. Un pedido como ese… ¡hacerlo por teléfono!

—Me ha dicho que lo llamó el director general del Banco del Comercio.

—Pensó que quizá fuera una trampa y que alguien estuviera haciéndose pasar por él. Pero cuando esta mañana el director de la sucursal salió a saludarlo, lo invitó a entrar en su despacho y hasta le ofreció café, se convenció de que esto va en serio.

—Me lo ha contado.

—Don Francisco ha avalado la solvencia de esa sociedad y ha comentado al señor Benítez que ser proveedor de Távora y Canales supone abrir una puerta muy importante.

—Lo que me extraña es que hayan puesto, poco menos que como condición, que he de ser yo quien negocie los detalles de la operación. No me lo explico. —Leandro miraba a Amalia buscando un gesto, un detalle—. El señor Benítez me ha dicho que don Serafín Távora dejó claro su deseo de que fuera yo quien viajara a Algeciras. Es tan extraño…

Con una sonrisa en los labios, ella se limitó a indicarle:

—Siéntate, tienes que firmar el recibí del dinero y no dispones de mucho tiempo. El señor Benítez se ha mostrado tan generoso que me cuesta creerlo. —Amalia bajó la voz—. Me ha encargado que te dé seiscientas pesetas en metálico y dos cheques por valor de trescientas cada uno.

Leandro dejó escapar un silbido.

—¡Con razón me ha dicho que tenemos que dar buena imagen! ¡Con ese dineral voy a parecer un magnate!

—Tú ríete. Pero ya sabes cómo son las cosas en esta casa. Cuando vuelvas, tendrás que justificar hasta el último céntimo. Por la cuenta que te trae, no te olvides de ir guardando todas las facturas. Por lo visto, el señor Távora va a facilitarte algunos contactos. Eso te entretendrá algunos días por la zona.

Leandro dudaba si preguntarle allí mismo por la dichosa carta. Ahora que tenía a Amalia delante, la oficina no le parecía un sitio adecuado. Pero no iba a tener otra oportunidad hasta que regresara de Algeciras..., si es que regresaba.

—Toma —le dijo Amalia mojando la punta del plumín en el tintero—. Firma aquí y aquí, donde pone «recibí». Ten cuidado, no vayas a hacer un borrón.

Leandro puso su nombre y rubricó con mucha parsimonia. Mientras buscaba la forma de plantearle lo que deseaba saber, le preguntó:

—¿Así que el tren sale para Algeciras en menos de dos horas y media?

—No vas directamente a Algeciras. —Amalia utilizó un secante para que la tinta no se corriera, guardó los recibos en una carpeta y cogió un folio pulcramente mecanografiado—. Ahí tienes los detalles del viaje.

—¡Deberé hacer un montón de transbordos!

—Me temo que estarás metido en el tren cerca de treinta horas.

—Salgo de Atocha en un expreso que va a Alcázar de San Juan. Allí tengo que hacer transbordo y coger otro que me llevará hasta... ¿Espelúy?

—Sí. Es un pueblo de la provincia de Jaén —le aclaró Amalia.

—Allí vuelvo a hacer transbordo y tengo que ir a Córdoba y luego a Bobadilla, en la provincia de Málaga, para tomar el tren que me llevará a Algeciras. ¿Cuándo llegaré a mi destino?

—Si no hay ningún impedimento, mañana sobre las

siete de la tarde estarás en Algeciras. Si hay retrasos y pierdes algún enlace…, ¡llegarás cuando Dios quiera!

—¡Esto más que un viaje es una aventura! ¿No hay otra forma de llegar?

—El directo a Algeciras sale a las doce de la noche. En ese caso el viaje dura unas veinte horas, incluido un cambio de tren en Córdoba.

—¿Quieres decir que también a las siete de la tarde?

—Si no sufre retraso.

—Entonces ¿por qué no cojo el que sale esta noche? Voy a llegar a la misma hora.

—Porque ese tren sale dos veces por semana. Salió anoche y no volverá a hacerlo hasta dentro de tres días.

—¡La Madre de Dios!

Amalia, que estaba metiendo el dinero y los cheques en un sobre, miró hacia los lados, comprobó que nadie lo había oído y le recriminó en voz baja:

—No digas esas cosas, Leandro.

—Lo siento, mi intención no era ofender. Pero es que el viajecito se las trae.

—Eso te pasa por…, por tener amistades tan importantes. Toma, ahí llevas el dinero. Guárdate el sobre, aunque si quieres contarlo…

—No hace falta.

—Ten cuidado con los cheques. Son al portador y puede cobrarlos cualquiera.

—¿Y los billetes del tren? ¿Dónde están?

—Tienes que recogerlos en la estación. Pregunta por Dionisio Pérez. Está en la ventanilla número ocho. Él te los entregará. No tienes que pagarlos, aunque no estaría mal que le dieses una propina. —Amalia miró el reloj que colgaba de la pared—. Son las once y media, y tu tren sale a las dos menos cuarto. Si no quieres perderlo…, tienes que irte ya.

—No sin que me respondas a algo a lo que llevo dos días dando vueltas.

La voz de Leandro había cobrado una entonación especial. Amalia notó que sus mejillas se ruborizaban y que el estómago se le encogía. Ocultó en el regazo las manos, agitadas por un temblorcillo que no podía controlar. La oficina no le parecía el lugar más apropiado para lo que esperaba oír, pero como todo había ocurrido tan precipitadamente y Leandro iba a estar fuera...

—¿Qué quieres decirme? —respondió con un hilo de voz.

—Verás, Amalia, tú eres la única persona..., tú eres la única persona...

Amalia no necesitaba mirarlo para saber que estaba pasando un mal trago. Le había sido difícil sincerarse con ella y contarle lo que había sido su verdadera vida. No le extrañaba que ahora le costara trabajo soltarle lo que ella llevaba esperando desde hacía tiempo, aunque ni remotamente lo había imaginado en aquellas circunstancias.

—Tengo entendido que te marchas para Algeciras, y por lo que me ha dicho el señor Benítez no te queda mucho tiempo.

La voz de Mateos había sonado a su espalda y Leandro estuvo a punto de soltar una maldición. En los ojos de Amalia brillaba la decepción. Se había roto la magia que ella había percibido. Por un momento aquel sitio había sido mucho más que la mesa donde se ganaba el sustento para vivir con muchos apuros.

También la voz de Leandro sonó bronca.

—Así es. Estaba recogiendo los papeles. Ya me iba.

—En ese caso, ¿por qué no me acompañas? No puedes irte sin que te lleves una cosa que me ha ordenado el señor Benítez. Leandro guardó el sobre con el dinero y los cheques en el bolsillo interior de su americana. También cogió el papel donde se especificaban los detalles de su viaje. Miró a Amalia y se marchó con la duda de no saber si ella había dado aviso al comandante. No se dio cuenta de la decepción de Amalia al quedarse sin oír lo que llevaba esperando varias semanas.

21

En Madrid el cielo estaba encapotado y amenazaba lluvia. En la calle Zurbano, frente a una casa con la fachada de ladrillo y adornos de azulejos que le daban un inconfundible aire andaluz, dos hombres, vestidos con traje oscuro y la cabeza cubierta con sombrero, descendieron de un vehículo que se detuvo sólo el tiempo necesario para que se apeasen. Con paso decidido se encaminaron hacia la embajada británica, que se encontraba muy cerca, en el número 16 de la calle Fernando el Santo. Al llegar a la puerta de la legación —una cancela de hierro primorosamente labrada—, llamaron a un timbre semioculto por la hiedra que trepaba por la pared junto a la verja. Un guardia acudió a abrirles, y unas palabras bastaron para que les franqueara el paso. En el vestíbulo se identificaron ante un circunspecto funcionario que, parapetado tras un pupitre de madera de nogal, recogía los datos a los visitantes. Les indicó un banco frente a su mostrador, les pidió que aguardasen e hizo una llamada telefónica. Unos minutos después apareció una mujer con aspecto de secretaria que se acercó a ellos con una sonrisa cortés y les ofreció su mano cuando se pusieron en pie.

—Soy Emma Talkington. ¿Tienen la bondad de acompañarme?

Subieron a la planta principal, y la señorita Talkington los condujo hasta una puerta donde podía leerse: PERSONAL ASSISTANT. La entreabrió sin esperar autorización.

—*Mister* Hopkins, los caballeros que esperaba acaban de llegar.

—Hágalos pasar —respondió un joven con inconfundible aire británico: chaqueta de *tweed*, chaleco de lana y pajarita, que acudió a su encuentro ofreciéndoles su mano.

—Caballeros, soy Lewis Hopkins, el nuevo secretario personal de *sir* Samuel. He hablado con uno de ustedes por teléfono.

—Encantado. —El hombre de mayor edad le estrechó la mano. El pelo, blanco y perfectamente cortado, le confería un aire distinguido—. Ha hablado usted conmigo. Mi nombre es Emmanuel Banks y él es John Walton.

Walton estrechó la mano de Hopkins.

—Encantado de conocerlo.

—¿Necesita alguna otra cosa señor Hopkins? —preguntó Emma desde la puerta.

—Ninguna, Emma, muchas gracias. Puede continuar con su trabajo. Caballeros, no perdamos un segundo. —El secretario consultó su reloj—. Los aguardamos desde hace veinticinco minutos. *Sir* Samuel ha preguntado ya dos veces por ustedes.

Banks y Walton intercambiaron una mirada. Habían esperado un cuarto de hora largo en una discreta cafetería de la plaza de España a la persona con quien se habían citado.

—Lamentamos mucho el retraso, pero un pequeño incidente de última hora…

—Está bien. ¿Tienen la bondad de acompañarme?

Hopkins abrió una puerta labrada en caoba que daba a un pequeño vestíbulo por el que se accedía al despacho del embajador. Llamó, después de ajustarse los puños de la camisa, abrocharse el botón de la americana y estirarse los lazos de la pajarita.

—Pase.

Abrió la puerta y anunció:

—La visita que esperaba, señor.

Sir Samuel Hoare mostraba un aspecto impoluto pese a que había regresado a Madrid la víspera y su viaje a Londres había sido frenético para que no quedara suelto el más mínimo detalle a la hora de poner en marcha la Operación Caballeros de San Jorge. *Sir* Anthony Eden llevaba mucha razón cuando afirmó que los norteamericanos eran muy puntillosos. No parecía haberle pasado factura la angustia nocturna con el estruendo de las bombas arrojadas por la Luftwaffe, los incendios, el ulular de las sirenas y los gritos de pánico y dolor. Desde Londres había dado instrucciones precisas a Hopkins, y al acudir este a recibirlo en el aeródromo de Cuatro Vientos, Banks y Walton estaban ya citados y hechas algunas otras gestiones. *Sir* Samuel había apostado muy fuerte al asegurar al primer ministro que era factible ganarse la voluntad de algunos de los generales más influyentes de la España franquista. En realidad cuando se lo dijo los pasos que había dado sólo permitían especular. Ahora todo pendía de un hilo, y *sir* Samuel Hoare esperaba que no se rompiera.

Marcó la página con el señalador y cerró el libro que estaba leyendo, un pequeño volumen en cuarto encuadernado primorosamente en piel verde. Se levantó y acudió al encuentro de sus visitantes. Después de saludarlos los invitó a sentarse en torno a una mesa de reuniones que había junto a un balconcito que recibía luz de un patio interior.

—¿Desean tomar un *whisky*? ¿Un jerez, tal vez?

Banks y Walton rechazaron la invitación del embajador con unas palabras de agradecimiento. El retraso los obligaba a entrar en materia sin pérdida de tiempo.

—¿Cómo han ido sus misiones? Banks, ¿empieza usted o prefiere que sea Walton?

—Mejor Walton, señor.

Una mirada del embajador a Walton bastó para que este último comenzara su explicación.

—Tengo buenas noticias, *sir* Samuel. Hemos cerrado la colaboración que nuestro enlace en Madrid nos había prometido. Ha resultado más complicada de lo previsto. Pero el hombre que va a proporcionarnos información estará viajando en este momento hacia Algeciras o a punto de hacerlo. Hemos previsto que se hospede en el mismo hotel donde se han instalado los alemanes.

—¿Qué significa «más complicada de lo previsto»?

—Señor, el hombre a quien se ha encomendado la misión tenía algunas reticencias.

Sir Samuel arrugó la frente. Las personas que habían de ejecutar una acción debían estar motivadas, ya fuese por convicción o por dinero, pero no podían permitirse titubeos.

—¿Es ese individuo consciente de la importancia de su misión?

—Sí, señor. Además, creo que hará su trabajo a plena satisfacción.

—¿Qué puede decirme de él?

—Es un hombre curtido y también muy tozudo. Durante la guerra luchó en las filas republicanas y cruzó la frontera por Cataluña. Era uno de los oficiales del batallón que mandaba nuestro agente. Habla perfectamente alemán…

—¿Por qué lo habla?

—Estuvo varios años en Berlín, donde realizó su doctorado en Historia Antigua. Fue profesor en la Universidad de Santiago de Compostela.

—¿A qué se debían sus reticencias?

—Regresó a España hace algunos meses con identidad falsa y ha emprendido una nueva vida. Trabaja en una empresa que comercializa lencería y ropa de hogar. Hemos solucionado su viaje a Algeciras de forma que continúe trabajando.

—¿Cómo?

—Hablé con el gobernador de Gibraltar...

—¿Con *sir* Clive?

—Sí, señor, con *sir* Clive Gerard Liddell. No sé si sabe que nos une una estrecha amistad desde los años en que se creó el Imperial Defense College.

—¿Coincidieron en Buckingham Gate?

—Sí, señor. Trabajé allí cuatro años como asesor civil. Conté a *sir* Clive el aprieto en que nos encontrábamos y le pedí apoyo para dar cobertura laboral a nuestro hombre como agente comercial en el Campo de Gibraltar.

—¿Qué clase de ayuda le ha prestado?

—Ha sido algo providencial, *sir* Samuel. Tenía necesidad de sábanas y mantas para los hombres que han reforzado la guarnición de la Roca. Diez mil juegos de sábanas y diez mil mantas. En lugar de aprovisionarnos por la vía habitual, *sir* Clive ha hecho ese pedido a través de una empresa de Algeciras... Távora y Canales se llama. Los precios en España son asequibles y, dada la importancia del encargo, se han podido aquilatar. La pérdida no ha sido importante. La única condición que se le puso a la empresa suministradora es que había de hacerse con el género a través de la firma Benítez y Compañía, que es donde trabaja Leandro San Martín.

—¿Leandro San Martín?

—Es el nombre tras el que se oculta el oficial del ejército republicano. El director de Távora y Canales, que ha trabajado con *sir* Clive en otros asuntos, exigió al señor Benítez, para quien trabaja San Martín, que fuera él quien cerrara el pedido. Hemos logrado una cobertura perfecta en todos los frentes.

—¡Buen trabajo, Walton! Ahora termine de explicarme eso de las reticencias del señor San Martín.

—No gozamos de sus simpatías. Tiene mal concepto de los británicos.

—Eso no es una novedad. Para los españoles somos la Pérfida Albión. ¿Hay alguna motivación especial?

—Considera que traicionamos a la República. En realidad, le encantaría que nos dieran una patada en el trasero y nos echaran de Gibraltar.

Sir Samuel enarcó las cejas.

—Tengo la sospecha de que no se ha escogido a la persona más adecuada.

—San Martín cuenta con toda la confianza de nuestro agente. Habla con sinceridad y no se anda con rodeos. Apostaría a que asumirá la responsabilidad que supone la misión.

—¿Piensa que esa sinceridad de la que usted habla es una virtud, dada la misión que ha de cumplir? —ironizó *sir* Samuel.

—Bueno…, desde que regresó a España ha mantenido oculta su verdadera identidad. Significa que también, en determinadas situaciones, es capaz de mostrarse discreto. Se trata de una persona capacitada, pues no sólo habla alemán sino que tiene también un elevado nivel cultural. En mi opinión, reúne todos los requisitos que necesitábamos.

—Salvo uno muy importante: no está de acuerdo con nuestra política.

—Yo no diría tanto. No está de acuerdo con nuestra actuación en la guerra de España. Pero luchó contra Franco y rechaza el totalitarismo. Le aseguro que Hitler tampoco es santo de su devoción, como dicen los españoles. No fue fácil que aceptara, pero una vez que lo ha hecho, no albergo dudas de que pondrá todo su empeño.

—Está bien, Walton. Me parece que ya hemos dedicado tiempo suficiente a ese personaje. —El tono del embajador revelaba cierto malestar—. Si ya está camino de su destino... Ahora le toca a usted, Banks. Lo que usted pueda contarme es mucho más importante que todo lo que pueda proporcionarnos ese..., ese Leandro San Martín.

—¿Quiere que hable de... los Caballeros de San Jorge o prefiere primero una novedad sobre el relevo en el palacio de Santa Cruz?

—¿Cesan a Beigbeder?

—Parece que es algo inminente. Lamento darle esta noticia.

—Sería muy negativa. Beigbeder es el único miembro del Consejo de Ministros que se muestra abiertamente contrario a la entrada de España en el conflicto.

—Algunos aspectos de su vida privada están mal vistos en El Pardo. Posiblemente en su salida del ministerio influya más su vida sentimental que su posición política.

Hopkins, que llevaba pocos días en su puesto, no pudo evitar una pregunta:

—Disculpe, *sir* Samuel, ¿eso que acaba de comentar *mister* Banks...?

—Beigbeder mantiene una relación sentimental.

—¿Tiene una amante? —preguntó a Banks.

—Así es. A pesar de que está soltero, tener una amante es algo extremadamente grave en España. Franco y su esposa no ven con buenos ojos ese tipo de relaciones. Son muy estrictos con la moralidad. No olvide que las relaciones del dictador con la Iglesia papista son excelentes, y el clero se ha convertido en el guardián de esos principios tan rigurosos.

—Si además resulta que esa amante es inglesa... —añadió el embajador.

—Circula el rumor de que es ella quien influye en la anglofilia de Beigbeder —comentó Banks.

—¿Por qué lo nombró Franco ministro? —preguntó Hopkins.

—Ese es un asunto más complejo. Franco es muy astuto. Intenta que ninguna de las facciones que lo apoyaron durante la guerra cobre ventaja sobre las demás. No ha dado alas a los falangistas, sino que más bien los ha sujetado. Lo mismo hace con los requetés. Ha procurado satisfacciones al ejército. En el caso de Beigbeder, cuya graduación es la de coronel, Franco sabe que este no cuenta con apoyo entre los militares. En ese sentido es un cero a la izquierda, a diferencia de otros generales como Muñoz Grandes o Queipo de Llano que podrían subírsele a las barbas y a quienes mantiene alejados del gobierno. El coronel Beigbeder le prestó un gran servicio en los inicios de la Guerra Civil. Enamorado de la cultura marroquí, tenía excelentes relaciones con los notables del Rif y, gracias a él, Franco contó con contingentes de rifeños en el transcurso de la guerra. Beigbeder mantuvo ese flujo de hombres desde su puesto de Alto Comisario de Marruecos. También negoció con el agregado militar alemán en París, con quien le unía una gran amistad, el envío de aviones de transporte, que fueron muy útiles a Franco.

—Quizá también influyera en su nombramiento el hecho de que Beigbeder, pese a que estuvo de agregado militar en la embajada española en Berlín antes de la guerra, ha sido siempre un decidido anglófilo, y la astucia de

Franco le recomendaba tener a alguien con su perfil en el Ministerio de Asuntos Exteriores —añadió Walton.

—Si eso último tiene relevancia, ¿por qué iba a cambiarlo ahora? —insistió Hopkins.

—Porque mantener una relación sentimental extramatrimonial es un pecado muy grave. Además, en Madrid son muchos los que apuestan por una victoria alemana, y Beigbeder no sería la mejor carta. Como verá, todo es muy complejo. Incluso se dice que la amante de Beigbeder es una espía de Churchill.

—¿Es una indiscreción preguntar por el nombre de esa dama?

—Rosalyn Powell Fox —respondió el embajador con sequedad, dando por terminados aquellos comentarios—. Caballeros, ustedes saben que ciertos rumores que circulan por Madrid sobre este asunto y sobre muchos otros no tienen fundamento.

Banks retomó el hilo de su discurso.

—Hemos confirmado definitivamente lo que usted había barajado antes de viajar a Londres: es cierto que algunos generales con gran influencia en el ejército no desean que el país se involucre en la guerra.

Era lo que *sir* Samuel Hoare había esperado oír desde que Walton y Banks aparecieron por la puerta. Había arriesgado mucho al dar a Churchill como segura lo que sólo era una posibilidad. Haciendo gala de su flema preguntó:

—¿Estamos ya hablando de los Caballeros de San Jorge?

—Sí, señor. Hemos llegado tarde porque la persona con quien habíamos quedado se ha retrasado. Se trata del hombre de confianza del Intermediario. Sin embargo, la espera ha merecido la pena.

—¿Qué les ha dicho?

—Que hay varios generales que estarían dispuestos a… «negociar».

—¿Ha dado algún nombre?

Banks sacó del bolsillo de su chaqueta una nota y se la entregó al embajador.

—Vaya…, vaya… Esto está muy bien. Explíqueme con detalle esa conversación.

—El Intermediario ha dicho que…

—¿Quién es el Intermediario? —preguntó Hopkins.

Banks miró al embajador, y fue *sir* Samuel quien respondió:

—El Intermediario es el nombre con que nos referimos a un importante empresario y banquero español que negocia la colaboración de un grupo de generales españoles. No quiere, por razones que usted comprenderá fácilmente, que su nombre salga a la luz. Ocurre lo mismo con los nombres de ese grupo de generales a quienes nos referimos como los Caballeros de San Jorge —explicó *sir* Samuel, y Hopkins comprobó que le quedaba mucho por aprender en aquellas lides diplomáticas en las que se bordeaba lo legalmente admisible—. Prosiga, Banks.

—El Intermediario ha dicho que influirán para que Franco siga manteniendo la neutralidad. La cuestión está centrada en las… atenciones que les dispensemos. Dice que podremos tener una reunión en pocos días y nos ha advertido que, llegado el momento, habrá que actuar con mucho tacto. Los generales son muy suspicaces en todo lo relativo al honor. Una simple insinuación, una palabra mal dicha, bastará para que se muestren indignados. No me gustaría despertar en usted mayores expectativas de las que realmente existen, pero puedo asegurarle que las posibilidades que barajábamos cuando usted marchó a Londres se han consolidado. La clave del éxito está en la cifra de las «atenciones», que no es una tontería. —Banks sacó del otro bolsillo de su americana un papel doblado cuidadosamente y se lo entregó a *sir* Samuel—. Esa es la cifra, señor.

El embajador leyó el papel. Sus labios apenas dibujaban una línea y las arrugas de su frente se habían acentuado.

—No se cotizan mal estos caballeros. —Miró a Banks—. Imagino que usted no le ha insinuado cantidad alguna...

—No, señor. Me he limitado a escuchar y a leer lo que está anotado en ese papel.

El embajador fijó nuevamente la vista en el papel.

—¿Por qué aparecen siete cantidades? ¿No son seis los generales que..., que se convertirían en Caballeros de San Jorge?

—Sí, señor. La séptima sería la comisión del Intermediario por sus gestiones.

Sir Samuel miró el papel una vez más.

—¡El Intermediario no sólo no se cotiza mal, sino que abusa de su posición!

—Creo que podríamos discutir esas cantidades. En España el regateo es una costumbre arraigada.

—No podemos permitírnoslo. No disponemos de tiempo y nos movemos en un terreno muy resbaladizo. No es aconsejable buscar ahorrarnos un puñado de libras. ¿Habrá algún problema con el hecho de que las cantidades sean diferentes?

—He preguntado eso mismo al Intermediario, señor. Me ha asegurado que no, aunque nosotros debemos actuar con toda discreción.

—Está bien. ¿Han quedado en volver a verse?

—Sí, señor. Si usted da su visto bueno, podríamos concretar hoy mismo la fecha de la reunión.

—Banks, empléese a fondo. Nuestro peor enemigo en este momento es el tiempo. Podemos disponer de la suma total que aparece en este papel. Fije hoy, si es posible, la fecha de la reunión. En Londres están muy preocupados. La pérdida de Gibraltar nos pondría contra las cuerdas.

Sir Samuel se levantó y los demás lo imitaron. La reunión había concluido.

—Walton, no deje de informarme de la misión de Leandro San Martín.

—Lo haré a diario, señor.

22

Berlín

Pasaban veinte minutos de las ocho cuando el Mercedes del general Jodl cruzaba el control de entrada del imponente edificio que albergaba la sede del OKW. Había ido directamente desde su domicilio donde, como cada mañana, lo había recogido Otto a las ocho en punto. Durante el trayecto el general no dejó de pensar en las dos recomendaciones que le habían hecho la tarde anterior los dos hombres enviados por Canaris a su casa. Hicieron unas comprobaciones y confirmaron la sospecha del máximo responsable de la Abwehr: su teléfono estaba pinchado. Necesitaron menos de media hora para terminar su trabajo.

Al llegar a su despacho le extrañó ver que Margarethe no tenía la expresión risueña con que lo recibía cada mañana. Estaba tan tensa que incluso se olvidó de dar los buenos días a su jefe.

—General, *frau* Jodl acaba de llamar.

Jodl la miró extrañado. Apenas hacía veinte minutos que había salido de su casa.

—Posiblemente me haya olvidado de algo. ¿Le ha dicho qué quería?

—No, señor, no me lo ha dicho. Pero…, pero ha roto a llorar antes de colgar el teléfono. Me temo que ha debido de haberle ocurrido algo grave. Le he preguntado varias veces, pero no me contestaba. Por el auricular sólo la oía gemir, hasta que ha colgado el teléfono. Y aunque he hecho varios intentos de ponerme en contacto con ella, no ha respondido a mis llamadas. No sé qué puede ocurrirle…

—Llame otra vez, por favor.

Margarethe lo hizo en medio de un silencio expectante. Sólo se oía el dial del teléfono al girar. Mantuvo el auricular pegado a su oído hasta que oyó el tono.

—Está dando llamada.

El general permaneció a la escucha hasta que se agotaron los tonos.

—Le ha ocurrido algo. Margarethe, avise a Otto. Regreso a mi casa.

Bajaba ya los primeros peldaños de la escalinata que conducía al grandioso vestíbulo de entrada cuando lo alcanzó el capitán Liebermann.

—A sus órdenes, mi general. —Jodl le devolvió el saludo de forma mecánica—. Sé que Margarethe ha recibido una llamada de *frau* Jodl que…, que la ha preocupado. Nos ha dicho que su esposa no podía hablar y le ha parecido oír que gemía. He visto que le pasaba el teléfono. ¿Ha podido hablar usted con ella?

—No, Liebermann, no he podido. Irma no responde. Regreso a mi casa.

—¿Quiere que lo acompañe, mi general?

—Gracias, pero no es preciso.

—Si me necesita para algo…

—Gracias, muchas gracias.

Unos peldaños antes de llegar al vestíbulo el capitán hizo un comentario.

—Discúlpeme, señor. Sé que el momento no es el

más adecuado, pero me parece que debe saber que hace sólo unos minutos se ha recibido una llamada.

—Tendrá que esperar.

—Se trata de algo muy urgente, mi general. Quien ha llamado ha sido el almirante Canaris. Me ha ordenado que le dijera que lo llamase inmediatamente.

Jodl se detuvo en seco.

—¿Cuándo dice que se ha recibido esa llamada?

—Hace diez minutos, señor.

El general dudó un momento. Hablar con Canaris le llevaría poco tiempo y quizá tuviera la información que esperaba con ansiedad. También pensó que unos minutos podían ser muy importantes para Irma. Miró al capitán y maldijo internamente que le hubiera informado de la llamada de Canaris. Al final se impuso su concepto del deber.

—Telefonearé al almirante.

Volvió sobre sus pasos. Más que caminar, parecía volar. Los tacones de sus botas y las de su ayudante resonaban en la galería, y las grandes bóvedas devolvían su eco. Margarethe se quedó mirándolo, como alelada, al verlo entrar en el despacho sin decir palabra. Jodl llamó directamente por una línea que no pasaba por la centralita. Apenas sonó el primer tono cuando oyó la voz del almirante Canaris al otro lado del auricular.

—Soy el general Jodl. ¿Deseaba hablar conmigo, almirante?

Canaris fue directamente al asunto por el que lo había llamado tan temprano.

—Mis hombres en Londres han hecho un buen trabajo. Si quedaba alguna duda acerca de que los británicos saben que preparamos una operación sobre Gibraltar está despejada. Pero carecen de detalles, eso es importante.

—¿Por qué lo dice?

—Porque si el topo fuera una persona de su círculo más próximo les habría dado algunos detalles, ¿no le parece?

—Supongo que esa información no ofrece dudas.

—Ninguna, general. Hay que buscar al topo en un radio más amplio. Aunque también es posible que no haya facilitado detalles para no ponerse en evidencia. Tendremos que ampliar el radio de búsqueda, y aunque atraparlo resultará por ello más complicado, acabaremos haciéndolo.

—Le agradezco mucho la llamada. Ahora tengo que colgar. Debo ir a casa. Discúlpeme, almirante.

—¿Algo relacionado con el robo del otro día?

—No sabría decírselo. Mi esposa ha llamado antes de que yo llegara al despacho y, según mi secretaria, era presa de un ataque de angustia. Ha colgado el teléfono sin dar explicaciones. Discúlpeme, almirante, lo llamaré más tarde.

Otto condujo más deprisa de lo habitual. El general vio a Hermann en la puerta del edificio y eso lo tranquilizó. Significaba que Irma no necesitaba de sus atenciones. Pero cuando el portero vio que el coche se detenía ante la entrada se acercó a toda prisa. Fue entonces cuando Jodl se percató de que estaba muy alterado.

—¡Mi general, Martha ha aparecido!

—¿Dónde está?

—Arriba, en su casa.

—¿La ha traído la policía?

—No, mi general.

Jodl ya se había bajado del coche y entraba en el portal, seguido por el portero.

—La vi aparecer junto al seto del jardincillo. Parecía que trataba de ocultarse. Me acerqué con cierta prevención y entonces, al verla de cerca, me di cuenta de que estaba como ida y que la sacudían unos espasmos. Tenía un aspecto horrible: desgreñada, con la ropa manchada y un roto en la camisa. Me miró fijamente y me dio la impresión de que no me identificaba.

—¿Está herida? —preguntó Jodl subiendo ya la escalera y con Hermann tras él, siguiéndolo con dificultad.

—No, mi general. Parece que le han suministrado algo que la tiene como atontada. Le costaba trabajo sostenerse en pie. Saqué mi silla de la portería para que se sentase y avisé a *frau* Jodl. Su esposa bajó rápidamente y cuando vio cómo se encontraba Martha, me dijo que avisara al doctor Grass y que le dijera que se trataba de una urgencia.

El general, que había llegado al rellano de su apartamento, se detuvo y miró al portero, que resoplaba jadeante.

—Tiene que hacer algo de ejercicio, Hermann. ¿Ha llegado ya el doctor Grass?

—Sí, mi general. Apenas tardó unos minutos en venir.

Jodl entró en el apartamento llamando a su esposa:

—Irma, ¿dónde estás?

—¡Martha ha aparecido! —exclamó ella saliendo a su encuentro.

—Hermann ya me lo ha dicho.

—Werner la está atendiendo. Ha venido a toda prisa, pese a que Gudrun y él llegaron a Berlín anoche muy tarde. Han estado en Hamburgo las dos últimas semanas.

Irma se abrazó a él, como si llevara mucho tiempo sin verlo. Jodl le acarició la nuca.

—¿Cómo se encuentra Martha?

—Werner está haciéndole pequeñas pruebas, pero apenas responde. ¡Ha sido horrible...! Cuando la he visto en el portal, no me ha reconocido.

—¿Has avisado a la policía?

—¡Cómo se te ocurre! Ese teniente la ha acusado de

ladrona, de asesina y hasta de espía. No me fío de él. ¡Me parece un tipo detestable! Es uno de esos individuos de los que la gente habla en voz baja y que dan una imagen pésima de la Gestapo.

—Irma, el teniente Singer hace su trabajo —comentó conciliador Jodl.

—Ese trabajo puede hacerse de formas muy diversas, y muchos agentes no actúan con la corrección debida. La gente les tiene pánico, lo sabes tan bien como yo.

—Irma, por favor… No es momento para enzarzarnos en una discusión.

—Está bien. Me temo que el teniente ya habrá sido informado por ese agente que monta guardia por los alrededores del edificio. No tardará en presentarse aquí. Prométeme que Martha no saldrá de casa, Alfred.

—No puedo interferir en una investigación policial. Si Martha fuera una espía…

—¡No es una espía! ¡Alguien trata de que cargue con las culpas de ese asesinato! Martha no es culpable, estoy segura. —Bajó el tono y miró a su esposo a los ojos—. Alfred, tenemos que mostrarnos unidos, sin fisuras, como siempre. Martha es…, es como la hija que no hemos tenido. No olvides que tú mismo me dijiste que en tu opinión las acusaciones que Singer lanza sobre ella no están fundamentadas. Hay muchas lagunas en la investigación. Ese teniente quiere resolver el caso a toda costa porque de hacerlo se colgaría una medalla.

—Me gustaría ver a Martha.

El general quería dar por concluida aquella conversación que le resultaba tan incómoda. Era un defensor del nacionalsocialismo y, como muchos militares, pensaba que los nazis habían sacado a Alemania de la postración en que se encontraba después de la firma del Tratado de Versalles. Hitler había puesto fin al derrotismo que imperaba en la sociedad germana. Jodl no compartía ciertas actuaciones de los jerarcas del Reich, pero guardaba silencio, incapaz de criticarlos. Como militar, era de los pocos que se atrevía a poner objeciones a ciertas estrategias del Führer. Su esposa tenía puntos de vista diferentes sobre aspectos importantes de la política del régimen. Se permitía, en círculos muy privados, hacer críticas, algunas de ellas muy duras.

—Martha está hecha una piltrafa. Espera a que Werner termine.

Jodl recordó lo que Hermann le había comentado.

—¿Le han suministrado una droga?

—Werner cree que está bajó los efectos de un alucinógeno. Irma buscó un cigarrillo, pero antes de que lo encendiera el doctor Grass apareció en el salón. Llevaba en la mano su maletín negro con el cierre de boquilla.

—Me alegro de verte. —Saludó al general con una sonrisa y estrechándole la mano.

—También yo, Werner. ¿Cómo encuentras a Martha?

—Está bajo los efectos de un potente alucinógeno. Tiene las pupilas muy dilatadas y posiblemente su visión sea borrosa. Su ritmo cardíaco es ahora más pausado, pero ha sufrido taquicardias y su respiración está aún agitada. Tiene sus facultades cognitivas afectadas. No me cabe la menor duda de que ha ingerido una droga.

—Cuando dices «ha ingerido», ¿qué quieres decir?

—No puedo saber si ella la ha tomado o se la han suministrado.

Irma dio una calada a su cigarrillo y, casi entero, lo aplastó en el cenicero.

—¿Sabes qué clase de droga es?

El doctor se encogió de hombros.

—No estoy muy seguro, Irma. Habría que hacerle una serie de pruebas en el hospital. Mi opinión es que, por ahora, lo más conveniente es que repose y esté tranquila. Sus síntomas apuntan a que el alucinógeno tiene un alto componente de mescalina.

—¿Qué es eso?

—Es lo que comúnmente llamamos peyote. Se extrae de un cactus cuyos efectos son alucinógenos. Pierdes contacto con la realidad y tu mente vive situaciones anómalas. Sus efectos llevan a algunas personas a un estado de euforia. Entre las tribus indígenas de ciertas zonas de América se lo conoce como «el pan de los dioses». Sin embargo, en otras personas los efectos son diametralmente opuestos. Las visiones que algunos tienen son tan horribles que también se lo denomina «la raíz del diablo».

—¿En el caso de Martha…?

—No lo sé. Habría que preguntarle a ella, pero no está en condiciones de responder. No…, no ha vuelto al mundo real.

—¿Su vida corre peligro? —preguntó el general.

—No lo creo. Si es mescalina, el efecto más importante son las alucinaciones, aparte de esas alteraciones pasajeras de las que se recuperará poco a poco.

Frau Jodl trató de calmar sus nervios encendiendo otro cigarrillo.

—¡Ha debido de ser horrible!

—Bueno… —El médico dedicó una sonrisa a Irma—. No sabemos si ha pasado por momentos de euforia y sus visiones han sido celestiales.

—No me refiero a las alucinaciones, sino al tiempo que ha…, ha estado en poder de los desalmados que le han hecho eso. ¡Menos mal que no la han violado!

El general interrogó al médico con la mirada.

—Fue lo primero que Irma me pidió que comprobara. No la han agredido sexualmente.

—¡Estoy segura de que la han obligado a ingerir esa

droga! Si Martha fuera aficionada al consumo de esas... porquerías, yo lo sabría.

—Creo que Irma tiene razón —corroboró el doctor—. No parece el tipo de persona adicta al consumo de drogas. Si lo fuera, sería algo muy reciente. Su organismo no presenta los efectos de quienes consumen habitualmente estupefacientes. ¿Habéis dado ya aviso a la policía?

El matrimonio intercambió una mirada que no pasó inadvertida al médico.

—¿Hay algo que deba saber?

Werner Grass era desde hacía mucho tiempo el médico de los Jodl. Gudrun, su esposa, e Irma eran amigas y los dos matrimonios compartían palco en la ópera.

—La policía está informada. Martha se hallaba desaparecida desde el jueves pasado. Tenía libre esa tarde, y me dijo que iba al Saint Paul a ver a una amiga que estaba internada allí. Suele regresar a casa sobre las diez, aunque no tiene una hora marcada. Nosotros también estuvimos fuera porque Alfred tenía que asistir a un acto y yo lo acompañé. Cuando volvimos a casa encontramos aquí a la policía.

—¿Por qué?

—El portero los había avisado al ver salir de nuestro apartamento a unos sujetos sospechosos. Martha aún no había regresado. Hemos estado sin noticias de ella desde entonces hasta poco antes de que vinieras, cuando el portero la ha visto merodear por la calle. Su desaparición coincidió con la entrada de esos individuos en nuestro domicilio y al mismo tiempo..., al mismo tiempo han ocurrido cosas muy extrañas.

—¿Qué ha pasado?

—La amiga que Martha fue a ver falleció a la hora en que ella estaba visitándola.

—¡Vaya coincidencia!

—La policía no cree en las coincidencias —comentó el general—. Al cadáver de esa mujer le han practicado la autopsia. Murió envenenada. La policía considera culpable de su asesinato a Martha.

—¡Santo Dios! ¿Qué pensáis hacer?

Irma respondió de inmediato.

—Por lo pronto, dejar que Martha se recupere. Hemos de esperar a que se recobre para que pueda explicarse. ¿Cuánto suelen durar los efectos de esa droga?

—Todo depende de la cantidad que haya ingerido. Puede ir desde unas pocas horas hasta varios días. Habrá ingerido más de una dosis en todo este tiempo.

Hasta el salón les llegó el murmullo de una voz apagada. Los tres quedaron en silencio, aguzando el oído.

Otra vez se oyó un murmullo.

—¡Es Martha! —exclamó Irma.

Rápidamente fueron a su habitación. La joven deliraba. Pronunciaba palabras ininteligibles, salvo el nombre de Angela y el de Hermann.

—Hermann es el nombre del portero, ¿no?

—Sí.

—¿Quién es Angela?

—La amiga que Martha fue a ver al Saint Paul —respondió el general.

Irma tomó la mano de Martha con dulzura, se la acarició y le apartó un mechón de pelo que le caía sobre la frente, perlada por un sudor frío. La joven pareció calmarse y también su respiración se fue serenando poco a poco, aunque su aspecto era poco tranquilizador. Tenía grandes ojeras, y los labios se le veían resecos y agrietados. Abandonaron la habitación sin hacer ruido. En el salón, el médico comentó:

—Puede que esto ocurra varias veces antes de que se recupere. Tal vez sería mejor internarla en un hospital.

—No me parece una buena idea, salvo…, salvo que su vida corra peligro. Si es necesario, no me separaré de su lecho.

—¿No piensas informar a la policía de su aparición?

—Sólo cuando esté en condiciones de responder.

—¿Estás segura de que es lo correcto? —El doctor Grass parecía preocupado.

—Sin duda.

—Irma, en ese caso olvidaré lo que me habéis contado de la muerte de esa Angela. ¿Estamos de acuerdo?

—Por supuesto.

El médico miró al general, quien asintió con un leve movimiento de la cabeza.

—No quiero complicaciones.

—No te preocupes.

—¿Tiene que seguir algún tratamiento? —preguntó Irma, algo molesta con el médico, a pesar de que entendía su actitud.

Cada vez era mayor el número de sus conocidos que procuraban no tener contacto con la Gestapo. La gente no quería saber nada de lo que estaba ocurriendo a su alrededor. Una prueba evidente la tenía en su propio marido. Hitler, a quien ella consideraba su Führer, les había devuelto muchas cosas, entre otras el orgullo de ser alemanes, y ahora los ejércitos del Reich desfilaban triunfantes por las capitales de Europa. Se emocionó al saber que el Führer firmó la rendición de Francia en el mismo vagón donde Alemania había claudicado veintiún años antes. Cuando su marido le contó con todo detalle cómo se desarrollaron los acontecimientos en el bosque de Compiègne aquel inolvidable 22 de junio, no pudo evitar un nudo en la garganta y que las lágrimas asomaran a sus ojos. Pero no comprendía algunas de las cosas que estaban ocurriendo ni el temor que la Gestapo despertaba entre la gente.

—Irma, ¿serías capaz de poner una inyección a Martha si la necesitara?

—Sí.

Werner Grass sacó un recetario y su estilográfica, con la que garabateó unas palabras que sólo un experto sería capaz de leer. Entregó a Irma la receta.

—Es un relajante. Adminístraselo sólo en caso de necesidad. Si su estado se complica, llámame.

—Dame la receta, Irma. Acompañaré a Werner a la calle y pediré a Hermann que se acerque a la farmacia.

El portero se puso en pie cuando los vio salir del ascensor. El general despidió al doctor Grass y luego le comentó:

—Creo que le di con la puerta en las narices, Hermann.

—No tiene importancia, mi general. Iba usted muy deprisa.

—¿Podría acercarse a la farmacia y traer esto?

—Por supuesto, mi general.

Jodl entregó la receta al portero y le indicó dijera en la farmacia que apuntasen el importe a su cuenta.

Hermann fue a la farmacia, y el general, rompiendo su costumbre —un pitillo con el café después del almuerzo y dos después de cenar—, encendió un cigarro y permaneció en la puerta del inmueble. Vio acercarse al teniente Singer. Lo acompañaban dos agentes.

23

España

A Leandro lo despertó la voz del revisor, quien repetía como un soniquete con voz aguardentosa:

—¡Estación de Linares, paramos un cuarto de hora! ¡Estación de Linares, paramos un cuarto de hora!

Leandro, que había dormido en mangas de camisa pero protegido por la chaqueta que había utilizado a modo de manta, sintió frío. Era el fresco de las mañanas de los últimos días de verano que, conforme pasaban las horas, se convertía en un calor cada vez más intenso. Se puso la chaqueta y miró a través de la ventanilla, por la que ya entraba la luz a raudales. Consultó el reloj y comprobó que faltaban veinte minutos para las nueve. El compartimento se estaba vaciando; la gente necesitaba estirar las piernas, respirar aire fresco y desayunar. Quienes viajaban con aquellas comodidades podían permitirse el lujo de pasar por la cantina. Amalia había aprovechado la euforia del señor Benítez y había sacado para Leandro billetes de primera clase. Eso significaba que no tenía que viajar de pie o compartiendo espacio con fardos, bultos y hasta con animales vivos enjaulados o simplemente atados por las patas y metidos en una capacha de palma de la que las mujeres utilizaban para ir al mercado de abastos. Recordó que cuando se subió al tren en Alcázar de San Juan, que llegó con un retraso de más de dos horas, era ya cerca de la medianoche. Se había mantenido en vela, dando vueltas a la pregunta que no había formulado a Amalia y maldiciendo la inoportunidad de Mateos, quien le había entregado dos paquetes destinados a las secretarias de don Serafín Távora. Así estuvo hasta que a las tres lo venció el sueño. Había dormido tan profundamente, después de dos días en que el insomnio había estado presente, que no se había enterado ni de las paradas ni del trasiego de gente. Era otra de las ventajas de viajar en primera clase.

Si estaban en Linares, significaba que le quedaba poco para llegar a su siguiente destino, la estación de Espelúy. Allí tomaría el tren a Córdoba desde donde tendría que tomar el expreso para Bobadilla. Esa sería su última parada antes de subir al tren que lo dejaría en Algeciras. Recordó que en la larga espera en la estación manchega uno de los empleados le había dicho que arribarían a Espelúy sobre las once de la mañana y que el tren para Bobadilla debía pasar a eso de las doce. Iban a llegar a su próximo destino con tiempo sobrado para cambiar de tren. Como había cenado copiosamente en Alcázar de San Juan no tenía hambre, pero sintió la necesidad de desperezarse paseando por el andén. Los pasajeros de primera clase no tenían que preocuparse de sus equipajes, que se mantenían custodiados a diferencia de lo que ocurría en segunda y tercera clases, donde eran frecuentes los robos y las pérdidas de enseres.

La estación estaba muy concurrida y en la cantina era imposible entrar. En el andén varios sujetos trataban de vender algunas cajetillas de tabaco a los viajeros y una gitana porfiaba por decirle la buenaventura a una pareja que tenían pinta de recién casados. Leandro observó cómo se le acercaba un hombre que, pobremente vestido y con una colilla de cigarro en la oreja, llevaba bajo el brazo una caja renegrida de la que sobresalía una suela de zapato tallada en madera. Se detuvo ante Leandro y le miró los zapatos.

—¿Se los limpio, señor? —La pregunta llevaba implícita una súplica.

—Muchas gracias, pero no. El tren se detendrá sólo un momento.

Lo dijo por tener una excusa con la que justificarse. A Leandro siempre le había incomodado la imagen de los limpiabotas. Le parecía humillante que un hombre se arrodillara ante otro para lustrarle los zapatos.

—Sólo le cobraré la voluntad, señor. —Era un ruego—. Si se sienta allí —añadió señalando un banco junto a la pared—, se los dejaré más relucientes que el sol en cinco minutos.

Leandro se miró los zapatos. No estaban sucios, pero no les vendría mal una mano de betún y a aquel hombre no le vendrían mal unas monedas. Recordó lo que su madre decía del calzado.

—Está bien. En cinco minutos.

—En cinco minutos, señor.

Se sentó en el banco y el hombre se acomodó a sus pies. El limpiabotas sacó unos naipes usados y protegió con ellos los calcetines antes de comenzar su tarea. Tardó más de cinco minutos, pero los zapatos de Leandro quedaron tan relucientes como no los había visto desde que los compró.

—¡Listo, señor! —exclamó el hombre, orgulloso de su trabajo.

Leandro sacó un billete de cinco pesetas, pero el limpiabotas no lo cogió.

—Tome.

—No tengo para darle la vuelta, señor.

—Tome. Ha hecho un buen trabajo.

El hombre se puso de pie y lo miró con incredulidad. Cogió el billete como si temiera alguna trampa. Cuando tuvo el dinero apenas pudo balbucir:

—Muchas gracias, señor. Que Dios se lo pague.

Por un extremo del andén, como si se hubiera materializado de la nada, apareció una pareja de la Guardia Civil con los tricornios calados hasta las cejas y los mosquetones al hombro. El limpiabotas desapareció a toda prisa. No habría tardado menos si hubiera visto al mismísimo diablo. Leandro se encaminó hacia la puerta del vagón lentamente, como si su presencia no le importase. Tenía tiempo de subir al tren antes de cruzarse con ellos. Pero su plan falló estrepitosamente. Ponía un pie en el estribo cuando le dieron el alto.

—¡Un momento, deténgase!

Leandro se quedó inmóvil, y sin soltar el asidero que ayudaba a salvar el desnivel entre el andén y el vagón, se volvió hacia ellos.

—¿Es a mí?

—¡Sí, a usted!

Uno de los guardias avanzó sin alterar el ritmo de su caminar hasta llegar a donde aguardaba Leandro. El otro se había detenido unos pasos antes.

—Documentación.

Leandro le entregó su cédula personal y el guardia civil comprobó la fotografía mirándolo un par de veces a la cara.

—¿Qué clase de géneros representa?

—Lencería y ropa de hogar.

El guardia asintió. Iba a devolverle la cédula, pero la retuvo en el último momento.

—¿Adónde se dirige?

—A Algeciras. Tengo que hacer transbordo en Espelúy y después en Córdoba y Bobadilla.

—Está bien.

Leandro se perdió en el interior del vagón oyendo cómo el guardia que había quedado vigilante preguntaba algo a su compañero. Entró en el compartimento y se acomodó en su asiento con el estómago encogido. La parada, que se había prolongado casi el doble de lo que el revisor había anunciado, se le hizo interminable, preocupado por si los guardias civiles subían al tren. Oyó con alivio la misma voz que lo había sacado del duermevela y que ahora gritaba:

—¡Viajeros al tren! ¡Viajeros al tren!

No pudo evitar un suspiro al comprobar que la locomotora, envuelta en una nube de vapor y acompañada de un largo pitido, se ponía en marcha y arrastraba pesadamente los vagones. Poco a poco, el tren fue cogiendo velocidad. Sólo entonces se dio cuenta de que estaba empapado en sudor.

La tarde declinaba rápidamente cuando, en medio de otra nube de vapor y del chirrido de los frenos, el tren hacía su entrada en la estación de Algeciras. Leandro consultó su reloj. Iban a dar las ocho. Llevaba treinta horas de viaje y, aunque estaba acostumbrado a hacer largos desplazamientos, se sentía agotado; no sólo por las largas horas de camino, las esperas y los transbordos, sino también por la tensión que suponía la presencia de la Guardia Civil en los apeaderos y en las estaciones. No le habían vuelto a pedir la documentación, pero para Leandro los tricornios significaban una amenaza permanente.

Esperó a que se despejase el compartimento para coger las dos maletas que constituían su equipaje y bajar del tren. Apenas hubo puesto el pie en el andén cuando se le acercó un mozo y se ofreció a llevárselas. Si nunca un limpiabotas le había lustrado los zapatos, tampoco, desde que trabajaba en Benítez y Compañía, le habían llevado las maletas. No disponía de recursos para un lujo como aquel, pero ahora tenía fondos para gastos y ayudaría a aquel hombre a ganarse un dinerillo. También aprovecharía para pedirle información de un sitio donde poder alojarse, y aparecería como un viajero respetable ante los ojos de la pareja de la Benemérita a la que ya había localizado. Los dos guardias vigilaban, pendientes de cualquier detalle que llamara su atención.

El mozo se hizo cargo de las maletas y preguntó a Leandro:

—¿Quiere un taxi, señor?

—¿Es posible?

—Vamos a intentarlo.

Abandonaron el andén y cruzaron el vestíbulo de la estación.

Al salir a la calle, Leandro se llevó una sorpresa. Allí estaba Seisdedos acompañado de otro hombre. Se preguntó cómo demonios se había enterado de que llegaba en aquel tren. Sin duda, Amalia había sido quien le había dado aquella información.

—¿Qué tal el viaje?

—Largo. Algeciras está muy lejos.

—Eso depende del sitio de donde se venga. ¡Fíjese usted! ¡Eso que ve al otro lado de la bahía es el Peñón! Lo que está al lado es La Línea. Bastante cerquita, ¿verdad?

—Desde luego.

—Entonces ¿no le parece que lo que está lejos es Madrid? —Seisdedos miró al mozo y preguntó—: ¿Ese es el equipaje del caballero?

—Sí, señor. Estamos buscando taxi.

—No hace falta. Tenemos vehículo propio.

Señaló un viejo y destartalado Ford T aparcado a pocos metros. Leandro pensó con nostalgia que no era mal coche. Él había tenido uno que compró de segunda mano cuando volvió de Berlín. Recordó que gastaba cerca de veinticinco litros de gasolina cada cien kilómetros y que podía alcanzar una velocidad de setenta kilómetros a la hora.

—Ponga el equipaje en el maletero —indicó Seisdedos al mozo.

El hombre que lo acompañaba se lo abrió.

Leandro dio al mozo una propina que recibió quitándose la gorra. Seisdedos le presentó a su acompañante:

—Este es Guillermo, señor San Martín. Es de absoluta confianza.

Leandro estrechó la mano del hombre, quien le dedicó una sonrisa que le permitió ver una boca a la que le faltaban varios dientes, acentuando su fealdad.

—Ahora vámonos para el hotel. Usted necesita un buen descanso, no hay más que mirarlo. Tendrá ganas de una ducha y una cama en condiciones.

Leandro pensó que su aspecto sería tan lamentable como el del Ford. Estaba acostumbrado a viajar, pero sus desplazamientos eran más cortos. Se acarició el mentón y lo notó rasposo. Tenía barba de dos días. A Seisdedos no le faltaba razón: necesitaba una buena ducha y una cama blanda, si es que ambas cosas eran posibles. En las pensiones donde se alojaba normalmente esas comodidades no solían estar al alcance de los huéspedes.

Para su sorpresa el Ford arrancó al primer golpe de manivela. El tal Guillermo debía de ser todo un experto en aquel menester.

—¡Arriba!

Seisdedos se acomodó en el asiento delantero y Leandro en el trasero. El vehículo no ofrecía por dentro un aspecto mucho mejor que por fuera —tenía la tapicería desgastada y el cuero de los asientos cuarteado—, pero estaba limpio. Guillermo metió primera y el Ford se puso en marcha.

—Ahora que estamos aquí gente cabal y que nadie más puede oírnos... —Seisdedos se volvió en el asiento para mirar a Leandro—. Le aconsejaré que no se fíe de nadie.

—Estoy acostumbrado a ello. No tiene que recordármelo.

—Pues nadie lo diría. Nada más bajar del tren se ha puesto en manos del primer mozo que lo ha abordado, ¿me equivoco?

—No, no se equivoca. Pero era... sólo un mozo de estación.

—En Algeciras la mayoría de los mozos de estación son soplones de la Guardia Civil. Tampoco debe fiarse de los recepcionistas de hotel.

—No creo que vaya a tener mucha relación con ellos. En las pensiones el dueño hace a veces hasta de mozo.

—Permítame decirle que está alojado en el hotel Reina Cristina.

—¿Dónde dice?

—En el Reina Cristina, el mejor hotel de Algeciras.

Leandro recordó el dinero y los cheques que llevaba en el bolsillo.

—¿Quién lo ha dispuesto, si puede saberse?

—No lo sé. Posiblemente sea cosa del *mister*. A los ingleses les gusta hospedarse en ese hotel. Aunque a mí me lo ha dicho el comandante esta tarde.

—¿Usted también se aloja allí?

Guillermo soltó una carcajada y Seisdedos no pudo evitar una sonrisa.

—Ya me gustaría, ya. Pero no puede ser. No sé lo que cuesta dormir en un hotel como ese, pero no creo que baje de los ocho o diez duros. Yo duermo en casa de Guillermo. Si no le gusta el sitio, se lo cambio. —Miró a Guillermo—. No lo digo por ofenderte, pero es que el Reina Cristina…

—No te justifiques, Seisdedos, que yo haría lo mismo. ¡Un lujo! —exclamó Guillermo—. ¡Ya me gustaría, aunque sólo fuera una noche y con mi Filomena!

Leandro pensó que a ese ritmo el dinero para gastos le duraría poco. Iba a decir algo, pero Seisdedos se le adelantó.

—Como afirma Guillermo, es un lujo. Y no lo digo únicamente por las comodidades.

Leandro decidió dejar a un lado la cuestión económica.

—¿A qué se refiere?

—Algeciras es un nido de espías, amigo San Martín. Eso no es nuevo. La cosa viene de lejos. El hecho de que Gibraltar esté ahí es una tentación para esa clase de personas. También la proximidad de Tánger, al otro lado del Estrecho. Como Gibraltar, Tánger es un refugio para mucha gente.

—¿Incluso después de que las tropas de Franco lo hayan ocupado?

—Allí ocurre lo mismo que en Algeciras. Mientras España mantenga lo que las autoridades franquistas llaman «neutralidad» habrá gente de diferentes nacionalidades, y en ese ambiente es donde los espías pueden moverse como peces en el agua. La mayoría de los visitantes importantes que vienen a Algeciras se alojan en ese hotel y desde luego muchos de los espías se instalan allí. Estará usted en el cogollo, lo que significa ventajas e inconvenientes. Habrá de tener mucho cuidado. Pero es un lujo tenerlos a mano.

—Pero sólo soy un simple viajante de comercio. Alojarme en ese sitio levantará sospechas. Además, ¿cómo voy a pagar un alojamiento como ese? Instalarme en ese hotel en mis circunstancias puede ocasionarme más inconvenientes que ventajas.

—Bueno, bueno… Usted no es un simple viajante de comercio. Según tengo entendido, ha venido a hacer una operación comercial de tal envergadura que bien merece un acomodo decente. En cualquier caso, tenemos una bala en la recámara.

A Leandro empezaba a molestarle que su vida estuviera en boca de los demás. Seisdedos estaba al tanto de su llegada y de su encuentro con Távora y Canales.

Seisdedos sacó un sobre del bolsillo de su americana y se lo entregó a Leandro.

—¿Qué es esto?

—Dentro hay un papel con instrucciones.

Las instrucciones eran un número de teléfono y una escueta frase: *Una vez que esté alojado, llame a este número.*

—¿Sabe a quién corresponde este teléfono?

—Ni idea. Pero por el número yo diría que es de Madrid. Leandro se guardó el sobre y se arrellanó en el asiento.

—Ya nos queda poco —comentó Guillermo en un intento de romper el silencio que se había instalado en el vehículo—. El hotel está al final de esta avenida.

—Tome. —Seisdedos le entregó un papel doblado.

—¿Más instrucciones?

—Me parece que le interesa.

Leandro desdobló el papel. En él estaba escrita una dirección: *Calle Prim, número 6.*

—¿Qué hay ahí?

—En esa casa vive Mercedes de la Cruz.

Leandro se quedó pensativo mirando por la ventanilla.

24

Berlín

Jodl observó a los tres hombres de la Gestapo que se acercaban.

Reconoció al teniente Singer y al agente Lohse, y supuso que el tercero era quien vigilaba la casa. Expulsaba lentamente el humo de la primera calada que había dado al cigarrillo cuando el teniente extendió el brazo y saludó:

—*¡Heil Hitler!*

Los otros dos lo imitaron de inmediato. Jodl respondió de la misma forma.

—Mi general, ¿hay alguna novedad?

Jodl lo miró con displicencia. El teniente empezaba a resultarle antipático, aunque lo disimulase ante su esposa. En lugar de responderle, se llevó el pitillo a la boca y expulsó el humo con calculada lentitud. Si Singer esperaba una confirmación a lo que ya sabía, no la tuvo. Al teniente se le contrajo el rostro cuando comprobó que el general, después de dar otra calada a su cigarrillo, lo arrojó al suelo.

—¿Por qué me lo pregunta si tiene sometida a vigilancia mi casa?

Singer no estaba acostumbrado a tales formas. Carraspeó, nervioso.

—Tengo información de que... han tenido ustedes noticias de Martha Steiner. ¿Estoy en lo cierto?

—En efecto, Martha está en mi casa.

El general permanecía en el umbral, como si fuera el guardián del edificio.

Singer carraspeó de nuevo.

—Dadas las circunstancias, necesitaríamos hacerle algunas preguntas.

—Me temo que eso no va a ser posible.

La respuesta fue como un latigazo en los oídos de Singer.

—¿Está interfiriendo en la acción de la policía? Me veo en la obligación de decirle...

—¡Déjese de monsergas, teniente! ¿No le han explicado en qué estado llegaba? No está en condiciones de responder. —Jodl desafió a Singer con la mirada—. Podrá hacer a Martha las preguntas que considere necesarias cuando haya recuperado sus facultades. Han debido drogarla, y en estos momentos está..., está perturbada.

—¿Cómo sabe que la han drogado?

—He dicho «han debido de drogarla». No soy experto, pero sus síntomas son evidentes.

Singer supo que aquella batalla la tenía perdida.

—¿Cuándo cree que podríamos interrogarla?

Jodl se encogió de hombros.

—No sé. Quizá en un par de días. Necesita recuperarse. Está mal.

—En ese caso, ¿no cree que debería verla un médico? La información que puede proporcionarnos es muy valiosa —insistió Singer—. Piense, general, que ya no se trata sólo del robo de unas joyas, sino de la muerte de una persona, y... —Otra vez carraspeó—. Y no se trataba de una persona cualquiera. Angela Baum había prestado importantes servicios al Reich.

El general olfateó la trampa. Posiblemente el teniente estaba informado de la visita del doctor Grass, y mentir a la policía no era una buena opción. Había visto caer, aunque por cuestiones muy diferentes, a hombres más poderosos que él. Hitler le mostraba cierta deferencia, pero lo irritaba cuando no aceptaba sin reparos sus planteamientos estratégicos, como hacían la mayor parte de sus compañeros. Tenía que mostrarse cuidadoso. Werner Grass les había dejado claro que no quería complicaciones con la Gestapo.

Decidió responderle de forma ambigua.

—Si la situación de Martha se complicara, no le quepa la menor duda de que avisaría a un médico.

A Singer le habría gustado entrar en casa de Jodl y llevarse a la joven para interrogarla a placer. Pero no podía irrumpir en el domicilio de un general como si fuera el de un individuo cualquiera. Se había percatado de que, desde el primer momento, *frau* Jodl lo trataba con una frialdad rayana en el desprecio, y ahora la presencia de aquel agente que vigilaba el inmueble había sentado mal al general. Lo mejor era una tregua.

—General, mañana volveremos. Espero que Martha Steiner se haya recuperado y que pueda responder a algunas preguntas. ¿Le parece bien a eso del mediodía?

—Usted puede venir cuando guste. Lo que no le aseguro es que mañana Martha esté en condiciones de responder a sus preguntas.

—*¡Heil Hitler!* —El teniente extendió el brazo y dio un sonoro taconazo.

—*¡Heil!*

Antes de marcharse, Singer dejó claro que no estaba dispuesto a soltar la presa.

—Seguiremos dispensando protección a su domicilio para evitar una sorpresa, mi general.

Vio cómo Singer y Lohse se marchaban, y el tercer agente se quedaba en la esquina. Optó por aguardar el regreso de Hermann y encendió otro cigarrillo. Mientras esperaba, tomó la decisión de permanecer en su casa. No se fiaba de Singer. Tenía la impresión de que, por conseguir un ascenso, el teniente estaría dispuesto a cualquier cosa.

Cinco minutos más tarde Hermann apareció con las medicinas recetadas por el doctor Grass.

Jodl le dio las gracias y, como siempre, no utilizó el ascensor. Su esposa le respondió desde la habitación de Martha. Fue hasta allí y le entregó lo que el portero le había dado.

—Estaré en el despacho. Llámame si me necesitas.
—Muy bien, yo me quedaré aquí con Martha.

Llamó al OKW para tranquilizar a Margarethe y decirle que se quedaría en su hogar para ultimar los detalles de la operación.

La jornada transcurrió entre el despacho y las visitas al dormitorio de Martha. Petra se marchó por la tarde después de dejarles preparada la cena, que Irma y él comieron muy tarde. A los postres, su esposa le dijo que velaría a Martha toda la noche.

A la mañana siguiente Jodl se levantó a las seis y media, como siempre. No le gustaban las prisas. Fue hasta el dormitorio de Martha y asomó la cabeza. Su esposa, que dormitaba en un sillón, se sobresaltó con el leve ruido que hizo la puerta.

—Lo siento, querida.
—Estaba adormilada.
—¿Qué tal la noche?
—Bien, Martha ha estado tranquila y no ha delirado.

Hace varias horas que duerme; de vez en cuando tiene una sacudida, un estremecimiento que no la despierta.

Irma le pasó un paño húmedo por la frente y le refrescó los labios, siguiendo las prescripciones del doctor Grass. No había dejado de hacerlo en toda la noche.

Jodl se aseó, se afeitó, desayunó frugalmente y aguardó a que dieran las ocho para telefonear al OKW a fin de decir a Margarethe que seguiría en casa. No deseaba dejar a Irma sola cuando Singer apareciera. También quería probar suerte siguiendo las instrucciones que le habían dado los técnicos que Canaris le había enviado.

—Oficina del departamento de Mando y Operaciones, ¿dígame?

—Margarethe, hoy también me quedaré aquí, todo el día.

—¿Ha ocurrido algo?

—No, Margarethe. Martha ha pasado la noche tranquila. Diga al capitán Liebermann que me llame, necesito hablar con él. Otra cosa, Margarethe, procure que no se me moleste, salvo que se trate de algo muy excepcional. Puedo trabajar en mi despacho y no quiero dejar sola a mi esposa. Martha no ha regresado en... las mejores condiciones.

—¿Precisa *frau* Jodl alguna ayuda? Si quiere yo podría ir a su domicilio y...

—Se lo agradezco, Margarethe, pero no es necesario. Además, necesito que usted atienda las llamadas ahí.

—Como usted ordene.

—¡Ah! Localice al general Kübler.

—¿Ha dicho Kübler?

—Sí, Ludwig Kübler, el jefe de la División Edelweiss.

—Muy bien, señor. Trataré de localizarlo hoy mismo.

—Es muy urgente. Necesito un número de teléfono que me permita ponerme en contacto con él.

—De acuerdo, señor. Si quiere, podemos establecer la comunicación desde nuestra propia centralita.

—Entérese primero de dónde está el general Kübler.

—Entendido, señor. Le reitero que si *frau* Jodl me necesita para algo… no tiene más que decírmelo.

—Muchas gracias, Margarethe.

Jodl colocó con suavidad el auricular en la horquilla y se quedó pensativo, sin soltar el teléfono. Se acordó de la advertencia de Canaris: debía ser cuidadoso y discreto. También recordó que sus técnicos le habían recomendado que alguna conversación de las que mantuviera fuera lo más larga posible. Para tratar de localizar a los agentes del MI6, los técnicos que habían estado en su casa habían pinchado también su teléfono. Por eso le habían pedido que mantuviera largas conversaciones, porque era la forma que tenían de ubicar el emplazamiento de la escucha. Jodl había decidido intentarlo aquella mañana.

Ludwig Kübler estaba al mando de la Primera División de Montaña, que era conocida popularmente como la División Edelweiss. Había participado en la conquista de Polonia, y fueron tropas de esa división las que actuaron como punta de lanza en la ocupación de las comarcas del este del país. Llegaron hasta las puertas de Leópolis en el mismo límite con Ucrania. Posteriormente fueron trasladados al Frente Occidental y, tras una corta estancia en Renania, acuartelados en varias poblaciones situadas en torno a la comarca de Eifel, habían participado en la ocupación de Francia. Nuevamente se distinguieron en diferentes acciones. Su intervención fue decisiva para cruzar los ríos Mosa y Loira. Uno de sus regimientos estaba compuesto por tropas de élite. Serían las tropas que Jodl utilizaría en la Operación Félix, pero antes tenía que hablar con su comandante. La mayor parte de las unidades de la Edelweiss estaba en alguna zona del norte de

Francia, esperando órdenes para cruzar el canal de la Mancha. Formaban parte del cuerpo de ejército que se había preparado para invadir Gran Bretaña.

Salió a la calle e indicó a Otto que trabajaría en casa.

—Quédese en el OKW. Si lo necesitara, Margarethe le dará instrucciones.

—¡A la orden, mi general!

Luego compartió una taza de café con Irma. Su esposa tenía mala cara.

—Cuando venga Petra podría quedarse con Martha para que tú te eches en la cama un rato.

—¿Tan mal aspecto tengo?

—Simplemente, se te ve cansada. Después de una noche en vela...

—Voy a darme una ducha. Eso me recompondrá. ¿No te marchas?

—No, voy a trabajar en casa. Quiero estar aquí cuando Singer venga.

Irma se levantó y besó a su marido en la frente. Cuando daba el último trago a su café, sonó el timbre de la puerta.

—Es Petra, voy a abrirle.

Jodl se encerró en su despacho y trabajó subrayando con un lápiz rojo algunos de los párrafos más significativos de los folios donde estaban las claves de Félix.

Estaba tan enfrascado que lo sobresaltó el sonido del teléfono.

—Jodl al aparato.

—General, soy Margarethe. Disculpe que lo moleste, pero me parece que debería conocer el contenido de un mensaje que acaban de desencriptar. ¿Se lo leo?

—Será mejor que venga a mi casa y me lo traiga. Otto está ahí. Utilice mi coche para venir. ¿Ha conseguido localizar a Kübler?

—No, mi general. Pero tengo un número al que puede llamarle.

—Está bien. No se entretenga.

—Estaré en su casa en veinte minutos.

Jodl volvió a mirar el teléfono como si se tratara de un objeto extraño antes de colocarlo sobre la horquilla y luego paseó la mirada por el cable que conectaba el aparato al enchufe que había en la pared.

Reconstruía mentalmente lo que había hablado por teléfono. No había comentado nada importante. Sólo había pedido que localizaran a Kübler y Margarethe le había dicho que debía leer un texto que había llegado encriptado.

La espera se le hizo más llevadera porque Irma apareció pocos minutos después en la puerta del despacho. Se había duchado y presentaba mejor aspecto.

—Martha se ha despertado y tiene sed. Voy a llevarle un poco de agua. Está sosegada y me ha dicho que quiere contarnos algo.

—¿A los dos?

—Sí, a los dos.

Martha sólo mostraba el rostro, que aparecía por encima del embozo de la sábana; revelaba signos de cansancio como si hubiera realizado un gran esfuerzo. Aun así, una noche de tranquilidad había cambiado su aspecto. Al ver al general, quien había dado unos golpecitos en la puerta anunciando su llegada, trató de incorporarse.

—¡Martha, por favor! —El general posó su mano sobre el hombro de la joven evitando el intento.

Frau Jodl apareció con el agua, se acercó hasta ella y, sosteniéndole la cabeza, la ayudó a beber unos sorbos.

—¿Cómo te encuentras?

—Muy cansada, señor. Como si me hubieran dado una paliza.

—¿No sería mejor que descansaras y que después nos contaras qué ha sucedido?

—No, señor, tengo que explicárselo ya. Quiero que lo sepan. Ha sido terrible...

Las lágrimas asomaron a sus ojos y tuvo que esforzarse para no romper a llorar.

Frau Jodl dejó el vaso de agua en la mesilla de noche y se sentó en el borde de la cama. Al acariciarle la mejilla, Martha sacó uno de los brazos y agarró la mano de su señora.

—El jueves fui al hospital, como le dije. Quería visitar a una amiga allí internada.

—¿Cuál es su nombre? —le preguntó el general.

—Angela Baum. Nos veíamos algunos jueves al principio de entrar yo a su servicio, hasta que Angela se marchó a vivir a Londres. A través de una amiga, le había salido un trabajo como institutriz. Durante más de tres años no volvimos a vernos, hasta que hace unos días tuve noticias de ella. Sufría anemia e iban a internarla en el Saint Paul.

—¿Llegaste a verla?

—Sí, señor. Cuando entré en el Saint Paul, después de una larga espera, me indicaron el pabellón donde estaba... —La voz se le quebró y tardó unos segundos en poder hablar de nuevo—. Era en la cuarta..., cuarta planta y el ascensor no podía utilizarse porque estaba reservado para el personal del hospital y para los enfermos. Pregunté a una enfermera y me contestó, después de consultar unas notas en la tablilla que llevaba en la mano, que su cama era la dieciséis, pero estaba vacía. Fue otra paciente quien me indicó, aprovechando que la enfermera había desaparecido, la puerta por la que se la habían llevado, hacía apenas un par de minutos, dos médicos. Me fui por donde la mujer me había señalado y, después de recorrer un pasillo, llegué a una especie de distribuidor con varias puertas. Como el lugar estaba en silencio, pude oír un ruido tras una de ellas. La abrí y… Allí estaba Angela, tendida en una camilla, y los…, los dos…, dos doctores.

A Martha se le formó un nudo en la garganta y rompió a llorar desconsoladamente. No pudo continuar.

Pese a los sollozos de la joven, se oyó sonar dos veces el timbre de la puerta.

25

Jodl acudió a abrir, pero Petra se le había adelantado. Era Margarethe acompañada por Otto, quien lo saludó militarmente. El general le devolvió el saludo y luego invitó a su secretaria a pasar.

—Mi general, ¿debo esperar a *fräulein* Margarethe o me marcho al OKW?
—Será mejor que la espere. No tardará mucho.
—A la orden, mi general.
—Acompáñeme al despacho, Margarethe.

Petra se quedó comentando algo con Otto.

Margarethe era una mujer atractiva. Sobrepasaba el metro setenta y cinco, tenía una melena rubia y sus ojos eran de un gris verdoso. Vestía un elegante traje de chaqueta azul marino con la botonadura dorada y calzaba zapatos de tacón. Llevaba trabajando con Jodl desde que este se hizo cargo del departamento de Mando y Operaciones del OKW. Gozaba de la entera confianza del general. Su superior le indicó una silla que había al otro lado de su bufete. Margarethe nunca había estado en casa de su jefe. Se sentó con las rodillas muy juntas y las piernas inclinadas.

—Veamos ese texto. Pero…, antes, dígame, ¿quiere tomar un café?

—Se lo agradezco, general, pero no se moleste.

—No es molestia. ¿Aviso a Petra?

—No, general. Muchas gracias.

—Bien…, entonces veamos esos escritos.

Margarethe sacó dos folios de una carpeta de cuero repujado, regalo del general, y le entregó uno de ellos.

—¿Quién ha enviado este texto?

—El coronel Schäffer.

Jodl leyó detenidamente.

—Son magníficas noticias, Margarethe. El coronel Schäffer está haciendo un trabajo excelente. Los datos que necesitamos para Félix son cada vez más completos.

—Me alegro, señor.

—Dentro de muchos años esta operación se estudiará en los libros de historia como la que permitió echar a los británicos de Gibraltar. ¡Vamos a expulsarlos de una vez de las dos llaves del Mediterráneo porque luego le tocará el turno a Suez! ¡Los libros dirán que fue la Wehrmacht quien lo consiguió!

A Margarethe le extrañó ver al general tan eufórico. Siempre se mostraba reservado y ahora estaba exultante. Los datos que aquel mensaje revelaba eran importantes, pero no explicaban un efecto tan intenso.

—¿Ha denominado Félix a la operación por alguna razón especial?

—Es el nombre de una legión romana de la época del emperador Vespasiano. Estaba integrada por hispanos que lucharon en Germania. Ahora serán germanos, hombres de la Wehrmacht, quienes luchen en Hispania.

Margarethe le dedicó una sonrisa. Sabía de la gran afición de Alfred Jodl por la historia antigua. Ella había promovido entre los colaboradores más próximos al general regalarle en uno de sus cumpleaños la monumental *Historia de Roma* de Theodor Mommsen y se alegraba de ver los lomos de sus cinco volúmenes, encuadernados en piel, en la estantería que quedaba a la espalda de su superior.

—Este otro ha llegado de la central de la Abwehr. Como verá, hay un largo párrafo que no..., no tiene sentido. He indicado al descodificador que lo revisara. Lo ha hecho hasta tres veces, pero el resultado ha sido el mismo. No sé si se tratará de un error. No había ocurrido jamás.

Jodl apenas prestaba atención a lo que Margarethe comentaba, concentrado como estaba en la lectura del segundo de los folios.

—¿Ha leído el párrafo que le he comentado? No..., no tiene explicación.

Le extrañó que el general no diera importancia a ese detalle.

—Muy bien, Margarethe. ¿Esto es todo?

—Sí, señor. ¿Hay que dar alguna respuesta?

—Sí. ¿Puede tomar nota?

—Desde luego, señor.

Margarethe recogió taquigráficamente lo que el general iba dictándole. Cuando concluyó lo leyó para evitar algún error.

—Todo correcto. Envíelo cifrado a la sede de la Abwehr.

—Lo tendrán en su poder esta misma mañana. —Margarethe entregó al general un papelito—. Ese es el teléfono donde se puede localizar al general Kübler.

Jodl miró el papel. Sólo había anotado un número.

—¿Sabe dónde está?

—En Arrás, cerca de Calais. Ese número es el del cuartel general de su división. Si quiere, cuando regrese, puedo prepararle una comunicación.

—No es necesario. Hablaré con él desde aquí.

—Como usted prefiera, señor. Ah, otra cosa. A quien no he podido localizar ha sido al capitán Liebermann. Desde ayer, después de que usted se viniera a casa, no se le ha visto por el OKW.

—¡Qué extraño…! Procure localizarlo.

El general se puso en pie y Margarethe también se levantó. Jodl la acompañó hasta la puerta del ascensor. Cuando volvió al despacho tomó el texto de la Abwehr. Canaris había utilizado una información intrascendente como tapadera para lo que deseaba comunicarle. No se trataba de un error de transcripción. Era un mensaje codificado dentro de la encriptación. Era uno de los muchos códigos que la Abwehr empleaba para asuntos a los que daba un tratamiento especial. El acceso a sus claves sólo lo poseía un círculo muy reducido de personas. Jodl lo tenía porque Canaris se lo había facilitado cuando hablaron por última vez para que pudiera pasarle información a la que, dada la existencia de un topo, nadie en su entorno pudiera acceder.

Aquel largo párrafo sin sentido significaba que Canaris quería decirle algo que sólo él pudiera leer. Jodl se acercó a la estantería y cogió *Cruzada contra el Grial*, el libro de Otto Rahn que había entusiasmado a Himmler. Sacó el papel que había entre sus páginas, se sentó de nuevo y comenzó a transcribir el texto que Canaris —únicamente podía haber sido el propio almirante— le había enviado con un doble encriptamiento. Descifrarlo era una operación relativamente fácil si se disponía de la clave; aun así, resultaba compleja porque había que hacer una complicada transposición de letras que daba lugar a nuevas palabras. Poco a poco, el sinsentido del párrafo fue desvelándose. Cuando Jodl concluyó, disponía de un texto que le revelaba el nombre del topo que tenía entre sus colaboradores, una indicación acerca de la pista que había puesto sobre aviso a sus agentes, una explicación sobre todo lo que habían averiguado y una advertencia de que mantuviera en secreto cuanto acababa de conocer. La operación no estaba cerrada.

Jodl no se explicaba cómo había podido estar tan ciego. Aquella revelación significaba un golpe tan duro para él que en su fuero interno se negaba a creer que esa persona podía haber estado espiando para el enemigo. Le costaba trabajo admitirlo, pero los datos que habían reunido los agentes de Canaris eran de una contundencia que sus reticencias eran un sentimiento alejado de la racionalidad.

Se retrepó en su sillón y se preguntó cómo era posible que el almirante hubiera necesitado tan poco tiempo para descubrirlo. Sólo cuarenta y ocho horas. Tenía que hablar con él, y deseaba que fuera lo antes posible. Reparó en la nota que Margarethe le había dejado con el número para localizar a Kübler. Se quedó un buen rato mirando el teléfono, pensó detenidamente lo que iba a hacer mientras encendía otro cigarrillo —era la segunda vez que rompía su norma de fumar tan sólo en momentos del día muy concretos— y luego pidió una conferencia y aguardó pacientemente a que le respondieran.

—Cuartel general de la Primera División de Montaña.

—Soy el general Jodl del OKW, póngame con el oficial de comunicaciones.

—¿Ha dicho del OKW?

—Eso he dicho.

—¡A la orden, mi general! ¡Enseguida le pongo al habla con el capitán Hassel, mi general!

Jodl no podía ver la cara del soldado, pero sus exclamaciones eran prueba de su desconcierto. No era habitual que un general llamase directamente por teléfono, pero eso formaba parte de su plan. Aunque no había previsto posibles problemas para hablar con Kübler, era posible que no se tomasen en serio una llamada como aquella.

Tuvo que esperar varios minutos —no era mal principio— con el auricular pegado a la oreja hasta que oyó una voz que tronaba en el teléfono.

—Soy el capitán Hassel, responsable de comunicaciones de la Primera División de Montaña. ¿Con quién hablo?

—Con el general Alfred Jodl, jefe del departamento de Mando y Operaciones del OKW. Necesito hablar con el general Kübler.

—Disculpe, ¿cómo sé que es usted quien dice ser?

Jodl recordó cómo había conocido a Kübler. Fue en la Academia de Múnich en el año 1910. Kübler era teniente en el regimiento de cadetes de Infantería de Baviera y fue él quien los recibió. Aquella primera noche los despertó a las tres de la madrugada para sofocar un pequeño incendio que se había producido en una cuadra. Jodl salvó el caballo del general director y Kübler lo felicitó.

—Diga al general que soy el cadete que en 1910 salvó el caballo del director de la Academia de Múnich. El caballo era negro y se llamaba Walhalla.

La voz del capitán sonó mucho más amable.

—Aguarde un momento, señor.

La espera fue aún más larga que la anterior. Los agentes de Canaris no podrían quejarse. Jodl meditó cuidadosamente la forma de abordar la conversación que iba a mantener. No podía dar ninguna clase de información y tenía que alargar la comunicación para que permitiera localizar a los agentes británicos. Habían pasado casi cinco minutos; eso hizo pensar a Jodl que había dudas acerca de la veracidad de la llamada, pese a los datos que había proporcionado al capitán Hassel. Tras la espera, lo único que oyó fue un escueto:

—Le paso, señor.

Instantes después sonó una voz ronca.

—Kübler al aparato. Me han dicho que es usted el general Jodl, ¿es cierto?

—Es cierto.

—¿Estoy hablando con el responsable del departamento de Mando y Operaciones del OKW? ¿Es usted realmente Jodl?

—¡Claro que sí! ¡Soy Alfred Jodl! ¿Cómo si no iba a saber lo del caballo?

—Podría conocerlo por algún otro conducto. ¿Quiere decirme cómo se llama su esposa? Le pregunto por su nombre de soltera.

—Veo que no se fía, general.

—Ni de mi propia sombra. ¿No estará tratando de ganar tiempo para conocer la respuesta a mi pregunta?

—El nombre de soltera de mi esposa era Irma Gräfin von Bullion. Me casé con ella el 20 de septiembre de 1913. ¿Satisfecho?

—Ha superado el examen.

Durante unos minutos los dos generales comentaron algunas anécdotas de la época en que coincidieron en Múnich. Jodl prolongó la conversación hasta que Kübler, mucho más relajado que al inició de la conversación, le preguntó:

—Bien, general, ¿qué desea? ¿Por fin se han decidido en Berlín? Sepa que aquí estamos ansiosos… esperando que las órdenes lleguen de una maldita vez.

Jodl no necesitaba verlo para saber que estaba hablando con Kübler. Solía llamar a las cosas por su nombre. En la academia ya se mostraba muy rudo y destacaba por su falta de delicadeza. Pero tenía a su favor una eficiencia a toda prueba. No se había equivocado al decidir qué tropas de su división llevarían el peso de la Operación Félix.

—Esa decisión se ha tomado.

—¡Ya era hora! ¿Cuándo cruzamos el Canal para dar a los *tommies* la que no pudimos darles en Dunkerque?

—No vaya tan deprisa, general. Precisamente para concretar detalles tendrá que venir a Berlín. ¿Le suena el nombre de la isla de Wight?

Durante unos segundos el silencio se impuso en la línea telefónica.

—¿Es la isla que está frente al estuario del Test, cerca de Southampton… o como demonios se diga? ¿Es ahí donde por fin han decidido que desembarquemos?

—Sobresaliente en geografía, Kübler. No pierda un minuto y véngase para Berlín. Lo espero mañana en mi despacho.

Jodl colgó el teléfono y comprobó la hora. Había estado hablando cerca de veinte minutos con Kübler. Esperaba que ese tiempo hubiera servido para algo.

Jodl trató de abordar de nuevo los detalles de la operación. Sin embargo, lo que el texto cifrado de Canaris le había revelado no le permitía concentrarse. Toda su capacidad se había ido en el esfuerzo hecho para hablar con Kübler. Se disponía a abandonar el despacho cuando sonó el teléfono.

—¿Dígame?

Oyó un sonido extraño en la línea y a continuación la voz de Canaris.

—Alfred, ha estado usted magistral. Un profesional no lo habría hecho mejor. Le felicito. Los hemos localizado con mucha precisión.

—¿Dónde?

—En un piso cercano a la confluencia de Bismarckstrasse y Wagnerstrasse.

—Pero…, pero esta llamada…, ¡ellos estarán oyéndola!

—Sólo oyen una interferencia. No haga ningún comentario de lo que acabo de decirle. La parte más delicada de la operación será localizar el sitio exacto y eso nos llevará algunos días. Pero ya los tenemos. Présteme mucha atención: ahora oirá un ruido como el que ha percibido al descolgar el teléfono. No cuelgue y hablemos de…, de una reunión que tendremos mañana. Actúe con toda naturalidad, como si lleváramos conversando unos minutos. Luego nos despediremos y colgamos. ¿Entendido?

—Entendido, almirante.

—Supongo que quiere que comentemos el contenido del mensaje cifrado.

—Así es.

—Lo haremos. Pero ahora no es posible. Estas interferencias no pueden prolongarse más allá de un par de minutos. Hablemos de la reunión de mañana y después colguemos. Yo lo haré primero.

Hablaron brevemente de que se verían para comentar unos datos importantes y Canaris colgó. A Jodl los avances tecnológicos de su tiempo le parecían cosa de magia.

Salió del despacho. Se sentía bastante agobiado y decidió que le sentaría bien pasar al dormitorio de Martha. Quizá la joven se hubiera recuperado un poco y terminara de contarles lo ocurrido.

Llamó suavemente a la puerta de la alcoba y la voz de su esposa lo invitó a pasar.

—¿Cómo te encuentras? —le preguntó el general acercándose al lecho.

—Mucho mejor, señor.

—Mientras atendías a Margarethe, ha tomado un poco de caldo y un trozo de pastel —añadió Irma—. ¿Sabes que ha preferido esperar a que estuvieras presente para continuar su relato?

Jodl le dedicó una sonrisa, acercó una silla y se sentó. Pero antes de que abriera la boca, Petra asomó la cabeza.

—Señora, los policías que el otro día vinieron para

hablar conmigo están en la puerta. Preguntan por Martha. ¿Los hago pasar?

Irma miró a su esposo.

—Creo que Martha no está en condiciones de que ese teniente la interrogue.

—Desde luego. Deja que yo resuelva este asunto.

El general volvió a la habitación de Martha unos minutos después.

—Regresarán esta tarde. He dicho a Singer que no le aseguro que Martha esté en condiciones de responder.

Jodl se sentó nuevamente junto a la cama y con la mirada la invitó a hablar.

—Con Angela había dos doctores. Me extrañó ver que estaba atada a la camilla y amordazada. Uno de los médicos se disponía a inyectarle algo en el brazo con una jeringuilla que tenía en la mano. Me puse muy nerviosa. Iba a gritar, cuando alguien por detrás… Bueno, no lo recuerdo muy bien. Me dieron un golpe en la cabeza que me dejó atontada. A pesar de ello pude ver que Angela se retorcía tratando de liberarse de sus ligaduras, pero cuando le pusieron la inyección se serenó. Lo antes posible volveré al Saint Paul para saber cómo se encuentra. Esa no es forma de tratar a los pacientes.

—¿Qué pasó después, Martha? —le preguntó *frau* Jodl.

—No lo recuerdo. Intenté incorporarme, pero aturdida como estaba me hicieron tragar algo y luego… No puedo decir cuánto tiempo transcurrió. Noté un pinchazo en el brazo. Todos estos días tengo…, tengo algunos recuerdos borrosos… y sensaciones. Imágenes de una habitación sumida en la penumbra. Hombres que entraban y salían. El sonido de conversaciones apagadas. Me parece que me introdujeron en un coche. No sé cómo he llegado aquí.

—Hermann te encontró merodeando por el jardín.

—También ese momento está borroso en mi mente. Recuerdo a Hermann entre sueños.

—¿No recuerdas cómo saliste del hospital? —le preguntó el general.

—No, señor, no lo recuerdo.

—¿Podrías identificar a esos… doctores?

—No lo sé.

—¿Recuerdas qué aspecto tenían?

—Eran corpulentos… No…, no recuerdo más. Lo siento.

—No te preocupes. Lo importante es que ya estás aquí y que todo ha pasado. Ahora debes seguir descansando.

El general y su esposa salieron del dormitorio de Martha y acordaron no contarle, por el momento, nada de lo ocurrido.

26

Algeciras

El hotel Reina Cristina tenía por fuera aspecto de mansión aristocrática de la campiña inglesa a la que se habían añadido algunos detalles de la arquitectura propia de la zona, como el blanco de sus paredes o el ladrillo de las arcadas. La explanada delantera estaba ajardinada. Numerosas palmeras ocultaban la visión de una parte del inmueble.

El Ford T se detuvo ante la puerta. Guillermo cerró el contacto y el motor hizo un extraño ruido antes de apagarse.

Al oírlo, dos mozos aparecieron en la puerta, pero dudaron antes de hacerse cargo del equipaje. Leandro entró acompañado de Seisdedos y Guillermo. El vestíbulo era lujoso. Al fondo, más allá del mostrador de recepción, se veía un amplio salón con cómodos sillones ocupados por algunas personas. Unas leían el periódico o fumaban en silencio y otras conversaban.

Leandro se encontraba fuera de lugar. Ni en sus años de profesor universitario había pisado hoteles como aquel, aunque en Berlín había estado en el Adlon en los años en que hizo su doctorado. El Adlon, que se alzaba junto a la Puerta de Brandemburgo, era el hotel más lujoso de la ciudad.

Leandro se sentía inseguro, y la compañía de Seisdedos y Guillermo no contribuía a mejorar su ánimo. Era evidente que no encajaban en el elegante marco del hotel Reina Cristina.

Con todo, en el mostrador de recepción Seisdedos demostró una soltura muy superior a la que cabía esperar de él.

—Buenas noches.

El recepcionista, pulcramente uniformado, lo midió con la mirada, tratando de calibrar su categoría, antes de responder al saludo.

—Buenas noches.

—Hay una habitación reservada a nombre del señor San Martín.

El recepcionista hizo una mueca casi desdeñosa y preguntó:

—¿Ha dicho San Martín?

Seisdedos le dedicó una mirada desafiante y elevó el tono de voz.

—Sí, don Leandro San Martín.

Otro recepcionista, que atendía a dos señoras elegantemente vestidas y preguntaban por una mujer de nombre extranjero, los miró de soslayo. También ambas damas miraron a los recién llegados y fruncieron el ceño.

—Un momento, señor.

El empleado del hotel repasó un voluminoso fichero, moviendo los dedos con la agilidad propia de un cajero de banco, hasta encontrar lo que buscaba. Echó un vistazo a la ficha y su aire de superioridad desapareció como por ensalmo.

—¡Aquí está! Don Leandro San Martín. Tiene reservada habitación para una semana... prorrogable por otra más. La primera semana está abonada y tiene abierta cuenta de crédito por un total de dos mil quinientas pesetas.

Seisdedos miró a Leandro, a quien la cifra lo había desconcertado, y soltó un silbido.

—¡Huésped de primera categoría! —exclamó Seisdedos.

Tras un silencio que incluía a las damas, el recepcionista le solicitó:

—¿Su cédula personal, por favor?

—Se confunde. El alojado es este caballero.

Leandro le entregó el documento sin decir palabra. Estaba abrumado.

El recepcionista anotó sus datos en una ficha y después los copió en el impreso que los establecimientos de hostelería facilitaban diariamente a la policía. Mientras Leandro firmaba en el lugar donde el empleado le había indicado, este último buscó en el casillero la llave de su habitación y se la dio a un botones que acudió a su señal.

—Acompaña a don Leandro a la doscientos quince.

—Le habrá asignado una buena habitación… —Seisdedos miró muy serio al recepcionista.

—Desde luego, señor.

Se retiraron unos pasos, y Seisdedos tomó a Leandro por el brazo y estuvo susurrándole algo al oído. Leandro asintió con la cabeza. Sólo al final dijo algo a Seisdedos. Este sonrió y le hizo un breve comentario.

—Entonces, hasta mañana.

Se despidieron con un apretón de manos y también estrechó la de Guillermo.

El botones lo condujo hasta la habitación, donde le explicó que tenía teléfono y que contaba con aparato de radio, y le mostró las vistas sobre la bahía. Leandro lo gratificó con una generosa propina al marcharse y, una vez solo, se quitó la chaqueta y se sentó en la cama. El colchón le pareció mullido. Deshizo las maletas y fue colocando la ropa con mucho cuidado en el armario. Luego se asomó a la terraza. La temperatura era agradable. El día se había apagado y las luces titilaban trazando un arco por la costa desde La Línea de la Concepción, continuando por la playa de Palmones, hasta las primeras construcciones de Algeciras. La bahía que se extendía ante él la delimitaba hacia el este una mole negra de formas recortadas. Era el Peñón de Gibraltar. Se acordó de Amalia y, una vez más, lamentó no haberle podido hacer la pregunta que le quemaba las entrañas. Sobre todo sintió una punzada de nostalgia por no tenerla a su lado y disfrutar juntos de aquel mar en calma. A lo lejos se atisbaban algunos barquitos con los fanales encendidos acercándose al puerto algecireño que, sin verlo, percibía a sus pies.

Entró en la habitación para buscar el paquete de cigarrillos en el bolsillo de su chaqueta, y se encontró con el sobre y el papel que Seisdedos le había dado. Recordó que debía llamar al número de teléfono que estaba anotado en él. Encendió el cigarrillo, descolgó el teléfono y oyó la voz de una mujer.

—Centralita, ¿dígame?

—Necesito hablar con un número de Madrid. ¿Hay mucha demora?

—Con Madrid entre treinta y cuarenta y cinco minutos.

—Muy bien. Anote el número.

La telefonista le dijo que le pasaría la llamada a la habitación.

Leandro leyó el papel donde estaba anotada la dirección de Mercedes de la Cruz: *Calle Prim, número 6.*

Decidió ir a verla aquella misma noche. Si quería visitarla, no podía entretenerse. Se desnudó, se afeitó y, en lugar de un baño, se dio una ducha más rápida de lo que habría deseado. Un baño era un placer inalcanzable y una ducha no estaba a su disposición todos los días. El agua lo recompuso del cansancio que había acumulado tras pasar tanto tiempo en el tren. Se vistió con ropa limpia y un traje que le pareció demasiado arrugado después de muchas horas en la maleta. Sus sueños los acaparaba Amalia, pero deseaba causar a Mercedes una buena impresión. Sólo habían transcurrido veinte minutos. Las conferencias nunca se adelantaban, lo frecuente era que las telefonistas se excusasen por los retardos si la demora era mayor.

Tenía tiempo de pedir la información que deseaba. Bajó la escalera sin utilizar el ascensor y se acercó a recepción.

—Por favor, ¿podría decirme si la calle Prim queda muy lejos?

—Está muy cerca de aquí, señor San Martín —respondió el recepcionista que lo había atendido al llegar—, apenas tardará cinco minutos. Tiene que… —La explicación fue muy breve. La calle estaba a medio camino del edificio del Ayuntamiento y no tenía pérdida—. Por cierto, don Leandro, se me olvidó dárselo antes. —El recepcionista le entregó un sobre.

—¿Qué es esto? —preguntó sin abrirlo.

—No lo sé, señor. Lo dejaron a media tarde. En el sobre está escrito su nombre.

Le dio las gracias y se metió en el ascensor. En el sobre había un pasaporte de Reino Unido. Estupefacto, comprobó que tenía su fotografía y que estaba a nombre de Robert Windhill, nacido en Londres en 1906, el mismo día que él.

—¿Cómo demonios han conseguido la fotografía? —farfulló.

Recordó haberse hecho unas fotografías para su carné profesional cuando entró a trabajar con el señor Benítez. Amalia le indicó el fotógrafo al que debería acudir. Tan pronto como halló explicación para la fotografía, tuvo la sensación de que empezaba a pisar un terreno mucho más peligroso de lo que le habían pintado en la trastienda de la librería de Santisteban. Dudó que aquel pasaporte le sirviera para algo. Su inglés lo delataría, aunque la Guardia Civil no distinguiría muy bien la pronunciación. Algunos guardias apenas sabían leer y escribir. Ya en la habitación comprobó que en el sobre había una nota en la que se le indicaba que sólo debía utilizarlo en caso de emergencia. Salió de nuevo a la terraza aguardando a que el teléfono sonase. La oscuridad se había impuesto y el Peñón casi se había fundido con la negrura de la noche. Encendió otro cigarrillo y de nuevo lo invadió una sensación de nostalgia por la ausencia de Amalia.

No había terminado el pitillo cuando oyó el sonido del teléfono. Habían pasado tres cuartos de hora.

—Su conferencia, señor.

Tras el chasquido de una clavija oyó una voz de mujer:

—¿Don Leandro San Martín?

—Sí, soy yo.

—Un momento, por favor.

Sólo fueron unos segundos.

—San Martín, soy Walton. ¿Qué tal su viaje?

—Largo, muy largo, Walton. Treinta horas. ¡Lo demás se lo puede imaginar!

—Pero ya está en Algeciras.

—Eso es cierto.

—En primer lugar, lo que quiero es agradecerle que haya decidido colaborar con nosotros. Sepa que más allá de... —Walton buscó las palabras adecuadas—. Más allá de otras consideraciones, está usted colaborando con una causa justa.

—Vaya al grano. —Leandro no deseaba prolongar la llamada.

—Bien, si lo prefiere... Tiene pagado el alojamiento

durante una semana. Cuenta con un crédito de dos mil quinientas pesetas para abonar otros gastos. Y podría prolongar su estancia una semana más en el Reina Cristina, si es preciso. Estamos seguros de que en ese hotel se alojan… Bueno, usted ya me entiende.

—Un momento… ¿Cómo sé que usted es John Walton?

—Simplemente porque este número de teléfono se lo ha dado Seisdedos. ¿No le parece suficiente garantía? Supongo que estará satisfecho con la forma en que hemos resuelto su desplazamiento. Cuando mañana visite la empresa todo serán facilidades.

—Entonces ¿lo de Távora y Canales va en serio?

—Completamente en serio. Le diré algo que evidencia la confianza que tengo en usted… —Transcurrieron un par de segundos antes de que Walton siguiera hablando—. Esas sábanas y mantas son un encargo del ejército británico para atender las necesidades de la guarnición de Gibraltar.

Leandro soltó un silbido.

—¿Sorprendido?

—Sorprendido y aliviado. Estaba preocupado con que todo fuera una farsa.

—No lo es. Mañana lo comprobará personalmente. Don Serafín Távora lo espera a las diez. Seisdedos estará media hora antes en el vestíbulo del hotel para acompañarlo. Supongo que le han entregado el pasaporte, y en recepción hay una carta que le será de utilidad.

—¿Una carta?

—Una carta; sí. ¿No se la han dado?

—No señor.

—Se la darán esta misma noche. Si no fuera así, llámeme, por favor.

—Muy bien.

—¡Ah! Se me olvidaba. La carta está sellada con lacre

verde. Si este está roto, póngase en contacto conmigo inmediatamente.

—Muy bien.

—Si necesita ayuda, llame. Puede hacerlo a cualquier hora. Sólo tiene que preguntar por mí e identificarse como Robert Windhill. Si no estoy en ese momento, me pondré en contacto con usted en cuanto pueda. Pero sólo llame en caso de urgencia. Otra cosa: no comente con nadie las instrucciones de la carta.

—¿Tampoco con Seisdedos?

—Tampoco. ¿Alguna pregunta más?

—Ninguna.

—Entonces, buenas noches, San Martín.

—Buenas noches.

Un sonido seco anunció a Leandro que se había cortado la comunicación. Estaban a punto de dar las diez. Se puso la chaqueta y bajó por la escalera dispuesto a no perder un minuto. Tenía ganas de volver a ver a Mercedes. Encontró el vestíbulo lleno de gente; había bastantes uniformes militares.

—Creo que hay una carta para mí —dijo cuando entregó la llave en recepción.

—La doscientos quince, ¿verdad?

—Sí, la doscientos quince.

—Lo lamento, don Leandro. No hay ninguna carta.

—Está bien.

Salió a toda prisa del hotel pensando que la organización y la puntualidad inglesas no eran tan perfectas como los españoles, muy dados a valorar en exceso todo lo que llegaba de fuera, creían. También los británicos tenían sus fallos. Caminó sin detenerse en la dirección que le habían indicado y en pocos minutos estaba en la calle Prim. Buscó el número seis y se encontró con una casita de una sola planta con la pared blanqueada y de aspecto humilde. La puerta estaba cerrada y también las dos ventanas que la flanqueaban. Parecía deshabitada.

—¿Busca a Merceditas?

Leandro percibió un tono malévolo en las tres palabras que habían sonado a su espalda. Se volvió y descubrió, tras una reja en la casa de enfrente, a una mujer que sostenía en la mano el visillo que había descorrido para ver mejor.

—Sí, busco a Mercedes de la Cruz. Me han dado estas señas. ¿Vive aquí?

—Esa es su casa. Pero está con el querindongo —añadió con picardía la mujer.

—¿Cómo dice?

—Que se ha ido con el *querío*. —Alzó la voz como si buscara informar al vecindario.

Leandro se acercó a la mujer. Ofrecía una imagen desaliñada. Tenía el pelo, muy negro, recogido malamente en un moño y una descomunal papada.

—¿Insinúa que Mercedes tiene un amante?, ¿es eso?

—Si quiere llamarlo así… —respondió la mujer. Como si ya no deseara que nadie más oyera lo que iba a decirle, bajó el tono de voz y le explicó—: Se ha marchado hace una media hora con ese capitoste de la Falange, el que le ha hecho la barriga.

—¿Mercedes está embarazada?

—Lo disimula, pero está *preñá*. ¡El puterío que se trae es lo que le ha costado la vida a su madre!

La mujer no podía referirse a Mercedes de la Cruz. Tenía que haber un error.

—¿Esta es la calle Prim?

—Sí, señor, es esta.

—¿Está segura de que aquí vive Mercedes de la Cruz?

—Si quiere verla, vaya al tablao de Manolo Cerezo.

—¿Dónde está eso?

—Por la parte del puerto.
—¿Está cerca del hotel Reina Cristina?
—No sabría decirle, pero a ese tablao se va a algo más que a oír flamenco. La mayoría de quienes se dejan caer por allí van a echar un buen polvo. El flamenco es la tapadera. Si lo que busca es una hembra, allí la encontrará de postín.
—¿Está segura de que hablamos de la misma persona? —insistió Leandro.

La mujer miró a ambos lados de la calle para cerciorarse de que nadie más la oía.

—Esa Merceditas estaba casada con un rojo. Un maestro o un profesor... Un sujeto con ideas, ¿sabe? Lo mataron en la guerra. Vivían en Santiago de Compostela. Al quedarse viuda se vino para acá. Eso fue pocos días antes de que Franco ganara la guerra. Parecía una mosquita muerta. Pero ¡qué va! Era una señoritinga —añadió con desprecio la mujer—, y como su familia estaba en la ruina, se echó a la vida y se vino a vivir ahí enfrente. Su padre también era rojo, ¿sabe? Por eso lo fusilaron los falangistas. Eso fue en los primeros días del Alzamiento. Y ahora la muy puta... Su madre murió poco después de que volviera. Esto no es criticar, sólo referir..., y porque usted me ha preguntado.

Leandro estuvo a punto de soltarle un exabrupto, pero se contuvo. No le convenían los escándalos.

—Con lo que me ha contado, ahora sé que estamos hablando de la misma persona.
—La verdad es que, como muchas otras, Merceditas se ha buscado una forma de ganarse las habichuelas.
—¿Qué quiere decir?
—Que consigue lo que necesita, abriéndose de patas.

La mujer volvió a soltar una carcajada y dejó caer el visillo.

Leandro no podía dar crédito a lo que acababa de

explicarle. Le parecía imposible que fuera Mercedes, pero aquella mujer, a la que no le prestaría un duro si se lo pidiera, le había dado detalles precisos que no dejaban margen para la duda. La Mercedes que él conocía le había parecido un modelo de esposa. Siempre había envidiado a su amigo Antonio Tavera por tener un tesoro como aquel. Se alejó preguntándose cómo era posible que fuera la querida de un falangista.

El itinerario de vuelta era el mismo, pero se le antojó mucho más triste. Reparó en que algunas viviendas estaban cerradas a cal y canto y parecían abandonadas, y tuvo la sensación de que el alumbrado —simples bombillas protegidas por unas pantallas de latón negro que a Leandro, no sabía por qué, siempre le habían recordado a los tricornios de la Guardia Civil— era más pobre. Repentinamente el cansancio, que había enmascarado la ducha, se apoderó de él. Le pesaban las piernas como si fueran de plomo. Le pareció que el hotel estaba muy lejos.

27

Berlín

Martha había almorzado con apetito, acompañando a los Jodl a la mesa. Los efectos de la droga casi habían desaparecido. *Frau* Jodl le preguntó si le apetecía salir y Martha respondió afirmativamente.

—Nos acercaremos a la Alexanderplatz, a las galerías Tietz.

—¿Estarás en condiciones de dar un paseo? —preguntó el general.

—Creo que sí. Estoy muy recuperada.

—Si te sientes cansada, tomaremos un taxi.

—Será mejor que diga a Hermann que os pida uno, querida. ¿A qué hora queréis salir?

—En el momento que estemos arregladas. —*Frau* Jodl consultó su reloj—. Alfred, dile que a las cuatro.

A la hora señalada, las dos mujeres se marcharon y el general se encerró en su despacho. Estaba avanzada la tarde cuando salió a estirar las piernas y dar un paseo. Hermann, que se encontraba en la portería, lo acompañó hasta la calle.

—Mi general, por allí viene *frau* Jodl.

Irma y Martha habían aparecido por la esquina de Friedrichstrasse. Paseaban cogidas del brazo como si fueran una madre y su hija que habían estado de compras. Martha llevaba una bolsa grande en la mano.

Estaban a pocos metros cuando por Dorotheenstrasse apareció Singer, acompañado de su inseparable Lohse. El general recordó que el teniente le había dicho que volvería por la tarde, y allí estaba. A Singer lo desconcertó el aspecto de Martha. Era una mujer elegante, atractiva, esbelta y que respondía a los ideales de belleza que se exaltaban en la propaganda del partido. El cabello, muy rubio, lo tenía recogido en unas trenzas que formaban una especie de corona; sus ojos eran azules. Jamás la habría imaginado del brazo de *frau* Jodl. Eso lo desconcertaba tanto o más que el aspecto de Martha. El teniente recordó las palabras del portero: «Es como si fuera la hija que no han tenido».

—*Fräulein* Steiner, parece completamente recuperada. Su aspecto es muy saludable —comentó Singer—. Supongo que podrá responder a mis preguntas.

El general se quedó mirándolo.

—Teniente, ¿ha olvidado que al acercarse a un superior lo primero es saludarlo?

—*Heil Hitler!* —Y Singer alzó el brazo como impulsado por un resorte.

—*Heil!*

El general salió al encuentro de su esposa y de Martha. Besó en la mejilla tanto a Irma como a la muchacha.

—Estás espléndida, Martha.

—Gracias, señor. La verdad es que estoy mucho mejor. *Frau* Jodl y usted son…, son muy amables.

—Me temo que tendrás que responder a las preguntas del teniente.

El general se volvió hacia donde estaba Singer, quien los miraba en silencio.

—¿Responder a sus preguntas? ¿Por qué?

—Bueno..., has estado secuestrada y también han ocurrido... algunas cosas estos días.
—¿Qué ha sucedido? —preguntó alarmada.
—Mejor será que entremos en casa.

Se acomodaron en la elegante sala de estar de los Jodl, presidida por un enorme retrato —el único cuadro de gran tamaño que había en la casa— del conde Siegfrid Gräfin von Bullion con uniforme militar. Para Singer era una especie de recordatorio de que no podía excederse, aunque la interrogada no pasase de ser una sirvienta. Lo que habría deseado era llevársela a la comisaría, a una celda de los sótanos donde los interrogados, aislados del mundo exterior, quedaban expuestos al «peso» de su autoridad. Era imposible intimidar a la joven en un saloncito como aquel, iluminado por la araña de cristal que colgaba del techo, donde podía incluso sentirse cómoda. Por si fuera poco, estaba acompañada por el general y su esposa, que se había negado rotundamente a dejar a Singer a solas con ella.

Irma Jodl compartía el sofá con Martha, mientras que el general se había instalado en un sillón. El teniente Singer ocupaba otro y Lohse, con su pequeño cuaderno en la mano, se había acomodado en una silla próxima a un rincón, junto a una vitrina donde podían verse numerosos objetos de delicada factura labrados en cristal, porcelana, marfil, plata...

Al teniente lo separaba de las dos mujeres una mesa baja de madera noble sobre la que había varios ceniceros de cristal de Bohemia. Martha vestía un discreto traje de chaqueta gris de buen corte aunque algo anticuado, que le daba el aspecto de una joven de familia acomodada venida a menos. Alrededor de sus ojos podían percibirse unas zonas más oscuras, disimuladas por el maquillaje. A Singer le pareció extraordinariamente hermosa, lo que acentuó su deseo de haberla tenido a su disposición en un sitio donde se sintiera menos protegida.

Sus primeras preguntas respondieron al formulismo de un interrogatorio. Las habría omitido de no estar obligado a guardar las formas. Después sacó un cuaderno negro como si necesitara comprobar un dato. Era una argucia. Había dado tantas vueltas a la información que poseía que no lo necesitaba.

—¿Qué puede decirme de su familia? Tengo entendido que su padre se llama… —Miró otra vez sus apuntes—. Heinrich Steiner.

—Mi padre murió hace seis años.

La respuesta fue tan inmediata que sorprendió a Singer.

—¿Murió? ¿Está segura?

Martha miró a *frau* Jodl.

—¿Le parece procedente esa pregunta? —La esposa del general estaba tensa.

—*Frau* Jodl, ¿conoce los antecedentes familiares de *fräulein* Steiner?

—¿Los antecedentes familiares? —Irma Jodl miró a su marido—. ¿A qué viene eso?

—Tal vez sería conveniente que la propia *fräulein* Steiner se lo explicara.

Martha enrojeció visiblemente, pero sostuvo la mirada al teniente de la Gestapo.

—Mi padre y mi hermano murieron a finales de 1933. Desgraciadamente… —A Martha se le quebró la voz, pero se rehízo rápidamente—. Están muertos, no tenga duda.

—Está bien. Admitamos que es verdad. ¿Su padre se llamaba Heinrich Steiner?

—Sí.

—¿El mismo Heinrich Steiner fichado por la policía por ser un peligroso espartaquista, seguidor de las ideas de Rosa Luxemburgo y propagador de las mismas?

—Sí, mi padre participó en aquellas jornadas. —Martha lo dijo con orgullo—. Añadiré algo más: su muerte no se produjo como consecuencia de un accidente...

—¡Martha! ¿Por qué me contaste que había muerto en un accidente de tren?

La muchacha agachó la cabeza y respondió a *frau* Jodl con la mirada clavada en el suelo.

—«Accidente» fue la palabra empleada por la policía para comunicarnos su muerte. A mi madre y a mí nos informaron de que había fallecido a causa de un accidente.

Irma Jodl miró a su marido.

—¿Qué clase de accidente? —preguntó Singer, intuyendo que iba a ganar la partida más fácilmente de lo que había supuesto.

—Mi padre y mi hermano... —Martha alzó la cabeza—. Ellos fueron detenidos por pertenecer al Partido Comunista. Mi padre... —Dos lágrimas resbalaron por sus mejillas—. Mi padre fue torturado y falleció. Eso fue lo que la policía de Kiel calificó de «accidente».

—Hay..., hay algo de verdad en lo que acaba de decir. —Singer simulaba que estaba revisando las notas de su cuaderno.

—Es la verdad —recalcó Martha.

—Una verdad incompleta es peor que una mentira. La verdad es que su padre fue un destacado dirigente bolchevique que se presentó por la circunscripción de Kiel en las listas del KPD cuando se celebraron las elecciones de 1932. No salió elegido, pero durante la campaña lanzó durísimas críticas contra nuestro Führer.

—Eso también es cierto —admitió Martha.

—Como también lo es que cuando los comunistas incendiaron el Reichstag y fueron ilegalizados, su familia desapareció de Altenholz y las pesquisas que se hicieron para localizarlos resultaron inútiles. ¿Acaso me equivoco?

Martha se llevó las manos a la cara y sus hombros comenzaron a agitarse en sacudidas espasmódicas. *Frau* Jodl le entregó un pañuelo para que se secara las lágrimas y le susurró algo al oído. La joven necesitó un par de minutos para recomponerse. Singer no tuvo más remedio que esperar.

—Supongo que la versión del «accidente» para explicar la muerte de mi padre en la cárcel fue…, fue la versión privada, la que nos dieron a mi madre y a mí cuando nos entregaron a mi hermano, que también había sido detenido y que murió tres días después a causa de la paliza que había recibido. Por lo que acaba de decir, la policía de Kiel decidió que a mi padre era mejor darlo por desaparecido. Eso explica que nunca nos entregaran su cadáver. Era…, era un muerto viviente.

—¿Cómo afirma entonces que torturaron a su padre si no vio su cadáver? Eso del accidente se lo ha inventado. Heinrich Steiner se encuentra oculto en algún lugar.

Martha apretó el pañuelo entre las manos.

—Sabemos que fue torturado y asesinado por el testimonio de mi hermano. Él nos contó las penalidades a que ambos fueron sometidos. A mi hermano, al menos, pudimos enterrarlo. Su tumba está en el cementerio de Altenholz. Murió el 18 de diciembre de 1933.

Irma Jodl reprochó a su marido con la mirada la actitud hierática que mostraba. Estaba desconcertada ante lo que Martha acababa de revelar.

—Comprobaremos cuanto ha dicho, *fräulein* Steiner. Pero le advierto que no me fío de usted. —Singer hojeó su cuaderno antes de preguntarle—: ¿Qué hizo después del 18 de diciembre de 1933?

Martha parecía ausente, como si rememorar el pasado la trastornara.

—Mi madre y yo no compartíamos sus ideas, pero eran... su esposo y su hijo, y mi padre y mi hermano. Nos sentíamos destrozadas y decidimos abandonar nuestro pueblo. En Altenholz estábamos marcadas. Decidimos venirnos a Berlín con el propósito de empezar una nueva vida. Teníamos algún dinero. Mi madre era una excelente bordadora y yo había aprendido algo de lo mucho que ella sabía.

—Es decir, que trataron de camuflarse en una gran ciudad para seguir haciendo propaganda bolchevique —la contradijo Singer.

—No. Ese no era nuestro propósito. Como le he dicho, mi madre y yo...

—Entonces ¿por qué abandonaron Altenholz de la noche a la mañana? ¡Sin despedirse! ¡Sin decir adónde se marchaban! —Singer la estaba acorralando.

Las lágrimas volvieron a rodar por las mejillas de Martha, que tragó saliva para deshacer el nudo de su garganta.

—No teníamos amistades. Nuestros vecinos, después de la detención de mi padre y de mi hermano, nos habían negado el saludo y nos miraban con recelo. Recuerdo..., recuerdo que el día que enterramos a mi hermano llovía mucho y que mi madre y yo acompañamos el féretro sin que una sola persona nos arropara. Las relaciones en Altenholz habían cambiado drásticamente en pocos meses. Después de la victoria del Partido Nacionalsocialista quienes militaban en el Partido Comunista o estaban próximos a su ideología se encontraron con un rechazo total. Los amigos de mi padre eran miembros del KPD y los que no habían sido detenidos después de lo del incendio del Reichstag habían desaparecido. Esa fue la razón por la que decidimos marcharnos. Elegimos Berlín como podríamos haber elegido cualquier otra ciudad. La prueba de que no pretendíamos ocultarnos es que mantuvimos nuestro apellido.

—Es cierto que Martha ha mantenido su apellido —corroboró *frau* Jodl, mostrando así su apoyo a la joven a pesar de que muchas cosas de las que estaba contando acerca de su familia las ignoraba.

A Singer le habría gustado decirle que cerrara el pico. Pero era la esposa de un general de la Wehrmacht.

—¿Qué hicieron usted y su madre al llegar a Berlín?

—Mi madre siempre tuvo una salud frágil. La muerte de su esposo y de su hijo la habían afectado mucho. Ciertos… trastornos, que ya se habían manifestado durante los últimos meses que vivimos en Altenholz se acentuaron en Berlín, y en pocos meses…

Martha rompió de nuevo a llorar. *Frau* Jodl, susurrándole palabras de aliento y con mucha delicadeza, logró que se recompusiera.

—Mi madre perdió la razón y tuve que emplear casi todo el dinero que teníamos en pagar su ingreso en un asilo donde, por una cantidad mensual, admitían a personas con problemas de cordura. Sentirme responsable de ella y…, y haber encontrado a *frau* Jodl evitó que me quitase la vida. —Martha miró a Irma Jodl y con un hilo de voz le pidió perdón—: Sé que mi comportamiento no ha sido el que merece su cariño y que no fui del todo sincera con usted. Pero…, pero el temor a decirle que mi madre estaba… Y que mi padre era… —Miró al general—. En su casa encontré un hogar como no creía que iba a tener en mi vida…

—¿Su madre está en un manicomio? —preguntó Singer.

—Estuvo…, murió hace trece meses. Un ataque al corazón.

Irma Jodl miró a su marido, que escuchaba con un

codo apoyado en el brazo del sillón y la mano sujetando su barbilla. Recordó que por las fechas a que Martha se había referido le pidió dos días de permiso para visitar a un familiar.

—¡Martha! ¿Por qué no me lo dijiste?

—Por miedo. Me horrorizaba la posibilidad de que me echaran de aquí... Yo..., yo... sé que lo he hecho muy mal. Pero me aterraba la idea de tener que abandonar la casa. Lo siento, lo siento mucho. —Se llevó las manos a la cara y rompió a sollozar de nuevo.

Singer estaba convencido de que todo era una farsa para superar el trance.

—¿Le importaría continuar? Aunque tanta mentira acumulada en tan poco rato...

Martha no hizo caso al comentario del teniente. Se la veía más interesada en hacer saber a *frau* Jodl lo que le había ocultado todos aquellos años. El interrogatorio estaba resultando una catarsis al permitirle descargar su conciencia de un gran peso. Muchas veces había estado a punto de sincerarse con *frau* Jodl, sobre todo después de la muerte de su madre. No sabría decir cuántos días se había levantado con el firme propósito de revelarle sus angustias y sus miedos, pero en el último momento no se había atrevido y le habían fallado las fuerzas. Siempre le había podido el temor a contar que era hija de un bolchevique. No había sido capaz de abrir su corazón a la esposa del general y jamás habría imaginado que acabara haciéndolo en aquellas circunstancias.

—Responde al teniente, Martha. Terminemos cuanto antes —le sugirió *frau* Jodl.

La joven se secó las lágrimas y respondió con voz temblorosa:

—Me puse a trabajar limpiando escaleras en bloques de viviendas. Más de quince horas diarias para conseguir el dinero que las atenciones de mi madre requerían. Apenas me alcanzaba, y los ahorros se agotaban. Entrar al servicio de *frau* Jodl fue lo que salvó una situación que empezaba a ser insostenible. Aunque con muchas dificultades y con una ayuda inesperada pude afrontar los gastos de su estancia.

—¿Cuál era el nombre de su madre y en qué manicomio estuvo internada?

—Mi madre se llamaba Katharina y el establecimiento donde pasó sus últimos años de vida es el asilo de Santa Clara, está en Neukölln. Iba a visitarla todos los jueves y pasaba la tarde con ella. Alguna vez, cuando podía permitírmelo, le llevaba dulces.

—¿Has anotado esos nombres, Lohse?

—Sí, mi teniente.

—La historia que nos ha contado es conmovedora —ironizó Singer—. Cuando hagamos las comprobaciones pertinentes, veremos si hay algo de cierto en ella. Porque nada de lo que nos ha dicho explica el robo que se ha cometido en esta casa, ni su presencia en el Saint Paul en el momento de la muerte de Angela Baum. Usted dijo a *frau* Jodl que esa mujer era su amiga…

—¿Angela…? ¿Angela ha muerto? —Martha miraba a *frau* Jodl con expresión confundida—. Y ¿a qué robo se está refiriendo?

Irma Jodl se arrepintió de no seguir los consejos del doctor Grass de que, hasta pasados dos o tres días como mínimo, no debía alterársela con noticias que pudieran causarle excitación. No tendría que haber consentido que aquel teniente de la Gestapo la sometiera a un interrogatorio. Pero había visto a Martha muy recuperada en los almacenes Tietz y, sobre todo, había considerado que sería mucho mejor que pasara aquel trance en la casa en vez de en la sórdida sala de una comisaría. Martha tenía dificultades para recordar algunas cosas de las ocurridas en su vida en los últimos días, y en una comisaría...

Miró una vez más a su marido, pero el general permanecía en la misma postura. Su semblante era impenetrable. Ante las revelaciones de Martha, estaría librando interiormente la misma batalla que ella.

Singer no se anduvo con rodeos:

—Angela Baum fue asesinada.

Martha miró angustiada a *frau* Jodl.

28

Martha permaneció un buen rato en silencio. Lohse pensaba que el teniente no había mostrado compasión al decirle que su amiga había muerto asesinada. Singer volvió a la carga, convencido de que todo era una farsa. Según él, la joven tenía dotes para ello, como revelaba el hecho de haber ocultado su vida durante años al general y a su esposa.

—¿Pretende hacernos creer que está sorprendida? La hora de la muerte de Angela Baum coincide, curiosamente, con el momento en que usted la visitaba en el hospital. ¿Cómo explica esa coincidencia?

A Martha las lágrimas le resbalaban por las mejillas. El pañuelo que le había dado *frau* Jodl estaba tan húmedo que se las secó como pudo y después miró a Singer fijamente con un extraño brillo en sus ojos enrojecidos por el llanto. Su voz sonó, sin embargo, con una serenidad que llamó la atención de todos.

—Conocí a Angela pocas semanas después de internar a mi madre en Santa Clara. Los jueves, cuando iba a visitarla, ella siempre estaba sentada en uno de los bancos del patio, cuando el tiempo lo permitía, acompañando a una anciana que se entretenía echando migas de pan a las palomas. Mi madre y yo aprovechábamos para pasear cogidas del brazo. Me llamó la atención la dulzura con que Angela hablaba a la anciana. Suponía que, como en mi caso, se trataba de su madre. Un día coincidimos en la puerta aguardando a que la portera abriera a las visitas. Se retrasó casi un cuarto de hora y, como muchos otros jueves, sólo estábamos ella y yo. Fue ese día cuando nos presentamos y supe que la anciana no era su madre sino su abuela. A partir de aquel momento se estableció entre nosotras una relación que fue creciendo con el paso de las semanas. Unos meses después ya nos marchábamos casi siempre juntas de Santa Clara e incluso compartíamos un refresco o un té. Angela me dijo que su abuela le había proporcionado una esmerada educación que le había permitido convertirse en institutriz con dominio del inglés. Por aquella fecha tenía encomendada la formación de los hijos de una familia aristocrática, cuyo nombre no recuerdo. Un día que había ido a ver a mi madre me dijeron en Santa Clara que pasara por la administración antes de marcharme. Angela me esperó. Recuerdo que hacía mucho frío, y ella me propuso ir al Capitol y tomarnos un chocolate caliente. Advirtió mi preocupación y le expliqué la causa de mi desasosiego.

—Todo esto que nos está largando me importa bien poco. Quiero saber lo que ocurrió en ese hospital. Así que déjese de monsergas —la interrumpió Singer.

—¡Ni hablar! —replicó *frau* Jodl, enojada—. Tengo mucho interés en lo que Martha está contando. Continúa, por favor. ¿Qué era lo que te preocupaba?

A Martha la animó que *frau* Jodl acudiera en su ayuda.

—El administrador de Santa Clara me había dado un plazo para actualizar mi cuenta, que se encontraba en números rojos. Mi madre estaba ingresada en régimen de asistida; no era una asilada, y eso significaba que gozaba de una serie de atenciones de las que no disfrutaban quienes estaban recogidos por caridad. Las diferencias de trato a unos y otros eran enormes. Pero me resultaba imposible abonar las sumas que se me exigían. Había agotado todos los ahorros y con lo que ganaba no podía hacer frente al pago de las mensualidades. Angela me dijo que estaba dispuesta a ayudarme.

—¿Por qué no me lo explicaste?

—*Frau* Jodl, yo…, yo temía… —Martha estaba a punto de romper a llorar otra vez, pero la voz de *frau* Jodl lo evitó.

—Continúa, por favor.

—Ella me facilitó el dinero para saldar la deuda en Santa Clara y para hacer frente a los pagos que mensualmente había de satisfacer. Acepté el dinero en calidad de préstamo, aunque no sabía cómo podría devolvérselo. Mi deuda con ella aumentaba cada mes un poco más. Pero en ningún momento me pidió el reembolso de las cantidades prestadas y continuó ayudándome…

—¿Pretende que nos creamos esa patraña? —Singer estaba cada vez más enfadado por tener que oír lo que consideraba una sarta de mentiras—. ¿Quiere convencernos de que una persona a la que apenas conocía le facilitaba el dinero para que su madre pudiera ser atendida en ese manicomio?

—Me da igual que lo crea o no. Quien me importa que lo crea es *frau* Jodl. Y también el general.

Singer le preguntó de sopetón:

—¿Qué sabe de Angela Baum? Quiero decir, ¿qué sabe además de ese cuento que trata de colarnos?

—Bueno… En realidad…, muy poco.

—¡Esta sí que es buena! —Singer, olvidándose de

dónde estaba, elevó el tono de voz—. ¿Me está diciendo que Angela le entregaba dinero a cambio de nada para que su madre, casi una desconocida para ella, recibiera más cuidados? ¿Pretende que me crea semejante embuste? —Se puso en pie y, señalándola con un dedo acusador, comenzó a tutearla—. ¡Cuéntanos la verdad de una maldita vez! ¡Dinos qué hacías en el Saint Paul en el momento en que Angela Baum fue asesinada!

—¡Teniente, compórtese! —El general Jodl rompía por primera vez su silencio.

—¡Mi general, todo lo que ha dicho es una sarta de mentiras! ¡Durante los últimos años Angela Baum estuvo en Gran Bretaña! ¡Que trabajaba como institutriz es la única verdad en esta historia de dementes y manicomio que esa bolchevique nos está contado! Angela Baum había regresado de Londres hace exactamente... —Singer dudó un momento—. Lohse, dime, ¿cuánto hace que había vuelto a Berlín?

—Cuatro meses y..., y una semana, mi teniente —respondió el agente tras consultar sus notas.

Martha cerró los ojos como si no pudiera sostener la mirada al teniente de la Gestapo. El general y su esposa se miraron en silencio. Parecía que su historia se había desmoronado. Singer estaba seguro de que su anuncio había desenmascarado a aquella farsante que no paraba de mentir.

—Eso..., eso explica que se marchara repentinamente hace tres años... Bueno, en realidad fue hace casi tres años y medio —balbució Martha, que parecía tener la mente en otro lugar—. Me dijo que debía ausentarse por motivos profesionales, pero me entregó una importante suma de dinero.

—¡Deja de mentir! ¡No haces más que improvisar embustes!

—Mi teniente...

—¿Qué quieres, Lohse? ¡No incordies!

—Mi teniente, Angela Baum, según nuestros informes, se marchó a Gran Bretaña hace casi tres años y medio. —Lohse miraba en su cuaderno—. Hace exactamente…

—… tres años, cinco meses y siete días que se despidió de mí.

Lohse miró a Martha con incredulidad e hizo cálculos mentales.

—Cinco días después de lo que ha dicho *fräulein* Steiner, Angela Baum embarcaba con destino a Londres en el puerto de Bremen.

Singer miró al agente sin disimular su indignación.

—¡Una coincidencia!

—¡Usted no cree en las coincidencias, teniente!

—*Frau* Jodl, disculpe, pero pudo arrancarle esos datos antes de asesinarla.

—Me temo que quien ahora está improvisando es usted, teniente. —La voz del general Jodl sonó grave—. Esos detalles avalan su historia. ¿Por qué no comprueba lo de la estancia de su madre en Santa Clara? Le ha facilitado el nombre. También puede comprobar el de la abuela de Angela Baum. ¿Cómo se llama, Martha?

—Se llamaba, señor. Murió dos semanas después de que falleciera mi madre. Su nombre era Astrid Rohmer.

—¿Rohmer?

—Sí, era su abuela materna.

—Ahí tiene los datos, teniente. ¿Quiere utilizar el teléfono?

—Mi general, yo no quiero…

—¿Molestar? No se muestre tan comedido. Acompáñeme. —No fue una invitación, fue una orden.

En la salita sólo permanecieron las dos mujeres. El agente Lohse también salió argumentando que aprovecharía para hacer unas preguntas a Hermann. En realidad pretendía dejarlas solas, pensando que *frau* Jodl y Martha tenían mucho que decirse.

Diez minutos después regresaban el general y un Singer con gesto contrariado.

—En Santa Clara han confirmado lo dicho por Martha —anunció el general, que parecía haberse quitado un gran peso de encima—. Efectivamente, allí estuvieron ingresadas Katharina Steiner y Astrid Rohmer, y fallecieron con dos semanas de diferencia.

En ese momento apareció Lohse. Singer no había reparado en su ausencia.

—¿Puede saberse dónde te has metido?

—Perdone, mi teniente. He estado conversando con el portero.

Sus palabras sonaron a excusa. Se sentó y guardó silencio. Singer acababa de perder una batalla importante, pero se reservaba su última carta.

—Queda una cuestión sumamente relevante por resolver —dijo sentándose en el sillón—. *Fräulein* Steiner tiene que explicarnos su presencia en el Saint Paul en el momento de la muerte de Angela Baum. ¿Quiere contarnos qué ocurrió? —Nuevamente se mostraba más considerado al dirigirse a Martha—. También me gustaría conocer qué ha hecho todo este tiempo que ha estado… «desaparecida».

Martha parecía haber recuperado el ánimo. Aquellos minutos a solas con *frau* Jodl le habían permitido desahogarse y suplicarle que la perdonara. *Frau* Jodl se había mostrado comprensiva, aunque le había dicho que tendrían que hablar con más calma.

—Me temo que sólo podré satisfacer una parte de su curiosidad. Cuando llegué al hospital el vestíbulo era un caos. Médicos y enfermeras se afanaban por atender a los soldados heridos que acababan de llegar en varias ambulancias. Había camillas por todas partes y gente que corría de un lado a otro. Decidí esperar; me parecía inadecuado acercarme al mostrador de recepción y pedir la autorización para visitar a Angela. Hasta pasada más de una hora la calma no volvió a imperar. Entonces solicité visitarla. Dejé mis datos y me indicaron que estaba en la cama dieciséis del pabellón cuatro, que es el dedicado a mujeres que reciben alguna clase de tratamiento. Me advirtieron que no usara los ascensores por si tenían que utilizarlos para el servicio de los heridos. Subí por la escalera y cuando encontré el pabellón cuatro, algo que resultó más complicado de lo que había pensado, busqué la cama de Angela, la dieciséis, pero estaba vacía. Otra enferma, porque una enfermera que andaba por allí no se mostró muy comunicativa, me dijo que unos médicos se la habían llevado para hacerle unas pruebas. Me señaló la puerta por donde se habían marchado.

—¡Qué extraño! —El tono empleado por Singer revelaba su desconfianza.

—También yo lo pensé —replicó Martha, a quien la había fortalecido que en Santa Clara hubieran confirmado su explicación—. Por un momento dudé, pero algo me impulsó a cruzar aquella puerta, que daba a un pasillo oscuro y mal ventilado. Las puertas que se abrían a sus lados estaban cerradas. El silencio era total. Avancé sin saber muy bien por qué lo hacía. El lugar era…, era poco acogedor. No sabía adónde me conduciría y, como he dicho, ya había tenido alguna dificultad para encontrar el pabellón. Pensaba volverme cuando oí un ruido extraño al otro lado de una de las puertas. Me acerqué, pegué el oído y oí nuevos ruidos. Alguien soltó una maldición y supe que había un forcejeo. Otra vez tuve la tentación de marcharme, pero pensé que alguien podía necesitar ayuda. Abrí la puerta, y vi a Angela en una camilla y a los dos médicos. Ella estaba amordazada y se resistía a que le pusieran una inyección. Supuse que era algo relacionado con la anemia.

—¿Cómo sabía que tenía anemia?

—Me lo dijo ella, y también que iba a someterse a un tratamiento que la obligaría a permanecer un tiempo hospitalizada.

—¿Significa eso que usted y Angela Baum se habían vuelto a ver antes de ese día?

—Sí, hace dos…, no, tres semanas. Cuando ella me comunicó que había regresado de Gran Bretaña…

Singer, consciente de que con los datos que poseía había considerado a Martha Steiner una presa fácil, se dio cuenta de que se le estaba escapando.

—¿No le extrañó que su amiga estuviera en ese país? Estamos en guerra con los británicos desde septiembre del año pasado.

—¿Extrañarme, dice? Estaba horrorizada. Todos los días pensaba en ello. ¡Menos mal que pudo salir con la ayuda de la familia a cuyos hijos había ido a educar!

—Otra cuestión, antes de que prosiga con su… relato. ¿Cómo se puso Angela Baum en contacto con usted? ¿Cómo le comunicó que había regresado?

—Me dejó una carta. Se la entregó a Hermann, después de cerciorarse de que yo seguía al servicio de *frau* Jodl.

Singer miró a Lohse. Habría que comprobarlo antes de que ella hablara con el portero.

—¿Mantuvo usted contacto con Angela Baum mientras estuvo fuera?

—Sí, nos escribíamos cada tres meses. Yo le daba noticias de cómo se encontraba su abuela y por ese conducto le comuniqué su fallecimiento.

—¿Conserva esas cartas? ¿Podría verlas?

—¡Cómo se atreve! —*Frau* Jodl no había podido contenerse.

—No pretendo leerlas, sino comprobar que no se trata de un engaño.

Martha miró a *frau* Jodl.

—¿Le bastaría mi palabra, teniente? Puedo asegurarle que Martha recibía de vez en cuando una carta procedente de Gran Bretaña.

—¿De Angela Baum?

—*Frau* Jodl, si no le importa... No tengo inconveniente en traerlas.

—Tráigalas, Martha. No quiero que al teniente le quede la más mínima duda —intervino Jodl.

—Mi general, comprenderá... —Singer había perdido arrestos.

—Usted está cumpliendo con su obligación. No tiene que justificarse.

Martha abandonó la salita. También salió Lohse para preguntar al portero. Durante la breve espera imperó un silencio tenso.

—Aquí las tiene.

Martha entregó a Singer un fajo con una docena de cartas sujetas con una cinta de seda roja.

El teniente iba a deshacer el lazo cuando tronó la voz del general:

—¡Ni se le ocurra abrirlas! Limítese a comprobar el remitente y el matasellos.

Singer comprendió entonces que había cometido un lamentable error al centrar sus pesquisas en Martha Steiner, convencido de que la hija de un bolchevique y las circunstancias que concurrían la convertían en su objetivo principal. Aquella joven era para los Jodl mucho más que una criada —ya se lo habían advertido tanto *frau* Jodl como el portero— y tenía coartadas suficientes para escurrírsele de entre las manos. Se limitó a comprobar los matasellos, que correspondían a diferentes estafetas de Londres, y a cerciorarse de que la remitente era Angela Baum.

—Está bien —admitió, devolviéndole el mazo de cartas—. ¿Quiere continuar?

—Apenas tuve tiempo de darme cuenta de lo que realmente estaba ocurriendo. Lo último que recuerdo es que Angela tenía los ojos muy abiertos y que se estremecía en la camilla. Iba a gritar, pero recibí un fuerte golpe y perdí el conocimiento.

—¿Qué puede decirme de esos médicos?

—Que por su actitud y sus acciones dudo que lo fueran. Creo que esos hombres...

—Disculpe, ¿recuerda cuántos eran?

—Dos, ya se lo había dicho. Eran dos.

—¿Algún detalle sobre su aspecto?

—No puedo precisar, pero eran de estatura elevada.
—Singer recordó que el portero se había referido a los sujetos que vio salir del apartamento con las mismas palabras.

—¿Algún detalle más?

Martha aportó entonces un dato que no había recordado cuando explicó a los Jodl su visita al Saint Paul.

—Uno de ellos tenía el pelo canoso. El otro era calvo.

—Esa descripción coincide con la de Hermann, mi teniente —comentó Lohse, que había regresado un instante antes.

—No necesito que me lo digas —replicó Singer sin disimular su malhumor—. ¿Sabe que la noche que usted estuvo en el Saint Paul unos individuos como los que usted acaba de describir robaron en esta casa?

Martha miraba a *frau* Jodl con los ojos desmesuradamente abiertos.

—No me había dicho nada.

—Hemos seguido los consejos del doctor Gross de que procurásemos no alterarte —le susurró Irma Jodl para que el teniente no pudiera oírla, dado que ella y el general habían prometido al médico discreción.

—¡Dios mío! ¡La llave!

Durante unos segundos se impuso el silencio. Fue Singer quien lo rompió:

—¿De qué llave habla?

—De la llave de la casa. No..., no la encuentro por ninguna parte. —Martha miraba a *frau* Jodl.

—Eso explica que los ladrones pudieran entrar sin necesidad de forzar la puerta ni las ventanas —comentó Lohse, a sabiendas de que su superior podía reprenderlo de nuevo.

Singer en esa ocasión no le soltó ningún exabrupto. Se acariciaba el mentón. Iba a utilizar otra de sus cartas.

—Aquí hay algo muy extraño. No me cuadra que quienes, según la versión de *fräulein* Steiner, acabaron con la vida de Angela Baum se dedicaran a robar un puñado de joyas. Es sorprendente que los asesinos, siempre según la versión de *fräulein* Steiner, sean al mismo tiempo unos vulgares ladrones. Sobre todo si tenemos en cuenta que Angela Baum era una agente de la Abwehr.

—¿Cómo ha dicho? —Jodl se había puesto rígido.

—Mi general, Angela Baum era agente del servicio secreto. Singer disfrutaba del momento. Aquel anuncio daba un giro inesperado a la situación. La estancia en Londres de Angela como la institutriz de una familia aristocrática era una tapadera para su verdadera misión.

—¿Angela Baum era una espía? —preguntó *frau* Jodl.

—Si quiere llamarla de ese modo...

—Angela era una mujer elegante y de una educación exquisita —aclaró Martha.

—Una verdadera institutriz, para tener una cobertura que le permitiera desempeñar su misión. Estuvo espiando para nuestro gobierno.

Martha se había llevado la punta de los dedos a los labios, como si de esa forma pudiera ocultar su confusión. No podía imaginarse a Angela, una de las personas más delicadas que había conocido, ejerciendo de espía. No daba crédito a lo que acababa de revelar el teniente Singer.

—¿Está seguro de lo que ha afirmado? —preguntó el general.

—Completamente. Hay sospechas fundadas de que la han asesinado porque la habían descubierto.

Jodl trataba de establecer una conexión entre la muerte de Angela Baum y la presencia de aquellos extraños en su casa. Lo que el teniente había explicado le permitía establecerla. Eran agentes del MI6 los que habían intervenido. Todo encajaba si se sabía que el objetivo por el que habían entrado en su casa no eran las joyas de su mujer, sino la documentación que habían fotografiado. Lo sacó de aquellas reflexiones la pregunta que Singer le hizo a Martha.

—¿Recuerda cuándo recuperó la consciencia?

—Lo que recuerdo, pero no estoy segura de si se trataba de algo real o lo estaba soñando, era que varias veces cuando me despertaba de un largo sueño volvía a desvanecerme. También recuerdo, aunque muy vagamente, que me subieron en un coche. No podría precisar cuánto duró el trayecto, pero me acuerdo de que me obligaron a bajar y que deambulé hasta que Hermann me vio y me trajo a casa.

—¿Estuvo mucho rato deambulando?

—No lo sé. Me sentía como en una nube. No sé si lo que veía era real o estaba soñando.

—Bien, *fraülein* Steiner, esa es su versión de los hechos.

—¿Mi versión? No es una versión. Es la verdad. Al menos hasta donde recuerdo.

—Es posible, pero me permitirá que albergue algunas dudas hasta que no se aclaren ciertos puntos.

29

Algeciras

Leandro San Martín empleó casi un cuarto de hora en recorrer el camino de regreso al hotel Reina Cristina. A lo largo del trayecto no dejó de fumar y al entrar en el vestíbulo le llegaron los acordes del pasodoble militar *Soldadito español*, la pieza del maestro Guerrero que los franquistas habían convertido en uno de sus emblemas musicales. Se acercó a la recepción, y el empleado que lo había atendido con anterioridad le preguntó:

—¿Le ocurre algo, don Leandro?

No le sorprendió la pregunta. Su aspecto debía de ser el reflejo de cómo se sentía. Ofrecería una imagen lamentable.

—Nada. ¿Ha llegado la carta?

—Sí, señor. Aquí la tiene. ¿Quiere también la llave?

Iba a decir que sí, pero cambió de opinión.

—¿Está muy lejos el tablao de Manolo Cerezo?

En los labios del recepcionista se dibujó una sonrisa pícara.

—Si quiere diversión, podría recomendarle...

—Quiero saber si ese tablao queda muy lejos —lo cortó Leandro.

—Tampoco es mal sitio, pero a veces…

Leandro frunció el ceño.

—A veces, ¿qué?

—A veces hay bronca. Hay mucho gitano… Ahora bien, en Manolo Cerezo se escucha el mejor flamenco que puede oírse en Algeciras.

—¿Queda muy lejos?

—Tiene que dar un paseo. Será mejor que vaya en coche. ¿Le pido un taxi?

Leandro consultó la hora. Acababan de dar las once de la noche. Podía dejarse caer por el tablao, quizá vería a Mercedes y comprobaría si aquella mujer le había dicho la verdad. No podía imaginársela con un capitoste de la Falange.

—Pídalo. ¿Cuánto puede tardar?

—En diez minutos lo tiene esperando en la puerta —le dijo el recepcionista, y le entregó la carta.

Era un sobre de papel recio y grueso con su nombre mecanografiado. Leandro no vio en él el lacre al que se había referido Walton. Se apartó a un rincón del vestíbulo y lo abrió. Dentro había otro sobre. Ese sí estaba lacrado. Comprobó que el lacre se mantenía intacto. Abrió la carta y en una cuartilla había una dirección postal de Madrid, adonde podría acudir en caso de necesidad extrema. En otra cuartilla estaba anotado un código. Era un sistema de transposición de letras, y Leandro vio también una nota en la que se le indicaba que lo utilizase para enviar a diario, vía telégrafo, la información que fuera obteniendo. Se le advertía que si el lacre estaba roto lo comunicase inmediatamente por teléfono y se abstuviera de enviar mensajes. Sólo debía enviarlos cuando HOUDUN VUYODU estuviera de servicio. Tenía que ir cada dos días a San Roque, una localidad limítrofe con Algeciras, y poner un telegrama con la información que consiguiera. Si descubría algo de interés, no debía aguardar a los plazos establecidos. El telegrafista le daría los horarios en que estaría de servicio. Leandro consultó la hora; apenas habían pasado cinco minutos. Llevado por la curiosidad, se sentó en un sillón y descifró el nombre del telegrafista de San Roque. Se llamaba Matías Bastia.

A la puerta del hotel llegó el taxi pedido en el tiempo que el recepcionista había anunciado.

—¿Don Leandro San Martín?

—Ese es mi nombre.

—Soy el taxista. Cuando usted quiera.

El tablao de Manolo Cerezo era un local de dudosa reputación donde además de oírse flamenco se podía disfrutar de ciertos placeres censurados oficialmente por la moral imperante, pero tolerados siempre que no dieran lugar a escándalos.

El taxista se detuvo a la puerta de un patio por el que se accedía a un caserón de dos plantas donde estaba el tablao.

—Son tres pesetas y veinte céntimos. ¿Quiere que aguarde? Le cobraré un duro si la espera no supera las dos horas.

Leandro pensó rápidamente, y dos horas le pareció un tiempo más que suficiente para lo que tenía que hacer. No era aficionado al flamenco, ni deseaba lo que se suponía que iban a buscar quienes se dejaban caer por allí.

—Aguarde. Creo que tardaré mucho menos.

—Por lo que veo, viene usted muy apurado. ¿Ha estado antes aquí?

—No, es la primera vez que vengo. Nunca había estado en Algeciras.

—Puede que en el patio haya alguna mujer. Esperan

ahí a que alguien… Bueno, usted ya me entiende. A las que están en el patio no las dejan entrar solas al tablao.

—Gracias por la información. Aguarde aquí.

El patio estaba sumido en la penumbra. Un farol a la entrada y otro en la puerta del local no eran suficientes para disipar la oscuridad. Apenas había dado unos pasos cuando lo requirió una voz femenina.

—¿Quieres que te alegre la noche?

Leandro se detuvo y miró a la mujer. Sostenía un cigarrillo en la mano y estaba con la espalda pegada a la pared, de la que apenas destacaba. A pocos metros, vio agitarse unas sombras y oyó unos jadeos. Iba a marcharse cuando la mujer insistió:

—Ni te imaginas cómo te lo voy a hacer.

Leandro pensó que entrar en aquella compañía le ayudaría a pasar inadvertido. Se acercó a la mujer, que se protegía del fresco de la noche con un mantón.

—¿Cuánto quieres?

—Eso dependerá del trabajito que desees.

—Quiero que me acompañes adentro.

—¿Vas a invitarme primero?

—Exactamente. Te invitaré si me acompañas.

—¿Sólo quieres eso? —le preguntó insinuándose.

Leandro se había acercado lo suficiente para comprobar que era difícil adivinar la edad de aquella mujer. Tenía el pelo recogido, y la mala vida, al menos en apariencia, aún no le había causado estragos. Se abrió el mantón, y en cuestión de segundos se desabrochó la blusa y le mostró unos senos generosos.

—¿Te gustan?

Leandro carraspeó. A pocos pasos los jadeos se habían convertido en gemidos de placer.

—Te repito que sólo quiero que me acompañes a tomar algo. ¿Cuánto pides?

La mujer parecía decepcionada.

—¿No te gustan? Te juro que a muchos los vuelven locos.

—No es eso. Es que... ¿Te parecen bien diez pesetas?

A la mujer se le alegró el rostro.

—¿Sólo por entrar ahí contigo y tomar una copa?

—Sí.

La mujer dudó un momento. Por cinco pesetas tenía que hacer todo lo que los clientes le pedían, y algunos exigían verdaderas cochinadas. Dio una calada a su cigarrillo antes de tirarlo al suelo y se abotonó la blusa.

—Vengan esas diez pesetas —exigió extendiendo la mano—. Por ese precio, cuando salgamos, te hago un trabajito de primera.

La mujer se recolocó el mantón, se alisó el pelo como si tuviera que recomponerse algún mechón, y entraron en el local. Los recibió una mezcla de olores y el rasgueo de una guitarra acompañado por el taconeo de una bailaora sobre un estrado. Allí reinaba mucha animación; la veintena de mesas estaban casi todas ocupadas. La iluminación era tenue, poco más que la del patio. Leandro no lograba explicarse que Mercedes pudiera estar allí. Tenía que haber una confusión, pese a que los datos de la vecina apuntaban a la viuda de Antonio Tavera.

—¿Una mesa para el señor? —le preguntó un tipo que vestía traje oscuro con solapas de raso brillante.

—Sí, por favor.

El hombre los condujo entre las mesas hasta una de las pocas que quedaban libres. Leandro aprovechó para lanzar algunas miradas furtivas. Pero no localizó a Mercedes. La mesa donde los acomodaron estaba junto a una columna. Era un mal sitio que no le permitía ver buena parte del local. El hombre miró a la acompañante y susurró al oído de Leandro:

—Si quiere una habitación, hágame una seña.

Leandro le dio una propina. Él chasqueó los dedos y se acercó rápidamente un camarero.

—Atiende al caballero —le ordenó, ignorando a la mujer.

—¿Qué vas a tomar? —le preguntó Leandro.

—Un coñac.

—Dos coñacs, por favor.

—Muy bien, señor.

Leandro paseó la vista por el lugar y después preguntó a la mujer:

—¿Cómo te llamas?

—Valeria. ¿Y tú?

—Leandro.

—Pues te diré que eres un tipo muy extraño.

—¿Por qué lo dices? —preguntó, más pendiente de localizar a Mercedes que de sostener una conversación.

—Porque eres el primero que me da diez pesetas, me invita a una copa y no quiere… Bueno, ya sabes a qué me refiero.

Leandro, que no dejaba de escudriñar las mesas que tenía a la vista, le preguntó por no estar callado:

—¿Qué quieres decir con «ya sabes a qué me refiero»?

Valeria lo miró con expresión sorprendida.

—A follar —le soltó con desparpajo—. Algunos por un duro pretenden hacerlo por delante y también por detrás. No me explico cómo tú no quieres metérmela.

Leandro se ruborizó. No supo si por su falta de tacto o por lo que la mujer acababa de decir.

—Disculpa, no estaba muy pendiente.

Leandro se quedó mirándola y pensó que, menos pintada, vestida de manera diferente y en otro ambiente, podría aparentar una forma de vida muy distinta a la que llevaba. Reparó entonces en que quizá Mercedes también habría cambiado de imagen, lo suficiente para que no le resultara fácil identificarla, menos aún con aquella iluminación.

—Bueno, es que... no vengo buscando lo que te imaginas.

—No tienes que jurarlo. ¿Estás buscando a alguien? A lo mejor puedo ayudarte.

El camarero llegó con las copas y la botella, y les sirvió allí los coñacs. Valeria le pidió que se mostrara generoso y le dedicó una sonrisa. Una vez que el camarero se hubo retirado, Leandro le preguntó:

—El tipo que nos ha proporcionado la mesa me ha dicho que arriba hay habitaciones...

—Arriba todo son habitaciones. Si quieres...

Leandro la miró a los ojos y recordó sus pechos desnudos. Por primera vez lo asaltó la duda. Valeria se dio cuenta.

—Si después de un par de coñacs cambias de opinión... —se limitó a decirle.

—Estoy buscando a una amiga. Tal vez...

—¿Cómo se llama?

—Mercedes... Mercedes de la Cruz.

Valeria hizo memoria.

—No conozco a ninguna Mercedes de la Cruz. ¿Estás seguro de que se llama así?

—¡Claro que ese es su nombre!

—No lo tengas tan claro, cariño. Me refiero a su nombre de guerra. En realidad, yo no me llamo Valeria.

Leandro sonrió. Las razones por las que una persona decidía ocultar su identidad podían ser de lo más variadas, desde ejercer la prostitución hasta ocultarse de la policía del régimen.

—Mantiene una..., una relación con un falangista.

Valeria dio un trago a su bebida y se quedó un momento pensativa.

—Me parece que sé a quién te refieres. ¿Has dicho que se llama Mercedes?

—Sí, Mercedes de la Cruz.

—Aguarda un momento.

Valeria se levantó y fue a donde estaba el camarero que les había servido. Estuvieron hablando un par de minutos y regresó a la mesa.

—Si es quien me imagino, puede que tu Mercedes esté arriba.

—¿Cómo lo sabes?

—Rogelio, el camarero, es un buen amigo mío, aunque aquí disimule y haga como que no me conoce. Arriba hay una que tiene de querindongo a un jefazo de la Falange. Es posible que sea ella, pero no puedo asegurarlo. Si es quien yo supongo, ándate con cuidado. Ese tipo es una mala carta. Se llama Cansinos. La tal Mercedes es viuda y, por lo que yo sé, no se dedica al oficio. Al falangista parece ser que le gustan algunos numeritos raros.

—¿Qué significa eso?

—Que le gusta cada cosa… Esto te lo digo de oídas porque yo no me he acostado con él. Le encanta que una mujer le azote la espalda mientras se folla a otra y… más cosas.

Leandro no podía dar crédito a lo que Valeria le contaba. Se preguntaba cómo era posible que Mercedes se hubiera liado con un sujeto al que le gustaban cosas como las que acababa de oír. Estuvo a punto de levantarse e irse, pero en lugar de hacerlo, preguntó a Valeria:

—¿Has averiguado algo más?

—Por lo visto, viene por aquí cuando quiere acostarse con ella y con alguna otra al mismo tiempo. Rogelio me ha dicho que lleva un par de horas arriba y que ya no tardará mucho en bajar. Mira con disimilo hacia la mesa vacía que está cerca del tablao.

—Ya la he visto.

—Cuando baje, se sentará ahí con ella. Rogelio dice que la exhibe como si fuera un trofeo. —Valeria bajó la voz para asegurarse de que nadie más oía sus palabras—. Dicen que su padre y su marido eran republicanos.

Leandro dio un trago a su coñac. En el escenario un muchachito que palmeaba y bailaba con un ritmo que llamaba la atención había sustituido a la bailaora. El guitarrista había dejado de tocar y en el local, por un momento, se había hecho un silencio casi religioso. Sólo se oía el sonido de las botas del muchacho marcando el compás. Fue entonces cuando Leandro vio a Mercedes. Bajaba la escalera del brazo de un sujeto algo mayor que él, con el pelo brillante repeinado hacia atrás, los ojos un tanto saltones y un bigotito que era una delgada línea negra sobre su boca.

Sus miradas se cruzaron en el momento en que ella iba a sentarse. Leandro se dio cuenta de que Mercedes lo había reconocido y al instante se percató del peligro que corría. Ella ignoraba su nueva identidad y podía dirigirse a él como Julio Torres.

30

No podía ver la expresión de su rostro. Mercedes había agachado la cabeza, y Leandro pensó que se sentía turbada al saberse descubierta por él. Pero instantes después volvió a mirarlo, y entonces él supo que en cualquier momento Mercedes quizá dijera algo al falangista y se acercase a donde estaba; eso podría resultarle fatal. Aun así, recordó que era una mujer inteligente y que, posiblemente, habría calibrado la situación.

Tampoco él estaba ni en el lugar ni con la compañía más adecuada. Decidió, como decía una y otra vez en los cada vez más lejanos tiempos de la guerra, que la mejor defensa era un ataque. Despidió a Valeria con palabras amables.

—Quiero agradecerte tu compañía y la información que me has facilitado. ¿Te importa dejarme solo ahora?

Valeria lo miró con expresión confundida.

—¿Me estás pidiendo que me marche?

—Sí, por favor. Hazlo con disimulo.

—¿Como si fuera al servicio?

—Eso es. Y dime una cosa, ¿suele haber extranjeros aquí?

—Sí, hace unos días que viene un grupo de alemanes. ¿Lo preguntas por algo?

—No..., por nada. Simple curiosidad.

Valeria se encogió de hombros.

—No me lo creo. Pero si tú lo dices...

Se marchó sin llamar la atención y, apenas había salido por la puerta, sin pensárselo, Leandro fue directamente a la mesa donde estaba la viuda de su amigo Antonio Tavera. El falangista vestía un traje blanco de chaqueta cruzada y solapa muy ancha que debía de costar un buen puñado de duros, pero Leandro se lo imaginó con camisa azul, correajes, pistola al cinto y boina terciada.

—Buenas noches, Mercedes, me alegra mucho verte. —Sin darle tiempo a responder se presentó a su acompañante—: Me llamo Leandro San Martín y soy un viejo conocido de Mercedes.

Ella, desconcertada, lo miró a los ojos sin decir palabra y luego bajó la vista, como si de repente algo en el suelo hubiera llamado su atención.

Cansinos se puso en pie y estrechó con desgana la mano de Leandro. El falangista comprobó que Mercedes estaba ruborizada, casi no se atrevía a levantar la mirada.

—¿Quiere acompañarnos a tomar una copa? —Cansinos miró a Mercedes con una sonrisa impostada—. Supongo que te apetece, ¿me equivoco, querida?

Ella asintió sin despegar los labios. Leandro se dio cuenta de que la pregunta del falangista era pura retórica. Intuyó que aquel sujeto la tenía sometida por completo a su voluntad. Aceptó y se sentó junto a ella, desplazando el asiento para no quedar de espaldas al tablao.

Cansinos parecía disfrutar exhibiéndola, mostrándola ante una antigua amistad. Era una forma impúdica de decir que era suya al tiempo que la humillaba. Leandro estaba pasando un mal trago. No había dado mucho crédito a la mujer que, tras la reja de su casa en la calle Prim, le había dado la primera noticia de la clase de vida que Mercedes llevaba ahora. Le costó creer entonces que aquella maldiciente estuviera hablando de la misma Mercedes por la que él preguntaba, pero Valeria le había proporcionado alguna pista más que apuntaba en la misma dirección. Pese a esas evidencias, se resistía a creer que hubiera cambiado tanto aquella mujer que antaño, sin proponérselo, hacía que los hombres volvieran la mirada a su paso y que Antonio Tavera fuera el tipo más envidiado de Santiago. La guerra había cambiado muchas cosas y a muchas personas. La España en la que gobernaba Franco era muy diferente a la que había antes de la rebelión de los militares que había desencadenado el conflicto, pero en algunos casos los cambios eran tales que costaba trabajo creerlos. Quizá él también podía considerarse uno de esos casos: Julio Torres, profesor de Historia Antigua en la Universidad de Santiago, había dado paso a Leandro San Martín, agente comercial de ropa de hogar.

Cansinos alzó el brazo, chasqueó los dedos y el mismo camarero que antes había atendido a Leandro apareció casi de forma instantánea.

—¿Qué desea tomar?

—Un coñac.

—Yo tomaré un *whisky* y la señorita una limonada.

—Muy bien, don Miguel.

Apenas se hubo retirado el camarero, Cansinos sacó un paquete de Chesterfield y ofreció a Leandro. El Chesterfield era una rareza en Madrid, donde hasta las cajetillas de picadura estaban racionadas. Leandro supuso que era la proximidad de Gibraltar la que permitía disfrutar de un lujo como aquel. Encendió el cigarro y aspiró aquel humo que nada tenía que ver con el de las cajetillas de picadura que le vendía doña Celia con sus cupones de racionamiento. Mercedes también encendió otro cigarrillo, lo que extrañó a Leandro, ya que no recordaba haberla visto fumar. Expulsó el humo y por primera vez oyó su voz.

—El señor San Martín y yo nos conocimos en Santiago de Compostela.

Leandro no supo si lo que ella acababa de decir iba a suponerle un problema, pero al menos no lo había llamado por su verdadero nombre.

—¿A qué se dedica? —le preguntó Cansinos.

—Soy agente comercial del ramo de la lencería y la ropa del hogar. —Leandro decidió aportar más información para que Mercedes dispusiera de más datos sobre su nueva vida—. Trabajo para una firma madrileña que se llama Benítez y Compañía. Es la primera vez que vengo a Algeciras.

—¿Ha venido por razones de trabajo?

—Exactamente, por razones de trabajo. ¿Usted a qué se dedica?

—Soy el jefe local de Falange Española.

Cansinos lo dijo con el orgullo del vencedor y como si eso fuera una profesión. Leandro dio otra calada al cigarrillo, que se consumía demasiado deprisa.

—Celebro conocerlo, señor Cansinos.

—Igualmente —respondió el falangista con sequedad.

Apareció el camarero y sirvió las bebidas. Leandro aprovechó que el falangista le susurraba algo al oído para mirar a Mercedes. Estaba guapísima y apenas se le notaba el embarazo, sólo quienes lo supieran podían darse cuenta. Llevaba puesto un vestido blanco con pequeños lunares negros y una chaquetilla de aire taurino. El pelo, media melena, lo tenía teñido de color caoba. Le dedicó una sonrisa triste que guardaba relación con el fondo de melancolía que se adivinaba en su mirada.

—Y en concreto, ¿qué le ha traído por Algeciras? ¿Tiene clientes que visitar? ¿Algún pedido que cerrar?

Antes de responder, Leandro dio una calada al cigarro. Las preguntas del falangista podían no ser inocentes. No tenía claro que a aquel individuo no le hubiera fastidiado que se acercara a su mesa, pese a que lo había invitado a sentarse y había visto en sus ojos un brillo de satisfacción cuando mostraba a Mercedes. Era evidente que no podía permanecer callado ante aquella batería de preguntas. Tenía que responder, pero cuanto menos dijera mucho mejor.

—Negocios.

—¿Dónde se aloja usted?

—En el Reina Cristina.

—¡Vaya! Las cosas no deben de irle mal. Allí cobran un dineral por dormir.

A Leandro le pareció adivinar en su mirada que no lo había creído. Un simple representante de ropa de hogar no podía permitirse aquella clase de lujos. Supo que había cometido un error. Posiblemente había tomado decisiones equivocadas desde que había llegado a Algeciras. Se había equivocado al ir a buscar a Mercedes en la dirección que Seisdedos le había dado, también acudiendo a aquel antro y, desde luego, había sido un error acercarse a la mesa para saludar a su antigua amiga. Si no quería dejar una duda flotando, lo que en su situación era algo extremadamente peligroso, tenía que hacer algo. Si Távora y Canales era una empresa tan importante como el señor Benítez le había dicho, aludir a ella quizá le ayudara a despejar algún recelo, aunque eso significaba dar más información de la que se había propuesto.

—He de visitar a un cliente de mucho nivel. Posiblemente tenga que invitarlo a comer y… la imagen es muy importante, como usted sabe.

—¿Y cuál es el nombre de ese cliente?

Leandro dio la última calada a su cigarrillo y lo aplastó en el cenicero.

—¿Conoce a Távora y Canales, Sociedad Limitada?
El falangista frunció el ceño.
—Desde luego. Esa es una firma muy solvente.

Leandro supo que citar aquel nombre no había dejado indiferente al falangista, pero no podía calibrar cuál era el verdadero efecto de lo que acababa de decir. Lo mismo estaba metiéndose en un pozo del que le resultaría difícil salir. Quizá se hallaba ya ante un problema con el que no contaba, y eso que apenas llevaba unas horas en Algeciras. Dio un trago a su coñac pensando que lo más adecuado era acabar la bebida cuanto antes y largarse. Las dudas que tenía acerca de la vida que llevaba Mercedes estaban satisfechas. Ella era la amante de aquel falangista.

En la mesa se había instalado un silencio desagradable cuando Mercedes, que se sentía incómoda, saludó a una conocida que pasó junto a la mesa.

—Carmela, ¿vas a donde me imagino?
—Voy.
—Aguarda, que te acompaño. —Miró a los dos hombres—. Disculpadme un momentito.

El falangista sacó su paquete de Chesterfield y, sin decir una palabra, ofreció a Leandro otro cigarrillo que este no rechazó y, después de facilitar lumbre a Cansinos, lo encendió. Le pareció demencial estar sentado con un sujeto que representaba todo lo que él detestaba y contra lo que había luchado hasta convertirse en un proscrito, obligado a ocultar su verdadera identidad. Un tipo que se había camelado a la viuda de su mejor amigo y que se regodeaba en exhibirla como si fuera una pieza de caza. Le parecía tan increíble como que Mercedes se hubiera plegado a convertirse en una querindonga, que era como se habían referido a ella la mujer de la calle Prim y Valeria.

Cansinos, después de dar un par de caladas a su cigarro, le preguntó:

—¿Va a estar muchos días en Algeciras?

Leandro no supo si le preguntaba como una forma de romper el silencio o para tener más información de la que ya poseía. Los falangistas habían convertido España en un Estado policíaco. Midió cada una de sus palabras.

—No lo sé. Dependerá de cómo vayan las visitas.

—¿Significa eso que tiene por aquí más clientes, además de Távora y Canales?

—Nuestra empresa no ha trabajado esta zona hasta ahora. —Leandro dio una calada a su cigarrillo, consciente de que no había respondido a la pregunta, y añadió—: Parece ser que en Távora y Canales tienen inmejorables referencias nuestras y ellos nos abrirán el mercado local.

Lo que acababa de decir era la verdad, pero era una verdad sospechosa. Cansinos no se creía lo que estaba diciendo. La única baza a su favor era que no le había mentido. Dio otro trago a su coñac, deseando que Mercedes apareciera para despedirse. Pero resultaba evidente que las mujeres aprovechaban su visita a los aseos para acicalarse. La imaginó retocándose el maquillaje o repintándose los labios frente al espejo del lavabo. También era un lugar donde las amigas solían hacerse confidencias. Era posible que estuviera explicando a la tal Carmela quién era él.

—¿Qué les han encargado Távora y Canales? —Al oírlo, Leandro pensó que aquello se parecía cada vez más a un interrogatorio. Empezaba a sospechar que las preguntas de Cansinos no tenían por objeto matar el tiempo hasta que Mercedes regresara—. Ha dicho que era un pedido importante, ¿verdad?

—Así es. Un pedido importante.

Leandro volvió a llevarse su coñac a la boca.

—¿Qué considera un pedido importante? —le preguntó Cansinos, haciendo gala de una desfachatez que sólo un jefe de Falange podía permitirse.

A Leandro no le quedó más remedio que referirse a los diez mil juegos de cama y de otras tantas mantas.

—¡Diez mil mantas! —exclamó con un dejo de incredulidad el falangista, y Leandro se vio en la necesidad de dar una explicación.

—Tengo entendido que son para el ejército. Aunque, como comprenderá, nosotros no preguntamos a nuestros clientes el destino de los productos que les vendemos. La discreción es parte fundamental de todo negocio.

A Cansinos le sorprendió no tener noticia de un asunto como aquel. Dio una calada a su cigarro e hizo un comentario muy significativo.

—Eso será mucho dinero.

—Desde luego, es un pedido muy importante, como le he dicho.

Leandro se temía una nueva pregunta, pero al fin apareció Mercedes. Se había retocado ante el espejo. Estaba bellísima. Parecía que la muerte de su marido no le había pasado factura, aunque Leandro seguía notando que la melancolía estaba impresa en su mirada. El falangista no se movió, pero él se puso de pie y retiró la silla para facilitarle el asiento.

—Mucho has tardado —le dijo Cansinos con sequedad, mostrando su malestar.

Mercedes agachó la cabeza y no respondió. Fue el momento que Leandro aprovechó para despedirse.

—Me ha alegrado mucho verte. No esperaba que estuvieras por aquí... —Miró al falangista y agregó—: Me refiero a verte en Algeciras... La verdad es que te hacía por Santiago. Muchas gracias por la invitación, don Miguel.

El falangista se puso en pie y Mercedes le ofreció la mano. Leandro notó que le deslizaba un papel en la suya. Aquello explicaba su tardanza en el lavabo. Había aprovechado para escribirle una nota. La situación era comprometida porque tenía que estrechar la mano a Cansinos. Todo lo que se le ocurrió fue preguntarle:

—¿Dónde podría conseguir algún paquete de Chester? En Madrid es imposible encontrarlo.

Mientras Cansinos se sacaba del bolsillo la cajetilla, Leandro se guardó la nota.

—Tome. Sólo como anticipo... Mañana le haré llegar un cartón al Reina Cristina.

—No, por favor, don Miguel. No quiero dejarle sin tabaco. Yo sólo... Bueno, no quiero que se moleste.

—No es molestia. Tome. Siempre llevo dos paquetes, y al otro le quedan suficientes cigarrillos para esta noche.

Leandro comprobó que no era del que habían fumado. Aquel estaba sin abrir.

—¿Vas a quedarte muchos días en Algeciras? —le preguntó Mercedes.

—No lo sé. Dependerá de cómo vaya el trabajo.

—Si su estancia se alarga, es posible que volvamos a vernos. Incluso... Mire, San Martín, le propongo una cosa.

—Usted dirá.

—En los jardines del Reina Cristina hay baile por las noches hasta finales de septiembre. ¿Qué le parece si mañana nos vemos allí? Podemos cenar juntos. Le aseguro que la comida es excelente.

Era lo último que Leandro deseaba. Pero no tenía más remedio que aceptar.

—Me parece una gran idea. Sólo que habrá de cumplir una condición.

Cansinos arqueó las cejas.

—¿Qué condición? —preguntó muy serio.

—Seré yo quien invite.

—Eso de ningún modo. Es la primera vez que viene por Algeciras.

—Es cierto, pero vamos a cenar en... mi casa.

—Si usted lo quiere así… ¿Le parece bien a las nueve?
—Es muy buena hora.

El falangista, que pareció perder repentinamente interés en la conversación, miraba por encima del hombro de Leandro.

—Querida, acaba de llegar el coronel Schäffer. Vamos a acercarnos a saludarlo.

Leandro se volvió y comprobó que quien oficiaba de *maître* estaba acomodando a una mesa a tres hombres que vestían de paisano. Trató de grabar en su mente el rostro del único que había podido ver de frente.

A Mercedes se le enganchó el vestido al levantarse y se le atirantó. Su vientre mostró una curva incipiente. Leandro no pudo evitar acordarse de Antonio Tavera.

Salió al patio, procurando no llamar la atención, y en la puerta notó el aire fresco de la noche que invitaba a respirar a pleno pulmón. Era limpio y tenía sabor a mar. Estaba deseoso de leer qué decía el papel que Mercedes le había entregado, pero tendría que esperar. El patio se hallaba en penumbra y no le parecía la mejor solución acercarse a uno de los faroles. Estaba a punto de salir a la calle cuando desde la sombra le sisearon.

—¡Valeria!

La mujer emergió de la oscuridad y se acercó.

—¿Quieres…?

No la dejó seguir.

—No, Valeria. Gracias, pero no estoy de humor.

—No iba a proponerte echar un polvo, sino a preguntarte si quieres que te dé una información que tal vez te sea de utilidad.

—¿Qué clase de información?

—Información sobre Cansinos y esos alemanes.

Leandro se quedó mirándola y ella, orgullosa, le sostuvo la mirada.

—¿Cuánto me vas a pedir?

—Con los dos duros que me has dado, sin tener que hacerte ningún trabajo, estoy más que pagada. ¿Te interesa, aunque sea sólo por curiosidad, o no?

—Por supuesto que siento curiosidad.

—Cansinos, como te he dicho, es una mala carta. No lo digo sólo porque le diera gusto al gatillo durante la guerra, sino porque propina palizas a los pelagatos que utiliza para hacer tratos con gentes del Peñón.

—¿Qué quieres decir?

—Que se dedica al estraperlo y para ello tiene a unos cuantos tipos que sacan de Gibraltar mantequilla, azúcar, tabaco, chocolate... Si alguno comete una equivocación, le da jarabe de palo.

—¿Qué tienen que ver los alemanes con eso?

—Que últimamente Cansinos se reúne con un militar alemán, un jefazo. Ha entrado hace unos minutos. —Leandro se dijo que debía de referirse al coronel Schäffer—. Hace un par de noches estuvieron reunidos aquí con uno de los estraperlistas que pasa todos los días al Peñón por cuenta de Cansinos.

—Muchas gracias, Valeria. Pero... ¿cuándo has logrado esta información?

—Mientras has estado dentro.

Leandro enarcó las cejas.

—¿Cómo?

—Al salir, le hice una señal a Rogelio. El pobre ha venido en cuanto ha podido y me lo ha contado todo después de que le aliviara la entrepierna. ¡Ah! Me ha dicho que esos alemanes y también Cansinos van mucho por la Venta de Miraflores. Pero eso es cosa de política y yo no quiero líos.

—¿Dónde has dicho?

—La Venta de Miraflores. Es un sitio donde alijan

mucho contrabando y, por lo que cuentan, también hay manejos de política.

—¿Qué quieres decir?

—Nada. No quiero líos. —Valeria parecía arrepentida de haberse referido a aquello.

—¿Dónde está eso?

—Saliendo por el camino de San Roque.

Leandro intentó darle otras cinco pesetas, pero Valeria no las aceptó.

Ya en la calle vio al taxista. El hombre aguardaba fumando junto al coche. Había cumplido su palabra, y no le hizo el menor comentario sobre su visita al tablao. Le pareció persona discreta. En el trayecto, Leandro supo que se llamaba Manuel Céspedes, que estaba casado y que tenía cinco hijos.

Al llegar a la entrada del hotel, le hizo una última pregunta:

—Si lo necesito para algún otro servicio, ¿cómo puedo localizarlo?

—Pida al recepcionista el taxi de Manolo.

Entró en el hotel y se acercó a la recepción.

—¿Esa música es del baile?

—Sí, señor. Esa pieza indica el final. La dirección ha organizado el baile para las noches de septiembre. Se celebra en los jardines de atrás. La orquesta se despide con esa pieza.

—¿No hay problema con los curas?

—El director ha tenido sus más y sus menos con don Orencio, el arcipreste. Pero lo ha solucionado con unas limosnas.

—Comprendo. Tengo entendido que se puede cenar en el jardín.

—Sí, señor. ¿Quiere que le reserve mesa para mañana?

—Por favor, a las nueve para tres personas.

El recepcionista lo anotó en un libro y le entregó la llave.

En la tranquilidad de su habitación, Leandro pudo leer la nota de Mercedes. Estaba escrita con lápiz de ojos en una servilleta de papel. La letra era picuda, de trazos duros:

Me gustaría verte mañana. Estaré en la capilla del Cristo de la Alameda entre las siete y las ocho de la tarde. Por favor, acude.
MERCEDES

Eran cerca de la una y estaba agotado, pero decidió fumarse un último cigarrillo antes de acostarse. Sacó el paquete que le había regalado Cansinos y tuvo la impresión de que aquella cajetilla y el cartón que le había prometido iba a pagarlos muy caros si no se andaba listo.

31

Berlín

El general Ludwig Kübler vestía uniforme de campaña cuando apareció, poco después del mediodía, por la sede del OKW. Su indumentaria revelaba que no se había entretenido a ponerse algo más acorde con el lugar al que acababa de entrar. Su rostro curtido dejaba entrever a un hombre tosco. Tenía la mirada triste y una nariz demasiado grande. Una cicatriz que le desfiguraba una mejilla y el labio superior —recuerdo de la guerra del Catorce— daba a su boca un aire permanente de desprecio. Presentarse en sitios como la sede del OKW con el uniforme de campaña era algo que le gustaba. Esos alardes colaboraban a completar su aureola de militar duro. Procuraba no perder en ningún momento esa imagen ganada en los frentes de batalla. A sus cincuenta años se mantenía en una excelente forma. Había tardado menos de veinticuatro horas en salvar los más de mil kilómetros que separaban Arrás de Berlín.

Un sargento, impecablemente vestido, lo acompañó al antedespacho de Jodl. Allí lo recibió Margarethe, a quien ya habían comunicado la llegada de Kübler desde la centralita del vestíbulo. Ella ya había informado al general Jodl, quien se había mostrado inusualmente hosco cuando llegó aquella mañana. Se limitó a saludar y a encerrarse en su despacho. Luego preguntó por el capitán Liebermann, pero aún no había llegado.

—Buenos días, general Kübler —saludó Margarethe poniéndose en pie y ofreciéndole una mano que él se llevó a los labios.

—*Fräulein...* —La voz de Kübler era ronca, acorde con la rudeza de su imagen—. El general Jodl me aguarda.

—Acompáñeme, por favor.

Lo condujo por una pequeña galería sin hacerle ningún comentario. Llamó a la puerta del despacho y la voz de Jodl respondió al instante.

—Adelante.

—La visita que esperaba, general.

Margarethe había abierto la puerta y se hizo a un lado para franquear el paso al visitante. Antes de cerrarla y retirarse pudo ver cómo Kübler, en posición de firmes, extendía su brazo y gritaba:

—*Heil Hitler!*

—*Heil!* —respondió Jodl.

Los dos generales se estrecharon la mano, y Jodl lo invitó a tomar asiento. Kübler se quitó la gorra de campaña.

—Le agradezco su rapidez, general.

—He descansado unas horas en Hannover para comer y reposar. ¿No me quería hoy en su despacho? Pues aquí estoy. ¿Tan extraño le resulta, Jodl?

El general obvió el último comentario. Era evidente que Kübler no había nacido para la diplomacia. Se trataba de un militar, y eso era lo que necesitaba para la operación que estaba poniendo en marcha. No era cuestión de preámbulos. Con un hombre como aquel resultaba mucho más conveniente no andarse con rodeos.

—General, tengo que informarle de que estamos trabajando en una nueva operación en la que usted es parte muy importante.

Una sombra de duda brilló en las pupilas grises de Kübler. León Marino había sido concretada en todos y cada uno de sus detalles. La víspera, el mismo hombre que ahora le decía aquello, le indicó incluso que el desembarco se iba a efectuar en la isla de Wight. Reparó entonces en que Jodl sólo le había preguntado por la ubicación de esa isla... Le había hablado con medias palabras y había insinuado más que afirmado. Cada vez entendía menos a los burócratas de Berlín. Sus hombres se estaban adocenando en Arrás, y no comprendía aquel parón con la maquinaria de la Wehrmacht engrasada y los soldados con una moral elevada tras las arrolladoras campañas protagonizadas.

—¿Acaso hay alguna modificación en León Marino que deba conocer?

—La operación a que me refiero no es León Marino —dijo Jodl. Kübler contrajo el rostro y la cicatriz de su labio se acentuó—. Por ahora ha quedado..., ha quedado en suspenso.

—¿Qué quiere decir?

Jodl se levantó y se acercó a un enorme mapa de Europa que casi cubría una pared de su despacho, donde se veían numerosos lugares señalados con banderitas de colores. Posó su dedo en el sur de España.

—General, el objetivo inmediato no es Gran Bretaña, sino el Peñón de Gibraltar.

Kübler miró fijamente el mapa, preguntándose qué era lo que se esperaba de él. Jodl aguardaba en silencio su reacción, que llegó en forma de pregunta.

—¿Vamos a ayudar a los españoles otra vez?

Jodl se sentó. Al menos, Kübler no había soltado uno de sus típicos exabruptos.

—No es lo que está pensando. Nosotros ocuparemos Gibraltar. Nuestra prioridad ahora es estrangular a los británicos cerrándoles la garganta del Mediterráneo.

Kübler se acercó al mapa y lo observó con detenimiento antes de volverse hacia Jodl.

—¿Franco ha decidido entrar en la guerra?

—No, todavía no. Pero lo hará en las próximas semanas. Delo usted por seguro.

Kübler se encogió de hombros.

—¿Para decirme eso me ha tenido viajando toda la noche?

—Serán tropas bajo su mando las que se encargarán de esa operación. Estarán a las órdenes directas de Von Reichenau.

—¿Los españoles intervendrán junto a nosotros?

—No, seremos sólo nosotros. La idea es atacar por el istmo.

—¿Qué significa exactamente eso?

Jodl se acercó a la mesa y desenrolló un plano, colocando algunos adminículos en sus bordes para mantenerlo desplegado.

—Por favor, general, ¿quiere mirar esto?

—¿Es un plano de Gibraltar?

—De Gibraltar y de toda la bahía de Algeciras, que es esta ciudad. Este es el istmo y aquí está La Línea de la Concepción. Hace un siglo los españoles trazaron una línea defensiva para evitar que los ingleses continuaran extendiendo su dominio por el istmo que une el Peñón a tierra firme. A ese istmo me refiero.

Kübler se acarició el mentón.

—Será complicado. Los *tommies* tendrán importantes defensas en esa montaña.

—Gibraltar está muy fortificado. Según nuestros últimos datos, están ampliando las galerías subterráneas que se extienden por el interior del Peñón, y sospechamos que han acumulado grandes cantidades de pertrechos.

—Será complicado —insistió Kübler.

—No es una operación fácil. Por eso hemos escogido una de nuestras mejores unidades, que además sea apta para combatir en terreno abrupto. Hemos pensado en tropas de la División Edelweiss, su división, general. Son los mejores hombres de que disponemos para una acción como esta.

Kübler miró la escala del plano y otra vez se acarició el mentón que, después de toda una noche viajando, necesitaba un buen rasurado.

—En ese sitio no puede maniobrar una división.

—Estoy de acuerdo con usted. Hemos seleccionado tropas muy concretas. Lanzaremos dos oleadas. El primer envite lo realizarán los granaderos del Regimiento de Infantería Motorizada a los que acompañarán dos compañías de zapadores para ayudar a abrir los pozos de tirador y pequeñas trincheras que nos permitan fijar unas primeras posiciones.

—Las bajas serán tremendas.

—Las aliviaremos con una operación aérea. Una oleada de Junkers atacará las defensas del puerto para sacar de allí su flota. Para eso también contaremos con la colaboración de algunos submarinos.

—Sin embargo... —Kübler tenía la mirada fija en el plano—. Sin embargo, las defensas del puerto no serán el principal problema para los hombres que avancen por el istmo.

—Efectivamente, por eso cuando una parte de los ingleses estén entretenidos en el puerto, sofocando incendios, atendiendo heridos y en otros menesteres urgentes, lanzaremos una segunda oleada de Junkers. Ese será el ataque principal que les impedirá sacar la cabeza hasta que nuestras tropas se les hayan echado encima. Los Junkers machacarán sus defensas artilleras. Los *tommies*, como usted los llama, no tienen posibilidad de defensa aérea.

Kübler asintió con leves movimientos de cabeza, antes de formular otra pregunta.

—Si el ataque lo hacen los granaderos del Regimiento de Infantería Motorizada, ¿qué papel desempeñará mi división?

—Los granaderos se encargarán de fijar a los británicos en sus posiciones. Tras ellos irán dos compañías de zapadores de asalto para facilitar el ataque de nuestra segunda oleada de infantería. Serán dos de los batallones del Regimiento Noventa y Ocho de Montaña. Ellos emplazarán varias baterías de artillería de campaña. Así podremos responder al fuego artillero de los británicos para proteger a nuestra infantería. El final de la operación se iniciará con una tercera oleada de Stuka que actuarán sobre objetivos selectivos, e inmediatamente después los hombres de la Grossdeutschland, apoyados por dos escuadrones de Panzer, darán el golpe definitivo. Esa unidad, que ahora está bajo su mando, la dirigirá el coronel Hubert Lanz. Usted se encargará de coordinar todas las tropas que intervendrán por tierra: granaderos, zapadores, artilleros de campaña, infantería motorizada…

—Observo, general, que todo está muy avanzado.

—Usted es la primera persona que conoce al detalle la operación… Por cierto, su nombre es Félix. El Führer le ha dado el visto bueno, pero desconoce los pormenores que acabo de explicarle.

—General, es consciente de que Félix sólo es posible si España entra en la guerra, ¿no es así?

—No dude que lo hará.

—Si usted lo dice… —Kübler volvió a encogerse de hombros como si se sacudiera una responsabilidad.

—Ahora voy a encargarle otra misión, general Kübler.

Jodl se aproximó al mapa que colgaba sobre la pared y señaló un punto.

—Quiero que concentre aquí, en las estribaciones del Jura, a los hombres de la Grossdeutschland.

Kübler se acercó hasta el mapa.

—¿Por qué en Besançon?

—Porque es importante que realicen ejercicios de asalto, y un estudio de nuestros geólogos ha encontrado grandes similitudes entre ese macizo y la orografía de Gibraltar.

—¡General, lo tiene todo previsto!

—Hemos contemplado la posibilidad de un contraataque británico desde Portugal.

—¿Desde Portugal?

—Exacto. Aunque el doctor Oliveira Salazar al frente del Estado Novo portugués está ideológicamente más identificado con nuestra visión del mundo, la alianza de Portugal con los británicos es un pilar de las relaciones entre los países europeos desde hace más de doscientos años. No lo hemos olvidado.

—Portugal no intervino en la guerra del Catorce —puntualizó Kübler.

—Tampoco España. No sabemos si la entrada de Franco en el conflicto llevará a Oliveira a tomar alguna decisión. En cualquier caso, general, tendremos cubierto ese flanco. Quedarán bajo su mando dos divisiones de infantería con apoyo de un importante número de Panzer. Uno de los centros operativos estará en Valladolid y el otro en Sevilla.

Kübler buscó las dos ciudades españolas en el mapa. Con la mirada fija en él, parecía digerir la información que Jodl acababa de facilitarle.

—¿Hay fecha para que Félix se ponga en marcha?

—No puedo precisárselo. En buena medida depende

del tiempo que el Führer necesite para convencer a Franco de que su entrada en la guerra es inevitable.

—¿Se ha tanteado ese terreno?

—El almirante Canaris ha estado en Madrid y se ha entrevistado con Franco. No olvide que nuestra Legión Cóndor hizo una aportación muy importante al triunfo franquista.

—Es cierto. Supongo que, una vez despejadas las dudas acerca de nuestra superioridad militar, a Franco le interesará formar parte del bando vencedor.

—Kübler, mi opinión es que venceremos si la guerra no se prolonga en exceso. —Jodl se arrepintió de lo que acababa de decir. Kübler era un devoto de Hitler y podría interpretar sus palabras de forma indebida—. Esa es la gran preocupación del Führer en este momento —añadió para despejar dudas—. Nuestros recursos son limitados frente a las posibilidades que su imperio proporciona a los británicos. Tenemos capacidad para ganar una guerra rápida, una guerra como la que hemos librado hasta este momento, pero no podríamos resistir una guerra larga. Alcanzar una paz ventajosa con los británicos es uno de los principales objetivos del Führer, pero la voluntad de resistencia expresada por Churchill complica mucho esa posibilidad. Por eso, general, la ocupación de Gibraltar se ha convertido en una cuestión prioritaria. Si el enemigo no cuenta con ese punto de apoyo, tendrá serios problemas para que fluyan los recursos que le llegan desde sus colonias.

—¿No puede aventurarme una fecha?

—No está decidida. Pero con toda seguridad será antes de que finalice el año.

Kübler soltó uno de sus característicos exabruptos.

—¡Menos mal que necesitamos actuar con rapidez! ¡Falta mucho tiempo para que acabe el año!

—Es el límite máximo que nos hemos impuesto. Como le he dicho, el Führer ha dado su visto bueno, pero la decisión todavía no es oficial. Si le he facilitado los detalles de Félix es por el papel que usted ha de desempeñar en la operación. Lo he hecho con antelación porque necesitamos que las unidades elegidas de la Edelweiss se entrenen en la zona que le he indicado. Es posible que en cinco o seis semanas todo esté en marcha. Las condiciones meteorológicas serán determinantes.

—Bien. En ese caso, será cuestión de ponernos manos a la obra.

Kübler se caló la gorra, dando por terminada la reunión, y Jodl lo acompañó hasta la puerta. Allí le hizo un breve comentario.

—Kübler, toda esta información es absolutamente confidencial. La existencia de Félix debe mantenerse en el más estricto secreto hasta el último momento.

—No se preocupe.

Kübler estrechó la mano de Jodl y, antes de abandonar el despacho, gritó un *Heil Hitler!* que su ronca voz hizo que resonara con más fuerza.

Una vez solo, Jodl se quedó mirando fijamente el mapa pensando que a los españoles Gibraltar se les había resistido durante casi dos siglos y medio, y que ahora iba a ser una de las grandes operaciones de la Wehrmacht, una de las que pasaban a la historia militar. Había descubierto que la clave no estaba en asediar el Peñón. Ese había sido el error de los españoles. La superioridad naval de los británicos hacía que los asedios resultaran inútiles. Si la plaza no era aislada por mar y podía ser abastecida, todos los esfuerzos resultaban inútiles. La conquista del Peñón, una de las Columnas de Hércules, que era como los antiguos llamaban al Estrecho, tenía que hacerse mediante un ataque frontal por el istmo. Debía ser un ataque con tropas muy cualificadas porque las dimensiones del terreno no permitían el uso de grandes contingentes de hombres. Él contaba con la unidad que podía convertir en realidad la conquista. Tenía plena confianza en los hombres de la Grossdeutschland.

Seguía con la vista fija en el mapa cuando sonó el teléfono. Pensó que sería Liebermann.

—¿Sí?

—El almirante Canaris, general. Quiere hablar con usted. Es la tercera vez que llama.

—¿La tercera vez? Margarethe, ¿por qué no me lo ha pasado antes?

—Estaba usted reunido con el general Kübler. Pensé…

—Está bien, está bien. Póngame con el almirante inmediatamente.

La conversación fue larga, duró casi media hora. Canaris le confirmó punto por punto el contenido del mensaje que le había hecho llegar la víspera. Sus hombres estaban ahora buscando más información acerca de su familia y otros detalles que completarían el expediente. Le pidió que mantuviera una actitud de cordialidad y normalidad en sus relaciones con el topo hasta que se llevara a cabo la detención. También le dijo que se hallaban muy cerca de atrapar a los espías británicos. Ya tenían localizado el inmueble que les servía de cuartel general que, efectivamente, era una casa justo en la confluencia de Bismarckstrasse con Wagnerstrasse. Canaris le aseguró que atraparlos sería cuestión de horas.

Apenas hubo colgado Jodl cuando unos suaves golpes en la puerta anunciaron a Margarethe —tenía identificada la cadencia de su llamada—. Pensó que Kübler habría olvidado algo y que ella entraba para buscárselo. Pero al verla con los ojos enrojecidos, el rostro demudado y que apretaba un pañuelo en la mano…

—¿Qué ha ocurrido, Margarethe? ¡Ni que hubiera visto al mismísimo demonio!

—General, el... —Le costaba trabajo articular las palabras—. El capitán Liebermann... está..., está muerto.

Margarethe rompió a llorar y ya no pudo continuar. Se llevó el pañuelo a los ojos tratando de contener las lágrimas.

Jodl la tomó por el brazo y la acompañó hasta el sofá, le sirvió un vaso de agua y trató de serenarla. Había querido hablar con Liebermann la víspera y se quedó esperando su llamada. Había preguntado por él cuando entró en el OKW por la mañana, pero no había llegado todavía. Después se había olvidado, al enfrascarse en los detalles de Félix y en la forma en que iba a exponérselos a Kübler.

Cuando Margarethe estuvo algo más calmada, pudo darle una explicación.

—Lo han encontrado... muerto en su vivienda.

—¿Quién lo ha encontrado?

—Su ama de llaves o... su sirvienta... No lo sé. Era una mujer. —Margarethe dio otro trago de agua y se secó las lágrimas que resbalaban por sus mejillas—. Esta mañana, después de que usted preguntara por él, llamé a su casa, pero nadie cogió el teléfono. Pensé que ya venía hacia aquí. Usted sabe que el capitán es puntual en extremo. Volví a llamar poco antes de que apareciera el general Kübler y tampoco obtuve respuesta. Empecé a preocuparme porque me extrañaba que ayer no hubiera aparecido por su despacho. Sabía que no estaba fuera porque usted había preguntado por él. Cuando ha salido el general Kübler e indiqué al sargento Hoffmann que lo acompañara hasta la puerta, decidí llamar nuevamente, pero sonó el teléfono. Era la tercera llamada del almirante Canaris. Luego ha llamado la mujer que le he comentado. No me ha dado su nombre, pero supongo que es la persona que se encarga de las tareas domésticas de su domicilio; estaba alteradísima. Tuve que preguntarle hasta tres veces para enterarme de que el capitán estaba muerto. Tiene un..., un disparo en la cabeza.

Margarethe rompió a llorar de nuevo y ya no pudo continuar.

Jodl salió del despacho y pidió a la otra secretaria que atendiera a Margarethe. Era una mujer de unos cincuenta años con el cabello completamente blanco que se llamaba Irma, como su esposa. También se la veía afectada por la noticia de la muerte de Liebermann, aunque no tanto como a Margarethe.

—Pero antes llame a Otto. Necesito el coche.

—Sí, señor.

La secretaria se disponía a llamar cuando sonó el teléfono de Margarethe.

Irma miró indecisa a Jodl.

—Atienda primero esa llamada.

—Oficina del general Jodl, ¿dígame?

La secretaria asintió varias veces respondiendo con afirmaciones.

—Aguarde un momento, por favor. —Tapó el auricular con la mano—. General, es de la Cancillería. El Führer quiere hablar con usted.

—¿Ahora?

—No, señor. Esta tarde a las cinco. Me piden confirmación. Jodl resopló con fuerza. Sabía que era la forma en que las secretarias dulcificaban las órdenes de Hitler. Salvo que no se estuviera en Berlín y fuera materialmente imposible llegar a la hora fijada, esas confirmaciones se daban por hechas. Hitler no hacía invitaciones, daba órdenes.

—Muy oportuno —exclamó el general, e Irma puso

cara de circunstancias sin retirar la mano del auricular—. Confirme, avise a Otto y atienda a Margarethe.

Mientras Jodl se dirigía al coche, trataba de digerir lo que Canaris le había explicado con tanto detenimiento. Al subirse en el coche recordó que el teniente Singer decía que las apariencias eran engañosas.

32

Otto condujo mucho más deprisa de lo que era habitual en él. Sólo en circunstancias muy concretas el general le pedía que acelerara, y en esa ocasión le había insistido por dos veces. El destino era el número 14 de Palisandenstrasse, muy cerca del cruce con Friedrichbergerstrasse. Allí estaba el domicilio del capitán Liebermann. Cuando enfilaron la calle, Otto disminuyó la velocidad. La casa del capitán quedaba medio oculta de las vistas de viandantes por varios árboles de gran frondosidad que se alzaban en un jardín pulcramente cuidado. Había dos coches aparcados junto a la acera, ante la verja de entrada. Jodl, antes de bajar del automóvil, miró a través de la ventanilla y le llamó la atención el aspecto que ofrecía la vivienda, aunque no podía verla con nitidez. El valor de aquel inmueble debía de ser muy elevado. La zona en que se encontraba y su aire señorial no dejaban dudas. Tampoco las había para saber que el sueldo de un capitán de la Wehrmacht no daba para pagar un alquiler como el que pedirían por una vivienda como aquella. Estaba seguro de que ni siquiera un general podría permitírsela si no tenía rentas u otros ingresos. Bajó del coche cuando Otto le abrió la puerta.

—Acompáñeme.

—A la orden, mi general.

Jodl cruzó la verja, que no se encontraba cerrada, y caminó rápidamente por el jardín. Conforme se acercaba iba confirmando su primera impresión. La casa era de dos plantas y estaba techada con una cubierta inclinada de pizarra negra. Presentaba una apariencia tan cuidada como el jardín. Vio que en el porche que se abría ante la puerta principal había dos policías con el característico uniforme verde de la Kripo, la denominación popular de la Policía Criminal, un cuerpo muy ligado a la Gestapo, pero de la que no formaba parte desde un punto de vista orgánico. Los dos agentes estaban charlando al tiempo que fumaban. Al verlo acercarse arrojaron los cigarrillos al suelo, adoptaron una actitud marcial y lo saludaron.

—*Heil Hitler!*

—*Heil!* ¿Quién está dentro? —preguntó Jodl sin detenerse—. Un teniente, mi general, un teniente de la Gestapo que ha venido acompañado de otro agente. También está nuestro sargento.

Jodl se dio la vuelta.

—¿Ha dicho de la Gestapo?

—Sí, mi general. Y está nuestro sargento —insistió el agente.

—¿Por qué está la Gestapo?

El agente de la Kriminalpolizei se encogió de hombros.

—No lo sé, mi general. Supongo que los habrán avisado. Cuando nosotros hemos llegado ya estaban aquí. ¿Quiere que avisemos al sargento?

—No es necesario.

Jodl entró en la casa y se descubrió. Al fondo del espacioso vestíbulo arrancaba una amplia escalera de mármol blanco con una baranda de hierro forjado y pasamanos de caoba. No había duda. Aquella era mucha casa para un joven oficial, cuyo sueldo le daría para vivir con ciertas comodidades pero en modo alguno con el nivel que revelaba la vivienda. Liebermann sólo podría habérselo permitido si hubiera pertenecido a una familia rica, y por lo que el general sabía sus padres únicamente poseían una acreditada panadería y pastelería en uno de los barrios elegantes de Múnich. No eran la clase de familia que podía disfrutar de tales lujos.

Jodl se acercó hasta el pie de la escalera. Sus botas sonaban en el mármol que, como un tablero de ajedrez, pavimentaba el suelo en blanco y negro. Oyó un rumor de palabras sueltas procedentes de la planta de arriba. Había subido los primeros escalones cuando apareció por la puerta que se abría a un lado del vestíbulo una joven, pulcramente uniformada con cofia y otros aditamentos que señalaban su condición de doncella. Recordó que Margarethe le había dicho que la noticia de su muerte se la había dado la mujer que suponía que se encargaba de realizar las tareas domésticas en el hogar de Liebermann. Aunque no pareció sorprendida, le preguntó:

—¿Quién es usted?

—Soy el general Alfred Jodl, el jefe superior del capitán Liebermann.

La joven, que tenía los ojos enrojecidos y llevaba unas sábanas dobladas en las manos, rompió a llorar. El general se acercó a ella, sacó su pañuelo, le quitó las sábanas, que entregó a Otto, y aguardó a que la muchacha se desahogara.

—El capitán…, el capitán está muerto.

—Lo sabemos.

—Se ha disparado con su pistola… Se ha disparado en la cabeza. ¡Oh, Dios mío! ¡Ha sido horrible! ¡Horrible! —La joven no pudo contener el llanto y rompió a llorar de nuevo, llevándose las manos a la cara.

Desde la planta de arriba llegó una voz femenina que denotaba que su dueña estaba habituada a mandar.

—¿Quién anda por ahí?

La joven se secó las lágrimas.

—Es el general… ¿Cómo ha dicho…?

Jodl alzó la mirada y vio a una mujer adusta, vestida de negro y con un reloj prendido en el pecho. Tenía los ojos muy claros y el pelo gris recogido en un moño impecable.

—Permítame presentarme. Soy el general Jodl, el superior del capitán Liebermann. ¿Quién es usted?

—Soy Alexandra Böss, el ama de llaves.

Jodl unió sus tacones con un sonido seco e inclinó la cabeza. Era una mujer de gesto severo. Se la veía tranquila, y al general le pareció de mucho temple para estar tan alterada como Margarethe le había dicho, por lo que pensó que la llamada la habría hecho la doncella, que continuaba gimoteando.

Cuando bajó el último escalón el ama de llaves ofreció su mano a Jodl y este se la acercó a los labios sin besarla.

—Encantado de conocerla, aunque lamento que sea en estas circunstancias.

—También a mí me alegra conocerlo. El capitán se refería a usted continuamente. Supongo que ya sabe lo ocurrido.

—Sé que el capitán ha muerto, pero ignoro cómo ha sucedido.

—Una terrible desgracia, general. Una tragedia.

—¿Puede explicarme qué ha pasado exactamente, *fräulein* Böss?

—Lo que puedo contarle es que a eso de las siete y media, cuando estaba aseándome, Hilde —dijo mirando a la doncella—, después de llamar a la puerta de mi dormitorio, entró hasta el cuarto de baño sin que la hubiera autorizado a pasar. Iba a reprenderla, pero me di cuenta de que estaba muy alterada. Me dijo que el capitán yacía muerto en su dormitorio y que tenía un disparo en la cabeza.

—¿Usted no oyó el disparo?

—No, señor. No sé… No me lo explico. Ha sido todo muy extraño… Pero la verdad es que no lo oí.

El general se volvió hacia la doncella.

—¿Tampoco lo oyó usted?

Hilde a duras penas pudo responder.

—Yo…, yo había salido a recoger el *Völkischer Beobachter* y la botella de la leche. El chico que la reparte… hace sonar el timbre y la deja junto a la puerta. Fue…, fue entonces cuando oí un…, unos ruidos extraños y un golpe seco. Dejé el periódico en la mesa del comedor, donde estaba servido el desayuno del capitán. Luego me fui para la cocina y miré el reloj que hay allí, y cuando vi la hora que era me extrañó que…, que el capitán no hubiera bajado todavía. No me lo explicaba porque él es muy…, muy puntual. Entonces recordé el golpe que había oído y subí a toda prisa pensando que podía haberle ocurrido algo. Llamé varias veces a la puerta de su dormitorio sin que me respondiera. La entreabrí y entonces…, entonces lo vi.

—¿Qué vio?

—Al capitán. Estaba tendido en el suelo rodeado de un charco de sangre… ¡Fue horrible! No quise tocar nada y corrí a avisar a *fräulein* Böss. ¡Ha sido horrible!

Hilde rompió a llorar nuevamente y el ama de llaves la reprendió con severidad.

—¡Hilde, compórtese! ¡Deje de gimotear! ¡Tiene que guardar las formas!

—Todo apunta a que el capitán Liebermann se ha suicidado.

Aquella nueva voz, que llegaba desde la planta superior, resultó familiar al general. Alzó la vista y vio al teniente Franz Singer, que con las manos apoyadas en la baranda parecía haber sido un espectador excepcional de la escena que se había desarrollado al pie de la escalera. Un paso más atrás estaban el agente Lohse y un sargento de la Kripo.

—¡Teniente, qué sorpresa! —Jodl no se movió de donde estaba.

—A sus órdenes, mi general. Tengo entendido que el capitán era uno de sus ayudantes en el OKW, ¿me equivoco?

—No se equivoca. El capitán Liebermann era un colaborador muy próximo.

—Está muerto. Tiene un tiro en la cabeza. ¿Quiere verlo?

—Desde luego.

Jodl subió la escalera seguido de *fräulein* Böss y de Otto. Comprobó que todo era de calidad. Lo era la alfombra que estaba pisando; lo eran los cuadros que colgaban de las paredes, aunque resultaran demasiado grandes para su gusto, y también los muebles que decoraban la galería superior. Había que disponer de una fortuna para vivir rodeado de cosas como aquellas.

Singer lo condujo hasta el dormitorio y, al llegar a la puerta, se hizo a un lado cediéndole el paso. Liebermann vestía su uniforme y mostraba la espalda. Tenía las piernas flexionadas y la cabeza ladeada hacia la ventana. El general rodeó el cadáver y comprobó que tenía los ojos muy abiertos. Reparó en la pistola que el capitán sostenía en la mano. Era una Walther P38, reglamentaria en la Wehrmacht, y tenía puesto un silenciador. Permaneció observando el cadáver sin decir palabra durante un buen rato hasta que preguntó a Singer:

—¿Por qué piensa que es un suicidio?

—Tiene el arma en la mano. ¿No le parece una prueba evidente?

—Sí, pero ¿por qué tiene puesto un silenciador?

Singer se acarició el mentón.

—Digamos que…, que no quería alarmar al ama de llaves y a la doncella.

—¿Le han dado ellas alguna información interesante?

—La doncella fue quien descubrió el cadáver. Afirma que esa puerta —dijo Singer señalando la que daba acceso a la terraza— estaba abierta.

—¿Le dice eso algo?

—En principio que el capitán, antes de descerrajarse un tiro, quiso asomarse a la terraza.

—¿No podría ser que alguien entrara y saliera de la habitación por ahí?

—Podría ser, pero no lo creo.

—Sin embargo, reconozca que plantea una duda.

—Puedo admitirlo sólo como una hipótesis. Pero hay algo que flota en el ambiente, algo que no podría concretar pero que apunta al suicidio. Sólo es olfato, mi general.

Jodl se acercó a la puerta por la que se salía a una terraza en la parte posterior de la casa. También podía verse un jardín tan cuidado como el de la parte delantera y con una zona arbolada similar. Paseó la mirada por las copas de los árboles, recordando lo que Canaris le había dicho momentos antes de marcharse de la sede del OKW. Sintió a su espalda la presencia de Singer y se volvió. Al comprobar que estaban los dos solos le preguntó:

—Teniente, ¿por qué está usted aquí? ¿Qué tiene que ver la Gestapo con esta muerte? ¿Este caso no le correspondería a la Kripo?

Singer se aseguró de que nadie más oía sus palabras.

—Sólo en parte, general. Sólo en parte.

—¿Qué quiere decir eso de «sólo en parte»?

—General, me veo en la penosa obligación de decirle que el capitán Liebermann era un espía. —Jodl arrugó la frente al oírlo—. Un espía al servicio de los británicos. Tenemos información que lo sitúa en contacto con agentes del servicio secreto británico, con miembros del MI6. Esa información está corroborada por su lujoso tren de vida. —Singer extendió la mano mostrando el panorama que se disfrutaba desde la terraza—. ¿Se ha fijado en el mobiliario, en los cuadros, en las alfombras, en las porcelanas? Ama de llaves y doncella. ¿Puede un capitán de la Wehrmacht permitirse tales lujos con su sueldo?

Jodl miró fijamente al teniente y se preguntó si tendría alguna información sobre lo que en realidad estaban buscando los sujetos que entraron en su domicilio. Había sido extremadamente cuidadoso y, aparte de su esposa, sólo el doctor Kessler y el almirante Canaris tenían conocimiento de que, en realidad, habían buscado los documentos que guardaba en su cartera. Era probable que el jefe de la Abwehr hubiera dado información a alguno de sus agentes.

—¿Me está diciendo que el capitán era sospechoso desde hace tiempo y que estaban ustedes investigándolo porque podría tratarse de un caso de espionaje?

—Digamos que sí, general.

La respuesta era tan ambigua que Jodl sospechó que Singer le ocultaba algo.

—¿Desde cuándo estaba bajo sospecha? Imagino que esta casa... —Ahora fue el general quien hizo un gesto con el brazo—. La casa y todo lo que ella supone no deben de haber aparecido de la noche a la mañana.

—En realidad, la información que poseemos es muy reciente.

—¿Le importaría concretarme qué es exactamente «muy reciente»?

—Sólo unos días... Bueno, en realidad..., en realidad nos la proporcionaron ayer. —A Singer parecía que ahora le costaba trabajo hablar de aquello, cuando había sido él quien había desvelado las sospechas que pesaban sobre el capitán. Quizá por eso antes de que el general le preguntara añadió—: Se trata de información estrictamente confidencial.

—Cuando dice «nos la proporcionaron»…, ¿se está refiriendo a una denuncia?

—Efectivamente, en la comisaría se recibió una denuncia.

—¿En qué se fundamentaba?

—A la vista está, general.

La respuesta del teniente volvía a ser muy ambigua. Jodl decidió no insistir.

—¿Cree que al saber que lo habían descubierto se suicidó?

—Eso resulta casi… evidente. La verdad es que ayer nos llegó la información acerca de sus actividades como espía. Hoy hemos venido a interrogarlo, pero nos hemos encontrado con esta situación. Posiblemente los agentes de la Abwehr ya iban tras él.

Jodl concluyó que Singer sabía más de lo que estaba dispuesto a revelar y que se guardaba ases en la manga. Si sospechaba que los agentes de Canaris estaban investigando, podía llegar hasta lo que verdaderamente había ocurrido en su casa. Le pareció mejor no insistir, al menos por el momento, en aquella dirección.

Se quedó mirando la puerta de la terraza.

—General Jodl, si está pensando que esta puerta estaba abierta y que a esta terraza se puede acceder con facilidad desde abajo, le diré que no construya hipótesis extrañas. El capitán Liebermann se ha suicidado —afirmó Singer—. Tenemos el motivo y la evidencia de su cadáver con el arma en la mano.

El general comprobó que podía accederse a la terraza con mucha facilidad. Se fijó en la rama de uno de los árboles. Con un pequeño salto podía llegarse sin problemas hasta donde estaba él. Tampoco acababa de ver muy claro por qué la Walther P38 del capitán tenía puesto el silenciador. Si pensaba suicidarse, ¿por qué iba a estar pendiente del ruido que pudiera hacer?

El sargento de la Kripo apareció en la terraza y por un momento vaciló si dirigirse al general o al teniente. Fue Singer quien lo sacó de dudas.

—¿Ocurre algo?

—Han llegado el juez, el forense y los de la ambulancia. Todos suben hacia aquí.

En el dormitorio se produjo una pequeña invasión en la que también participaron las dos mujeres que habían atendido las necesidades domésticas del capitán Liebermann.

Al juez, un hombre de mediana edad, enjuto, con la cara alargada, embutido en un traje negro y que se había quitado el sombrero al entrar en el dormitorio, lo acompañaba un ayudante. Saludó al general y se presentó como Friedrich Hausser. El forense, por su parte, saludó a Singer como a un viejo conocido y dijo al general que era el doctor Krauss. Mientras su ayudante recogía del ama de llaves los datos necesarios para el expediente administrativo y rellenaba un formulario, el juez hizo varias preguntas a Hilde, la doncella, sobre las circunstancias de la muerte de su señor y anotó las respuestas en un cuaderno de pequeñas dimensiones. Luego se dirigió al forense, quien observaba el cuerpo de Liebermann.

—He visto tantos cadáveres a lo largo de mi carrera que me atrevería a afirmar que en el caso de este hay pocas dudas al respecto de que se trata de un suicidio.

—Soy de la misma opinión —comentó el sargento de la Kripo, sumándose a las palabras del forense.

Este se dirigió a los de la ambulancia.

—Por mi parte, si el señor juez no dispone otra cosa, pueden retirar el cadáver.

El juez Hausser asintió, se puso el sombrero, se llevó un par de dedos al ala farfullando unas palabras de despedida y se marchó.

Singer, que había asistido a la inspección judicial desde la puerta de la terraza con los brazos cruzados sobre el pecho, rompió el silencio que había mantenido.

—¡Cuidado con lo que tocan! —gritó a los camilleros, pese a que los tres hombres, que vestían batas blancas y llevaban las manos enfundadas en guantes, estaban realizando el trabajo con sumo esmero.

Cuando retiraron el cadáver en medio del silencio de los presentes, sólo roto por los gemidos entrecortados de la doncella, Jodl preguntó al forense:

—¿Cuándo se practicará la autopsia al capitán Liebermann?

—Hoy mismo, mi general. La ambulancia lo llevará directamente al Centro de Anatomía Forense.

—¿Cuánto suelen tardar en facilitar los resultados?

—Depende de algunas circunstancias, pero lo normal es que los tengamos esta misma tarde.

—¿Le importaría proporcionármelos?

—¿Por alguna razón, mi general?

—Liebermann estaba a mis órdenes directas. Me gustaría conocer los detalles de cómo se produjo su muerte.

Krauss miró a Singer y este asintió.

—Será un placer informarle, mi general.

—Muchas gracias. Otto, da al doctor los datos para que pueda mandarme el resultado de la autopsia del capitán Liebermann.

El general observó en silencio el cadáver de su colaborador antes de despedirse.

Otto se adelantó para tener el coche dispuesto.

—Le acompaño a la puerta, general.

—No se moleste, *fräulein* Böss. Atienda al teniente y al sargento.

—Sólo será un momento. ¿Me disculpan, caballeros?

Bajaban la escalera cuando el general preguntó al ama de llaves:

—¿Han avisado a los padres del capitán?

—Sí, señor. Fue lo primero que hice.

—Creo que sus padres son su única familia. El capitán tenía un hermano que murió hace algunos años.

—Sí, señor. El capitán no tenía más hermanos.

—¿Le importaría llamar a mi secretaria cuando lleguen los señores Liebermann? Me gustaría presentarles mis condolencias.

—Desde luego, general.

—Tengo entendido que son panaderos.

—Así es, general. Son propietarios de un acreditado y próspero negocio de panadería y pastelería.

Al llegar al vestíbulo el ama de llaves miró hacia la galería para asegurarse de que los policías continuaban en el dormitorio.

—General, quiero que sepa algo que… creo que puede ser importante.

—Dígame.

—Desde hace un par de días notaba al capitán muy nervioso. Había observado que dos individuos merodeaban por la calle. No sé si esto puede ser de alguna utilidad.

—¿Se lo ha dicho a la policía?

—No, señor.

—¿Por qué?

Fräulein Böss se aseguró otra vez de que sus palabras no las oía nadie más.

—El capitán Liebermann decía que usted era un caballero. Le tenía verdadera devoción. Por eso sé que puedo confiar en usted. No me gustan ni la Gestapo ni la Kripo.

—¿Cree que esos dos individuos que merodeaban por la calle han podido asesinarlo?

—No sé, general. Lo que me extraña es que el capitán se quitara la vida. Tenía motivos sobrados para vivir.

—¿Por qué lo dice?

—Porque había encontrado el amor. Se había enamorado perdidamente y estaba feliz. Sus padres iban a venir a Berlín para pedir la mano de…, de Elsa. Ella todavía no sabe nada. Cuando la pobrecita se entere…

—¿Le ha hablado a la policía de Elsa?

—Sí, señor.

Estaban ya en la puerta —los agentes de la Kripo charlaban con Otto junto a la verja de entrada— cuando el general se dirigió de nuevo al ama de llaves.

—¿Le importaría decirme cómo podía el capitán mantener…, mantener todo esto? Su sueldo no da para tanto y no es rico de familia.

La respuesta que le dio *fräulein* Böss lo dejó estupefacto.

33

Al general Jodl la muerte de Liebermann le había alterado algo más que la mañana. Mientras Otto lo llevaba a su despacho en el OKW, no dejaba de dar vueltas a la llamada del máximo responsable de la Abwehr, quien señalaba a su colaborador como el topo que había facilitado información a los agentes del servicio secreto británico. Le costó trabajo hacerse a la idea. Liebermann era un hombre inteligente y había mostrado, en las ocasiones en que había sido necesario, una eficacia total. Jamás habría dudado de su lealtad, como tampoco de la de Margarethe. Pero la muerte del capitán, que todos los que tenían experiencia consideraban un suicidio, y el lujo de que hacía gala no podían dar cuerpo a otra posibilidad. Sin embargo, la confesión que le había hecho *fräulein* Böss al marcharse lo había desconcertado.

Cuando llegó al OKW explicó con pocas palabras a Irma y a Margarethe lo ocurrido al capitán. Se encerró en su despacho después de pedir a esta última que tratara de ponerle con el almirante Canaris. Tenía necesidad de hablar urgentemente con él, después de lo que el ama de llaves de Liebermann le había revelado.

Trató de concentrarse en dar los últimos retoques a los detalles de la Operación Félix que tendría que exponer aquella misma tarde al Führer, pero su mente se iba una y otra vez a Liebermann. Margarethe no lo interrumpió en toda la mañana. Sólo entró en el despacho para llevarle una bandeja de comida —un bistec poco hecho, unas patatas hervidas y un café muy cargado—, alrededor de la una y le informó de que todos los intentos de localizar al almirante habían resultado infructuosos.

—Insista.

—Por supuesto, general.

Se disponía a abandonar el despacho para dirigirse a la Cancillería, cuando sonó el teléfono.

Era Margarethe.

—General, el almirante Canaris. Se lo paso.

La llamada llegaba en el peor momento, pero decidió atenderla. Era él quien quería hablar con el almirante. La conversación fue, necesariamente, breve. Llegar tarde a una reunión con Hitler, aunque con frecuencia el Führer no respetaba los horarios, era inconcebible. Canaris, antes de que el general le explicara la causa de su llamada, le dijo que ya estaba al tanto de la muerte de Liebermann y que eso ratificaba que el capitán era el topo. También le informó de que sus agentes habían conseguido otro dato sumamente importante que había llegado a su poder después de que hablaran por la mañana. Le proporcionaba otra explicación para la actuación de Liebermann.

—La madre del capitán nació en Escocia. Sus abuelos vinieron a vivir a Alemania cuando su madre apenas contaba unos meses y, aunque se había nacionalizado alemana, nunca perdió el contacto con su familia. Su apellido de soltera era Smile.

Cuando el general oyó aquel nombre no pudo evitar una exclamación de sorpresa.

—Observo que le ha causado cierto estupor el dato de su ascendencia familiar.

—Mucho, almirante. Pero no ha sido estupor. El ama de llaves del capitán, *fräulein* Böss, me ha explicado el origen de la fortuna de Liebermann que, por ahora, es la principal prueba que lo incrimina como agente al servicio del enemigo.

Canaris carraspeó.

—Eso fue lo que llamó nuestra atención cuando iniciamos las pesquisas. Sus padres son los propietarios de un negocio de panadería y pastelería en Múnich. Sabemos que se trata de un negocio acreditado, pero en modo alguno puede explicar su posición.

—Es cierto, pero según *fräulein* Böss su posición se explica por una herencia familiar recibida de Escocia.

—Esa será la tapadera que ha utilizado. —El tono de Canaris dejaba entrever que estaba sorprendido—. Uno de mis hombres hablará con el ama de llaves.

—Su vinculación a una importante familia escocesa, siempre según *fräulein* Böss, abre una puerta a la duda, ¿no le parece?

—¿Qué le ha contado el ama de llaves?

—Almirante, no me ha dicho gran cosa y tampoco dispongo de tiempo para explicárselo con más detalle, pero le recomiendo que alguno de sus agentes la visite. Tengo que colgar. He de estar en la Cancillería antes de las cinco. El Führer quiere verme. ¿Podemos hablar más tarde?

—Desde luego, general.

Diez minutos antes de la hora fijada, Jodl, que de nuevo había rechazado aguardar en la sala destinada a las visitas, se encontraba en la antecámara del despacho de Hitler. Permanecía inmóvil ante el amplio ventanal con la mirada perdida en algún punto del jardín. Confiaba en Canaris, pero la personalidad del almirante era tan compleja y se contaban historias tan extrañas de sus actividades…

La voz del teniente, que se había acercado a donde estaba, le anunció que Hitler lo aguardaba.

—Mi general, el Führer lo recibirá ahora.

—Muy bien.

El teniente lo acompañó hasta la puerta del despacho. A Jodl le sorprendió encontrarse allí con el mariscal de campo Keitel, su superior orgánico y máximo responsable del OKW. Sus relaciones con el mariscal eran buenas. Estaba al frente de las operaciones estratégicas por expresa voluntad de Keitel, a quien había conocido en el Frente Occidental durante la Gran Guerra. Sin embargo, le molestaba la facilidad con que se plegaba a las decisiones de Hitler en el terreno militar. Jamás había oído de sus labios una observación, pese a que algunas de las propuestas de Hitler eran, estratégicamente hablando, auténticas locuras.

Jodl hizo sonar sus botas al ponerse firme y saludar con el brazo extendido a dos pasos de la puerta.

—*Heil Hitler!*

—*Heil!* —respondió Keitel.

Cumplido el ritual, Jodl se acercó al Führer, quien le ofreció su mano. Después estrechó la de Keitel. Hitler le preguntó directamente:

—¿Cómo lleva los trabajos de Félix?

—Muy avanzados, señor. Hemos descartado definitivamente, como ya comentamos, una actuación anfibia y también una acción aerotransportada. La primera por las limitaciones que tiene, más aún cuando las últimas informaciones que poseemos nos indican que los británicos están reforzando sus defensas de forma muy importante. La segunda por lo limitado del objetivo, territorialmente hablando…

—Nuestros paracaidistas se apoderaron de Eben-Emael —lo interrumpió Keitel.

Hitler esbozó una sonrisa. Era la misma observación que él le había hecho y quería ver cómo respondía Jodl.

—A lo limitado del terreno se unen los vientos que soplan en el estrecho de Gibraltar. Son muy fuertes. Soplan tanto del este como del oeste. En la zona los llaman Levante y Poniente, y no se pueden predecir con una antelación que ofrezca ciertas garantías. Esos vientos desaconsejan allí el uso de paracaidistas. Todos esos elementos apuntan a que la operación más adecuada sería lanzar un ataque por el istmo.

—¿Ha considerado cuál es la unidad mejor preparada para ello?

—Así es, señor.

—¿Cuál?

—Hombres de la División Edelweiss. He mantenido una entrevista con el general Kübler. El núcleo de la fuerza expedicionaria serán dos batallones de la Grossdeutschland. Van a establecer su cuartel general en Besançon para iniciar un entrenamiento especial en las estribaciones del Jura. La zona, según se nos ha informado, presenta similitudes con la orografía del Peñón.

—¡Muy bien, Jodl, muy bien! —Hitler parecía entusiasmado—. No escatime en medios. Habíamos hablado de la necesidad de apoyo aéreo y una adecuada preparación artillera para facilitar el ataque de nuestros hombres. Cuente con lo que necesite.

—La mayor necesidad para poner en marcha Félix no está en mis manos, señor.

Hitler clavó su mirada en Jodl. Aquellos ojos glaucos, glaciales y fríos, que habían hecho inclinar cabezas en media Europa intimidaban. Pero el general le sostuvo la mirada. Había sido consciente de que lo que acababa de decir podía despertar la ira del Führer, pero él no era Keitel.

—¿Qué quiere decir?

—Para que Félix pueda ponerse en marcha necesitamos que España colabore. Todo está previsto en función de eso.

Hitler se acercó a la mesa y pulsó un botón. Un instante después el teniente de la antecámara apareció en el despacho. Hitler apenas lo dejó que saludara.

—¡Que localicen a Von Ribbentrop, inmediatamente!

—¡A la orden, mi Führer!

Continuaron comentando detalles de Félix, pero Hitler estuvo inquieto los pocos minutos que tardó en sonar uno de los teléfonos que había sobre su mesa. Lo descolgó con energía.

—¡Dígame! —Hitler apenas escuchó lo que le decían—. ¡Páseme! —Bajando el tono de voz, añadió—: ¿Cuánto puede tardar, Von Ribbentrop? —La respuesta debió de parecerle razonable porque simplemente comentó—: Le aguardo.

Veinte minutos más tarde entraba en el despacho el ministro de Asuntos Exteriores del Reich, Joachim von Ribbentrop. La conversación fue muy breve. El ministro no dudó.

—Si es el deseo del Führer, estoy seguro de que Franco no se negará.

34

Afueras de Madrid

El lugar que Banks había indicado a *sir* Samuel para encontrarse con el Intermediario era una venta a la salida de Madrid, por el camino de La Coruña, pasada la Cuesta de las Perdices. Una capa de gravilla suelta constituía el pavimento de la explanada que había delante de la venta, un edificio de dos plantas, con cubierta de pizarra a dos aguas. Una nube de polvo se levantó al desplazarse el coche sobre ella. *Sir* Samuel indicó al chófer que no aparcara cerca de la puerta y, como había llegado con unos minutos de antelación, aguardó en el vehículo hasta la hora prevista. Durante la espera no se produjo movimiento alguno.

Entró en el establecimiento. Sólo estaba el individuo que atendía la barra. Quien había elegido el local debía de saber que a aquella hora el sitio se hallaba poco concurrido.

—Buenas tardes.

—Buenas —respondió con cierta indolencia el ventero, como si le fastidiara que se rompiera la tranquilidad que imperaba en el lugar—. ¿Qué va a ser?

—¿Cómo dice?

—¿Qué va a tomar?

Sir Samuel titubeó un momento.

—Agua de Seltz, señor, por favor.

El tratamiento sorprendió al hombre, que pareció desperezarse de inmediato. Pensó que posiblemente era uno de los individuos que llevaba aguardando cerca de dos horas.

—Enseguida, señor.

No llegó a servir el agua de Seltz porque en ese momento se oyó el ruido del motor de un coche que se detenía ante la misma puerta y vio que bajaban dos hombres, que entraron sin detenerse, uno era el Intermediario. *Sir* Samuel había hablado con él en tres ocasiones. La primera vez fue en la recepción que la embajada ofreció cuando tomó posesión de su cargo en Madrid. Allí se conocieron, y don Juan le dijo que estaba a su entera disposición. Le habló de su colaboración con ciertas autoridades británicas para las que había realizado diferentes trabajos que se habían resuelto a plena satisfacción de las partes. La segunda vez que se vieron fue en el palacio de Santa Cruz, la sede del Ministerio de Asuntos Exteriores español, donde *sir* Samuel tanteó la posibilidad de contar con su colaboración para establecer ciertos contactos que habían derivado en lo que ahora era una operación de envergadura. La tercera vez había tenido lugar en un piso de la madrileña calle de Velázquez para concretar algunos detalles y puntualizar aspectos importantes de lo que ya se denominaba Operación Caballeros de San Jorge. Fue en aquel tercer encuentro cuando acordaron no volver a reunirse por motivos de seguridad y discreción. Había sido don Juan quien lo había querido así y quien había señalado que para todas las referencias a su persona se utilizaría el nombre del Intermediario. Por eso, *sir* Samuel se había extrañado tanto cuando aquella misma mañana Banks le había dicho que el Intermediario deseaba reunirse con él. Desde el último encuentro habían mantenido todos sus contactos a través de terceras personas. Tampoco Banks había hablado directamente con el Intermediario.

En realidad, sólo *sir* Samuel sabía quién se escondía tras aquella denominación.

El banquero rondaría los sesenta años, llevaba unas gafas de lentes redondas y vestía un traje de buen corte. Lo acompañaba un hombre mucho más joven y corpulento, que se dirigió al ventero y le dijo algo que le hizo perderse por una puerta y aparecer de inmediato con una llave en la mano. *Sir* Samuel y el Intermediario intercambiaban todavía saludos, por lo que el ventero se dirigió al acompañante.

—Cuando los señores quieran, pueden acompañarme.

—Dame la llave, dime qué puerta es y tú sigue con tu tarea.

—En la planta de arriba, la segunda puerta a mano derecha.

—Muy bien, ¿está todo dispuesto?

—Todo está preparado como se me indicó. Pensé que ya no iban a venir.

—Se te dijo que la reunión sería dos horas antes para que todo estuviera dispuesto.

Sir Samuel y el Intermediario se encerraron en la habitación, y el acompañante del segundo se dispuso a montar guardia en la puerta el tiempo que fuera necesario.

En el centro de la estancia había una mesa rústica con dos sillas dispuestas una a cada lado. Sobre la mesa una bandeja con bebidas, una jarra con agua, cuya boca estaba cubierta por un mantelillo, y dos cestillos con almendras.

Sir Samuel hizo un comentario sobre el calor que todavía soportaba Madrid y de lo que extrañaba la falta de lluvia.

—Usted dirá, don Juan. —*Sir* Samuel lo llamó por su nombre de pila—. Aquí me tiene, a su disposición.

—*Sir* Samuel, he querido que nos viéramos personalmente usted y yo para ponerle al corriente de todos los pasos que se han dado. Usted sabe que cuando estas cosas se conocen a través de terceros no suelen transmitirse con total exactitud, y este caso, por su…, digamos, «complejidad», requiere que no quede un solo cabo sin anudar.

—Bien, aquí estoy.

—Quiero que sepa que la actuación no ha sido fácil.

—No me descubre usted nada. Era algo que daba por sentado. Supongo que habrá tenido que ser muy habilidoso, sobre todo en el momento de los primeros contactos.

—No puede usted hacerse una idea exacta, mi querido embajador. Habría bastado un desliz, un comentario desafortunado para que todo se hubiera ido al traste.

—Me lo imagino.

El Intermediario negó con la cabeza.

—No puede usted hacerse una idea de lo suspicaces que son nuestros generales. Ha sido necesario extremar las cautelas para conducirlos por un camino que ciertamente era complicado.

—Lo sé, don Juan, lo sé.

Sir Samuel habría preferido que don Juan no se anduviera con tantos rodeos. La última vez que se habían visto habían coincidido en que la tarea del banquero no era fácil.

Al contrario, iba a pisar un terreno extremadamente resbaladizo, aunque tenía unos buenos «argumentos» en que apoyarse para realizar su trabajo. A lo largo de su ya dilatada experiencia había comprobado que la libra esterlina era un valor seguro y que seguía siendo un codiciado objeto de deseo.

—He procurado que, aparentemente, su actuación quede cubierta con el manto del patriotismo. ¿Soy lo suficientemente explícito?

—Ese es siempre un recurso importante que, en determinadas circunstancias, puede resultar de una gran utilidad.

Sir Samuel sabía que su respuesta era una vaguedad. Se movía a ciegas. Por cortesía no preguntaba a las claras al hombre que estaba sentado al otro lado de la mesa qué era, exactamente, lo que deseaba.

—Lo que quiero decirle, señor embajador, es que en la reunión que usted vaya a tener con los generales para cerrar el acuerdo deberá mostrarse cauteloso, tanto como lo he sido yo. Podrían sentirse ofendidos si...

—¿Si llamásemos a las cosas por su nombre?

—Creo que ha captado usted perfectamente el sentido de mis palabras. Sepa que guardar las apariencias es algo que deberá tener presente en todo momento.

—Lo tendré en cuenta, don Juan. Usted será testigo de que no me extralimitaré lo más mínimo.

—¿Ha dicho que yo seré testigo?

Sir Samuel se quedó mirándolo.

—Exacto.

—Se equivoca, mi querido amigo. Yo no estaré presente en esa reunión. Seis generales juntos es lo más parecido a una bomba con espoleta. Mi misión ha concluido. He hecho mi parte del trato. Supongo que está al tanto de las cantidades que, por cierto, no son todas iguales. Ese es un dato sumamente importante. Ninguno de ellos deberá saber que las cuantías de su colaboración son diferentes.

—¿Quiere decir que unos ignoran lo que los otros van a recibir?

—Así es.

—Ese es un problema grave.

—No lo es si se sabe cómo actuar en esa reunión. Simplemente dé por sentado que todo el mundo está al tanto de las cifras. Todos creen que el trato es idéntico. No hable de dinero. En España se considera de mal gusto, y entrar en detalles sería mucho peor.

Sir Samuel ofreció agua a don Juan, quien agradeció el gesto y después se llenó su propio vaso. El embajador tenía la garganta reseca.

—En ese caso, don Juan, ¿tiene algún sentido celebrar la reunión? Supone correr un riesgo inútil.

—Se equivoca, *sir* Samuel. Si mantiene la discreción en lo que respecta a las cantidades, no habrá riesgo. Por otro lado, le diré que esa reunión es sumamente importante para que cada uno de los generales sepa que su acción es algo…, algo individual, pero que forma parte de un grupo. Esa ha sido otra de las cuestiones más complejas. Todos, absolutamente todos, querían saber quién más estaba en el ajo…, quiero decir, quién más estaba implicado. Y están al corriente de que cada uno tendrá su pago. Pero ninguno de ellos hablará de eso. Se lo aseguro.

—Ha dicho que usted no estará presente en la reunión…

—Así es.

—En tal caso, yo tampoco asistiré.

El Intermediario apretó los labios. No le gustó lo que el embajador acababa de decir, pero no puso obstáculos.

—Si cree que es lo más conveniente… Mi representante está… —Don Juan consultó su reloj—. En este momento mi representante está reunido con *mister* Banks, y posiblemente estén fijando la fecha de esa reunión. Está previsto que se celebre dentro de dos o tres días. Tiene tiempo para decidir si acudir o no.

—Si usted no asiste, yo tampoco —repitió Hoare.

—Mi no asistencia puede darla por segura.

—¿Eso lo saben los generales?

En los labios de don Juan apuntó una sonrisa.

—Eso a los generales les importa un bledo —dijo llevándose la mano al bolsillo interior de su chaqueta, del que sacó dos sobres de tamaño idéntico, si bien uno de ellos mucho más abultado, y los puso encima de la mesa.

Sir Samuel supo que en los sobres estaba la causa última de aquella reunión.

Decidió esperar a que fuera don Juan quien hablara. Ahora fue el banquero el que dio un sorbo a su vaso de agua. Luego cogió el más delgado de los sobres y se lo entregó al embajador.

—Ahí tiene las cantidades asignadas a cada uno de los generales y la parte correspondiente a mis servicios. Supongo que *mister* Banks ya se las habrá hecho llegar.

—Esta misma mañana.

—Bien, ¿algún problema?

Sir Samuel negó con un movimiento de cabeza.

—En este otro sobre —dijo el Intermediario al tiempo que le entregaba el más grueso— está toda la documentación para realizar las transferencias correspondientes.

Sir Samuel no cogió el segundo sobre.

—¿No le parece que va muy deprisa?

El Intermediario se quedó con el brazo extendido y una expresión de desconcierto.

—No comprendo. ¿Qué quiere usted decir?

—Que anticiparemos una suma. Una suma importante, cien mil libras. Pero el pago de estas cantidades —aclaró *sir* Samuel, y señaló el sobre que había cogido— sólo se efectuará si no se produce la entrada de España en la guerra.

El Intermediario dejó el sobre en la mesa y se acomodó en la silla, dando a entender que la reunión iba a prolongarse.

—Mi querido embajador, creo que no entendió lo que acordamos la primera vez que hablamos de este asunto… ¿Han puesto algún nombre a la operación?

—La hemos denominado Caballeros de San Jorge.

—Si no es indiscreción, ¿por qué le han puesto ese nombre?

—Bueno…, estamos tratando con caballeros y en el reverso de nuestros soberanos, los que comúnmente llamamos guineas, aunque su valor no es exactamente el mismo, la efigie que aparece en algunas acuñaciones es San Jorge venciendo al dragón. Nos ha parecido todo un símbolo. ¿No lo cree acertado?

—Desde luego, desde luego. —El Intermediario le dedicó una sonrisilla difícil de interpretar—. Le decía que cuando iniciamos la Operación Caballeros de San Jorge quedó claro que mi iniciativa podía no verse coronada por el éxito. Franco es un autócrata. Será él quien tome la decisión, y créame que son muchos quienes le aconsejan entrar inmediatamente en el conflicto. Puedo asegurarle que si no hubiera sido por la acción de ciertos… Caballeros de San Jorge, España ya habría entrado en guerra. En este momento la situación es extremadamente complicada. Mañana sale para Berlín el cuñado del Caudillo.

—¿Serrano Súñer viaja a Berlín?

—Así es. ¿Qué me dice? —El Intermediario desplazó el sobre hasta el centro de la mesa.

Era un movimiento táctico. *Sir* Samuel tendría que tomar una decisión. Si no lo cogía, Caballeros de San Jorge podía darse por finiquitada; en caso de cogerlo, estaba aceptando las normas del Intermediario.

Sir Samuel cogió el sobre.

—Ha sido una decisión acertada. En ese sobre están todos los datos para efectuar las transferencias: los beneficiarios, los números de las cuentas... Ustedes completarán los datos que faltan y entregarán las copias a los generales.

35

Berlín

Para el general Jodl había sido un día intenso y dramático. La noticia de la muerte de Liebermann, que no podía apartar de su mente, lo tenía desconcertado. Luego, la inesperada llamada del Führer había completado una jornada que había concluido en la sede del OKW, por donde se había pasado después de la reunión con Hitler por si el forense le había enviado los datos de la autopsia del capitán.

—¿Han traído alguna documentación del Centro Anatómico Forense? —preguntó a Margarethe.

—No, señor. Lo que han llegado han sido algunos datos desde el Campo de Gibraltar. Ya están descodificados.

Jodl habría preferido marcharse, pero le pudo el sentido del deber. El Führer tenía mucha más prisa de la que había imaginado, como había puesto de relieve la presencia de Von Ribbentrop. Comenzaba la presión sobre Franco para que España entrase en la guerra. El general se quedó trabajando más de una hora para incorporar a la Operación Félix los datos recibidos del Campo de Gibraltar.

Era más tarde que de costumbre cuando Jodl llegó a su casa. Estaba anocheciendo y acababan de encenderse las farolas del alumbrado público. Se sentía tan cansado que, a diferencia de lo habitual, esperó a que Otto le abriera la puerta. Fue entonces cuando vio a Singer, acompañado de su inseparable Lohse, charlando con Hermann. La presencia de la Gestapo lo incomodó. Posiblemente Singer deseara interrogar de nuevo a Martha, su esposa se habría negado y aguardaba su llegada. El teniente lo saludó, brazo en alto.

—*Heil Hitler!*

Jodl no se molestó en responder al saludo. Se limitó a preguntarle con desgana:

—¿Qué le trae por aquí?

—Extraña pregunta, mi general, teniendo en cuenta que investigo un robo cometido en su domicilio y que tengo que descubrir quién está detrás de la muerte de Angela Baum.

A Jodl le pareció que la actitud de Singer rozaba la insolencia. Incluso el tono que había empleado distaba mucho de ser correcto.

—Dígame, teniente, ¿cuál de esos asuntos le trae hasta la puerta de mi domicilio?

—Si he de serle sincero, le diré que ninguno de ellos. En realidad, he venido porque ya tenemos el resultado de la autopsia del capitán Liebermann.

Jodl calculó que apenas habían transcurrido veinte minutos desde que había salido del OKW y le extrañó que en su despacho no se tuviera noticia. Recordaba haber encargado a Otto que le diera al forense los datos necesarios para que le hicieran llegar una copia. Singer despejó sus dudas sacando un sobre del bolsillo de su abrigo.

—Aquí tiene su copia, mi general. Dije al doctor Krauss que estaría encantado de entregársela personalmente.

—¿Ha estado usted todo este tiempo en el Centro Anatómico Forense?

Singer no disimuló su sonrisa.

—No, mi general. El doctor Krauss me dijo que sobre las cinco tendría los resultados y lo que he hecho ha sido darme una vuelta a esa hora.

Jodl despegó la solapa del sobre.

—Si quiere, puedo ahorrarle una lectura llena de tecnicismos. Al capitán Liebermann lo asesinaron.

Jodl no sacó el informe del sobre y permaneció en silencio.

Necesitaba digerir la noticia. No porque fuera inesperada, sino porque abriría nuevas perspectivas a todo lo relacionado con Liebermann. Echaba por tierra lo que el almirante Canaris le había explicado aquella mañana. Su colaborador no se había suicidado al sentirse vigilado por sus agentes. Las sospechas tenían su origen en el lujo que rodeaba la vida de un joven oficial de la Wehrmacht que no era rico por su familia. Pero existía una fuente de ingresos que los agentes de Canaris no habían descubierto porque no había rastro alguno en los bancos. Una cuantiosa herencia explicaba su fortuna. Su cuenta corriente sí respondía a la de un capitán de la Wehrmacht. Su asesinato cimentaba la confidencia que *fräulein* Böss le había hecho de que el capitán no se había suicidado porque era un hombre enamorado y correspondido. Lo que acababa de decir el teniente de la Gestapo apuntaba a que el asunto era mucho más complicado y, sobre todo, a que la posibilidad de que tuviera un traidor entre sus colaboradores más próximos seguía estando en pie.

—Supongo que la autopsia no deja margen para la duda.

—En su mano tiene una copia. Léala, aunque está llena de tecnicismos, como le he dicho.

El general sacó el informe del sobre y le echó un vistazo. Efectivamente, en el párrafo final se afirmaba de forma categórica que la muerte del capitán Liebermann no era consecuencia de un suicidio. Lo revelaba la trayectoria del disparo y la herida de entrada.

—En efecto, teniente, no hay dudas.

—Hay otro dato, mi general, que no está en ese informe.

—¿Cuál?

—El disparo se hizo con una Walther P38 y, en efecto, la bala que quedó alojada en la cabeza del capitán es de ese calibre. Pero la Walther con que se efectuó el disparo no era la del capitán Liebermann.

—¿Cómo lo sabe?

—Hemos comprobado la numeración de la pistola que el cadáver del capitán tenía en su mano, que era la que había sido disparada. Pero no era la suya. El asesino la cambió. Así pues, aunque a Liebermann le dispararon con una Walther, no fue con su arma reglamentaria.

—Eso explica que la pistola tuviera puesto el silenciador.

—En efecto. Posiblemente el asesino no tuvo tiempo de quitárselo. La doncella nos ha contado que antes de abrir la puerta del dormitorio llamó varias veces. Lo hizo poco después de oír un ruido extraño. El asesino debió de salir del dormitorio por el mismo sitio por donde había entrado. Me refiero a la puerta que daba a la terraza, ¿recuerda?

Jodl estuvo a punto de recordarle a él que su intuición le había fallado. Preguntarle dónde había quedado aquel olfato y aquel algo que no podía concretar, pero que flotaba en el ambiente y que apuntaba al suicidio.

—¿Dónde está la pistola de Liebermann?

—Ha desaparecido. El asesino debió de llevársela.

Jodl descartó que los agentes de la Abwehr hubieran facilitado información a la Gestapo acerca del capitán. La pugna que existía entre los dos cuerpos era una de las luchas intestinas más fuertes que se libraban en el Reich. La Abwehr, como servicio de inteligencia militar, no permitía que la Gestapo, a cuyos agentes consideraban unos advenedizos, se entrometieran en un terreno que consideraba suyo. Habían llegado al acuerdo de que los asuntos internos del Reich quedaban en manos de la Gestapo y los militares en manos de la Abwehr. El problema surgía en asuntos como los del capitán Liebermann. Se trataba de una cuestión interna, pero el sujeto era un militar. El general Jodl necesitaba saber quién había facilitado aquella información a la Gestapo para que se hubieran lanzado en pos de Liebermann.

—Me habló usted de una denuncia recibida ayer mismo y dijo que por eso estaba usted allí.

—Así es, mi general.

—¿Quién presentó la denuncia?

—Lo único que puedo decirle es que señalaba al capitán Liebermann como un espía al servicio del enemigo.

—¿Dan crédito a todas las denuncias que reciben?

—En esta se señalaba que la vida del capitán Liebermann estaba rodeada de unos lujos que no podía permitirse, salvo que recibiera importantes cantidades de dinero. Como comprenderá, decidimos investigar. El comandante Reber, a quien su esposa conoce personalmente, me ordenó visitar al capitán, habida cuenta de que la historia que nos contó Martha Steiner la pone, por el momento, a salvo de las importantes sospechas que pesan sobre ella —concluyó poniendo énfasis en la matización.

—¿No le resulta extraña la coincidencia de una denuncia por espionaje contra el capitán Liebermann y su muerte por asesinato?

—La denuncia tiene elementos para sostenerse. El asesinato de Liebermann no nos facilita una explicación para el lujo que rodeaba su vida. Siendo un hombre tan próximo a usted, ¿no tenía noticia de esa..., esa circunstancia?

A Jodl le molestó la pregunta. Sin embargo, decidió no revelar a Singer el origen de la fortuna del capitán.

—No soy policía, ni me dedico a investigar la vida privada de mis hombres, teniente. Sin embargo, como podrá comprender, ahora tengo mucho interés en conocer todos los detalles que se dan en este caso. Por eso insisto en saber el nombre de la persona que presentó la denuncia contra el capitán.

—Lo lamento, pero no puedo decírselo.

—¡Liebermann estaba directamente a mis órdenes!

—Lo siento, mi general. Tendrá que hablar con el comandante Reber.

—¿Estará a esta hora en la comisaría?

—No lo sé, mi general.

—¡Otto, a la comisaría de Unter den Linden!

—A la orden, mi general.

—Hermann, ¿quiere decir a *frau* Jodl que volveré tarde?

—Ahora mismo, mi general.

En la comisaría había tal revuelo que la presencia de un general de la Wehrmacht tuvo menos resonancia de la que en otras circunstancias habría producido. Numerosos agentes salían por la puerta portando armas ligeras. Vehículos policiales arrancaban haciendo sonar sus sirenas.

El general preguntó a uno de los policías que quedaban en la comisaría.

—¿Puede saberse qué demonios ocurre?

—¡Un tiroteo, mi general! Hay un grupo de hombres atrincherado en una vivienda que abre fuego desde las ventanas.

—¿Dónde está ocurriendo eso?

—No puedo asegurárselo, mi general, pero he oído decir que en algún punto de la Bismarckstrasse, al parecer cerca de la Deutsches Opernhaus. Es un asunto muy serio.

Jodl recordó que Canaris le había dicho que en ese lugar tenían localizados a los espías británicos y que estaban estrechando el cerco sobre ellos. Habrían ido a detenerlos y los británicos estarían defendiéndose.

—¿El comandante Reber está en su despacho?

—No, mi general. Ha ido al lugar de ese tiroteo. Si puedo serle útil en algo…

—Muchas gracias.

Jodl lo saludó y abandonó la comisaría.

—Otto, nos vamos a casa.

Jodl llegó a su hogar cuando la mesa ya estaba puesta para Irma y para Martha porque el portero había dicho a *frau* Jodl que su esposo volvería tarde. Se recompuso la mesa para tres y la cena transcurrió en un ambiente relajado. Martha estaba muy recuperada, gracias a los cuidados de Irma Jodl y a la desaparición de los efectos de la droga. Su cutis había recobrado la frescura y su mirada, la viveza. Mientras la joven recogía en la cocina los platos y el menaje, el general, al tiempo que fumaba un cigarro, explicó a su mujer la muerte de Liebermann. Ella, que también estaba fumando, conocía al capitán. Alfred Jodl fue detallando las circunstancias que habían concurrido en su muerte. Aparentaba ser un suicidio, pero la autopsia había determinado, sin margen para la duda, que se trataba de un asesinato. El general habló a su esposa de la casa de Liebermann y de las sospechas que su lujosa vida había despertado.

—¿Piensas que su muerte está relacionada con…, con todo esto?

—Es posible. Habían presentado una denuncia contra él en la comisaría de Unter den Linden.

—¿Por qué?

—Por espía.

Frau Jodl se llevó la mano a la boca.

—¿Crees que el capitán…?

—Estoy seguro de que él no…

El timbre del teléfono interrumpió el comentario del general.

—¿Quién será a estas horas?

La esposa del general apagó el cigarrillo, que estaba casi consumido, e hizo ademán de levantarse, pero el timbre dejó de sonar y Martha apareció en el salón.

—Es para usted, general. En su despacho.

—Discúlpame, Irma. Sólo será un momento.

—Nunca es un momento —le respondió su esposa cogiendo otro pitillo cuando él ya se dirigía a su despacho.

—Jodl al habla.

—¿Sabe ya lo ocurrido? —Era Canaris.

—¿A qué se refiere?

—A la detención de los agentes del MI6.

—Tengo entendido que ha habido un tiroteo en la Bismarckstrasse.

—¿Un tiroteo, dice? Ha sido una batalla campal.

—Almirante, disculpe un momento… ¿Este teléfono…?

—Quédese tranquilo, quienes lo habían pinchado ya no pueden oírlo.

—Cuénteme, ¿qué ha sucedido?

—Prefiero no explicárselo por teléfono. Si lo he llamado es para decirle que hay novedades muy importantes que exculpan a Liebermann. Sé el afecto que profesaba al capitán y que el hecho de que él fuera el topo se le hacía insufrible…

—¿Se sabe ya quién es ese topo? —lo interrumpió Jodl.

—No quiero adelantar acontecimientos. Mis hombres están investigando el material que han encontrado en Bismarckstrasse. Mañana podré decírselo con seguridad y también contarle la bronca que hemos tenido con la Gestapo. ¿Le apetece que desayunemos en el Adlon?

—Si usted quiere…

Se hizo un breve silencio en la línea, como si ahora Canaris dudara de su propuesta.

—No, en el Adlon, no. Mejor en el Splendid, que está mucho más cerca de su casa. ¿Qué me dice?

—¿Le parece bien a las ocho?

—Esa es una hora adecuada, general. Nos vemos a las ocho. Le anticipo que si se confirman los primeros indicios, prepárese para una sorpresa.

36

Algeciras

Leandro apuró los minutos en la cama. Había dormido a pierna suelta, aunque le costó trabajo conciliar el sueño, desconcertado por la vida de Mercedes y la nota que le había deslizado al despedirse. Se duchó tranquilamente y bajó al comedor.

Era un sitio amplio e iluminado por unos ventanales que daban a un jardín por los que ya se colaba el sol. Todo estaba ordenado y limpio. Tres camareras con uniforme aguardaban pendientes de las indicaciones de los clientes. Sobre las mesas, cubiertas con manteles de un blanco inmaculado y pulcramente planchados, estaban dispuestos los platos y los cubiertos. Sólo había dos mesas ocupadas, una por un matrimonio de cierta edad y otra muy larga —junto a uno de los ventanales— en torno a la que se sentaba un grupo de alemanes que, al tiempo que desayunaban, hablaban sin parar.

Leandro creyó ver al coronel Schäffer, a quien se había referido Cansinos.

Una de las camareras se acercó a Leandro en cuanto apareció por la puerta.

—¿Desea desayunar, señor?

—Sí, ¿sería posible junto a una ventana? El jardín es espléndido.

—Desde luego, señor. Elija la mesa que más le guste.

Señaló la mesa más próxima a la ocupada por los teutones. La camarera lo acompañó hasta ella.

Pegó la oreja y en menos de cinco minutos ya sabía que eran los hombres a quienes debía vigilar. Hablaban de trabajos en el interior del Peñón, de la presencia de ingenieros canadienses y de la información que les facilitaba un individuo cuyo nombre no pudo entender. Sí oyó con claridad una información que le pareció de interés. Dos de ellos almorzarían dos días más tarde con aquel tipo en la Venta de Miraflores. Era la misma a la que se había referido Valeria como un nido de contrabandistas, diciéndole que Cansinos también la frecuentaba y que allí se cocía algo más que contrabando, pero la prostituta no había querido ser más explícita. La política era en España una especie de abominación que mejor no mentarla.

Los alemanes se marcharon sin reparar en él, pero Leandro se cercioró de que uno de ellos era el que había visto en el tablao de Manolo Cerezo. Era el hombre al que Cansinos se había referido como el coronel Schäffer.

Desayunó copiosamente, como no lo había hecho desde hacía mucho tiempo. La camarera le había ofrecido un recital que le sonó a música celestial: pan blanco, bollería variada, diversas mermeladas y mantequilla, unas tortas típicas de Algeciras, churros, huevos revueltos y salchichas, además de té, café y leche. Le parecía inaudito. Era como si se hubiera abierto el cuerno de la abundancia y desparramado todos sus dones.

Se dejó llevar por la gula y comió más de lo debido. Era el hambre del pobre, de la que se decía que no tenía hartura. Había comido sin tasa porque estaba hambriento, después de no haber cenado la víspera tras el largo viaje de tren en el que se había conformado con una lata de sardinas y un chusco, y también porque un ofrecimiento como aquel era algo tan inusual en su vida que resultaba extraordinario.

Subió a la habitación, cogió los dos paquetes que Mateos le había entregado para las secretarias de don Serafín Távora y los guardó en el portafolio que le había regalado el señor Benítez. Cuando bajó al vestíbulo ya lo aguardaban Seisdedos y Guillermo. Eran las diez, tenía media hora para llegar a la oficina de don Serafín Távora.

—¿Qué tal? ¿Ha descansado? —le preguntó Seisdedos.

—He dormido a pierna suelta.

—Eso está bien. ¿A qué hora tiene la entrevista en Távora y Canales?

—A las diez y media. ¿Conoce a don Serafín Távora?

—No lo he visto en mi vida. Pero sabemos dónde están sus oficinas. Lo dejaremos en la esquina y aguardaremos a que termine. ¿Alguna cosa de interés por aquí?

—Los alemanes están alojados en el hotel, por lo menos un grupo de ellos.

—¿Sabe cuántos son?

—Ocho. Uno es coronel y se apellida Schäffer. Dentro de unos días, dos de ellos se reunirán en un sitio llamado la Venta de Miraflores con un sujeto que les pasa información.

Seisdedos se le quedó mirando con los ojos muy abiertos.

—¡Coño, San Martín! ¡Ni que llevara usted aquí una semana! Está claro que el comandante Ares no exageraba al afirmar que usted vale un potosí. Eso es algo que dicho por él es mucho decir. Ya sabe lo parco que es en todo lo que se refiere a los halagos.

Subieron al coche de Guillermo, y en el trayecto Leandro le contó que había llamado a Walton y que debía telefonearle en caso de emergencia. No mencionó el código ni los telegramas que había de ponerle.

—¿Qué puede decirme de Miguel Cansinos?

Seisdedos lo miró como si hubiera mentado al diablo.

—¿Ha conocido a ese hijo de la gran puta?

—Anoche.

—¿Estaba en el hotel?

—No, en el tablao de Manolo Cerezo.

Seisdedos le dedicó una sonrisa maliciosa.

—No ha perdido un minuto.

—La verdad es que aparecí por allí de casualidad.

—Sí, sí…, de casualidad —comentó Guillermo con picardía.

—¿Sabe algo acerca de ese individuo?

—Que debe alejarse todo lo que pueda de él. Es una bestia. Se cuenta cada cosa… Hace tiempo que no tengo noticias suyas. Ahora es el jefe local de la Falange y durante la guerra hizo auténticas barbaridades.

—Ya hemos llegado —anunció Guillermo, y detuvo el coche junto a la acera—. Ahí enfrente está la oficina de Távora y Canales.

—Lo esperaremos allí. —Seisdedos señaló un café que tenía el pomposo nombre de La Imperial.

—Por mí, si quieren, pueden marcharse.

—¿Tan pronto quiere despedirnos? Lo esperaremos. Tengo interés en saber qué tal le va.

Leandro se ajustó la corbata, bajó del coche y cruzó la calle. En el portal encontró al portero, que estaba sacando brillo a los dorados de los plafones que había en la pared.

—Buenos días, ¿Távora y Canales?

El portero lo midió con la mirada y Leandro pasó el examen.

—Primera planta. Si quiere tomar el ascensor, está al fondo a la derecha.

—Muchas gracias, pero si es sólo una planta no será necesario.

La secretaria que había en el recibidor era una morena atractiva. Nada más verlo le preguntó:

—¿Don Leandro San Martín?

—Ese es mi nombre. Vengo a...

La joven no lo dejó terminar.

—Mi nombre es Isabel, encantada de conocerlo. —Se levantó y le ofreció la mano, que Leandro apenas cogió por la punta de los dedos—. Acompáñeme, por favor.

Lo condujo hasta una salita amueblada con sobriedad no exenta de elegancia.

—Aguarde un momento.

—Perdone, Isabel, pero... tengo algo para usted. —Leandro tenía dificultades con una de las cerraduras del portafolio—. Es un detalle de mi jefe, el señor Benítez.

Por fin la cerradura saltó con un chasquido y Leandro le entregó uno de los paquetes.

—Muchas gracias. El señor Benítez es muy amable. No debería haberse molestado.

La secretaria abrió el paquete y se encontró con dos finísimos pares de medias.

—¡Oooh, son de cristal! —exclamó introduciendo los dedos en la prenda para apreciar mejor su delicada textura—. ¡Muchísimas gracias! —Isabel le dedicó una sonrisa radiante—. ¡Déselas de mi parte al señor Benítez! Y también le doy las gracias a usted. Póngase cómodo. Don Serafín lo recibirá inmediatamente.

Leandro oyó el firme taconeo de la secretaria alejándose por el pasillo. Se sentó en un sillón y dos minutos después apareció otra atractiva joven.

—¿Don Leandro San Martín?

—Sí —respondió poniéndose en pie.

—Mi nombre es Carmen —se presentó, al tiempo que le ofrecía la mano—. ¿Me acompaña?

—Un momento, Carmen. —Abrió el portafolio de nuevo y sacó el otro paquete—. Tome, en nombre del señor Benítez.

—Muchas gracias, ¡qué amable!

A Carmen también le pudo la curiosidad y abrió el regalo.

Cuando comprobó que se trataba de un par de medias, se mostró incluso más efusiva que Isabel.

El despacho de don Serafín Távora era más pequeño que el del señor Benítez, pero bastaba una ojeada para percibir las diferencias. La calidad del mobiliario, la factura de las pinturas que colgaban de las paredes, la estantería con libros…

Don Serafín Távora estaría cercano a los sesenta años, pero su aspecto era inmejorable. Tenía el pelo blanco y perfectamente cortado, y llevaba gafas con montura metálica. Se había puesto en pie cuando la secretaria anunció a Leandro, pero permanecía detrás del bufete. Le estrechó la mano y lo miró fijamente por encima de las gafas.

—Estaba deseando conocerlo. No puede imaginarse la de veces que el coronel Richardson me insistió en que la compra había que hacerla a su empresa y que tenía que ser usted quien viniera a firmar los contratos. ¿Conoce al coronel?

—No, señor. Es la primera vez que oigo pronunciar su nombre.

—Pues por alguna razón que ignoro, dijo que el señor San Martín tenía que ser la persona que se desplazara a Algeciras.

Serafín Távora indicó a Leandro un sofá para que se sentara y él ocupó el sillón que había a su lado.

—La verdad es que un pedido como este nos ha sorprendido —comentó Leandro, por decir algo—. ¿Ese coronel es el jefe de la guarnición?

—Sí, pero de la de Gibraltar. Para ellos son las sábanas y las mantas. ¿Tiene el catálogo y la lista de precios?

—Sí, señor.

Leandro fue a abrir el portafolio, pero don Serafín lo detuvo.

—Déjelo, San Martín, déjelo. Eso lo hablará usted con el jefe del negociado de compras, el señor Mira. Le aseguro que no habrá problema. Vendrá enseguida. Yo sólo deseaba conocerlo. El interés del coronel fue tan..., tan exagerado que...

—La verdad es que no me lo explico.

—Tampoco yo. ¿Fuma?

—Sí, señor.

Don Serafín Távora se levantó, fue a su mesa y pulsó un botón. Después cogió una caja de puros y le ofreció a Leandro.

—Quédese con varios. Le aseguro que no es fácil encontrarlos.

Leandro aceptó dos vegueros, y don Serafín lo animó a coger otros dos y le ofreció fuego. Estaba encendiendo el habano cuando se oyeron unos golpecitos en la puerta.

—Pase.

Quien entró era un hombre de baja estatura, calvo y con unas gafas de cristales gruesos. Se quedó a dos pasos de la puerta y no avanzó hasta que don Serafín se lo indicó. Leandro se puso en pie.

—Acérquese, Mira; le presento a Leandro San Martín, de Benítez y Compañía. Ellos van a proporcionarnos las sábanas y las mantas para Gibraltar.

—Encantado, señor San Martín. Ramón Mira, para servirle.

—Leandro San Martín. Lo mismo digo.

Se estrecharon la mano, y don Serafín dijo a su empleado:

—Usted ya está al tanto de ese pedido, Mira. Ajuste los detalles con el señor San Martín. Añada un uno por ciento a la comisión habitual, ¿entendido?

—Sí, señor.

—Ha sido un placer conocerlo, Leandro. Mira le entregará una lista de posibles clientes. Le atenderán como a un amigo. Ya les hemos anunciado su visita.

Don Serafín Távora le ofreció la mano dando por terminada la entrevista.

Una hora y media después Leandro salía de las oficinas con todos los detalles del contrato. Lo primero que haría sería llamar al señor Benítez para anunciarle la oferta que había recibido, los plazos de entrega que le habían propuesto y la forma de pago. Aprovecharía la llamada para hablar con Amalia.

Isabel, la secretaria, lo acompañó hasta la puerta y volvió a deshacerse en palabras de agradecimiento por los dos pares de medias que le había entregado.

En la calle vio el Ford T aparcado en el mismo sitio y se fue directo a La Imperial, donde lo aguardaban Seisdedos y Guillermo. Leandro se sentó con ellos.

—¿Qué va a tomar? —le preguntó Seisdedos.

—Una cerveza.

—¡Una cerveza… grande! —indicó Seisdedos al camarero.

—¿Qué tal todo? —inquirió Guillermo.

—A pedir de boca. Tengo que llamar a mi jefe para explicarle los términos del contrato. Si no hay problema, que no lo habrá, entre mañana y pasado prepararán todo el papeleo para firmarlo cuanto antes mejor.

—¿De cuánto estamos hablando?

Leandro bajó el tono de voz.

—Casi medio millón.
—¿De reales?
—No, de pesetas.

Guillermo dejó escapar un silbido y Seisdedos dijo que eso había que celebrarlo.

—Por todo lo alto —aseguró Leandro—. Pero cuando esté firmado.

El camarero le llevó la cerveza, una jarra que rebosaba espuma. Leandro, mientras daba pequeños sorbos a su bebida, les explicó algunos detalles de la reunión y se detuvo en la descripción de las secretarias.

—Ahora necesito regresar al hotel. Tengo que hacer varias llamadas y van a dar las doce y media.

—Hay un locutorio dos calles más allá —señaló Guillermo.

—Mejor en el hotel. Si hay demora, allí se está más tranquilo.

—Qué pronto nos acostumbramos a lo bueno, ¿eh? —Seisdedos le dio unos golpecitos en la espalda.

—Para una vez que le pasa a uno esto, hay que aprovecharlo.

—¡Y que lo diga! —sentenció Guillermo.

Se terminó la cerveza y salieron de La Imperial. Una vez en el coche Seisdedos le preguntó:

—¿Nos necesita para algo?

—No, pero sería conveniente saber cómo puedo ponerme en contacto con ustedes en caso de necesidad.

—No se preocupe. Todas las mañanas, a las nueve y media, estaré en una taberna que hay enfrente del hotel. Se llama Casa Andrés. Si nosotros necesitamos ponernos en contacto con usted, sé que su habitación es la doscientos quince. Si la cosa es urgente, pásese por Casa Andrés y deje recado de que Robert quiere hablar con Seisdedos. Andrés es de confianza.

Una vez en el hotel, Leandro solicitó la conferencia en recepción. Le dijeron que la demora era de media hora y pidió que le pasaran la llamada a la habitación. Aguardó revisando los papeles, pensando en el encuentro con Mercedes en la ermita del Cristo de la Alameda, que según le habían dicho quedaba bastante cerca del hotel, y procurando no pensar en la cena con Cansinos porque estaba convencido de que aquel falangista, antes o después, iba a convertirse en un problema. Lo sobresaltó el sonido del teléfono.

—¿Dígame?

—Su conferencia con Madrid. Le pongo.

Le encantó oír la voz de Amalia.

—¿Dígame?

Tuvo la sensación de que llevaba una eternidad sin verla y hacía sólo cuarenta y ocho horas que había estado sentado frente a ella. Recordó la inoportuna presencia de Mateos y también la duda sobre si Amalia había tenido algo que ver en su encuentro con el comandante.

—Amalia, soy Leandro. ¿Cómo estás?

—¡Leandro, qué alegría! ¿Qué tal tu viaje?

—Pesado, muy pesado. Pero ya estoy en Algeciras.

—¿Has llegado ahora?

—No, ayer por la tarde, casi de noche. Duró, como estaba previsto, cerca de treinta horas. Ya he estado en Távora y Canales.

—¿Qué tal ha ido la reunión?

—Bien, muy bien. Incluso mejor de lo que podíamos esperar. Me alegra mucho hablar contigo, Amalia.

—A mí también.

Esas tres palabras le sonaron a música. Hubo un momento de silencio en la línea y estuvo a punto de decirle que la quería, pero lo impidieron unos golpes en la puerta.

—Aguarda un momento. Están llamando.

—¿Dónde estás?

—En la habitación del hotel. Un momento. —Se acercó a la puerta y preguntó antes de abrir—: ¿Quién es?

—El botones, señor. Traigo una carta para don Leandro San Martín.

Leandro abrió, y se limitó a aceptar la carta y a dar las gracias al muchacho. Cerró rápidamente. Comprobó que el remitente era Miguel Cansinos.

—Amalia, ¿estás ahí?

—Claro, ¿dónde iba a estar?

—Te decía que... ¿Qué te decía?

—Que estás en la habitación del hotel.

—¡Un lujazo, Amalia! Si lo vieras...

—Me alegro mucho. Aprovecha y disfrútalo. Me decías que en Távora y Canales...

—Todo ha ido a las mil maravillas.

—Espera, te paso con el señor Benítez. Ha preguntado si habías llamado tantas veces que he perdido la cuenta. Está nerviosísimo. Te pongo con él.

Leandro enmudeció. Oyó un chasquido y unos segundos después la voz del señor Benítez.

—¡Amigo San Martín! ¿Qué tal todo? ¡Me tiene sobre ascuas!

—Bien, señor Benítez. Yo diría que muy bien.

Leandro le explicó los detalles del pedido. Le habló del precio que habían acordado, pendiente de que él le diera el visto bueno, y del plazo para entregar la mercancía y la forma de pago. El señor Benítez no daba crédito a lo que oía. Leandro tuvo que repetirle todos los detalles. Antes de despedirse, lo felicitó y le dijo que lo llamara cuando ya todo estuviera firmado.

Leandro colgó el teléfono enfadado y con sensación de tristeza. Marcó el número de la centralita y preguntó de nuevo la demora con Madrid. Seguía siendo de media hora. Consultó el reloj. Eran las dos menos veinte. Amalia ya se habría marchado a almorzar. Desistió y preguntó el horario de telégrafos, y le dijeron que no cerraba a mediodía y que estaba abierto hasta las siete. Abrió la carta de Cansinos. El falangista le comunicaba que por una urgencia tenían que cancelar su encuentro, pero que lo fijaba para dentro de dos días a las nueve y media de la noche. Cansinos había reservado mesa, sin dar opción a Leandro a decirle si podía o no cenar con él.

Leandro decidió comer algo y llamar a Manuel Céspedes, el taxista. Iría a San Roque y si estaba Matías Bastia pondría el primer telegrama a Walton. En recepción, canceló la mesa que había reservado para aquella noche. Almorzó con menos ansiedad que en el desayuno y a las cuatro Manuel Céspedes estaba esperándolo.

Hubo suerte en la oficina de telégrafos de San Roque. Bastia estaba de servicio, Leandro se identificó y rellenó el impreso donde contó a Walton todo lo relacionado con el coronel Schäffer. Al ver el texto el funcionario lo miró fijamente y, sin decirle nada, contó las palabras y le indicó el importe.

Le selló la copia y se la entregó, desentendiéndose de la ventanilla.

Leandro salió a la calle con una sensación rara. Aquel mundo no sólo le resultaba extraño, sino que le parecía misterioso.

37

Berlín

El Splendid era un hotel de principios de siglo. Su restaurante tenía merecida fama y los Jodl solían acudir a él en fechas muy concretas. El encargado acompañó al general a la mesa donde lo aguardaba Canaris. Sus enemigos decían que una de las ventajas con que siempre jugaba era llegar a los encuentros antes que los demás, lo que le proporcionaba cierta superioridad psicológica. Se contaban curiosas historias sobre algunas de sus peripecias. Había utilizado una identidad falsa bajo el nombre de Reed Rosas y tenía un perfecto dominio del español, pues había ejercido labores de espionaje en la embajada alemana en Madrid.

Al ver entrar al general, Canaris se puso en pie y le estrechó la mano. El almirante conservaba su pelo, aunque completamente blanco, tenía unas cejas pobladas, la cara alargada y la mirada penetrante. Esa mirada unida a unas dotes de observación poco comunes le habían granjeado el apelativo del Mirón.

El saludo fue breve, y una vez que se hubieron acomodado el camarero que los atendía sirvió café al general y té al almirante. En un cestillo había pan crujiente y en otro bollería; también había sobre la mesa una barra de mantequilla, dos cuencos de mermelada y una tabla de quesos variados. Jodl cogió un trozo de pan y lo untó de mantequilla. Canaris hizo lo mismo, pero con un pequeño bollo.

—Me dijo anoche que lo que había ocurrido en la Bismarckstrasse fue una batalla campal.

Canaris se limpió la boca con la servilleta y dio un sorbo a su té.

—No esperábamos que el número de agentes del MI6 fuera tan elevado. Normalmente los agentes secretos actúan aisladamente, a lo sumo dos hombres juntos. Pero nos encontramos con siete individuos en el piso desde donde controlaban nuestras comunicaciones; además de su teléfono, estaban pinchados algunos más. —Canaris no aclaró cuáles—. Dos de ellos eran alemanes que trabajaban para los británicos. Habían montado un verdadero centro de operaciones.

—¿Qué ocurrió?

—Dos agentes nuestros se presentaron en la vivienda. Se hicieron pasar por vendedores de libros y preguntaron por un tal señor Müller. Los británicos se dieron cuenta de que los habían descubierto y dispararon contra los dos agentes; uno de ellos murió en el acto y el otro está gravemente herido. Al comprobar que no podían salir del inmueble los espías se atrincheraron, primero en el piso y después en la terraza. Mis hombres, que habían montado un discreto dispositivo para tener controlada esa zona de la Bismarckstrasse, intervinieron sin miramientos. La resistencia de los británicos fue durísima. Un agente secreto es consciente de lo que le espera si es detenido.

—Tengo entendido que también intervino la Gestapo.

Canaris resopló con fuerza antes de dar otro sorbo al té.

—Justo cuando se iniciaba la refriega, pasaba un coche de la Gestapo y dio aviso a las dos comisarías más próximas. La de Unter den Linden y la que está en Schlosstrasse. Acudieron como moscas. ¿El resultado? Una matanza, Jodl. Murieron todos los agentes británicos, uno de ellos media hora más tarde en el hospital en el que ingresó mortalmente herido, y también los dos colaboradores alemanes, uno de los cuales se arrojó al patio interior del inmueble. Han muerto tres de mis hombres y otros tres están heridos. También dos agentes de la Gestapo están heridos, uno de gravedad. No me explico por qué el dispositivo, que se había preparado cuidadosamente según me han explicado, funcionó tan mal. No se ha podido hablar con los agentes que aparecieron por el piso, pues como le he dicho uno murió y el otro no ha recuperado la consciencia, pero todo apunta a que los ingleses sabían que habían sido descubiertos. Estaban desmontando todo el sistema de escuchas y se preparaban para marcharse.

—¿Un soplo?

—Con toda seguridad.

Jodl, que había dado cuenta de la mayor parte del pan, dejó el cubierto sobre el plato y se limpió los labios con la servilleta.

—¿Piensa que quien los alertó fue el topo?

Canaris no respondió. Apuró el té de su taza y clavó sus pupilas grises en Jodl.

—¿Ha comentado usted algo de lo ocurrido en su casa? No me refiero al robo de las joyas de su esposa.

—No.

—¿A nadie?

—Como ya le dije, las únicas personas que saben que eran agentes secretos británicos quienes entraron en mi casa son Irma y el doctor Kessler, de la Galería Nacional Antigua.

Canaris se sirvió más té de la tetera.

—La filtración pudo producirse por otra vía. Pero todo apunta al topo del OKW.

—¿Sigue pensando que el capitán Liebermann era ese topo? La base de sus sospechas se fundamentaba en los grandes recursos económicos de que disponía.

—También en la ascendencia escocesa de su familia materna. Pero el capitán Liebermann está descartado. Mis hombres han hablado con su ama de llaves, como usted me recomendó. Sus padres, que llegaron anoche de Múnich, lo han corroborado y, sobre todo, la documentación es esclarecedora. Estos escoceses… —farfulló Canaris moviendo la cabeza.

—¿Le importaría explicarse? Lo que me dijo *fräulein* Böss fue que el capitán había recibido un importante legado de un familiar. Pero no me aclaró gran cosa.

—Es una historia familiar compleja, Jodl. Se remonta al siglo pasado. Liebermann era nieto de un importante aristócrata, nieto bastardo. Su abuela prestaba servicio en el castillo de un *lord*, que fue quien la dejó embarazada. La joven contrajo matrimonio con un hombre mucho mayor que ella, apellidado Smile, que era panadero y estaba vinculado a la familia. Les facilitaron medios para que se vinieran a Alemania e instalaran un negocio. Abrieron una panadería en Múnich. La joven escocesa tuvo una hija de ese *lord*, que es la madre del capitán Liebermann. Lleva el apellido del panadero. Contrajo matrimonio con Harold Liebermann, que fue quien hizo prosperar el negocio de panadería de su suegro. La herencia que recibió el capitán procede de su verdadero abuelo, que murió hace unos años siendo un nonagenario. Dejó en su testamento una parte de la herencia a su hija. Bueno, ese testamento creo que es muy complicado y el verdadero heredero es su nieto. Al parecer el anciano *lord* no tuvo descendencia legítima, pero sus sobrinos impugnaron el testamento y no pudo hacerse efectivo hasta hace algo más de dos años, cuando la justicia dictó sentencia y adjudicó su parte al capitán. Se trataba de una importante suma en bonos, acciones y dinero en metálico. Dos de mis hombres dedicaron toda la tarde de ayer a conocer la historia con detalle y a hacer las comprobaciones. Esa era la procedencia de la riqueza del capitán Liebermann. No comprendo por qué se ha suicidado.

—No se ha suicidado, almirante. Al capitán Liebermann lo asesinaron. El asesino dispuso la escena del crimen de forma que hiciera pensar en un suicidio.

Canaris arqueó sus pobladas cejas, sorprendido de no tener aquella información; con toda seguridad, pensó, se debía a lo sucedido en la Bismarckstrasse. Jodl le comentó los datos de la autopsia.

—Eso explica mucho mejor lo ocurrido.

—¿Está informado de que alguien, cuyo nombre no he conseguido... todavía, presentó una denuncia contra el capitán en la Gestapo?

—¿Una denuncia? Sé que la Gestapo estaba haciendo pesquisas.

—¿No le resultó extraño?

—En absoluto, general, en absoluto. ¡Quieren ser el condimento de todas las salsas! ¡Están obsesionados con tenerlo todo bajo control! ¡Meten las narices en todas partes! Anoche hubo un desencuentro entre mis hombres y los de la Gestapo. ¡Querían hacerse cargo de la documentación que había en el piso de la Bismarckstrasse!

—¿Quién tiene esa documentación?

—Mis hombres, naturalmente. Llevan toda la noche estudiándola. Puede que encontremos algo. Pero... lo que me ha dicho... —Canaris se acarició el mentón—. ¿Por qué se presentó esa denuncia contra Liebermann? ¿Qué se argumentaba?

—Le parecerá sorprendente.

—No me tenga sobre ascuas, Jodl.

—En esa denuncia se acusaba al capitán Liebermann de ser un espía al servicio del enemigo y se fundamentaba en su lujosa vida.

—¡No puedo creerlo! ¿Dónde se presentó la denuncia?

—En la comisaría de Unter den Linden. Lo primero que haré, cuando me despida de usted, será pedir los datos de la misma al comandante de esa comisaría. Se llama Reber.

—Esa denuncia significa que alguien está interesado en lanzar cortinas de humo; con toda seguridad, para que las sospechas no recaigan sobre él. Posiblemente la clave para descubrir al topo, al margen de lo que revele la documentación que mis hombres están estudiando, esté en esa denuncia.

El *maître* llegó en aquel momento, pidió disculpas y susurró unas palabras al oído de Canaris.

—Dígale que venga.

El hombre que apareció vestía desaliñadamente y tenía el cansancio reflejado en su rostro. Miró al general, lo saludó inclinando la cabeza y se dirigió a Canaris.

—Disculpe, almirante, pero usted dijo que si descubríamos algo interesante se lo comunicáramos rápidamente. Hans me ha dicho que viniera.

—¿Qué ha averiguado?

—El nombre del topo.

—¿Cómo se llama? —preguntó Jodl.

El agente miró a Canaris y el almirante hizo un gesto afirmativo.

—Está en clave. Pero estamos seguros de que se trata del topo tras el que llevamos estos días. He venido porque necesitamos su autorización, almirante, para acceder al prontuario de las dos últimas claves descifradas. Si han utilizado una de ellas…

—¿Han averiguado algo más?

—Sí, señor. Esa documentación es una mina. Se están cotejando algunos datos sobre varias acciones perpetradas aquí, en Berlín. Los agentes del MI6 llevaban operando desde antes del comienzo de la guerra. Perece ser que ellos acabaron con la vida de Angela Baum.

Jodl se puso tenso.

—¿Quiere repetir ese nombre?

El agente miró a Canaris.

—Puede hablar con toda tranquilidad.

—Angela Baum, general. Es el nombre de una de nuestras agentes. Trabajó varios años en Londres y prestó algunos servicios valiosos. Pero desde hace unos meses estaba sometida a una estrecha vigilancia. Los británicos habían acumulado pruebas contra ella, pero logramos sacarla en el último momento y traerla a Berlín sana y salva... A pesar de todo, estaban sobre su pista. La localizaron hace unos días y acabaron con ella cuando estaba internada en el Saint Paul. Se encontraba hospitalizada allí para ser tratada de una anemia, pero sobre todo porque habíamos decidido retirarla de la circulación. Perece ser que aprovecharon un momento de gran afluencia de heridos en el hospital en que todo quedó descontrolado para asesinarla.

—¿Le suena ese nombre de algo, Jodl?

—Angela Baum era amiga de la doncella de mi esposa, que había ido al Saint Paul a visitarla el día en que la asesinaron.

—¡Vaya coincidencia! —Canaris consultó la hora. Estaban a punto de dar las nueve y media—. General, me temo que hemos de poner punto final a nuestro desayuno. Supongo que usted está tan interesado como yo por conocer ese nombre. Si tenemos un poco de suerte, hoy mismo lo tendremos atrapado. ¿Va a ir directamente a la comisaría de Unter den Linden?

—Desde luego, será lo primero que haga.

—Llámeme, por favor, con la información que le faciliten. Puede ser muy importante. Estaré en la sede de la Abwehr.

El almirante alzó la vista, localizó al camarero que estaba pendiente de la mesa y le indico con un gesto que se acercara.

—Dígame, señor.

—La cuenta, por favor.

—Démela a mí —le indicó Jodl.

El muchacho los miraba sin saber qué hacer.

—He sido yo quien lo ha citado aquí, ¿recuerda?

—Cierto, pero usted está trabajando para mí y esta es mi zona. Deme a mí la cuenta, joven —insistió el general.

Quien apareció fue el *maître*.

—General, para el Splendid es un honor invitarlos al desayuno a usted y al almirante.

—Por favor, no deben…

—General, no insista. Como decía, para nosotros es un honor.

Canaris le dio las gracias, se pasó la servilleta por los labios y se puso en pie. Jodl también se levantó y abandonaron juntos el comedor. En la puerta del Splendid se despidieron con un apretón de manos. Canaris se subió en el coche que lo aguardaba y Jodl caminó los pocos pasos que lo separaban de su casa. En la puerta del edificio se encontró con Otto, que fumaba un pitillo y charlaba con Hermann.

Al ver al general el chófer arrojó la colilla al suelo y se acercó al coche para abrirle la puerta. Hermann se había perdido dentro del portal.

—A su órdenes, mi general.

—Aguarde un momento, Otto. Bajo enseguida.

Jodl subió de dos en dos los peldaños de la escalera.

Encontró a su mujer en el cuarto de baño y la puso al corriente de lo que acababa de conocer.

—¿Significa que no tendremos que soportar más las insidias de ese teniente?

—Bueno... Queda pendiente el robo de tus joyas.

Una vez acomodado en el coche, Otto le preguntó:

—¿Adónde vamos, mi general?

—Antes de ir al despacho nos pasaremos por la comisaría de Unter den Linden y luego quiero hacer una visita a los padres del capitán Liebermann.

—¿Están ya en Berlín?

—Sí.

El comandante Reber lo recibió con la mejor disposición. El general rechazó el asiento que le ofreció, aduciendo que sólo sería un momento.

—Encontré ayer al teniente Singer, que lleva el caso del robo de las joyas de mi esposa —aclaró el general Jodl—, en casa del capitán Liebermann, un oficial que trabajaba a mis órdenes en el OKW. Según me informó el propio teniente Singer, estaban investigando al capitán por una denuncia de espionaje que se había presentado en esta comisaría.

Las palabras de Jodl causaron sorpresa en el comandante.

—¿Está seguro, general?

—Pregunte a Singer. Lo que deseo saber es quién presentó la denuncia contra Liebermann. Supongo que está enterado de que al capitán lo han asesinado.

—Estoy al corriente. Pero esa denuncia... No sé. ¿Me disculpa un momento?

Reber descolgó el teléfono y ordenó que Singer subiera a su despacho.

Jodl y Reber mataron el tiempo comentando el grave suceso de la Bismarckstrasse. Los minutos pasaban sin que Singer apareciera. El comandante estaba muy impaciente cuando, por fin, sonaron unos golpecitos en la puerta. Era un sargento.

—¿Dónde está Singer? —preguntó el comandante sin darle tiempo a hablar.

—*Heil Hitler!* —El sargento extendió el brazo—. Mi comandante, lo lamento. El teniente Singer no está en la comisaría.

—¿Dónde demonios está?

—No lo sé, mi comandante. —El sargento continuaba en posición de firmes.

—Comandante, no quiero hablar con Singer —dijo Jodl—. Sólo deseo saber quién presentó la denuncia. Supongo que se habrá abierto un expediente.

—Sargento, suba el expediente que se ha abierto… General Jodl, ¿cómo ha dicho que se llamaba ese capitán?

—Liebermann, capitán Albert Liebermann.

—Ya ha oído al general. ¡Súbalo inmediatamente, sargento!

Jodl aprovechó la espera para comentar a Reber que tenía cierta información sobre la muerte de Angela Baum.

—¿Se refiere al asesinato cometido en el Saint Paul?

—En efecto.

—El teniente Singer considera como principal sospechosa a Martha Steiner, la doncella de su esposa, general, que además tiene unos antecedentes familiares… poco recomendables.

—Comandante, debería saber a estas alturas de la investigación que lleva ese teniente bajo su mando que Martha Steiner es para mi esposa y para mí mucho más que una sirvienta. Es casi un miembro de nuestra familia.

—Le pido disculpas, mi general —se excusó Reber,

maldiciendo internamente a Singer que, pese a sus advertencias, no le había informado de un detalle como aquel.

—Le diré que la información que poseo apunta a que a Angela Baun la asesinaron agentes del servicio secreto británico y que eso exculpa a Martha de cualquier sospecha.

—Si es cierto, no le quepa ninguna duda.

—Confírmelo, por favor. Esa información la poseen los de la Abwehr.

El sargento entró en el despacho, después de dar unos golpecitos en la puerta.

—Mi comandante, lamento decirle que no hay abierto ningún expediente para investigar al capitán Albert Liebermann.

—Supongo que lo tendrá el teniente.

—No hay constancia en el registro de que se haya abierto un expediente para investigar a ese capitán, mi comandante.

Jodl miró al comandante.

—Reber, creo que debe usted tener una conversación con el teniente Singer lo antes posible. ¿Sería tan amable de mantenerme informado?

—Desde luego, general Jodl.

38

Algeciras

Durante el recorrido de vuelta a Algeciras Leandro no abrió la boca.

Ensimismado en sus pensamientos, pensaba en la forma en que Matías Bastia transmitiría aquellos mensajes. Estaba seguro de que la policía franquista no dejaría de vigilar.

Fue una sensación momentánea. Le llegó a través de la ventanilla por donde miraba sin ver. Acababan de dejar atrás un sitio que..., que le resultaba familiar. Sabía que no era posible. Era una estupidez. Sólo había pasado por aquella carretera para ir de Algeciras a San Roque. Sin embargo, algo había llegado a su mente.

—¡Manuel, deténgase! —pidió al taxista.

—¿Le ocurre algo?

—No, pero... ¿Puede dar la vuelta?

—Sí, aunque tendremos que buscar un lugar a propósito.

—Búsquelo y dé la vuelta, por favor.

Tuvieron que recorrer medio kilómetro para encontrar un sitio donde dar la vuelta. Casi un kilómetro después de circular en el sentido opuesto, Leandro vio un rótulo que, sobre una marquesina, se extendía a lo largo de toda la fachada.

—Deténgase ahí.

—¿En la Venta de Miraflores? ¿Quiere comprar tabaco?

—Posiblemente. ¿Qué marca se puede encontrar?

—La que quiera. Negro, rubio, rubio americano. Ahí se encuentra casi de todo.

—¿La Guardia Civil no vigila?

—Hace la vista gorda. Los de la Benemérita son los primeros que consiguen lo que no se puede encontrar por ninguna parte, y la mayoría de las veces por la cara. Lo piden por las buenas y claro... A veces requisan algo, pero es un paripé.

—Me han dicho que Cansinos, el jefe local de la Falange, también trajina lo suyo.

El taxista, que acababa de parar el motor, se puso muy serio.

—Ándese con cuidado. Ese sujeto... Mejor lo dejamos. Si va a entrar, yo lo espero aquí.

Cansinos debía de ser el demonio. Todo el mundo hablaba de él con temor.

—Aguarde un momento, Manuel. Enseguida salgo.

La venta era amplia y estaba alicatada hasta media pared. Había una larga barra con dos hombres tras ella. Leandro vio algunos parroquianos sentados a las mesas y varios más acodados en la barra.

Pidió un café.

—¿Solo o con leche?

—Con leche, por favor.

Pegó el oído a las conversaciones. Dos individuos hablaban en italiano con una cadencia suave, pero no entendió nada. Lo demás eran murmullos.

Cuando el camarero le sirvió el café, Leandro le preguntó:

—¿Tiene tabaco? Rubio americano.

La respuesta fue una mirada recelosa. El hombre habló con su compañero y volvió junto a Leandro.

—Sólo puedo venderle un paquete. Algo de menudeo, que es lo que aquí tenemos.

—Démelo. ¿Cuánto es?

—Cinco reales.

Leandro se bebió el café y pagó. Ya se marchaba cuando el hombre a quien el camarero había consultado le dijo:

—¿Querría mucho tabaco?

—Depende del precio.

—¿Cuánto?

—Si se tercia…, cuatro o cinco cartones.

—Si viene pasado mañana, puedo tenerlos.

—¿A cuánto?

—A ocho pesetas el cartón.

—Muy bien. ¿Qué tal a la hora de la comida?

—Por mí, cuando a usted le convenga.

—A esa hora pues, y así aprovecho para comer. Me han dicho que el lomo y el chorizo de aquí no tienen rival.

—Puede asegurarlo.

La jugada le había salido redonda. Podía estar allí, pasado mañana, a la hora del almuerzo, la misma a la que los alemanes se habían citado con el confidente. El único problema era determinar la hora de la comida. Los alemanes solían hacerla antes de la una del mediodía; los españoles, hora y media o dos horas más tarde. Una vez en el coche, el taxista le comentó:

—¿Sabe que el dueño de la venta ha pensado que usted era de la Fiscalía de Tasas?

—¿Por qué me dice eso?

—Porque mientras estaba dentro ese tipo ha salido y

me ha preguntado si lo conocía a usted de algo. Le escamaba que quisiera comprarle un poco de tabaco.

—Pues ya tiene otro viaje asegurado, Manuel, porque lo he debido convencer de que no soy del fisco. Pasado mañana vendremos a por unos cartones. En Madrid no se encuentra rubio americano.

—¿A qué hora vendremos?

—¿Cuánto se tarda del hotel a la venta?

—Un cuarto de hora... o veinte minutos.

—¿Pues ese día me recoge a la una? Mañana también iremos a algunos sitios.

—Hecho.

—Ahora me deja en la calle Alameda. Tengo que hacer allí una cosilla.

—Donde usted diga.

Faltaban veinticinco minutos para las siete cuando Leandro se apeó del taxi a la entrada de la calle Alameda. Mercedes decía en su nota que estaría en la ermita del Cristo de la Alameda entre las siete y las ocho. A Leandro le había extrañado el lugar de la cita, claro que nunca había comprendido bien los mecanismos que regían la conducta de las mujeres. No le parecía el sitio más adecuado conociendo el rumbo que había dado la vida de su vieja amiga. Jamás habría creído que se convertiría en amante de un falangista. Podía entender que, siendo viuda, hubiera iniciado una relación con otro hombre. Era joven y muy atractiva; no le habrían faltado proposiciones. Pero liarse con un falangista del que todo el mundo parecía abominar...

Localizó la ermita, que presentaba un estado lamentable. Se sentó en la terraza de un bar a unos cincuenta metros para no estar paseando por los alrededores; además, desde allí podría ver a Mercedes cuando llegara. Pidió un vermú y, por segunda vez en pocos días, se dejó cepillar los zapatos por un betunero. El hombre se recreaba en su trabajo, y Leandro tuvo que pedirle que terminara rápidamente cuando vio que, un par de minutos después de las siete, Mercedes entraba en el templo cubierta por un velo que le tapaba parte de la cara.

Al acercarse vio que otras personas también entraban en la ermita, lo que le permitiría pasar más inadvertido. Tomó agua bendita de la pila y paseó la mirada por la única nave de la iglesia. Mercedes estaba arrodillada cerca de una imagen de la Virgen. Tenía las manos entrelazadas y sostenía un rosario. Leandro nunca había sido dado a las prácticas religiosas, pero no había compartido el anticlericalismo de muchos de sus camaradas y menos aún los desmanes que se habían cometido contra los templos. En algunos casos, junto con los edificios eclesiásticos que habían sido incendiados se habían perdido joyas de valor artístico muy importante. Aquella capilla parecía haber sufrido en algún momento los efectos de alguna banda de desalmados.

Se acercó a Mercedes, reparando en que las paredes estuvieron un día llenas de pinturas que representaban exvotos de supuestos milagros acaecidos en el mar.

Se arrodilló en el banco junto a ella y la saludó:

—Buenas tardes, Mercedes.

—Hola, Julio.

Cuando Leandro oyó pronunciar su verdadero nombre sintió que se le erizaba el vello. Permaneció en silencio unos segundos mientras Mercedes bisbiseaba una plegaria.

—¿Crees que este es un buen lugar para hablar?

—El mejor. La gente no repara mucho en lo que podamos decirnos. Más bien se preguntarán quién eres y qué haces a mi lado. Como no hay misa, sino el rezo del rosario que comenzará a las siete y media, la gente parlotea hasta que empieza a desgranar los misterios. Sorprendido, ¿verdad?

—Mucho. Nunca me lo habría imaginado.

—¿Te refieres a que salga con un falangista?

—Que salgas con un falangista y que estés embarazada.

Antes de que la última sílaba surgiera de su boca, Leandro estaba arrepentido de haber pronunciado aquellas palabras. No tenía derecho a decirle una cosa como aquella. Había luchado en el bando republicano porque creía defender la libertad y eso incluía el derecho que cada cual tenía a disponer de su vida.

—¿Te diste cuenta anoche del embarazo?

—Me fijé porque una vecina tuya ya me lo había dicho.

Mercedes volvió la cabeza y se quedó mirándolo. Leandro comprobó que mantenía intacta su belleza, la que hacía girarse a los hombres en Santiago cuando ella pasaba.

—¿Una vecina? ¿Es que sabes dónde vivo?

—En la calle Prim, número seis.

—¿Cómo te has enterado?

—No tiene importancia. Es una larga historia.

—Tenemos tiempo... Para el rosario faltan veinte minutos

—Mercedes, lamento mucho haberte dicho lo de antes. Cada cual puede hacer lo que crea más conveniente... Ya somos mayorcitos.

—Pero te repatea que salga con un falangista, ¿verdad?

—Así es. Si Antonio...

—¡Chis!

—¿He dicho algo inconveniente?

—No pronuncies su nombre. A los muertos... no... se los mienta.

Leandro tardó en percatarse de que Mercedes estaba llorando. Se había cubierto el rostro con el velo, pero no podía evitar las pequeñas sacudidas de sus hombros. Sacó su pañuelo y se lo ofreció en silencio. Permaneció callado hasta que ella se lo devolvió.

—¿A qué has venido a Algeciras? ¿De verdad te dedicas a vender sábanas, mantas y ropa de casa?

—Aunque te cueste creerlo, así es como me gano la vida. ¿Me imaginas visitando comercios de tejidos?

—Lo cierto es que no. —Por primera vez los labios de Mercedes dibujaron una sonrisa—. Dijiste a Cansinos que te llamas Leandro San Martín.

Leandro reparó en que Mercedes se había referido al falangista por su apellido.

—Sí, tuve que adelantarme para que no me llamaras Julio. La documentación con la que he vuelto a España está a ese nombre.

—Lograste cruzar la frontera, ¿eh?

—Sí, después de la caída de Barcelona todo fue desorden y caos. El comandante Ares… ¿Te acuerdas de él?

—Mandaba el batallón donde erais oficiales.

Leandro asintió.

—Logró llevar hasta Gerona a los restos de la unidad. Allí nos desperdigamos. Crucé la frontera y me condujeron a un campo de internamiento del que me fugué a los pocos días. Volví a España a finales del año pasado.

—¿Para vender sábanas?

—Lo de las sábanas fue después. Volví para ver a mi madre. Pero había muerto unos días antes de que yo pudiera llegar a La Bañeza.

—Lo siento.

Permanecieron callados hasta que Leandro comentó:

—En el papel que me entregaste decías que querías verme y me pedías por favor que viniera. ¿Por qué?

Mercedes no respondió. Leandro notó que su respiración, que se había serenado algo después del llanto, volvía a agitarse.

—Quería decirte que mi..., mi relación con Cansinos no es lo que parece.

Miró a Leandro a los ojos y dos lagrimones descendieron por sus mejillas.

—Mercedes, no tienes que justificarte...

—¡Es que no es lo que parece! —Sin darse cuenta había elevado el tono de voz y alguien siseó—. ¡Tampoco el embarazo!

—¿Qué..., qué quieres decir?

—Antonio está vivo, Julio. Está vivo.

—¡Santa Madre de Dios! Pero..., pero... ¿dónde está? —Leandro se había puesto nervioso.

Mercedes volvió a mirarlo a los ojos.

—Primero dime a qué has venido a Algeciras.

Leandro la miró y se dio cuenta de que era un ser humano desvalido. No le importó sincerarse con Mercedes, pese a que un verdadero espía jamás haría algo así.

—Lo de las sábanas es una tapadera, aunque es verdad que me gano la vida de representante. Pero el motivo de que esté aquí es obtener toda la información posible de unos alemanes para pasársela a los ingleses. Los nazis están montando una operación para apoderarse de Gibraltar. El comandante Ares me ha convencido para que le eche una mano con esos cabrones.

—¿Eso quiere decir que vamos a entrar en la guerra? Todo el mundo dice que es cuestión de días.

—No estés tan segura. Los ingleses van a hacer todo lo posible por meterle a Franco las cabras en el corral.

En aquel momento la voz de un monaguillo se oyó como un soniquete:

—Por la señal de la Santa Cruz... Creo en Dios Padre todopoderoso, creador del cielo y de la tierra, creo en Jesucristo... Misterios dolorosos del santo Rosario. Primer misterio... La oración de Jesús en el huerto. Padre nuestro...

No había forma de seguir hablando.

—¿Por qué no salimos? Necesito que me cuentes lo de Antonio… Y también…, también me gustaría saber qué pinta ese Cansinos en tu vida.

Mercedes se puso en pie, se santiguó y se dirigió a la puerta. Leandro la siguió a cierta distancia hasta que estuvieron fuera de la ermita.

—Acompáñame a casa, si quieres, aunque no debemos llegar juntos a la calle donde vivo. Si Cansinos se entera…

—¿Se pone celoso?

—Para tener celos hay que estar enamorado.

Apenas habían caminado unos pasos cuando él insistió:

—¿Dónde está Antonio?

—Oculto en mi casa. Vive en un sótano al que se accede por una trampilla disimulada. Sale por las noches.

—Entonces ¿no murió en el Ebro?

—No, logró salvarse y cruzó casi toda España. Sabía que yo había vuelto a Algeciras con mi madre, que murió a principios de año.

—Vaya. Lo siento mucho.

—Gracias. Como mi madre no podía mantener la casa de mi familia porque, como sabes, a mi padre lo fusilaron al empezar la guerra, la vendió y compró la de la calle Prim. Es una vivienda humilde. Pero al menos tengo un sitio donde vivir y sobre todo me ha permitido ocultar a Antonio.

—¿Desde cuándo lleva Antonio escondido?

—Lleva allí desde el siete de noviembre del año pasado. Apareció por Algeciras unos días antes, durante los que se escondió como pudo hasta que me localizó. El pobre tiene que soportar… Imagínate lo que supone para él…

Mercedes no pudo seguir hablando porque se le había formado un nudo en la garganta. Caminaron un trecho en silencio. Leandro se imaginó el sufrimiento de su amigo oculto en aquel sótano mientras Mercedes se tenía que entregar al falangista.

—¿Quién más sabe que Antonio está vivo?

—Nadie —respondió Mercedes con dificultad—. Nadie, salvo tú y el sacerdote que dice misa en la ermita del Cristo de la Alameda.

—¿Te fías de él?

—Don Trinidad es de derechas, pero no es un fanático. Es un buen hombre. Me ayuda en lo que puede y ejerce como un verdadero sacerdote. Vengo todos los días al rosario y al manifiesto del Santísimo.

—Háblame de Cansinos.

Mercedes dejó escapar un suspiro.

—Es un canalla. Llevaba meses detrás de mí para que me acostara con él. Una viuda...

—¿Consentiste?

Mercedes se encogió de hombros mostrando resignación.

—¿Qué podía hacer? No me quedó más remedio. Antonio y yo nos acostábamos y, como en seis años de matrimonio no había tenido hijos, pensamos... En fin, que me quedé embarazada y eso era un problema. No tenía medios para abortar, ni conocía a nadie... Tampoco quería perder este hijo. —Instintivamente se palpó el vientre—. La solución fue rendirme a los requerimientos de Cansinos. Cree que es el padre de la criatura. Tuve que acostarme con él si no quería... Bueno, ahora le intereso menos.

—Pero anoche en aquel antro...

—Ya te he dicho que es un canalla. Ahora le gusta más que lo mire mientras..., mientras... Bueno, ya me entiendes. Le gusta hacerlo con otras mujeres. Es un pervertido, pero no me queda otro remedio que complacerlo. A lo único que me he negado es a que las lleve a mi casa. A cambio de soportarlo, me da algunas cosas que me permiten ir tirando.

—¿Entra en tu casa?

—Sí.

Leandro no daba crédito a lo que estaba contándole Mercedes. Para proteger a su marido y por amor a aquel niño se había sometido a vejaciones, además de aguantar tener que acostarse con Cansinos.

—Pero tú ya estabas embarazada cuando empezaste..., cuando empezaste con él, quiero decir.

Mercedes sonrió con tristeza.

—Los hombres os creéis muy listos. Pero sois muy burros. Cansinos no es capaz de calcular de cuánto estoy.

—Pero cuando el niño nazca echará las cuentas y entonces...

—Le diré que es sietemesino.

—Puede que no sea tan fácil. Además, si ese tipo entra en tu casa... Antonio corre un grave peligro.

—Lo sé. Pero ¿qué puedo hacer?

—¡Santa Madre de Dios!

Caminaron en silencio hasta dos calles antes de llegar a la de Prim.

—Mejor nos despedimos aquí. Cualquiera puede ir con el cuento a Cansinos, y aunque ya sabe que somos viejos conocidos... —Mercedes lo miró a los ojos. Ella los tenía hinchados—. Ten mucho cuidado con él y sé muy discreto. Te lo pido por favor.

Leandro asintió sin abrir la boca.

—Supongo que pasado mañana nos veremos en el Reina Cristina.

—¿No te dijo anoche que la cena sería hoy?

—Sí, pero me ha mandado una carta donde se excusaba y proponía otro día.

—No sé si querrá que lo acompañe. Ese sitio es de mucho postín. Sólo me lleva...

—A sitios como el tablao de Manolo Cerezo.

—No me importa, así no tengo que soportarlo, ni reírle las gracias o tener que hacer cosas...

La tristeza de la mirada de Mercedes fue para él como un tiro en el estómago. En ese momento Julio Torres tomó dos decisiones.

39

Afueras de Madrid

Los asistentes a la reunión llegaron poco a poco, escalonadamente, de una forma muy española. Se los había citado para que se presentasen en el lujoso chalé del Intermediario entre las seis y las seis y media. Así se había previsto cuando se los convocó. Pero ese relativo margen horario resultaba incomprensible para los británicos.

Mister Banks, que había llegado a las cinco y media, repasó todos los detalles con Evaristo Suardíaz, la mano derecha del Intermediario. El británico estaba convencido de que si aquella reunión discurría por los cauces previstos, y nada hacía pensar que algo lo impidiera, la Operación Caballeros de San Jorge podría ponerse en marcha. Otra cosa era que hubiese garantías de lograr el objetivo final. A Banks le preocupaba el ambiente que los últimos días se respiraba en Madrid. A las manifestaciones ante la embajada, en las que se vociferaban consignas contra los ingleses al grito de «¡Gibraltar, español!», se añadía el hecho de que Serrano Súñer, el más germanófilo de los ministros de Franco, de quien además era cuñado, viajaba a Berlín. Aquello no anunciaba nada bueno. Pero, como siempre, ellos jugarían las cartas que la diosa Fortuna les había deparado.

El sol declinaba con rapidez —con el otoño recién estrenado, los días acortaban de forma inexorable—, pero todavía caía dorado sobre las cumbres de la madrileña sierra de Guadarrama. El extenso pinar ocultaba la mansión donde iban a reunirse a los viajeros que se aventuraban por la carretera que discurría por aquellas fragas. Se había escogido un lugar alejado de miradas indiscretas para que los convocados se sintieran cómodos. La reunión ya tenía de por sí suficientes complicaciones. Era cierto que en los contactos previos el Intermediario había cuidado mucho el lenguaje empleado para que en ningún momento los generales se sintieran recelosos. Siempre había hablado de colaboración, de patriotismo, de velar por los intereses de la nación y de las consecuencias desastrosas que la entrada en el conflicto armado podía suponer para los españoles. Se habían comentado también aspectos del curso de la guerra que se libraba en Europa, de la situación de España así como de los posibles efectos de su implicación en el conflicto y, finalmente, dadas las circunstancias de penuria y miseria en que se encontraba el país, de la necesidad de evitar posibles tentaciones belicistas.

Había aparecido después de largas conversaciones con los generales, y como una cuestión menor, el hecho de tener con ellos un «detalle» —esa era la expresión que siempre había utilizado el Intermediario— por llevar al ánimo del Caudillo los problemas a los que tendrían que enfrentarse si España abandonaba su neutralidad. Luego el asunto del «detalle» había ido tomando dimensión en los sucesivos encuentros hasta convertirse en el tema de mayor relevancia. Había sido un trabajo lento y meticuloso por parte del Intermediario, que le permitió avanzar con habilidad hacia su último y verdadero propósito al tiempo que iba estableciendo complicidades y desvelando los nombres de quienes estaban comprometiendo su colaboración. Todo había fluido poco a poco, como los personajes de los dramas que aparecían como figurantes y conforme la farsa tomaba vuelo asumían un protagonismo que al principio nadie podía sospechar. La habilidad del Intermediario para transitar por terrenos resbaladizos había sido fundamental para llegar a la celebración de aquella reunión.

Esos contactos del Intermediario habían sido con destacados generales del ejército vencedor en la Guerra Civil. Todos ellos le habían dicho que el Caudillo mantenía una actitud ambigua. Coincidían en que Franco daba la impresión de escuchar con atención a quienes argumentaban a favor de involucrarse activamente en el conflicto, señalando que España podía suplantar a Francia en el papel de potencia colonial en el norte de África. También era opinión unánime que esa era una posibilidad tentadora para un militar como el Caudillo, quien había desarrollado una parte importante de su carrera en Marruecos.

Sin embargo, Franco, según aquellos generales, aún no había tomado una decisión al respecto dadas las dificultades materiales por las que pasaba el país. Alguno había señalado que para el Caudillo eran muy importantes los tiempos y que solía manejarlos con habilidad. Al Intermediario le había llamado la atención el que más de uno de los generales sacara a relucir el recelo de Franco a enfrentarse a los británicos. Uno de ellos había ido incluso más lejos al afirmar que si en Dunkerque el cuerpo expedicionario británico hubiera sido aniquilado, el Caudillo habría tomado la misma decisión que Mussolini, que declaró la guerra a los enemigos del Reich inmediatamente después de que las tropas alemanas entraran en París. Franco había sido más cauto y había esperado unas semanas más, y ahora, después de un verano en que los alemanes no parecían tan decididos a invadir Gran Bretaña, deshojaba la margarita de la duda. No obstante, había opiniones para todos los gustos. Otro general había comentado al Intermediario que la posibilidad de que los alemanes expulsaran a los ingleses de Gibraltar era una tentación lo suficientemente poderosa para que Franco se decidiera a intervenir.

Aquellos encuentros, casi furtivos, también habían permitido a don Juan comprobar que los generales no sentían deseos de involucrarse en una nueva guerra. Había sido sumamente habilidoso para convencerlos de que era un acto de patriotismo influir sobre Franco en el sentido de que aguantara ante las presiones alemanas para implicarse en el conflicto. Una vez situados en ese terreno, la cuestión del «detalle» estuvo cada vez más presente, y don Juan les aseguró que sería una importante suma de dinero. Había tenido en cuenta que los sueldos de los militares en España no eran elevados y que un buen puñado de dólares o de libras esterlinas sería bienvenido siempre que se guardasen las formas.

Evaristo Suardíaz, concretados los detalles con *mister* Banks, se había instalado en el porche del chalé para recibir y dar la bienvenida a los convocados. Era un tipo alto y enjuto. Peinaba su pelo, muy negro y brillante, hacia atrás y partido por una raya que casi lo dividía en dos mitades iguales. Tenía la mirada penetrante y un mentón poderoso remataba un rostro demasiado alargado, como salido de un cuadro del Greco. Como era moda, lucía un bigotito tan negro como su cabellera, perfectamente recortado.

Los coches que aparcaban ante la amplia fachada de la casa eran algo más que discretos, pero estaban lejos de la ostentación de los llamados «haigas» en los que se paseaban por Madrid los nuevos ricos. Evaristo Suardíaz observaba a los generales —todos vestidos de paisano— descender de los vehículos desde su pequeña atalaya y aguardaba a que subieran los cuatro peldaños que los separaban. Los saludaba afectuosamente y los acompañaba al interior conduciéndolos hasta un salón, bañado por la luz dorada del otoño, que se abría a un amplio jardín pulcramente cuidado donde esperaba *mister* Banks.

La recepción de los convocados se prolongó más de la media hora señalada. En el salón, cada vez más concurrido, se hablaba de asuntos intrascendentes. No obstante, también se deslizó algún comentario sobre el curso de la guerra que se libraba en Europa. Hubo quien dedicó un par de elogios, sin duda para mostrarse cortés con el inglés, al reembarco del cuerpo expedicionario británico en Dunkerque.

El salón estaba amueblado con gusto. Las cortinas eran de hilo, muy ligeras y adecuadas para el verano. Dos cuadros que colgaban de la pared representaban escenas de caza y tenían el sello de la escuela paisajística inglesa del siglo XIX. Llamaba la atención una vitrina llena de delicadas figuritas de porcelana y flanqueada por dos grandes cornucopias. En el centro habían dispuesto una amplia mesa rodeada de sillones tapizados de piel, que rompían la armonía del conjunto. Los atendían con esmero y profesionalidad una pareja de sirvientes que continuamente pasaban bandejas repletas de exquisiteces y ofrecían bebida.

Los convocados eran conocidos. Sus nombres formaban parte de la historia de la Guerra Civil y sus caras aparecían con cierta frecuencia en la prensa. Tenían el mando táctico sobre importantes unidades o desempeñaban cargos de relieve en la administración militar, que era casi tanto como decir en la administración pública. Entre todos concentraban un poder algo más que notable y que se manifestaba orgánicamente en los tres ministerios militares que había configurado Franco en su esquema de gobierno. *Mister* Banks, por su parte, subrayaba su aspecto británico con una americana de *tweed* que contrastaba con la indumentaria de los generales, todos vestidos con traje oscuro.

Suardíaz acompañó al último de los generales en llegar y departió con los demás durante unos minutos hasta que consideró que la reunión debía comenzar.

—Caballeros, ya estamos todos. Así pues, si les parece...

Uno de los generales —era con mucha diferencia el de mayor estatura y adornaba su labio superior con un mostacho propio del siglo anterior— lo interrumpió sin consideración alguna.

—¡Cómo que estamos todos! ¿Dónde está don Juan?

Suardíaz puso cara de resignación.

—Don Juan ha tenido que ausentarse por un asunto familiar urgente. Me ha pedido que les transmita sus disculpas. Su mayor deseo, como comprenderán, era acompañarlos, pero...

—¿Algo grave? —preguntó otro general.

—No podría concretarle. Ha salido rápidamente para Valencia y allí tomará el barco hacia Palma de Mallorca.

Banks pensó que si lo que afirmaba Suardíaz era cierto, cosa que él dudaba puesto que *sir* Samuel le había anunciado la ausencia del Intermediario, el barco sería un yate de muchos metros de eslora.

Por la expresión de sus semblantes, a alguno más de los convocados lo asaltaban dudas parecidas a las de Banks sobre la verdadera razón por la que el muñidor de aquel encuentro estaba ausente. La reunión no empezaba como Suardíaz había previsto. La incomodidad se había instalado entre los generales, y buscó la forma de contrarrestarla.

—¿Les han atendido a su gusto? ¡Jacinto, María, pasad esas bandejas y rellenad los vasos! ¡Vamos, vamos!

¿Usted qué va a tomar, mi general? —preguntó al que acababa de llegar.

—¡*Whisky*... doble y sin mariconadas! ¡No quiero hielo, ni agua!

—¡Un *whisky* doble y seco, Jacinto! ¿Chivas, mi general?

—Por supuesto.

—Chivas, Jacinto.

María se multiplicaba ofreciendo canapés.

El ambiente se relajó. Los reunidos tenían buen apetito y estaban sedientos.

A una indicación de Suardíaz los sirvientes repusieron las bebidas y pasaron las bandejas antes de dejarlas sobre la mesa en torno a la que iba a celebrarse la reunión. Después se retiraron y cerraron la puerta. Suardíaz ofreció puros habanos, que la mayoría de los presentes aceptó, y a continuación los invitó a sentarse. Era de las pocas personas que gozaba de la confianza del Intermediario, aunque eso era algo relativo. Todos sabían que don Juan era desconfiado por naturaleza, lo cual le había permitido llevar a buen puerto algunos negocios que de otro modo podrían haberle proporcionado dolorosos quebrantos. Manifestó esa desconfianza cuando vendió una importante partida de fusiles Mauser al cabecilla de los rifeños Abd-el-Krim. Se los entregó sin las agujas percutoras. No se las facilitó hasta que se le hubo abonado el importe de las armas y se supo a salvo de posibles acciones violentas de los compradores. Era un mallorquín que había forjado de la nada un verdadero imperio económico. Se decía que había financiado con cuantiosos subsidios el golpe militar contra la República y que muchos de sus negocios se movían en aguas turbias. En algún conflicto proporcionó armas a los dos bandos contendientes, como en la guerra del Catorce. Afirmaba que el dinero no tenía patria ni sabía de ideologías. Un dirigente político de la República lo había definido como «el último pirata del Mediterráneo».

Una vez acomodados en el lugar que a cada uno le pareció, Suardíaz dedicó a los generales unas breves palabras de bienvenida y agradeció a todos su presencia. Después ofreció la palabra a *mister* Banks, quien, antes de hablar, dio un pequeño sorbo a su *whisky* con hielo y miró su reloj, comprobando que eran cerca de las siete y media. Lo hizo con cierta ostentación, pero importó muy poco al resto de los reunidos. Pese a llevar cerca de cinco años en España no acababa de acostumbrarse a ciertos comportamientos. Con un español que denotaba su raíz extranjera dedicó unas palabras de agradecimiento al dueño del chalé, al que calificó de prócer. A continuación, siguiendo instrucciones muy precisas de *sir* Samuel, elogió el patriotismo de los presentes y su disposición a colaborar con un proyecto que tenía por objeto ahorrar sufrimientos al país, admitiendo que era también de gran interés para el suyo. Varios de los presentes asintieron, y la tensión que la ausencia del dueño de la casa había generado se diluyó definitivamente. Estaba claro que Banks sabía cómo manejar aquellas situaciones. Por último, señaló la gran preocupación del gobierno británico por las noticias acerca de una operación que los alemanes preparaban contra Gibraltar y ponderó la importancia de ese asunto en medio del silencio de los presentes.

Con una entonación que tenía mucho de solemne, afirmó:

—Esa operación que los alemanes están diseñando sólo cabría llevarla a efecto con la entrada de España en la guerra.

—Ese ataque podría hacerse por mar —objetó uno de los generales.

—Descarte esa posibilidad, general. Los alemanes son conscientes de la superioridad de la Royal Navy.

—Un ataque por mar se haría desde nuestras aguas jurisdiccionales —apuntó otro general.

Banks no prestó atención a aquel comentario. No le convenía hacer alusión a que ellos las consideraban británicas. Su país y España mantenían un contencioso por la jurisdicción de las aguas que rodeaban Gibraltar, que España consideraba como propias acogiéndose al texto del Tratado de Utrecht.

—Caballeros, lo que sabemos es que ese ataque puede ser inminente si España abandona su neutralidad. Nuestro gobierno espera de ustedes el máximo esfuerzo para evitar esa situación. Como estamos convencidos de que por el interés de su propio país harán todo lo que esté en su mano para evitar que entremos en conflicto, es por lo que hemos decidido agradecerles su colaboración. Los informo de que hay depositada una importante suma de dinero en un banco de Nueva York.

—¿Estamos hablando de dólares americanos? —quiso saber el general que estaba sentado a la derecha de Banks.

El inglés se quedó sorprendido por lo directo de la pregunta.

Sir Samuel había insistido varias veces en la necesidad de que se mostrara muy cuidadoso y escogiera bien sus palabras para dirigirse a los generales. Así lo había hecho hasta el momento, y se había sentido reconfortado al comprobar que ninguno de ellos había fruncido el ceño o había dado muestras de incomodidad al abordar la parte más espinosa e importante de la reunión. Decidió mantener la cautela, pero si le habían hablado tan crudamente... Cuanto antes terminara la reunión, mejor.

—El ingreso en el banco neoyorquino se hizo en libras esterlinas, pero si alguno de ustedes desea dólares americanos no hay problema alguno. La libra esterlina es una divisa convertible —añadió Banks sin ocultar su orgullo—. Creo recordar que alguno de ustedes había planteado que una parte se ingresara en un banco suizo. —Hubo algún asentimiento de cabeza—. Tampoco eso es problema. El banco donde está el dinero puede transferir las sumas a cualquier entidad de crédito del mundo, incluidos los países con los que estamos en guerra.

Banks sacó de su cartera una carpeta con un fajo de sobres blancos rotulados con los nombres de los generales reunidos.

—Ahí tienen ustedes una documentación que deberán completar.

—¡A quién se le ha ocurrido semejante estupidez! —exclamó el general que había recibido el primero de los sobres, antes de abrirlo—. Dejé muy claro a don Juan que nada de documentos ni de papeleo. ¡Somos caballeros que empeñamos nuestra palabra! ¡Esto ha de quedar entre estas paredes! Supongo que mis colegas pensarán lo mismo.

—Mi general, si lee el documento que le he entregado comprobará que sólo se trata de completar los datos para el banco.

El militar farfulló una protesta y abrió el sobre. También lo hicieron los demás, salvo el general que había pedido un Chivas doble y que rellenaba su vaso con gesto ausente, como si lo que allí se estaba dilucidando no fuera con él. Después de darle un trago se puso unas gafas de lentes redondas, que resultaban tan anticuadas como su mostacho, y leyó el impreso bancario. En el salón se había impuesto el silencio. Al británico la escena le pareció una acabada representación teatral.

—Está bien —farfulló el general que había protestado—. Está bien.

—Una vez cumplimentados esos documentos con

sus datos respectivos y tras firmar los dos ejemplares, me entregarán uno de ellos. Si lo desean, pueden destruir el otro. Les aseguro que nuestra copia quedará como documento clasificado. Nadie tendrá acceso a ella. Más aún, concluido el… asunto que, como observarán, aparece con la denominación de Caballeros de San Jorge, nosotros procederemos a destruir nuestras copias.

—¿Qué garantías tenemos de que eso se cumplirá?

—Mi general, como usted mismo ha dicho antes, estamos entre caballeros. Nuestra palabra es…, es sagrada. Por otro lado, al Reino Unido no le conviene airear ciertas cosas. Estos…, llamémoslos «procedimientos», aunque habituales en el mundo de la diplomacia, a nadie conviene difundirlos.

—Está bien, confiaremos en su palabra.

Banks disimuló el alivio que suponía aquella aceptación.

—También es muy importante el papel más pequeño.

—¿Qué es?

—Es otro impreso bancario. Tienen que rellenarlo con los datos de la entidad adonde desean que se les haga el ingreso y el nombre de la persona que será beneficiaria del mismo. Si observan el ángulo superior izquierdo, verán una casilla en la que se indica la moneda en que se quiere recibir el dinero. Comprueben que las sumas que aparecen recogidas son las correctas y, si son tan amables, firmen a continuación esos papeles.

—¿Qué pasa con el anticipo en metálico del que habíamos hablado? —preguntó uno de los generales.

—Todo a su debido tiempo, mi general. —Banks sacó de la cartera otro fajo de sobres de papel más recio y más abultados, y los distribuyó entre los generales. Ninguno lo abrió—. ¿No desean comprobar su contenido? —preguntó con media sonrisa apuntando en sus labios.

—Estamos entre caballeros, usted lo ha corroborado antes, ¿no lo recuerda?

—Desde luego, mi general. ¿Me entregan los impresos firmados?

Banks observó cómo sacaban sus estilográficas dispuestos a rellenar los datos y firmar. Todos, salvo el general que no paraba de dar sorbos a su *whisky*. Su actitud era la única nube en la satisfacción que le producían aquellas reacciones en personas que habían hecho declaración pública de sus elevados valores morales, presumido de integridad y rectitud en su proceder y atacado con virulencia la corrupción que había salpicado la gestión de los políticos —una especie denostada en la España gobernada por Franco— durante los años de la Segunda República. Le extrañaba el silencio de aquel general porque su locuacidad era proverbial. En los primeros días de la contienda, en julio de 1936, utilizó las ondas de la radio para arengar a las tropas y dirigirse a la población. Sus charlas habían sido claves para hacer triunfar la rebelión en amplias zonas de Andalucía Occidental.

—¡Un momento, esperad un momento! —El general dio un trago más a su *whisky* y se atusó las guías de su mostacho—. Hace dos días estuve con Franco. Hablamos de la operación a que se ha referido el *mister*, la que los alemanes preparan para echarlos a ustedes de Gibraltar. Ese es el principal problema para que España se mantenga neutral.

—¿Qué quiere decir exactamente, general?

—Algo muy simple, *mister*. La tentación de Gibraltar es muy fuerte para Franco. Echar a ustedes del Peñón es algo que le atrae mucho, muchísimo. Tendremos que presionar aún más, y eso significa que ustedes tendrán que mejorar su oferta.

Banks se sentía desconcertado. Al desparpajo del general se unía que *sir* Samuel le había dicho que las sumas estaban acordadas. Quizá el Intermediario no había jugado limpio y presentó como acordado algo que aún tenía cabos sueltos. Eso explicaba su ausencia. Otra posibilidad era que los generales no eran tan puntillosos en cuestiones de honor.

—Tengo entendido que este asunto estaba acordado —protestó Banks.

Los generales miraron al que había sacado el tema de Gibraltar.

—Las circunstancias han cambiado.

—La situación es la misma que…

—No vaya ahora a echarnos un discurso sobre la calamitosa situación del país o a decirnos que nuestro ejército no dispone de armamento adecuado para combatir con eficacia. Ni me recuerde que los suministros nos llegan del otro lado del Atlántico, ni me hable del peligro que corren las islas Canarias, prácticamente indefensas si su marina las ataca. Sabemos lo que significa Gibraltar para ustedes. ¿Está en condiciones de mejorar su oferta?

—General, el acuerdo alcanzado por don Juan era firme. ¿Me equivoco, Suardíaz?

—*Mister* Banks está en lo cierto.

—Las circunstancias han cambiado —reiteró el general.

—No sé por qué dice eso —replicó Banks—. Lo acordado es que ustedes ejercerían su influencia para que Franco se mantuviera neutral, y esa neutralidad no contemplaba excepciones.

—Mi querido amigo, las circunstancias han cambiado. —El general se llevó el vaso de *whisky* a la boca y lo vació de un trago—. ¿Sabe que Serrano Súñer viaja a Berlín? —La pregunta era retórica. La prensa española había publicado aquella mañana con gran despliegue de titulares la noticia de que había sido invitado por el Führer a visitar

Berlín—. Estará al tanto de que encabeza a los germanófilos del gabinete. La situación es de extrema gravedad. ¿Tiene algo que responder a mi propuesta?

Para Banks aquello era un chantaje. Sabía que *sir* Samuel disponía de un fondo de reserva, pero no estaba autorizado a dar respuesta a lo que exigía, con absoluta desfachatez, aquel general que sabía poco de sutilezas y no le temblaba el pulso a la hora de hacerse con un montón de dinero por una vía tan tortuosa. Aparentó dudar, acariciándose el mentón, antes de preguntarle:

—¿Cuánto significa mejorar la oferta?

El general rellenó su vaso. Dejó la botella casi vacía.

—Un millón doscientas mil libras esterlinas.

En el salón se oía el zumbido de dos moscas impertinentes. Los semblantes de los generales daban la impresión de que la iniciativa era personal, una apuesta arriesgada que podía romper el acuerdo. Pero nadie abrió la boca; todos aguardaban expectantes la respuesta del inglés.

—Tendré que hacer una consulta.

—Me parece razonable —concedió el general—. Señale que ese dinero ha de ser neto.

Banks lo miró a los ojos. El militar no pestañeó.

—¿Dinero neto? ¿Qué quiere decir?

—Quiero decir que la comisión de don Juan no saldrá de esa cantidad. Esto es una cosa entre ustedes y nosotros. —Dio otro trago a su *whisky* y preguntó a Banks—: ¿Cuándo tendremos una respuesta? No olvide que Serrano está a punto de viajar a Berlín.

—¿Puedo usar el teléfono? —preguntó el inglés a Suardíaz.

—Desde luego. Acompáñeme, *mister* Banks.

La salida del inglés provocó casi un tumulto en el salón. Los generales pedían explicaciones a su colega, quien había tomado aquella iniciativa sin contar con ellos. Ante una negativa de los ingleses no se podría dar marcha atrás. Uno le recriminaba que personalmente había empeñado su palabra cuando cerró la cantidad con don Juan.

—¡Déjate de pruritos, José Enrique! ¡No me vengas con tonterías! ¡Esto es un negocio! ¡Vamos a sacarles un buen pellizco! ¡Eso es lo que se merecen estos cabrones! Están haciéndonos la rosca y se creen que somos idiotas. Se andan con melindres para no ofender nuestro honor. ¡A la mierda! Si quieren que actuemos, que lo paguen. ¡Cumpliremos nuestra palabra, pero que suelten la mosca!

Banks regresó mucho antes de lo que los generales, en pie y hablando varios a la vez y en voz alta, pensaban. Su presencia apagó los comentarios.

—Caballeros, no hay problema con esa suma. Pero ha de cumplirse una condición: dicha cantidad, como las que se transferirán a sus cuentas, cuyos impresos tienen que devolverme, se abonarán si sus gestiones dan resultado. En caso contrario, sólo percibirán el anticipo que acabamos de entregarles.

El general acabó con el *whisky* antes de responder.

—Es razonable.

—En ese caso, caballeros, cumplimenten los impresos y entréguenmelos.

Banks recogió los documentos y se despidió estrechándoles la mano. La luz dorada que bañaba el salón había desaparecido. Era la hora del crepúsculo.

—Espero poder dar curso a estas transferencias, señores.

Suardíaz acompañó al inglés a la salida. En el silencio del chalé sólo se oía el ruido de los pájaros en busca de acomodo para pasar la noche y el murmullo de los comentarios de los generales, sobre el que destacó la voz que llegó hasta ellos con toda nitidez:

—¡Un brindis por Gonzalo!

Banks se preguntaba si lo ocurrido estaría preparado de antemano. Dejó escapar un suspiro pensando que si la Operación Caballeros de San Jorge llegaba a buen puerto las libras adicionales no podrían tener mejor destino. Al despedirse de Suardíaz le comentó:

—¿Sabe que hay ingenieros de minas estadounidenses trabajando con los zapadores reales y los canadienses en la ampliación de las galerías de la Roca?

—¿Han contratado estadounidenses?

—No, exactamente.

—¿El gobierno de Estados Unidos está prestándoles colaboración?

—Como comprenderá, es algo estrictamente confidencial.

Estrechó la mano de Suardíaz, quien esperó en la puerta el tiempo justo que Banks empleó en bajar los escalones del porche y subir a su coche. Regresó rápidamente al salón, donde parecía celebrarse una fiesta. Tomó del brazo a uno de los generales y le susurró al oído lo último que Banks le había dicho.

40

En el palacio de Santa Cruz, sede del Ministerio de Asuntos Exteriores, el único que conservaba la calma era el ministro, Juan Luis Beigbeder. La breve conversación telefónica que había mantenido con Von Stohrer le había revelado que en Berlín se habían desatado los nervios. La prensa española había señalado la víspera que Serrano Súñer encabezaría la delegación española que visitaría Berlín, pero no daba fecha. El embajador le había requerido, con las formas habituales en la diplomacia, lo que era una exigencia: esa visita a Berlín no podía demorarse. Beigbeder llamó inmediatamente a Serrano Súñer para informarle de las exigencias de los alemanes. A Serrano se lo conocía como el Cuñadísimo por estar casado con una hermana de la esposa de Franco. Era hombre de mucho peso en el gobierno y tenía unas conexiones con el Caudillo que el ministro de Asuntos Exteriores no poseía. En realidad, Beigbeder estaba esperando, de un día para otro, la llegada de un motorista con una carta de Franco agradeciéndole los servicios prestados y comunicándole su cese como miembro del gobierno.

La llamada de Beigbeder a Serrano había hecho sonar las alarmas en El Pardo, la residencia de Franco y sede de la jefatura del Estado. Dos horas después se celebraba una reunión en la que se concretaban los detalles del viaje a Alemania. Pese a que se pretendía dar una sensación de serenidad, las prisas con que se actuó señalaban todo lo contrario. En la capital de España, donde ya se tenía conocimiento de que los alemanes estaban preparando una operación para apoderarse de Gibraltar, se procedió con celeridad a fin de dar respuesta a las exigencias de Berlín de que un alto representante del gobierno visitara la capital del Reich. Eso sólo podía significar que iban a conminarle para que España entrara en la guerra. A Serrano Súñer lo acompañaría un numerosísimo séquito para causar impresión de fortaleza. Franco había dado a su cuñado instrucciones precisas sobre la posición que debía mantener en Berlín. Era necesario que obtuviese toda la información posible acerca de los planes de Alemania y tenía que ofrecer, sin entrar en especificaciones, una colaboración a cambio de ciertas compensaciones.

Lo que la prensa había calificado como «invitación del Führer» era una exigencia tan inmediata que se vivieron veinticuatro horas frenéticas para que, al día siguiente por la mañana, Serrano Súñer y su séquito, acompañados por el embajador alemán en Madrid, Eberhard von Stohrer, viajaran hasta la frontera francesa. Allí los alemanes habían preparado un tren dotado de toda clase de comodidades que nada tenía que ver con los expresos españoles.

En Hendaya les dispensaron una recepción que impresionó al ministro. Por todas partes se veían banderas con la esvástica. La presencia de los nazis en la Francia recién ocupada era muy patente. En el andén de la estación de ferrocarril donde se produjo el cambio de tren, una compañía le rindió honores. A lo largo del recorrido que lo llevó hasta París, Serrano pudo percatarse de que la parafernalia y los símbolos del nuevo poder estaban en todas las estaciones. La bandera con la cruz gamada ondeaba en la totalidad de los edificios públicos. Pero también observó que apenas se veía gente por las calles y que los postigos de los balcones y las ventanas permanecían cerrados. Llegaron a la estación de Austerlitz, donde los esperaba el embajador del Reich y algunas autoridades militares. En la Ciudad de la Luz la presencia de los germanos era mucho menos ostentosa. La guarnición alemana había establecido ciertos rituales que congregaban a numerosos parisinos, como en el relevo de la compañía de honores que se realizaba con precisión germánica en el Arco del Triunfo. Para verlo se le invitó junto a sus acompañantes a ir la Place de l'Étoile. Serrano fue testigo del silencio sepulcral en que transcurría el acto pese a la numerosa concurrencia de público. Se oían con nitidez las voces de mando del oficial.

Permanecieron casi un día entero en la antigua capital de Francia. París había sido incorporada a los dominios del Reich, y la capitalidad se había instalado en Vichy. Allí el mariscal Pétain, el viejo héroe de la guerra del Catorce, desempeñaba ahora un papel poco lucido en el nuevo orden que los nazis estaban imponiendo en Europa. En Vichy se hallaba el embajador de España ante Francia, José Félix de Lequerica, quien se había desplazado hasta París. Serrano Súñer aprovechó para darle una serie de instrucciones, como si fuera el ministro de Asuntos Exteriores.

—Lequerica, deberá usted estar muy atento a todo lo que suceda en estas semanas. Nos interesa mucho saber qué piensan los franceses de la nueva situación.

—No sé qué quiere usted decirme con eso.

—Es muy simple. —El ministro encendió el cigarrillo que tenía en la mano—. Palpe el ambiente en la calle y, sobre todo, averigüe qué se piensa en Vichy de los alemanes. Necesitamos conocer hasta dónde llega el grado de sometimiento de Pétain a Hitler. Sabemos que el mariscal ha tratado de salvar los muebles, pero es muy importante que tengamos información fidedigna de la posición de Vichy respecto a las colonias en el norte de África. Supongo que lo ocurrido con su flota en el Mediterráneo habrá sido un mazazo.

—Que los ingleses hayan hundido algunos barcos que eran el orgullo de su armada y que hayan sido más de mil los marineros franceses muertos ha sentado como un tiro, ministro.

—Intente averiguar si Vichy considera que su presencia en Marruecos, Túnez y Argelia es una cuestión de gabinete o podrían admitir que esas colonias que están en la órbita de ese coronel que habla por la BBC... ¿Cómo se llama?

—De Gaulle. Creo que se refiere usted al coronel Charles de Gaulle.

—Sí, a ese. ¿Las colonias serían algo secundario para Vichy al controlarlas De Gaulle? Por cierto, ¿qué repercusión tienen sus alocuciones invitando a la resistencia?

—No podría decirle. La gente aquí mantiene una actitud muy reservada. Hay quien colabora con los alemanes, pero la inmensa mayoría los mira con rechazo. En Vichy se considera a De Gaulle un iluminado, un... bocazas. En cuanto a las colonias trataré de informarme.

La estancia en París fue breve. Al día siguiente por la tarde Serrano llegaba a Berlín. El tren se detuvo en el andén principal de la Anhalter Bahnhof donde esperaba el ministro de Asuntos Exteriores. Junto a Von Ribbentrop estaban otros miembros del gobierno del Führer e importantes autoridades militares. Pese a las exigencias impuestas, al ministro español se le tributó un recibimiento muy superior al que estaba establecido —los nazis eran muy puntillosos en cuestiones de protocolo— para los ministros de los países amigos. En el andén también aguardaba el responsable de protocolo de la Cancillería, un gigante pelirrojo de dos metros llamado Doernberg.

Fuera de la estación, Serrano Súñer pasó revista a una compañía que le rendía honores mientras un numeroso grupo de niños, concentrados en la zona para la ocasión, agitaba banderitas españolas. Luego fueron trasladados al hotel Adlon, junto a la Puerta de Brandemburgo, donde apenas dispusieron de tiempo para deshacer los equipajes.

—Excelencia, nuestro ministro de Asuntos Exteriores le espera dentro de una hora en el ministerio —indicó Doernberg a Serrano con un español tan tosco que parecía una frase aprendida para la ocasión.

Antes de abandonar el hotel el embajador de España en Berlín hizo un aparte con el ministro.

—Debe saber que el encuentro con Von Ribbentrop no será plato de gusto.

—¿Por qué lo dice, Magaz?

—Es persona muy pagada de sí misma. No nos tiene en consideración… Von Ribbentrop piensa que España ha de plegarse a los intereses de Alemania sin rechistar. Considera que es lo mínimo que el Caudillo debe hacer para agradecer al Führer todo lo que este hizo por él. Está convencido de que vencimos a los rojos gracias a su ayuda.

Serrano permaneció unos instantes en silencio, meditabundo.

—¡Pues ahora son sus aliados! —bufó el ministro saliendo del hotel.

El encuentro fue cortés, pero, como Magaz había previsto, transcurrió en un clima de frialdad que contrastaba con el caluroso recibimiento que se le había tributado en la estación. Tras los saludos protocolarios, los intérpretes se afanaron por perfilar con todo detalle los términos de la conversación que Von Ribbentrop inició con una larga disertación sobre la situación militar de Europa. Se mostró arrogante, dando por segura la victoria alemana y la claudicación final de los británicos.

—Estoy de acuerdo en que la situación es muy complicada para Londres. Pero Churchill no es Chamberlain —matizó el ministro español.

—La situación de los británicos es mucho más precaria de lo que ustedes piensan. En Madrid están confundidos. La información de que disponen no es correcta. Sólo poseen la que les proporciona su embajador, y su única fuente de información es *mister* Vansittart, un declarado enemigo del Reich.

Para Serrano, la arrogancia de Von Ribbentrop merecía una respuesta mucho más contundente que la matización que había hecho, pero prefirió no romper la cordialidad. Sin embargo, cuando el ministro alemán le preguntó de forma directa por la fecha en que España entraría en guerra, no se anduvo con tapujos.

—Señor ministro, eso es algo que no está decidido y le aseguro que esta es una información correcta. España es amiga de Alemania y reconocemos la colaboración que el Führer prestó a nuestra causa, pero necesitamos concretar detalles sumamente importantes para adoptar una postura de beligerancia. —Serrano hizo un breve comentario al traductor español, un joven profesor de Filología llamado Antonio Tovar, para que no dulcificara los términos en que se había expresado—. Por otro lado, nuestro principal enemigo es el comunismo y ustedes son sus aliados en estos momentos. No estamos muy convencidos de participar en una lucha en el mismo bando que Stalin y los bolcheviques. No olvide, señor ministro, que fueron ellos quienes dieron apoyo a los republicanos y que se han quedado con las reservas de oro del Banco de España.

Von Ribbentrop, al oír a su intérprete, frunció el ceño.

—¿En qué circunstancias podrían ustedes plantearse la entrada en el conflicto?

Serrano pidió al traductor que le repitiera la pregunta para ganar unos segundos.

—Di al ministro que la respuesta a su pregunta es un tanto compleja. Los destrozos producidos por la guerra en España han sido cuantiosos y no podemos involucrarnos en un nuevo conflicto sin tener soluciones para determinadas cuestiones de economía doméstica. No contamos con suficiente trigo ni disponemos del combustible necesario. Nos encontramos con un grave problema de transportes. Nuestra red ferroviaria quedó destruida en un ochenta por ciento, aunque su reparación avanza a buen ritmo.

—Esas cuestiones podrían ser objeto de estudio —respondió Von Ribbentrop.

Serrano dio otra vuelta de tuerca, pese a no ser esas las instrucciones recibidas.

—No estamos satisfechos con el reparto de África. España salió malparada, y el Caudillo, cuya carrera militar está ligada a Marruecos, desea una revisión a fondo.

Von Ribbentrop quiso que el ministro español fuera más explícito.

—¿Qué entiende el Caudillo por «una revisión a fondo»?

—España se considera con derechos históricos en el Magreb. No estamos de acuerdo con el predominio de Francia en esa región.

Von Ribbentrop no ocultó su malestar.

—La presencia de Francia en Argelia y Túnez tiene más de cien años.

La réplica de Serrano Súñer fue inmediata.

—La presencia española data de hace más de cuatrocientos años.

La reunión terminó con una afirmación de Von Ribbentrop que señalaba hasta dónde llegaba la crispación del ministro de Asuntos Exteriores germano.

—He de comunicarle que el Führer está muy molesto con la actitud de España.

—¿Molesto?

—Sí, molesto con las indecisiones del Caudillo y con el hecho de que un ministro de su gobierno esté al servicio de los británicos.

A Serrano le pareció una desconsideración, además de una descortesía impropia del momento, referirse a la anglofilia de Beigbeder y posiblemente a su relación sentimental con aquella inglesa a la que algunos consideraban una espía de Churchill y cuyo nombre no recordaba en aquel momento.

—Los ministros de nuestro gobierno y las autoridades españolas sólo están al servicio de los intereses de nuestra patria, Von Ribbentrop.

Serrano Súñer descendió del imponente Mercedes que habían puesto a su servicio. Se había detenido ante la fachada de la Cancillería del Reich, que respondía a los cánones estéticos del siglo XIX. No había en aquel edificio nada que indicara la nueva forma de construir que los nazis habían impuesto después de que los innovadores aires de la Bauhaus, considerado «arte degenerado» por el régimen, hubieran desaparecido del panorama de la arquitectura alemana. Al ministro español le pareció un edificio armonioso y monumental, aunque resultaba frío.

Únicamente lo acompañaba Antonio Tovar. Entró por las grandes puertas de bronce con el ánimo inquieto. Nada más cruzar el umbral se encontró con que el panorama cambiaba por completo. Allí eran patentes las esencias de la arquitectura nazi. Un patio alargado, al que daban dos grandes hileras de ventanas, conducía a un pórtico gigantesco a cuyos lados se alzaban dos enormes columnas dóricas. Ese era el verdadero edificio de la Cancillería. Junto a las columnas, las efigies de dos atletas desnudos que simbolizaban el triunfo de la raza aria. El pórtico daba acceso a una suntuosa galería en cuyo suelo y cuyas paredes relucía una increíble variedad de mármoles, y su techo lo formaba un riquísimo artesonado.

El gigantesco Doernberg conducía al ministro español, ejerciendo de chambelán. Una puerta a la derecha llevaba hasta un vestíbulo no menos lujoso, una especie de antecámara por la que se accedía al despacho donde Hitler recibía a las visitas. Allí aguardaba Von Ribbentrop, acompañado por el ministro jefe de la Cancillería, Otto Meissner. A Serrano le llamó la atención su aspecto: tripón, con el pelo gris, unas gafas anticuadas y un desaliñado vestir. Su cara resultaba antipática.

Hitler lo recibió con galantería, lo invitó a sentarse e inició la conversación con las habituales preguntas en ese tipo de encuentros. Luego entró en materia. El intérprete de Hitler traducía con dificultad, visiblemente nervioso porque no encontraba las palabras adecuadas. Serrano, por su parte, acudía a Tovar, quien rectificaba algunas afirmaciones. Se temió algún desaguisado cuando la conversación tomara otros derroteros.

—Acompáñeme. Quiero mostrarle algo —dijo Hitler levantándose repentinamente y dirigiéndose a una mesa donde había un mapa desplegado. El Führer cogió un compás. Trazó un arco que, tomando como centro el sur de Francia, pasaba por Gibraltar—. Esta distancia puede ser salvada por nuestros Stuka sin problemas. Aun así, coincidirá conmigo en que su acción resultaría mucho más eficaz si salieran de un aeródromo emplazado por aquí. —Hitler había situado en Madrid el punto de apoyo del compás—. Necesitamos echar a los británicos del Mediterráneo y hemos decidido empezar por desalojarlos de Gibraltar.

Serrano miró a Tovar. La arrogancia con que el Führer había hecho aquella afirmación lo obligó a improvisar una respuesta evasiva.

—El Mediterráneo tiene otra puerta. —Serrano puso el dedo sobre Suez.

—Esa será una operación posterior, cuando ataquemos Egipto desde Libia. Pero mientras llega ese momento la llave para salir al Atlántico está en Gibraltar.

Estaba claro que Hitler daba por sentada la entrada de España en la guerra. Serrano recordó las instrucciones de Franco.

—Un avance por el norte de África para cerrar el canal de Suez a los convoyes británicos no tendría los inconvenientes de un ataque a Gibraltar. Usted cuenta con el respaldo de Francia, que controla todo este territorio. —Serrano recorrió con su mano el Magreb—. Y Libia es una colonia italiana.

—¡No me fío de Francia! —gritó malhumorado—. Ese…, ese coronel… —Miró a Von Ribbentrop—. ¿Cómo se llama?

—De Gaulle, mi Führer.

—Ese coronel De Gaulle está soliviantando los ánimos de los franceses. Prefiero una alianza con ustedes —añadió Hitler en tono más sosegado.

—El Führer conoce nuestra situación. Escasean muchas cosas y nos preocupa la amenaza sobre las Canarias. Los ingleses llevan siglos tratando de hincarles el diente.

—¡Las islas Canarias! —exclamó Hitler localizándolas en el mapa—. Son una base importantísima para controlar la costa occidental de África y las rutas del Atlántico. Esas islas y la posición de España a la salida del Mediterráneo significan que su país, mi querido amigo, forma parte del gran proyecto de la Europa del futuro. Me gustaría discutir esos detalles con el Caudillo.

Serrano Súñer sintió un enorme alivio cuando Tovar tradujo las últimas palabras de Hitler. Después de comprobar que el ataque a Gibraltar ya estaba decidido y que Hitler no contemplaba una negativa española, que este quisiera entrevistarse con Franco lo liberaba de la gran responsabilidad que lo abrumaba después de saber que la situación era mucho más delicada de lo que se pensaba en Madrid.

—Para nosotros ese encuentro sería un honor. ¿Cuándo y dónde podría celebrarse?

Hitler meditó un momento la respuesta.

—El próximo mes. —Miró el mapa—. Podría ser en un lugar próximo a la frontera con España. Tengo entendido que el Caudillo no es amigo de viajar fuera de su país.

—Hendaya sería un buen lugar —señaló Von Ribbentrop.

—¿Dónde está Hendaya? —preguntó Hitler.

Serrano señaló la localidad francesa junto a la frontera española.

—Si Franco está conforme… —Miró a Von Ribbentrop—. Ultimen los detalles de esa entrevista.

—¿Tiene el Führer alguna preferencia en cuanto a la fecha de la misma?

A Hitler no le interesaba retrasar aquel encuentro. Franco tenía que abandonar la neutralidad y entrar en la guerra. Fue hasta su mesa y descolgó el teléfono para hablar con su secretaria Gerda Daranowski.

—Dara, ¿en qué fecha podemos acordar un encuentro con Franco? Sería en una localidad de la costa Atlántica del Reich cercana a la frontera española. Se llama... —Hitler tapó el auricular y preguntó—: ¿Cómo se llama ese sitio?

—Hendaya —respondió Meissner, que no había abierto la boca en toda la entrevista.

41

Algeciras

Leandro había dedicado el día a visitar a tres de los clientes de la lista de cinco que le habían proporcionado en Távora y Canales. Uno era un importante establecimiento en el centro de Algeciras. Por lo general, los comerciantes adoptaban una actitud de cautela: se informaban, tomaban nota y le decían que en la siguiente visita harían un pedido. Sin embargo, en esa ocasión y por primera vez, recibió un encargo de relevancia. La influencia de don Serafín llegaba lejos. Para hacer las otras dos visitas tuvo que desplazarse a La Línea de la Concepción. Se trataba de establecimientos muy diferentes al de Algeciras, poco más que mercerías que también se dedicaban al comercio de lencería para el hogar. La Línea limitaba con el Peñón y distaba de Algeciras unos veinte kilómetros. Manuel Céspedes lo llevó en su taxi y almorzaron juntos porque Leandro había dejado la última visita para la tarde.

Mientras explicaba a los comerciantes el surtido de su catálogo y las calidades de los géneros, se había sentido fuera de lugar. Era algo distinto a lo que le ocurría desde que empezó a trabajar para el señor Benítez. Vender colchas, juegos de sábanas, toallas o paños de cocina no era lo suyo, pero desde el encuentro en la trastienda de la librería Santisteban algo había empezado a cambiar en él. Si en un primer momento le produjo resquemor, lo había sacado de su rutina y le había insuflado vida. Incluso el temor que lo invadía ante la visión de las parejas de la Guardia Civil se había atemperado, y una tensión que le recordaba a otros tiempos estaba otra vez en su ánimo. En su interior algo había entrado en ebullición, y Leandro San Martín, el agente comercial, estaba dejando paso a Julio Torres, al Julio Torres que había abandonado las aulas de la Universidad de Santiago para enrolarse en las filas del ejército republicano y combatir por unos ideales que al final habían resultado ser un fiasco en lo que a su experiencia personal se refería. Sólo así podían explicarse las dos decisiones que había tomado la víspera, cuando había visto a Mercedes alejarse camino de su casa.

Leandro y Manuel almorzaron en una tasca a trescientos metros de la frontera con Gibraltar, donde comieron un guiso de lentejas acompañado de un chusco. Era plato único y podían repetir por una peseta más. El tabernero les ofreció por lo bajini un par de huevos fritos y unas patatas a un precio que era casi prohibitivo pero que Leandro aceptó inmediatamente. Aprovechó aquel rato con el taxista para informarse de algunas cosas que podrían resultarle de utilidad sin levantar sospechas. Antes de regresar a Algeciras, pidió a Manuel que lo acercara lo más posible a la frontera de Gibraltar. Le sorprendió comprobar que podía llegar hasta el mismo límite territorial en mitad del istmo que unía el Peñón —una afloración rocosa al borde del mar— con la Península. Era como una lengua de tierra de unos pocos cientos de metros. Después entró en una papelería, compró una tarjeta de visita y allí mismo la rellenó.

Era media tarde cuando el taxi lo dejó en la puerta

del hotel. Antes de bajarse, Leandro rogó a Céspedes que no demorara el favor que le había pedido. También le recordó que lo esperaba al día siguiente para ir a San Roque y después almorzar en la Venta de Miraflores.

En recepción solicitó una conferencia con la oficina de Benítez y Compañía y subió a su habitación. Con suerte, Amalia todavía no se habría marchado; dependía de la demora que hubiera en las líneas telefónicas. Mientras esperaba impaciente a que sonara el teléfono, revisó los datos para cerrar la operación con Távora y Canales y pasó a limpio los pedidos que había colocado aquel día. El teléfono sonó antes de lo que le habían dicho en recepción. Lo descolgó con el corazón latiéndole con fuerza.

—Su conferencia con Madrid. Le paso.
—¿Dígame?
Era la voz de Amalia.
—Amalia, soy yo, Leandro.
—¡Leandro! —Fue una exclamación de sorpresa—. No esperaba ya que fueras…
—¿A llamar?
—Bueno… Eso es.

No quería dar la impresión de que había aguardado todo el día la llamada de Leandro, pero sus palabras la habían delatado. Por eso le dijo a continuación:

—Te paso con el señor Benítez.
—Un momento, Amalia. Yo sé… Yo sé…

En el último momento empezaba a titubear. Fue ella quien lo ayudó.

—¿Qué es lo que sabes? —Su voz sonó melosa.
—Que esta no es la forma más… adecuada de decir a una mujer que la quieres.

Leandro oía cómo latía su corazón y también le pareció que la respiración de Amalia se había agitado, pero ella no respondía. Tuvo la impresión de haber metido la pata. Uno no podía declarar su amor a una mujer por teléfono.

—¿Tienes algo que decirme? —La voz de Amalia sonó de una forma especial.

—Te quiero, Amalia. Te quiero y no puedo dejar pasar un día más sin decírtelo. Sé que esto no se hace así, pero...

—Yo también te quiero.

—¡Amalia, repite eso! ¡Repítelo, por favor!

—Te quiero, te quiero, te quiero. Te quiero casi desde el primer día que te vi aparecer por la oficina.

—¡No me digas! Yo no..., no me había dado cuenta.

—Es que los hombres sois tontillos.

—Amalia, te quiero. No sabía cómo decírtelo. Pero no podía esperar más. No sé cuánto tardaré en volver a Madrid, aunque aquí las cosas van muy deprisa.

—Contaré los días. Espero que no se me hagan insoportables ahora que por fin me has dicho lo que llevaba esperando semanas. Supongo que tu llamada tiene que ver con el señor Benítez. ¡Él sí que está insoportable! He perdido la cuenta de las veces que me ha preguntado si habías llamado. Si se enterara de que me... Bueno, mejor te lo paso.

—¡Un momento! Déjame decirte otra vez que te quiero y respóndeme a una pregunta.

—¿Qué quieres saber?

—¿Le diste tú al comandante Ares la información para que se pusiera en contacto conmigo?

—¿Al comandante Ares? El nombre me suena porque me hablaste de él una vez, pero ¡no lo he visto en mi vida! Leandro, ¿por qué...?

—¿Recuerdas la carta que me diste, Amalia? —la interrumpió él—. Me refiero a la que te había entregado el portero.

—Sí, claro que me acuerdo.

—Me la enviaba el comandante… Mejor será que no hablemos de esto…, por lo menos hasta que nos veamos. Ahora pásame al señor Benítez. Mañana te llamaré cuando haya firmado el pedido de Távora y Canales. ¡Te quiero!

—Y yo a ti.

Fue lo último que Leandro oyó antes de que sonara en el auricular la voz del señor Benítez.

La conversación se prolongó más de un cuarto de hora. El señor Benítez le garantizó que había confirmado que el plazo de entrega de la mercancía sería de treinta días. Le insistió en que se asegurara de que se hacía efectivo el veinte por ciento del importe. Leandro le dijo que el pedido superaría el medio millón de pesetas, aunque no podía afinarle la cantidad. La explosión de alegría del señor Benítez fue tal que Leandro tuvo que separar el auricular del oído.

—¡Eso hay que celebrarlo por todo lo alto!

También le informó de las visitas del día y de sus buenos resultados. El señor Benítez había pasado de la impaciencia a la euforia. Se despidió reiterándole que aquello había que festejarlo cuando regresara y que no dejara de llamarlo al día siguiente cuando todo estuviera formalizado.

A la misma hora Manuel Céspedes cumplía el encargo que Leandro le había hecho: llevar un enorme ramo de flores a la casa número 6 de la calle Prim. El taxista pensó que se había equivocado ante el desconcierto de la mujer que le abrió la puerta.

Mercedes se apresuró a leer la tarjeta que acompañaba el ramo y dos lágrimas corrieron por sus mejillas. A pesar del riesgo que suponía, porque Cansinos solía visitarla a aquella hora, no pudo evitar abrir la trampilla y decir a su marido que saliera un momento. Antonio Tavera estaba delgado y muy pálido. Su rostro macilento era la prueba evidente de que pasaba los días metido en aquel sótano.

—¡Mira, Antonio!

Mercedes le mostró el ramo de flores que reposaba sobre una mesa. El antiguo profesor de Ciencias Naturales lo miró con tristeza. Ella lo abrazó y le susurró al oído:

—¿Piensas que Cansinos iba a mandar algo así?

—¿Quién ha sido?

—Tu amigo, Julio Torres. Mira la tarjeta.

Le costó trabajo sacarla del sobrecito, sus dedos temblaban demasiado. Leyó emocionado lo que su antiguo compañero de armas había escrito:

—«Hay flores más hermosas que las de este ramo. No olvides que más adelante siempre hay más tierra y que todo tiene remedio». ¿Qué querrá decir, Mercedes?

—No lo sé. Pero es una frase hermosa.

Los alarmaron unos golpes en la puerta.

—¡Rápido, Antonio, al sótano! ¡Es Cansinos! Llama de esa forma. ¡Toma, llévate el ramo y escóndelo abajo! No debe verlo. Antonio Tavera tuvo el tiempo justo para ocultarse. Efectivamente era Cansinos, y cuando entró en la sala Mercedes se dio cuenta de que la tarjeta que acompañaba las flores estaba sobre la mesa. Un escalofrío recorrió su espalda.

El día había amanecido radiante y Leandro se sentía pletórico pese a que no podía quitarse de la cabeza a Mercedes. Pero su declaración de amor a Amalia y la respuesta que ella le había dado…

Se sentó, como los días anteriores, a una mesa próxima a donde los alemanes desayunaban y se enteró del nombre del sujeto que les pasaba información desde Gibraltar. También oyó algunos comentarios sobre las dimensiones del istmo que había visto la víspera y ciertos detalles sobre esa zona que le parecieron de interés. Algunos de los alemanes lo saludaron al irse y empezó a temer que su presencia resultaba demasiado evidente.

Después de desayunar copiosamente, acudió a Távora y Canales. Cerró los detalles del pedido con el señor Mira, que era un hombre afable. Lo primero que hizo fue entregarle el justificante bancario del ingreso que habían efectuado a Benítez y Compañía por un importe de ciento ocho mil seiscientas veintidós pesetas y veinticinco céntimos. Era el veinte por ciento del montante total del pedido, que ascendía a quinientas cuarenta y tres mil ciento once pesetas con veinticinco céntimos. Bastante más de los ochenta mil duros que había calculado el señor Benítez. Comprobaron las cantidades, las calidades, las medidas y los plazos. Como todo estaba conforme, firmaron el contrato. Antes de marcharse el señor Mira le entregó un sobre.

—Tome, ahí está su comisión.

—No..., no comprendo.

—Sigo instrucciones de don Serafín. Es el uno por ciento del montante de la operación que acabamos de cerrar.

Leandro recordó que cuando lo saludó, don Serafín había comentado algo del uno por ciento, pero no se había enterado bien. Abrió la solapa y comprobó que había mucho dinero.

—Pero esto es...

—Exactamente, cinco mil cuatrocientas treinta y una pesetas... y unos céntimos.

—¡Eso es una fortuna!

—Pues es suya, amigo mío.

Leandro salió de las oficinas de Távora y Canales con más dinero del que jamás había tenido en su vida. Pensó en la caja fuerte del hotel para dejar aquella suma. No tenía cuenta en el banco y no disponía de tiempo para cumplir el trámite que suponía abrir una. Faltaba un cuarto de hora para que dieran las doce y Manuel estaría esperándolo para ir a San Roque. Llegó al hotel con el pulso alterado por las prisas. Manuel estaba ya aguardándolo.

—Buenos días, don Leandro.

—Buenos días, Manuel. ¿Algún problema con el encargo de ayer?

—A la mujer se le pusieron los ojos como platos. Creía que el ramo no era para ella. Le pregunté si se llamaba Mercedes de la Cruz y me dijo que sí.

—Aguarde un momento. Serán unos minutos, pero he de hacer algo antes de irnos.

—No hay prisa, don Leandro. Usted manda.

Había una caja fuerte en el Reina Cristina a disposición de los clientes. Le proporcionaron una cajita de caudales, la número ocho, donde guardó el dinero y se quedó con la llave. Quince minutos después se subía al taxi.

—¿Vamos a San Roque?

—A la oficina de telégrafos.

—Si no hay problemas..., estamos allí en menos de media hora.

Leandro consultó su reloj. Tenía el tiempo justo si quería estar en la Venta de Miraflores a la hora que le interesaba. Le preocupaba que los alemanes sospecharan de su presencia, después de haberlo saludado en el hotel.

Por suerte en la oficina de telégrafos estaba Matías Bastia, pero tuvo que aguardar unos minutos porque había dos personas poniendo telegramas. Aprovechó la espera para redactar el texto donde enviaba la información: el nombre del espía que actuaba en Gibraltar por cuenta de los alemanes, la importancia que estos daban al istmo en sus conversaciones y un aviso a Walton para que lo llamara al día siguiente entre las diez y las once al hotel Reina Cristina. A la una y veinte Manuel aparcaba delante de la

Venta de Miraflores. Era algo más tarde de lo que Leandro habría deseado.

—Venga conmigo, Manuel. Hoy almorzaremos también juntos.

—¿Va a comer usted aquí? Creí que sólo veníamos a recoger el tabaco.

—Vamos a comer los dos. Hoy las cosas han salido estupendamente y tenemos que celebrarlo. Me han dicho que con un poco de suerte nos vamos a meter entre pecho y espalda un solomillo que está para chuparse los dedos.

—Más que con un poco de suerte…, ¡será con una buena cartera! —lo corrigió Manuel.

—Hoy la cartera está llena.

Entraron en la venta y los deslumbró el cambio de luz. Había varias mesas ocupadas, y Leandro creyó ver a dos alemanes acompañados por otros dos hombres. Conforme se acercaban a la barra sus pupilas iban adaptándose.

—¿Qué va a ser? —preguntó el mismo hombre que lo había atendido días atrás.

—Queremos comer.

—Elijan mesa. Tenemos potaje de habichuelas y pescada rebozada; de postre, melón.

—¿No hay otra cosa?

—Ese es el menú. Si quiere otra cosa…

—¿Solomillo de cerdo?

—¿Para los dos? —preguntó el ventero mirando al taxista.

—Para los dos.

El hombre echó cuentas y dijo a Leandro a modo de advertencia:

—Serán dieciséis pesetas más la bebida y el postre.

—Añada a la cuenta los cinco cartones de rubio que le encargué hace dos días.

El ventero asintió.

—Están guardados. Cuando terminen se los sacamos —puntualizó—. ¿Qué quieren beber?

—Vino —respondió Leandro.

—También vino para mí.

—Entonces acomódense donde mejor les venga. Enseguida les traigo el vino.

Manuel aprovechó que el ventero se había retirado para decir a Leandro:

—¿Ha visto a Cansinos?

—No, ¿dónde está?

—Sentado a una mesa de las del fondo, a su izquierda.

Leandro no necesitó mirar. Era la mesa donde había creído ver a los alemanes. El falangista tenía que ser uno de los dos individuos que estaban con ellos. Al entrar deslumbrado no lo había identificado. Lo último que había imaginado era encontrarse allí con Cansinos, aunque Valeria le había dicho que se dedicaba al contrabando y que aquella venta era un sitio donde se traficaba mucho. Pensaba en anular el almuerzo y marcharse con el tabaco cuando la voz del falangista sonó a su espalda.

—¡Amigo San Martín! ¡Qué alegría verlo!

Leandro se volvió.

—¡Cansinos! ¿Estaba usted aquí? No lo he visto al entrar.

—¿Qué le trae por esta venta? ¡Déjeme adivinarlo! Apuesto a que ha venido a por Chester.

—No sé si será Chesterfield. He pedido rubio americano.

—¡Bruno!

Al ventero le faltó tiempo para acercarse.

—¿Diga, don Miguel?

—Para don Leandro..., lo mejor, ¿entendido?

—Por supuesto, don Miguel, por supuesto. Si el señor es amigo suyo...

—¿Van a comer o se marchan?

—Vamos a comer.

—¿La bazofia de Bruno? —preguntó mirando al ventero.

—No, don Miguel, unos solomillos...

—¡Como Dios manda! Siéntese con nosotros. Estoy con unos amigos de Alemania.

—Gracias por su amabilidad, pero no quiero molestar...

—No es molestia. ¡Bruno, junta unas mesas! Don Leandro comerá con nosotros.

Leandro miró al taxista.

—Manuel viene conmigo.

El falangista torció el gesto.

—Si viene con usted...

Los alemanes reconocieron a Leandro y lo saludaron con mucho protocolo, aclarando que se habían visto en el comedor del Reina Cristina. Uno de ellos era el coronel Schäffer. Cansinos le presentó al otro individuo, que resultó ser el confidente con quien los alemanes habían quedado y cuyo nombre era Edmundo Thoré. Era español, de padre francés y madre alemana, y trabajaba en la principal entidad de crédito gibraltareña. Thoré era el hombre de Cansinos en el Peñón y, desde unos días atrás, facilitaba toda la información que podía a los alemanes sobre lo que ocurría en Gibraltar.

Aquel tipo había sido quien los había informado de que los ingleses estaban evacuando a la mayoría de la población civil, y también de la presencia de zapadores que excavaban nuevos túneles en el interior del Peñón. Era una mina dando información el tal Thoré.

Hablaba en alemán, pensando que ninguno de los presentes podía entender lo que decía. Les dio detalles sobre la llegada de un contingente de zapadores canadienses y, aunque no lo confirmó, de varios ingenieros de minas estadounidenses para reforzar las excavaciones. También informó de las obras de construcción de un dique con el material que extraían de los túneles. Los alemanes le hicieron varias preguntas, pero Thoré sólo añadió un par de datos más. Schäffer hizo entonces un comentario que valía su peso en oro. Apenas prestó atención a otras informaciones sobre la descarga de pertrechos de guerra entre los que había dos grandes piezas de artillería de doscientos ochenta milímetros.

La comida acabó siendo más provechosa de lo que Leandro había supuesto, pese a que quizá se perdió algún detalle importante porque Cansinos le preguntó sobre el resultado de su encuentro con don Serafín Távora. Fue lo más discreto que pudo, pero supo que aquella noche, que era la fijada por Cansinos para la cena, no tendría escapatoria. Cuando se levantó de la mesa tenía la impresión de que el falangista buscaba algo. Quizá se había excedido al decirle que era un pedido para el ejército. Sobre todo cuando en realidad era para el ejército británico. Aquello podía tener graves consecuencias.

Pagó los cinco cartones de Chester, pero el ventero se negó a cobrarle la comida.

—Ha dicho don Miguel que es su invitado.

Abandonó la Venta de Miraflores convencido de que su solomillo y el de Manuel, quien no había abierto la boca durante la comida, iban a costarle caros.

42

Leandro bajó de su habitación pocos minutos antes de las nueve y media. Lo hizo por la escalera, y cuando pisó el vestíbulo llegaron a sus oídos los acordes de una suave melodía desde la zona del jardín. Se acercó a la recepción, entregó la llave y preguntó:

—¿Sabe si don Miguel Cansinos ha llegado?
—Sí, señor, ha pasado por aquí hace pocos minutos.
—¿Iba solo?
—No, señor. Lo acompañaba una mujer.
—Muchas gracias.
—No las merece, señor. ¿Quiere una mesa en el jardín? Si lo desea, puede cenar.
—He quedado con don Miguel.
—Diré a un botones que lo acompañe.—Una mirada bastó para que uno de los muchachos se acercara—. Acompaña al señor San Martín al jardín.
—¿Tiene la bondad de seguirme?

El botones lo condujo al jardín donde se celebraba la cena con baile. Lo dejó a la entrada después de susurrar algo al oído del portero, quien casi hizo a Leandro una reverencia. El jardín estaba cuidado hasta el mínimo detalle. La pista de baile —una tarima baja colocada en el centro— se hallaba discretamente iluminada y el resto quedaba en una suave penumbra. Entre los parterres se distribuían las mesas, por las que deambulaban camareros impecablemente vestidos con chaquetillas cortas de un blanco inmaculado y pantalón negro. La orquestina se encontraba en un extremo de la pista y en el otro había un ambigú, donde algunos varones conversaban con una copa en la mano.

Leandro buscó con la mirada la mesa de Cansinos y la encontró en un lugar apartado. Sólo vio a Mercedes. Se acercó rápidamente pidiendo disculpas. Pensó que podría disfrutar de unos minutos sin la presencia del falangista. Mercedes vestía un traje de chaqueta azul marino con ribetes blancos. Llevaba el pelo suelto y un mechón le tapaba parte del rostro. Estaba bellísima.

—Buenas noches, Mercedes.

—Hola, Leandro —respondió sin mirarlo.

—Y Cansinos, ¿dónde está?

—En el ambigú. Quería tomar una copa con ese coronel alemán.

Leandro se sentó e inmediatamente se acercó un camarero.

—¿Qué va a tomar el señor?

—Una copa de vino, por favor.

Leandro iba a decirle algo, pero enmudeció. Comprobó que llevaba el pelo suelto para tratar de ocultar el moretón que tenía en el rostro y que el maquillaje sólo disimulaba en parte. Quizá por eso Cansinos había tomado una mesa tan apartada.

—¿Qué te ha ocurrido?

—Nada.

—¿Cómo te has hecho ese moretón?

—Un golpe.

—Mercedes, dime, ¿qué ha pasado? Por favor...
—Déjalo, Leandro. No tiene importancia.
—¿Te ha golpeado Cansinos?

Mercedes no contestó y Leandro insistió. Ella se limitó a decir:

—Por ahí viene.

Leandro supo que le había pegado, aunque ella no se lo hubiera confirmado.

—¿Qué tal, San Martín?

Leandro, que se había puesto en pie, lo desafió con la mirada.

—¡Es usted un indeseable!

Aquello no se lo habían dicho a Cansinos desde hacía mucho tiempo. Se puso rojo y se le hinchó una vena en su frente.

—¿Cómo ha dicho?
—Que es usted un indeseable. Un miserable.

El camarero, que llegaba en aquel momento, oyó las dos últimas palabras de Leandro y optó por retirarse sin servir la bebida.

—¿Puede saberse a cuento de qué viene todo esto?

Leandro miró a Mercedes, que se había encogido. Si Leandro creía que la ayudaba con aquella actitud, estaba haciéndole un flaco favor. Se hallaba a merced de Cansinos y él no podía remediarlo.

—Usted no es un hombre...
—Leandro, por favor. ¡Te lo suplico!
—Déjalo..., ¿no ves que te está defendiendo? Ha decidido convertirse en el paladín de una puta.
—¡Canalla!
—Por favor, no sigáis.
—No le ajusto a usted las cuentas porque no deseo provocar un escándalo. Pero se arrepentirá. Le juro que se arrepentirá.

—Cansinos miró a Mercedes y le gritó—: ¡Vámonos!

—¡Quédate, Mercedes! ¡Manda a este cabrón a la mierda de una puñetera vez!

Mercedes se levantó, agachó la cabeza y siguió a Cansinos, como si fuera su perrillo faldero. Leandro permaneció inmóvil hasta que salieron del jardín. La gente cuchicheaba, se habían percatado de que algo había ocurrido, aunque no sabían qué era. La orquesta se había tomado un pequeño descanso y se oía el murmullo de las conversaciones. Leandro abandonó el jardín, desasosegado. No había sido capaz de contenerse. Estaba claro que no era un espía. Un profesional habría evitado que la pasión lo atenazara y soportado con estoicismo la situación. Salió a la calle y buscó la taberna que Seisdedos le había indicado para un caso de necesidad. Dejó un aviso al tabernero y regresó al hotel, donde pidió al recepcionista que le abriera la caja fuerte. Sacó el sobre con los más de mil duros que le había dado el señor Mira y subió a su habitación. Desde allí pidió una conferencia con Walton y aguardó a que sonara el teléfono fumándose un cigarrillo detrás de otro.

Descolgó el teléfono al primer timbrazo.

—Necesito hablar con *mister* Walton, soy Robert...

Quien había cogido el teléfono no lo dejó terminar.

—Un momento, se pone.

Medio minuto después oyó la voz de Walton.

—¿Dígame?

—Tenemos un problema.

—¿Sólo uno? —Walton parecía de buen humor.

—En realidad, son dos. Acabo de decir al jefe local de la Falange que es un cabrón.

—¿Cómo se le ha ocurrido hacer una cosa así?

—Lo que he dicho a ese individuo se lo ha ganado a pulso.

—Está bien. Supongo que tendrá que salir por pies.

—Supone bien. Pero eso es lo que menos me preocupa en este momento. Lo he llamado porque tenemos que sacar de aquí a dos personas.

—¿En qué lío se ha metido? Sacar a dos personas es muy complicado.

—No diga tonterías. ¿Complicado para quien ha organizado un pedido de diez mil juegos de cama? ¡Acuda al coronel Richardson!

—¿No me diga que lo ha conocido? —Walton no parecía alterarse.

—Sólo de nombre.

—Lo que me pide va a resultarme imposible.

—Entonces lamento decirle que también va a resultar imposible que le explique por dónde piensan los alemanes atacar el Peñón.

—Está tirándose un farol.

—No, señor. Lo que he averiguado es para ustedes oro molido. Le aseguro que no dispongo de mucho tiempo. Cansinos…

—¿Quién es Cansinos?

—Así se llama el falangista. ¿Qué me responde?

—Mañana veré qué se puede hacer.

—Mañana no, esta noche. Antes no me ha dejado decirle que Cansinos va a detenerme… Eso si no envía un par de matones para que me manden al otro barrio.

—Pero ¿tan grave ha sido?

—Usted no sabe lo que es cantarle las cuarenta a un jefe de la Falange en España.

—¿Quién es la otra persona a la que tenemos que sacar?

—¿Cómo que la otra persona? Creo haberle dicho que son dos.

—¿No es usted una de ellas?

—Yo no tengo problema para cruzar la frontera de Gibraltar. Tengo un pasaporte británico. ¿Tan pronto lo ha olvidado?

Walton no dijo nada.

—Necesito ayuda para otras dos personas, una mujer y un hombre. Tienen que refugiarse en Gibraltar.

En aquel momento sonaron unos golpes en la puerta. Leandro esperaba que Cansinos se moviera rápido, pero no creía que fuera a hacerlo tan pronto.

—Walton, están llamando a la puerta. Tengo que colgar y largarme. Si no lo llamo esta noche, olvídese de mí. Esté pendiente del teléfono. Si sigo vivo, lo llamaré y espero que entonces tenga una solución para lo que le he pedido.

—¿No va a decirme eso que ha averiguado?

—Si estoy vivo —repitió—, se lo diré cuando hablemos, siempre que haya encontrado una solución para lo que le he explicado. —Colgó el teléfono sin despedirse.

Otra vez sonaron los golpes en la puerta.

Leandro iba a descolgarse por la terraza, pensando que podría salvar la altura de dos pisos, cuando los golpes sonaron de nuevo. Entonces reparó en un pequeño detalle. Quien llamaba lo hacía de forma suave, sin prisas, entre la primera y la segunda vez había transcurrido demasiado tiempo. Se acercó de puntillas y aguardó hasta que llamaron otra vez. Entonces preguntó:

—¿Quién es?

—Soy Seisdedos. Tengo un aviso de Andrés. ¡Abre de una maldita vez! —Era la primera vez que lo tuteaba.

Leandro abrió la puerta, lo invitó a pasar y cerró rápidamente.

—¿Qué ocurre? —Seisdedos ni siquiera lo saludó.

—La situación se ha complicado.

—¿Quieres explicarte?

—Tengo problemas con Miguel Cansinos.

—¡Coño! ¡Eso es grave! Cansinos es una bestia parda.
—Por eso te he llamado. —También Leandro lo tuteó—. Me temo que la policía aparecerá por aquí de un momento a otro. Necesito un lugar seguro, al menos por esta noche.
—¿Qué ha pasado exactamente?
—Mejor salimos pitando. Después te lo cuento.
—¿Tienes hecho el equipaje?
—No, ni voy a hacerlo. Me dijiste que los recepcionistas son, en algunos casos, soplones de la policía. Si dejo la habitación de repente y a estas horas… Me llevaré sólo lo más imprescindible.
—Mientras recoges, vigilo el pasillo. Date prisa, porque si le has tocado los cojones a Cansinos tienes un problema.
—Hay otra cosa. Tenemos que ir a la calle Prim.
—¿Qué se te ha perdido allí…? —Seisdedos recordó algo—. ¿A la dirección que te di? ¿Esa Mercedes forma parte del problema?

Leandro asintió.
—¡Siempre hay una tía de por medio!
—No es lo que te imaginas.
—¿Piensas que me he caído de un guindo? No te entretengas… Estoy en el pasillo.

Leandro metió en el portafolio donde guardaba los papeles de Benítez y Compañía una camisa, una muda y dos de los cinco cartones de tabaco. Se repartió varios paquetes por los bolsillos y abandonó la habitación. El pasillo estaba solitario. Sospechó que Seisdedos se lo había pensado mejor y se había largado. Durante un momento dudó si volver a su dormitorio, pero se dio cuenta de que no había cogido la llave y que la puerta ya estaba cerrada. Además, meterse allí era como quedar atrapado en una ratonera. Decidió bajar por la escalera y salir del hotel con la mayor naturalidad posible. En la calle decidiría qué hacer. Bajaba el último tramo cuando vio que Seisdedos subía.

—¿Dónde te habías metido?

—¡Tira para arriba! ¡Ese falangista y varios policías están bajándose de un coche!

—¿Qué vamos a hacer?

—Tú calla y sígueme.

Subieron a la primera planta y se metieron por una puerta que daba a otra escalera mucho menos lujosa por la que se bajaba a la zona de servicios y a una salida a la calle de atrás. Seisdedos respiró cuando se vio en la calle.

—Date prisa. ¡Esto no se ha acabado! Aun así, tenemos una pequeña ventaja.

—¿Por qué dices que tenemos una pequeña ventaja? —preguntó Leandro sin dejar de andar.

—Porque todos los recepcionistas no son unos soplones. Emilio los entretendrá todo lo que pueda y Guillermo nos está esperando un poco más allá. He salido a decirle que se viniera a esta puerta, pero he visto que los polizontes llegaban y le he pedido que nos esperara dos calles más allá por si se les ocurría bloquear esta salida. Hemos tenido suerte. Mira, allí está el coche. Vamos a llevarte a un sitio donde pasar la noche.

—¡Un momento! Primero tenemos que ir a la calle Prim.

—¡No digas tonterías!

—No son tonterías.

—Vamos, Leandro. ¿Quieres que a estas horas nos pongamos a aporrear la puerta de la casa de esa Mercedes y que despertemos a todo el vecindario? Eso se hará mañana, cuando no levantemos sospechas. ¡Sube al coche!

—Buenas noches, Guillermo —lo saludó Leandro mientras se acomodaba en el asiento trasero.

—Lo de buenas… será por decir algo, ¿no? —protestó Seisdedos.

Guillermo arrancó despacio, como si no tuviera prisa. Durante unos minutos en el interior del coche la tensión podía cortarse.

—¿Hay posibilidad de que haga una llamada telefónica?

—¿A estas horas? —Guillermo se caló la gorra hasta las orejas—. El locutorio está cerrado. Van a dar las doce.

—¿En algún teléfono particular? —insistió Leandro.

—¿A quién tienes que llamar? —preguntó Seisdedos.

—A Walton. Necesito hablar con él. Estaba en ello cuando has llamado a la puerta de la habitación.

—Podemos ir a casa de don Horacio. Seguro que todavía está levantado. Además, nos coge de camino —propuso Guillermo con la mirada fija en el parabrisas.

—¿Tienes información importante para el *mister*? —preguntó Seisdedos.

—Sí.

—¿Por qué no se la has dado antes, cuando estabais hablando?

—Porque tú interrumpiste la conversación.

—Párate en casa de don Horacio, pero no lo hagas en la puerta. Nos bajaremos Leandro y yo. Tú esperarás en el coche. Y si vieras algo raro…, dos pitidos y te largas.

Guillermo había acertado. Don Horacio estaba levantado. Leandro pudo hacer la llamada y hablar con Walton mucho antes de lo que pensaba. A aquellas horas apenas había demora. Seisdedos y el dueño de la casa tuvieron la deferencia de dejarlo solo en el pasillo donde estaba colgado el teléfono.

—Soy Robert Windhill…

—¡Windhill, menos mal! La espera ha sido… Bueno, me ha tenido usted preocupado. ¿Ha logrado escapar?

—Si no hubiera sido así, no lo estaría llamando. ¿Tiene una solución para lo que le dije?

—Sí.

—Explíquemela.

—Podemos extender dos pasaportes británicos a nombre de esas dos personas. Si pueden pasar a Gibraltar...

—¿Cómo que si pueden pasar? Usted tiene que facilitarles la entrada al Peñón.

—No sé cómo.

—Yo se lo diré... Preste atención, porque un fallo podría costarles la vida.

Leandro apenas empleó tres minutos en explicarle su plan.

Walton aceptó. Tenía que tocar algunas teclas y pidió cuarenta y ocho horas para ponerlo todo en marcha.

—Ni un minuto más —exigió Leandro.

—¿Me da ahora esa información?

—No. Es importante, pero no es urgente. Se la daré cuando todo esté resuelto.

43

Berlín

Poco antes de acudir al templo donde se había celebrado el oficio religioso por el capitán Liebermann —su familia era católica—, Margarethe había comunicado al general Jodl que la Walther con la que había sido asesinado el capitán era de un teniente que denunció su desaparición hacía algo más de dos meses cuando disfrutaba un permiso de tres días en Berlín. Ese teniente estaba con su unidad en París y allí había prestado servicio el día del asesinato de Liebermann. La información, añadió Margarethe, la había facilitado el comandante que estaba al frente de la comisaría de Unter den Linden.

Durante el funeral los padres del capitán mostraron gran entereza, pese a la terrible pérdida que suponía la muerte de su hijo y en unas circunstancias tan dramáticas. Luego Jodl acudió al cementerio de Dorotheenstadt, donde se daría sepultura al cadáver. Allí se encontraban Margarethe e Irma vestidas de luto y el coronel Warlimont que, al igual que el general Jodl, lucía en el uniforme un brazalete negro. Con los padres del difunto estaban Elsa, la prometida del capitán, que no paraba de llorar, *fräulein* Böss y Hilde, la doncella. También estaba Otto, así como una nutrida representación de oficiales y suboficiales que prestaban sus servicios en el OKW y habían sido compañeros de trabajo del difunto. Las coronas y los ramos de flores se amontonaban junto la tumba. A Jodl le pareció ver, aunque alejado del sitio donde se llevaba a cabo la inhumación del cadáver, al teniente Singer y a su inseparable Lohse, pendientes de cualquier movimiento. No había hablado con el teniente desde que tuvieron el desencuentro en la puerta de su casa, al negarse Singer a facilitarle el nombre de la persona que había presentado la denuncia en la comisaría contra el capitán Liebermann. Tenía ganas de hablar con él, pero aquel no era ni el lugar ni el momento adecuado. El comandante Reber le había informado por teléfono de que la denuncia, según decía Singer, no se había presentado por escrito y de que el denunciante había puesto como condición mantener en secreto su nombre, aduciendo que Liebermann era un oficial del ejército y disponía de recursos económicos para temer por su vida si se enteraba de que él era el denunciante.

Jodl no se había dado por satisfecho con una explicación tan burda y que contravenía la normativa vigente. Había pedido a Reber que Singer hiciera un informe donde quedaran recogidas todas las incidencias del caso, incluida la persona que había formulado la denuncia. Había advertido al comandante, en una velada amenaza, que el capitán había muerto asesinado y que aquel asunto podía pasar a instancias mayores. Sin embargo, no había vuelto a tener noticias y tampoco había vuelto a requerir esa información al no haber dispuesto de tiempo. Jodl se había sentido obligado a atender a los padres del capitán, a lo que había que añadir otra reunión, junto al mariscal Keitel, en la Cancillería. El Führer les había comentado algunos detalles de su encuentro con el ministro de la Gobernación de España y les había indicado que la Operación Félix debería estar concluida para ponerla en marcha el 10 de noviembre. Cuando Jodl salió del despacho del Führer, quien iba a reunirse con el Caudillo el 23 de octubre en Hendaya, dio por hecho que en ese encuentro se concretarían los detalles de la entrada de España en la guerra. Lo primero que hizo fue llamar a Kübler y le dijo que acelerara la puesta a punto de las unidades que participarían en la conquista de Gibraltar y que lo tuviera todo dispuesto para los primeros días de noviembre.

El gris del cielo berlinés ponía una nota de tristeza más al momento de la despedida de Liebermann. Después de un último responso, abandonaron el cementerio en silencio. Sólo se oía el ruido de las pisadas en la grava y el sonido de las hojas de los castaños agitadas por el viento que se había levantado y que arreciaba conforme declinaba la tarde, anunciando la proximidad de la lluvia. En la puerta del camposanto cayeron las primeras gotas, espaciadas y gruesas. El general acompañó a los padres de Liebermann hasta el coche que los había llevado al cementerio. El matrimonio se quedaría unos días en Berlín para resolver todas las cuestiones que quedaban pendientes. El padre sostenía por el brazo a su esposa, que estaba a punto de derrumbarse.

—Si necesitan alguna cosa, no dejen de llamarme.

Margarethe había abierto un paraguas y trataba de proteger de la lluvia al general.

—Muchas gracias —respondió el padre de Liebermann, que llevaba, abrazándola, la bandera que había cubierto el féretro de su hijo.

El general miró a *fräulein* Böss.

—Usted tiene el teléfono de mi secretaria. No duden en llamar si necesitan algo.

El ama de llaves le dio las gracias y le ofreció su mano.

Jodl miró a Hilde, que no paraba de llorar, y se despidió de la muchacha apretándole con afecto el hombro. A continuación saludó a Elsa, quien a duras penas podía contener las lágrimas.

—Margarethe, dígale a Irma que ella y usted se vienen conmigo. La tarde no está para paseos.

La lluvia arreciaba y apenas quedaba gente en la puerta del cementerio.

Todos habían desaparecido, algunas personas en los automóviles y otras bajo sus paraguas.

Otto ya aguardaba al general Jodl junto al coche. Justo cuando Alfred Jodl iba a subirse al vehículo se le acercó el coronel Warlimont.

—Mi general, he hablado con Schäffer antes de venir. Me ha comunicado que mañana regresarán a Madrid y que desde allí volarán a Berlín pasado mañana.

—¿Tiene ya toda la información?

—Eso me ha dicho.

—Entonces dispóngalo todo para mantener una reunión en mi despacho.

—A la orden, mi general. Schäffer me ha dicho que los ingleses trabajan a toda prisa ampliando los subterráneos del Peñón. Por lo visto sus zapadores han recibido refuerzos para excavar más deprisa. Opina que deben de contar con excavadoras muy potentes por la cantidad de detritus que están sacando. Está preocupado porque parece ser que están barrenando el istmo, si bien no lo sabe con certeza.

—¿Cómo dice?

—Han descargado unos grandes bloques de hormigón. Schäffer cree que los usarán para impedir el paso de los Panzer.

—¿Está seguro de eso?

—El coronel Schäffer no ha sido muy explícito.

—Está bien. Dígale que cuando llegue a Berlín vaya directamente al OKW.

—A la orden, mi general.

—¡Vamos, Margarethe! Y tape a Irma, ¡se están poniendo como una sopa!

Jodl subió al coche. Margarethe compartió asiento con él. Irma se sentó delante.

—¿Adónde vamos, mi general?

—Al despacho.

El trayecto hasta el OKW transcurrió en silencio. Jodl se limitó a contemplar la lluvia a través de la ventanilla empañada y con delgados hilillos de agua descendiendo por el cristal.

—A sus órdenes, mi general. —El sargento Hoffmann, que se había quedado de guardia, hizo sonar sus tacones al verlo descender del coche.

Jodl le devolvió el saludo.

—¿Alguna novedad?

—Han llamado del despacho del almirante Canaris. Les he dicho que estaba usted en el entierro del capitán Liebermann.

—¿Han dejado algún mensaje?

—Sí, mi general. Debe ponerse en contacto con el almirante lo antes posible.

—Margarethe, trate de localizar al almirante Canaris y páseme la llamada.

Al cabo de un par de minutos sonaba el teléfono del general.

—¿Dígame?

—Le paso al almirante.

—¿Jodl?

—Canaris, me han dicho que quiere hablar conmigo. ¿Ha descubierto algo?

—Sí, general. Nuestras claves no lograban descifrar

una parte importante de la documentación que tenían los británicos, pero la suerte nos ha acompañado. Cuando mis hombres terminaban su trabajo, han encontrado en la guarda de un libro el código de claves que tenían para sus comunicaciones con Londres. Eso nos ha permitido descifrarlo todo.

—¿Qué han averiguado?

—Tenemos datos relevantes para descubrir la identidad del topo. Es una…

Jodl no pudo oír las palabras que pronunció Canaris. El trueno que estalló en el cielo de Berlín se lo impidió.

—¡Menuda tormenta, Jodl!

—La primera del otoño, Canaris, la primera del otoño. El trueno no me ha dejado oír lo último que ha dicho.

—Le decía que tenemos datos del topo que apuntan a su identidad, aunque no tenemos su nombre completo, pero estamos seguros de que su colaboración nos llevará hasta él.

Jodl se pasó la lengua por los labios y tragó saliva. Por un instante temió conocer la identidad de quien lo había traicionado.

Después de lo que el coronel Warlimont le había dicho a la salida del cementerio, temía que esa persona siguiera filtrando información, como evidenciaba que los ingleses estuvieran reforzando el istmo de forma que los Panzer no pudieran actuar. Pensó que quienes tenían esa información, después de haber extremado los cuidados para que los datos de Félix no estuvieran más que al alcance de un número muy restringido de personas, se reducían al propio Warlimont y a sus dos secretarias. Nadie más podía estar al tanto. Había compartido los detalles con el Führer, y el mariscal Keitel había estado presente. Su esposa tenía conocimiento de que en su cartera se guardaban los papeles de aquella operación, pero siguiendo su costumbre no había hablado con ella de asuntos de trabajo.

—¿Qué datos son esos?

—Primero respóndame a una pregunta. ¿Cuál es el nombre del portero de su casa?

—¿Por qué me pregunta eso?

—¿Se llama Hermann?

—Sí, su nombre es Hermann… Hermann Karsten.

—Ese es el topo.

El general no podía creerse lo que Canaris acababa de decirle.

—¿Está seguro?

—En la documentación descifrada se alude a él como Hermann. Le diré que no es habitual, sino muy extraño. En los servicios secretos a ciertas personas se las denomina con apelativos.

—Entonces ¿cómo se explica que en este caso lo hayan hecho?

—La explicación no es fácil; aun así, supongo que probablemente lo han hecho porque en Berlín habrá muchos miles de individuos con ese nombre.

—Pero usted me ha preguntado por el nombre del portero de mi casa. ¿Es que hay alguna referencia a esa circunstancia?

—Eso es lo sorprendente. Por dos veces se alude al portero en la documentación.

A Jodl le costaba trabajo creerlo.

—¿No ocurrirá lo mismo que con el capitán Liebermann? Su riqueza concentró en él las sospechas y sin embargo…

—Aquello eran elementos externos, Jodl. Para que lo entienda, se trataba de conjeturas con cierto fundamento. Lo que ahora tenemos son pruebas internas.

—¡Me cuesta tanto creer que Hermann…!

—Será cuestión de vigilarlo un par de días. Usted debe estar prevenido. Esto es todo lo que quería decirle. Lo tendré al corriente de cómo marcha este asunto.

—Muchas gracias, almirante.

Jodl colgó el teléfono, recogió unos papeles y se marchó a su casa. Durante el trayecto buscó una explicación a lo que Canaris le había revelado. Superada la impresión de la noticia, empezaba a atar los primeros cabos. Hermann tenía una llave de su vivienda y eso le permitía acceder con gran facilidad. Habría aprovechado los jueves, cuando Martha no estaba en el apartamento y él y su esposa tampoco.

Se preguntaba desde cuándo espiaba para el MI6 y cuánta información podría haberle pasado.

Cuando Jodl llegó a la puerta de su casa la tormenta descargaba toda su furia sobre Berlín.

—No se baje, Otto.

Salió rápidamente empuñando su cartera, sin darle tiempo a responder. Se coló en el portal sacudiéndose el agua y quitándose la gorra.

—*Heil Hitler!*

Singer emergió de la penumbra extendiendo el brazo y sorprendiendo al general.

—¿Qué demonios hace aquí con este aguacero? —le preguntó al tiempo que se sacudía el agua del uniforme.

—Cumplo órdenes.

—¡Explíquese! —le exigió Jodl.

—El comandante Reber me ha ordenado informarle de los detalles de la denuncia presentada contra el capitán Liebermann.

—Sólo quiero el nombre del denunciante.

—Hermann Karsten, el portero de su casa.

—¿Cómo ha dicho?

—Quien presentó la denuncia fue Hermann Karsten.

—Supongo que la fundamentaría… ¿O admiten cualquier denuncia que les presenten?

—Estaba fundamentada. Afirmó que Albert Liebermann vivía muy por encima de las posibilidades de un capitán de la Wehrmacht y que estaba seguro de haberlo visto con uno de los individuos que sorprendió a la salida de su apartamento la noche del robo. Vi lógico que no quisiera que su nombre apareciera en la denuncia al tratarse del portero del inmueble donde usted vive y estar el capitán a sus órdenes. Me dijo que una vez que la investigación concluyese no tenía inconveniente en…, digamos, salir a la luz.

Un relámpago iluminó las sombras del portal y Jodl vio fugazmente a Hermann, que había aparecido detrás del mostrador de la portería empuñando una pistola.

—¡Canalla! —gritó abriendo fuego contra Singer.

Lohse tardó unos segundos en reaccionar dando tiempo al portero a vaciar el cargador sobre el cuerpo del teniente, que se agitaba a cada impacto que recibía.

El disparo de Lohse fue certero y Hermann se desplomó tras el mostrador.

En los minutos siguientes reinó el caos en la casa. La esposa del general y Martha habían bajado a toda prisa. Algunos vecinos habían confundido los disparos con una cadena de truenos de la tormenta. Los agentes de Canaris aparecieron minutos después de los disparos. Alguien había llamado al hospital y llegaron unos enfermeros. También se presentó corriendo el agente de la Gestapo que vigilaba la casa, quien avisó a la comisaría. Todo ello en medio del aguacero que seguía descargando con intensidad.

Singer murió en el acto y Hermann, gravemente herido, fue trasladado al hospital, adonde lo acompañaron los agentes de Canaris, dispuestos a interrogarlo.

Jodl aguardaba en el comedor del Splendid la llegada de Canaris. La mañana era luminosa y tranquila. Era la calma que seguía a la tormenta que se había desatado la víspera. A medianoche lo había llamado el almirante, comunicándole que Hermann Karsten había muerto, pero que antes había revelado a sus hombres algunas cosas de interés. Jodl esperaba que el almirante le pudiera desvelar alguna de ellas. Al menos eso le había insinuado la víspera.

Canaris, rompiendo su costumbre, llegó con casi media hora de retraso.

—Discúlpeme, Jodl, pero creo que mi tardanza está justificada. ¡Asómbrese, la Gestapo me ha facilitado unos datos de gran interés!

—¿Referidos a este asunto?

—Sí, han averiguado que la pistola con la que Hermann mató al teniente Singer era la Walther del capitán Liebermann.

—¿Hermann lo asesinó?

—No hay mucho margen para la duda. Se la llevó a cambio de la que dejó en su mano. La Gestapo investiga ahora cómo pudo hacerse con esa pistola, que pertenecía a un oficial de la Wehrmacht destinado en París y que había denunciado su desaparición hacía meses.

El camarero les sirvió la bollería, un cesto con panecillos.

Pidieron té y café.

—Bueno, cuénteme lo que Hermann ha revelado a sus hombres.

—Cerró con ellos un acuerdo para proteger a su esposa. Nosotros lo respetaremos. Otra cosa será lo que la Gestapo apriete.

—Cuéntemelo todo.

—Los británicos lo captaron hace dos años. Piense que tenía acceso a su casa sin levantar sospechas.

—Jamás lo habría imaginado. ¿Lo hizo por dinero?

—No, por venganza.

—¿Cómo dice?

—Al parecer, Hermann Karsten tenía un hermano gemelo que era homosexual, al que profesaba gran cariño. El teniente Singer le propinó una paliza tan brutal que lo mató, y Hermann juró vengarse. Empezó por afiliarse al partido para cubrirse las espaldas y comenzó a maquinar, sabiendo que la venganza requiere su tiempo. Los británicos entraron en contacto con él después de enterarse de lo ocurrido a su hermano.

—¿Por qué se fijaron en Hermann?

—Dado que era el portero de su inmueble, dedujeron que podría facilitarles cierta información. Luego Hermann se hizo con la pistola con la que mató a Liebermann y buscó su oportunidad. Facilitó el acceso de los agentes británicos a su casa, general, para que le pincharan el teléfono y pudieran fotografiar la documentación que había en su cartera, aunque ese trabajo lo hacía Hermann de vez en cuando. Fueron los británicos quienes tuvieron el descuido de dejar en otro sitio la grapadora, y él no debió de darse cuenta. Les facilitó la entrada a su domicilio porque él no sabía cómo pinchar su teléfono. El robo de las joyas de su esposa era el señuelo para atraer a Singer al presentar la denuncia en la comisaría de Unter den Linden, donde estaba adscrito. Hermann sabía que el teniente era ambicioso y que no dejaría escapar las posibilidades que le podía ofrecer un caso como ese.

—Entonces ¿la historia de que sorprendió a unos desconocidos…?

—Un invento para explicar el robo de las joyas, que era una cortina de humo para fijar la atención fuera de su despacho, general. También confesó antes de morir que dio la información para que acabaran con la vida de Angela Baum.

—¿Cómo sabía Hermann que Angela Baum era una espía?

—Esa información se la habría facilitado el MI6 y por alguna circunstancia que desconozco él supo que Angela Baum estaba en el Saint Paul. —Al oírlo, Jodl recordó que Martha le había dicho que Hermann le entregaba las cartas que su amiga le escribía desde Londres—. Pero surgió un problema inesperado con el que los británicos no habían contado.

—La visita de Martha a su amiga.

—Exacto. Según ha contado, ella los descubrió y se vieron obligados a drogarla y a comunicar a Hermann lo ocurrido. Estaban dispuestos a matarla, pero él se negó y se hizo cargo de ella. La controló los días que estuvo desaparecida, manteniéndola sistemáticamente drogada.

—¿Dónde la retenía?

—Encerrada en el sótano. Sabía que era un sitio seguro porque a ese sótano sólo entraba él y, de forma esporádica, los trabajadores que descargaban el carbón para alimentar la caldera de la calefacción del edificio.

Jodl recordó también que Martha, cuando se le pasaron los efectos de la droga, les contó que en ocasiones creía haber visto entre sueños a Hermann. Eso explicaba asimismo que fuera el portero quien la «encontrara» merodeando por los alrededores.

—¿Por qué se negó a que los británicos la mataran?

—Mis hombres le hicieron esa misma pregunta y les

respondió que su único objetivo era Singer. Mantenerla con vida, habiendo concentrado en ella todas las sospechas del teniente, era la forma de atraerlo. También les dijo que tuvo un par de oportunidades de acabar con él antes de que ayer le vaciara un cargador, pero que habían surgido problemas en el último momento.

—No me explico cómo un hombre con su apariencia ha podido tener la sangre fría que ha mostrado durante todos estos días. En resumidas cuentas, almirante, esto ha sido la historia de una venganza que se ha dilatado mucho en el tiempo.

—Así es. Como suele decirse, la venganza es un plato que se sirve frío. Hermann aguardó mucho tiempo, aunque al final tuvo que vengarse de una forma muy diferente a como seguramente había planificado.

—¿Y la muerte de Liebermann? ¿Por qué mató al capitán?

—No lo sabemos. Murió antes de que mis hombres pudieran preguntarle sobre eso. Lo único que han podido hacer es elaborar una hipótesis.

—¿Cuál?

—Que Hermann Karsten tuvo conocimiento de la riqueza del capitán por algún procedimiento y creyó que era una buena forma de alejar de él las posibilidades de que descubrieran su labor de espionaje. Debía de estar obsesionado con el desplazamiento de objetos en su despacho. Como le digo, sobre la muerte de Liebermann lo único que tenemos es una teoría. También es posible que después de haber presentado una denuncia, pensara que tendría problemas si se comprobaba que el capitán nada tenía que ver con el MI6, así que lo planificó todo como si fuera un suicidio. La verdad es que la muerte del capitán es un punto oscuro que ha quedado por resolverse. Esto es lo que quería que supiera, general.

—Se lo agradezco mucho, almirante. Se trata de un asunto doloroso, pero al menos tengo la tranquilidad de que nadie en el OKW es un traidor. Aunque jamás habría imaginado que Hermann...

Jodl salió del Splendid pensando que el portero había espiado hasta el último momento. Por eso, los británicos estaban reforzando el istmo para impedir el paso de los Panzer.

44

Algeciras

Seisdedos había llevado a Leandro a una vivienda medianera con unos cocherones frente a un almacén del puerto. Allí los dejó Guillermo cerca de la una de la madrugada. Pensó que aquel sitio sería la «bala en la recámara» a la que se había referido cuando él llegó a Algeciras y le llamó la atención tener alojamiento en un hotel como el Reina Cristina.

Leandro le contó con detenimiento el episodio con Cansinos y luego le explicó lo que tenía pensado hacer, sin darle muchos detalles. Seisdedos escuchaba en silencio, barruntando que se había vuelto loco.

—Me temo que no has calibrado el riesgo. ¿Te merece la pena por una tía que está liada con ese falangista? Cansinos es uno de los amos de Algeciras. Aquí no se mueve nada sin que él lo sepa. Ha sido mala suerte que te hayas ido a dar de bruces con ese tipo. No tenía ni idea de que esa Mercedes estuviera liada con él. Si lo hubiera sabido... El comandante tampoco debe de estar informado, porque en caso contrario no te habría comentado que vivía aquí.

—Esa relación no es lo que parece.

—Déjate de pamplinas. A esa tía se la está follando ese sinvergüenza.

Leandro agarró a Seisdedos por la pechera. Sin embargo, lo soltó rápidamente y se disculpó.

—Lo siento, pero no vuelvas a referirte a ella en esos términos.

—No pensé que te hubiera dado tan fuerte...

—No es lo que estás pensando. Conozco a Mercedes desde hace años. Su marido y yo combatimos juntos a las órdenes del comandante. Es una mujer extraordinaria. Quizá no debería explicártelo..., pero como al final te vas a enterar te lo contaré.

En pocas palabras lo puso al tanto de la historia de Mercedes.

—¡Qué hijo de la gran puta! Entonces... ¿Mercedes no es viuda?

—No, Seisdedos. La barriga que tiene se la ha hecho su marido. Esa es la razón por la que ha accedido a las pretensiones de ese canalla. ¿Entiendes ahora por qué le he dicho a Cansinos lo que se merecía?

Seisdedos asintió con la cabeza.

—¿Qué piensas hacer?

—Voy a intentar sacar a Tavera de ese sótano.

—¡Eso es una locura!

—No lo es si Walton me ayuda. Tengo una información importante para el *mister* que he conseguido en la Venta de Miraflores. Si la quiere, tendrá que echar una mano. Como te dije antes, cuando llamaste a la puerta de mi habitación, estaba hablando con él. Creí que eran Cansinos y sus secuaces. No pensé que el tabernero te pudiera avisar tan rápidamente.

—¿Qué plan tienes? Dime cómo podemos ayudarte. No es que dispongamos de medios, pero cuenta con Guillermo y conmigo. Tenemos alguna gente dispuesta siempre a echar una mano. Estoy para ayudarte, es lo que me encargó el comandante. Lo que no se imaginó era la clase de ayuda que iba a tener que prestarte.

—Necesitaré… Bueno, no sé muy bien lo que voy a necesitar hasta que vuelva a hablar con Walton. Por lo pronto, un refugio como este y poder hablar por teléfono.

—Cuenta con las dos cosas.

Seisdedos se despidió de Leandro estrechándole la mano. Antes de marcharse sacó una de las dos pistolas que llevaba ocultas bajo su chaqueta.

—Toma. Este sitio es seguro. No creo que venga nadie esta noche. Pero… por si las moscas. Mañana estaré aquí a primera hora. Ya me contarás.

Leandro estaba cada vez más arrepentido de haberlo agarrado por el pecho. Había acudido a su llamada inmediatamente y lo había sacado del hotel.

—Lamento mucho lo ocurrido antes. Lo siento de veras.

—Eso ya está olvidado.

Un jergón de paja sobre un catre y una manta bastante raída le permitieron estar tendido y relajar algo los músculos. Había pasado noches en sitios mucho peores. Las horas transcurrían lentas y silenciosas. Permaneció casi inmóvil temiendo que cualquier ruido lo delatase. No pegó ojo en toda la noche y estuvo dando vueltas a la forma en que plantearía a Mercedes lo que llevaba tramando desde que la había visto alejarse hacia su casa la tarde que había quedado con ella en la ermita del Cristo de la Alameda.

El plan que había trazado era factible. Si Walton cumplía su palabra, una vez que contara con los pasaportes todo resultaría mucho más fácil. Pero conforme pasaban los minutos una cuestión terminó obsesionándolo. Mercedes no tenía ni idea del plan que él había ideado.

Podía no estar de acuerdo, y entonces toda la presión que había ejercido sobre Walton no habría servido para nada. También había que contar con la opinión de Tavera. La amargura que había visto en la mirada de Mercedes le servía de acicate para pensar que no desaprovecharía una oportunidad como aquella para escapar del fangal donde estaba metida. El riesgo era grande, pero merecía la pena intentarlo. Era una oportunidad y, si ella no acababa de verlo, tendría que convencerla. Tavera no era un cobarde y seguro que aceptaría el riesgo con tal de no prolongar una hora más el martirio al que se hallaban sometidos él y su mujer. Tenía que ir a la calle Prim y convencerlos. Para ello habría que burlar a la policía que a buen seguro estaría al acecho y ya habría preguntado entre el vecindario, donde tendría más de un soplón.

Antes de que amaneciera, los ruidos propios del puerto aliviaron el silencio de la noche y después una claridad creciente, acompañada de un mayor volumen de actividad, llevó a Leandro a abandonar el camastro. Estaba impaciente por ver aparecer a Seisdedos.

A las ocho nadie había dado señales de vida. Para matar el tiempo desmontó la pistola, una Luger P8 idéntica a la que había tenido durante la guerra y que le requisaron los franceses cuando lo metieron en el campo de internamiento. El cargador tenía ocho balas. La montó —hubo un tiempo en que podía hacerlo con los ojos cerrados—, introdujo una bala en la recámara y le puso el seguro.

Unos minutos antes de las nueve oyó una llave girar en la cerradura. Se pegó a la pared y empuñó la pistola. Notó que se le aceleraba el pulso y contuvo la respiración.

—¿Leandro? ¿Leandro? —lo llamó Seisdedos después de cerrar la puerta.

Leandro soltó la pistola y expulsó lentamente el aire que tenía en los pulmones.

—Estoy aquí —respondió asomándose—, ya empezaba a impacientarme. ¿Algún problema?

—Ninguno, pero he preferido esperar a que en el puerto haya más movimiento. Así se pasa más inadvertido. Aquí tienes. —Le mostró una sarta de churros sujetos en un junco y una botella llena de café con leche—. Estarás hambriento.

Mientras Leandro daba cuenta de los churros, con hambre acumulada desde el almuerzo del día anterior en la Venta de Miraflores, Seisdedos le preguntó:

—¿Has pensado algo?

—Tengo que visitar a Mercedes y volver a hablar con Walton.

—Ir a la calle Prim es un suicidio. A estas horas la policía tendrá tu descripción y andará buscándote por todas partes. Uno de los sitios más vigilados será la casa de Mercedes.

—Pues tengo que verla como sea.

Seisdedos miró la cartera de Leandro. Estaba sobre una silla de anea.

—¿El plan que tienes ha de hacerse inmediatamente?

—¿Qué quieres decir?

—Te pregunto si te da lo mismo ponerlo en marcha hoy que mañana.

—Cada hora que pasa aumenta el peligro.

Leandro terminó en poco rato con los churros y el café con leche, y se limpió la pringue de las manos con un pañuelo.

—El peligro está en precipitarse. Ir a la calle Prim es meterte en la boca del lobo.

—¿Dime entonces cómo hablo con Mercedes?

—Puedo actuar de correo.

—No quiero que corras ese riesgo.

—Estoy en riesgo permanente y lo tengo asumido.

En este asunto cuento con una ventaja muy importante. La policía no me relaciona con Mercedes.

—En eso tienes razón.

—Entonces asunto decidido. Pero hay que hacerlo a mi manera, y eso significa sin prisa. Esta casa es un sitio seguro y puedes estar en ella varios días, tal vez el tiempo que necesite Walton para arreglar lo que tú quieres. ¿Qué te parece?

Lo que Seisdedos le proponía era de una lógica aplastante. Lo que no sabía era cómo iba a ingeniárselas para hablar con Mercedes sin levantar sospechas, y tampoco tenía claro que ella le prestara atención.

—Está bien.

—Entonces... —Miró la cartera de Leandro otra vez—. Saca papel, y escribe a Mercedes una nota que le permita identificarla como tuya y dámela.

Leandro sacó uno de los albaranes de Benítez y Compañía y escribió unas líneas bajo la atenta mirada de Seisdedos. Cuando terminó leyó la nota, colocó un par de acentos y corrigió una palabra.

—Si te cogen con este papel...

—Por eso no te preocupes. Servirá para convencer a Mercedes y quizá conseguir que venga. Tú lo que tienes que hacer es no impacientarte. Para que estas cosas salgan bien, hay que llevarlas a cabo sin prisas.

—Cómo tú digas, Seisdedos. ¿Hay un locutorio en el puerto? He de ponerme en contacto con el inglés.

—¿Te has vuelto loco? Los locutorios estarán vigilados. Tienes que hablar con Walton desde un lugar seguro. Lo harás desde casa de don Horacio. ¿Qué hora es?

—Las nueve y veinte.

—Guillermo vendrá a las diez. Cuando oigas un coche que se detiene ante la puerta y no apaga el motor, sal al instante y súbete en el vehículo. ¿Entendido?

—Estaré esperándolo junto a la puerta.

—Muy bien. Toma la llave, tendrás que abrir y cerrar. Guillermo te llevará a casa de don Horacio y allí te recogerá a las dos para que, si hay demora con la conferencia, no haya problema. Te traerá hasta aquí, donde aguardarás a que yo aparezca. Si tardo, no te impacientes.

—Está bien. Dime una cosa, ¿don Horacio cómo está de dinero?

—Como todos. ¡A la cuarta pregunta! Era médico, y como sabes a muchos de los de su profesión los purgaron. Se salvó del paredón de milagro. ¿Por qué lo dices?

—Por las conferencias. Me gustaría hablar con otra persona y no quiero abusar. Menos todavía si...

—No te preocupes por eso. Aunque si le dejas unos durillos, no le vendrán mal.

Cuando Seisdedos se marchaba Leandro lo sujetó por el brazo y le dijo:

—Gracias. No sé cómo podré pagarte todo esto.

—Bueno..., también tú estás haciendo lo que puedes, ¿o no?

—Por si te sirve de algo, Mercedes va a la ermita del Cristo de la Alameda a las siete todas las tardes. Quizá allí...

—Es bueno saberlo, aunque a mí los curas y las iglesias...

Leandro efectuó la primera llamada a Benítez y Compañía. Necesitaba hablar con Amalia y no quería, si había mucha demora, que se marchara de la oficina. Tuvo que aguardar casi una hora hasta que por fin escuchó su voz. Sonó alarmada.

—¿Ha ocurrido algo, Leandro?
—¿Por qué lo dices?

—La policía ha estado aquí haciendo preguntas. Querían saber qué hacías en Algeciras y si sabíamos cómo localizarte. El señor Benítez está preocupado y muy nervioso. ¿Qué ha pasado?

—Es una historia complicada y larga de contar, pero trataré de resumírtela.

Leandro necesitó un cuarto de hora para poner a Amalia al corriente de lo sucedido en Algeciras. También le respondió a algunas preguntas. Cuando colgó el teléfono estaba mucho más inquieto que cuando llamó. Conforme iba explicando a Amalia lo ocurrido, comprendió que no podría regresar a Benítez y Compañía, ni utilizar el nombre de Leandro San Martín. Le dio la impresión de que Amalia pensaba lo mismo. Ninguno de los dos lo dijo.

—¿Quieres hablar con el señor Benítez?

—Mejor no. Mañana hablaré con él.

—Ándate con mucho cuidado. ¡Tengo tanto miedo...!

—No te preocupes, cuento con muy buenos amigos. Te quiero mucho, Amalia.

—También yo a ti, Leandro.

Cuando colgó, tenía decidido que, después de hablar con Walton, volvería a llamarla.

Mejor sabor de boca le dejó la conversación con el inglés. Walton tenía resuelto lo de los pasaportes. Se los emitirían en Gibraltar, pero necesitaba las fotografías. Le proponía que un coche oficial gibraltareño lo recogiera en el lugar que él designara cuando todo estuviera previsto. No podía ofrecerle garantías absolutas de que no hubiera problemas al cruzar la frontera, pero las posibilidades de que llegaran a territorio británico con éxito eran muy elevadas. Leandro aceptó, y le dijo que lo llamaría al cabo de dos días para concretar los detalles y que entonces le daría la información que poseía.

—Espero que sea tan importante como afirma. He

tenido que tocar muchas teclas para poder hacerle esa propuesta.

—No se arrepentirá, Walton, se lo prometo. Usted agilícelo todo.

—No puedo hasta que usted me entregue esas fotografías. ¿Cómo piensa hacérmelas llegar?

—Mande mañana a recogerlas a una taberna que se llama Casa Andrés. Está frente al hotel Reina Cristina. No tiene pérdida.

—Muy bien. ¿A las once?

Leandro pensó que cualquier hora sería aceptable. Tenía que conseguir las fotografías esa noche.

—Es una buena hora.

—Por cierto, ¿sabe que los alemanes se han marchado esta mañana de Algeciras?

—No lo sabía. ¿Cómo se ha enterado?

—Sé que han dejado las habitaciones y que han pedido la cuenta. Como sé que usted abandonó anoche el hotel sin decir adiós. He pedido que liquiden la cuenta, si falta abonar algo, para no dejar asuntos pendientes. Lo que me temo es que no va a recuperar sus maletas. La policía se ha incautado de ellas.

Eran las doce y media cuando Leandro colgó el teléfono por segunda vez. Volvió a pedir una nueva conferencia, que supuso casi una hora de espera. Pensó en lo acertado que Seisdedos había estado al decirle que Guillermo lo recogería a las dos. Mientras aguardaba la conferencia, tuvo mucho tiempo para escoger las palabras con las que diría a Amalia que no podía volver a Madrid. Lo mejor era hablarlo. La idea de marchar al otro lado del Atlántico, que barajó después de morir su madre, no era ya una posibilidad sino una necesidad imperiosa. Amalia debía saberlo.

El teléfono sólo sonó una vez.

—Amalia...

—¡Leandro! —exclamó ella, sorprendida al oír de nuevo su voz.

No pudo decirle nada de lo que había previsto durante la hora que había estado aguardando. Ella no lo dejó hablar. Cuando colgó, estaba estupefacto.

Sacó dos billetes de cien pesetas y los colocó de forma que cuando don Horacio descolgara el teléfono cayeran al suelo.

45

Desde que Guillermo lo dejó en la casa refugio con una fiambrera en la que había un picadillo de tomate y lechuga y unas sardinas desmenuzadas, Leandro había pasado por diversos estados de ánimo.

Las primeras horas transcurrieron bastante deprisa. Comió despacio y guardó algo por si no había cena. Después estuvo revisando toda la documentación del contrato con Távora y Canales. Todo estaba en orden. Utilizando un albarán, escribió una carta al señor Benítez puntualizándole los pormenores de su trabajo y despidiéndose de la empresa sin darle muchas explicaciones. En otro albarán, le detalló los pedidos colocados en las otras tiendas que había visitado. Luego lo metió todo en el sobre que en Távora y Canales le habían dado con la documentación, lo cerró después de varios lengüetazos en la solapa, puso la dirección de Benítez y Compañía, se inventó un remitente y lo guardó en la cartera.

A partir de entonces su preocupación creció conforme pasaban los minutos sin que Seisdedos diera señales de vida. La tarde avanzaba, y cuando empezó a anochecer encendió el cabo de cera de sebo que lo había alumbrado la noche anterior. Se lo había proporcionado Seisdedos, advirtiéndole que no lo sacara de la habitación donde estaba el camastro. Se sentía inquieto por la tardanza y con la duda de si Seisdedos habría podido hablar con Mercedes. Los sonidos propios del puerto fueron apagándose lentamente.

Daba cuenta de los últimos restos que quedaban en la fiambrera cuando un ruido en la cerradura lo alertó. Eran casi las nueve de la noche. Empuñó la pistola y se pegó a la pared con el oído atento. El corazón otra vez se le había desbocado. Lo tranquilizó comprobar que al leve chirrido de la puerta lo acompañó de nuevo el ruido de la llave en la cerradura. Después oyó que Seisdedos decía algo a quien había entrado con él. Salió a su encuentro y vio que Seisdedos vestía un traje oscuro, anticuado y un tanto ajado, que le daba un aire de respetabilidad. Con disgusto descubrió que quien lo acompañaba no era Mercedes, sino Guillermo. Disimuló como pudo su contrariedad.

—¡Por fin! ¿Qué ha ocurrido?

—Menos mal que te dije que no te impacientaras.

—¿No has podido convencer a Mercedes para que viniera? —Leandro no estaba para comentarios y menos todavía para regañinas.

—No ha sido fácil, pero la he visto y he hablado con ella.

—¿Dónde? ¿Cuándo?

—En la ermita del Cristo de la Alameda. La calle Prim era lo más parecido a un enjambre de moscas.

—Los enjambres son de abejas.

—Pues de abejas. Lo digo porque aquello tenía más vigilancia que El Pardo. Era imposible acercarse a su casa sin que la policía preguntara. Cansinos se ha tomado la ofensa muy en serio. Al ver cómo estaba aquello, me di cuenta de que la única posibilidad de hacerle llegar tu nota y hablar con ella sería cuando saliera para ir a la ermita y darle a las letanías y las jaculatorias. Por eso me vestí así. —Seisdedos se abrió de brazos—. De esta guisa me planté en la iglesia apenas el monaguillo abrió la puerta. Me senté en el último banco y aguardé. Mercedes llegó a eso de las siete y al cabo de veinte minutos, de rodillas para no despertar sospechas —aclaró Seisdedos— y tras comprobar que ninguno de la secreta la había seguido, simulé ir a rezar a la imagen junto a la que ella estaba. Le dije que iba en tu nombre y le pasé la nota con disimulo. La puso en el libro que llevaba y la leyó sin llamar la atención. Mercedes quiso saber dónde estabas, y le dije que en sitio seguro y le pregunté si podía venir a verte.

—¿Qué te contestó?

—Que no, que la seguirían y te descubrirían. Esa Mercedes no tiene un pelo de tonta…

—¿Qué hiciste entonces?

—Le propuse que tú la visitaras esta noche. Primero se negó diciendo que era un suicidio. Le expliqué el plan y, después de mucho insistir, ha accedido. Será a la una.

—¿No habrá policía?

—No lo sé. Pero si hay, a esas horas no serán muchos. Probablemente habrá una pareja, y estarán adormilados. Guillermo y yo nos encargaremos de ellos. La puerta de la casa de Mercedes se abrirá con que la empujes.

—Con eso de que… vosotros os encargaréis de los policías, ¿qué has querido decir?

—No te preocupes. Eso corre de nuestra cuenta. ¿Qué tal te ha ido con el inglés?

—Bien. Él se ha avenido a facilitar las cosas. Ahora el principal problema es que necesita las fotografías para hacerles los pasaportes.

—Pues sí que es un problema…, ¡y de los gordos! ¿Cómo piensas solucionarlo? En el peor de los casos, Mercedes podría ir al fotógrafo, pero su marido…

—Algo se me ocurrirá.

Guillermo miró la fiambrera vacía.

—¿Cómo estaba la ensalada?

—Como si fuera jamón —respondió Leandro.

—Vendremos a recogerte a las doce y media. Iremos andando hasta la calle Prim. Estate preparado. Ahora este y yo nos vamos.

Seisdedos fue puntual. Llegó justo a las doce y media, solo.

—¿Dónde está Guillermo? —preguntó Leandro al no verlo.

—Nos espera en la esquina, pendiente de cualquier movimiento extraño. ¿Listo?

—Sí.

—Entonces, en marcha.

Los tres caminaban en silencio. Las calles estaban solitarias y era mejor no hacer ningún tipo de ruido. En un cuarto de hora, siempre que no tuvieran un mal encuentro, estarían en la calle Prim. Cuando les faltaba poco para llegar, Seisdedos dijo a Leandro:

—Tú aguarda aquí. La casa de Mercedes está a menos de cincuenta metros. Aquellos que están fumando son los policías que montan guardia. Es una buena señal.

—¿Por qué lo dices?

—Porque no verlos significaría que están al acecho. Pero se los ve confiados. Tendrás que mostrarte sereno. No corras, que son pocos metros; camina como si pasearas por la calle y no te despegues de la pared. ¿Entendido?

—Pero... ¿vosotros qué vais a hacer?

—Entretenerlos.

—¿Cómo?

—Ya lo verás. No eches a andar hasta que yo los tenga entretenidos. ¡Suerte, Leandro! —Seisdedos le estrechó la mano y miró a Guillermo—. Tú observa, que luego te toca a ti. ¿Tenéis los relojes a la misma hora?

—La una menos doce minutos —dijo Guillermo.

—Exacto —corroboró Leandro.

Seisdedos sacó del bolsillo una botella de petaca con coñac, le dio un trago y echó a andar soltando frases ininteligibles en un tono más alto de lo que la hora recomendaba. Inmediatamente llamó la atención de los policías, que lo vieron acercarse y comentaron algo entre sí. A Seisdedos le costaba mantener la verticalidad y caminar derecho. Cuando llegó a su altura preguntó algo imposible de entender. Leandro caminó entonces por la acera de enfrente, donde estaba la casa de Mercedes. Era una sombra que se desplazaba, silenciosa, pegada a la pared. Seisdedos seguía dando la tabarra a los policías. Hasta que uno le soltó una bofetada que lo echó por tierra haciendo añicos la petaca de coñac.

Seisdedos se levantó con dificultad, llevándose la mano a la boca.

—¡Si no te marchas a tu casa te inflo a hostias y duermes la mona en comisaría!

—No se…, se ofen…, ofenda mi sar…, sargento, que yo sólo quería… invitarlos a un bu…, buchito. Ya me iba… Ya…, ya nos vamos…, mi botella y yo.

Seisdedos miró los cristales y el coñac derramado en el pavimento. Se dio la vuelta y se perdió por el mismo sitio por donde había llegado sin dejar de dar grandes camballadas dado su estado de embriaguez.

—¡Cómo olía a coñac! Si no fuera porque tenemos que estar aquí, haciendo el panoli pendientes de esa puta, habría arreglado yo a ese borracho.

Apenas dobló la esquina, Seisdedos se estiró recomponiendo la figura y se llevó la mano al mentón. Miró a Guillermo, privilegiado espectador de su representación.

—¿Qué te ha parecido? —le preguntó mientras se alejaban a toda prisa.

—¡Vaya leche que te ha dado!

—Pues ve preparándote porque la tuya puede ser peor.

—Me parece que no.

—¿Cómo dices?

—Cuando he visto cómo rodabas por el suelo he pensado que eso puede hacerse de otra forma. Escucha...

Leandro, por su parte, trataba de normalizar su respiración mientras Mercedes echaba la tranca con mucho cuidado. Luego se abrazó a él, temblando. Pasaron unos segundos antes de que se deshiciera el abrazo.

—¿Te han visto?

—No creo. Seisdedos es un artista.

—¿El borracho al que le han dado la bofetada era Seisdedos?

—No estaba borracho. Ha sido una representación. Y además de artista, es un valiente.

—Puedes asegurarlo. Hoy se arriesgó mucho para entregarme tu nota. Si hubieras visto cómo ha estado la calle de policía todo el día... Cansinos te la tiene jurada. No has debido venir. ¿Qué piensas hacer?

—Vamos adentro.

—Sí. Diré a Antonio que salga.

A la luz de la sala adonde lo llevó Mercedes, Leandro pudo ver que el moratón había tomado una coloración distinta y no había disminuido de tamaño. La miraba mientras ella retiraba la alfombra y abría la trampilla.

—Antonio, sal. Julio ya está aquí.

Antonio Tavera debía de estar muy cerca de la trampilla porque al instante emergió del sótano. Estaba tan pálido que su aspecto impresionaba. Los dos amigos se quedaron un momento inmóviles, frente a frente, antes de fundirse en un abrazo. A Leandro se le formó un nudo en la garganta al ver que a Tavera no sólo se le saltaban las lágrimas sino que le resultaba imposible contener el llanto. Se imaginó el infierno en el que vivía.

Mercedes y él aguardaron en silencio a que se desahogara por completo. Entonces Antonio pidió a su mujer un vaso de agua y se serenó, al menos aparentemente. Dio las gracias a Julio por lo que había hecho y le pidió que le contara qué había sido de su vida. Leandro le relató su huida y regreso a España, la razón de su trabajo en Benítez y Compañía, y le habló de Amalia y de su viaje a Algeciras. También le explicó quiénes eran Seisdedos y Guillermo.

Tavera fue mucho más parco, sobre todo en lo referente a su vida en Algeciras.

Satisfechas las curiosidades, Leandro les explicó su plan. Después de ver a Antonio, no le extrañó que lo aceptaran sin rechistar. Cualquier posibilidad de escapar de aquella infamia en la que vivían era bien recibida.

—El problema principal es que necesito unas fotografías vuestras para que confeccionen los pasaportes. No sé cómo vamos a resolver ese requisito.

—Conservo el carné de oficial del ejército de la República. ¿Dónde lo tienes guardado, Mercedes?

—En el fondo del último cajón de la cómoda.

—No sé si servirá, pero si es lo que hay… ¿Y tú, Mercedes? ¿Tienes alguna foto?

—Una de hace poco más de un año.

—Veamos esas fotos.

Mercedes se las llevó de inmediato y Leandro las miró detenidamente como si fuera un experto.

—Creo que servirán.

Las palabras de Leandro fueron acogidas con alivio.

—¿Quién va a falsificar los pasaportes?

—No serán falsos, Antonio. Serán auténticos. Los falsos seréis vosotros —comentó Leandro con una sonrisa—. ¿Tenéis preferencia por algún nombre?

—El que tú elijas será bueno —respondió Mercedes.

—En ese caso, centrémonos en preparar vuestra salida de aquí. Antonio, a ti te sacaremos por la noche. Mercedes, como puede salir a la calle, lo tiene más..., más fácil.

—¿Cuándo será? —preguntó con ansiedad Antonio.

—Estaremos pendientes para ver qué pasa con la vigilancia. Si la retiran, saldrás mañana por la noche. Si siguen ahí..., ya veremos.

—No se irán tan fácilmente. Cansinos no bajará la guardia —declaró Mercedes—. Seguro que está urdiendo alguna trampa.

—¿Adónde iremos? —Tavera estaba nervioso.

—A Gibraltar, para eso necesitamos los pasaportes.

—Julio, ¿tú cómo vas a salir ahora de aquí? —le preguntó Mercedes.

Leandro no se molestó ya en corregirla.

—A las dos y media un amigo tratará de entretener otra vez a los policías. Tengo que aprovechar para salir pitando.

—¿Cómo sabrás que los está entreteniendo?

—A esa hora estaré junto a la puerta.

—Muy fácil lo ves.

—Hay un riesgo..., como lo había para entrar.

—Será más difícil salir.

—No lo creas. Ahora escuchadme con atención. No disponemos de mucho tiempo y lo que tengo que deciros es muy importante.

—También yo tengo algo que decirte.

—Después, Antonio.

—No, ahora.

—Si te empeñas...

—Quiero que sepas que no tendré con qué pagarte jamás lo que ayer hiciste por Mercedes.

—Bueno…, tampoco fue tanto. Debería haberle soplado un par de bofetadas a ese malnacido.

—No habrían estado de más. Pero lo que hiciste fue…, fue muy importante. Quería que lo supieras. Ahora di lo que tengas que decir.

Leandro le habló de una casa próxima a la de Mercedes que podría ser útil en el plan que expuso a Seisdedos.

Unos minutos antes de la hora convenida, Antonio estaba de nuevo en el sótano, como medida de precaución. Leandro se encontraba junto a la puerta, que Mercedes había desatrancado. Ella, con los brazos cruzados sobre el pecho, bisbiseaba una oración. Justo a las dos y media se oyeron unos gritos algo lejanos pero que resonaban con fuerza en el silencio de la noche. Alguien se peleaba, y no parecía ser una cosa menor. Sonó un disparo y Leandro abrió la puerta. Mercedes se había puesto blanca como la cera. Vio que los policías corrían hacia donde se estaba produciendo el jaleo. Leandro salió a la calle y se marchó rápidamente en el sentido contrario al que corrían los agentes. Al llegar a la esquina se encontró con Seisdedos.

—¡Corre, no te detengas! ¡Guillermo está como una cabra! ¡Esto va a llenarse de policías en menos que canta un gallo!

Sudaban y jadeaban cuando entraron en la casa que servía de refugio a Leandro.

—Espero… que no nos hayan… visto ni seguido… ¡Menuda carrera!

Aún no se habían recuperado cuando oyeron introducirse una llave en la cerradura.

Leandro echó mano a la pistola.

—¡Guárdala, ese es Guillermo!

Jadeaba tanto que le resultaba difícil respirar. Hilillos de sudor le bajaban por la cara. Pasados un par de minutos, la respiración de todos empezó a normalizarse, y Guillermo fue el primero en hablar.

—¿Has visto como a mí no me han dado la hostia que tú sí te has llevado?

Seisdedos se abrazó a él y le susurró al oído:

—La madre que te parió… ¡Qué susto nos has dado!

—¿Con quién te peleabas? —le preguntó Leandro cuando deshicieron el abrazo.

—Con nadie.

—Entonces…, ¿a quién has gritado «¡Cabrón, voy a matarte!» antes de disparar?

—Al viento.

Las fotografías las recogió un tipo que apareció por Casa Andrés a las once y dejó un sobre al tabernero.

—¿Esto para quién es? —le preguntó Andrés.

—Para el que ha traído las fotos.

Seisdedos, que era quien las había llevado después de pasarse por Correos y certificar un sobre grande que le había dado Leandro, estaba sentado a una mesa, pendiente de lo que ocurría en la taberna. Para disimular hojeaba el *Diario de Cádiz* y daba vueltas a lo que Leandro le había dicho. Tendría que comprobar que la información era correcta. Un par de minutos después de que se marchara el que recogió las fotografías, se acercó a la barra y cogió el sobre. Dentro había una nota en la que leyó que a las cinco dejarían allí los pasaportes.

—Luego vuelvo, Andrés. Esta tarde te traerán un sobre.

El tabernero, que fregaba vasos en un barreño y los secaba con un paño que tenía puesto descuidadamente sobre el hombro y que estaba poco limpio, asintió sin abrir la boca para no tener que quitarse la colilla que sostenía entre los labios.

Seisdedos dio una vuelta por los alrededores de la calle Prim y comprobó que la policía seguía pendiente de la casa de Mercedes. Observó un par de detalles más y llamó a la puerta de la casa que le había indicado Leandro. Insistió varias veces, hasta que una vecina le dijo:

—La familia de Araceli se fue al terminar la guerra.

—¿También se marchó Araceli?

—Araceli está en el cementerio.

—¿Sabe si la casa está en venta?

—No tengo ni idea. Aquí no ha quedado nadie de la familia. Pregunte a Paco el de la droguería. —La mujer señaló hacia la esquina—. A lo mejor él puede decirle algo.

Seisdedos le dio las gracias y estuvo mirando detenidamente la fachada antes de entrar en la droguería. Luego se marchó para el puerto.

—La carta está echada, esta tarde se pueden recoger los pasaportes. Los dejarán en la taberna de Andrés, y por la casa que me dijiste no va a ser fácil entrar a la vivienda de Mercedes.

No se podía dar más información en menos palabras.

—Por lo que veo, no has perdido el tiempo.

—Pues mira por dónde, he tenido tiempo de empaparme de lo que cuenta hoy el *Diario de Cádiz*. Franco y Hitler se entrevistarán en Hendaya el 23 del mes que viene.

—¿Seguro?

—Eso dice el periódico. ¡Para mí esto huele a chamusquina! ¡Esos dos van a hablar de la entrada de España en la guerra!

Leandro no hizo ningún comentario. Estaba pensando en los trenes directos de Madrid a Algeciras. Necesitaba confirmar el dato que Amalia le había dado y que tanto le había sorprendido.

—Tengo entendido que durante la semana hay dos trenes directos, aunque hacen un pequeño transbordo en Córdoba, que efectúan el trayecto de Madrid a Algeciras y supongo que hay otros dos de Algeciras a Madrid, ¿me equivoco?

—No estoy seguro... Creo que sí, pero lo mejor sería consultarlo.

—¿Me harías ese favor? Necesito conocer los horarios.

—Desde luego, pero ¿puede saberse para qué coño quieres ahora esa información?

—Es algo personal.

—¡Si piensas coger el tren a Madrid, es que te has vuelto loco!

—¿Me harás el favor, sí o no?

—¡Claro que sí! También te diré, si quieres, dónde hay un puente para que te tires.

—Necesito esa información, Seisdedos.

—Pero... Vamos a ver. ¿Tú no te vas a Gibraltar con Mercedes y su marido?

—Necesito esa información. Si no me la facilitas, iré yo a pedirla.

Seisdedos se fue farfullando una protesta.

46

Berlín

El general Jodl concluyó la reunión con el coronel Schäffer y dos de los hombres que formaban parte del equipo que había viajado al Campo de Gibraltar. Ese encuentro se retrasó cuarenta y ocho horas porque los problemas para realizar el viaje de Madrid a Berlín se habían acumulado. La reunión había permitido a Jodl tener datos ciertos y concretos de la situación del Peñón, y pudo hacerse una idea bastante exacta de lo que necesitaba para ultimar la Operación Félix. En un par de días, a lo sumo tres, la operación estaría diseñada hasta en sus detalles más nimios.

Ahora era consciente de que, más allá de la importancia estratégica que daban a Gibraltar, los británicos estaban mejor informados de lo que había pensado, incluso después de haber asumido que conocían la existencia de la Operación Félix. Resultaba claro que Hermann había seguido haciendo de topo para ellos hasta el último momento. Sólo así podían explicarse algunas de las medidas que estaban tomando. Los datos acerca de la presencia de ingenieros canadienses y posiblemente estadounidenses que Schäffer había proporcionado a Jodl, aunque oficialmente no podía demostrarse, le revelaban que los ingleses buscaban protección para las tropas que estaban concentrando en el interior del Peñón y que esa protección sólo se explicaba porque conocían datos sobre el bombardeo que el general tenía decidido como prólogo al asalto de los hombres de la Grossdeutschland. La Operación Félix iba a suponer una auténtica lucha de titanes. Esperaba que la estrategia que había diseñado les diese la victoria. Pensaba que algún día en los libros de historia se explicaría la forma en que él la había planificado y cómo había salvado la resistencia y los obstáculos del enemigo. Tenía una ventaja importante: la de saber lo que los ingleses sabían. Además, con Hermann eliminado, podría introducir ciertas modificaciones.

Mientras Margarethe localizaba al general Kübler, incorporó a su plan algunos de los elementos que Schäffer le había proporcionado.

Eran las dos cuando Margarethe le pasó la llamada.

—El general Kübler al aparato, señor.

—Kübler, soy Jodl.

—Me alegro de oírle, general.

—También yo. Infórmeme de cómo marcha todo.

—El grueso de las tropas llegó anteayer a Besançon. Ayer inspeccionaron el terreno y localizaron una serie de lugares adecuados para nuestros propósitos. Hoy han empezado las maniobras. La moral es muy alta. En un par de semanas todo estará a punto. Quiero que hagan ejercicios de tiro en movimiento. Tienen que darle a una mosca a cien metros y moverse a la velocidad de los Panzer.

—Muy bien, Kübler. Manténgame informado de cualquier novedad y procure que esas dos semanas queden reducidas a una.

Jodl se despidió, recogió sus papeles y salió del despacho. Almorzaría en casa. Aquella tarde tenía algo que hacer fuera del OKW.

—Margarethe, me voy.

—General, han llamado los padres del capitán Liebermann.

—¿Algún problema?

—No, señor, sólo para decir que se marchaban para Múnich y agradecerle sus atenciones.

—Gente educada —comentó encaminándose hacia la salida.

La tarde era gris. Jodl conducía su propio coche, un Citroën 11 Ligero en el que también iban su esposa y Martha. Condujo hasta la zona de Teltow y aparcó ante la puerta de una iglesia en cuyo lateral se veía un pequeño cementerio. Bajaron del coche —Martha con un ramo de flores en la mano— y subieron la pequeña escalinata por la que se accedía al templo. Antes de entrar oyeron la campana de la espadaña tañendo con un sonido lúgubre. Sonaba a difuntos. En el interior sólo había cuatro personas cuando ellos entraron. Estaban en un banco próximo al presbiterio ante el cual se encontraba depositado el ataúd donde reposaban los restos de Angela Baum. Con ella todo había sido más lento que con el capitán Liebermann porque, al no haber familiares que reclamaran el cadáver, fue necesario realizar una serie de trámites mucho más complejos.

Martha había querido asistir al funeral, sabiendo que Angela no tenía familia y que serían muy pocos los que acudirían a darle el último adiós. El general y su esposa habían insistido en acompañarla. Depositaba las flores sobre el féretro justo en el momento en que apareció el presbítero para rezar un breve responso.

Al concluir el ritual los cuatro individuos cargaron con la caja sobre sus hombros hasta el cementerio, seguidos por el clérigo que recitaba unas oraciones y, de vez en cuando, echaba sobre el ataúd agua bendita con el hisopo. Martha y los Jodl caminaron detrás hasta el pequeño cementerio donde la fosa ya estaba excavada. Los mismos hombres que la habían transportado, valiéndose de unas sogas, depositaron la caja en la fosa. Mientras el pastor recitaba la última oración cayeron sobre el féretro las primeras paladas de tierra.

A la falta de calor de la ceremonia se sumó el frío, cada vez más intenso, que se apoderaba del ambiente. Cuando abandonaron el cementerio en silencio, el general reparó en el poco aprecio que se hacía de una persona que había dado su vida por servir a una causa desde una posición muy complicada. Pensó en la información que Angela Baum habría facilitado a lo largo de sus años de estancia en Londres y se dijo que su muerte había sido consecuencia de ese servicio. Aquel pensamiento lo llevó al entierro de Liebermann, que había resultado mucho más cálido en todos los sentidos. Recordó que Canaris sólo había formulado una hipótesis sobre las motivaciones que Hermann pudo haber tenido para asesinarlo. No le había convencido.

El frío era tan intenso que se imponía tomar alguna infusión o un café que les calentara el cuerpo. Invitó a su esposa y a Martha en una cafetería que vio al otro lado de la calle, frente a la iglesia, cuando se acercaban al coche.

Media hora después, algo reconfortados, subieron al automóvil y regresaron a casa. El general, siguiendo su costumbre, subió por la escalera mientras que Irma y Martha se encaminaron hacia el ascensor. Al pasar por delante del mostrador donde el agente Lohse había abatido a Hermann después de que acabara con la vida del teniente Singer, las abordó la viuda del portero, que se despedía al día siguiente una vez que había recogido todas sus pertenencias.

—*Frau* Jodl, disculpe, ¿tiene un momento?

La esposa del general la miró sin abrir la boca.

—Por favor, quiero devolverle algo que es suyo.

Irma Jodl se quedó mirando, con gesto adusto, la bolsita de terciopelo negro que la viuda de Hermann tenía en la mano. Estaba muy afectada con lo que él había estado llevando a cabo y no sabía hasta dónde llegaba la complicidad de su mujer. No podía explicarse cómo había sido capaz de hacerles una cosa como aquella, incluido el haber mantenido a Martha drogada durante días en un sitio tan inmundo como el sótano.

—¿Qué es eso?

—Son sus joyas…

La mujer agachó la cabeza y se limitó a ofrecerle la bolsa. La esposa del general no la cogió.

—¿Cómo sabe que son mis joyas?

—Porque…, porque estaban en mi casa, disimuladas en una caja bajo un par de zapatos, y no son mías.

La mujer abrió el cordoncillo que cerraba la bolsa y la vació en la palma de su mano.

Bastaba mirarlas para saber que se trataba de piezas valiosas: una pulsera de brillantes, un collar de gruesas perlas y un aderezo antiguo, propio de una dama de las que se veían retratadas en los cuadros de las grandes familias.

—En efecto, son las que desaparecieron de mi casa.

Irma Jodl las cogió y dudó si dar las gracias a la viuda del portero por entregárselas. Al final lo hizo con sequedad.

—Gracias.

Entonces la viuda sacó un sobre de su bolsillo.

—En esa caja también encontré esta carta. Aunque no había dirección en el sobre, sé que está dirigida al general.

—¿Cómo lo sabe? —preguntó *frau* Jodl antes de cogerla—. ¿La ha leído?

La viuda de Hermann Karsten respondió afirmativamente sin levantar la vista del suelo.

—Se la entregaré a mi esposo.

Quien ahora le dio las gracias fue la portera, tras lo cual dio media vuelta y entró en su vivienda.

Unos minutos después, el general Jodl conocía algunos detalles que aclaraban ciertas circunstancias de la muerte de Liebermann. Los hombres de la Abwehr que habían especulado con la causa de la misma estaban muy lejos de conocer la verdad.

—La muerte del capitán Liebermann es algo menos misteriosa después de lo que Hermann confiesa en esta carta escrita en un momento de nervios y a toda prisa. La letra es horrible —comentó el general a su esposa.

—¿Qué te cuenta?

—Confiesa que todo su interés ha sido acabar con la vida del teniente Singer por las torturas que infligió a su hermano. Buscó la oportunidad de hacerlo sin que lo pillaran, pero al enterarse de que habían sido descubiertos los agentes del MI6 a los que pasaba información, supo que, antes o después, llegarían hasta él. Por eso tomó la decisión de matarlo en el momento que lo viera. Confiesa también que la Walther con que mató a Singer se la regaló un agente británico para que sustituyera la vieja Luger que tenía.

—¿Fue entonces un agente británico quien asesinó al capitán?

—Eso afirma. Dice que él se limitó a facilitarle la dirección del capitán Liebermann y también que se muestra arrepentido de haber presentado una denuncia contra él. Lo hizo directamente ante Singer... Eso puedo yo asegurarlo —aclaró el general a su esposa—, temeroso de que el caso del robo en nuestra casa, una vez que Martha había alejado las sospechas que recaían sobre ella, llevara a Singer a no volver por aquí.

—¿Cómo conocía la dirección del capitán?

—Se la había dicho Otto en las conversaciones que mantenía con él por las mañanas mientras me esperaba. Otto le había facilitado detalles sobre la lujosa vida del capitán.

—¿Hermann no sabía que la pistola que ese británico le había dado era la del capitán Liebermann?

—Al parecer no.

—Es extraño que, si quiso simular un suicidio, ese agente británico pusiera en la mano del capitán una pistola que no era la suya.

—Un fallo imperdonable en un agente secreto. Posiblemente después de dispararle buscó la pistola de Liebermann para ponerla en su mano, pero no debió de localizarla, y algo lo obligó a actuar deprisa y le puso en la mano la que había utilizado para asesinarlo. Cabe suponer que la descubrió en el último momento, sin tiempo para colocarla en su mano, y decidió llevársela porque si en el dormitorio del capitán se hallaban las dos pistolas… Imagino que el británico se la regaló a Hermann porque poseerla era demasiado peligroso.

—Jamás habría esperado una cosa así de Hermann.

—Ni yo. Por si te sirve de consuelo, te diré que los últimos párrafos de la carta los dedica a pedirnos perdón.

47

Algeciras

Seisdedos no acudió hasta cerca de las seis. Leandro pensaba que se había enfadado por la forma en que le había pedido el horario de los trenes. Después de todo lo que estaba ayudándole, sentía remordimientos. Por eso, lo primero que hizo cuando lo vio aparecer fue pedirle disculpas otra vez.

—Lamento mucho mi actitud de esta mañana. Lo siento.

—¡Bah! —Seisdedos agitó la mano—. Es cosa de los nervios. Todos estamos muy tensos. —Sacó de su bolsillo un sobre y un papel y se los entregó—. Esos son los horarios de los trenes, en el sobre están los pasaportes.

Antes de echarles un vistazo, Leandro comprobó los horarios.

—Gracias, Seisdedos. ¿Sabes si la policía sigue vigilando la casa de Mercedes?

—He pasado por allí antes de venir y, sí, hay policías de paisano por los alrededores.

—Si están de paisano, ¿cómo sabes que son policías?

—¡Los huelo! ¡Los huelo desde lejos!

Leandro consultó la hora.

—Necesito ir a casa de don Horacio. Tengo que hacer una llamada.

—A estas horas no debes ir andando por ahí. Habrá policía en cualquier esquina. Es muy arriesgado.

—No puedo dejarlo para más tarde. Me corre mucha prisa. Con la demora de las conferencias, lo mismo… Tengo la impresión de que no se tarda mucho y con la cantidad de gente que a estas horas hay en la calle…

—Tardaríamos menos de un cuarto de hora. Pero insisto en que es muy arriesgado.

—No me importa. Tú vas por delante y, como los hueles a distancia, me avisas.

—No te lo tomes a guasa.

—Lo de que tú vayas por delante lo digo en serio. Así no nos detendrán a los dos. No podemos perder un minuto.

Seisdedos hizo un gesto de resignación y salieron a la calle. Leandro lo seguía a quince o veinte pasos. Caminaban rápido, pero procurando no llamar la atención. Cuando enfilaron la calle donde vivía don Horacio, Seisdedos respiró tranquilo. Ya en el portal le dijo:

—A algunos las tías os vuelven locos.

—¿Por qué dices eso?

—Porque no vas a llamar al *mister* ni al dueño de tu empresa. Estos riesgos sólo se corren por una mujer. Supongo que vas a hablar con ella para decirle a qué hora llegas a Madrid. El tren que mañana sale de aquí a media noche y llega allí sobre las siete de la tarde, unas veinte horas de viaje.

Leandro se quedó mirándolo un momento.

—Eres un tío listo, pero sólo has acertado la mitad.

—¿Qué mitad?

—Que voy a hablar con una mujer.

—¿Lo del tren no?

—No.

Entraron en casa de don Horacio y lo primero que hizo el viejo médico, que vivía con su hija, fue protestar por las doscientas pesetas que Leandro le había dejado en el teléfono.

—Si le permito llamar es..., es... —No encontraba la palabra—. Es porque me da la gana. Así que déjese de tonterías y tome sus cuarenta duros. Intentó que Leandro los cogiera, pero no lo consiguió.

—Si no quiere quedárselos, hágale un regalo a su hija.

—Desde luego... Supongo que necesita hablar otra vez.

—Sí, señor, y le ruego que no se enfade y que me disculpe por todas las molestias.

—¡Qué molestias ni qué niño muerto! Ande, vaya al teléfono, que se le ve con prisa. Usted ya conoce el camino.

—Gracias, don Horacio.

En la centralita le dijeron que la demora era de unos veinte minutos. Leandro consultó el reloj. Con suerte, podría hablar con Amalia. Aguardó junto al teléfono como si en ello le fuera la vida. Apenas sonó, lo descolgó y, conteniendo la respiración, oyó a la telefonista decir:

—Su conferencia con Madrid, le paso.

—Benítez y Compañía, ¿dígame?

Leandro se quedó un momento en silencio. Era una voz de hombre.

—Perdón, ¿la señorita Amalia...? ¿Amalia Asín?

—Amalia ya no trabaja con nosotros.

—¡Cómo dice! Ayer hable con ella... para un pedido que tenemos pendiente.

—Eso fue ayer. La señorita Amalia Asín se ha despedido esta mañana. Explíqueme lo que ocurre con ese pedido y trataremos de resolverlo.

Leandro no pudo decirle a Amalia que se olvidara de la locura que iba a cometer. Decidió no colgar. Podía levantar sospechas. Amalia le había dicho que la policía había preguntado por él, así que lo mismo aquel tipo les iba con el soplo y localizaban el número de don Horacio.

—Llamo desde Los Yébenes —dijo al recordar un pedido de un comerciante de esa localidad toledana—. El caso es que hemos pedido unas toallas y… ¿Me escucha? —El individuo le respondió que sí, pero Leandro insistió—: ¿Oiga, me escucha? ¿Oiga? ¡Maldita sea otra vez el teléfono! ¿Será posible? ¿Oiga…, oiga?

El individuo repetía una y otra vez: «Dígame…, dígame…». Leandro colgó, convencido de que Amalia iba a coger el tren que salía de Madrid aquella misma noche. Se despedía cuando sonó el teléfono y, tras una breve conversación, la hija de don Horacio se acercó a donde estaba Leandro.

—La llamada es para usted.

Leandro temió que fuera una trampa. Nadie podía saber que se encontraba allí. Era imposible que el individuo que había cogido el teléfono en Benítez y Compañía estuviera llamándolo.

—Es una mujer y ha preguntado si sabemos cómo dar con usted. Me ha dicho que está dispuesta a esperar el tiempo que haga falta.

Leandro supo que era Amalia. Había localizado el teléfono desde el que la había llamado la víspera y trataba de ponerse en contacto con él. Voló hasta el final del pasillo, donde el teléfono se balanceaba descolgado. No preguntó quién llamaba.

—¡Amalia!

Era ella quien había conseguido el número desde el que la había llamado. La conversación fue breve, y Leandro, disculpándose ante don Horacio, le pidió hacer una nueva llamada.

—Espero no molestarle más. Posiblemente sea la última.

Don Horacio se encogió de hombros y comentó:

—No lo crea. Seisdedos piensa que esta casa es una centralita de la compañía de teléfonos.

La conversación con Walton fue un poco más larga que la que había mantenido con Amalia, y el inglés, al que por fin reveló la información que en varias ocasiones le había prometido para más adelante, se mostró conforme con el plan de Leandro, aunque le parecía demasiado arriesgado.

—¿Deduzco de sus palabras que, una vez que le he proporcionado la información que deseaba, quedo abandonado a mi suerte?

—No, lo que debe deducir es que no volverá a encontrarme en este número. Ahora tengo que colgar.

Leandro oyó el clic que cortaba la comunicación. Durante un momento se quedó mirando el auricular con la sensación de haber sido un cretino al entregar a Walton la única baza que obligaba al inglés a seguir prestándole ayuda. Le había anunciado su desaparición y ahora no sabía cómo iba a ingeniárselas para cruzar la frontera con Gibraltar.

En el zaguán dijo a Seisdedos que tenía que hablar con Mercedes. Miró la hora. Todavía era posible que estuviera en la ermita del Cristo de la Alameda.

—¡Estás completamente loco!

—Sé que es arriesgado, pero si no la veo ahora esta noche será mucho más peligroso. No puedo permitir que te soplen otra bofetada como la de ayer —comentó con una sonrisa—. Ve delante, como hemos hecho antes. Los polis no tienen mi fotografía, sólo cuentan con la descripción de Cansinos.

—Podríamos haberte tintado el pelo o haberte procurado un bigotito de esos que están tan de moda.

—Vamos, Seisdedos. Te sigo a unos pasos. Yo entro

en la ermita y tú te quedas remoloneando por la puerta. Te prometo que serán sólo unos minutos.

Seisdedos localizó demasiado tarde a una pareja de policías. Eso significaba que Mercedes estaba en la capilla y también que el peligro era grande. Pero ya no podía advertir a Leandro sin llamar la atención. Pasó por delante de la ermita, mirándolos de reojo y dándose cuenta de que observaban a Leandro cuando entraba. Se metió en una farmacia que había unos metros más allá, compró un sobre de aspirinas y preguntó por el precio de los parches Sor Virginia para ganar tiempo y observar desde allí la actitud de los policías. Hablaban, pero no se habían movido de donde estaban.

Salió de la farmacia y entró en la ermita, donde a la atiplada voz del monaguillo que dirigía el rezo del rosario respondía el murmullo apagado de los devotos. Leandro permanecía arrodillado junto a Mercedes. Se acercó, miró hacia la puerta y comprobó que los policías no lo habían seguido. Susurró algo al oído a Leandro y luego se fue a un banco que había junto a la pila del agua bendita, cerca de la puerta. Leandro apenas estuvo un minuto más junto a Mercedes y se dirigió a la salida mientras en la capilla había empezado el rezo de la letanía. Seisdedos se levantó y, simulando tomar agua de la pila, dijo a Leandro:

—Sal tú primero, ya conoces el camino. Te seguiré.

Lo que vio Seisdedos al salir lo dejó paralizado en el cancel. Los policías se habían acercado a Leandro y este se llevaba la mano al bolsillo de su chaqueta. Era evidente que le estaban pidiendo la documentación. Entró en la ermita y dijo algo a Mercedes, quien asintió con la cabeza. Se dirigió al cancel, se llevó la mano a la cintura y palpó la pistola. Leandro había entregado la documentación a uno de los policías y parecía charlar con ellos. Mercedes pasó junto a él con el velo cubriéndole el rostro y santiguándose. Un policía dio un codazo al que comprobaba la documentación de Leandro y, con un movimiento de cabeza, señaló a Mercedes, que caminaba muy deprisa por la acera. El policía devolvió a Leandro la documentación y se marchó con su compañero tras los pasos de la mujer que vigilaban.

Leandro echó a andar en el sentido contrario y Seisdedos lo siguió hasta que se alejaron lo suficiente.

—¿Qué ha ocurrido?

—Me han pedido que me identificara.

—¿Y?

—Les he mostrado el pasaporte a nombre de Robert Windhill. El policía me ha dicho que no tengo pinta de inglés y que me parezco mucho a un delincuente al que andan buscando.

—¿También tú tienes un pasaporte inglés?

—Me lo dejó *mister* Walton en la recepción del hotel. Creo que ha sido fundamental el acento extranjero que he dado a mi español.

—Acento extranjero… Si no llego a avisar a Mercedes para que saliera a toda prisa, ¡habríamos visto adónde te habría llevado tu acento! ¡Vaya rato que me has hecho pasar! Estaba convencido de que nos liábamos a tiros.

Leandro se detuvo un momento.

—¿Estabas dispuesto a disparar?

—Sigue andando… Aunque tengas un pasaporte inglés, puede que no tengas la misma suerte si nos vuelven a pedir la identificación.

Continuaron caminando y Leandro le comentó:

—Cuando Mercedes ha salido de la ermita ese policía me preguntaba qué hacía un inglés en un templo católico.

—Eso significa una cosa.

—¿Qué?

—Que Cansinos está convencido de que antes o después vas a acercarte a ella. Olvídate de que vaya a dejar de vigilarla, al menos por ahora. Habrá que buscar la forma de sacar a la pareja de su casa. No sé cómo vamos a hacerlo y me temo que la cosa se está complicando cada vez más, ¿me equivoco?

—¿Por qué dices eso?

—Porque quien te ha llamado a casa de don Horacio…, esa tal Amalia…

—¿Cómo sabes su nombre?

—Porque lo oímos todos: don Horacio, su hija y yo.

Habían llegado al refugio que suponía, por el momento, la casa donde Leandro se escondía.

—No puedo seguir ocultándote el plan. Después de todo lo que estás haciendo…

—¿Qué plan es ese?

—Amalia llega mañana a Algeciras. Viene en el expreso que sale de Atocha esta medianoche y llega a las siete de la tarde. Para decirme eso es para lo que me ha llamado a casa de don Horacio.

—¡Como éramos pocos, parió la abuela!

—Lo siento, Seisdedos. Pero ha sido ella quien ha decidido que si yo me marcho de España, se viene conmigo. Posiblemente no lo haya pensado muy bien, pero no soy yo el que va a Madrid, sino ella la que se viene para Algeciras. Trabajaba como secretaria en la misma empresa que yo y se ha despedido. La policía ha estado preguntando allí por mí. Cansinos sabe que me llamo Leandro San Martín y que estoy aquí para hacer un negocio con Távora y Canales. Como comprenderás, si vuelvo a Benítez y Compañía…

—Por eso me pediste que certificara ese sobre.

—En él va toda la documentación del contrato que me permitió venir a Algeciras. Luego…, luego todo se ha complicado. He tenido la culpa por no haber sido más… flemático con las canalladas de Cansinos. Pero cuando descubrí que había pegado a Mercedes y supe de las perversiones a que la obliga...

—¡Hiciste bien, coño! Ahora no tenemos tiempo de lamentos, sino que debemos buscar soluciones. ¿Qué plan es ese que todavía no me has explicado?

—En realidad, más que un plan es un deseo.

—Desembucha.

—Pretendo sacar a Mercedes y a su marido de su casa antes de mañana a las siete de la tarde y llevarlos en coche a la estación cuando vaya a recoger a Amalia, y de la estación iremos directamente a Gibraltar. Pero Walton ha cortado la comunicación conmigo y la única esperanza que tengo es una vaga promesa.

A Seisdedos eso no pareció importarle.

—¿Amalia tiene pasaporte?

A Leandro se le vino el mundo encima.

La noche se le hizo eterna a Leandro. Cuando a eso de las nueve apareció Seisdedos se limitó a aceptar lo que este le proponía. Pasó la mañana encerrado en aquel cocherón mientras aguardaba impaciente. Los minutos pasaban lentamente y parecía que nunca iba a llegar la hora en que el tren en que viajaba Amalia tenía prevista su entrada. No dejaba de fumar un cigarrillo detrás de otro.

Eran las dos cuando Seisdedos llegó con el pasaporte.

—¡Idéntico a los que Walton te proporcionó, aunque es más falso que un duro sevillano! —exclamó triunfal—. ¡Sólo en cuatro horas! ¿No te dije que Nemesio es un artista?

Leandro lo hojeó y se quedó admirado. La foto de Amalia que llevaba en la cartera había permitido hacer aquel milagro en tan pocas horas, aunque había costado trescientas pesetas.

—¡Es perfecto!

—Veremos qué dicen los de aduanas cuando lo tengan en sus manos. Ahora necesito seiscientas pesetas. ¿Las tienes?

—Sí.

—Pues dámelas.

—¿Puede saberse para qué?

—Tú dámelas. Estaré de vuelta dentro de un par de horas. Antes vendrá Guillermo a traerte algo de comer.

Leandro las sacó del sobre donde estaba la comisión que le había dado Ramón Mira y se las entregó. Seisdedos se marchó sin decir adiós.

Poco después Guillermo apareció con la comida. Otra ensalada, aunque esta vez en lugar de sardina tenía trocitos de huevo duro. Estaban fumando en silencio cuando apareció Seisdedos.

—¡Todo arreglado!

Leandro se puso en pie.

—¿Qué quieres decir?

—Mercedes saldrá esta tarde como todos los días un poco antes de las siete para ir a la ermita. Antes de que salga y los policías la sigan, su marido habrá abandonado el sótano y la casa.

—¿Cómo va a salir? —preguntó Leandro.

—Por la calle de atrás.

—¿Cómo…? Tú mismo me has contado que la casa que da al patio de la suya está cerrada.

—No he dicho que vaya a salir por la casa de atrás, sino por la calle de atrás. Desde el patio de la casa de Mercedes se salta sin problema al de esa casa que, efectivamente, está cerrada. Y desde ese patio se puede pasar fácilmente a la casa de un droguero que hace medianera.

—¿El droguero ha aceptado?

—Previo pago de seiscientas pesetas. Se ha vendido

caro el muy cabrón. Ha exigido ese dinero sólo por dejarnos pasar por su casa y permitirnos salir por la puerta de la droguería como si fuéramos clientes.

—¡Seiscientas pesetas!

—No te escandalices, Guillermo. Pagar mucho tiene la ventaja de que cierra bien las bocas y compromete mucho. Tú, sin cobrar seiscientas pesetas, estarás esperando en la calle con el coche, cincuenta metros más adelante.

—¿Esa es Cristóbal Colón?

—Exacto. Nos subimos y conduces rápidamente hacia la calle Prim para seguir en dirección a la Alameda. Mercedes irá caminando y se parará las veces que haga falta frente a los escaparates para darnos tiempo. Te detendrás cuando lleguemos a su altura el tiempo justo para que le abramos la puerta y se suba. Entonces sales pitando. Mientras la policía reacciona, nos habremos largado.

—¿Adónde nos vamos?

—A la estación. Leandro estará esperándonos allí. Llegaremos entre las siete y cuarto y las siete y media. Si el tren no se retrasa...

—¿A quién espera Leandro?

—A una mujer que viene de Madrid. Se llama Amalia —aclaró Seisdedos—. Si todo sale bien, nos vamos para La Línea y los llevamos a la aduana.

Leandro miró a Seisdedos una vez que este le explicó cómo desarrollar el plan; lo había programado todo con una precisión que lo dejó impresionado.

48

Mercedes se abrazó a su marido. Seisdedos se había retirado discretamente hacia el patio, después de entregarles los pasaportes que Leandro le había dado y que los acreditaban como ciudadanos británicos, y tras recordarle a ella, una vez más, que caminara despacio. Una de las claves para culminar con éxito aquella fuga estaba en que la coordinación funcionara.

El recorrido hasta la droguería no era complicado, se trataba de salvar las medianeras entre las casas y era muy difícil que alguien los viera. El principal problema era que sólo disponían de una escalera de mano —en realidad eran dos atadas por los extremos, como hacían los encaladores, para conseguir la altura necesaria— y tendrían que pasarla de un sitio a otro para salvar los obstáculos hasta llegar al patio de la droguería, y eso los entretendría algunos minutos.

—Ten mucho cuidado —dijo Mercedes a su esposo, y lo besó en la boca.

—No te preocupes —respondió Antonio—. Recuerda que debes esperar diez minutos antes de salir a la calle.

—Quédate tranquilo. Además, caminaré despacio.

Mercedes ayudó a su marido a colocarse en bandolera una bolsa de lona donde llevaban algunas cosas de las que no querían desprenderse.

Observó desde el portal cómo Seisdedos trepaba por la escalera y se encaramaba a lo alto de la tapia. A horcajadas, esperó a que Antonio subiera. Lo hacía algo más lento y le costó trabajo sostenerse arriba mientras era Seisdedos quien, fatigosamente, lograba pasar la escalera al otro lado de la pared para descender al patio de los vecinos. Los dos desaparecieron bajo la atenta mirada de Mercedes.

A partir de ese momento Mercedes esperó, nerviosa, que transcurrieran los minutos. Se le hicieron eternos porque temía que Cansinos se presentara. Se distrajo pensando en que todo aquello terminaría muy pronto para no caer presa del pánico. El falangista no había vuelto a visitarla desde la noche del Reina Cristina. Mientras salían del hotel la había insultado y le había dicho que se fuera a su casa, que él tenía cosas más importantes que hacer. No verlo había sido lo mejor de aquellos días vividos en vilo, con la policía rondando la calle y siguiéndola cada vez que salía. Había soportado con dignidad el cuchicheo que provocaba su paso entre las vecinas más deslenguadas. Alguna, al pasar por su lado, había llegado a escupir al suelo para a continuación hacer un comentario soez creyendo que tenía escolta policial por deferencia del amante.

Llegada la hora se puso el velo sobre la cabeza, cogió el bolso y el misal, y salió de la casa con el estómago hecho una bola y una extraña sensación. Por un lado, el ansia de libertad que suponía aquel acto y dejar atrás un mundo de horror; por otro, el temor a que algo no saliera bien. Antonio y ella lo habían hablado docenas de veces desde que habían dado su conformidad a Julio Torres. Durante aquellos casi dos días se habían dicho que era mejor morir, si las cosas se torcían, que renunciar a la posibilidad de poner fin a la situación en que vivían.

Su mano temblaba al echar la llave a la puerta. Sabía que era la última vez que lo hacía. Se recogió el velo y caminó con aquella dignidad suya que algunos confundían con un orgullo desdeñoso.

Seisdedos y Antonio habían llegado al patio de la casa donde estaba la droguería con más retraso del calculado; Antonio Tavera se hallaba tan débil que le había costado trabajo sostenerse en lo alto de los muros. Se sacudieron la cal y se recompusieron como mejor pudieron para no parecer unos harapientos. La puerta del patio, como habían convenido, permanecía abierta y entraron de puntillas en la casa del droguero hasta llegar a la trastienda, donde los recibió una mezcla de olores tan intensa que hacía la atmósfera casi irrespirable. Allí había sacos con bolas de alcanfor; un barril con añil y otro con azufre; rollos de soga de cáñamo; madejas de cuerda de esparto y de yute; sacos de esparto; una gama de ollas, cacerolas y cacitos; fuelles y soplillos; alambre de diferente grosor y también de espino... Aguardaron hasta que el droguero terminó de despachar a una clienta inoportuna. El retraso se incrementaba. Seisdedos no perdió un segundo cuando el tendero se asomó y, con una señal, los invitó a salir.

—¡Vamos, vamos! ¡No os entretengáis! —los urgió, nervioso, a que abandonaran la droguería.

A Seisdedos le molestó tanta exigencia, pese al retraso, y por otro lado lo tranquilizó su actitud tan inquieta. Indicaba que no les había hecho una trastada. Un instante antes de salir a la calle, hizo una recomendación a Tavera.

—Aparenta naturalidad, Antonio. Como si saliéramos de comprar algo.

Echaron a andar por la avenida de Cristóbal Colón sin que nada extraño ocurriera. A cincuenta metros aguardaba el coche de Guillermo, al que le habían cambiado las placas de la matrícula y ofrecía un color indefinido. Parecía que Guillermo lo había regado con polvo, al conducirlo aquella mañana por una vereda reseca precisamente para conseguirlo.

Leandro estaba sentado en la cantina de la estación. Había pedido una taza de café y no la había probado. Guillermo lo había dejado a la entrada de la estación antes de irse para recoger a Seisdedos y Tavera. Su primera intención fue ir al andén y pasear mientras aguardaba la llegada del expreso de Madrid, pero lo disuadió la pareja de la Benemérita que parecía montar guardia. Compró un *ABC* en el quiosco de la puerta y se sentó, simulando leer y tomar un café. Con un ojo puesto en el andén, se fumaba un cigarrillo detrás de otro viendo cómo transcurrían los minutos. Eran las siete y cuarto, y no había trazas de que el expreso de Madrid fuera a llegar. Desde que había expuesto el plan que a la postre había organizado Seisdedos, la llegada de Amalia era su punto más flaco. El retraso de los trenes era algo tan frecuente que se había convertido en cotidiano y lo que llamaba la atención era que un tren llegara a su destino a la hora prevista.

Las manecillas del reloj se acercaban a las siete y media, y a Leandro empezaba a preocuparle, mucho más que el retraso del expreso, que Guillermo no diera señales de vida. Dejó el periódico sobre el velador, dio un sorbo al brebaje que le habían servido como café y salió a la calle. Ni rastro del polvoriento Ford T de Guillermo.

Eran las ocho menos veinticinco cuando por encima del piar de los pájaros que revoloteaban en el jardincillo de delante de la estación se oyó el silbido de un tren. Leandro cruzó el vestíbulo en el que estaban las ventanillas para expender los billetes y salió al andén donde los mozos irrumpieron con sus carretillas, sus blusones de paño gris y sus gorras con visera de hule a la búsqueda de clientes a los que prestar sus servicios. También alguna gente había dejado la cantina y aguardaba en el andén la llegada de viajeros. La pareja de la Guardia Civil, mosquetones al hombro, se había situado justo donde se detendría el primer vagón. Leandro les guardó la distancia en un sitio desde el que podía dominar casi todo el andén.

Otro silbido, más potente, indicó que la locomotora entraba en la estación entre el chirrido de las ruedas sobre los raíles atenazadas por los frenos y el vapor que expulsaba por los costados, como si de aquella forma señalara que llegaba agotada a su destino. El jefe de estación, con una bandera roja en una mano y un farol en la otra, parecía dirigir la locomotora a lo largo de sus últimos metros. El tiempo que transcurrió desde que el tren se detuvo hasta que los primeros viajeros comenzaron a descender de los vagones a Leandro se le hizo eterno. Luego, en pocos segundos, el andén se llenó de gente que se abrazaba o simplemente se estrechaba las manos, de mozos que se ofrecían a llevar los equipajes, de personas que caminaban presurosas y abandonaban la estación…

Leandro vio a Amalia descender y acercársele un mozo con su carretilla. Reprimió los deseos de salir corriendo a su encuentro, pese a que no habría llamado la atención en aquel ambiente. Caminó rápidamente, tropezando y pidiendo disculpas cada dos pasos. Ella había bajado con dificultad una maleta algo voluminosa de la que el mozo se hacía cargo cuando vio que Leandro se acercaba. Corrió a su encuentro, se abrazaron y, sin saber cómo, sus labios se fundieron en un largo beso que llamó la atención de algunas personas que estaban cerca.

Leandro indicó al mozo que llevara el equipaje a la salida y abandonaron el andén en medio del gentío sin problemas. Amalia se había agarrado a su brazo y cruzaron el vestíbulo cuando las manecillas del reloj marcaban ya las ocho menos cuarto. En la calle no había señal del Ford. La noche caía sobre Algeciras y el alumbrado público se encendió en aquel momento. Leandro pidió al mozo que dejase allí la maleta y le dio unas monedas. Una vez que se hubo marchado, Amalia le preguntó:

—¿Esperamos a alguien?
—Sí, pero no sé si vendrá.
—¿Por qué?
—Porque quienes debían recogernos hace rato que tenían que estar aquí. Temo que les haya ocurrido algo.

Conservaba la llave del sitio donde había estado oculto los últimos días. Tenía la posibilidad de esconderse allí, pero se dijo que sería muy arriesgado si habían detenido a Seisdedos y a Guillermo. Estaba a punto de llamar a un taxi cuando vio el coche de Guillermo. Era inconfundible por su capa de polvo. Se acercaba muy deprisa e iba derecho hacia donde ellos se hallaban. Estaba a pocos metros cuando Leandro se dio cuenta de que había sido acribillado. El cristal del parabrisas estaba agrietado y podían verse numerosos impactos de bala.

Antonio Tavera, desde el asiento de atrás, había abierto las dos puertas del lado donde estaba la pareja.

—¡Rápido, arriba!

Leandro dudó un momento.

—¡Vamos, Julio, no te detengas! —insistió Tavera.

Empujó a Amalia hacia el asiento de atrás y cerró de un portazo antes de subirse junto a Guillermo, dejando la maleta abandonada sobre la acera. Vio a Mercedes acurrucada al lado de su marido, con la cara descompuesta y los labios apretados. Sacó la pistola que llevaba oculta, le quitó el seguro y metió una bala en la recámara.

—¿Qué ha pasado? ¿Dónde está Seisdedos?
—No lo sé. Nos han traicionado. Ha tenido que ser

ese droguero al que Seisdedos le dio las seiscientas pesetas.

—¿Cómo ha sido? —Leandro había bajado el cristal de la ventanilla y miraba si los seguía alguien.

—Todo iba bien…

Leandro reparó entonces en que Guillermo tenía la camisa manchada de sangre a la altura de un hombro.

—¡Estás herido!

—Es un simple rasguño.

Guillermo no apartaba la vista de la carretera, que veía sólo por la parte de cristal que barría el limpiaparabrisas.

—¿Y Seisdedos? —insistió.

—Posiblemente está… muerto.

—¿Por qué dices eso? —Tavera se removió en el asiento de atrás entre las dos mujeres.

—Seisdedos no se habrá dejado atrapar.

—Pero…, pero ¿qué ha ocurrido?

—Recogí a Seisdedos y a Tavera cuando salieron de la droguería, tal como teníamos previsto. Luego fuimos en busca de Mercedes y la alcanzamos por la calle Alameda. Estaba detenida ante un escaparate tratando de ganar tiempo porque íbamos con un poco de retraso. Detuve el coche junto a la acera y ella subió rápidamente. Los policías que la seguían, en lugar de echarnos el alto, hicieron sonar unos silbatos.

—¿Unos silbatos?

—Sí, pitaban como si fueran *bobbies* de Gibraltar. Seisdedos y yo nos miramos. Algo no iba bien. Aquellos pitidos eran una contraseña. Surgieron policías de todas partes y empezaron a disparar sin importarles la gente que había en la calle. Aceleré, para largarnos… Teníamos la ventaja de ir en coche y ellos a pie.

—La aparición de tanto policía no puede ser casual.

Estaban advertidos, aunque posiblemente no tenían todos los datos —corroboró Antonio, que no dejaba de mirar hacia atrás, aunque debía de hacerlo por inercia ya que el polvo del cristal impedía ver.

—¡Ha sido ese cabrón del droguero! ¡Estoy seguro! —Guillermo seguía con la mirada fija en la carretera.

—Has dicho que Seisdedos venía con vosotros...

—Sí, pero al pasar por delante de la ermita vimos que varios policías se subían en un coche. Seisdedos descubrió a Cansinos, con la camisa azul y el correaje. Les sacábamos algunos metros, pero sabíamos que se iniciaba una persecución. Entonces me dijo que le diera mi pistola, que yo no podía conducir y disparar a la vez. Me ordenó frenar. No sabía qué se proponía, pero le hice caso. Saltó del coche y me gritó que me largara. Por el espejo retrovisor vi cómo se parapetaba detrás de un árbol y empezaba a disparar contra el vehículo que nos seguía. Debió de alcanzarlo, porque no nos sigue.

—¿Vamos camino de La Línea de la Concepción? —preguntó Amalia.

—¿Por qué lo dices?

—He visto un cartel.

—Tengo que tratar de llevaros a la aduana gibraltareña. Seisdedos me dejó muy claro lo que tenía que hacer si a él le pasaba algo.

—Pero Seisdedos...

—No podemos hacer nada. Si ha tenido suerte y ha podido escapar... Seisdedos sabrá lo que tiene que hacer.

—La policía nos estará esperando en la aduana —comentó Tavera—. Quizá sería mejor...

—Es la única posibilidad. La policía puede pensar que tenemos preparado un barco en el puerto. No sabe que vamos a Gibraltar y menos aún que tenéis pasaportes.

—Yo no tengo...

—Sí tienes, Amalia. —Leandro le dio el que Seisdedos había conseguido aquella mañana.

Amalia lo abrió con incredulidad.

—La foto es la que nos hicimos aquella tarde…, ¿te acuerdas? —Amalia asintió. Estaba tan asombrada que no podía hablar—. Como habrás comprobado, eres hija de padre inglés y madre española, naciste en Gibraltar hace veinticinco años y te llamas Elisabeth Graham.

—Pero…

—No olvides que te llamas Elisabeth Graham. —Leandro insistió en el nombre, y al ver a Mercedes, que continuaba acurrucada con los ojos espantados y los labios apretados, añadió—: Ella es Mercedes de la Cruz y él Antonio Tavera. Son matrimonio.

—No puedo decir que sea el mejor día para conocernos. Soy…, soy Amalia Asín.

Se saludaron con sonrisas forzadas. Mercedes no despegó los labios.

Las últimas luces del día se perdían ya por el oeste.

—Antes de que lleguemos a La Línea será noche cerrada. Quizá eso nos ayude.

—¿Por qué lo dices?

—Porque de noche todos los gatos son pardos. Si logramos entrar en La Línea sin que nos detengan, creo que tendremos alguna posibilidad de llegar a la aduana —explicó mientras giraba como podía el volante al tomar una curva muy pronunciada a más velocidad de la debida.

—¿A qué hora la cierran? —preguntó Leandro.

—¡La madre que me parió! ¿Qué hora es?

—Van a dar las ocho.

—Dentro de media hora echan el cierre. Después sólo permiten el paso en circunstancias muy especiales. A veces, cuando hay mucha gente…

—Lo tenemos jodido —dijo descorazonado Tavera.

—Pero hemos de intentarlo. Son pocos kilómetros y es nuestra única posibilidad. Esperemos que no hayan montado todavía un dispositivo para localizarnos. Tal como está, el coche es muy fácil de identificar.

—¿No habías dicho que de noche todos los gatos son pardos? —Amalia trataba de rebajar la tensión.

Guillermo la miró por el retrovisor, y a causa de esa distracción estuvo a punto de salirse de la carretera porque iba a todo lo que daba su viejo Ford T, que estaba prestando, posiblemente, su último servicio.

En silencio transcurrieron los siguientes minutos hasta que aparecieron al fondo, entre sombras, las luces de La Línea. Llegaron a las primeras casas que no formaban calle. Algunas tenían una bombilla para alumbrar la entrada. Vieron a muy pocas personas caminar, y no detectaron la presencia de la Guardia Civil ni movimiento policial alguno. En una bifurcación Guillermo tomó el camino de la derecha, que era terrizo y discurría paralelo a la playa. Por la ventanilla del lado de Leandro les llegaba el murmullo del mar. Todo era ya oscuridad. La población quedaba a su izquierda y al frente, de repente, como si hubiera emergido de las aguas, destacaba en medio de las sombras una masa más oscura: el Peñón de Gibraltar. Estaban a menos de un kilómetro. El coche recorrió algunos cientos de metros más hasta que aminoró la velocidad y se detuvo junto a una duna que permitía ocultarlo. Guillermo apagó el motor y las luces, y resopló sin quitar las manos del volante.

—Aquí se despide el duelo.

—¿Qué quieres decir?

—Que los metros que quedan hasta la aduana tenéis que hacerlos a pie.

—¿Tú no vienes?

—No. ¿Qué iba a hacer yo en Gibraltar? Además, no tengo pasaporte.

—Pero…, pero estás… fichado. La gente sabe que eres amigo de Seisdedos… Os han visto juntos.

—Eso significa que regresar a Algeciras no es una buena opción, aunque tengo que pasar por allí para ajustar alguna cuenta.

—¿Y tu mujer? —preguntó Leandro—. ¿No se llamaba Filomena?

—Se marchó hace dos días a casa de unos parientes a la sierra de Huelva. Mi situación también supone que posiblemente no pueda volver a utilizar este viejo amigo. —Golpeó con la mano el volante—. A pesar de que le cambié las chapas de la matrícula…

—¿Qué vas a hacer?

—Trataré de llegar a la sierra de Hueva y después localizar al comandante Ares.

—Pero ¿y esa herida?

—Ya he dicho que es sólo un rasguño. Tengo donde pasar la noche en La Línea. ¡Venga, ya basta de cháchara! ¡Bajad de una vez! ¡Tenéis que daros prisa! ¿Qué hora es?

—Las…, las ocho y veinte.

—¡El tiempo justo para llegar a la aduana!

Leandro se abrazó a Guillermo, que también se había bajado del coche para despedirse.

—Ten cuidado con la sangre. Buena suerte.

Echaron a andar hacia la aduana y cuando se habían alejado unos metros Leandro volvió sobre sus pasos.

—¡Aguardad un momento!

Sacó mil pesetas del sobre del dinero de la comisión y venció la resistencia de Guillermo.

—Para los desperfectos del coche y para los gastos del viaje a la Sierra de Huelva.

—Es mucho dinero.

—El coche está muy mal. ¡Ah! Se me olvidaba.

—Le entregó la pistola—. A ti puede serte más útil que a mí.

—Estaré aquí hasta que crucéis. Si hay algún problema os estaré esperando. Donde me acogen a mí, también hay sitio para vosotros cuatro.

Guillermo vio cómo sus sombras se difuminaban al alejarse.

Eran las ocho y media cuando llegaron al puesto de la Guardia Civil.

—¡Vienen con la hora justita! ¡Van a dar las ocho y media!

El guardia les pidió los pasaportes y al comprobar las fotografías arrugó la frente.

—Ustedes no tienen pinta de ingleses. —Miró a Amalia y comprobó la fotografía—. ¿Me dice su nombre, señora?

Leandro intuyó que la pregunta era una trampa.

—Es mi prometida, todavía es señorita.

Miró a Leandro y comprobó su foto.

—¿Usted es Robert…?

—Windhill. Robert Windhill.

—Señorita, ¿su nombre? —insistió a Amalia.

—Elisabeth.

—Elisabeth ¿qué?

Amalia no respondía. Se le había olvidado el apellido.

Una voz que a Leandro le resultó familiar hizo que el guardia civil mirara hacia la zona que separaba el control de la Benemérita del de la policía gibraltareña.

—¡Señor cónsul! ¡Qué alegría! Creíamos que ya no iba a llegar.

Por la llamada «tierra de nadie» se aproximaba John Walton.

—¿Quién es el cónsul? —preguntó el guardia civil.

Leandro sabía que sólo podía ser él.

—Yo…

—¿Por qué no me lo ha dicho antes?

—*Mister* Windhill… —Walton le ofreció la mano e inclinó la cabeza en señal de respeto—. Esta dama… ¿es?

—Es mi prometida, la señorita Elisabeth Graham.

—Señorita Graham, es un placer conocerla. —Miró a Mercedes y a Tavera—. Supongo que estos son los amigos de quienes me habló.

—En efecto.

—Sean todos bienvenidos. Tenemos un coche aguardando para el momento en que terminen los trámites aduaneros. ¿Algún problema? —preguntó al guardia civil dedicándole una sonrisa.

—No, ninguno *mister* Walton. No sabía que…

El guardia cogió el tampón, selló los cuatro pasaportes sin comprobar los datos y se los entregó todos a Leandro.

—Muchas gracias por su amabilidad. —Walton se despidió del guardia civil.

Llegaron al control británico y, nada más cruzarlo, Mercedes, que apretaba el bolso contra su cuerpo, se desplomó en el suelo. Estaba ensangrentada. Había aguantado sin decir nada.

La bruma que envolvía el Peñón al amanecer se había ido disipando poco a poco conforme avanzó el día hasta convertirse en una mañana luminosa. Leandro, Tavera y Amalia salían del Saint Bernard's Hospital, donde habían visitado a Mercedes, que era atendida allí desde la noche anterior. Había abortado cuando iba en el coche. Acurrucada en el asiento trasero, había preferido aguantar para no complicar aún más la situación. Las pocas energías que le quedaban las gastó en caminar hasta la aduana y cruzar la frontera. La tensión que atenazaba a todos y la oscuridad hizo que ninguno reparara en su situación. La pérdida de sangre la obligaba a permanecer hospitalizada, al menos un par de días, pero su vida no corría peligro.

—Bueno... A Mercedes se la ve bien; sólo está algo pachucha y un poco pálida.

El comentario de Leandro hizo que Amalia frunciera el ceño.

—¿Sólo un poco pachucha? Mercedes está fuera de peligro, pero un aborto no es ninguna tontería y más en sus circunstancias.

—Bueno..., bueno, no te enfades. Únicamente he querido decir que está fuera de peligro. ¿Vosotros qué vais a hacer mientras estoy reunido con Walton?

Antonio respondió de inmediato.

—Yo caminar, caminar y caminar, aunque sea calle arriba y calle abajo. Y... respirar. Si Amalia...

—Desde luego que sí.

—Entonces, vamos a ir a Queensway Road. Creo que es por allí. —Leandro señaló la esquina que quedaba a su derecha—. Si no me he despistado, está el *pub* donde me ha citado Walton para dentro de diez minutos. ¿Nos vemos dentro de una hora allí mismo?

El *pub* se llamaba Moorish Castle y Walton lo esperaba sentado a una mesa degustando un té. A aquella hora era el único cliente. Debía de influir también que en Gibraltar apenas quedaba población civil. La mayor parte había sido evacuada. John Walton se puso en pie y estrechó la mano a Leandro.

—Siéntese... ¿San Martín o Windhill?

—Mejor Torres... Julio Torres. —A Leandro le resultó extraño pronunciar su nombre.

—Es su verdadero nombre, ¿verdad?

—Sí, me llamo Julio Torres Biedma.

—Muy bien, señor Torres, ¿qué va a tomar?

—Un té, como usted.

El camarero, que ya se había acercado, tomó nota.

—¿Ha descansado?

—Digamos que he tenido una cama blanda. Pero he dormido poco.

—Suele ocurrir cuando se ha vivido una situación tensa. Sé que su amiga no corre peligro. He llamado esta mañana al hospital. ¿Ha leído el periódico?

—No.

Walton desplegó el *Gibraltar Chronicle* que estaba sobre la mesa. En portada podía verse una fotografía de Miguel Cansinos.

—¿Qué dice? Mi inglés no es muy bueno.

—El protagonista de la noticia es el jefe de la Falange de Algeciras del que me habló anoche. Se cuenta que murió en el tiroteo. También ha fallecido Seisdedos, por lo que leo. Hay tres policías heridos. A Seisdedos lo tachan de delincuente y ensalzan la figura del falangista que ha muerto por evitar un robo en pleno centro de Algeciras. La nota oficial señala que a Seisdedos lo acompañaban otros peligrosos delincuentes que lograron darse a la fuga. También se indica que entre ellos hay una mujer llamada Mercedes de la Cruz y que la policía les sigue la pista muy de cerca. Se sospecha que alguno está herido.

Walton le pasó el periódico y Leandro guardó silencio con la mirada fija en la fotografía de Cansinos. Vestía camisa azul con el yugo y las flechas bordados en el pecho, pero en quien pensaba era en Seisdedos. Antonio Tavera le había explicado con más detalle lo que Guillermo le había contado a trompicones. Seisdedos había sacrificado su vida para que los demás pudieran escapar. Lo que ignoraban era que de paso se había llevado por delante al jefe de la Falange de Algeciras.

Leandro permaneció unos segundos en silencio, como

si tratase de ordenar algunas ideas en su mente. Luego miró a Walton.

—Tengo que agradecerle su disposición a ayudarnos. Si usted no hubiera aparecido en la aduana… No sé qué habría ocurrido. Ese Cansinos era un indeseable.

—Sólo he cumplido con mi palabra. Me comprometí con usted a venir a Gibraltar y durante tres noches aguardar su llegada. Me alegra haberle sido de utilidad. Es una forma de corresponder al trabajo que ha hecho.

La llegada del camarero con el té interrumpió la conversación. Leandro dobló el periódico y lo dejó sobre la mesa. Estaba endulzando el té cuando Walton le preguntó:

—¿Qué piensan hacer ahora?

—No lo sé. Todavía no lo hemos hablado. Con Mercedes en el hospital…

—No hay prisa. El ataque… alemán no es inminente —ironizó Walton.

—No podemos regresar a España. La policía tiene demasiados datos míos e incluso puede que mi fotografía. Sospechan de Amalia… Se ha despedido del trabajo y se ha ido de Madrid justo cuando la policía preguntaba por mí en Benítez y Compañía. Tampoco Mercedes puede volver, es… una «peligrosa delincuente», y Tavera llevaba casi un año en un sótano viviendo una pesadilla.

—¿Quieren poner tierra de por medio y marcharse al otro lado del Atlántico?

—¿Es una oferta?

—Es posible. Dentro de cuatro días sale un barco para Jamaica donde viajarán las últimas familias que vamos a sacar de Gibraltar. Podemos acomodarlos a ustedes. Desde allí no les resultará complicado ir a México, a Cuba, a Venezuela… Tienen donde elegir.

—¿Cuándo ha dicho que zarpa ese barco?

—Dentro de cuatro días. Háblelo con los demás, y si se deciden me lo dice.

Walton sacó de su bolsillo un pasaporte y se lo entregó.

—¿Qué es esto?

—El pasaporte de Elisabeth Graham. Uno auténtico. Hemos reutilizado la fotografía.

—Pero…, pero ya…

—Ustedes cuatro son ciudadanos británicos. Es una deferencia del gobierno de Su Graciosa Majestad. La información que me facilitó es de un valor extraordinario. Además de boca del coronel Schäffer, uno de los hombres de confianza del general Jodl, es algo…, es algo impagable. Teníamos alguna información sobre lo que los alemanes preparan, pero la fuente se nos ha secado.

—¿Qué quiere decir con eso?

—Unos agentes nuestros que trabajaban en Berlín han sido eliminados.

—Comprendo.

—Ahora sabemos, gracias a usted, que van a diseñar su estrategia lanzando un ataque sobre el istmo. Una de las pocas personas que podía tener ese dato era el coronel Schäffer. Por lo que he sabido, mañana se inician una serie de trabajos para impedir que sus Panzer puedan avanzar por ese terreno. Respecto a los pasaportes, si no quieren hacer uso de ellos, es cosa suya. Pero le aseguro que, aunque en las circunstancias actuales ser británico puede acarrearles en algunos lugares ciertos problemas, no es malo poseer un pasaporte de nuestra nacionalidad.

—Muchas gracias, Walton. Voy a tener que cambiar alguna de mis opiniones sobre ustedes.

—Sobre todo, siendo usted ciudadano británico.

***

Era pasada la medianoche. Leandro, Amalia y Antonio Tavera descansaban en el confortable hotelito que les había facilitado *mister* Walton, después de un día lleno de ajetreo. Las tensiones vividas, las noticias de lo ocurrido en Algeciras y las visitas al hospital donde habían pasado toda la tarde con Mercedes, quien se recuperaba de su aborto, los habían dejado agotados. Sobre todo a Antonio, que disfrutaba de sus primeras horas de libertad y podía caminar por la calle, después de tantos meses encerrado en la ratonera que era el sótano donde había permanecido.

Leandro dormía plácidamente cuando lo sobresaltó un ruido cada vez más potente que le trajo a la memoria recuerdos de la Guerra Civil. Se tiró de la cama para asomarse a la ventana. Su mente no lo había engañado. Era el sonido de numerosos motores sobre su cabeza.

Se trataba de aviones. En aquel momento supo que iban a bombardear Gibraltar.

Desconcertado, porque jamás habría imaginado que los alemanes pudieran poner en marcha su ataque al Peñón tan rápidamente, corrió a la habitación de Amalia. El rugido de los motores también la había despertado a ella. La urgió a ponerse una bata y salieron sin más demora al pasillo, donde se encontraron con Antonio Tavera. A toda prisa buscaron la salida del hotel. Las primeras explosiones, seguidas de fuertes sacudidas, los sorprendieron ya en la calle donde numerosas personas, gritando horrorizadas y pensando que el mundo se les venía encima, buscaban un sitio en el que refugiarse.

Tavera localizó un murete que podía servirles de refugio. Los tres se acurrucaron junto a él y permanecieron inmóviles durante unos segundos hasta que una nueva serie de explosiones hizo temblar la tierra.

—¡Dios mío! —exclamó Amalia presa de la angustia.
—¡Es un bombardeo en toda regla! Los alemanes es-

tarán preparando un ataque de su infantería al amanecer. —Leandro comprobó que se había dejado su reloj en la mesilla de noche—. ¿Qué hora es?

—La una y diez minutos —respondió Amalia.

Tras el murete permanecieron agazapados los tres mientras docenas de aviones sobrevolaban el cielo y arrojaban toneladas de bombas sobre el Peñón. El rugido de sus motores y el estampido de las explosiones era ensordecedor.

Leandro pensó que los alemanes habían actuado con una diligencia que parecía imposible. Recordó las palabras de Walton en el Moorish Castle al indicarle que el ataque alemán no era inminente. Tavera pensaba en su mujer y Amalia en que había venido a Gibraltar a morir. Al menos lo haría junto al hombre que amaba, al que se abrazaba temblorosa.

Las sirenas no dejaban de sonar y se habían encendido potentes reflectores que iluminaron la noche y permitían vislumbrar a los bombarderos que lanzaban su mortífera carga. Las defensas antiaéreas del Peñón respondían con una cortina de fuego a las docenas de aviones que sobrevolaban el cielo dejando caer las bombas. Al cabo de pocos minutos pudieron percibir un resplandor que provenía desde el puerto. Desde allí les llegaba el sonido de otro tipo de explosiones. Leandro pensó que algunos barcos habrían sido alcanzados. Se mantuvieron bien pegados al murete adonde habían buscado refugio muchas otras personas las cuatro horas que duró el bombardeo. El rugido de los motores de los aviones se fue apagando poco a poco. También el de las ametralladoras y las baterías antiaéreas.

No había amanecido y el mundo parecía haberse detenido. El silencio que siguió durante unos minutos a las últimas explosiones impresionaba. Lentamente la gente reaccionaba y volvía a la vida. Empezaron a moverse y se oyeron los primeros comentarios. La angustia, el horror y la incredulidad eran patentes en los rostros. La atmósfera estaba impregnada de un olor a nafta y a chamuscado. Los reflectores que seguían iluminando la noche permitían ver que se alzaban algunas columnas de humo.

Tavera se puso en pie, se sacudió la ropa y se encaminó, sin decir palabra, hacia el hospital. Leandro y Amalia lo siguieron.

Gibraltar empezaba a recuperar la vida, aunque todo fueran gritos, exclamaciones y maldiciones. Apenas había trescientos metros hasta el hospital, pero se les hicieron eternos. Los efectos del bombardeo, pese a la ocuridad, se percibían por todas partes. Llegaron al hospital, que parecía intacto. Tavera salvó los últimos metros casi corriendo y al entrar en el vestíbulo lo recibió un ajetreo que no anunciaba nada bueno. Subieron las escaleras a toda prisa y al antiguo profesor de Ciencias Naturales se le formó un nudo en la garganta cuando se encontró vacía la habitación donde estaba Mercedes. Leandro y Amalia se miraron en silencio.

Bajaron a toda prisa al vestíbulo, donde ahora había mucha más gente. Unos en pijama, otros semidesnudos, algunas enfermeras tratando de poner orden. Fue Amalia quien la vio embutida en su bata.

—¡Mercedes! —gritó agitando la mano.

Tavera miró a Amalia que corría ya hacia ella. Entonces vio que su esposa estaba bien. Horrorizada y pálida, pero a salvo. Se fundieron en un abrazo y rompieron a llorar. Leandro miró a Amalia y también ellos se abrazaron, como si se hubieran vuelto a reencontrar.

Poco a poco los rumores y los comentarios dieron paso a una cierta información.

Los alemanes no habían sido los autores del bombardeo sino que este lo llevó a cabo la aviación francesa. Se decía que el ataque se había producido como respuesta a la masacre que los británicos habían protagonizado en Mers-el-Kebir.

Mister Walton, con quien no pudieron hablar hasta las seis de la tarde, les facilitó información contrastada.

—Han sido los franceses. Casi un centenar de aparatos Lioré y Olivier Leo 45. Han llegado procedentes de aeródromos de Marruecos. Nos han estado bombardeando cuatro horas. Los hospitales están llenos de heridos, pero los muertos contabilizados hasta el momento sólo son cuatro, aunque hay algunos desaparecidos.

—Muy pocos para la intensidad y la duración del bombardeo —comentó Tavera.

—Cierto, en ese sentido no hemos salido mal librados. Los destrozos materiales son cuantiosos. Han alcanzado un depósito de gasolina y el muelle meridional está destruido. Algunos barcos sufren serios desperfectos. Pero, gracias a Dios, nada que no tenga remedio.

—Por un momento, pensé que se trataba de los alemanes —comentó Leandro.

—También yo —aseveró Walton.

Cuatro días más tarde los dos matrimonios emprendían la travesía del Atlántico a bordo del *King George*. La víspera, Julio Torres y Amalia Asín habían contraído matrimonio en Santa María la Coronada, la catedral católica de Gibraltar. Los padrinos habían sido Antonio y Mercedes, quien ya había sido dada de alta.

Cuando el transatlántico salió del puerto, Julio Torres no apartó su mirada de Algeciras, que se extendía al otro lado de la bahía. No podía dejar de pensar en Seisdedos. Se habían conocido hacía sólo unos cuantos días en la trastienda de una librería madrileña y, sin embargo, Seisdedos —Tomás Ibáñez— no había dudado en sacrificar su vida para que ellos pudieran seguir viviendo.

EPÍLOGO

Hendaya, 23 de octubre de 1940

Hitler había repasado todos los detalles con el general Jodl, quien le había recordado las líneas más importantes del plan para apoderarse de Gibraltar. La Operación Félix contemplaba una planificación estratégica minuciosa y detallada donde nada había quedado sin analizarse. El aeródromo de Los Llanos en Albacete sería la base que utilizarían los bombarderos que llevarían a cabo las operaciones aéreas contra Gibraltar. Estaban determinados los emplazamientos artilleros en Sierra Carbonera para atacar las posiciones británicas. En el OKW Jodl y sus colaboradores habían previsto hasta las posibilidades de que, tras la conquista del Peñón, una reacción británica arrastrara a Portugal a intervenir en el conflicto. Para ese supuesto se había establecido en el flanco de la frontera hispanoportuguesa una línea defensiva con dos divisiones que tendrían sus centros de mando respectivos en Sevilla y Valladolid.

—Lo único que queda pendiente, mi Führer, es fijar la fecha en que lanzaremos el ataque.

—A eso he venido, general, a concretar con Franco los detalles de la entrada de España en la guerra.

El *Erika* —el tren en el que viajaba el Führer— entró lenta y majestuosamente en la estación de Hendaya hasta que se detuvo junto al andén. Todo el recinto estaba adornado con banderas españolas y con la cruz gamada que colgaban del techo. En el suelo había extendida una alfombra roja y a lo largo de ella se alineaba una compañía de honores. Pasaban pocos minutos de las tres cuando Hitler descendió del vagón. En el andén se produjo un pequeño revuelo, acompañado por los saludos con el brazo en alto.

—¿Franco no ha llegado? —preguntó a Von Ribbentrop sin disimular su contrariedad.

—Se le espera de un momento a otro, mi Führer.

El momento, sin embargo, se fue prolongando al tiempo que crecía la impaciencia y el malhumor entre los jerarcas que acompañaban a su Führer, que no dejaba de pasearse con gesto meditabundo y las manos a la espalda. La noticia que se tenía era que Franco estaba en San Sebastián, adonde había llegado por carretera desde Madrid. Lo que en Hendaya no se sabía era que en aquellos momentos Franco estaba reunido con un grupo de generales en el palacio de Ayete, donde había pasado la mayor parte del mes de agosto emulando los veraneos regios de Alfonso XIII y de su madre, la reina María Cristina.

—Mi general, es una locura entrar en la guerra —insistía el mismo general que había exigido a *mister* Banks un aumento del óbolo que habían negociado con el Intermediario—. No estamos en condiciones de afrontar una lucha que no va a ser tan corta como se había pensado... y tampoco está claro que Alemania vaya a ganarla.

—¿Son ustedes conscientes de que Hitler va a presionar mucho? —Franco paseó la vista por la media docena de generales que se habían presentado en San Sebastián.

Al Caudillo lo había sorprendido la solicitud de reunión que habían formulado aquella misma mañana cuando preparaba con Serrano Súñer —flamante ministro de Asuntos Exteriores tras el cese de Beigbeder— los últimos detalles del encuentro con Hitler. Media docena de generales, todos ellos nombres muy importantes, que habían requerido hablar con él, y esa petición no podía ser ignorada. Todos le habían manifestado su reticencia a que cediera a las pretensiones de Hitler.

—Es cierto que su presión será muy fuerte. Pero nos necesita para desarrollar su estrategia de cerrar el Mediterráneo a los ingleses. Tenemos un arma muy poderosa en nuestras manos y eso nos permite exigir unas compensaciones que a Hitler le resultará imposible asumir…

—¿Como por ejemplo…? —preguntó Serrano Súñer.

—Concretar la que, según tengo entendido, usted planteó de forma genérica en su visita a Berlín. Si entonces habló de ciertos derechos históricos sobre el norte de África, ahora el Caudillo puede exigir la totalidad de Marruecos y el Oranesado; también ampliar nuestra presencia en el golfo de Guinea. Esas peticiones hemos de presentarlas como irrenunciables, y significarán que Hitler tendrá que elegir entre Pétain y nosotros. No le resultará fácil.

Franco no contestó, según su costumbre. Su silencio fue aprovechado por otro de los generales para lanzar un nuevo argumento.

—Además de esas exigencias territoriales, que pueden fundamentarse con los libros de historia en la mano, hemos de hacerle ver que necesitamos armamento y equipo para nuestro ejército, y que habrá de buscar la fórmula para abastecernos del trigo y el combustible que ahora nos llega del otro lado del Atlántico…, el cual dejará de fluir cuando la marina inglesa no nos permita abastecernos. Pídale cien mil toneladas de trigo. Una petición como esa no le será sencillo satisfacerla, aunque con la ocupación de Polonia disponen de mucha más tierra cultivable.

—En mayores aprietos los pondría una petición de combustible —añadió otro de los generales.

—Tengo una información que parece contrastada y que, si bien no podemos usarla como argumento con los alemanes, no debemos echar en saco roto.

—¿A qué se refiere, general?

—Ministro, tengo entendido que en Gibraltar están trabajando zapadores canadienses y que los norteamericanos están ayudando en la ampliación de las galerías subterráneas que horadan el Peñón.

—¿Ha dicho norteamericanos? —preguntó Franco, rompiendo su mutismo.

—Según los informes que han llegado a mis manos, así es. Son ingenieros que ha enviado el gobierno de Estados Unidos.

—¿Quién se los ha proporcionado?

—Ha sido en una conversación privada, mi general. Añadiré que no se trata de un rumor.

—Si los americanos están prestando su colaboración —señaló Franco—, significa que, en el momento que tengan un pretexto, intervendrán. Recuerden el hundimiento del *Lusitania*.

—Si los alemanes no tienen ya tan claro que la invasión de Gran Bretaña les vaya a resultar factible y si su nuevo objetivo es cerrar el Mediterráneo a los ingleses, la deducción inmediata es que tienen a Gibraltar en el punto de mira. —El general se atusó el mostacho, que le daba un aire decimonónico, antes de formular una pregunta cuya respuesta ya conocía—. ¿Sabemos si planean alguna acción sobre el Peñón?

Franco miró a Serrano Súñer en una clara invitación a que fuera él quien respondiera.

—No tenemos detalles, pero sabemos que llevan semanas preparando una operación con ese objetivo.

Esa era la respuesta que el general estaba esperando.

—Entonces podemos también utilizar un argumento muy poderoso y que entenderán, aunque no les guste.

—¿Cuál? —preguntó Franco.

—Si una parte del interés por que rompamos nuestra neutralidad se encuentra en que planean apoderarse de Gibraltar, podemos decirles que Gibraltar es una cuestión nuestra, un asunto interno, y que no admitiremos que nadie meta las narices en él. El Peñón será conquistado, cuando llegue el momento, por unidades españolas.

Al Caudillo se le iluminaron los ojos.

—Ese es un argumento muy bueno, Gonzalo. Muy bueno. —Franco consultó la hora—. Caballeros, no puedo entretenerme un segundo más. Tengo que llegar a Hendaya.

—Mi general, suerte. Aguardaremos aquí su regreso.

La llegada de Franco a Hendaya se produjo con casi una hora de retraso, que para los alemanes fueron cerca de dos, porque había habido un error con la diferencia horaria que separaba a ambos países. Franco se comprometió, en lo que se interpretó como un desagravio y un gesto de buena voluntad por el retraso, en adelantar una hora el horario que regía en España para unificarlo con el de Alemania.

Hubo saludos totalitarios, se pasó revista a la compañía de honores y diez minutos más tarde los dos jefes de Estado acompañados de los ministros de Asuntos Exteriores y de los intérpretes se encerraron en un vagón del *Erika* dispuesto como un lujoso salón. Al cabo de dos horas la reunión había concluido, aunque Serrano Súñer y Von Ribbentrop prolongaron el encuentro durante varias horas más. Franco parecía tranquilo, aunque era más apariencia que realidad. Hitler no ocultaba el enfado, si bien en la despedida mantuvo las formas.

Hitler se retiró a descansar, después de despedir a Franco, pero al poco rato llamó al mariscal Keitel y al general Jodl. Los dos militares aparecieron en el vagón privado del Führer.

—¿Todo bien, mi Führer?

—No estoy contento con la reunión. Hablar con ese hombrecillo es peor que ir al dentista. Preferiría soportar un dolor de muelas antes que volver a tener otro encuentro con él.

—¿Tan mal han ido las cosas?

—No han ido mal. Pero Franco es insufrible. Aunque se ha comprometido a luchar a nuestro lado, no ha concretado la fecha de la entrada en guerra. Será cuestión de unas semanas. —Hitler dio un sorbo al vaso que sostenía en la mano y se dirigió a Jodl—. Usted téngalo todo a punto para poner en marcha Félix. Franco entrará en guerra, aunque quizá espere a que nos enfrentemos a quienes considera sus enemigos más peligrosos.

—¿A qué se refiere en concreto, señor?

—A la Operación Barbarroja.

—¿Le ha hablado de ella a Franco? —preguntó Jodl.

—¿Cómo se le ocurre pensar una cosa así?

Franco bajó del tren en San Sebastián y se dirigió desde la estación de ferrocarril hasta el palacio de Ayete, donde los generales aguardaban impacientes su regreso. En cuanto apareció un ayudante del Caudillo por el salón en el que habían permanecido toda la tarde, cesaron los comentarios y las charlas.

—Caballeros, el Caudillo los espera en su gabinete. Tengan la bondad de acompañarme.

Franco los recibió con una sonrisa impostada. La reunión con el Führer lo había dejado preocupado. Una de las veladas amenazas lanzadas por Hitler, caso de mantener la neutralidad, podría suponer que la Wehrmacht cruzara los Pirineos de forma hostil. El Führer no lo había dicho, pero podía deducirse de sus palabras.

—¿Qué tal han ido las cosas, mi general?

—Bien. Hitler no se ha llevado lo que venía buscando. —La voz de Franco sonaba aflautada—. No hay fecha para que entremos en la guerra.

—¿Quiere decir que la posibilidad de entrar en conflicto se mantiene?

—No he querido cerrar esa puerta. —Utilizó un tono que daba a entender que era él quien había controlado la situación—. Pero les aseguro, caballeros, que no ha sido una reunión fácil. Planteé al Führer nuestras propuestas, explicándoselas punto por punto, y me respondió con una serie de exigencias que incluían la entrega de la isla de Fernando Poo y una de las Canarias.

—¿Fernando Poo y una de las Canarias? —preguntó sorprendido uno de los generales.

—Quiere establecer bases militares desde las que controlar las rutas del Atlántico, dando por descontado el cierre del Mediterráneo a los ingleses.

—¿Se ha hablado de Gibraltar?

—La operación que han diseñado se llama Félix y la tienen ultimada hasta en sus menores detalles. Me ha dicho que las tropas de dicha operación están listas al otro lado de la frontera.

—¿Qué le ha respondido usted?

—Le he dado la única respuesta digna que cabía. —Franco paseó la mirada por quienes habían sido sus compañeros de armas y palpó la expectación con que esperaban sus palabras—. Gibraltar es asunto nuestro y seremos nosotros quienes nos las veamos, llegado el caso, con los ingleses.

—¡Bravo, mi general!

—¡Eso es lo que yo llamo poner los cojones encima de la mesa! —El general se atusó las guías de su mostacho.

Hubo quien aplaudió, y Franco le dedicó una sonrisa cortés.

Media hora más tarde los generales abandonaban el palacio de Ayete, eufóricos por los comentarios que el Caudillo había hecho. Estaba claro que, al menos por el momento, España no participaría en la guerra. Quedarían ante los británicos como caballeros cumplidores de su palabra..., como Caballeros de San Jorge.

En Berlín aquella misma noche la mano derecha de Wilhelm Canaris recibía la llamada de uno de los edecanes de Franco. Con medias palabras y expresiones muy meditadas, le manifestaba el agradecimiento del Caudillo de España por la valiosa colaboración del almirante.

El colaborador de Canaris le pidió que fuera más concreto, pero el militar español se limitó a decirle:

—El almirante sabe de qué le estoy hablando a usted.

Cuando su subordinado informó a Canaris sobre el agradecimiento que el general Franco le expresaba por su colaboración, el almirante se quedó pensativo y recordó la brevísima conversación que el Caudillo y él mantuvieron a solas durante su visita a Madrid. En ella Canaris se mostró tajante en su recomendación al jefe del Estado español.

—No ceda a las presiones de nuestro Führer —le aconsejó—. No se le vaya a ocurrir entrar en la guerra. Sería un error fatal.

Franco, al oír aquello, preguntó a Canaris sin pestañear:

—¿Por qué me dice eso, almirante?

—Porque perderemos la guerra contra los británicos.

—¿Está seguro?

—Por supuesto. Soy quien dispone de la mejor información. No olvide que soy el máximo responsable de nuestros servicios secretos.

AGRADECIMIENTOS

Operación Félix tiene débitos importantes con una serie de personas que me ayudaron a darle la forma definitiva con que ha llegado a manos de los lectores. Muy importante ha sido la colaboración de Rafael Morales, un cordobés ilustrado en el mejor sentido del término. Capaz de encontrar información detallada allí donde la mayoría no llega porque su ansia de saber no tiene límites…, en aquello que despierta su interés. Su minuciosidad y precisión en las largas conversaciones que hemos sostenido sobre lo ocurrido en Europa en el verano de 1940 siempre llamaron mi atención. Atinadas y precisas han sido las acotaciones y los comentarios que el profesor James Walker hizo al original, poniendo el cuidado y esmero que le caracteriza; también sus consejos sobre ciertos aspectos de la cultura inglesa. También he de tener un reconocimiento por el apoyo que me prestan: a More, a Glory Abbot y a John Sun.

Por último, dejar constancia, como siempre, de mi impagable agradecimiento a Christine, mi esposa; cuya generosidad me permite disponer del tiempo que necesito para escribir. También por sus consejos, sus comentarios, sus críticas y su apoyo constante a la solitaria tarea del escritor.

A todos ellos mi agradecimiento.

PETER HARRIS

www.ingramcontent.com/pod-product-compliance
Lightning Source LLC
LaVergne TN
LVHW091611070526
838199LV00044B/752